萧殷全集

第三卷
文学评论 II

名誉主编　王蒙
主编　傅修海

花城出版社
中国·广州

图书在版编目（CIP）数据

萧殷全集. 第三卷，文学评论. 二 / 萧殷著；傅修海主编. -- 广州：花城出版社，2023.8
ISBN 978-7-5360-9078-1

Ⅰ. ①萧… Ⅱ. ①萧… ②傅… Ⅲ. ①萧殷（1915-1983）－全集②中国文学－文学评论－文集 Ⅳ. ①I217.2

中国国家版本馆CIP数据核字(2023)第142325号

出 版 人：	张　懿
责任编辑：	黎　萍　秦翊珊
责任校对：	卢凯婷
技术编辑：	凌春梅
装帧设计：	黄龙明　张绮华

书　　名	萧殷全集.第三卷，文学评论.二 XIAO YIN QUANJI DI SAN JUAN WENXUE PINGLUN ER
出版发行	花城出版社 （广州市环市东路水荫路11号）
经　　销	全国新华书店
印　　刷	佛山市浩文彩色印刷有限公司 （广东省佛山市南海区狮山科技工业园A区）
开　　本	787毫米×1092毫米　16开
印　　张	27.25　2插页
字　　数	470,000字
版　　次	2023年8月第1版　2023年8月第1次印刷
定　　价	800.00元（全十卷）

如发现印装质量问题，请直接与印刷厂联系调换。
购书热线：020-37604658　37602954
花城出版社网站：http://www.fcph.com.cn

目录

创作论 001~222

关于创作态度
　　——读书散记 / 003

我怎样教"创作方法" / 006

影评要写得通俗些 / 011

在学校里可能与工农兵结合吗 / 013

论作家的责任 / 015

论文学与当代任务 / 019

论忠于生活及认识生活的深度和广度的意义 / 023

论主题的选择 / 030

论革命理论与革命世界观对于创作的重要性 / 037

论观察·体验·研究生活与形象思维 / 043

论生活的真实 / 048

论细节与概括 / 057

论生活的多样性和复杂性·个人的兴趣和人们的常情 / 062

论在革命发展中描写现实 / 076

论革命领导者的形象和正面人物的描写 / 082

论讽刺 / 088

论典型的创造 / 093

论典型环境与典型性格 / 106

形象和构思
　　——摘自一九五八年创作随感录 / 114

撕下红色的面纱 / 119

从生活出发
　　——《创作论》片段 / 122

人物·情节·主题
　　——《创作论》片段 / 125

关于散文的立意
　　——《创作论》片段 / 129

人物和故事
　　——《创作论》片段 / 133

写什么，怎么写 / 138

枕边随想录 / 147

创作随谈录之一
　　（谢望新整理）/ 154

创作随谈录之二 / 193

创作随谈录之三 / 207

文体论 223~334

关于诗的情绪 / 225

诗人·理性·情感 / 228

论工人诗的写作及其他 / 232

论小说中的故事和人物 / 242

关于诗的形式 / 253

歌颂、悲剧及其他 / 255

谈写诗 / 259

民歌应当是新诗发展的基础 / 275

关于传奇与小说 / 278

诗品录 / 280

关于戏剧创作的几点感想 / 282

生活的火花 / 294

革命的内容和戏曲的特点 / 311

小说的社会意义从何而来 / 318

戏剧冲突和性格冲突 / 322

悲剧、题材及其他 / 324

小说不是生活的任意再现 / 328

写作谈 335~428

谈公式主义 / 337

谈现实 / 339

谈形象 / 341

谈主题 / 343

写短文章 / 345

从几条消息的改作谈到消息的结构 / 346

谈写景 / 356

向群众口语学习 / 363

关于真实性 / 371

多描写新的人物 / 374

泛论写真人真事 / 376

关于写新人物 / 381

关于主题思想 / 383

关于形象 / 387

关于作品的积极意义 / 391

素材、灵感和干劲 / 394

求实精神与革命热情相结合 / 397

谈谈人物的个性化 / 404

谈谈写孩子 / 408

素材·题材·积累 / 411

关于生活细节的描写 / 414

关于想象 / 416

关于人物个性 / 418

谈谈写人物 / 420

多练习素描 / 426

001~222

创作论

关于创作态度[*]
——读书散记

一

还在纪元前七十年,拉丁诗人魏吉尔忽然想把他自己的作品全部烧毁,原因是他觉得这些作品还不够"完美"。可是此事立刻被奥古斯都皇帝知道了,仗着皇帝的命令,才保全了他的作品。

是什么东西,驱使魏吉尔产生这种念头呢?据约翰·玛西说:"是有良心的细心的艺术家的情感呵。"

这种感情,普式庚表现得更加强烈。不过他不愿在作品完成后去毁掉它,而是在制作时就以一种非常严谨的态度去从事制作;并且精心地涂改五六次,一直到有了充分成功的确信之后,才拿去发表。能够立时问世的作品固然如此,就是明知通不过沙皇检察官的作品,普式庚也用同样的态度去制作并涂改它。

这样耗费心血的劳作,难道普式庚特别乐意?或者是多余的毫无意义的劳作吧?不是的。却是由于他一向尊重自己的艺术,同时也尊重他的读者,他不能不付出巨大的心血罢了。

高尔基在"草原的故事"中,会有下面这样出色的描写:

"……起伏不平的原野,全身好似受了一条灰色道路的鞭打,正中间像一粒粒斑点似的奥克洛夫镇,恰似一只大而多皱的掌上,放着一件珍奇的玩具。……"

---

* 载1942年4月2日《解放日报》,署名萧英。

虽然这短短数句，高尔基却耗费了三个钟头，福楼拜为了写"布法与白居谢"不得不读一千五百本书，做几十次的旅行。为了什么呢？福楼拜自己说："要写这部书，我必须读许多我不知道的东西：化学、医学和农学呀。"

二

像普式庚、福楼拜这样精心而有耐性的作家，在延安也是有的。不过为数不很多了吧。

据我知道的一部分文艺写作者——包含极少数的作家及一部分初学文艺写作者——的创作态度，却是非常"随便"的。假如这些同志稍稍有一点尊重自己艺术和尊重读者的观念，我想，现在他们是应该自己觉得惭愧了。

你看看他们在创作实践中的态度吧：

有些写作者凭了自己一点写作技巧，随便抓住一个场面或者一个人物的面影，就扯扯拉拉地写它万余言，而且不加修改就拿去发表。这样制作成的作品，到底有多少文艺价值呢？就算是最不高明的读者，恐怕也能够在其作品中，觉察出：多余的细目、累赘的穿插、冗长的风景描写，和许多花花绿绿的不适当的"用语"吧！

还有一些人，对边区农村本来非常生疏，而平时又缺乏观察农民生活、农民性格的精神；但是一个政治口号，往往能激起他们强烈的写作冲动。我以为一个写作者最好先有生活，再从丰富而繁杂的生活素材中去选择主题。在没有生活之前，只凭政治口号就确定主题，而且凭这抽象的概念就写作起来，这样的写作道路是危险的。

也许这些同志会这样反问我："杰克·伦敦和茅盾，不是也会先定'内容'吗？"——是的，不过结果不过杰克·伦敦确定暴露伦敦的黑暗后，即到伦敦市东稍去观察和体验；茅盾写《子夜》之前，先到上海各交易所去做一个长时间的观察。我们的写作者怎样呢？只坐在窑洞里去伪造现实，虚构故事和情节。——这无怪他们的作品缺乏边区气味，情节的发展成为公式，人物失去了生命。

再有极少数的写作者，是拥有极大的艺术野心去创作的。他们意图使每篇作品的主人翁都成为典型的人物。这本来是使人尊敬的态度。可是，他们跟上面那种写作者一样不了解现实——当然更谈不上能了解"环境"与"性格"了——他们所创造出来的所谓典型，只是他脑子里虚构出来，与现实完全无关的。

三

有人说，托尔斯泰、屠格涅夫能够把他们的作品洗练得那样丰满圆滑，使一言一语都装饰得各得其所，主要原因是他们都有巨大的财富与无限量的时间。也即是，托尔斯泰、屠格涅夫有安定的生活，有充分的时间给他们去从事精心的写作。

能这样从事写作的艺术家是幸福的！

延安，虽然没有"咖啡"——有人这样说过——和足够的"维他命C"，但是，我们绝不至于像杜斯退益夫斯基（陀思妥耶夫斯基）那样为生活所煎熬吧！在这里，至少衣、食、住的问题，不会怎么来烦扰我们的心情，更没有什么能够损害我们的写作！

像杜斯退益夫斯基那样为了养活妻子，不能不在焦灼的心情下赶写他的作品的苦境，我们是不会有的。他何尝不想润饰得像屠格涅夫的作品一样呢？可是他贫困，生活的鞭子驱使得他不能不赶快把原稿拿出去卖钱呀。——而我们呢？我们绝不至于这样狼狈吧！

四

加里宁说过："要你的作品能写人，你必须流进一滴血去！"当作"创造人类灵魂"的艺术并不是"一蹴即获"；伟大艺术品的完成，必须艺术家付出巨大的代价！

我总以为一个写作者，当他完成了一件艺术品之后，必须考虑到这件作品是不是已达到一定的水平，是不是会辜负了读者？

本来，凡是有艺术良心的作家，他总是尊重他的读者的。他献给读者的作品，虽然不一定每篇都十足"完美"，但却能始终保持着一定的艺术水平。

一九四二年一月于延安

我怎样教"创作方法"*

一

现在要我来谈关于讲授"创作方法"的经验,实在是一桩难事。我不是故作谦逊,严格点说,我对于这门课程还谈不上有什么心得。

初到华北联合大学时,文学系主任要我教授甲班的《创作方法》与乙班的《写作练习》,但我自己却很担心,恐怕"胜任"不了:因为第一,我对这两门课程都缺乏研究;第二,我没有教学的经验。可是也没有理由推却,不得已,只好抱着"试试看"的态度,不过,我并没有丧失信心,因为我想:只要虚心钻研,多多与同学商量,不卖弄玄虚,一切从实际出发,什么困难都可以慢慢克服的。这种想法给了我精神上不少的支持,于是我开始我的教书生活了。在准备编写《创作方法》第一章《生活是创作的源泉》时,整整熬了五个黑夜,编写之前还与同学交换了许多意见,倾听了他们对于写作的见解,并假设了几个故事由他们去讨论。同学们也许为了鼓励我这"新来者",他们听讲之后,都一致地在"听课日志"上表示"满意",这自然给了我不少的鼓励。此后,我就按照我所拟定的纲目顺序,逐篇逐章逐节地讲下去,编一章讲一章,相当忙碌,也相当吃力。白天除阅读同学的作品外,还必须用很多时间与同学们谈话:他们喜欢把"腹稿"告诉我,或者将一篇刚刚写完的作品找来让我看,并热情地要我马上给他提出具体的修改意见;有时,他们读完了一本新书,兴致勃勃地跑来找我,首先谈论着他对新书的意见,然后热情地用一种期待的眼色望着我:"萧殷同志,你觉得我这看法对不对?"有时候,三两个同学在枣林里争论

---

* 载1950年2月版《论文学的现实性》。

着关于"人物先呢?还是故事先?"的问题,争论得毫无结果,最后跑来要求我给以解答……总之,我所接触到的实际问题是很多的,而且都是很具体的。在这种情形下,我不能不常常思考许多写作上的实际问题,因为如果我仅仅拿抽象的原则去回答他们,自然只会使他们失望。为了部分地解决他们的写作问题,我便不能不经常地认真地阅读他们的作品,分析他们的作品。这样,人愈来愈多,我也就愈来愈忙了,有时竟至于整个白天都给"谈话"所占据。只有到了夜晚,我才能静下来编写讲义。但是,我也因此得到了不少的帮助,因为常常与同学谈话,比较了解他们的文艺思想与写作方法上所存在的问题,所以编起讲义来,就可能少犯些"无的放矢"的错误,并且可以联系他们的实际(思想与作品)来解说理论原则,可以通过很浅近的事实来解明一般性的理论。这样,理论比较容易讲得"深入浅出",比较适合同学们的程度。

《创作方法》与《写作练习》这两本讲义,都不免有浅薄之嫌,但这一年多的教书生活,却给了我不少有益的启示。现在要来写什么讲授经验,固然尚嫌太早,但简略地回忆一下当时的编写情形,大概不会是毫无意义的。

二

以前,我也常常阅读各种各样的文学作品,但只凭一时的感觉去判定作品的好坏,至于好在哪里,坏在哪里,却含含糊糊,说不出一个"所以然"来。可是在教学期间却不能这样含糊了事了,同学们常常拿些问题来问我,比如说:"常常听说《阿Q正传》写得很好,但好在什么地方?请你分析一下!"有一次,我读了一个同学的一篇散文之后说"这作品的主题太不明确了",但他却追问道:"为什么主题会不明确呢?我在写作之前就有明确的主题了。"这样的问题,我每天要碰到好几个,即使想偷懒取巧也躲闪不开,如果拿原则去敷衍他们,或者只在课室里搬运些艺术概念和艺术原则,那是容易办到的,因为这不须费多少思索,只要多读几本书就行了。可是这对于同学有什么帮助呢?

以后的经验,使我认识到:对于一篇作品不应该仅仅指出缺点或优点,更重要的,是要分析缺点或优点产生的原因;不应该只说"当然",更重要的要说出"所以然",只有这样,习作者才可能得到帮助。要做到这一步,就必须认真地分析作品。否则,我们就无法更具体地把握住写作的规律,也无法切实地指导初学写作者的写作了。

我在编写《创作方法》与《写作练习》的过程中,得益于作品的分析很不少。我几乎每天都阅读同学们的习作,其中有写得很好的,也有写得很坏的,我仔细阅读之后,都要做一番认真的思索:好在哪里?为什么写得这样好?坏在哪里?为什么写坏了?这些问题,都要在分析作品中给予回答。有一次,我读了一篇同学的习作,它首先掠过我脑际的印象是"主题模糊",但经过认真的分析之后,发现这篇作品写得非常细腻,甚至连与主题无关的细节也写得如此细腻,结果主要的情节反而模糊了。因此我在习作后面批写着:"这篇习作只是零碎的生活细节描写的堆积,主题非常模糊。造成这缺点的主要原因,是因为你毫无目的地跟着人物跑,不分主要或次要的,平均地描写了人物的一切见闻和遭遇。"接着我又读了另一篇,这篇给人的印象也是"主题模糊",但这一篇却不是因为平均地描写一切现象,而是由于作者太醉心于情节的离奇,人物没有性格,情节的发展看不出任何的社会原因、结果,不知他的作品到底要说明什么;于是我在习作后面写道:"你这篇习作的故事的确很热闹、曲折,甚至离奇,但你要借这情节说明什么呢?(主题是什么呢?)却是模糊的,原因就是由于你的作品的情节离开了人物的性格与事件的环境,因而形成一篇毫无社会意义的离奇古怪的神话。"

我就这样不断地分析作品,找到了许多青年写作者的写作规律,这些规律,就构成"创作方法"与"写作练习"的主要内容。

三

但是仅仅靠个人分析作品来编写讲义,是不够的,因为它可能是片面的,不完全的。要使"理论"有普遍性,还必须参考文艺先进所总结出来的经验(文艺理论)。

但是,理论不经过消化,它只是僵死的东西,如果在课室里硬搬理论,同学们就会讥笑你是教条主义者。经验证明:只有将理论通过实际经验加以消化之后,才可能变为活泼的思想,也只有把理论消化之后,它才能真正地指导实际。谁能消化了理论,谁就能深入浅出地阐明理论,谁就能正确地指导实际。但理论必须与实际结合之后才能消化,才可能有所发挥,就是说,只有经常研究文艺现象,寻找这些现象的本质与规律,才能深刻地理解先进的理论,才可能把先进的理论消化为思想。否则,理论虽然背得很熟，但仍然只是僵死的"教条"。

其次，根据我个人的经验，认为：讲义的内容如果只针对同学们的具体问题逐条解答，同学们会嫌太零碎，太无系统；但如果注意理论系统，而不回答同学们的具体问题，同学们就会觉得这与他们的需要相距太远，不切合实际。这两种经验，我都经验过，而且也是许多教书朋友经验过或经验着的。

因此，我在编写讲义时，特别提防从定义出发，也提防单纯地从理论系统出发。我只是将我平时分析写作品所把握着的写作规律，以先进的理论做指导，加以组织，使之条理化、系统化。

所谓系统化，是指较全面地理论地解决某一个问题的意思。因此，我在编写讲义时，总企图解答如下几个问题：存在着什么问题（矛盾）？问题（矛盾）如何产生？问题（矛盾）怎样解决？如果这些问题都得到答案，那就算是提出了问题，分析了问题，解决了问题，也就是理论地解决了问题。

我自己觉得提出问题是最困难的，只有对实际事物（作品与思想）做了一番刻苦的分析研究之后，问题才可能被发现。有一次，我从三十多篇同学习作中去研究他们写景的方法，他们在习作中所描写的对象都是农民，但他们写景的方法却是各种各样。有的用知识分子所惯用的语言去描绘景物，如："小河的水在淙淙低语""柔软的春风""空气非常新鲜"，这样做法不仅语言是知识分子的，连内容也是知识分子的，因为农民不惯于把感受到的东西再抽象一次。第二类是以农民的语言来写景物，虽然作者主观上是要写一个农民对景物的感受，但结果，作者不知不觉地用他自己（知识分子）对景物的感受方法代替了农民的感受方法，所以写得很不真实。第三类是用农民语言去描写农民，不仅语言是农民的，而且感受景物的方法也是农民的，既切合他们的生活，又切合他们的思维习惯，这当然是最理想的写景方法。从这三类景物写法中，使我深一步认识到：写景的问题，不能单纯地把它看作是语言的问题，更重要的，是要描写各种（各阶层）人物对景物的真实的感受。因此，我认为：写景，应根据作品中的人物的出身和生活，应根据作品中人物的感觉去观察景物，因为是"人物"与景物发生关联，是"人物"经验景物，并不是作者经验景物。如果以作者的观察或感觉来代替作品中的人物的感觉，那么这样写出来的景物就会失去真实性。

这是一个例子。总之，在一篇讲义中必须提出问题，否则讲义就不会有什么内容，然而，提出问题却不容易，常常分析了无数的具体作品之后，问题却还不知在哪里。再次,为了"理论"具有普遍性,我也常常从各种不同的现象中间去找寻它们共同的规律,因篇幅关系,恕我不再举例了。

这是我把零碎感想系统化的过程与方法。

简言之,我每次编写讲义时,总是企图把例子有机地贯穿在理论中间,尽可能避免把例子生硬地贴到理论上,尽可能做到从浅近的事实(作品,思想)中间分析出写作的一般规律,加以组织,使之系统化。这样做,既能回答同学们的具体问题,又可以通过浅近事实的分析进而理解一般的理论。

虽然我主观上有这样的打算,但结果却不能尽如人愿,主要原因是自己还只是在摸索中迈开第一步。

一九四九年七月五日于北京

影评要写得通俗些*

目前出现在各地报纸上的电影批评,其中写得很好的固然不少,但绝大部分却不能使人满意。首先,这些影评就没有引起群众阅读兴趣的魅力,当然更谈不到在观众中起多大作用了。

这是为什么呢?

其中原因固然很多(如不负责地乱批评、乱推荐等),但最普遍的现象,是影评作者没有明确影评的读者对象,也就是,影评作者在动笔之前没有考虑到"我的影评到底是写给谁看"的问题,大部分影评作者只凭自己一时的高兴,从自己的欣赏水平与欣赏趣味出发,胡乱发些议论和感想,至于群众是否读得懂,对群众是否有用处,却很少考虑到。

正因为这样,所以许多影评都变成了"上不接天,下不接地"的东西,既不适于专门家的胃口,又不适于一般观众的胃口;说它没有从艺术性或思想性上做深入的分析吧,又有一点;说它分析了吧,却又很表面。像这样的影评,专门家读了嫌简单,广大群众却嫌太深奥,读不懂。

当然,适合专门家胃口的影评固然要有,但目前最迫切,最大量需要的,应该是劳动群众和市民能读(听)得懂的影评。影评作者首先应该用最大的力量去帮助群众,引导他们去热爱新的电影,逐渐使他们热爱新事物,并提高他们的认识水平,同时要帮助他们不受那些旧电影(特别是美国的电影)的坏影响,逐渐培养他们的批判能力。

---

* 载1951年1月版《生活·思想·随笔》。

为什么应该首先去帮助一般的电影观众呢?这是因为许多观众对新电影在趣味上和思想上还存在着距离,特别是城市里的广大市民,他们习惯于欣赏低级趣味的旧影片,有些人还特别喜欢看色情的、怪异的美国电影;对于反映劳动人民的生活或战斗的新影片,特别是有高度艺术性和思想性的苏联影片,反而觉得"没味儿",不大爱看。目前,美国电影已经很少很少,大腿酥胸的电影已经绝迹,现在市民比较爱看的,倒是上海私营影片公司的出品,如《自由天地》《仇深似海》等,然而这些电影却存在着严重的缺点,虽然这些影片的编导者的动机是好的,但由于没有较深入地理解生活与缺乏政治的认识,只凭一点常识和一些道听途说,就随随便便地编凑故事,结果歪曲了历史真实,且其中还夹杂着一些莫名其妙的"趣味",给群众以不良的影响,甚至起了一些副作用。

这些事实说明了什么呢?说明了群众(特别是市民)对于新电影还没有很好的认识,还不能很好地接受,他们对于那些有毒素的,充满了低级趣味的旧影片,反而"津津有味"。影评作者可以从这些事实中更清楚地知道我们应该做些什么工作了。如果我们在影评工作上放弃了对群众的帮助,那么,就等于放弃了对广大群众的教育。

影评作者有责任对一切有害的或歪曲了真实的电影进行严正的批评,向观众指出其中什么地方有毒,说明为什么有毒。对于新电影与苏联电影,影评作者有责任用最大的热情向观众介绍。艺术的分析固然重要,但暂时可以放到第二位,最重要的,应该是向群众解释影片的思想政治内容,说明其教育意义,但是,必须提防干燥无味的空议论。

要做到这些,首先影评作者就不能不下一番功夫。要使我们的影评群众能读(或听)得懂,首先就要做到文字通俗,内容活泼生动,道理要讲得"深入浅出"。——总之,处处要适合群众的程度,只有这样,我们的电影批评,才可能联系群众,群众才会喜欢去读它;只有这样,我们的影评才能引导观众逐渐走向正确的道路。

一九五〇年四月

在学校里可能与工农兵结合吗*

在学校里，常常听到这样的说法："在学校里是不能与工农兵结合的"，因而，有些同学认为："要与工农兵相结合只有毕业之后，只有到了工作岗位之后，才有可能。"于是，有人公然主张："在学校里只应当埋头读书，至于'与工农兵结合'的问题与我们学生是无关的，那是人家在职干部的事。"

很显然，这种种说法，都是不正确的。这些同学把"与工农兵结合"，错误地认为是简单的生活习惯上或生活方式上的相投。这种错误的认识将产生什么结果呢？首先，会妨碍知识分子改造自己思想的努力；其次，如果抱着这种想法，即使将来到了工作岗位上，也会妨害与工农兵真正的结合。因为如果我们只求与工农兵在生活习惯上谋取一致，那是比较容易办到的。具有个人英雄主义思想的人，常常在这种地方表现得很好，但是，这种表面的结合不会支持太长久的。如果思想上不解决问题，就是说，如果你在思想意识上没有与工农兵真正结合起来，那么不仅在生活习惯上相投不可能持久，而且在处理问题或看问题上一定会产生错误。

生活习惯与生活方式的彼此相投，确是知识分子与工农兵相结合的一种可靠的标志，但是仅仅生活上相投，并不足以证明思想感情的结合。

思想感情是由一个人的立场、观点、方法所决定的。如果一个青年学生不能处处从广大人民（工农兵）的利益考虑问题，反而处处只从小资产阶级个人的爱好和利益去考虑问题，那么，这种思想与感情就会与工农兵的思想感情"格格不入"。由这种思想感情所引导的行动，就不会符合大多数人民的利益。这也是一切错误产生的根源。

---

* 载1951年1月版《生活·思想·随笔》。

过去，有无数的事实都说明了这样一个简单的道理：小资产阶级出身（或一切非工农兵出身）的知识分子，不管他主观动机如何革命，但如果思想上不会转变，他就不可能真正地对人民有什么贡献。

死死抱住原来的阶级利益不放，而空喊"为人民服务"，那是谎话。死死地抱着原来的阶级立场、观点，并且从原来的阶级立场上去看问题，看社会，看世界，无论如何，也不可能与工农兵的思想感情相结合。

即使你在生活上整天与工人（或农民或战士）在一起，睡一个炕，吃一样的饭，穿一样的衣服，但如果你的立场、观点、方法上与他们不一样，就是说，如果你不放弃你所出身的阶级的利益，那你同样没有与工农兵结合的可能。

另外有一种情形是这样的：虽然有些人不能时刻与工农兵生活在一起，但他们日夜所考虑的却是工农兵的利益，他们时刻都注意了解工农兵的情况，研究这些情况。他们所做的一切无一件不是为了工农兵的，这些人看问题的角度是从工农兵的利益出发的，他们的喜、怒、哀、乐也是与工农兵的喜、怒、哀、乐相一致的。这种人你能说他没有与工农兵结合么？

因此，我以为在学校里，知识青年也可以与工农兵相结合。学习的目的，除了一部分技术课以外，最重要的是学习正确的立场，方法和观点。所谓"正确"，就正是指那些切合广大劳动人民长远利益的立场、观点、方法而言，批评与自我批评，是一种良好的学习方法，认真地阅读革命理论书籍，真正地理解理论的精神实质，而不是只背诵字句，也可以学习到正确的立场、观点与方法。

当然，更多的更具体的向工农兵学习，只有留待毕业以后，或假期时间。但如果以为在学校里不能与工农兵在一起，就不能与工农兵结合，却是错误的。

现在，在学校里，学习群众观点与劳动观点，等等，不正是为了教知识青年学习与工农兵结合吗？

在学校里学习与工农兵结合是可能的，而且也是有效的。问题在于你采取什么态度来学习。如果你还跟过去那样，抱着背教条的学习态度，或者纯粹为了个人的"腾达"来学习，都会妨碍你与工农兵结合。但这些不正确的态度与动机，也只有在学习中才能慢慢克服。

如果在学校里能初步确定了"为人民"的人生观，学习到一些基本的观点、方法，那么当你深入工农兵群众的时候，你就可以少走许多弯路。

论作家的责任*

　　我们的文学既是反映着一种比任何资产阶级民主制度更高的制度、一种比资产文化更高许多倍的文化,它就有权利以一种新的具有全人类意义的道德教导别人。你们在什么地方找得到像我们这里这样的人民和这样的国家呢?你们在什么地方找得到人们这样雄伟的品质,像我们苏联人民在伟大卫国战争中所曾表现的那样,像他们在转到和平发展与恢复经济和文化时每天在劳动中所表现的那样!我们的人民上升得一天比一天高。我们今天不是像昨天那样,而我们明天将不是像今天这样。我们不再是一九一七年以前那样的俄国人,我们的俄罗斯不再是那样,而且我们的性格也不再是那样。我们曾随着那些把我们国家的面貌根本改变了的最大的变革而改变了和成长起来了。

　　表现苏联人这些新的崇高的品质;表现我们的人民,但不只是他们的今天,也要展望他们的明天;帮助像探照灯一样照亮前进的道路——这就是每个有良心的苏联作家的任务。作家不能做事变的尾巴,他应当在人民先进行列中行进,给人民指出他们发展的道路。以社会主义现实主义的方法为指针,有良心地和仔细地研究我们的现实,力图更深地透入我们发展过程的本质,作家就一定会教育人民,在思想上武装人民。表扬苏联人美好的情感和品质,展示他们前面的明天,我们同时还应当指出他们不应当成为什么,还应当鞭笞昨天的残余、鞭笞那些阻碍苏联人前进的残余。苏联作家应当帮助人民、国家、党把我们的青年教育得生气勃勃、相信自己的力量、不怕任何困难。

(日丹诺夫:解说《关于〈星〉与〈列宁格勒〉两杂志的报告》)

---

* 载1959年印行的《论创作方法》(暨南大学内部参考读物)。

我们的工程师是属于生活的工程师。机器制造工程师、冶金工程师、电气工程师、铁道工程师……他们正在用自己的劳动,帮助人民建立新的美妙的生活,建立光明的快乐的生活。人类灵魂工程师,苏联作家们,他们正在建设人民的心灵,创设刚强的性格,培养高尚的道德品质。用共产主义精神去教育和锻炼人民,用热爱苏维埃祖国和各民族友谊的精神,以及用社会主义国际主义的精神去教育和锻炼人民。在这方面,他们对党有了积极的和切实的帮助。

(一九五二年十月二十五日《文学报》社论:《人类灵魂工程师》)

别林斯基、车尔尼雪夫斯基和杜勃罗留波夫,都认为文学的任务,就是再现现实生活中人们所关切的现象。现实生活的概念,不仅包括人对客观世界的事物的关系,而且包括人的内在生活。充分而全面地再现现实生活,刚好就是要求文学极其充分而又生动具体地表现人们的生活,即人们的思想、感情、意愿、体验(有人译感觉)和态度。作家这样做当然是为了把自己的思想和情感传达给别人。艺术揭露人的世界,描写生活中所关切的一切事物。

(道布雷宁:《文学的社会意义》。原文载《全苏政治与科学知识普及协会一九五〇年丛书》)

苏联文学的主要任务就是要描写我们时代的真正英雄,社会主义社会的建设者,新文化的创造者,工作和斗争中的英雄模范,全面地刻画他们,显示出他从苏维埃制度所获得的道德品质,表现出他在智能上正在如何改变和成长。

(塔拉森柯夫:《艺术的真实》。原文载一九四九年《苏联文学》五月号)

提高人民觉悟(指最广义的解释)的工作可以采取很多方式来进行,例如技术教育,政治学校的学习,学校教育和社会教育都是。文学都是教育人民的一种方式,但是如果文学不懂得它必须用与职业学校和政治学校不同的方式来完成这个任务,如果文学不懂得利用它特有的教育方法,那么它就没有完成它的使命。

政治教育、职业教育、报纸专栏所进行的教育,这些都是很重要的。文学没有任何理由轻视这些教育方式。可是这些教育不能代替文学所给予、也只有文学才能给予的教育。

经验告诉我们:我国人民还极少了解文学所进行的教育和其他方式的教育之间的

区别。

说文学是概念化的文学,那就是说它并没有运用,或者并没有充分运用文学独有的工具——也就是有改造人类、改造世界的作用的工具。

(约·里瓦伊:《作家的责任》。原文载《国际手册》第二十八期)

认识并改造世界——在这一点上,科学的认识和文学的认识之间是没有什么基本上的区别的。唯一的区别是:文学并不是以概念而是以活生生的人物来完成这个任务。文学的任务就是给人举起一面镜子,对他说:"瞧瞧你自己,认识你的同类,认识你跟他们之间的关系(并从而认识社会),认识你自己的性格——好的和坏的——发展的可能性,学习着去追随你好的一面,别受你坏的一面的诱惑。"

反对概念化的文学作品,那就是反对这样一种文学作品,在这种文学作品里,读者不能从在里面活动的人物身上看到他自己,看到他好的一面,看到面临着他的危险。他不能真正认清他是作品中的哪一类人物,不能跟他们一样地恨、一样地爱,不能产生和他们在一起斗争与行动的要求。

(约·里瓦伊:《作家的责任》)

根据高尔基的话,社会主义现实主义的文学是真正人的指导!它的使命是广泛地、深刻地和准确地反映我们人的丰富的精神世界、反映人的优美而细腻的感情、强力的思想、崇高的体验。全面而真实地揭示人的复杂的"灵魂的辩证法",是俄罗斯古典文学的光荣传统。这种传统必须由苏维埃文学完整地继承下来,必须继续加以丰富和发展。

(T.洛米哲:《为在文学中真实反映生活冲突而斗争》。
原文载一九五二年《哲学杂志》第五期)

然而文学不仅反映生活,而且还要影响生活。文学不仅具有认识作用,而且也包含有对广大群众起教育作用的巨大可能性。一个光辉的艺术形象会成为把读者的意识组织起来的一种力量。它帮助形成一个人的性格的某种特征。在党的教育下,我们的作家认识到有深入研究苏联现实的必要,认识到有和苏联人民的历史活动发生有机联系的必要以后,就创造了一连串的卓越的形象,这些形象是亿万苏联人民大众的行为的典范。

（B. 维里琴斯基：《斯大林与苏联文学问题》。原文载一九五一年十二月号《星》）

供讨论时参考：

（一）在目前我们的文艺创作中，存在着两种倾向：一种作品是以技术知识或工作的方式方法为主要内容来教育读者，另一种作品是以揭露人的精神面貌为主要内容来教育读者，究竟哪一种作品能达到改造或提高人类心灵的目的？

（二）你对于作家是人类灵魂工程师这一定义做何理解？

论文学与当代任务[*]

同志们，中央委员会要求和希望什么呢？党中央委员会希望列宁格勒积极分子与列宁格勒作家明白地了解：已经到了必须把我们的思想工作提高到很高水平的时候了。苏联青年的一代必须巩固社会主义苏联制度的力量和威力，必须完全利用苏联社会制度的动力来求得我们的幸福和文化的空前未有的新的繁荣。为了这些伟大任务，年青一代应当被教育坚定不移、生气勃勃、不怕阻碍、迎接这些阻碍并善于克服它们。我们的人们应当是有教养的和有崇高思想的人，而且文化和道德的要求与兴趣都应当很高。为了这个目的，我们必须使我们的文学和我们的杂志不离开当代的任务，而要帮助党和人民以对苏联制度忠心耿耿的精神、以对人民利益热忱服务的精神去教育青年。

苏联作家与我们的一切思想工作人员现在站在第一道火线上，因为在和平发展条件下，思想阵线的任务首先是文学的任务，并不会降低，相反地，而是增大着。人民、国家、党希望文学不要离开现代，而要积极打入苏联生活的一切方面。布尔什维克把文学估价很高，明显地看到文学在巩固人民的道德的和政治的统一上面、在团结和教育人民上面的伟大历史使命与作用。党中央委员会希望我们有丰富的精神文化，因为它在这种文化财富中间看出社会主义的主要任务之一。

（日丹诺夫：解说《关于〈星〉与〈列宁格勒〉两杂志的报告》）

苏维埃人民期待于苏维埃作家的是真正的思想武装、精神粮食，这些东西可以帮助完成伟大的建设计划，完成那恢复和进一步发展我国国民经济的计划。苏维埃人民

---

[*] 载1959年印行的《论创作方法》（暨南大学内部参考读物）。

向文学家们提出高度的要求,希望满足自己思想上和文化上的需要。在战争期间,由于环境的缘故,我们不能保证这些迫切的需要。人民想理解当前的事变。他们的思想水平和文化水平升高了。他们常常不满足于我们这里所出现的文学作品的质量,这是若干文学工作者和思想阵线的工作者所不了解而且也不愿了解的。

我们人民的要求和趣味的水平已经提得很高了,谁不愿意或不能够提高到这个水平,谁就会落在后面。文学不仅负有使命要在人民需要的水平上行进,此外它还有义务要发展人民的趣味,提高他们的要求,用新思想丰富他们,引导人民前进。谁不能跟人民一起走,满足他们的增长的要求,站在发展苏维埃文化的任务水平上,谁就不可避免地成为人们所不需要的了。

(日丹诺夫:解说《关于〈星〉与〈列宁格勒〉两杂志的报告》)

在B.索修拉的诗里,谈到的是我们人民意志所创造的,布尔什维克党所领导的,灿烂的苏维埃乌克兰吗?

为了不至于有所怀疑,我们来充分了解B.索修拉的诗,他是如何反对生活的真理;歌颂着某一个永久的乌克兰,"一般上的"乌克兰:

"爱乌克兰,像爱太阳,爱光明,
爱风、爱草、爱水……

你爱乌克兰的悠久广漠的空间
你以自己的乌克兰,
她的清新而永久有生气的美色
她的黄莺似的言辞而骄傲。"

超出时间,超出时代——这就是诗人描写中的乌克兰。

(一九五一年十月二日《理报》专论:《反对文学中的思想歪曲》)

熟悉生活,不管什么时候对于文学都是必需的。对于我们时代的艺术家更是如此。因为在急速发展着的苏维埃实现的条件下,在新与旧紧张的斗争中,如果不深刻地懂得生活，如果不是完全自觉地跟随生活，根本就无法下笔。从前常常有作家这样说："我只要独自生活并且同人们来往就够了。我用不着费什么专门的努力去认识生活。我生活，我思考生活——于是我就写出来了。"

但是请您想一想我们现代的生活吧，您就会看见，它是这样多样性，发展得这样迅速，单凭"思考"，而没有持久而经常地研究繁复的生活现象，那已经是完全不够的了。

就拿我自己来说吧，当我完成了《青年近卫军》的时候，出现了一个新的构思。根据战后数月对于集体农庄的一些观察，于是产生了描写集体农庄的青年的主题。可是我在一九四六年至一九四七年期间没能实现这个构思。应借以构造中篇小说的材料已经陈旧了：青年已经不是那个样子了，集体农庄也变样了，甚至被生活所提供的情节也不同了。一切都变了，一切都向前进了。构思的思想基础仍未变。主人公当然在最基本最本质方面还是那样。但是需要在新的生活条件下看取他们，要办到这一点，我就得在生活学校重新读另一课了。

然而，一个艺术家除了具备现实生活的知识外，在他面前还摆着一个任务，一个更复杂的任务：他的使命是要预见许多事物——从新的种子中能够看出这新的东西就是胜利的东西。

我们巨大的新建设，甚至在初步的几个计划中，其规模已经是如此庞大，不论我们现在是怎样读报纸，彼此之间怎样谈论，我们都无法在脑海里构成一个完全的概念来想象这些计划的实现会使我们的生活发生如何的变革，这个变革不仅是指新的生产力的发展，同时也是指在我们意识中必然要发生的那些巨大的转变。文学家如果现在不赶快认识这新的材料，现在还不开始研究这材料的各个细节（同时他不开始学习，不发展自己的思想意识，不扩大自己的知识范围，就不能学会往前看，就不能概括，预见许多事物）——这样的文学家就要不可避免地落后，关于这些建设，他以后什么也写不出来。一个作家只有经常向生活本身求教，学习列宁斯大林关于社会发展的科学，依据大量的实际的各方面知识，那他就可以不仅与生活步调一致，而且能走到它前头，预见许多事物。

（法捷耶夫：《论作家的劳动》。原文载一九五一年二十二期《文学报》）

……如果岱里同志愿意每天工作十二小时来写一部大部头的小说，一连写上五年，他有完全的自由。这是他的事，我们管不着。当然，这样的工作方法是有危险的：等到书中的主人公和读者见面的时候，他早已变成过去的人物了。在描写主人公的发展时，作者总是落在时代后面。……我们不禁止花五年工夫写一部书，不过如果我们明文规定这种花五年工夫写一部书的方法，强制执行，那么我们就将使文学创作发展的速度和生活发展的速度脱节，将使作家不能尽到他与时代相配合的责任。

（约·里瓦伊：《作家的责任》。原文载《国际手册》第二十八期）

我反对所谓"伟大的"文学跟与当前现实生活相结合的现实文学之间的不应有的对立。这种对立是错误的。为今日的读者，写今日的事情的现实作品可以成为不朽，而所谓不朽的作品反而会今天就寿终正寝。……有些作家追求当前的现实，掌握此刻，结果创造了不朽的作品。有些作家想追求永恒，结果今天就被抛弃。真正深刻地掌握现实，描写现实，指出现实情况的发展的作家，倒常常从平凡中创造了不朽的东西。可是肤浅地掌握永恒的事物，或是掌握他认为是永恒的事物，结果没有抓住现实，也没有抓住永恒。

（约·里瓦伊：《作家的责任》）

"书愈好，它越过事变也就愈远。"马雅可夫斯基对过去所有大作家说的极度真实的见解也可以应用到他本人身上。作家在自己的作品中表达出生活中愈重要的典型面，那么时间会在这一作品中打开新的方面和这作品也将为未来几代所需要的可能就愈大。

（季莫菲叶夫：《苏联文学史》）

供讨论时参考：

（一）革命的文学为什么必须与当代的革命任务相结合？作家的生活步调如果与革命的社会现实的步调不相一致，会产生什么结果？

（二）"永恒的艺术价值"与"结合当前的革命政治运动"是对立的吗？永恒的美学价值应建立在什么基础上？

论忠于生活及认识生活的深度和广度的意义[*]

作家必须无微不至地通晓事物的法则,即使不是为了来写它,而使自己了解和发现一切,从中找出形象的、具有若干人性的和诗意的。谁都不希望作家描写螺丝钉之类——他不是写价目表,但他必须知道这些螺丝钉之类,否则机器在他看起来将是一堆乱铁,对于人——机器的创造者——也就会无从了解了。再谈谈我自己的经验。只有研究了技术学、矿冶教科书、和技师谈话,以及亲身到了矿区之后,我才能够在《顿巴斯》一书上写出自己认为满意的数页。在这本书上有些地方不很妥当,我一想到就红脸:这就是说,研究得还不够咧!……

一个作家必须懂得许多许多!除了作品里所写到的重要的、基本的之外,他还需要懂得许多次要的东西。……

有时青年作家写出来的书就像戏剧脚本,甚至像脚本的说明书一般:这还不算作品,只是未来作品的基础。

脚本通常不像长篇小说那样要求纤维毕露。不需要详细描写人物的外表,因为有活生生的演员;不需要描写风景,因为有布景人员。有活的自然,有舞台监督,有艺术设计,诸如此类。电影更有许多形象工具。

作家呢,写小说时只有一种武器——文字。他必须用文字描写人物、自然和生活,生活经过了"第二次计划"才跑进书里的。第二次计划是完全必要的,这并非给作品粉饰镶边,加神添鬼,而是为了使读者在你的书里看到的不是做粗枝大叶的作业,而是真实的生活,带着本身色彩、气味、色度和细节的生活。因而需要风景,需

---

[*] 载1959年印行的《论创作方法》(暨南大学内部参考读物)。

要描写,这些似乎在作品中没有决定性的细节却实实在在地产生了生活真实的魅力,在萧霍洛夫、法捷耶夫、斐定、卡达耶夫的长篇小说中也就是这种魅力使我们着迷。

作家能够描写这个并了解生活就比较容易工作了。譬如当我写《内阁即景》时,对于会议和房中陈设的描写,真是煞费心机。记得我为了使这些场面"生色"起见,就开始写:"他微笑了"或是"他露齿而笑,说道"或是"他紧皱浓眉说道"……写得多无聊呵!这都是因为我既没有描写出内阁,也未曾表现正在进行热烈有趣争论的会议室;我的主人公可能借以表演的桌子我没有写,他所要注视到的窗户我没有写,对于窗外景色我也不赋予生命。

(戈尔巴托夫:《生活与作品》。原文载一九五一年三月二十五日《文学报》)

虚构和臆想不能代替作家的生活知识:不能够作为知识贫乏的补丁,不能填补作家直接感触与感受中的空白。

一旦作家产生了要用虚构来粉饰自己无知的真面目的要求时,他在读者的眼中就会立刻变成一个"裸体王"①,立刻会使人产生一种显而易见的感觉,而这种感觉绝非任何文学经验,任何华丽样式的外衣所能隐藏得住的东西;因为这种情节的发展、冲突与各种事件虽然都被隐藏在时髦的外衣的伪装下,但实际上却是机械地从别的时代和从其他的书中或别人的书中搬出来的,有时是从自己过去的著作中搬出来的东西。

有人说,虚构是从脑子里思考出来的。但是从脑子里思考出来的又能说明什么问题呢?有时,在某个文学家的脑子里就只有一些读过的书本,与长久以来已被生活洗刷而却小心翼翼地堆积起来的一套回忆,或者是某种错误的见解曾经一度亲身经历过、体验过,但却把它当作永久的范畴,当作某种一成不变的公式,而强加于毫不相似的,为自己所不了解的生活。

但是,如果在作家的脑子里有着真正丰富的、由观察得来的活生生的印象,有着一群形形色色各执一着的人的形象,有着人的说话与争吵、自白与表白的声音,那么,从这一群人中,从他们活生生的声音中、从他们意见的争论中产生出来的就是某种新的、属于自己的东西。是从这个人、也是从那个人得来的东西,是以一次所观察到的为基础而又为多次的观察所扩大了的东西,最后便成为虚构;在这个虚构的后

---

① 《安徒生童话》中的一个国王,自己明明没有穿衣服,却说自己的衣服是用人眼所看不见的材料织成的;这里是指骗不过读者的眼睛。

面，有着这样一个先决条件——非常丰富的事实，只要用这些事实与人的名字，就可以连续地填满报纸的许多篇幅。

为了虚构，作家要有比写记事体裁文章多许多倍的事实，这一绝对的真理是永远都不能忘记的。为了有内在的权利去虚构，你可以将所见到的各种事象，预先写一个速写，但也可以不这样做，日记是可以记的，但也可以不记；可是，不管怎样，都需要预先掌握有丰富的、广泛的观察，这些观察应当是超过某些狭隘实践主义的文学家的那些"绝对必要的观察"的许多倍。

丰富的观察能够给作品创造为写作任何有价值的著作时所必需的那种充分坚固的基础。

（K. 西蒙诺夫：《生活与虚构》。原文载一九五二年十二月二十五日《文学报》）

……当然，现实很少提供现成的情节给作家的；而即使有时提供了，若不注入同样由现实生活中提炼出来的另外的因素，剧本仍然常常会显得贫弱和矫饰的。

现实生活是不会追随过去或现在的戏剧创作的规律与惯例的，它要使那些捏造规律、模型、人物和情况来适应他们自己的卖文者们大为失望。在现实生活中，事情往往不会如作者所喜欢的那样；有时，证明了作者的微薄才能不足以掌握现实的人物与事件。你自己的想象可以常常迁就你；而现实却绝不迁就作家。

这就是说，要是你以真正的创造的精神来从事写作，你就必须做许多别人永远不会知道的工作——必须找寻、结交、观察、询问许多许多的人，生活在他们中间，和他们一道饮食，把自己完全浸到他们的生活环境里去，熟悉他们的各种职业及每种行业所用的术语，了解他们之间的议论与争执，深入发掘他们的感情，如此等等。所有这些就为了写一出演出三小时的戏，而你写这剧本所用的素材甚至不及你所收集的材料的百分之一。

这就说明了：为什么要写以生活为根据的剧本是极为困难的。然而，这样的剧本才有真正的个性，才有新鲜事物的因素；对于我们戏剧的发展才有所贡献，而不同于那些空洞的作品，尽管写得如何巧妙，出现之后又消逝得杳无痕迹。

（H. 包哥廷：《剧作家与现实》）

我以为，在艺术上，形式是人的思想和情感的外在的物质的表现。但是社会的人的思想和情感，总是被社会条件所决定的。例如，一个失业的饥饿的人，他的思想和情感是很容易想到的。可以说毫无疑问地，他的主要的情感是愤怒和憎恨那些饱食终日的人，他主要的存着永远消灭失业的思想。在资本主义社会里千百万这样的人表现着他们对于生活的印象：这在街道上、在城市和乡村的外貌上、在人们的脸上，都看得出来。……

别林斯基说得对："艺术没有思想，就像一个人没有灵魂——是一具死尸。"实在的，试想想吧，一个艺术家所从事的，是描写典型人物，比如说，美国的失业者或者只靠工资生活的工人，如果他不熟悉这些人的思想、情感、悲哀、快乐，他能够创作出艺术的作品来吗？顶多他只能创作出一幅技巧很好的肖像，一幅近似原来的人物的照相。

……只有彻底地了解和深深地感印着他的人物的全部的情感和思想的艺术家，他才能在失业者的凝视里看到和感到无望的情感，他才能在雇用的工人的眼睛里看出他失去职业的恐惧——只有这样的艺术家才会找到——可以说，甚至用不着意识的努力——生动的字汇，富于表现的举止、声调、色彩、韵律，使他得以创造一个真实的、活的人物。

（加里宁：《艺术工作者必须掌握马克思列宁主义》。原文载一九四〇年《国际文学》及一九三六年六月十日《消息报》）

列宁号召我们要特别注意工厂内的、农村中的、军队里的生活的日常事务，因为在这种生活中正创造着真正新的人的相互关系。……列宁再三地号召高尔基及其他苏联作家去研究那已经抛弃了剥削者的枷锁并开始建设社会主义社会的人民的日常生活。列宁要全体苏联人民都去注意共产主义的日常的朴质的嫩芽，并要求他们小心地爱护这些嫩芽，同时并预见到：在那时最初发育起幼芽的地方，必然要成长出一座多么美丽的花园。

劳动群众的伟大领袖列宁和斯大林不是把响亮的语言，不是把伟大的历史形象，不是把有色的场面，而是把真正的生活，看作是真正的史诗。他们号召苏联作家去反映这一生活的真理。

（A. 缅斯尼柯夫：《论社会主义现实主义的基本特征》。原文载一九五一年第二十四期《布尔什维克》）

如果一个作家是诚实地反映生活的真理，那么他就必然是一个马克思主义者。斯大林同志着重指出,决不能坐在自己的书斋里去虚构形象和事件。应当从生活中去取得这些形象和事件,就是说,要去研究生活,向生活学习。

很可惜,直到现在我们有些作家还没有执行斯大林同志的这些英明的指示,不去好好地研究生活,他们已经赶不上人民的要求了。

(A.缅斯尼柯夫:《论社会主义现实主义的基本特征》)

要是缺乏深刻的研究生活和不能在其革命的发展中正确地反映现实,那是不可能创造出高度思想性和艺术性的作品的。写真实吧!——这便是对我们文学家的要求。苏维埃文艺的力量和思想性就是在生活的现实之中。艺术家所描绘的现实,应当是显示无所不包的生活现象的典型艺术形象的体现,应当是新旧斗争的体现,应当是已经确定了的无往不胜的共产主义思想的体现。

(一九五二年十一月十二日《真理报》社论:《创造无愧于苏联人民的作品》)

一部文学作品的价值取决于它所描写的社会现象富有特征到什么程度。形象如果是典型的,就必定反映出所描写的时代,反映出一定阶级的生活状况。……

作家的诗意的想象所创造的任何一个形象,其思想艺术性都取决于社会内容和历史内容的丰富程度。如果一部文学作品的作者捉摸到了并且深刻地理解了活生生的现实中的重大现象,用鲜明的艺术手法把它们描写出来,他就能达到创造典型形象的程度。

(奥泽罗夫:《苏联文学中的典型性问题》。原文载一九五三年第二、三期《旗帜》)

艺术家违背生活的真实,企图缓和、掩饰生活的真实矛盾,这就严重地妨碍了艺术的发展。斯大林同志教导我们说:"应当善于正视现实,不管现实是多么令人不愉快……"斯大林同志说道:"布尔什维克与其他一切政党不同,就正是因为他们不害怕真理,不害怕正视真理,不管真理是多么辛辣。"……当然,在生活和文学中确定新的、令人愉快的、美的事物,如果没有克服阻碍这种新事物的成长的和发展的力量,那是不可想象的。斯大林同志指出:"不要害怕拿出几段生活摆在光天化日之下,不论这些生活是多么令人不愉快。"

(T.洛米哲:《为在文学中真实反映生活冲突而斗争》。
原文载一九五二年第五期《哲学杂志》)

只有在生活中可以看到的、反映着生活的深刻过程和典型特征的，在剧本中的发展与其所体现的现实本身的准则和规律相符合的那种冲突——就是说，既没有被千篇一律的戏剧手法予以人工的尖锐化，也没有被削弱其反映着生活中现实矛盾的真实尖锐性的那种冲突，才可能是真正具有生命的冲突。

只有亲身积极参加争取新事物的斗争的作家——不是生活的旁观者而是生活的创造者——才能发现和理解新旧之间的斗争所不断产生出来的这种冲突。只有不断学习描绘性格的高度艺术的艺术家，才能在戏剧中体现出这种冲突。

（A. 卡拉干诺夫：《冲突与性格》。原文载一九五一年十月十日《苏联艺术报》）

多年从事创作的努力使我无论何时都确信：只管主题巨大是不够的；你的主题必须是你内心所"感觉"的；你必须根据生活经验来写。否则的话，你不能真正描写生活，你所提供的只是生活的单薄的影子而已。只有深刻地研究现实，亲切地体会现实，才能产生有思想、有感情的真正的诗；也只有从研究现实，体会现实当中茁长出来的作品，才会有真实的生活气息和个性的烙印。

（土尔松·查德：《谈自己的创作》。原文载一九五二年《苏联文学》）

从社会主义现实主义的观点看来，艺术中最重要的东西就是生活的真实，现在事物、将来事物和过去事物的真实，生活不可克服地向新事物前进的真实。社会主义现实主义艺术，首先就是最真实的艺术。

写真实！——斯大林同志关于社会主义现实主义的本质就是这样回答的。"让作家在生活中学习吧！如果他能以高度艺术形式反映生活真实，他就一定会达到马克思主义。"

（B. 叶尔米洛夫：《社会主义现实主义理论的几个问题》。

原文载一九五一年七月九日、十二日《文学报》）

社会主义现实主义中最主要的东西就是发展中的、向共产主义前进中的生活真实。这个原则乃是我们全部美学的基础，它又规定着我们的美学标准。从我们的美学观点看来，美与真是不可分地联系着的。

（B. 叶尔米洛夫：《社会主义现实主义理论的几个问题》）

供讨论时参考:

(一)在创作的准备阶段,作者应当积累很多很多的知识和经验。我们要直接描写的事物固然需要十分熟悉它,就是能间接帮助我们理解生活的一切东西,也需要熟悉它。为什么?

(二)许多青年写作者,常常只能写出故事的梗概,而不能同时写出与这故事相适应的人物的精神面貌,也不能写出与这故事相适应的环境。为什么?

(三)有些作品虽然写了"矛盾",但它却没有真正地反映现实中所存在的矛盾。这是由于作品的"矛盾"不是从现实生活中汲取来的呢?还是由于作者对现实生活中的矛盾没有真正的认识呢?还是两者同时都存在呢?你们是否能通过这具体问题的讨论,深一步地去认识"生活是创作的源泉"这一定义对于文学创作的巨大意义?

论主题的选择*

……我们可以得出结论,并不是每一个生活事实和现象都可以当作真实艺术的材料。

那么,什么样的事实和现象,才被真正的现实主义者选择来当作他们的艺术素材呢?首先,像高尔基所指陈的,与人类生活有关的事实和现象,才是对人们有切身利益并且与他们有直接关联的事实和现象。离开了人,离开了人的利益,就不会有艺术和美,甚至像莱维敦和高洛特的风景画,其中虽然没有一点暗示到人的地方,但是因为其中存在着看不见的人,人的思想,以及由于一种对自然的冥想所引起的人心情与感情的惊人的描写,而成为美丽。

因此,人和人类才是艺术的主题。但是如所周知的,人生的丑恶和人生的美丽一样,都能成为艺术的素材。在什么样的程度上,丑恶才能作为艺术的素材呢?

如全部世界文学史所显示的,反映着人生丑恶的事实和现象,只有在它们接触到人,并且对他具有意义的程度上,才成为艺术的素材。像代表着人生丑恶面的高卜赛克、葛洛夫列夫、沙姆金、瓦特灵等人物之成为艺术的性格,是由于这样的事实,即他们的活动和他们的存在,关系到人的命运,关系到人类关系和人类斗争的发展。打个比喻说,空地上的一堆垃圾,我们可以说,永远不会成为艺术素材。但如果把它移到城市的街头上,妨碍了人们自由行动,败坏了人们呼吸的空气,那时它便成为艺术素材了。

应该说到,丑恶的意义即是使得它配受一个艺术家的注意的那种性质,绝不是它

---

* 载1959年印行的《论创作方法》(暨南大学内部参考读物)。

的外表上的伟大。"小蚊子"取得的意义,也许并不小于像高卜赛克或葛洛夫列夫那样的"大怪物"。苏联作家伊尔夫和彼得罗夫巧妙地证明了这一点,他们把一个无足轻重的地方书记表现为一种具体的贪欲,成为社会的一种威胁的道德堕落。这些"小蚊子"的意义取决于,它们典型到什么程度,它们干涉人类关系以及人类命运的发展,又到什么程度。

(瓦希里耶夫:《社会主义现实主义的特质》)

  电影剧本是摄制影片的基础,因此,使这个基础符合党和人民给电影剧本作者提出的高度思想艺术要求与任务,乃是一件非常重要的事。我们深深相信,影片不仅对于它本国的广大人民会发生巨大的影响,而且对于世界各国人民也是这样。这种情况就使影片的创造者,首先是电影剧本作家,必须负起一种特别的责任。

  一个电影剧本作家不仅必须掌握本行业务的技巧,观剧结构、对白、乐曲等,他首先还应当善于从国家的观点来思考问题,善于从各种事件的辩证发展中去观察它们,善于选择主要的,抛弃偶然的,一句话,善于从马克思列宁主义立场阐明各种现象,通过艺术形象来教育人民,指导他们前进。

  电影剧本制作中最重要的阶段,我认为是选择和确定主题。处理这个问题有各种办法。

  有些作者,是当一个人物所遭遇的特殊境况、他的鲜明性格、他的命运,或者一桩什么不平常的事件忽然打动他们的时候,他们就根据这种偶然的情形来选择主题。

  在这种场合,吸引作者的注意力的,不是那些左右人物的行动、形成人物的性格、决定人物的命运的社会规律,而是性格本身,特殊情况本身。作者采用这个办法,就无异于盲目射击。当然,他也可能侥幸地射中目标,这就是说,他可能十分偶然地表现出典型的现象,不过我认为:一个蒙住两只眼睛来射击敌人的士兵,根本不能算是士兵;靠偶然的机会来选择主题的电影剧本作家,也不能算是电影剧本作家。

  电影艺术是党手里一件有力的思想武器,我们应该把它使用到最需要我们的帮助、我们的解释的地方去。因此,我们必须走向最紧要的战区,着手解决人民最迫切需要解决的任务。

  有人也许会反对我的意见,说从外界授予的主题可能使艺术家的创作受到束缚,感到格格不入。他们还可能对我说,每个作家心里都存在着自己的主题,那是他在各种生活现象中孜孜不倦地寻求着的,并且渴望用自己的作品把它体现出来的。

但是我认为,作者应当选择的,正是那种能和他内在主题相一致的外在主题。我们要使这个内在主题和外在主题有机地融成一片,从而成为一个更宽广、范围更大的主题。……

(M.斯米尔诺娃:《寄语中国电影剧本作家》)

……在选择作品的英雄这个问题上不能以作者的心血来潮、一厢情愿而做决定。这个问题的正确而合理的解决大体上规定了作品的面貌。作者对英雄的选择要回答这个问题:他的主要的注意力放在谁身上?他将用自己才能的全力来写谁?这个人在他身上集中了我们社会里的新的和前进的东西,或者这个人迷恋着落后的、陈腐的、过时了的东西。

从对这个问题的回答中我便知道作者对现实的态度是怎样的,他对现实的理解是正确或不正确,他是否正确地看到它的前进的倾向,这种前进的倾向对于他是不是我们生活的最重要的、最宝贵的,而他是否准备把自己才干全部力量、全部热情奉献给这个宝贵的东西。

(K.西蒙诺夫:《为布尔什维克的党性,为苏维埃文学的高度艺术技巧而斗争》。原文载一九五〇年第三期《布尔什维克》)

苏维埃作家的美学原则和艺术经验,清楚地证明,艺术的任务就是首先描写主要的、决定的因素,即是说,能够表现人生深刻的真理的,一个人的性格、活动和生活中的那些事实和现象。

(瓦希里耶夫:《社会主义现实主义的特质》)

当你们真实地"描写生活"的时候,不仅仅要表现出人人都明白的那些特点,而且要表现出常人的眼睛难以看到的那些特点。假定你在描写的人物是很笨拙的,你就表现他的笨拙,但是同时要强调那些不十分显著,但是我们的人民所特有的典型的、内心的特点。例如,对国家的爱——这种爱,不同的人在多种不同的样式里表现着。你必须找出这种爱,把它表现出来,并且不是用空洞的理论来表现,而是用具体的形象。

……现在,最后我们应该明白:我们应该不仅仅是理论上爱我们的社会主义国家,而且要十分具体地爱它,那就是说,爱它的田野、森林、工厂、制造厂、集体农庄、国家农庄;爱它的斯达哈诺夫运动者们——男子和女子——爱它的共产主义青年团员们。我们爱我们的祖国,必须也爱那些在苏联才有的一切新事物;我们要描写我们的国家,必须描写出它的所有的美丽——不是用我对你们讲演的方法,而是用真正活生生的、艺术的形象。如果我们的艺术家这样地来爱他的社会主义国家,他的眼睛就会看到在苏联的国土上正在进行的所有伟大的生动的事情,他的爱就会充满深刻的、生动的、现实的内容。

(加里宁:《艺术工作者必须掌握马克思列宁主义》。
原文载一九四〇年《国际文学》)

作家必须热爱我们的生活,了解我们平凡的劳动者。从他们平常的外表现象中找出高尚的苏维埃爱国主义的特征、行动和思想的美丽。应当了解,远比资本主义国家任何一个妄自尊大的人物和商人不知要高出多少万倍的,正是这些普通苏维埃人——共产主义建设者——的道德品质。

用艺术的手法来表现那些普通劳动者即将成为英雄的特征,则比较直接和热情地描绘那些业已建立功绩的英雄要来得困难。把隐藏在一个苏维埃人日常生活中和"微不足道的"劳动中的诗意和美丽——崇高的政治意义——发掘出来,这就是苏维埃艺术的职责。为了这个目的,艺术家就必须深入普通劳动者的精神世界,认识并了解这个世界的无限丰富性和"平凡"性格的多面性和完整性;而且(艺术家)本身还必须具有苏维埃爱国主义的情感。

(E. 哥尔布诺娃:《论社会主义现实主义理论的几个问题》。
原文载一九五三年第四期《十月》)

有些剧作家一味追求他们所错误地理解的"戏剧趣味",而把新的冲突按旧的方法来处理——让剧中主人公及其事业的命运从属于一些偶然的事件:偶然失落的一封信,偶然的一张关于对手丢人行为的照片,意外的从旁面来的援助以及诸如此类的偶然事件,这样这些剧作家就造成很大的错误。剧作家用这样一些"命运的赠礼"使角色们的斗争简易起来,这就妨害了他们在这一斗争中充分展开和充分显露自己的性格。自然,偶然的成分也可以有,但是若把它们当作冲突发展中的决定性的因素,这样是忽视了苏维埃社会的最重要的特点。在党和国家用尽方法地和有组织地扶持新的、先进的事物的条件下。剧作中的现实主义就是要深刻地表明新事物胜利的规律性和必然性,深刻地表明为新事物而斗争的战士们在所表现的生活冲突中的主导作用。

(A. 卡拉干诺夫:《冲突与性格》。原文载一九五一年十月十日《苏联艺术报》)

……我们又碰到不少的剧本,行动是建筑在细小误会、外部的偶然性上面的。顺便说一下,这种现象特别发生在喜剧里面,当描写爱情的时候。如果相信了我们一些作者的话,那么你就可能设想,爱情里面最重要的东西是基于相互不理解的爱的误会。外表的冲突是无冲突性的变相。斤斤于细节的误会、杜撰的无谓的冲突,这就使人物以及爱情本身都蠢化了,贬降了。这一类喜剧的作者们忘记了:爱情是才能焕发的,并且还是——天才焕发的!爱情是人与人之间最伟大的了解。爱情的才能焕发之处,最出色的被描写在列文向吉提①求爱的场面中,那时一双情人都已互相有把握地猜透对方的思想。而在别的一些剧本里面,爱情显得是庸碌无能的,因为碰到任何外部的偶然性就会破碎。

真正的艺术家剧作家从来不采用外表的冲突,和个性的本质无关的互相不理解。艺术家剧作家只采用那些真正成为表现必然性的形式的偶然性,就是说,典型的偶然性。

(叶尔米洛夫:《苏联戏剧创作理论的若干问题》。
原文载一九五二年十月二十五日、二十八日、三十日及十一月一日《文学报》)

……社会主义经验和社会主义思想对于现实主义发展的有利影响,不仅体现在苏维埃作家关于苏维埃生活的作品中,同样地体现在他们关于历史主题的作品中。社会主义现实主义者给予我们的历史小说较之过去的历史小说更少拘束,更少主观,不是偶然的事。像小托尔斯泰的"彼得大帝",赛盖耶夫-曾斯基的"塞巴斯托波尔之围",诺维可夫-普里波依的"对马"以及小托尔斯泰关于伊凡四世的戏剧,诸如此类的作品,对于历史小说和历史剧方面作了极有意义的贡献。

这些作品的意义,只要考察一下小托尔斯泰关于"可怕的伊凡"的剧本也许就可

---

① L. 托尔斯泰的《安娜·卡列尼娜》中的人物。

以了解了。在小托尔斯泰从事于剧本的写作之前，关于这位沙皇，早就有人写过许多东西，但是他常常被描写为一个残酷的人，谋害他自己的儿子的人，一个放荡者，一个刽子手。过去的作家们常从一种纯粹的抽象的道德观点来把握主题，他们选择可怕的伊凡的性格作为一个伦理的现象，作为这样的一个人，他的个人命运和行为是异常的，他的奇特的人格，由于他的最惊人的特点——他的残酷——是有趣的。因之，他们着重（而且常常夸张）可怕的伊凡的残酷的个性。在歪曲可怕的伊凡的历史性格方面，贵族出身的历史家起了很大的作用，他们不能饶恕这位沙皇对上层贵族们的坚决斗争。

小托尔斯泰努力从历史观点去估定可怕的伊凡的人格与活动，他抛弃了积累了几百年的，以道德为重的作家们和历史家们的错误观念。可怕的伊凡的行为只是他个人的道德品质和精神构成的结果吗？这位严厉的沙皇所采取的严酷手段的历史意义是什么呢？它们对于历史以及对于我们的意义又是什么呢？这些就是小托尔斯泰在他的剧本中提出的问题。他表现了在大多数的情形下，可怕的伊凡的严酷，是他为俄国，伟大的俄国而进行的历史斗争之悲惨的后果。感谢他对主题的历史的把握，托尔斯泰揭露了，可怖的伊凡不是不可理喻的暴君，毒恶的妖怪，像贵族的历史家们把他所绘的那样。相反地，小托尔斯泰表现了，他是一个杰出的俄国政治家，在外对列强的关系上，内对敌人的斗争上，他都能够保护民族的利益。小托尔斯泰的剧本使人们对于可怕的伊凡的活动，代表着俄国前进一步的活动，感到极大的兴趣。

在重新创造过去的时候，苏维埃作家们并不限于描绘俄国国家和社会从而产生的那些优点。关于可怕的伊凡和彼得大帝的作品显示了专制的桎梏下人民的痛苦以及地主们对人民的剥削。苏维埃作家们一方面以俄罗斯所经历的伟大的历史道路为荣，同时很客观地表现了，在悠久的年代中，俄国发展所采取的，加重了人民大众的痛苦的方式与方法。所以他们并不为一般的进步做辩护，而为最有民主的，民族的形式的进步做辩护。

（瓦希里耶夫：《社会主义现实主义的特质》）

富曼诺夫在创造夏伯阳的形象时，非常清楚地了解，他必须在和群众血肉的关系上来表现他的主人公，而这种关系，才能把夏伯阳以及他本身所具有的许多优点表现出来。

富曼诺夫在"夏伯阳"中刻画着两种力量——指挥员和军队——在革命中，在人民争取美好未来的斗争中所起的相互作用。作家的功绩就是他并不是放在一种狭隘的范围里来写作的，而是在和人民以及集体友爱的关系上来描写他的主人公、战士和新社会的建设者，这一点，也正是现代优秀作品的特征。

（Л.迈斯柯芙斯卡亚：《论夏伯阳形象的创造》。
原文载一九五一年三月《星火》十一期）

供讨论时参考：

（一）当你选择主题的时候，你是否考虑过这样的题——文学是帮助人们认识生活的实质和生活发展的规律，进而使人们维护一切新生的、前进的事物，憎恨一切垂死的、向后退的事物——呢？如果考虑过，那么你选取什么样的事实和现象去表达你的主题呢？

（二）一切偶然的、个别的或次要的事物和现象，为什么不应当作为作品的主题？可不可以由此得出结论说：凡不是正面地描写决定性的斗争，而仅仅以决定性斗争作为背景，描写了现实生活的一个角落或一些普通劳动者的生活，从中反映了决定性斗争映入人们意识中的思想感情以及它们（思想感情）的相互关系的作品，是否就毫无意义呢？

（三）我们处理历史题材时，不应当片面地从单纯的伦理观点去选择主题，更重要的应当以历史的发展观点去选择主题。为什么？

论革命理论与革命世界观对于创作的重要性*

党教导人类灵魂工程师要极严格地要求自己。如果我们建筑巨厦,巨厦就必须能够保险数百年,那么,作家所写的作品,还应该要具有较长久的命运。作家的作品必须成为后代子孙的骄傲。斯大林同志向苏联艺术活动家提出了创作苏联经典著作的任务。这就表明了党对文学和艺术的深刻要求。

只有由先进理论所赋予灵感的文学,才可能顺利地完成如此复杂的任务。在由社会主义逐渐过渡到共产主义的时代里,理解发展的实质,认清我们运动的前途,洞察未来远景,尤其重要。斯大林同志尖锐地批评了杰米杨·别德内依的反爱国主义演说,并且指出,后者是没有能力理解这个在世界革命运动中心的俄国所发生的历史上最伟大的变动进程,因而他不能胜任地执行先进无产阶级歌颂者的崇高任务。

(一九五二年十月二十五日《文学报》社论:《人类灵魂工程师》)

作为一个鲜明的人格,而出现于苏维埃文学中的普通人的性格,不仅是他的生存的特殊社会条件之影响的结果,并且是苏维埃文学的艺术方法的结果。一切都要看一个作家在他的人物身上所寻求的是什么。如果,一个作家,由于他的哲学、世界观,或者成见,不相信普通人的伟大,那么,他就不会在那人身上发现意义和个性;相反,他会把这个人物性格冲淡在琐事之流中,不是由于它们的意义或出色而突出的琐事,而是由于它们的平凡而突出的琐事。在这种情形之下,不管作者如何努力,去给人物做一个精细的描写,他不会表现出人物的真正的本质。

……在描写当代的平凡人物时,苏维埃作家们表现了他们对于生活、对于苏维埃

---

* 载1959年印行的《论创作方法》(暨南大学内部参考读物)。

国家的成就之甚深兴趣,对于各种形式的人压迫人的憎恨,对于为人民的共同利益而斗争的力量。这就帮助了作家们去更真实地描写平凡人物在现代历史上的性质、作用和意义;这跟苏维埃生活本身,提高平凡的人到空前高度的事实,是分不开的,这跟苏维埃生活本身,向世界揭示平凡的人的伟大品质和德性,较以前揭示得更为完全,深刻而又多方面的这种事实,是分不开的。

(瓦希里耶夫:《社会主义现实主义的特质》)

马克思列宁主义本身就是生活经验。文学需要才能。但文学同时要求作家在观察生活、参与生活中亲身体会到的生活经验。缺乏世界观,缺乏革命的、进步的世界观,缺乏马列主义的思想意识,才能就要迟滞,不成熟的才能就要垮台,甚至个人的生活经验也就变成人脑中的一堆杂乱,不能从中认识他自己。对于那些把马克思列宁主义理解为教条集录的人而言,也只有对于他们而言,作家可能有的世界里就一定成为创作的障碍。革命理论和革命的、进步的世界观能给作家(典型人物的创造者、人的刻画者)以不可估计的帮助,使他能把亲身经历的经验加以概括综合。不会把自己的经验概括综合的人是不能成为作家的。谁要懂得这样的道理,就不会把马克思列宁主义理解成为教条集录。

(约·里瓦伊:《作家的责任》。原文载《国际手册》第二十八期)

共产党和苏联政府的政策,是苏维埃制度的生命基础。共产主义思想,这就是保证文学遵循正确路线发展的伟大鼓舞力量。盲目创作,是绝对不容许的!对于苏联文学和新型的作家,所要求的是:高度思想性,善于从整个国家范围来思考问题的能力,清醒理解全部社会关系的复杂性。因为如果不具备这种能力,根本就谈不上描写生活的真实。

(一九五二年十月二十五日《文学报》社论:《人类灵魂工程师》)

世界观在艺术创作中的作用是很大的。以先进理论为武装的作家才有可能比较深入地理解和估计现实,认识现实的本质特征,它的合乎规律的发展倾向。带着革新性质的社会主义现实主义艺术是以艺术家的世界观和方法的协和统一为前提的。共产主义思想把作家武装起来,使他们能深刻地认识和反映现实。估计一部艺术作品的价值,要看它在共产主义社会的建设中对人民有多大帮助,要看它对于劳动者的思想教育、对于高度审美力在群众中的发展有多大促进作用而定。

(奥泽罗夫:《苏联文学中的典型性问题》。原文载一九五三年第二、三期《旗帜》)

党性在艺术中表现的基本范围就是典型性。作家当作典型性现象来表现的究竟是什么,作家依照自己的见解来拥护和指责的是什么——作家的政治立场就表现在这里。艺术家把主要的本质的现象加以典型化,他支持新的、先进的而抨击保守的、死气沉沉的,他就是这样来积极帮助党建设共产主义社会的。

典型性是党性在现实主义艺术中表现的基本范围——这个指示动员作家们提高他们的著作的思想艺术水平。艺术作品成功与否,不仅仅要看艺术家描写什么,而且也要看他怎样描写。只有在鲜明的形象中,在描写得很生动的场面中,生活里的典型现象才会成为文学作品中的典型现象。没有生动的色彩,就没有艺术形象,也就是没有典型。

(奥泽罗夫:《苏联文学中的典型性问题》)

文学是用自己的特殊手法反映客观现实的规律的,作家越熟悉生活,越细心地研究生活的规律,文学所反映的现实就越深刻,越真实。艺术家在研究现实的时候,不是把所看到的东西机械地摹写下来;他应该努力揭示现实发展的规律,阐明一定社会历史现象的主要的、本质的特征,指出生活中的新的现象,并且适应艺术的特点,用典型的形象反映出来。艺术形象按其本质来说是通过具体的、个别的、个人的东西去揭示典型的东西。

艺术像一切认识世界的手段一样,不单是反映现实;它还起着巨大的改造社会的作用,而这就使得作家有责任深刻了解社会发展的性质,看出它的基本趋向,积极支持新生的、成长着的事物。为了做到这一点,就必须理解发展的法则,善于及时地捉摸并且正确地估计新的现象。作家的思想眼界越广阔,他就越有把握不至于茫无头绪地沉没在大量的印象当中,沉没在仿佛杂乱无章的生活事实当中。典型的形象不仅仅是把生活中所看到的特征综合起来;它里面还包含着艺术家本人的思想,表现着他对生活的态度。作家在创造一个正面形象的时候,他是以艺术的形式捍卫和宣传自己的理想。从文学家对待反面人物的态度上,可以看出作者本人所固有的暴露陈旧事物的热情。因此，在研究某一个文学典型的具体内容时，我们不能忽略作者对它的评价。

各种不同的事实都可能打动艺术家的想象。但是真正的才能就在于：对生活的敏感、思想上武装起来的作家首先注意具有特征意义的、本质的事实。为要刻画某一时代、某一阶级的一个人，艺术家必须捉摸到对于所描写的社会典型是最有特征意义的东西。如果他善于像高尔基所说的那样，从他所看见的许多人身上抽出他们的特征。然后以巨大的艺术力量把这些特征结合在一个人物身上，他就会创造出一个鲜明的和难忘的形象。

（奥泽罗夫：《苏联文学中的典型性问题》）

苏联作家精通马克思列宁主义哲学的全部思想财富，对艺术创作具有巨大的、无可估价的意义。"一个为广大群众写作的作家，当然应该精通马克思主义哲学"，一九三四年加里宁对苏联青年作家说。"如果一个作家不大懂马克思主义哲学，不大懂马克思、恩格斯、列宁和斯大林的著作，那么显明地，他就不会写出任何巨大的马克思主义的作品。"

斯大林关于作家走向马克思主义的道路的原理充分估计到了作为现实之生动反映的文学的特征，他强调作家和生活联系的必要性，强调苏维埃社会制度所起的巨大的教育作用，同时指出马克思列宁主义方法论对于作家的巨大意义，这种方法论使人能够概括和正确理解从生活中取得的题材。

（B. 维里琴斯基：《斯大林与苏联文学问题》。原文载一九五一年十二月号《星》）

……只有掌握了马克思列宁主义哲学的艺术家，才能在选择和理解典型事物时达到高度的、自觉的深刻性与正确性。只有苏联文学的哲学基础——辩证唯物论，只有马克思列宁主义党的世界观，才能使人真正正确地理解历史。

拉普派企图机械地把苏联艺术方法规定为辩证唯物论的方法，他们是庸俗的马克思主义者。拉普派所宣传的艺术中的辩证唯物论的公式实际上会使作家的作品结构变成死板、没有生命，它常常使艺术作品失去感人的力量，使它变成枯燥乏味的论文。

（B. 维里琴斯基：《斯大林与苏联文学问题》）

高尔基特别强调，艺术家对于生活的立场、作家对现实的态度，是具有决定性的意义的。

艺术家创造的图画是否真实，不只是取决于作家写什么，注意什么，即他是描写正面的，还是描写反面的；重要的是艺术家的社会立场，他的意图，他对所描写的事物的态度。例如，左琴科的小说有严重的错误，这倒不是因为作者接触到现实生活中的缺点，而是因为他用恶意的嘲讽的态度来描写苏联人。他的立场是那种对我们社会的崇高理想完全陌生的、嘻嘻哈哈的、庸俗的人的立场。

要反映生活真实，对现实采用被动、漠不关心的态度是不行的。高尔基要求文学家在一切事情上都积极主动。他对作家们说："不错，必须把自己改造成这样：觉得为社会革命服务就是每一个正直的人的私事，觉得这种服务给个人一种享受。'战斗中有的是快乐！'"

（潘科夫：《高尔基论描写新旧的斗争》。原文载一九五二年六月号《旗帜》）

当我们想到哪一些果戈理的传统特别对于苏联文学接近、重要和宝贵的时候，我们就认为，首先必须讲到这样一种传统，它的本质是车尔尼雪夫斯基用下面一句话表达出来的：不抨击恶，就不可能有善！

涅克拉索夫纪念果戈理逝世的诗，是用下面一句话结束的：

……他怎样在爱中憎恨！

"对于我用全心灵、全灵魂、整个我的存在去爱的东西，我不能持平静，我在里面比什么都更强烈地爱那好的，（根据同样的法则）也更强烈地憎恨那坏的。"（别林斯基）

对善的爱，如果没有对恶的憎，就不是爱，而是玛尼罗夫主义。要能爱，就得能憎！

……我们越是热爱我们的祖国——社会主义的祖国，越是热爱劳动的人们，我们全世界的兄弟，我们就越应该更强有力地、更无情地、更不调和地从生活里面把一切否定的、腐烂的和垂死的东西，一切阻碍进步的东西烧掉，就越应该无情地抨击恶，追打并杀死它。

（叶尔米洛夫：《苏联戏剧创作理论的若干问题》。原文载一九五二年十月二十五日、二十八日、三十日及十一月一日《文学报》）

供讨论时参考：

（一）今天的作家如果没有为革命理论所武装，他能正确地认识社会历史现象和艺术地概括社会历史现象和敏锐觉察新事物的新特征吗？为什么？

（二）你如何理解先进理论对于创作的作用？是把理论词句直接写到人物的对话里呢？还是用这理论观点去认识和概括你所接触的事实和现象呢？

（三）你以为作家的政治立场，主要表现在他写什么事物上呢？还是表现在他对所描写的事物所持的态度——依照他的见解来拥护什么事物或反对什么事物——呢？

（四）一个没有为社会主义思想所武装的作家，他能通过他的作品"以社会主义的精神去教育人民"吗？

论观察·体验·研究生活与形象思维*

一部小说不是随便就可以写出来的，必须预先体验它一番。

常常可以听见人说：作家应当具有观察力。这是没有疑问的，那么画家的"观察力"又是什么呢？一个摄影记者总是采访那些著名的人物，寻找有趣的场面、富有特色的"镜头"，并且把它们照下来，用"徕卡"照下来。他是有观察力的，谁也不否认这一点。林布兰（注）画了一些肖像，这些肖像往往只有他的用人和邻人才知道画的是谁，但是在这些肖像里他揭开了模特儿的灵魂，因此我们现在一站在他那些画面跟前时，仍然为之惊心动魄。林布兰也是有观察力的，但不是摄影记者那样的观察力，而是另外一种。照相机可以拍照任何人，任何景物，而画家却限于选择模特儿；他的观察力是和他的内心品质与生活经历分不开的。

……每个作家有自己的性格，自己的生活经验，自己的幻想；这些东西决定了主人公的取舍。作家的观察力并不是一种登记事件、性格以及冲突的技能，而是同鸣共感的才能。说到作家的学习，通常总是指掌握写作技巧而言。没有问题，学会写作是件困难的事儿。可是写得好并不一定就能成为一个作家。作家不是只在写字台旁边形成的，他是在热火朝天的现实生活中形成的，因为必要先有伟大的情感才能描写伟大的情感。

不错，旅行能给一个作家许多东西，就像它能给任何一个人许多东西一样。自然一个准备写或是正在写一部小说的作家，他可以到遥远的城市，或是建设工程地点，或是一个乡村去考察某些生活习惯的特点、环境的细节，以及为他所描写的冲突事件的背景，但是，认为小说会唾手可得，以为作者随便在路上就可以捡得作品的主题，

---

* 载1959年印行的《论创作方法》（暨南大学内部参考读物）。

那就未免太天真了。到树林里采蘑菇是可以的；采集人类伟大情感的旅行却很难想象。找到主人公，只是和他们相遇是不够的，还需要具有理解他的能力，而这理解的能力是和一个作家的生活经历有密切关系的。

当然，一个作家无法体验他所描写的一切，无法体验他的主人公们过去和现在所体验的一切。但是，作家应当体验某些东西，这些东西是能够让他了解主人公的生活体验的，他应当有打开别人心灵的钥匙。有些作家这种钥匙很多，有些作家这种钥匙比较少，但从未有而且也不可能有一个腰间别着全副钥匙的作家，不论这个作家是多么伟大也好。

人们会反驳我说："《战争与和平》所描写的那些事件发生的时候，托尔斯泰还没有出世呢。"这话听来很有道理，但这只是表面的真理。我以为，如果托尔斯泰不是在塞瓦斯托波尔做过炮兵军官的话，他就不能这样有力地表现卫国战争。人们又会说那是两种不同的战争，一点不错，那两次战争无论在内容和形式上都是不同的，但是托尔斯泰却知道了什么是恐怖和勇敢，什么是经常接近死亡，什么是搏斗，这些东西都帮助了他把历史小说写得生动发现。

（伊·爱伦堡：《作家与生活》。原文载一九五一年第三十期《文学报》）（注）荷兰画家

有时候人们这样问我："那个玛多①你究竟写的是谁？"或是："谢尔盖·乌拉霍夫②的真名实姓叫什么？"有些读者总以为作家是遍游世界寻找主人公，一旦找到他，就用真名实姓或虚名假姓把他写进书里。殊不知小说中的主人公通常是在作家的脑子和心里产生的。主人公是一种合金。要想创造一个玛多，需要看见一个或是一百个女孩子，但是，只看见仍然不够，作者必须把自己身上的某些东西也放进这块合金里面。

……去年我读了一篇法国论文，这篇论文是论述第十一个自命为"波伐荔夫人"原型的女人的。那些研究家在翻了卢昂档案库和询问了当地的老居民之后，就一口咬定确实有过这么一个曾经为福罗贝尔充当模特儿的女人。读了这篇论文，我笑了笑；我想起了福罗贝尔给他朋友的一封信，这封信是讲他刚刚才开始写作的小说，在这里

---

① 《暴风雨》的女主人公。
② 《暴风雨》的男主人公。

他补充了一句:"艾玛①就是我自己。"乍看起来,这句话令人觉得惊异。一方面,已经是一个不太年轻的、好发脾气的光身汉,最精致的修辞学家,就是最挑剔的屠格涅夫都要尊重他的意见,而另一方面,是一个年轻的、娇生惯养的、多情的、缺乏趣味的小地方的女子。看起来,他们彼此之间毫无共同之点。但是福罗贝尔并没有在信里说谎,他确是无意中说了实话。假使我们深思一下他的生活经历,深思一下他爱情方面的绝望,深思一下他对于所谓"美"的可笑的迷恋,深思一下他周围生活的冷酷无情,我们就会了解他的确是把自己身上许多东西放进了艾玛的形象里了,因此才使那位不幸的波伐荔夫人不仅比她的丈夫、药商,以及情人们活得更为长久,而且也使她比《沙拉波》②的著者活得更为长久。

(伊·爱伦堡:《作家与生活》)

我觉得,任何艺术工作过程都可以假想地分为三个时期:(一)积聚素材时期;(二)思考或者"孕育"作品时期;(三)写作时期。

第一个时期可以叫作"原始艺术积聚"时期。这一时期的特点是:作家一部分是自觉地、一部分是盲目地积聚着现实的素材,常常自己都不知道,从这里会得出什么东西:作品的思想、主题、情节,对他说来,起初是模糊的。

我的作品,《毁灭》和《乌兑格末裔》是根据内战的素材写成的,我自己就是通过了内战的试炼,特别是游击斗争的试炼的。那时我并没有想到我会成为一个作家,一切发生的和经过的事情的印象都堆积在我的意识里。显然,在我参加过的那次斗争中,有一种特别的东西使我惊叹不止,这次斗争的有一些地方引起我特别的注意,有许多东西我已经不自觉地抛弃掉,忘却掉。如果我那时想到我要成为一个作家,显然我会把许多东西趁事件的痕迹还新鲜的时候就记录下来。但是即使这样,我也可能事先不知道怎样利用记录下来的一切。

显然,在"原始艺术积聚"或现实形象原始积聚的时期,艺术家脑中所堆的也是那样的一些对于现实的印象,它们特别打动他的作为某一个社会阶层或阶级的代表的意识和心理;换句话说,甚至在最初的创造工作时期,艺术家也不是作为与社会条件"无关的"个人出现的。艺术家本人就是特定的社会阶层或阶级的代表,他有自己的

---

① 即波伐荔夫人的名字。
② 福罗贝尔的另一名著。

世界观（常常是没有明白确定的），现实中并不是一切都同样使他震惊，并不是同样使他发生兴趣和激动。毋庸争论，个人的品质：才力、发展的水平、精神机构、气质、意志质素以及作家别的个人特征——在选择材料的时候都起着重大的作用。

在最最难于说明的原始艺术工作时期，在艺术家的意识中，形象散乱不堪，没有被收集起来；艺术家的意识中还没有完整的、完成了的艺术形象，有的只是现实原料，只是印象：最触动他的面貌、人物的性格、事件、个别的情况、大自然的景色，等等。艺术家在这个工作时期自己还没有明确知道，他对生活的观察和研究会得到什么结果。要说明材料在这只锅子里是怎样形成和精选，主题和情节的最初计划是怎样勾画出来，是很困难的。这件事我办不到。只知道，全部积聚起来的材料在特定的时候会和那样的主要意思与思想起一种化学上的化合，这种主要意思与思想是艺术家作为任何一个思想着的，活生生的，斗争着的，热爱着的，欢欣着的和受着苦的人早在自己的意识里孕育出来。仅在相当时期之后，现实的破碎的形象才开始形成一个整体，虽然是远非完成的；作品的一些主要的路标开始在艺术家的意识中形成——那时也就降临了可以写下作品的某些片段、章节、计划等的时期。这时你开始非常紧张的意器工作，即从意能中所有的大量的印象与形象中挑选最有价值的材料，你选出一切需要的，抛掉多余的，在那个方向上浓缩事实和印象，以便尽可能完满地和清晰地表现出、传达出愈来愈在意识中结晶化的作品的主要思想。这样就经过了写作的第二时期。

（法捷耶夫：《我怎样写长篇小说〈毁灭〉的》。
原文载一九五〇年第二期《文学教学法》）

当然，艺术思维是一种创造性思维，形象化的思维。但它首先是思维，而它的规律也是马克思列宁主义的反映论所揭示的规律。艺术思维的特殊性，有别于科学逻辑思维的，是它在思维过程中，不将被体现着的一般的和显现了的具体的分离开来。一个艺术家，也正如同一个科学家，观察、比较、研究、概括，但艺术思维的基本范畴却是形象，而不是概念，像逻辑思维那样。可是这并不是说逻辑思维反对形象思维，和它不能两立。一个艺术家经常有意地估价这个或那个情况，择取关系、条件、位置、创造概念。

艺术思维的过程，正如避相思维一样，要深入事物的本质，它也是复杂的和辩证

的，也是"从现象到本质，从比较不深刻的到更深刻的本质"地移动着。……

就知识论的范围来说，自然主义地处理现实，其歪曲性是在企图人工地将认识过程停止在最初的感觉、知觉、概念的阶段上。自然主义地处理事物，它本身就含着拒绝从意识与事物的复杂交互关系中认识真理的意味。

（布洛夫：《马克思列宁主义的美学反对艺术中的自然主义》。

原文载一九五〇年《哲学问题》第一号）

供讨论时参考：

（一）作家如果缺乏斗争的生活经验，就不能理解斗争生活中的人物的思想感情，为什么？

（二）作家为什么不满足于他所看到的某个人物，而常常把作家自己身上的某些东西也糅合到那"人物"身上去呢？这对于创作有什么积极意义？

（三）你以为形象思维过程是一种什么样的过程呢？是将感性印象经过判断、推理深化到理性认识，然后再组织形象呢？还是由感觉印象深化到理性认知时，作家头脑里始终不离开活生生的血肉印象，只是将其中偶然的、个别的或次要的印象抛弃，压缩加浓其中主要的、富有特征意义的事物，使形象的形成与主题思想的形成完全统一起来呢？或者是这两种情形都存在呢？

论生活的真实*

《伟大生活》影片内，鼓吹着落后性、不开化和愚昧无知的现象。影片编导人所表述出的情节，所谓大批提拔那种缺乏技术常识和观点情绪落后的工人去担任领导职务，这是毫无根据和根本不正确的。该影片导演员和编剧人没有懂得，在我国，受到重视和被勇敢提拔的，乃是具有文化程度、熟知本行业务的先进分子，而绝不是落后的和没有文化的人；他们不懂得，现今当苏维埃政权已创造出自己的知识界的时候，竟把提拔没有文化的落后分子来担任领导这点描写成为一种好的现象，那简直是粗野至极，荒唐万分了。

《伟大生活》影片对苏维埃人做出了虚妄歪曲的描述。恢复顿巴斯矿区的工人和工程师们被形容成为文化程度极差、德行低劣的落后分子。影片中主人公们在大部分时间内，都游手好闲、从事空谈和酗酒作乐。按该影片内的思想，最优秀的人物便是沉醉不醒的酒徒。在德寇警察局服务过的人，成了这影片中的主要角色。影片中刻画出了公然敌视苏维埃制度的典型（乌斯宁），他虽在德寇占领期间会留在顿巴斯矿区内，但他的破坏活动和挑拨行为竟没有受到惩治。该影片把根本不是我国社会所具有的习性，妄加在苏维埃国家人民身上。例如，在解放煤井时受了伤的红军战士被遗弃在战场上，得不到任何帮助，而一位矿工妻子（索娘）当由伤员们身边经过时，竟对他们漠不关心。该影片捏造出了对新来到顿巴斯矿区的青年女工所采取的毫无心肝的侮辱态度。叫女工们住在半遭破坏的肮脏营舍中，并委托那个坏透了的官僚分子和浑蛋（乌斯宁）去照管他们。矿井领导人员对女工们没有表示起码的关注。领导人员们不派人去修整女工居住的那座漏雨的潮湿房屋，反而——真好像故意嘲弄似的——派

---

* 载1959年印行的《论创作方法》（暨南大学内部参考读物）。

些拿着手风琴和弦琴的滑稽角色到她们那里去凑兴。

这影片证明,某些艺术工作者虽在苏维埃国家的人民中间过活,但他们没有察看出苏维埃国家人民的崇高思想品质和道德品质,不善于把这种品质真正反映到艺术作品中来。

(苏共中央委员会一九四六年九月四日关于《伟大生活》影片的决议)

文艺工作者的高尚任务是创造具有高度思想性的纪念碑式的作品,这个任务只有在深入研究苏联社会生活的基础上,才能顺利完成。作家如果离开及违反了生活的真实,他就必然要失败。我们来举一个例子,说明离开生活真实这件事会怎样不顾作家的意志,使他得到歪曲苏联现实的结局吧。

我们的报刊已经批评过《十月》杂志所发表的、该杂志编辑潘菲洛夫的剧本《当我们年轻美丽的时候》。作者极力想把市委书记伊里亚·康尔巴托夫、工程师兼地质学家犹丽亚、工厂厂长伊凡·恰洛夫描写成先进的新人物,同时他却又集中自己的全部注意力来显露这轮"英雄"的行动举止中的低级感情。他并不责备他们,仿佛在说:苏维埃人就是这样的。不但如此,他还捏造出了一个小民族的代表,山民伊凡·伊凡诺维奇,这人正像他的民族一样,竟有二十年以上不相信苏维埃政权(后来却突然相信了,而且把他的秘密——一条通往矿层的道路告诉了人家),作者分明歪曲了我国各族人民友好的思想。假如将非本质的、偶然的现象夸大成为典型的和有特征意义的现象,抬高和强调那非主要的东西,那么现实总会残酷地惩罚作家的:他的作品会变成恶劣的、反艺术的作品。

(一九五二年二十一期《共产党人》杂志专论:《苏联文学的当前任务》)

像格罗斯曼的长篇小说(《为了正义的事业》)里所描写的那样的共产党员,不能够代表作为苏联社会领导的和主导的力量的我们的党:他们不具备为列宁斯大林型的活动家所特具的那些特征。

长篇小说里整个力量的配置是这样的:我们苏联社会里的最积极的力量不是没有被提到首位,就是被写得苍白无力。这样的对于人物和事件的描绘,在小说里不是偶然的。

这部小说的基础是反动的唯心论哲学,这种反动的唯心论哲学借作者所描写的登场人物——契贝静院士和施特鲁姆教授的嘴表现出来,作者把这两个人物当作自己的见解的主要表达者。这种哲学的本质并不新颖:生活仿佛在根柢上是一成不变的,生活里的一切都重复着,发展是绕着圆圈走的。德国法西斯主义被解释成这样:似乎人民中间存在着两种历古已然的生活根源——善的根源和恶的根源。依据不同的环境,在人民里面,也像在一个人身上一样,或者善的根源浮到表面,或者恶的根源浮到表面。在契贝静和施特鲁姆看来,法西斯主义的本质就在于恶的根源在德国人民里面浮了上来。这是一种反马克思主义的、反列宁主义的"历史哲学",还用得着说么?

我们完全不是想说,格罗斯曼没有权利在小说里描写抱有这样见解的"教授"。如果从苏联报刊上所登载的对格罗斯曼小说的批评里面的结论说,描写和我们背道而驰的人,抱有敌对的首学的人,在苏联文学中不被容许,那是不对的。恰巧相反,我们可以,而且必须表现我们的反对者,以便更鲜明地表现我们的见解的正确和我们的事业的胜利。可是,格罗斯曼却以作者身份对契贝静和施特鲁姆发出了耸人听闻的同情。这使读者明白,契贝静和施特鲁姆的反动见解正是作者的见解。

人们谴责格罗斯曼的长篇小说,不是因为苏联现实里没有陷于"日常琐碎的"生活而不能自拔的人们,或者因为像沙波施尼柯夫这样的家庭不可能存在。由于我们教育工作的缺点以及我们发展中的矛盾,我们这儿还有不少的人,他们多多少少诚恳地完成着工作任务,但他们的兴趣总是在家庭的圈子里打转,或者无论如何总是爬不出琐细的日常生活利益的范围。表现这样的家庭,是可以的,并且有益的。可是,格罗斯曼把这样的家庭写成了苏维埃人的感情的主要的表达者。这样做就歪曲了生活。

(法捷耶夫:《作家协会工作的若干问题》。原文载一九五二年三月二十八日《文学报》)

我们可以清楚地看见,事实和现象的如实的表现,并不能就叫作现实主义。真实的情节远不足以造成艺术的真实。各种各样的事实和细节也许可以表现在与环境有关的各种各样的比例和组合和关系中。比如,拿破仑的性格可以从各种各样的观点上来加以表现:从他的侍从的观点来表现,这位侍从对于拿破仑的日常生活行动的细节可能比任何历史家都知道得多;或者从一位客观的历史家的观点上来表现,他对于拿破仑的私生活和行为的许多细节,也许毫无所知。显然地,那位历史家,于表现足以揭露这位法国将军在军国大事上之才能的事实与现象时,会对拿破仑的性格与心理,给以一种更充分,更深刻,更客观,因而也是更现实主义的描写。

革命的伟大人物应该用"严格的林布兰（荷兰画家）的色调来描绘，用作为他们生活之特征的全部鲜明性来描绘"，马克思与恩格斯作此名言时，曾严厉地批评了只为了描写细节而热心于描写细节的自然主义的代表们。"他们侦察到那些先生们的私生活里去，赤裸裸暴露了他们以及别的类似的人们。然而他们的作品绝非现实人民和现实事件的真实的图画。"

有许多作品里的真实的事实和细节，并不保证整个作品的真实性，文学史中充满了这种例证。

……且举雷马克关于第一次世界大战的小说为例。雷马克把前线上和战争恐怖的生活细节与事实描写得很好。可是雷马克显示给我们的仅为事实和现象的一方面：只揭露了前线上战争的恐怖和人类命运的绝望。他的人物被表现为一种由士兵生活所结合的特殊社会阶层。个别士兵的社会观和对于世界的在战争的压力下所发展的复杂万状的道路，留在作为一个艺术家的雷马克的兴趣范围以外。他特别忽略了军队里的革命情绪的实际的增长，这种情绪后来表现在革命起义中。

由于他所选择和描写的仅是一方面的事实——只是那些作为一个士兵的职业生活，前线上个人的悲惨命运和战争恐怖之特征的事实——雷马克破坏了在事实与现象的关系的实际比例，因而也就不能真正地现实主义地，多方面地描写一九一四年到一九一八年的战争。这样一来，他给读者提供了战争的假象，他把战争写成某种注定的、不可避免的东西，一种自然的灾祸。

一个真正的现实主义的作家所选择的，所表现的那些事实和情节，能在被描写的事件背后透露出思想和逻辑来。这些事实表现在与被描写的客观生活现象之发展阶段相一致的比例和关系之中。

（瓦希里耶夫：《社会主义现实主义的特质》）

不拿偶然的、次要的事物来掩盖主要的、本质的事物，不拿单纯的描写来代替概括，也不拿个别的现象来代替具有特征的细节——关于这些要求，一个现实主义作家是不能忘掉的。"在艺术中不应该有什么晦涩不明的地方，"别林斯基写道，"由于诗人是用他幻想的火炬把自己人物的曲折的心理，把他们的行动的一切秘密原因都照得清清楚楚，从他所讲的事情中抽出偶然的一切，只把不可或缺的东西作为充分原因的必然结果放在我们的眼前，因此艺术作品是比所谓'真人真事'要高出一等的。"

自然主义的死敌高尔基教导作家们说,要善于从许多事实中抽出那本质的事物。他写道:"事实——这还不是全部真理,它只是原料,还得从它锻炼出真正的艺术真理来。不可以不拔羽毛就煮鸡,而崇拜事实恰恰就会产生这样的结果:偶然的、非本质的东西在我这里和基本的、典型的东西混合起来。必须学会拔掉事实的那些非本质的羽毛,必须善于从事实中抽出意义来。"

文学所面临的创造鲜明的艺术形象这个任务,要求所有的文学家都担当起重大的责任。它要求大声疾呼地说明只描写表面现象的危害性,因为这一来,社会历史现象的本质的阐明就受到了妨碍。它要求给现实生活描绘广泛的图画,全面地、多方面地把生活表现出来。

(奥泽罗夫:《苏联文学中的典型性问题》。原文载一九五三年六月号《旗帜》)

假定说,在收割的季节你来到了一个集体农庄。一见面,集体农庄主席就向你诉苦,说农业机器站的拖拉机工作队的工作很不好;地还没有翻耕完,有一半的土地不得不留到春耕再说。可是当你同拖拉机手一谈,就知道了,这个农业机器是先进的,工作队已超额完成了集体农庄的计划……当你从强大有力的拖拉机和五铧犁旁边走过的时候,你会充满一种为这些绝顶优良的机器而感到惋惜和委屈的心情……在集体农庄的田野上简直乱七八糟,但是问题到底是在哪里呢?你也许还不能明白。

于是你在集体农庄住下来,天天去观察工作进展的情形,连夜不断地在田野上跑,同主席,同拖拉机手谈话。

有一个拖拉机手向你说,集体农庄不仅是派的最坏的马去运水,而且燃料也没有按时送来。

另一个拖拉机手因伙食不好发牢骚。

工作队长告诉你,拖拉机手到现在还没有像样的住处,下过大雨之后,大伙儿连烘衣服的地方都没有,不得不跑回十公里以外的家里去。

当集体农庄主席听到这些话以后,就这样反驳他们道:"如果你们连褥子和无线电都要的话,那么庄员们就得把我给活活地吞了!责备老没个完,就是这样:什么都是拖拉机手、拖拉机手的,你大概为你们的拖拉机手发疯啦。"——这里你就可以开始觉察到现象的本质。

你会开始理解,在这个集体农庄里有着这样一些人,他们认为农业机器站是一个

"不相干的机构",不愿意帮助拖拉机工作队。显然,集体农庄主席也被农民残余的旧意识的情绪束缚住了。

懂得了这一点,你才能从个别事件的观察上去理解现象之间的内在的联系。

(C.安东诺夫:《论短篇小说的立场、语调》。

原文载一九五二年十二月廿七日《文学报》)

对现实生活的表面的、自然主义的描写,就是歪曲现实,这种歪曲的根源就在于虚伪地了解典型的事物就是日常的、时常遇到的事物。

在党中央委员会的"关于《伟大生活》影片"(第二集)的历史性决议中及时批评过的影片《平凡人》的虚伪性,是在于在这部影片里虚伪地提出了"小人物"的问题。苏维埃普通人的概念本身,跟影片作者把一个普通人表现为"小人物",而且是高高在上地来同情他们的意向是不符合的。

我们提出这部影片,并不是因为这部影片由于没能上演,所以没能在舆论界成为专门讨论对象,而是因为在这部影片里反映了后来仍常常犯的错误。影片《平凡人》的作者忘记了时代的英雄特征,表现典型的形象必须是生活现象中本质上的概括,而不是平庸的、普遍的东西。

把典型事物看成是日常习见的事物这种错误的见解,是和那种臭名昭著的无冲突的"理论"紧紧联系着的,这种理论强烈地令人感觉到这是二十世纪初的自然主义观点的作家们的"理论"。无冲突的"理论",放松情节的理论,推动苏联的艺术家们公式化地、平均主义地描写人的性格,产生了一系列的、没有个性的、眼光狭小的人物,他们是在许多很像生活环境中活动,但不是在真正生活的环境中活动。

提高到典型的意义的,同时又保留着自己个性全部感动力的形象,也就是更能帮助着深刻认识生活,合理地具有其内在发展的形象——这种形象在现实主义的艺术中才是一种综合起和扩大着我们对世界和人类的观念的东西。

片面地描写生活,轻视对物质生活、文化、人类的精神生活的广泛表现,不是现实主义,因为这种描写不能说明一个人的全部真相,使人贫乏,把人的典型特征降低或者公式化。

没有情节的,没有冲突的艺术不能称之为现实主义的艺术,因为它不能使读者深入"潜在的生活"不能使读者从日常习见的表皮上发现生活现象的本质。

(波高舍娃:《论英雄与英雄的性格》。原文载一九五二年十二月三日《苏联艺术报》)

不错,一个人必须被多方面地表现,表现肯定的东西,也表现缺点。不错,我们知道,优秀的人也会多多少少做出不好的行为来。可是,重要的是要在一个人身上看出主要的东西,重要的是要正确地看出一个人的行为的动机,一个人对自己的行为怎样地反应,一般地就是要从正面,而不是从背后去看他。在卡扎凯维奇的中篇小说(《朋友的心》)里,人们像野草蔓长一样,没有思想地活着。他的英雄们虽然大半是完整无缺的人,可是他们的思想生活非但没有被强调写出,并且大部分是压根儿没有被表现出来。于是得到了这样的结果:虽然人们完成了英勇的行为,他们却不是活着,而是在生活上爬着。

（法捷耶夫:《作家协会工作的若干问题》。
原文载一九五三年三月二十八日《文学报》）

常常有人向我提出这样的问题:在现实生活中有过《旅伴》里的人物吗?达尼洛夫、尤丽、比洛夫医生、琳娜、老头克拉错夫、小姑娘王斯迦、陆军少尉克雷明以及其余的人物——这些都是真实的人物呢?还是杜撰的人物呢?

是杜撰的,也不是杜撰的。

两种都是的。

这些人物以及他们的性格与命运,都是作者创作的产品,这创作是力求把他所观察的好多人的特点,结合到一个人物身上。

同时,这些人物(达尼洛夫、尤丽及《旅伴》中的其他人物),也都是现实生活中所有的,因为他们的性格、经历及活动的特点,不是作者杜撰出来的,而是从生活中取来的,从我们同胞中真实的人物里取出来的。

（B.潘诺娃:《我怎样写〈旅伴〉的》）

我同这些人在一起生活过,亲眼看见了他们的劳动与功勋。

我不能不写他们,因为他们进入到我的心里了。

我于是就写了《旅伴》。

三一二号列车上有没有姓达尼洛夫的,这问题是无关紧要的。重要的是完成了达尼洛夫所完成的事业的那些人是有的,我所写的他的生平,是千千万万苏维埃人民的典型的生平。

三一二号列车上有没有外表很逗人爱的、面貌像尤丽的外科护士,这问题是不重要的。重要的是她同尤丽一样地工作着,人们都同样地敬重着她,千百个伤员离开列车的时候,在意见簿上写下一些对她表示感谢的温存的话。

列车上完全没有苏普鲁戈夫这人,这也是不重要的问题。因为自私自利、胆小如鼠、奔走钻营的这样的苏普鲁戈夫们,我们的生活中还存在着,作品中也应该把他们指出来。

三一二号列车长达尼洛夫医生的家并没有毁灭;可是苏联好多人的妻子,就同《旅伴》中比洛夫医生的爱人和女儿一样牺牲在法西斯的炸弹下了。

只有爱撒娇、会工作、爱热闹、无忧无虑、存心仁厚的护士长裴娜是一个真实的人物,不过名字不同罢了。她的性格、言语、便鞋和护士帽,都是我照实摹写下来的。只在作品的末尾,我擅自把她的命运做了不同的处理:坚强的裴娜没有出嫁,可是我把她写成和电气技师尼威茨基结婚了,我认为这样的结合会给他俩带来幸福。

不管怎样,《旅伴》所写的一切,都是作者亲眼所看到的。

(B.潘诺娃:《我怎样写〈旅伴〉的》)

作品中的人物是否常常是真人?不,从来不曾有的。只有显著的特点,只有显明的语句,只有在平常现象上起了显著反应的时候,那时由这特点与显著(真人的)开始虚构我的作品中的人物。我燃烧起来,觉得人里边的典型的……对于"虚构"这个字不该像对于什么不庄重的东西一样,比方:这是照生活写下来的,就是真实,而那是虚构,就是"文学"……固然,有些虚构只有作者自己能理解,可是有些对于生活的典型的现象能开启人目的虚构。巡按——是连篇累牍,几乎是不可思议的虚构,可是市长和郝列斯达科夫等,到现在还在电车里同我们点头呢。就是要这样在虚构的范围内着手的:部分地,一块一块地搜集典型。搜集着,按着自己度量,在自己身上去找那主人翁,去找那个杀人的凶手、热情者、妒忌的女人、骗子或俗人……这里要发生一个很热辣的问题:为什么一切作家的反面的人物都比正面的人物显明?恶汉,闲散的人,都好像活的一般在书页上活跃着,而说着火一般的独白的温雅高尚的人物,却望不清他的面孔,这不是你按着自己去度量他的吗?……

(A.托尔斯泰:《我的创作经验》)

供讨论时参考：

（一）现实生活中偶然的、个别的、次要的事实和现象，不能当作社会本质的特征的事物来描写。如实地描写实有的、表面的事实和现象，不一定就能真实地反映现实生活的面貌。事实只是原料，只有经过深化，才能提炼出它本身所包含的意义。为什么？

（二）只有当作家把他所见到的、听到的、想到的许许多多的具有特征意义的生活现象加以广泛的概括之后，生活的面貌才可能被表现得更鲜明、更真实和更典型。为什么？

（三）所谓"生活的真实"，它不仅要求作家写出它现有的那个样子，而且也要求作家按照它发展的主要趋势写出它有的那个样子。为什么？

论细节与概括[*]

……在作家面前还摆着一件可以说最大的复杂任务：必须把全部已有的、往往是巨大的材料组成一个统一的整体。面临许多事实、事件、思想；其中有些思想是好的和大的。但要想使这一切都有声有色，对于达到既定目的有所帮助，需要找到匀称的配合比例，需要确切地知道什么是比较重要的，什么是并不十分重要的；什么地方要抓得紧些，什么地方要放得轻些。托尔斯泰把这个称为文学作品中"总体"与"琐碎"，"总体"的意思是指概括，"琐碎"指具体的细节。在他看来，组织材料是最困难的任务：有时细节会使作家离开主题，有时相反，主要的东西没有体现到必要的形式中，并且在事件和形象的全部逻辑没有准备好的时候，就过早地从笔尖滑了出来。在这种情形下，还没有得出必然结论的读者就不可能感受这主要的东西，他会漠然地把它忽略过去。

……

在我们的散文作品中，常常可以看见不应有的松懈，这是作者没有注意他的作品的各个方面应当服从主要目的、主要思想的表现。直到现在还有很多人有这样想法：我见得多，搜集了许多材料，现在只要把这一切随便凑一下写出来就行了。岂不知这是一个大错。不论在长篇小说、短篇小说里面，特别是在戏剧中——我们不论涉及主人公的私生活的各个侧面也好，插进一个补充的，甚至是第十等的人物也好——我们都应抱着一定的目的去做，应完全清楚地想象到，用这个事件或这个人物将要表现主要思想的哪一侧面。不然的话，把无数记不清的人物填进去只能使情节松懈而已。

当然，由于我们生活的特点，现在这个工作的复杂性更增加了：大量的人物被吸

---

[*] 载1959年印行的《论创作方法》（暨南大学内部参考读物）。

引到事件中；一个人与其他许多人发生最多样性的联系，在这些联系之外来表现这个人是困难的。如果你写一个工厂委员会的主席，那么他就会把那些与他有联系的党支书、厂长、普通工人——大队人马拖了进来。但在这儿重要的就是不要弄得松散，不要太注意次要的而损害了主要的。作品好比一所房屋：住得太满是很危险的。当然，也不可能在过满的屋子里把所有的人都安排得能够得到充分的描写。这么一来，就会出现一些只有姓名的人物，失去了任何的个性，更不用说典型性了。这也是不善于结合"总体"和"琐碎"的结果。这种不善于结合往往弄成过分的概念化。这特别是在剧作中常有的事：登场人物刚开始谈了几句话，就把全部的主题暴露了，使作者无法继续把主题深化下去。作者的思想成为公式化的、不是形象的、没有体现到艺术的和生活的具体性里面的东西。在我们的舞台上有不少这样的戏剧。这种情形之所以发生，是因为作者不相信他所创造的形象、人物的力量，不相信他只有经过人物的结合和冲突才能表现思想。

（法捷耶夫：《论作家的劳动》。原文载一九五一年二十二期《文学报》）

只从表面上研究材料，对于作品的结构没有很好的安排，这样做的结果往往就使书中根本的东西被琐碎的、片面的、次要的东西掩盖起来。

有许多作家都限于描写浮在表面的那些事实。他们的作品中缺乏广泛的概括、新鲜的思想、艺术的表现，他们只描写了一些生活的外表现象，记录了一些个别的观察。必须指出，许多文学作品的缺点，恰恰是和单纯的描写、缺乏艺术概括、缺乏可能成为典型的形象分不开的。……

有些作家醉心于个别的细节，而不把典型的和非特征的细节区别开来，在他们的作品中也可以找到单纯描写的成分。现实主义的艺术，要求对于每个形象的刻画都具有巨大意义的艺术细节的真实性。但是在具有特色的细节和个别的、不需要的细节之间是存在着差别的。屠格涅夫说得好："谁要是把所有的细节都表达出来，准要摔跟斗，必须善于抓住那些具有特色的细节。"这几句话对于我们的时代来说也有很大的意义。充塞着次要的细节的作品，总是沉闷而枯燥的。要知道，把具有特征的东西挑出来，这是作家的艺术眼光敏锐和鉴别力高强的可靠的标记。

（奥泽罗夫：《苏联文学中的典型性问题》。原文载一九五三年第二、三期《旗帜》）

斯大林同志教导我们说，一个作品的意义、价值不是取决于个别的细节，而是取决于总的方向。他说："我们时代的著名作家肖洛霍夫同志在其《静静的顿河》中犯了许多不应犯的错误，并对谢尔卓夫、波特屈尔科夫、克里伏希雷科夫及其他等人做了许多露骨的不符实际的报道，但是难道可以由此得出结论说，《静静的顿河》是一件应该收回，停止售卖的废物吗？"他接着就直接肯定地说，文学作品的"本质"是在其总的指示方向的积极力量中，"……而不是在个别部分的错误中"。

斯大林同志在分析别遂敏斯基的剧本《射击》和《我们生活的一日》中，也采用同样的评价艺术作品的方法，而把这两个剧本看成是"……现时代革命无产阶级艺术"的范例。

"虽然，在这些作品里是存在着某些共产主义青年团的先锋主义残余——"斯大林同志写道——"读这些作品时，没有经验的读者可能会感到，不是党来纠正青年的错误，而是相反，但构成这些作品的基本特点的和感动力的不是这个缺点。它们的感动力是在强调出我们机关里的缺点及对于能够纠正这些缺点的深深的信心。无论在《射击》里以及在《我们生活的一日》里，主要的东西就在于此。这些作品的基本价值也在于此。而这些价值是有余裕地遮盖了并远远超过了这些作品的微小的、我想是已经成为过去的缺点。"

（叶高林：《斯大林与苏维埃文学》。原文见《全苏政治与科学知识普及协会丛书》）

当人物的形象在每一个事件中不再重复，而是更深刻，表现得更明显的时候，短篇小说里的事件的连贯性才会表明出来。

在一连串事件中，每一情节都起着两种作用。每一情节的基本作用是要用某种方法来描写人物。同时，每一情节还要起一个另外作用，即作为下一情节的原因：要从上一个情节里产生出下一个情节。的确，在许多艺术作品中，有时也可以碰到些只起一个作用的情节，但这对短体裁的作品——短篇小说——是不经济的。

如果在描写人物特征的细节时，不替下一细节做准备工作——短篇小说就会显得四分五裂，正如编辑们所说："这是一种很明显的缝补工作。"但如果仅仅要说明下一个事情的原因而来写一个情节，把当时的主人公拿来当"试验"，那么随你有多大本领，要想来表现他的性格，都是行不通的。短篇小说就会显得杂乱无章，引不起人的兴趣；根据我亲身的经验，我知道，编辑多半对于这些情节要伤透脑筋的。

（C.安东诺夫：《论短篇小说的情节·论证与爱情线索》。原文载一九五二年十二月二十三日《文学报》）

显然地，注意细节、对个性有兴趣这些事本身，对艺术方法本质的问题并不能决定什么。把这些外在特征认为是确定艺术方法的决定性特点，乃是在研究工作上一个错误的道路。

现实主义的敌人时常利用这个形式上的特征，来比较现实主义和自然主义，来向现实主义做斗争。像画家克拉姆斯基和雕刻家安托考尔斯基这样卓著的现实主义者们，竟被形式主义的批评家们称为"自然主义的中心人物"，理由是他们所制造的形象显著地表现着现实主义的完整性和描写的清晰性。也出现了这样的批评家们，他们以相同的"理由"说A.拉齐昂诺夫的绘画《前方的来信》是一件自然主义作品的范例。

现实主义不拒绝描写的细节性和形象的个性化，但是现实主义的细节，现实主义的形象个性化和自然主义的个性化是彻底相反的。

个性化的意义问题，马克思和恩格斯在有名的关于真正现实主义艺术中个性与典型的统一的阐述中，作了经典性的解决。恩格斯在说明现实主义特点时，指出"细节的真实性"是它的基本特点之一。恩格斯在评论考茨基一件作品时，他称赞这位作家在描写性格上的"个性化的明确"。恩格斯写道："每一个人是一个典型，但同时也是完全确定的个性。"马克思在致拉萨尔的一封信里面，谈到他的剧本《佛朗茨·封·吉庆耿》里面一个性格："依我看来，胡登表现热情太嫌压倒一切，太嫌是独一的，不免烦冗。同时他难道不是一个充满机智，魔鬼似的机灵么？因此你对于他不是很不公平么？"

在马克思和恩格斯看来，个性化乃是现实主义描写的一个条件。形象必须生动，必须以个性特点的具体多样性来表现，这样它才可以真实。在分析上面提到的拉萨尔的剧本时，马克思指出：作者"在性格中缺少特性的刻画"。

精通个性化的技巧，马克思和恩格斯认为是一个艺术家才能的证明。同时，他们强调着，为了现实主义化，个性化必须表现出一般的具体化。恩格斯认为一件艺术品的完整，在于"伟大的思想深湛，实践的历史意义，和莎士比亚式的生动性和活泼性完全融合无间"。

马克思主义的创立者向艺术家要求的，首先是深刻了解事件和被描写着的形象的社会意义。他们认为：只有了解事件的社会意义才能有助于描写现实的最本质的表现，不深入一个现象的本质，就不能有现实主义的细节和个性化。

……在现实主义个性化概念和自然主义个性化概念之间有着基本的、原则性的不同。现实主义个性化是和典型化,和艺术的概括分不开的,它是在艺术的形象中深刻显示现实的一种手段。而自然主义个性化表现为脱离典型化,并且以本身为目的,这就只能是歪曲现实。

(布洛夫:《马克思列宁主义的美学反对艺术中的自然主义》。
原文载一九五〇年《哲学问题》第一号)

没有概括,就只会有外部的、没有灵魂的现象的外壳,而不是它的本质。没有个性化,就只会有抽象的概念,能走动的公式。只有通过鲜明的个性化的形象才会获得激起人们强烈的爱憎来的那种力量。这儿便是艺术作品的特殊情感力量的秘密,它之所以能够深入人心的秘密。

(安·德列莫夫:《别林斯基美学中的典型性问题》。
原文载一九五三年一月三日《苏联艺术报》)

供讨论时参考:

(一)为了使作品成为一个整体,作家必须挑选自己所接触的生活细节——抛弃其中次要的、缺乏特征意义的细节——突出并加浓主要的、有特征意义的细节,不如此,作品的结构就会松散,主题思想就不可能明确而有力。为什么?

(二)缺乏细节的真实性,不可能获得文学应有的感染力;但如果仅仅是细节的堆积,作品就不可能有深厚的思想内容或社会意义。作家必须用高度的艺术技巧和政治热情去概括他所看到的、经验过的或思考过的东西,否则,他就无法塑造具有社会意义的完整的形象。这两者缺一不可,你们可通过具体作品讨论一下。

(三)所谓概括,并不是机械地像数学加法似的把生活印象硬凑到一起,概括应当是:以作者对生活的见解作为熔炉,熔化他所接触到的感受到的生活现象和事实。概括不仅仅指抛弃了一些次要的,非特征的东西;更重要的是像水乳相融似的把同类事物的主要的、特征的东西加以融合,融成一个整体。这是一个复杂的问题,希望你们研究一下。

论生活的多样性和复杂性·个人的兴趣和人们的常情*

许多最近在我们剧院的舞台上出现的剧本的缺点，使人们确信，这一杜撰的无冲突的戏剧"理论"对于创作的影响是如此恶劣。这些剧本中有许多是描写有兴趣而重要的现代主题的。然而这些戏真正感动了观众吗？它们难道已经成为观众生活中的鲜明事件？它们难道帮助观众更深刻地认识周围的现实了吗？

这些缺点在尼·罗什柯夫的剧本《莫斯科的健儿们》中特别明显，勇敢地推进技术进步的社会主义工业先进工作者的革新的主题在剧本中并没有得到应有的艺术体现，新与旧之间的冲突、斗争，被剧作家以两个斯达哈诺夫运动者关于技术细节的冗长的争论所偷偷代替了。作者企图使观众注意高速般锻铁法的进一步合理化的问题，但同时却不揭示先进的苏联工人性格中个人的特点。因此，新事物的创造者，我们的英雄们——劳动对他们来说已经成为真正的创造事业了——就显得苍白无力，令人不感兴趣。他们的趣味圈子显得十分狭隘，他们看不见任何比自己的车间稍远一些的东西。

无冲突的戏剧的错误"理论"招致了对于现实的反现实主义的、歪曲而片面的描写。不去艺术地体现生活冲突，就不能深刻而全面地表现人的性格。大多数剧本中的人物没有个性，彼此相似，以致常常难于区别他们。我们的剧作家需要深刻地表现人们的活生生的性格和个人的特征。

将人们深刻地个性化的要求，乃是社会主义现实主义美学的基本要求之一。对于人漠不关心，消灭人的个性和把人塑成一个模型的企图，都是和苏维埃制度的精神不

---

* 载1959年印行的《论创作方法》（暨南大学内部参考读物）。

相容的。

斯大林同志指出："社会主义不能撇开个人兴趣。只有社会主义社会才能最完满地满足这些个人兴趣。不仅如此，社会主义社会还是保护个人兴趣的最坚固的保障。"

只有真实的、活生生的性格才能吸引观众，使他接受作品的思想。可是舞台上却出现了多少这类剧本，其中冒着先进的苏维埃人的名义活动的却没有个性的人，却是很少独特之处的、没有智慧、没有天才和敏感、没有鲜明而令人难忘的性格的人们！

（一九五二年四月七日真理报专论：《克服戏剧创作中落后现象》）

在工人阶级与集体农民这个主题的探究中，在许多作家叙述工人和集体农民的作品中，虽然有许多重大的成就，但是却存在着一个共同的缺点：作家们片面地，仅是从生产上来写自己的作品的人物。技术、竞赛、生产计划的描写往往遮盖住了掌握技术、参加竞赛、为完成生产计划而奋斗的活人。

苏维埃人进行着巨大的社会工作与政治工作，他们学习着，他们上剧院去看戏，他在与朋友论谈现实中最重要的各种问题，考虑家庭、新道德、人类相互关系的各项问题，他们有喜悦、有愤怒、有所爱、有所恨，可是我们有些作家却把自己的创作的注意力的视野，仅仅局限于苏维埃人直接奉献给劳动的那几个钟头。某些作家和批评家怀着轻视的态度来对待公共劳动以外的一切，把它名之为"日常生活"，因而不屑于去注意它。某些作家从作品人物的生活兴趣的范围中一步一步地剥掉差不多一切与生产活动没有直接关系的东西，这样一来，同时也就使取材于工人阶级生活的作品变得苍白无力了。必须记住，真实地揭示现实生活，是有助于人们的共产主义教育的。因为在日常生活中往往能更清楚地表现出那些阻挠我们不断前进，那些作为该死的过去的残余思想、那些早就应该消灭掉的东西。作家在揭露我们现实所表现在日常生活中的缺点时，从而也就帮助了人民向前、向共产主义前进。

当然，注意日常生活，并不是说应当把苏维埃人生产活动的描写从我们艺术家的作品中排挤出去。如果用另一极端（单写主人公的日常生活）来代替光只从生产上描写劳动人民这一极端，那就大错而特错了。一部作品，只有当它在人的活动的整个范围内既表现了生产又表现了日常生活时，才可能是一部讲述我们同代人、共产主义建设者的上乘作品,因为社会主义现实主义的基本要求,就是要描写出现实生活的真实的、历史般具体的图画。

(A.苏尔科夫:《苏维埃文学发展的几个问题》。
原文载一九五二年第九期《布尔什维克》)

描写工人阶级的剧本通常被称为"写生产的剧本"。这个术语是不正确的。戏剧不是用来描写生产技术并为生产技术而服务的;它是用来描写人,并为人而服务的。生产和生产技术是重大的与生存有关的基础,然而它仍然是被人所创作并且被人所管理的。访问呢绒工厂一次,人们就可以认识工程师柯瓦列夫的工作方法,可是为了要清楚地认识柯瓦列夫本人,并且对于他的个性有个深刻的观念——一次访问工厂是不够的。

(H.包哥廷:《苏联戏剧创作问题与青年剧作家》。
原文载一九五一年三十三期《文学报》)

有的作者只从生产活动及社会活动中去表现自己的英雄,他们也是片面地描写生活。阿夫兼科的长篇小说《劳动》虽然正确地描绘了苏联矿工的劳动热情,却没有能够展示苏联工人——生产革新者的精神富源,他们的高度知识水平,他们的多方面的生活。他的小说的人物刻画是片面的:仅仅在生产中,仅仅在自己的职业关系的范围以内。他们的日常生活、文化要求、同亲近者的相互关系不是完全没有展示出来,就是被反映得很粗略,有时简直反映得不正确的。他们害怕独创的思想,不善于深刻地感受和爱。

让我们回想一下恩格斯的要求吧:"现实主义除了细节的真实之外,还要正确地表现出典型环境中的典型性格。"为了达到这个要求,必须先写出生活的全部矛盾与复杂性。正面人物体现着新的苏维埃人——共产主义建设者的特色,我们只有全面地描写了他的行为举止,只有说明了他在怎样的典型环境里英勇地为新事物斗争,顽强地克服困难,才能够显露出他的真正形象来。

(一九五二年第二十一期《共产党人》杂志专论:《苏联文学的当前任务》)

我们戏剧创作软弱的原因之一,就是对苏联人生活的描写的片面性。近来出现了

一些剧本，它们的缺点正是许多描写工人阶级与集体农民的散文作品的缺点。这些作品描写技术，谈论竞赛，谈论执行生产计划，可是它们却没有表现日常生活中的人们，他们的文化和精神世界。

然而苏维埃国家中的工人阶级与集体农民阶级却已经变了样，按照与从前不同的方式生活了。他们过着有文化的和富裕的生活，他们精神需要的多样性是很突出的。可是在许多作品中，他们却被表现得很片面，似乎他们除了生产技术以外，就没有任何兴趣。

剧本《松林喧闹的地方》的作者特·舍格洛夫具有一切可能来表现卡列里亚伐林者生活的独特性，表现自己的主人公们的思想感情，表现他们的精神需求和感兴趣的东西，表现他们多种多样的、广泛的生活。然而剧本中出场人物的全部思想欲望都被伐木一件事情所吞没了。他们互相串门做客也好，坐在餐桌旁边也好，忙着办喜事也好——总是离不了伐木、曳木拖拉机、工作过程的合理化。

有人问剧中的一个女主人公卡捷琳娜：

——为什么你这样难得到我们这里来，卡佳？简直看不见你了！

卡捷琳娜：（耸耸肩）干吗要常到你这里来？托依沃·伊凡涅奇叫我，我就到办公室去，听他向我们解释……关于伐林的工作。

列姆比：就只是那样吗？就不坐一坐……

卡捷琳娜：没有时间，列姆比妈妈。

列姆比：现在你连在森林里也不和安吉聊天了。

卡捷琳娜：在森林里我们没有什么可聊的，列姆比妈妈。你想，总是忙来忙去的。

剧中人物真是除了森林以外什么也不谈论。连年轻姑娘等待和爱人见面时也想："也许，他只这样……只想谈些工作，谈些森林？"婚礼在热闹地举行，可是连这个时候新郎新娘和客人们还在讨论发起伐木竞赛挑战，讨论竞赛的指数。作者没有深入他们的日常生活和内心生活，而只是虚伪地、无力地表现人们的趣味圈子。

与生活的真实相反，许多作品中的肯定人物常常是眼光狭小的、片面的人。像为先进的苏维埃人所特具的深远的思维和广阔的眼界，在现代的那些剧本中的人物身上就都表现得不够。

需要着重指出，片面地只写人物的生产技术活动，这只能使社会主义现实主义简单化、概念化。社会主义现实主义,要求在对于极端复杂的生活,首先是对于人的精神面貌的丰富做艺术表现时要多样而完满。

描写人的生活的片面性,人的日常生活与文化之被抹杀,都说明艺术家对于生活的知识不够深厚。描写技术,叙述竞赛,是根据从厂长办公室里搜集来的材料,参观几次适当的车间或集体农庄之后,就都可以做到的。然而要好好地写苏维埃人的日常生活、文化、精神上的要求以及感兴趣的东西,那文学家所要做的就要多得多了:他就需要深刻地研究工人和农民的生活,研究他们的日常生活。剧作家必须用一切方法发扬苏维埃文学卓越出色的特点——对于描写苏维埃人——我们所有胜利的创造者所持有的爱护关心的态度。

不善于在行动中表现人物,偷偷地用激昂的言辞和废话来代替行动,马马虎虎地对待登场人物的语言,对待剧本结构及其情节发展的处理,这都足以严重地影响剧本的质量。因此,提高表现生活矛盾与性格的艺术技巧,现在已成为苏联戏剧进一步高涨的最重要条件。

(一九五二年四月七日《真理报》专论:《克服戏剧创作的落后现象》)

战后我读了几本法国小说,这几本小说全是由资产阶级社会很有才华的作家写的。这些小说时而使我发笑,时而使我生气,可就从来没有使我感动。它们的公式是这样的:第一章——男主角和女主角见面;第二章——男主角对女主角发生怀疑;第三章——男主角和女主角见面并停止怀疑;第四章——是女主角对男主角发生怀疑;第五章——他们又见了面并且都停止了怀疑;第六章——女主角自己又对男主角发生怀疑;第七章——他们又见了面并又一起怀疑了起来,以及如此这般。

这里面是什么东西使我好笑和生气呢?是主题吗?不是。虽然已经有了许多描写爱情的出色小说,但这些小说并没有把这个主题写完。我倒是乐于一口气读完一本描写爱情,描写爱情的怀疑、争执和幸福的现代小说。堕落的资产阶级小说所以不好的原因,就是因为里面没有活的人。在两次见面的中间男主人公做了些什么事?我想,他应当有职业、有牵挂、有苦恼、有朋友,而女主人公也一定不仅用爱情的怀疑过生活。但是读者对于他们的生活、他们的工作、他们的周围环境,却一点也摸不着头脑,因此,小说中的主人公们在读者看来似乎都不是人,而只是一些自动的洋娃娃,不错,它们会呼吸、会接吻,甚至也会说话,可是就没有感觉。小说本来应该传达爱情的力量的,而在小说里偏偏就没有爱情,因为里面没有一个活的人。

我们有一些好书,而且西方的读者们也正在期待着我们的书,就正像在塌了的矿坑中期待着能吞一口新鲜空气似的。俄罗斯古典小说,从来就既不是沙龙式的,也不是深闺式的,苏维埃时代更给文学带来了创作的劳动主题。这是一个最高尚的主题。但是,这里也会因简单化、公式化而失败。不久之前,我读了一本才开始创作的作家的小说,请看它的公式:第一章——伊万诺夫发明了一种新的工作方法;第二章——彼得洛夫怀疑伊万诺夫的方法;第三章——伊万诺夫决定说服彼得洛夫他的方法是正确的;第四章——彼得洛夫仍旧怀疑;第五章——从中央来了一位同志,于是伊万诺夫就和他谈他的计划;第六章——彼得洛夫和中央来的那位同志谈自己的怀疑;第七章——中央来的那位同志使伊万诺夫和彼得洛夫和解,以及如此这般。

我并不是反对这本小说的内容;事实上可能发生这样的事情。劳动在我们人民的生活中已经占了一个最重要的位置,因此,伊万诺夫的发明自然要激动许多人。大家都知道,一种新的东西在任何部门在机械学方面也好,在文学方面也好,都不是很容易就推行起来的,由此也就可以完全明了,伊万诺夫的建设也不是一下子就能得到普遍承认的。但是,伊万诺夫既然是一个苏维埃人,是不肯让步的,所以他要想法得到真理的胜利。其所以不好,并不在于小说的公式,而是在于这个小说只是一个公式。读者不知道主人公们在两次生产会议中间究竟做了些什么。也许伊万诺夫是结过婚的?也许他的妻子赞助他的发明?也许他在私生活上是不幸的?也许彼得洛夫爱好音乐?也许他由于某些经验、由于对亲近朋友的失望而有一种容易犯的疑心病?也许从中央来的那位同志的儿子病得很危险?人们的生活是复杂的,如果使人们失去生活的内容,就会使读者觉得这些人不是活的了,于是读者无论是对于他们的发明,他们的怀疑,他们的劳动,都不相信了。

(伊·爱伦堡:《作家与生活》。原文载一九五一年第三十期《文学报》)

……要知道,只有在被清晰刻画出来的性格的冲突和发展里,才能够揭示出批评与自我批评的实际力量及其在争取苏维埃任何生活部门的新成就的斗争和教育人民当中的作用。如果剧作家只是叙述事件,而不去在发展着的人物性格中,在角色的意识里表现产生新事物或者帮助改正旧的错误的那些泉源与力量,那么,批评与自我批评的主题也就只会依然是口头上的东西。

在E.扎高连斯基和A.卡赞切夫的《西伯利亚种小麦》一剧中，看来是具备了达到重大戏剧成就的一切条件：米丘林派学者和维斯曼、摩尔根主义者的斗争的重要主题，情节之巧妙的展开，很好地设计出来的人物形象。但是许多剧院的演出，却没有得到预期的成绩。这并不是偶然的。剧中没有鲜明的性格，作者们把剧中人物放在预定的情节公式的框子里，并且把这些人物当作不变的因素，让他们只具有这个情节公式所需要的那些品质；剧中没有表现和展开人物性格的活生生的运动与发展。剧中的主人公只是表示着相互斗争着的学者们的立场，代表着那些或者是应该肯定的或者是应该否定的思想，而没有用自己活生生的个性、特色的语言和不可重复的思想与感情去说服读者和观众。各种思想的冲突没有在各种性格的冲突中得到具体的表现。

只有当剧作家成功地做到鲜明而真实地表现出剧中角色的思想品质与道德品质，成功地揭示出角色的性格时，戏剧冲突才能抓住与感动观众。

（A.卡拉干诺夫：《冲突与性格》。原文载一九五一年十月十日《苏联艺术报》）

有些作品显得晦涩而乏味，因为它们的作者不是从活生生的现实中，而是从若干生活的公式概念中吸取自己的主题和形象。不了解生活或不很了解生活，却用某些笨拙的办法去补救：把文学上一度描写过的情节拿来改头换面重新装扮一下，一再把一些曾经在舞台上获得成功的人物放到舞台上去，司空见惯的和已经好像是"有了法律根据的"冲突一次又一次地出现。有许多场合，文学上的人物是按照一成不变的规矩"著作"出来的。人物是作者杜撰的。作者把他为这一人物所代表的那种职业所必须具有的品质加到这人物的身上去。事情有时候弄到这种地步，描写的不是活生生的性格，而只是一种职位：工人，厂长，党组组长，等等。这已经不是艺术典型，而是某种独特的文学上的"角色"。

在这些公式化的形象中，有的开始从一部作品浪游到另一部作品里去。

如果在这种作品中遇到一个斯达哈诺夫工作者，那可以预料，他一定为了某种缘故而单独实行他自己的革新建议，一直到中篇小说或长篇小说快结束的时候仍旧得不到周围人们的了解。结局也是知道的：部长来电报祝贺这位革新者的成功。

如果在那些按照习惯了的公式构成的作品里面出现一个厂长或集体农庄主席，那可以预料，他必定要扮演老顽固的角色，阻挠革新建议的实行，但是后来跟党组组长谈了一次话之后，他很快就"转变"了。

如果一个作家不熟悉生活或是不掌握文学技巧，就着手描写党的工作者，那可以预料，这个形象一定是臆造出来的，公式化的。党组组长，党的书记，常常被描写成一个议论家，他在长篇小说或剧本里什么事情也不做，总是教训大家，"评判"作品中其他人物所进行的争论。为了使这个人物活跃，只好使他具有一些怪癖，或者宣布在恋爱上失败，家庭生活不美满。

（奥泽罗夫：《苏联文学中的典型性问题》。原文载一九五三年第二、三期《旗帜》）

……但是，在一部分作家的作品里，他想加以表达的基本思想内容，或者可以说，他想加以表达的党性方向，常常表现的不是鲜明得栩栩如生、有血有肉、丰满的有个性的典型形象，而是把它表现在相当冗长的论证式的演说里。在作品中，这些话有时是由作家本人讲出，有时由作家把它安放到主人公的唇上，借主人公之嘴讲出来。这些主人公被描写得：讲话多于活生生的行动。……任何一种主人公的议论或者是作家的注释，都不得代替典型的形象的表现。不然作家便不会达到他的目的，他只会使自己想表达的思想贫乏起来，他便不能把他想加以表达的思想体现到富有形象的形式中去，但是，使得这部作品有权利进入艺术领域的，却正是这种富有形象的形式。

恩格斯在批判拉萨尔的戏剧《佛朗茨·封·吉庆耿》时，他认为这部戏剧的缺点之一，更是剧中主人公的活动动机不是表现在活生生的行动中，而是用所需"论证式的道白"来代替。马克思在他致拉萨尔的信中，谈到这部戏剧时，他指出，拉萨尔在剧中把自己的主人公变成"时代精神的单纯号筒"，而在对主人公的性格描写中，所缺少的却恰恰是性格的特征，剧中富裕的只是"个别登场人物的独白"。马克思和恩格斯认为拉萨尔的——这些缺点归根结底是他没有了解并且不善于揭发剧中所描写的现实中的最本质的典型特征。在其他的地方，马克思和恩格斯品评艺术作品的标准也是如此，按照这个标准，文学作品在揭发所描写的现实的本质时，必须赋给它特有的富于形象性的形式，必须是能够引人入胜、栩栩如生的，并且要使它成为艺术品。

（Б.梅拉赫：《文学典型问题》。原文载一九五二年十二月十三日《文学报》）

判断一个人，首先应该看他的行动和举动，而不是看他的言辞和企图。这一点，对于正是行动和举动在里面占着头等意义的戏剧创作说来，是特别重要的。这说明了为什么那些在行动上让人物犯了错误,在结尾处让这个人物说一些改正错误的言辞,为了他的正确的言辞就宽恕他的不正确的行动的剧本,是这样缺乏说服力。人物的不正确的行动应该用正确的行动来克服:最有效的社会主义现实主义戏剧创作的要求便是这样。苏维埃人,在他们本身的性质上,是和空谈不做的忏悔无缘的。我们嘲笑那种在言辞上忏悔自己所犯的错误却不在事实上改正错误的人。为什么要在戏剧创作中给这些言辞滔滔不绝的人留下余地——不是给以讽刺的嘲笑(这正是必不可少的!)的余地,而是在结尾处给以宽恕的余地呢?只有当剧作家决定集中注意在主人公的错误上面,把强调指出某种错误对于我们社会的危害作为剧本的任务的时候,他才有权让那个因为了解所犯的错误的严重性、危害性而焦急、愁闷或震惊的人仅仅止于口头上自我批评的认错。可是在这场合,剧作家不应该赶紧对主人公做道德上的赦罪,不应该把剧本写成这样的结尾:舞台上所有的人都赶过来拥抱那个仅仅用错误——不是在言辞上,而是在现实行动上——表现了自己的人。让观众去思索这主人公的命运吧。那时,在观众的意识里,就会保持着对于旧事物的全部不可容许性、荒谬性和危害性的鲜明的、完全的、彻头彻尾的、不加宽容糖汁的印象,对于异己影响的锋利的不可调和感。

(叶尔米洛夫:《苏联戏剧创作理论的若干问题》。原文载一九五二年十月二十八日、三十日及十一月一日《文学报》)

高尔基正是考虑到新旧斗争的尖锐性,而着手描写在伟大的社会主义建设过程中诞生的人的内心世界。高尔基全心全意地爱苏联现实生活中的人物,为他们的奇迹般的历史性创造而欢欣,但同时也指出,新事物成长的过程是如何复杂,如何富于戏剧性。高尔基在一九三二年写道:"在我们的时代,人受着暴风骤雨般的现实的各种各样的影响,他本身经历着个人主义者同社会主义者的斗争,经历着各种不可调和的矛盾的斗争,他经历着在长期小市民生活的暴力压迫下继承下来的品质和坚决严厉的历史要求,即工人阶级(历史使它成为新人类的祖先)政党要求的冲突。"

(潘科夫:《高尔基论描写新旧的斗争》。原文载一九五二年六月号《旗帜》)

作家深入地注意人们的日常生活,就能使作品逼真、生动,人物形象就会有血有肉和"充实";相反地,如果作家高傲地鄙视这些问题,就会难以言状地使作品的内容贫乏，使它失掉生命力和真实性。

我们的人民——不是禁欲主义者和伪善者；他们是多方面地爱好生活；他们在劳动中发现崇高的乐趣，但是这不仅不妨害，而相反地更促使他们爱好休息，自然、消遣、美食、漂亮的服装和舒适的家具。我们的生活制度本身就是力求满足人们经常增长着的需求。但是为要达到普遍丰裕的生活，还应当更多地工作和更多地奋斗；因为什么东西都不会自己送上门的，丰裕的生活也不会像流水般地流来的。每个人无论在任何斗争中是一定会碰到困难和许多复杂情况的。

要是一个作家回避了这些所谓"生活细节"，这就是严重地违反了生活的真实。

（N·培特连尔：《论文学中的生活细节》。原文载一九五三年一月十三日《文学报》）

在我们好多作家的作品中的主人公，就非常之少地想到物质福利，他们一般都是不需要金钱，很少吃饭或者吃得没有劲儿，对服装也漠不关心，更不关心自己的健康，很少休息，不到期满就销假，以及其他等等诸如此类的现象。

形成了这样一种现象，好像是为了表现劳动的英雄主义，就得采用这种手法似的——描写患着重病的人如何克制着疼痛和苦楚去工作。……

我们认为，这种写作手法一成为文学中的刻板公式，是会歪曲真正的劳动英雄主义的伟大题材的。

文学中的刻板公式——是一个可怕的东西，因为这是没有灵魂的和盲目的东西。它什么也看不见，什么也不想注意。如果说有一种情形是：真正为了工作而三天不休息、不睡觉是可以称作高度的英雄行为；还有一种情形是：没有重要的原因就这样做——那就成为愚蠢，卖弄技巧的文学上不能容忍的撒娇献媚行为。

正如所说过的，所有这些，主要是旧的、恶劣的文学传在作祟。要是仔细地研究一下这种现象，便会出乎意料地发现：在我们许多作家作品中的主人公的这种"严格的禁欲主义"和克己行为，实质上只不过是同一情况的另一方面：这就是——名副其实地粉饰现实。应当指出：这种"禁欲主义"发生在哪里，哪里的生活就会被描写得十分幸福和富裕。似乎是什么都用不到说明，人们所有的一切——金钱、饮食、服装都是非常丰足的，所以说，主人公们也就不用挂念这些事情了。

（N·培特连尔：《论文学中的生活细节》）

当一些作家在描写自己主人公的家庭生活时,经常忘记了,我们所有的家庭并不是都有同样的生活水准,这也是看家庭人口的多寡(包括有生产能力在内)而定,或者是取决于他们的职业和劳动的熟练程度,以及"维持家庭生活者"工作的好坏和是否善于管理家庭财务,同时也是取决于全家成员的文化水平和家庭传统以及其他……

……比方就拿住宅问题来讲,我们都知道,在这一方面我们还没有做到十全十美的地步,因此也就无怪乎现在把给劳动者建筑房屋看成头等重要的任务。

但是,文学中的主人公,经常总是感觉不到任何房屋的困难。他们住的房子(要是作家认为有必要描写它们的话)一般都是宽阔得像莫斯科地下铁道的大厅那样。这种"倾向"在我们的电影里,表现得尤为明显。

(N. 培特连尔:《论文学中的生活细节》)

一个艺术家,如果他在表现苏维埃人的时候,愈能深入他的主人公的精神世界中去,而且也愈能深入人们的关系和心理中去的话,那么他的成功就会愈加可靠。社会主义的现实主义,就是负有一种多方面地、完整地用艺术来表现生活的义务。如果有那样的一种艺术工作者,他只局限于描写一些主人公的生产、技术的活动,既不以日常的生活来表现他们,又不把他们精神上的面貌显示出来,那么他的创作计划必然是会落空的。

(一九五二年九月十七日《苏联艺术报》社论:

《我们生活中的英雄人物——就是我们作品中的主人公》)

西蒙诺夫同志在这篇文章(指《日日夜夜》)中,还表明了人们的疾苦心情。下面就是描写一个德涅伯尔彼特罗夫斯克出身的看护妇在护送伤员波窝尔加河时的一段故事:

看护长谢泮娜是个乌克兰女子,名字不知怎的这么响亮,叫作维克脱丽娅,就坐在驳船边缘上我的身边。她渡河到斯大林格勒去已经是第四次或第五次了……

驳船快要靠近斯大林格勒岸边。

——每次上岸总是有点可怕——维克脱丽娅蓦地说道。——看,我两次带伤,一次伤得很重,但我总归不相信就会死去,因为我还完全没有开始生活,我还完全没有见过生活,我怎么会忽然死去呢?

这瞬忽间,她那双忧郁的眼睛睁得很大。我懂得了,她说的是真话:一个二十岁的女子,已经就带过两次伤,作过十五个月的战,五次渡河到斯大林格勒这里来,这的确是可怕。她将来还要做很多的事情——全部生活,满腔爱感,也许甚至是第一次的接吻——这谁又弄得清楚呢!而此刻,夜里,一片的轰鸣声,面前,城里,烽火连天,一个二十岁的女子却第五次渡河到那里去,虽然可怕,但总得要去。再经过十五分钟后,她就会经过大火熊熊的房屋,冒着纷纷呜呜的弹片,而在城边街道某处的瓦砾场上收集伤员,然后再把他们运转来,如果她再运回时,那她就会是第六次转到那里去。

作家照例本来能够描写一个丝毫也不害怕、丝毫也不怀疑的勇敢女子,但西蒙诺夫却表露出人们的常情和心绪。

(加里宁:《关于鼓动和宣传工作中的几个问题》。原文见《论共产主义的教育》)

剧本应当全面而详尽地描写劳动者。表现一个工人,并不是只把一个正在旋铁板的旋工搬到舞台上一下就完事。而是应该知道他的内心世界、他的爱情、他的友谊,以及支配这个人的所有的各种各样的感情,然后再用鲜明的、动人的形象具体表现出来。

可是在我们近几年来的好多剧本和影片中,人们都失掉了爱、妒忌、愤慨、憎恨的能力。在《顿尼兹矿工》影片中,有一对青年男女四次表白爱情。他们的对话,大体上是这样的:

"你爱我吗?"
"是呀。"
"你是爱我吗?"
"很爱。"
"你是爱你?"
"唔,当然爱呀。"
"你是爱我?"

"那还用说!"

在全片中,这一对可怜的情侣连一次接吻也没有过。我都要替这一对可怜的情侣难过,替观众难过。像那样的爱情也常常表现在一些散文作品中。例如在亚力山大·别克的中篇小说《新的成就》中,那一对在闹恋爱的主角——苏米科和宁娜也就是用金属分析的对比法去表白爱情的,这也就是所谓不致妨碍生产。

(索弗罗诺夫:《争取生活的真实》。原文载一九五二年五月廿七日《文学报》)

不久以前,有一个剧本到处分送,在这个剧本里作者并未能深刻写出他原定所要描写的对象——一个地质调查队的一些人物与事件,而代替这些描写的却是些喋喋不休的、枯燥的关于钻探速度与地质物理学的对话,没有任何生动的富于人情味的内容。这个剧本叫作《白色的行李车》;作者是维涅奇安诺娃和达里斯卡亚。

(索弗罗诺夫:《争取生活的真实》)

苏维埃社会是这样的:每一个社会成员经常地和其他人有密切的联系,并且受他们的直接影响;如果你撇开了这些影响不谈,你的作品就无法表达出渗透在苏联生活里的集体的公共精神。

如果主人公整天躺在沙发上胡思乱想,他的世界自然是很狭隘的:几个朋友,他的爱人,如此而已。但假如你的主人公是生活在像我们的如此广阔的世界中,假如他的兴趣是如此多方面、他的活动是如此多样,一如在苏联社会里的情况,而你想局限自己只写一小撮人物来反映我们生活的丰富性与多样性,我以为那是做不到的。

自然,我并不是说有了许多人物本身就成为一种目的,就可以毫无意图地毫不相干地把一大批人物塞进小说里去,来作为完成刻画生活的丰富性的手段。每一个人物应该有他的必要的存在的理由,而且应该像个活人似的显现在读者眼前。实际上,作家首先应该学习的就是描写有血有肉的活的人物,因为我们的作品中理应有像我的现实中那样众多的人物,我们应该把他们表现得一如现实中的那样各不相同和有趣。

(B.潘诺娃:《对于技巧问题的一些见解》)

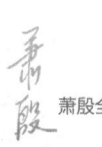

供讨论时参考：

（一）用技术、竞赛、生产计划的描写遮盖了掌握技术、参加竞赛、为完成生产计划而奋斗的活人的描写；或片面地以人的生产技术活动的描写来代替人的多样复杂的生活的描写；或以论证式的对话或道白来代替人物的行动，都不可能把生产革新者的真实的生活面貌及精神面貌表现出来。为什么？

（二）如果写作者只叙述轰轰烈烈的事件，而不同时去描写与事件相适应的人物思想品质和道德品质，结果会怎样？

（三）生活的真实，固然必须依靠作家去掌握有特征意义的、主要的生活，但不能因此就认为可以排斥多样性的个性的描写——既不排斥人们的常情与心绪的描写，也不排斥个人的爱好、兴趣等的描写。不然，不仅个性不能突出地表现出来，就连正常人的生活也很难真实地表现出来。为什么？

论在革命发展中描写现实*

斯大林同志称我们的作家为人类灵魂工程师。这是什么意思呢？这个称号把一些什么责任加在我们身上呢？

这就是说，第一，要知道生活，以便善于在文艺作品中真实地描写生活，但这种描写不是烦琐的，死板的，也不只是作为"客观的现实"来描写的，而是要在现实的革命发展中去描写现实。

并且，艺术描写的真实性和历史具体性，必须与以社会主义精神在思想上改造和教育劳动人民的任务相结合。这种艺术文学和文学批评的方法，就是我们称之为社会主义现实主义的方法。

（日丹诺夫在第一次全苏作家代表大会上的演说）

我们苏联的文学和艺术应该敢于揭露生活中的矛盾与冲突，善于运用批评这个武器，把它当作用共产主义精神教育苏联人民的有效工具之一。必须抛弃那种不正确的观念，以为只有正面事物才应当成为典型化的对象、描写的对象，而我们现实里的反面事物，不像正面事物那样普遍的，似乎就不该被典型化。这是一种片面的看法。它会降低反对因循守旧思想、反对人们意识中资本主义残余的斗争的意义。我们必须将陈腐的、衰败的、反面的事物当作与苏联现实不兼容的现象，用概括性的形象揭露它们。

未来属于先进的新事物，显示这些事物的胜利时，苏联艺术家不应该低估那敌对的旧事物的力量。斗争越尖锐，阻力越顽强，英雄的功绩就越伟大，他就越能够鲜明

---

* 载1959年印行的《论创作方法》（暨南大学内部参考读物）。

地显出自己的意志、勇气和苏维埃爱国主义,他对读者的良好影响也越强烈。社会主义现实主义要求我们描写衰败倾向时也要在它的发展中,即是在它的死亡中来描写它,这才符合生活的真实。为了显示这个过程,艺术家有权利强调和夸张反面形象。

(一九五二年第二十一期《共产党人》杂志专论:《苏联文学的当前任务》)

将富有特征意义的东西典型化,用突出的形象来表现它,这种不是等于凭空杜撰生活里所没有的东西。这只是说,应该有本领预见和明确地想象事件将往什么方向发展。作家应当善于在现时看到未来的幼芽,显示这幼芽,把它们描写成正在取得胜利的现象——善于使未来接近读者,展望明天,十分具体地介绍它给读者。

分辨出生活中有特征意义的、本质的东西,而且用动人的、突出的形象来体现它——在艺术家的这种本领里面,就表现着社会主义现实主义艺术作品的教育意义,这种作品,正如斯大林同志所教导的,应该把对革命发展中的现实的、具体的、历史的描写同对群众进行共产主义教育这任务结合起来。艺术的目的不仅是作为描写及认识现实的工具,还要促进现实的革命性变革。

(苏联《共产党人》杂志专论:《苏联文学的当前任务》)

大家知道,有许多关于浪漫主义和浪漫文学的旧学派和"教授式"的定义存在着。但这些定义的缺点在于它们企图把许多完全各不相同的现象都包括在一起。如果我们把列宁在《做什么》一书中论幻想问题的有名意见作为我们理解革命的浪漫主义的基础,显然我们会走上正确的道路。大家知道,列宁同志引证皮萨了夫的意见说:"我的幻想可能超过自然事变进程,也可能完全跑到任何自然事变进程始终达不到的地方。在前一种情形下,幻想是没有什么害处的;它甚至能帮助和加强劳动者的毅力……如果一个人完全没有这样来幻想的本事,如果他不能间或到前面去,用自己的想象力来完满周到地体察到刚要着手完成的创作——那我就真不能设想:究竟有何种刺激力量驱使人们在艺术、科学和实际生活方面从事广大而劳苦的工作,并把它贯彻到底。……"

接着列宁又引证皮萨了夫证明幻想的益处的地方,"幻想的人真正相信自己的幻想,仔细地考察生活,把自己的阅历跟自己的空中楼阁相比较,而且肯诚心诚意地为实现自己的幻想而工作"。"当幻想跟生活有多少接触时,就会一切都顺利了。……"

显然,在应用到我们的文学事业中,应当补充说明,愿望的和应当的——"幻想"是借助活的形象,借助人的即是社会基础的新道德代表者的形象出现在艺术作品中的。

正因为我们是社会的代表,在这个社会中,艺术家主观的愿望是跟社会发展的客观进程相吻合的,我们才能在实际的现实中找到作为新道德原则的代表者的活的人。

也许有人要问:能不能依照"一个人原有的"那样写出活的人的性格,同时又写出"他应当有的"性格呢?当然可以。这不但不会减少现实主义的力量,而且这就是真正的现实主义。应当从生活的革命发展中看取生活。我现在从自然界中举一个例子。譬如栽在园子里的苹果,尤其是栽在俄国著名园艺家米丘林的园子里的苹果,这种苹果便是"它原有的"那样,同时又是"它应当有的"那样。这种苹果比起野生的苹果更能表现苹果的本质。

社会主义现实主义也是这样。

(法捷耶夫:《论文学批评的任务》。原文载苏联作家出版社出版的《社会主义现实主义诸问题》)

艺术家的真实性是在于:在运动中,在新旧的紧张斗争中,在各种斗争势力错综复杂的场面中,把真实情况表达出来。我们的艺术是属于乐观主义的。"'世纪末的悲哀'的哲学不是我们的哲学。让那些过时的陈腐的家伙去悲哀吧。"——斯大林在给诗人的一封信中曾如此写道。在这封信中,他还引用了诗人这些话:"我们是生气勃勃的,无穷无尽的精力之火,燃烧着我们鲜红的热血沸腾。"在我们的乐观主义中,表现着的是充满青春的人们,是日趋茁壮的人们,是信心百倍地推进社会主义的人们,是他们对时代的感受!但是,真正的乐观主义和真正的真实性所表现出来的新事物的胜利,并不是由那些好心肠的艺术家用蔷薇和蔚蓝彩色所染成的香甜画面上进行,而是在严峻的困难的斗争舞台上进行,在克服实际困难、克服旧时余孽的猛烈反抗中进行的。

(一九五二年十月二十五日《文学报》社论:《人类灵魂工程师》)

为了有效地战胜某些苏联人民的缺点,就必要深刻揭露这些缺点,把它们作为运

动向前推进的障碍来揭露,同时要表现出苏联社会的力量,这社会在其发展过程中,克服一切向后退的和与社会主义精神不兼容的东西。

作家在描写人民思想中的过去残余时,要是仅记录事件,而不"插入"事件的过程中去,不站在拥护新的一方面,作为一个向旧的和陈腐的事物作战的人,这样的作家就不是社会主义现实主义者,而是属于反对现实主义的流派,大多数常是站在自然主义拥护者的地位。

(塔拉森柯夫:《艺术的真实》。原文载一九四九年五月号《苏联文学》)

为了描写具有明天的特征的人物,是根本不需要把他凭空"想出"来,也不需要赋予他以生活中根本不存在的特征的。艺术中的明天的人,已经在先进的苏联人——我们同时代人的面貌上可以猜度出来了。作家在描写他的同时代人的时候,同时也在他们的身上集中,并且强调出那些正在成为并且应该成为一般人民品质的那些优秀的新品质。

思想上武装起来、对新事物具有敏感的艺术家,以真实的生活知识为基础,首先在现实中觉察到正在发生着的新特征。这些特征,还没有完全看得出来,往往散见在个别人物的身上,艺术家努力加以收集并且描写在艺术形象中,同时用自己创造性的感觉来补充所见所闻,把零碎的特征创造成一个匀称的整体,同时强调这些特征,使它们突出。创造这样有价值的、完美的典型,就有可能把新事物介绍出来,作为许多人在他们的思想成长和精神发展中的榜样。

作家如果着重注意人和生活中新事物的力和美,把新事物的一切可能性和潜在力量介绍出来,那就不会脱离现实主义。

(奥泽罗夫:《苏联文学中的典型性问题》。原文载一九五三年第二、三号《旗帜》)

在生活的革命的发展中反映生活,是社会主义现实主义不可缺少的特征。

斯大林同志指出,苏联人民要是不知道自己的运动目标,那他们就不能前进。因此,真实地反映生活的苏联作家也就不能把自己所写的主人公描绘为静止的、不动的,他应当指出他们发展的道路。……

……许多研究人员只强调社会主义现实主义的一个方面,即必须真实地描写生活,但却忘记了:要不去表现革命发展中的现实,也就是说,不懂得马克思主义经典作家所发现的生活发展规律，就不可能真实地去描写我们这一时代的真实。

（A. 缅斯尼柯夫：《论社会主义现实主义的基本特征》）

存在即是创造，而生活即是不断地发展，苏联的艺术家应该从我们所要达到的那些美好的目标的高峰上去观察现实，不仅要反映现实存在的一切，而且要反映人们所期待的一切；不仅要看到现在，而且要预见将来，同时要善于抓住主要的发展趋势。

（A. 缅斯尼柯夫：《论社会主义现实主义的基本特征》。
原文载一九五一年第二十四期《布尔什维克》）

斯大林同志教导我们说，生活不是静止不动的。在生活中总是有斗争，新旧之间的斗争，垂死着的事物与成长着的事物之间的斗争。但是衰颓着的东西总是要为其自身的生存而做垂死的挣扎，总是要卫护其业已衰颓了的事业。为社会上颓衰着的势力的利益服务的旧思想阻碍着生活的前进。新的生长着的力量则在卫护着自己生存的权利。为社会上先进阶层的利益服务的新的思想与理论则促进着社会的发展，促进着社会的前进。新的思想与理论所具有的意义愈大，它们对于现实发展之特点的反映就愈确切。斯大林同志教导我们说，新的事物是不可克服的，要阻止它的前进是不可能的，而旧的事物则不可避免地一定要死亡，虽然它今天还是雄壮的力量。

斯大林同志教导苏联人民要向前看，要相信新生事物的力量，要为新的事物而奋斗。……

（A. 缅斯尼柯夫：《论社会主义现实主义的基本特征》）

某些批评家企图把社会主义现实主义的方法分为两部分：现实主义和浪漫主义，并企图证明这一方法好像是由这两个机械地联合起来的部分所组成的，而且他无论是对于现实主义或浪漫主义的实质都做了完全不正确的解释。这些批评家把现实主义视为现实的简单再现，视为丧失了任何崇高理想的毫无创造力的自然主义。他们把浪漫主义则视为是作家的实际上毫无根基的主观意愿的反映。照这一荒谬的"理论"看来，现实主义是毫无理想的生活的反映，而浪漫主义则是生活中所不存在的理想的反映。

（A. 缅斯尼柯夫：《论社会主义现实主义的基本特征》）

在表现斗争，表现现实情况时，必须同时表现一切困难，一切问题，因为只有这样，我们的劳动人民才能在文学所描写的现实里认识他们自己；只有这样，才能使他们感觉到有向前迈进，有尊重自己，有为将来斗争的要求。

（约·里瓦伊：《作家的责任》。原文载第二十八期《国际手册》）

供讨论时参考：

（一）作家应当站在我们所要达到的远大目标的高峰上去观察现实，应当从革命发展的观点去描写现实，即应抓住事物发展的主要趋向去描写现实。因此，作家不仅应当写出现实生活中"现时存在"的事物，而且应当写出"将来应有"的事物。在描写正面的、积极的事物时，固然应当如此；就是描写反面的、腐朽的事物也应写出它的发展的主要趋向——走向死灭。否则，作品就不能达到，"以社会主义的精神教育人民"的目的。为什么？

（二）你以为"描写明天"是什么意思呢？是叫作家离开现实生活去空想一幅未来的幸福生活的图画呢？还是从现实生活出发，去觉察正在发展中的新事物的萌芽和新事物的特征，并热情地用肯定的态度加以集中、概括，使之成为一个完整的艺术形象，以作为人们的榜样呢？

论革命领导者的形象和正面人物的描写*

　　社会主义现实主义的要求，就是要作品正确地反映出时代的一些特征的现象。也正因如此，我们才在我们的苏维埃国家一切发展与建成的各个阶段上看得见党的意志；正因如此，我们才知道：没有党的诚心诚意的、坦率而刚毅的政策，没有为了伟大目标的自我牺牲的斗争，任何成就恐怕都是不可能的——我们不能想象《夏伯阳》没有克雷奇柯夫、《被开垦的处女地》没有达维多夫。领导着为共产主义的斗争的是当代先进人民，共产主义者——人民自己的前卫，党的工作人员。

　　这样，难道说关于他们可以默不作声，难道说可以在关于苏维埃现实的作品中，略过政治领导人物的忠诚战斗的，毫无保留地献身于列宁斯大林党的事业，建设共产主义事业的形象么？

　　不行！我们要在苏维埃作家的作品中看见斯大林时代的这些英雄，我们愿意信托他们，喜爱他们，我们愿意效法他们，并向他们学习！

（敖梭斯科夫：《布尔什维克的领导者的形象》）。
原文载一九五一年十一月《文学报》）

　　当你阅读那些刻画党的领导者的形象的作家们的作品的时候，你就会耐心地、怀着一种猎取一切对本身日常实践具有教育性的东西的愿望，提取党的工作人员性格的典型特征，在他们的作风中、工作方法中，搜求着什么新的东西。那里，如果作家是依靠着真知灼见和深思地钻研生活而创造地对待自己的任务的话，那里，党的领导者的形象就会是有血有肉的、活生生的、面向将来的。他是有其足资效法之处的，他可

---

* 载1959年印行的《论创作方法》（暨南大学内部参考读物）。

以对考虑问题，对寻求工作上的新形式、新方法起推动作用。肖洛霍夫的达维多夫在三十年代和巴甫连科的伏罗巴也夫在爱国战争之后，对每一个党的活动分子都是足资借镜的，而且，这些书也不止一次地帮助了大家获得出路，采取正确决定，找到鲜明的字句和令人信服的论据以为谈话之用。

（敖梭斯科夫：《布尔什维克的领导者的形象》）

  在社会主义条件下生长起来的我们党的干部，都养成了优秀品质——非常干练，善于在实际上把党的政策变为行动。然而，很可惜，这在布尔什维克式领导中的列宁斯大林作风重要方面之一，在作家的作品中却表现得不能令人折服。演说、宣讲、训诫，都已超过了需要，而对于党的工作人员首先以行动所参加的共产主义建设中简单而生动的事实的表现，则尚嫌不足。

  可是，大家都是怎样渴望着能在书中看见那种有所搜求的、积极认真的、具有足够的顽强性以引导业经开始的事业走向完成的人，看见那种善于向前看而掌握人们的活动方向的人，看见党的成员在布尔什维克的批评火焰中，在对困难不断的斗争中，怎样成长，怎样锻炼；在这种斗争中他怎样通过铁的考验，他怎样热情地、公正地、高度原则性地保卫党的、国家的利益，他怎样诚实地注视着人们的眼睛。

  作家同志们，去表现那种相信群众、了解群众、依靠群众的经验、群众的聪明与才智的领导者吧。让他在书中的活动不光是讲演（讲演顶好是出单行本比在书里占篇幅强），让他在群众中去唤起他们最高贵的品质，酷爱劳动，酷爱知识，让他去打开群众的心扉——找到生活在新社会里的、建设共产主义的人们的一批又一批的新特征。

  如果一个作家是由生活出发，他就会感觉到共产党的掌握方向的手，见到党的意图的辽阔，就会见到和不屈不挠奔赴胜利的意志及为那些布尔什维克所固有的高度干练相结合的党的事业的规模。如果一个作家是由生活出发并了解所写的对象，他就会创造出真实的形象——而在他那里，党的工作人员也就是活生生的、在思考着的、激动着的、有其快乐与悲哀、有其成功与失算的。

（敖梭斯科夫：《布尔什维克的领导者的形象》）

  正面人物之所以是正面的，就在于他是在斗争、在前进、在胜利。可是，假如与这些正面人物相对立的力量是像蒲公英种子似的，被微风一吹就会不见的，假如他们前进道路上的困难都是一些纯象征性的、假定的东西，那么又在什么地方才能表现出他们向目标锐进的意向和坚强的意志呢？要知道，不论他说多少漂亮的言辞，假如不在行动中有所表现，那他是不能成为真正的正面人物的。

（A. 卡拉干诺夫：《冲突与性格》。原文载一九五一年十月十日《苏联艺术报》）

一方面真实地描写存在于生活中的缺点和矛盾，作家们在这里应该积极地确立我们社会主义现实的肯定的基础，帮助新事物取得胜利。绝不能容忍这种剧本：其中否定的人物压倒一切，而且描写否定人物的艺术方法还比描写肯定形象更鲜明、更富表情。

（一九五二年四月七日《真理报》专论：《克服戏剧创作中的落后现象》）

只有从生活的一切矛盾和复杂性中来表现生活的那种艺术家，才能够忠实地反映出现实的典型现象。如果不描写先进的苏联人在其中生活着和活动着的典型环境，如果不阐明他们为反对那旧的、停滞的事物而进行的斗争，就不可能显示出他们的力量和重要性。如果不指出新事物和旧事物的斗争，如果不揭露我们的时代所特有的那些冲突，就不可能真实地反映出新事物的胜利。

只有描写先进人物、革新家们跟墨守成规的坏分子之间的尖锐的冲突和激烈的斗争的那些艺术家，才能够把社会发展的典型的规律性显示出来。人的性格只有在现实的新旧之间的斗争中，只有在克服生活矛盾的过程中，才能发展起来和表现出来。

"无冲突论"的拥护者们认为不必描写反面现象以及跟反面现象的斗争，他们无视马克思列宁主义关于社会发展规律的指示，使文学家离开了跟那些阻碍我俩前进的守旧分子的积极斗争。但是抹杀矛盾的人，是没有能力反映生活的真理的，不能够从发展中把性格显示出来；他们所表现的现实总是片面的，从而是歪曲的。

有人以为只有正面人物才可以成为典型化的对象，成为描写的对象，而反面人物在我们的现实中和正面人物比较起来要少得多。据说这些人物是不在典型化的范围之内的。这种说法是不正确的。党教导我们，要把陈旧的、衰亡的、否定的事物作为一种跟苏联的现实背道而驰的现象在概括的形象中显示出来。

有一种错误的观点以为否定的现象既不是普遍的现象，就不能够成为典型，这只是那种以为典型是最流行的、最普通的事物的不正确观点的反映。它是跟那种把典型理解为表现整个社会特征的简单化了的想法分不开的。但是，马克思主义关于典型性的理解是建筑在这样的基础上的，就是：最充分地、最突出地表现出一定的社会力量、一定的社会历史现象的本质的那种东西，就是典型的东西。反面人物所典型化的，自然不是整个苏联社会，而是一定类型的人们——带有旧社会遗毒的人们的特征。这样的形象是与艺术家所揭发的那种具体的社会现象的本质相符合的，就是说，这是典型的形象。

（奥泽罗夫：《苏联文学中的典型性问题》。原文载一九五三年第二、三期《旗帜》）

正面人物的进取性格，是社会主义现实主义文学的一个重要的革新的特点。……正面人物在行动着，而反面的或动摇的人物则适应他们（指正面人物）的行动，这样地或那样地对付他们的行动。

当然，也可能有这样的作品，它们的情节进程是与企图大举"进攻"的反面人物联系着的。但是，在这种情形下，艺术家的责任就是要表明反面人物的"进攻"只是假想的进攻，因为按照事情的本质来说，按照我们社会主义现实的客观规律的力量来说，举行历史性进攻的，是我们的正面人物，是在伟大斯大林的令人鼓舞的领导下向共产主义前进的我们苏维埃人民。我们客观现实本身的这些规律性在情节上、在色彩的分配上、在结构上、在人物的配置上，都应当得到这种或那种表现。我们现实本身中的那种主导的和进取的肯定成分，在艺术作品中也应当起着主导和进取的成分的作用。在我们大多数最重要的文学作品中，正就是这样的。情节的全部浪漫性、全部美感、全部诗意、全部吸引力，作者的一切最美好的感情，一切最深刻的、能够深入地形容主人公的东西——这一切都交给了正面人物，交给了具有改造生活、具有创造共产主义新社会的伟大进取力量的人。

但是，在我们这里也往往有这样的作品，反面人物变为中心人物，进取的力量恰巧是交给了他，而正面人物，或者乃至于整个集体都只是在防御反面人物的活动，适应他们的行动，对付他的行动。

在这种情况下，作品的中心人物大多是使整个集体处于紧张状态的个人主义气质的人。这种人物起着否定的作用，但是一切有趣的东西、情节的全部吸引力、一定的浪漫性和诗意都交给了他。他有才干，有趣，他采取着攻势，而作品中的一切事件，情节的全部进程都以他为转移。和他对立的正面人物是善良而且公正的，但是枯燥乏味，缺少明确的艺术上具体而有个性的形象，他的形象是模糊的，因为他与其说是在积极的进取的行动中显露出来，还不如说是在对于别人的行动的反作用中，在防御反面人物的行动中显露出来。……这就给他的性格添上了"防御者的""保卫者的"色彩，降低了积极性、独立性、明确性和特殊的个性。……

……集体有自己的"赶任务"，有它自己的"直达的行动"，有它自己的明确目标，集体是在坚定地、逐步地实现着这个目标，这就是说作品的情节发展也就在于集体逐步实现自己的目标，在于实现这个目标的各个阶段。我们面前是一个行动着的、进攻着的集体，它是作品中的主要的积极的主人公，这就是社会主义现实主义文学的革新的特点之一。……

……作品中没有一个行动着的、有目标的集体，艺术家就不可能塑成正面人物的具有个性的形象，因为从社会主义现实主义美学的观点看来，一个人越是有集体性，他就越有个性——他越是深刻地表现集体，他就越是独特。

（B. 叶尔米洛夫：《社会主义现实主义理论的几个问题》。

原载一九五一年七月九日和十二日《文学报》）

……当然，并不因此就说，否定人物必须被描写成萎靡的或无能的。不，他是很积极的。他也许完全不是无能的。这儿问题不在于数学：肯定人物有着更多个人的积极性和才能，而否定人物少一些。不，他个人的积极性和个人的才能可能都是同样强大的。在艺术里面，合理的"均衡化"是不能被容许的。在艺术里面，特别是在戏剧创作里面。一切问题都取决于形象之间相互关系的客观的逻辑律，取决于特微的行动，就是说，性格的特点在里面表现得最为完满的那样一种行动。只有肯定人物拥有鲜明突出的进攻性格的那些剧本，才能获得苏联观众的爱护。

（B. 叶尔米洛夫：《苏联戏剧创作理论的若干问题》。

原文载一九五二年十月廿五日、廿八日、三十日及十一月一日《文学报》）

一个渴望反映生活真实的作家，在描绘尖锐的冲突，在把敌人写得顽强有力时，是不能同时又把与敌人势不两立的苏维埃先进人物写成毫无特色的平庸角色：夸夸其谈者、形容憔悴者，否则就会歪曲生活的真实情况。因为在我们的现实生活中，苏维埃人总是与敌人势不两立的,他们是强有力的,出色的人物,是意志力很强的人物,是具有实事求是与善于行动的天然产物,他们所以较敌人优越的原因也就在这里。苏维埃作家,只有当他们写出建设着共产主义社会的苏联人民的坚忍不拔的性格,怎样在斗争中,在克服困难的行动中,在紧张的冲突中成熟起来时,才能完成摆在他们面前重大而光荣的任务。

(A. 苏尔科夫:《苏维埃文学发展的几个问题》。

原文载一九五二年第九期《布尔什维克》)

供讨论时参考:

(一)为什么要正确地反映现实社会的特征现象时就必须描写党的领导?如何才能正确地、有血有肉地写出布尔什维克领导者形象?

(二)正面人物的坚强性格与优秀品质,只有当他们与腐朽的事物做斗争时以及在克服矛盾的过程中,才能充分地鲜明地显示出来。因此,正面的人物性格不能片面地表现在漂亮的言辞上,更主要的,应当表现在他们的行动上(而且不应当表现在纯粹被动的行动上),否则,就不可能正确地塑成正面人物的具有个性的形象。为什么?

(三)揭露丑恶现象的目的,是积极地确立我们现实中先进的事物,帮助先进事物取得胜利。为了这个目的,就不容许把否定人物写得比正面人物更有风趣、更有诗意和更富有表情。为什么?

论讽刺*

真正懂得生活的、能深思熟虑地观察周围发生的一切的艺术家,不能不看见:在共产主义建设者的道路上会经常遇见一些阻碍、困难、冲突和严重的生活矛盾,要克服它们,就要求巨大的努力与对自己爱国主义天职的高度觉悟。新与旧的斗争引起最多种多样的生活冲突,没有这些冲突就没有生活,因而也就没有艺术。

戏剧创作贫乏的主要原因,许多剧本的弱点,都是因为剧作家没有把深刻的生活冲突作为自己作品的基础,而却避开了它们。要是按照这一类的剧本去推断,那就是说我们这里一切都是美好的,都是理想的,没有任何冲突了。某些剧作家认为他们几乎已被禁止批评我们生活中坏的、否定式的事物了。另一些批评家则要求艺术作品中只表现理想的典型,而一旦剧作家表现了生活中所有的否定式的事物,他就要大大地受到批评。

这种对待事情的态度是不正确的。这样做就是表示胆怯,就是在真理面前犯罪。我们这儿不是一切都理想得很了,我们这儿还有否定的典型,坏事在我们生活中还不少,虚伪的人也还不少。我们不应该害怕指出毛病和困难。毛病应该来医治。我们需要像果戈理和谢德林那样的人。没有运动、没有发展的地方,才没有缺点。而我们却正在发展着和向前运动着,这就是说,我们这儿既有困难,也有缺点。

戏剧应该表现生活冲突,否则就没有戏剧。

(《真理报》专论:《克服戏剧创作中的落后现象》)

---

* 载1959年印行的《论创作方法》(暨南大学内部参考读物)。

关于戏剧冲突的错误问题，在苏联作家协会的戏剧委员会中也有所表现。在讨论这一问题时，某些剧作家与批评家企图证明：在关于苏联生活的剧本中，已经不该有生活矛盾与冲突的描写了。也曾经武断地肯定：我们这儿的全部事情已经只剩了一个"好的"与"更好的"之间的冲突了。

这样一来，生活发展的全部多样性就被套进一个公式。而这结果就是模糊和抹杀存在于我们生活中的矛盾，就是粉饰现实。按照"无冲突的戏剧"的方子配制起来的剧本，那是缺乏生活气息的。它们不能给苏联人的生活、给他们的劳动与生活中日益明显的共产主义特征以正确的概念。它们不能武装读者和观众去克服困难，不能唤醒人们的思想与感情。

过去的古典剧本与优秀的苏联戏剧作品的经验都指出：它永远是建筑在勇敢地反映生活矛盾的基础上，建筑在尖锐的冲突上的。正是在克服生活矛盾的过程中，人物的性格才能发展和表现出来。

苏联人民政治道德上的一致，社会主义社会中对立的阶级矛盾的消灭，使许多旧的冲突消灭了。但这绝不是说，剧作家就可以用安宁闲逸的、甜蜜的笔调来描写人民——创造者的生活了。这种温情的虚伪是完全和苏联剧作家不相称的。

（《真理报》专论：《克服戏剧创作中的落后现象》）

……只有日趋没落的、注定要灭亡的政党才害怕光亮和批评。布尔什维克不怕光亮，也不怕批评，因为他们是上升的党，走向胜利的党。描写真实，这就是看见并忠实地反映现实的发展和它的矛盾以及新与旧的斗争。

苏联的艺术家，要站在先进的思想立场上来阐明所有这些过程。他有责任揭示新事物战无不胜的力量，卫护它，坚持并支持先进事物，把它作为千万人的榜样，积极地协助他们，在他们身上培养共产主义建设者的优秀品质。

（《真理报》专论：《克服戏剧创作中的落后现象》）

……摆在我们人民面前的许多任务，都是巨大的。但每一个任务又是具体的。为了完成一个任务，就必须要集中集体的力量、意志和精力。而集体又是由对于一个问题的看法往往极端不同的个别的人组成的。这些人的观点的不同，就会构成冲突。这种冲突，随着问题的尖锐性和人们性格的不同而转移（如有的人性格是始终如一,有的则是忽冷忽热),于是它就一定能够达到,并且是常常达到剧情紧张的最高峰。

(索弗罗诺夫:《争取生活的真实》。原文载一九五二年五月廿七日《文学报》)

除了那种揭示反对旧事物残余的斗争的冲突以外,在苏联剧作中还出现一种新的冲突,它反映着向共产主义迈进中的我国社会生活的新的特征。

为了自己的国家与人民而真诚忘我地工作,已经成了先进的苏联人民的当然的生活标准。所以苏联人民之间的冲突,已经不是发生在对劳动、对自己在社会面前的责任的不同态度上面。苏联人民在对待事业的态度上都是同样忠诚的,但在对生活中所遇到的实际问题的处理上却是各自不同的,有一些人的解决方法可以说是包含了我们前进运动时全部不可遏制的力量,而另一些人对问题的处理则是畏缩与琐碎的;一些人在生产和科学中求着更大胆的道路与方法,而另一些人还未能脱离习惯了的旧东西,未能在自己思想上全面地把握新事物……这些差别的原因是各不相同的:思想水平,善于或者不善于依靠集体的力量来发挥自己的力量。然而这些差别不可避免地要引起斗争,这种斗争虽然有时也达到十分紧张与激烈,但它并不是使人们分裂的,而是使人们团结一致的。

(A.卡拉干诺夫:《冲突与性格》。原文载一九五一年十月十日《苏联艺术报》)

真正的讽刺不可能也不应当是片面性的——没有理想、不肯定正面事物的。讽刺要从社会发展中的主导倾向的角度,从为争取进步事物的斗争的角度,来鞭打那些真正的缺点,否定那衰败的倾向。讽刺应当指出社会上各种互相斗争的力量之间的真正对比关系,肯定进步事物的优势与优越性,以及它的不可战胜的力量。

我们的党赋予了苏维埃的讽刺以巨大的积极意义,把它当作在苏联人民身上培养共产主义精神、道德、共产主义意识的有力工具。作家和艺术工作者面前摆着一个任务:不仅要批评,同时还要创造正面人物的形象;否定一切妨碍共产主义建设的事物,充分表现正面事物,强调它的意义。这也就是生活的真实。这也就是艺术的真正典型性和艺术性,它将大大地增强艺术的效能及其教育意义。

我们的作家与艺术家应该用自己的作品去鞭打社会上普遍存在的恶习、缺点、病态现象,通过正面的艺术形象,表现新型的光辉人格,以帮助我们社会的人民培养那种完全没有资本主义所产生的毒疮和恶习的性格。

(一九五二年第二十一期《共产党人》杂志专论：《苏联文学的当前任务》)

讽刺、喜剧或其他艺术作品所引起的嘲笑，不应被变成某种孤芳自赏的东西。嘲笑是揭露人的性格、人的行为的一种最出色的工具。嘲笑的基础，应该是严肃的、是对苏联人的教育和对敌人的无情的鞭笞。如果嘲笑丧失了内在的意义和明确的目的性，那么，嘲笑就会变成无理的谩骂了。

(T.洛米哲：《为在文学中真实反映生活冲突而斗争》。原文载一九五二年第五期《哲学杂志》)

暴露缺点的结果应该是否定反面现象和肯定正面现象。侮辱先进的、正面人物的作品，跟正确理解批评与自我批评是毫无共同之处的，因为那些作品对生活做了歪曲的说明。

(奥泽罗夫：《苏联文学中的典型性问题》)

不要掩饰犯了某种错误的苏维埃人与虚伪的、腐朽的人之间深刻的质的差别，对于艺术家来说，也就是要在个别的场合采取完全不同的调子，不同的感情色彩，千差万别的细微变化和浓淡色度。例如，当描写虚伪的、腐朽的人和他们行动的时候，采取怜惜的声调和对他的行为感到痛苦是不适宜的；这里需要的是挥动无情的讽刺的鞭子，要用讽刺在道德上歼灭体现在否定人物身上的否定现象和这个人物本身！反之，如果讲到一个犯错误的苏维埃人，那么，在人物的言辞和举动里，在戏剧的一般构想里，就完全应该写出对于这个人的愧惜，痛苦，极度的惭愧，热切地希望帮助他，让他感受到可能完全改正错误的坚强的信心。在这特定的场合，讽刺歼灭了支配那个人物中否定现象，无情地嘲笑并斥责了弱点和缺点，却并不在精神上歼灭那个人物本身，而是纠正、鼓舞、帮助他成长并战斗。

(叶尔米洛夫：《苏联戏剧创作理论的若干问题》)

供讨论时参考：

(一)认为在新社会中没有可以讽刺的东西，是不正确的。只有在没有运动、没有发展的地方，才可能没有矛盾。因此，粉饰现实，躲避矛盾的描写就不可能使人民在建设劳动中不断成长的社会主义意识获得正确的概念。为什么？

（二）批判社会中存在的错误、缺点及一切不健康的现象，是为了根除旧社会所留下来的毒疮和恶劣的品质、习惯和风气。因此，揭露矛盾，必须站在先进的思想立场上，即必须站在社会发展的主要趋向的立场上，站在积极地帮助新事物取得胜利的立场上。否则，就不能真实地反映生活。为什么？

（三）反面人物的典型，当然不是整个社会现象的概括，而是一定类型的人们——带有旧社会遗毒的人们的特征的概括。这种现象之所以是典型的，是因为它与那种具体的社会现象的本质相一致。但如果作家把这种腐朽现象放在主导地位或作为整个新社会的本质现象来描写，都不可能把矛盾双方的力量的真正对比关系真实地反映出来。为什么？

论典型的创造[*]

……说某些东西是典型的,并不意味它是普遍的。集中一个现象的主要性质,尤其是它的特征,我们称之为典型的。新生的,正在生长的幼芽,可能不太容易辨识出来;但它们是典型的,因为未来是属于它们的。比如斯达哈诺夫工作方法开始时仅为个别工人所采用。但他们即使在当时也代表了典型的现象,因为他反映了社会主义精神生活的特点。同样地,某些罪恶或缺点可能偶尔发生在实际生活中,然而也是典型的。比如苏联知识分子中小部分人的怠惰和落后,他们赞赏和崇拜颓废的资产阶级文化。但这种性质是某种特定部分的某种程度的典型。

(塔拉森柯夫:《艺术的真实》)

一般和个别必须在艺术的典型中得到统一,这个理论上的观点大家都知道,不幸的是,它在作家的实践中并不是总能实现。现在还出现这样的作品,其中主人公仅仅"代表"某一社会阶层的特征,他自己本身作为个人则没有足以深深印在人的记忆中的地方。有时候也有另一种情形:作家刻画了一个在个性上很有趣的人,但是没有能够把他那对于一定的社会典型具有特征意义的品质表现出来。

但是,是否可以限于指出典型是同类的现象的许多特征之结合呢?无论如何也不行。

典型是时代的现象。艺术家仅仅把许多人的特征集合在自己的人物的形象中,那是不够的。艺术家的任务是了解社会发展的动力和趋向,表现那些使一定的性格形成的生活规律。

深刻地描写时代的本质特征,这是现实主义艺术家的最重要的优点。列宁曾把

---

[*] 载1959年印行的《论创作方法》(暨南大学内部参考读物)。

列夫·托尔斯泰称为"俄国革命的镜子"。他指出:"如果在我们面前的是一个真正伟大的艺术家,那么他在自己的作品中至少就应该把革命的某些本质的方面反映出来。"

最充分、最尖锐地表现一定社会力量的本质的那些事物的典型性——关于这方面的指示是以俄国文学和世界文学的经验做根据的。在这一指示中,革命民主主义美学所提出的理论上的论点获得了发展并且被提到了一个新的阶段。别林斯基、车尔尼雪夫斯基和杜勃罗留波夫都认定典型是现象的本质特征之结合。他们认为在艺术作品中把琐碎的、局部的事实放到首位,是自然主义的表现。

(奥泽罗夫:《苏联文学中的典型性问题》)

在众多的个别性格中不可能找到两个完全一致的。然而即使是性格最为独特的人也有些特征是或许与某一定类型的人有关的。恩格斯说:"每一个人是一个典型,但同时也是完全确定的个性。"

列宁这样揭示出"个别"与"一般"之间的辩证的统一:"'个别'只会与'一般'相连而存在。'一般'只能在'个别'中间存在,只能经过'个别'而存在。任何'个别'都是(终究是)'一般'。任何'一般'都是'个别'(一部分,或一方面,或本质)。任何'一般'都只能大概地包括一切'个别'。"

如果在每个个别人的性格中看不见个别的特征,当在学习教育的工作中不可能有真正个别的态度时,那么不可免地要有公式主义,对个性的冷淡态度。

相反地,如果在每个性格中只看见了个别,那么我们就把性格与性格在其中形成的社会割裂了开来。在学校中,如果对性格采取这样的态度,便会把教育工作个别化,个别化的结果使教育学的经验实际上不可能得到推广。

法捷耶夫在小说《青年近卫军》中描写了勇毅的苏联男女青年的个别典型。这些杰出的年轻人是我国最先进青年的代表人物。

只有在个别和一般的统一之中,才能理解人的性格。在个别的性格中,反映出广泛的和典型的特征,首先是阶级的以及民族的特征。

(列维托夫:《论苏维埃人的性格》)

高尔基在他三十年代初期的文章里,曾经指责过那些文学家,首先是剧作家们,他们在描写登场人物时仅仅确定了"阶级的特征",而没有写出布局所需要的活生生的人物。高尔基指出,我们大多数剧作家的创作不过是把各种事实机械地、常常是随便地拼凑在"预先想好的计划"的框子里。而事实的"阶级内容"只是浮光掠影地得来的,浮光掠影地想出来的"计划"则会损害事实,不能揭示出它们的意义。高尔基接着又说,"阶级的特征"毫无疑问是"心理"的主要的和具有决定性的组织者,它永远以程度不同的色调渲染着人的言行。但是仅仅靠"阶级的特征"是不行的,它仍然不能给予一个活生生的完整的人物,不能给予一个在艺术方面完整的性格。除了阶级的典型特征以外,还必须去找寻"个人的特征",因为"个人的特征"决定着所描写的人物的社会行为。

(潘科夫:《高尔基论描写新旧的斗争》。原文载一九五二年六月号《旗帜》)

概括愈是深刻和富有意义,作品的思想愈是进步和高尚。而形象愈有独特的具体性,艺术的真实性,精确性、它的意义便愈大。只有精确的、富有表情的艺术形式才能使思想丰富和突出地体现出来。个性、具体性和特殊性,不但不会使共同的、本质的事物在充分的揭露中受到限制,遭到分散,而且相反地却强调了典型并赋予典型以具体的感性表情。

亚·马·高尔基教导剧作家,除了描写具有全阶级性的事物(某一社会力量的共同的和典型的)以外,还须在所描写的人物的身上,找出他最有代表性的、最适合于他本身见解的,而且是归根结底地决定着他社会行动的"独特的主见",把它应用到艺术的创作上。

(E.哥尔布诺娃:《论社会主义现实主义理论的几个问题》。原文载一九五三年第四期《十月》)

描写典型的性格——绝不是只限于一种主要的特点或者几个为一定社会集团所共有的特点,而舍弃一个特定的人所固有的那些特点,如生理类型,他的个人特点、特性、习惯,民族的特点,年龄和职业的特点,等等。一个失掉了个人特点的主人公,必然成为平凡的没有血肉的,或者照我们习惯的说法,"公式化"的。恩格斯曾写道:"……每个人是一个典型,但同时也是完全确定的个性,正如黑格尔老人所说的'这一个';这是应当如此的。"而且在一定社会集团所固有的主要的典型特点里面,一个善于观察生活的作家会发现性格特点的这样的多样性,以至他能够单独制造这个集团的代表们的一群各个不同的画像。

我们许多小说的坏处,其实是在于这些小说的主人公或者只被赋予社会大集团所具的典型特点,于是他们变成没有生命的公式,如恩格斯所说,"个性……融化在原则中",或者只被赋予偶然的个人特点,于是甚至活生生的主人公也变成没有趣味的丧失了思想深刻性的人物。

(C. 安东诺夫:《论短篇小说写作中的肖像、性格和典型》。
原文载一九五二年十二月二十日《文学报》)

只有在剧作家能使我们相信剧中人物的现实性,而这些人物像活生生的人一样地出现在观众面前时,戏剧冲突才能获得生命。

在M. 高尔基的剧作里,……在维什涅夫斯基的《难忘的一九一九》这样一些剧本里,许多规模巨大而复杂的事件与过程总是在具体人物的冲突和相互关系中被表现出来,这些人物的社会行为很自然地出自他们个人品质,而这些个人品质又正表现着——每一次都在具体的和特殊的形式上——他们的社会本性。这样,就产生出一种个人的与社会的不可分离的化合体,并在这一基础上创造出许多具有突出性格的现实主义的人物形象。

(A. 卡拉干诺夫:《冲突与性格》)

现实生活的典型化和生活事件的摄影毫无共同之点。它是以艺术地概括所观察的对象为基础的;作家深刻地理解自己的观察印象,拿自己的创造的想象加以补充,造成一个严整的体系。在最近发表的斐定的自传中,我们可以找到关于创造艺术形象的途径的有趣的意见。作者回忆自己从前的错误。他承认:

"我过去以为,在文学中反映现实和作家的'纯粹虚构',和作家的想象总是存在着冲突的。实际上,这样的冲突在现实主义作家的艺术中并不存在。高尔基曾经在一封信中非常确切地告诉我说,艺术形象绝不是'纯粹虚构',它……正是那种只有艺术才能创造出来的真正的现实的东西,正是那种由于艺术家神妙的想象工作所产生的现实的精华、现实的结晶。用高尔基的话说,在千千万万人的身上看到的一个人物的特征——就是压缩成石头的'印象的尘土'被艺术家化为我所叫作'纯粹虚构'的那种东西。"

"从形象中反映现实,这跟艺术家的想象并不冲突。形象的真实取决于想象跟现实协调到什么程度,取决于对反映现实起了多大的作用。"

作家可以利用的典型化公式和手法是非常多的。有时候他在刻画一个虚构的人物的时候,把属于某一社会典型的许多人的特征结合在他的身上。有时候,文学上的人物是以一个实实在在的人做模特儿的,但是在这种场合艺术形象也是比它的原型要广阔得多,因为个人的命运决不能容纳全部丰富而多样性的生活。此外,艺术家常常描写已经固定了的、周围的人都看得很清楚的现象。而在另一些场合,艺术描写对象却是生活中刚刚发现的事实。

但是,无论现实主义作家概括的是什么样的现象,用的是什么方法,他总是努力做到,使他所创造的形象成为艺术的东西,使他的人物看起来很生动,充满了活力。典型并不是思想、细节和特征的机械的"综合"。它不是"一般"的人,不是贵族或工人的全式化的体现,而是有着一定的性格、命运、个人嗜好、习惯等的人。文学上的性格乃是一般的、典型的东西与个别的、个人的东西之统一。恩格斯所推崇的文学上的人物,都有着必要的"明确的个性化。每一个人物都是一个典型,但同时也是完全确定的个性"。

(奥泽罗夫:《苏联文学中的典型性问题》)

以特写的方式表现出新事物的真正的敌人,就可以促进对旧事物进行的斗争。当罪恶被揭穿,被打上标记,受到社会的谴责的时候,那么跟它斗争便容易了。高尔基认为揭破一切敌视我们的事物就是确立社会主义的真理。高尔基对青年作家说:"如果你们写张三这个懒鬼、贪婪的人、醉汉,那你们就得进行概括的工作:因为这个张三不只代表一个懒鬼、贪婪的人、醉汉,而且也代表着其他的这类人。"

……写典型,要写得使所有的贪婪的人都在这个典型里看到自己。

……"一切名著莫不是概括得最好的。"

(潘科夫:《高尔基论描写新旧的斗争》)

典型形象,是艺术家在观察与研究生活的过程中,作为思想与创作幻想的富有目标性的协同工作的结果而创造出来的。这一工作的实质在于:选择为一系列现象所具有的特征，然后把它们集中地表现在一个生动而鲜明的性格或画面里面。批评家（指别林斯基）在论文《莱蒙托夫的诗》里引了司各脱、古柏、莎士比亚的作品为例来证实这个观点。他们："莎士比亚在戏剧的狭小范围里集中了历史人物的整个生活……他只把主人公的生活里的那些特征，被选为戏剧画面的事件里的那些事实，写在剧本里面，那些特征和那些事实是跟作品概念直接有关的……在诗人说来，零碎的和偶然的现象并不存在，存在的只是一些典范和典型现象，它们对于现实现象发生着如同类之对于科目一样的关系，虽然拥有个性和特殊性，却也包含着表现一个特定概念的整类可能性中的现象的一切一般的、类的特征。因此，艺术作品里的每一个人物都是同一类的许多人物的代表……"

从上引的文字中可以得出结论：第一，典型化的过程是分析与综合，选择许多现象的类似的特征，把它们概括成一个东西而仍旧保存着"个性和特殊性"；第二，虽然形象只反映了现实里所有的东西，典型化却是一个制造性的过程，是借幻想之力改造生活的过程；艺术形象不是实际存在着的东西的抄袭，而是借助于创作构思的"整类可能性中的现象"的反映；第三，艺术家加以典型化的不是"零碎的和偶然的现象"，而是合乎规律的、必要的东西。所以说，典型事物表现着现象的本质。

（安·德列莫夫：《别林斯基美学中的典型性问题》。

原文载一九五三年一月三日《苏联艺术报》）

艺术家只要描画生活的情景，就创造了客观的实际。他可能精确地表达实际或者歪曲实际，有抓住本质方面的或者相反的是描写着次要方面的，这就是他的方法和世界观的结果。但是不管怎样，在任何一个艺术创作的基础上，现实的实际印象，人的生活、社会关系，均应作为其创作的基本来源。现实主义的艺术家不光是类似照相式地复制着展现在他视野中的景象，而是创造本质的、特殊的事物。他们应有所选择，使之典型化。他们为了将这一社会力量的实质，极端丰富和极端突出地表现在艺术形象中，就必须将实际中的发展趋向和组成这个发展的实际斗争最本质的方面搜集起来，集中在形象里。拿这个形象和生活中存在的本来面目相较，他是将艺术形象突出地刻画，夸张了的。典型的基础就是概括许多现象，许多特点，对许多事物做深入观察而加以集中。

（E.哥尔布诺娃：《社会主义现实主义理论的几个问题》。

原文载一九五三年第四期《十月》）

典型的形象，就其本性来说，已经是一种出色的、有分量的现象了。一系列个别的特征以巨大的集中力量凝结在一个形象中而以压缩的形式表现出来。

典型性格——这是巨大的、强有力的性格。在这里，一定的时代、阶级、民族的特点非常清楚地、浮雕似的表现出来。伟大的现实主义作家们的经验教导我们要描写强有力的性格，奋发有为、行动积极、热情洋溢的人们。

在艺术形象中总是最充分地表现了属于一定的社会类型的人们的特征。富曼诺夫在选择夏伯阳做他的长篇小说的主人翁时，就是想把这样的情况反映出来，即"夏伯阳"比许多人都更充分地体现了"自己的"那一群粗鲁而英勇的战士。他的那些举动很合他们的胃口。他具有这一群人的品质，这些品质都是这些人特别赏识，特别爱好的……许多人比他勇敢，比他聪明，在领导队伍方面能力比他强得多，政治上觉悟比他高，但是这"许多人"的名字都被忘掉，而夏伯阳却仍旧活在人民的传说中，而且将长久长久地活下去，因为他是这一群人的亲儿子，他惊人地把分散在他的其他战友身上、分散在别的性格中的东西都综合在自己的身上。

把一定范围的人们的性格特征充分地体现在文学上的人物形象中，这是使形象成为典型的前提之一。

（奥泽罗夫：《苏联文学中的典型性问题》。

原文载一九五三年第二、三期《旗帜》）

……当作家突出他的人物性格中的主要特征，用艺术表现手法加以强调的时候，艺术形象就非常鲜明，像浮雕似的清楚了。这对于正面形象和反面形象都是同样适用。高尔基写道：

"我们知道，人是各式各样的：这一个翘舌，那一个沉默寡言。这一个讨厌得很而且自高自大，那一个羞答答的对自己缺乏信心；文学家仿佛是站在守财奴、庸俗的家伙、热情的、沽名钓誉的、耽于幻想的、无忧无虑的、忧郁的、勤劳的、懒惰的、善良的、凶恶的、对别人漠不关心的等等各色人物携着手跳轮舞的中间。……

"剧作家从这些品质中选取了任何一种之后，有权把它加深、放大，使它锋芒毕露，生动活泼，使剧本中这一个或那一个人物的性格成为主要的性格起决定的作用。创造性格的工作就应该这样做……"

……

为了创造出艺术上的典型，就必须……描绘出鲜明的性格来，而且要以高明的技巧，从各个侧面，通过根本的、具有决定意义的特点把它描绘出来。不深刻地琢磨性格，就不可能创造出具有充分价值的艺术形象，而形象的脸谱和性格的公式，绝不会成为创造典型的基础。同时，性格琢磨得不够深刻，而且显得呆板，原因往往就在于作者在企图以多样的特征表现性格的时候对多样这个概念有着不正确的了解，而把它当作算术加法一样的各种不同品质的总和。因此他没有把那主要的、主导的、像水泥一样把其余的东西凝固起来的特点作为性格的"骨干"。举例来说，拉普杰夫在他的新作长篇小说《通行无阻》中尝试着描写一些过着不同的生活、经验着各种不同的感觉和感受的人们。不过作者在使他的人物赋予了许多特点之后，不能用艺术的突出手法把其中每个人物性格上的主要的、起凝结作用的特征表现出来，结果形象就显得模糊。

同时，形象巧妙地突出了，就能帮助更有力地把苏维埃人的性格完整地和多方面地表现出来。

文学上的人物应该刻画得非常有力，非常肯定，而这就要求强调他的性格。所描写的情节一定要能够充分地、清晰地表现他的品质。当作者不但挑出他的人物的一定特征，还努力做到使他的面貌上的根本的东西不被次要的、无关紧要的线条和偶然的细节所掩盖时，才能使艺术形象达到突出的地步。

塑造真正典型的形象的一个重要条件，就是形象的突出，线条分明有力，人物的身上充分地集中了被描写的那一类人所特有的品质。

（奥泽罗夫：《苏联文学中的典型性问题》）

……一个自然主义者概括么？当然"概括"！因为他毕竟是思考和推论的。但是自然主义的"概括化"，是在把偶然提高到必然的高度，而因此把必然降低到偶然的程度。一个自然主义者使人脱离了解现象规律的正路，歪曲着描写的对象。

因此认为一个自然主义者不歪曲现实，而只是概括得不充分，是完全错误的。现实主义和自然主义中间的基本不同不在概括的程度，而在概括的性质。一个典型形象是一个概括，这个概括表现着客观真理；相反，一个自然主义的形象却是歪曲现实的一个"概括"，因为它在实际上表现为赤裸裸的主观主义。

夸大一件孤立的事实，一种片面的倾向或心情，是自然主义显著的特点，也是自然主义"概括化"的方法。其结果是自然主义的形象构成一个"概括",却歪曲了现实。自然主义破坏形象,因为自然主义的描写不能揭示现象的本质、关系和规律。

(布洛夫:《马克思列宁主义的美学反对艺术中的自然主义》。
原文载一九五〇年第一期《哲学问题》)

社会主义现实主义的艺术,永远是以表现事实的内部意义为目的,而成为把许多事实加以概括,加以诗意的夸张的艺术。高尔基屡次主张,真正的艺术有权利去夸张。像赫格列斯、普罗米修斯、堂吉诃德、浮士德,并不是"幻想的结果",而完全是现实事实的合理而且必要的诗意的夸张。

像柯察金、夏伯阳、密列西叶夫、卓娅、青年近卫军们——不单单是个人的形象,这也是人民性格本质诗意地综合的表现,革命的苏维埃人的英雄特征的典型化。苏联的艺术在自己的许多优秀的作品中,包括电影艺术在内,创造了许多伟大的和明朗的,概括了普通苏维埃人——自己的命运的主人——的典型特点的形象,描写出了许多足以成为楷模和范例,而且值得模仿的英雄。电影上的马克辛、伟大的公民、波罗的海代表、《宣誓》里面的母亲的形象,许多内战时期的英雄形象,许多卫国战争中的不朽的英雄的形象,都是这样的人物。

艺术家们在创造这些典型的时候,就用他们来肯定了社会主义现实主义的法则——概括优秀的、先进的、与众不同的人物的法则,为了表现本质而加以夸张的法则。

(波高舍娃:《论英雄与英雄的性格》。
原文载一九五二年十二月三日《苏联艺术报》)

"真正的艺术",高尔基说,有权利去夸张。赫格列斯、普罗米修士、堂吉诃德和浮士德,并不是"幻想的结果",而是真实事实之逻辑的必然的夸张。

论事实,歌德的浮士德和普式庚的吝啬骑士,如果就现实主义的狭义的意义来说,都不符合现实主义狭窄的定则。然而他们完全是现实主义的人物。以夸张的方法把生活现象典型化,更容易揭露那些现象,并加深对现象的理解。在文学中,描写吝啬人物的很多,但是要找另外一个角色,和普式庚的吝啬骑士,同样有力地鲜明地揭穿了贪婪对人性的歪曲影响,却不容易。没有夸张,就不容易达到广泛的概括化。

在描写苏维埃英雄方面，夸张手法的运用并不就是说用宣传广告或浮夸的人物代替现实主义的人物。它的意思毋宁是强调，在苏维埃人民生活中、存在着并且发展着的、主要的和有意义的东西。它意味着服务于我们的进步和发展的利益，从这种观点上来描写生活。这是一幅强有力的艺术的图画，描画了新型人物的基本品质，描画了他的生活环境中戏剧性的矛盾和冲突，描画了反对过时的事物的斗争，反对使人堕落的人类弱点的斗争——所有这一切，不但对于创造一种生动的艺术表现，去表现苏维埃社会，是重要的，而且对于鼓起人民的兴趣，去认识美好的事物，去提高斗争的意志，去加强他们生活态度中的不满情绪和热烈激动，也是重要的。没有这种激动，人就变成一个漠然的旁观者了。

在最优秀的苏维埃作家们的作品中，希望把苏维埃人当作一个鲜明的人格而描写出来，不是一种文学方法，也不是一个作家的嗜好，苏维埃文学所创造的优秀人物的生命力，从这一事实生长出来，即是作家从生活里把他们提炼出来，利用活生生的英雄的最优良的特性，这些英雄们的内心的伟大性是在扩大的而不是寻常的阔度上表现在这英雄的身上。"夸张"（或者，换句话说，鲜明地表现）一个人身上的优良品质就是社会主义生活本身的一个特点。它正在产生着新的劳动和斗争的英雄。

法捷耶夫为了要创造一系列的战争英雄画像，他在他的小说《青年近卫军》中，利用了克拉斯诺顿青年们的传记和性格。他在鄂列格、赛尔盖、乌利雅娜及其他光辉的青年们身上，集中了由苏维埃制度所培养起来的一切德性和品质，在苏维埃人民中正在生长发展着的一切精神的道德的品质，而这些品质，一方面代表着英勇的现在的特征，另一方面又是未来时代的品质。法捷耶夫不需要混杂许多人物的品质，以便创造一个典型的性格。他集中了他的特殊天才的全部力量去理解、去描写实际存在的青年男女。结果，他创造了一群人物。他们的姓名就是真实生活中的姓名。法捷耶夫于综合他们的个别化了的和具体的特点中，表现一整代苏维埃青年的性格和特征。

（瓦希里耶夫：《社会主义现实主义的特质》）

必须指出，典型的形象在现实主义艺术中常常是建立在直率的夸张上。这个论点对于那反映壮丽的现实和共产主义者建设者的英勇事业的社会主义的革新艺术，是特别重要的。高尔基指出"真正的艺术是有权夸张的"，他说："在文学艺术中，夸张的权利是以典型化来表现的……"

苏维埃时代的真实的英雄为什么没有在剧本中得到他所应当得到的有力的反映——在提出这个问题的时候，这位苏维埃文学的奠基者写道："这个问题是应该提出来的，在我看来，这个问题应该这样直截了当地提出来：我们承认不承认艺术有权夸张正面的和反面的社会现象？……所有伟大的作品，所有那些成为高度艺术性的文学的典范作品恰恰都建立在夸张的基础上，建立在现象的广泛典型化上。"

大胆的和广泛的概括，有意识地夸张在生活中观察到的现象，这是创造真正典型形象的保证。和堂吉诃德完全相同的人，生活中是没有的。但是塞万提斯捉摸到了这种类型的人的特征，以巨大的力量加以概括、夸张、描绘出了足以表现整个时代的特色，并且在许多方面对于人类历史的其他时代也有重大意义的形象，这就是他的天才所在。

这一个以及其他许多形象都是诗意的夸张的结果。但是必须着重指出，这里所说的不是任何种过甚其词的做法，不是任何种类的夸张。当然，抽象的譬喻或是假定的过甚词——这绝不是那成为伟大艺术的灵魂的夸张。现实主义艺术是以有意识的夸张和形象的突出为前提的。作家的任务，就是从艺术上鲜明地阐明所描绘事物的内在规律。和冈察洛夫所描写的奥勃罗摩夫一模一样的人，是没有的。但是作为一种社会历史制度的现象的奥勃罗摩夫精神却是存在的，而且它的本质，是通过现实主义夸张的手法，作为整个农奴制度的化身而在奥勃罗摩夫的形象中清楚地表现出来的。

有意识的夸张在社会主义现实主义艺术中是不可或缺的。关于苏维埃人的伟大事业，必须像他应得的那样去描写：用炽热的感情、制订出"巨大的计划"，通过艺术夸张，把他的思想上和道德上的品质综合在鲜明的形象中。这种夸张，和那种把人物提到现实之上的做法，像有些批评家主张的那样，当然毫无共同之处。

和艺术的特点相适应，绝无仅有的人物可能成为典型的人物。

而这种绝无仅有的人物形象的力量就在于：因为它并不是被人为地提到现实之上，所以它就清楚地表现出了一定类型的人所具有的特征。……

（奥泽罗夫：《苏联文学中的典型性问题》）

高尔基谈到夸张这个有血有肉地描写生活的艺术手法时，并不是说人物脱离现实生活，脱离实际的基地，而是指概括的力量和深度，典型化的广度。他解释说一切巨著一切成为有高度艺术性的文学的典范的作品，正是依赖于夸张，依赖于现象的广大典型化。

（潘科夫：《高尔基论描写新旧的斗争》）

一个人的经验是有限的，是很少的。艺术以集中的形式提供着多样的、广大的、全面的和深刻的关于现实生活的概念。一个人要知道例如光是从列夫·托尔斯泰的一部长篇小说《战争与和平》中的一切，就是花一辈子的工夫也是不够的。再现现实，以活生生的形象用文字为媒介来反映生活，这就是文学的特征。这也就使文学区别于其他形式的社会意识和其他种类的艺术。

（道布雷宁：《文学的社会意义》）

艺术形象越是典型化，越是深刻而强调地反映了典型的生活现象，自己人民和自己时代的典型的性格、感受和期望，就越是忠实而宝贵。

（安·德列莫夫：《别林斯基美学中的典型性问题》）

供讨论时参考：

（一）典型不是思想、细节和特征（思想内容、动作的生动性丰富性和历史内容）的机械的综合，它应当是一般的、典型的东西（共性）与个别的、个人的东西（个性）相统一。如果作品里的人物只有社会阶层的特征，而没有他本人鲜明的个性，那么，所谓社会阶层的特征，就会成为抽象的东西；但如果只在人物个性上写得很有趣，而不能通过个性的描写反映出具体社会所促成的具有特征意义的品质，那么，所谓个性，又将成为毫无社会内容的东西。个人的品质、作风、习惯是决定人物的社会行为的，因此，人物独特的个性不仅不会模糊共性，而且可以突出共性，并赋予共性的丰富的血肉与具体的活生生的形态。为什么？

（二）典型化的过程是一种什么样的劳动过程呢？是把所观察到的同类性质的、具有特征意义的现象机械地像数学加法一样地集中呢？还是选择一系列具有特征意义的现象，经过作者的见解、理想和感情的血肉融化，把它们（现象）集中地体现在一个活生生的形象里呢？

（三）概括的积极意义，不仅在于使形象鲜明，更重要的，是要使每个主要人物都是同类人们的代表，使具有同类性质的人们都能在这样的典型形象里看见自己。只有这样的形象才能含着丰富的社会内容，才能提供广大的、多样的、全面的和深刻的生活概念。为什么？要达到这样的目的，要达到对生活广泛的概括和对社会现象深刻的典型化，只摹写片面的或个别的现象，是不行的；因为一个实在的人的生活是有限的，不能充分地反映社会上较广大的、较全面的生活面貌。因此，概括应当建立在对生活丰富的观察和对生活深刻的理解的基础上，并与作家创造性的、诗意的想象相结合，才可能把所接触到的社会现象，凝成完整的鲜明的形象。为什么？

论典型环境与典型性格*

该影片（指《伟大生活》）中把我国工业发展中两个不同的时代显然混为一谈。按《伟大生活》影片内所表明出的生产技术水准和文化水准来说，该影片所反映的，多半像是国内战争完结后恢复顿巴斯区的时期，而绝不是现今这拥有由几届斯大林五年计划期间所造成的先进技术和文化的顿巴斯。该影片编制人使观众造成一种虚伪印象，仿佛在赶走德国法西斯侵略者后所进行的恢复顿巴斯煤井的工作，以及在顿巴斯开采煤炭，都不是建筑在现代先进技术和劳动过程机械化的基础上，而是运用笨拙体力劳动和陈旧技术及守旧方法来实现的。这样，该影片就把战后我国工业基于先进技术和高度生产文化来进行的恢复过程的前途加以曲解了。

（苏共中央委员会一九四六年九月四日关于《伟大生活》影片的决议）

小说（指Φ.潘菲洛夫的《伟大的艺术》）内的正面人物是尼古拉·柯拉不略夫，好的共产党员，据作者想，先进的经济工作者，和他对立的反派人物是工厂的经理柯柯列夫。这个人一下子就在读者面前表现出是一个趋炎附势和爱慕虚荣的人，工作作风很粗暴，对待工人的态度很卑劣。结果弄明白柯柯列夫原来是内奸，是美国的间谍。揭穿了柯柯列夫·尼尔逊的面目以后，柯拉不略夫于是又重新成了工厂的经理，他很快地把工厂的工作整理就绪。事件的总的构想大致如此。

可惜的是，Φ.潘菲洛夫在描述了苏维埃的有很多工人的和有大的党的组织的大企业的工作时，他把这一切都用来只是构成一个背景，在这背景下活动的开始是敌对的、破坏的力量——柯柯列夫·尼尔逊，而然后才是积极的、创造的力量——尼古

---

* 载1959年印行的《论创作方法》（暨南大学内部参考读物）。

拉·柯拉不略夫。

当然，顽固的内奸和间谍钻进了苏维埃企业的经理的位置，一定会带来不少的损害。但是决不能设想在我们苏维埃的实际中柯柯列夫当使用这样粗野、横暴的办法时，能够在相当的时间内把强大的党的组织踏在脚底，欺瞒广大的工人集体。

由于缺乏社会主义现实主义的方法，Ф.潘菲洛夫降低了苏维埃工人阶级的自觉性，降低党的组织的作用和意义，更不必说他完全不正确地描写了苏维埃人同苏维埃秩序的破坏者做斗争的方法。

极力把奸细和间谍柯柯列夫写成尽可能鲜明的人物，作者的确在许多篇幅上造成了一个印象深刻的恶棍的形象，可是他赋予柯柯列夫的行动以如此公开的粗野、公开的反苏，如此明显的丑态，却又在许多篇幅上强迫善良的，依照作者的意图，聪明的苏维埃人看不清这种行为的本质，作者就这样粗暴地歪曲了生活的真实，歪曲了这些人，小看了他们。假如柯柯列夫的行动果如小说内所写的那样公开反苏，那么在他周围的人：党中央的组织家、总工程师阿尔曼和工厂的工人便不能不立即发觉工厂的这个经理是怎样的货色。

因此，违反生活的真实，迁就廉价的趣味，Ф.潘非洛夫为要突出和夸张柯柯列夫的丑恶的姿态，同时也把诚实的苏维埃人的形象弄糟了。

（К.西蒙诺夫：《为布尔什维克的党性，为苏维埃文学的高度艺术技巧而斗争》。原文载一九五〇年第三期《布尔什维克》）

在艺术典型里所概括的是一定的社会历史典型，一定时代、民族、阶级的人物的性格特征。

文学家们可以在列宁和斯大林的著作里找到许多非常精确和深刻地描写社会典型的光辉灿烂的范例。

在形容各种阶级和集团的代表人物的时候，列宁常常写到一些一定的社会典型。他对每一个典型做鲜明而形象化的刻画，并且指出产生这些典型的根源。我们只要举一个例子就行了。在《在仆役室里》（一九一九年）一文里，列宁谈到了政权还掌握在反革命分子手里的某些城市里孟什维克、社会革命党等所出版的报刊的内容。读者读了这些报刊之后，觉得自己好像置身在仆役室里一样。出版家向资产阶级奴颜婢膝：这一类的典型的社会本质就是如此。

"仆役地位的特点就是必须把非常适度的博爱精神和高度的唯命是听的、维护老爷利益的态度这两者结合起来,这样就不免要产生出作为社会典型的仆役所特有的伪善态度。这里问题正在于社会典型,而不在于个人的品质。仆役也可能是很正直的人,是家庭的模范的一分子,优秀的公民,可是他们不得不假冒伪善,因为他们的职业的基本特征就是要把他们'有义务'为之服务的老爷的利益和从里面选拔仆役的那个社会阶层的利益结合起来。所以,如果从政治的观点,即从千百万人和千百万人之间的关系的观点来研究这个问题,那就不能不得出这样的结论:作为社会典型的仆役的主要品质就是伪善和懦怯。仆役的职业所培养的也就是这些品质。从任何资本主义社会里的雇佣奴隶和全体劳动群众的观点看来,这些品质也就是最重要的。"

像我们所已经见到,这一型人物的主要品质,列宁是在极其深刻地分析了具体的社会现象,分析了一定的社会阶层的生活和思想的基础,分析了资本主义社会里人们之间的关系之后才得出来的。

斯大林同志每逢谈到这种或那种社会典型的时候,也总是指出形成这些典型的生活的规律性的。

从上面所说的看来,毫无疑问地可以得出这样的结论:作家所描写的性格的力量和表现力,要看他们是不是善于把一定的社会典型的人物的性格特征加以典型化,要看他们掌握生活规律性深入什么程度而定。

(奥泽罗夫:《苏联文学中的典型性问题》)

首先我得告诉你,我不认为在短篇小说里是为情节而情节的。情节的任务是:尽可能把人物更突出地描画出来,并利用它来把短篇小说的目的更清晰地表现出来。情节的任务是:把人物安排到能够使他更充分和更明晰地表现出自己典型特征的环境里,即把人物安排到"最能把人物内心的各方面暴露出来的环境里"(И.克拉姆斯柯依)。当然,这并不是说,只是在你对形象已经有了一个鲜明的轮廓之后,才开始去构思小说的情节。通常,你观察你未来小说中的人物时,不是把他们同生活隔开来看的,而是把他们看作是典型社会事件的参加者。例如,我时常获得关于自己小说中未来人物的第一个印象,就不是从观察他们外表得来的,而是从一些偶然叙述他们举止行动的谈话中得来的,这些举止行动差不多往往成了情节的根据。你要想把自己的主人公"移植"到短篇小说里来,使他变成人物,是不能把他从生长他的土壤中拔出来的；你要像园丁把他所喜爱的树木"移植"到新的地方时那样：小心地把它连根旁的泥土一起拔出来。但是，常常也会有这样的情形：要使这棵树开起美丽的花朵来，这点土是不够的，那时——没有别的办法——必须要增加人造的土壤，补充一些情节，如果没有这种想象，如果不抛弃那些虽然曾在现实中有过的，但是偶然的，苍白无力的事件，正像上面所讲的那样，把人物和情节都一起直接地"堆放到短篇小说里面"的话，那么，一般说来，作家在这样的情况下，是写不出好东西来的。

当人物的形象（当然，也连他的思想）在你的构思中完全明朗化的时候，你才能想到那种情节的细枝末节的地方。如果短篇小说里的人物还没有确定，你就开始计划起情节的进程，迁就于情节的形式人物就会在性格上出现许多不但不能强调思想，反而会妨碍思想的特征。

（C. 安东诺夫：《论短篇小说的情节、论证与爱情线索》。
原文载一九五二年十二月二十三日《文学报》）

今年（一九五二年）二月二十五日，在《真理报》上发表了一群读者致编辑部的信《关于 B. 拉齐斯的长篇小说〈向新岸〉》。在这封信里，对于成为摆脱旧的资产阶级秩序并正在建立新的社会主义秩序的拉脱维亚人民的史诗的这部作品的"左"倾攻讦，给予了反驳。对于 B. 拉齐斯这部小说的庸俗机械的批评，根据的是这样的理由：小说里的一位主人公爱伐尔，富农的养子，转变到苏维埃政权方面来，加入了共产党的队伍，是一件"偶然的现象"，一个"不关重要的插曲"。在这种批评的根柢里，存在着把典型事物看作最普遍的、时常发生的和平常的事物这样的观念。从这一观点上看来，富农家庭的一分子博弈到苏维埃政权方面来，加入了党，是"不典型的"。然而，从社会主义现实主义的观点看来，爱伐尔的历史却是典型的，因为它写出了集体农庄运动蓬勃生长时期中富农家庭生活的破裂，这不简单是一个插曲，却是生活的法则。

（叶尔米洛夫：《苏联戏剧创作理论的若干问题》。
原文载一九五二年十月二十五日、二十八日、三十日及十一月一日《文学报》）

所谓典型人物并不是在人物脸上套上一副阶级的或社会阶层的空洞的面具。典型人物有他个别的生活和命运，像安娜·托特、伊斯特凡·柯伐茨、耶诺士·加尔之类。我们应该在上述人物的个别的生活与命运之中，找寻一般的优秀劳动者生活中的共同之点。

我们并不要创造普罗米修斯式和浮士德式的典型。我们自己的英雄并不是巨人，也不是半神，甚至也不是密克罗斯·多尔地之类（多尔地是匈牙利民间传说中的人物）。我们的英雄就是普通的劳动人民。他们并不是完美无疵的神话式的英雄，而是来自资本主义社会，走向社会主义社会的人，而在这一过程中，他们一面改造世界，一面也改造着自己。

（约·里瓦伊：《作家的责任》。原文载《国际手册》二十八期）

工人阶级负责把世界和人类从资本主义的贫困、屈辱和剥削中解放出来的使命。可是马克思和恩格斯、列宁和斯大林并没有教导我们把工人加以理想化。我们必须以作为资本主义的遗产而接收下来的人们来建设社会主义。工人阶级肯定地存在着许多旧社会遗留下来的缺点。跟歌德笔下的人物一样，工人阶级也是"泥"和"金"两样东西造成的。工人阶级也是资本主义的产物。可是它不仅是资本主义的产物，而且也是资本主义的掘墓人。工人阶级就是这样一个阶级，在这个阶级里，我们除了可以发现"泥"之外，更可以发现"金"，发现英雄，发现资本主义的掘墓人。文学的任务就是要按不同的国家和时代，分别以具体的形式来表现这些工人英雄，同时按照时代的先后，以不同的比重来指出工人阶级从资本主义中接收来的事物，指出什么是属于"金"的部分，什么是新的、英雄般的特性，也就是指出什么是进步的征候，谁又是新世界的改造者。

今日的工人典型跟昨日和明日的工人典型都不同。我们必须比以往更加努力地学习苏联文学。可是，如果我们满足于假借或模仿今日苏联文学中的工人形象来模造我们今日生活中的正面人物，那就是一个错误。

（约·里瓦伊：《作家的责任》）

冈察洛夫和巴尔扎克决心要描写一个生活和行动在私有社会的实际条件之下的积极人物。当他们急于要赋予他以积极的特性时，他们开始从他身上除去了资产阶级的肮脏和缺点。结果怎样呢？结果是，这些缺点被证明为个人生存和进取的一种具体手段，而不是偶然的和外加的东西。人物的缺点产自人物生活在其中的社会，在除去他们的缺点时，冈察洛夫和巴尔扎克剥去了他们的具体的人性。这经过洗涤的主角证明是一种苍白抽象的观念，缺少生命的血肉和精神。冈察洛夫和巴尔扎克的这些主角的命运，是一切资产阶级文艺的典型。

(瓦希里耶夫：《社会主义现实主义的特质》)

在果戈理的时代，统治的社会集群是促成否定人物巨大规模的行动的集群。这便是典型环境。果戈理表现了典型环境中的典型性格。在我们苏联社会里，统治的集群是促成肯定人物巨大规模的行动的集群。苏联剧作家应该善于表现典型环境中的典型性格。对待肯定人物是如此，对待否定人物也是如此。苏联社会里的否定典型，是在对他们异己而敌对的集群里面行动着，而这环境是典型的。如果苏联剧作家不能够用某种艺术手法，不仅把否定现象"本身"，并且也把他们行动的条件表现出来，那么这就是意味着这剧作家破坏了社会主义现实主义的一个古典要求：在典型环境中描写典型性格。和行为的集群孤立地来描写人物，这也就是不正确地描写了人物。没有展开冲突的典型集群，就不可能表现否定人物的行动，从而展开他们的性格的描写，因为戏剧作品里面的性格——能够被认识——只有在行动里。离开了否定人物：虚伪的、腐朽的人在里面——并且和它相反地——行动着的那个典型集群，他们就会显得是不起作用的，从而是不十分有害的，仅仅是"口头上"有害的或"相对"有害的，就是说不典型的。只要否定人物一开始行动，描写展开他们有害活动的典型集群的必须性就会十分有力地显现出来。如果他们偷盗，那么他们主要的不是互相偷盗，而是偷盗苏联人民，偷盗苏联国家。如果他们妨碍劳动和创造，那也就是妨碍苏维埃人，等等。因此，他们受到苏维埃人的惩罚！

(叶尔米洛夫：《苏联戏剧创作理论的若干问题》)

我从来不能按照一个预订的、刻板的计划去写我的小说。我所写的人物似乎总是做着我并没有布置他们去做的事情，他们说着自己心里要说的话，而不是我要他们说的话。他们缔造着小说的情节与结构，在最出人意料的时刻登场，好像是门也不敲就闯了进来，又同我最想不到的人物结了婚。有时发生的冲突，甚至不是我所制造的，而显然是由我所未能理解的各不相同的脾性所造成。

当然，对于那些能够在下笔之前就成竹在胸的，那些能够揭示、解释他的人物，并使他们逻辑地、有纪律地行动的作家，事情是比较容易的。他的故事就能平稳而流畅地展开，不至于坎坷颠簸，而他的结构也就会匀称无疵。

我所说过的关于我的创作的一切，也适用于我目前正在写的小说。这是很久以前我就孕育着的一个故事，当时我相当肯定地觉得：结构已经完善了，只等把它写在纸上就行了。但是小说中的人物似乎并不喜欢它，于是他们就毫不客气地开始改变了它。一开头，他们增加了一个额外的部分，摧毁了我曾费过艰苦劳动的所有的细致装饰，打乱了所有的章节，好像重新洗过一副牌一样。我本来打算放在背景里的人物现在跑到前面来了，而我想突出表现的那些人物却自动地退到次要地位去。所以，小说的节奏已经变动了，而我的人物完全用他们自己的语言代替了我曾仔细写出来的对话。

没有办法，我只得把全部作品一页一页地重新写过，除非我强制我的人物使之屈服于作者的意志。

（Б.潘诺娃：《谈创作经验》。原文载一九五二年《苏联文学》）

一个作家一定要有计划。计划可以写在纸上或者记在心里——这要看个人的习惯而定了。但人物、形象一旦明确化，那时人物、形象本身就会给最初的计划以修正。形象在典型环境中发展的逻辑是时有变化的，甚至往往破坏了事先的构思。在写作过程中有时不得不抛弃某些旧的观念，重新构造某些新的东西。

（法捷耶夫：《作家的劳动》。原文载一九五一年第二十二期《文学报》）

在写作《毁灭》时，我初次遇到这样的事情，就是从前思考过的有许多是怎样也放不进作品里的。我也遇到这样的事情，就是在写作过程中出现了我从前没有想到的新的情况。照我最初的构思，美谛克应当自杀；而当我开始写这个形象的时候，我逐渐地相信，他不能而且也不应该自杀。

在最初几笔勾勒了主人公们的行为，他们的心理、外表、举止等之后，随着小说的发展，这个或那个主人公就仿佛开始自己来修正原来的构想——在形象的发展中仿佛出现了自身的逻辑。我来举一个例：美谛克躺在医院里，在林子里——这是一种情势；他复原之后到了部队里——这已经是另外一种情势。我竭力想象，他在新的情势中怎样做法，而由此就得到，作品的主人公，如果他为艺术家所准确了解，那么在某种程度上他已经会自己带领艺术家走了。

在整部小说中,美谛克在他的发展过程中是这样的行动,使我明白了他是没有能力自杀的,自杀会赋予一种与他整个风貌不相称的小资产阶级"英雄主义"或是"受苦"的光辉,而实际上他是一个卑微的、懦怯的人,他的受苦是非常表面的、细碎的、渺不足道的。

(法捷耶夫:《我怎样写长篇小说〈毁灭〉的》。
原文载一九五〇年第二期《文学教学法》)

供讨论时参考:

(一)典型性格如果离开了典型环境的描写,"典型性格"的形成与发展就会失去社会根据;"典型人物"的行为,就不能使人信服。为什么?有些作品,作者孤立地去突出某种性格,结果把促成人物行动的典型环境歪曲了;另外有些作品,虽然作者所描写的环境是典型的,但人物性格却不是典型的。这两种错误,都是由于忽视了典型环境对于性格的形成与发展的影响与作用。为什么?

(二)为了明确地表现主题思想,作家有义务强调一些什么和抛弃一些什么。但却没权利强迫他的人物的个性来屈从他主观上所构想好的情节。作家应尊重人物所处的环境所能允许他行动的条件,同时应尊重环境所促成的他对生活的态度、作风和见解;应当让人物去与他所喜欢的人做朋友,也让他去憎恨他所认为应该憎恨的人;如果他个性上有一种爱大声谈笑的习惯,而环境又允许他大声谈笑,就应让他去大声谈笑。作者千万不要为了迁就情节去阻止他。为什么?

形象和构思*
——摘自一九五八年创作随感录

一

在构思过程中，应当时刻警惕算术加法式的凑合。这种做法的结果，常常只会使人物变成木偶。

你可能有许许多多动人的细节。这些细节作为素材来看，的确是很有意义和富有性格特征的；如果经过深入的构思，经过感情的培养，这些素材很可能逐渐地在你头脑里形成鲜明的性格——个性化的形象。

可是，有些人却不是这样，他们不是把在生活中所接触到的印象和感受，经过自己的观点与感情的融化、深化和概括，即没有把生活印象和感受，培养成为有血肉有心灵的性格；而是生硬地把印象和感受围绕着一个概念（或者叫作思想或观念）集合起来。可以设想，光凭这样的集合和堆砌，怎能造出有生命的、个性化的形象呢？

有些人，对于生活中得来的小故事也是这样。他们不去思索它们，不深化它们，不从它们的表现形态去抓取它们的特征，给以感情的培养，使故事中的人成为有血肉的、具有鲜明性格特征的形象；而是生硬地把小故事串联起来。尽管这些故事很动人，可是如果它们没有和性格结合起来，也就是说，如果故事不是人物性格发展的必然结果，小故事还是散乱的，它们不但不可能揭示出内在的联系与必然性，也不可能有什么深刻的社会内容和强大的说服力。

可见，对于生活素材，必须有一个消化的过程。这个过程就是生活素材与作者的

---

* 载1963年1月15日《作品》新2卷1期。

观点感情相融化的过程，也是人物性格形成的过程。没有消化的过程，也就是没有艺术创造最起码的酝酿过程。

一九五八年六月三日于竹园里

二

如果你把素材当作积木，把创作方法——别人的创作经验的总结——当作图样，又企图按照别人的格式来"套"自己得来的素材，结果一定会失败。

没有丰富的生活感受和丰富的生活知识与经验，就没有可供"塑造"的原料。可是有了原料是否就能塑造艺术形象呢？也不一定。别的原因暂且不说，单说像堆积木那样，就无法塑造出活生生的艺术形象。

有了素材还不够；必须对素材有热情——爱或憎。如果没有爱憎，对素材就无法融化，正像高炉没有高温就不能熔化矿石一样，因此也就无法把零碎的素材融化为有生命的、有个性的形象。

为什么？如果只抱着写作目的去接触生活和搜集材料，所得来的材料，当然是冷冰冰的、缺乏生命的。因为作者对于它们，没有强烈的爱，也没有强烈的憎，顶多是觉得它们对写作有用处而已。试问，仅仅依靠这些素材的作者，他能塑造出栩栩如生的形象来么？不可能的。可是，一直到现在还有人把这种"方法"视为至宝。

如果你首先对生活有热情，有建设社会主义的主人的责任感，那么，你在生活中感受到的东西，自然不会是冷冰冰的、缺乏生命的材料；它们一定会使你激动，使你产生强烈的爱或憎……这样的感受愈多，你的激动就会愈来愈强烈，爱恨的感情就会愈来愈鲜明。

一个写作者不要轻易地让这种激动和这种热情（当然是与社会主义利益相一致的）飘散了，应该紧紧抓住它。这种激情愈强烈，引起这种激情的现象和印象，就会在你脑子里愈来愈清楚，就愈能突现它们的典型特征。而这种有特征的东西你愈了解得清楚，就会变得愈加具体……就这样，这些印入你头脑里的、又经过你的意识和感情融化过的生活印象，就会有一部分褪色了，暗淡了，隐没了；另外一部分却特别突显起来，扩大起来，鲜明起来，以至于逐渐变成一个活的性格的雏形；你一闭上眼睛，仿佛就能看见他。只要你的激情没有衰退，继续爱着或憎恨他们，并以这种激情去培养他，丰富他……那么，他就会慢慢地活起来，一直到你可以接触到他的眼光和他的脸部表情。

这个过程是最复杂最花费心血的。可是回避这个过程，却不能塑造活生生的艺术形象。

一九五八年六月四日于竹园里

三

在塑造人物的过程中，常常可能出现这样的情况：作者虽然用自己的观点和感情去概括他所感受、所经验的诸种印象，可是当他深入构思时，只从这众多的印象中，选取他认为印象最深、特征比较突出的一两个印象来作为中心；也就是说，作者常常从众多的人物中间，择取其中最突出的一个，作为自己构思的中心。

这只是作为构思的中心而已，并不是作为"模子"（所谓"模特儿"）来描写。有了这个"中心"对象，构思起来就会得到许多方便。作者根据自己观点的需要，根据他对这个性格的爱憎，他将保留这个人物身上的一些东西，抛弃一些东西；又从旁的人物身上取来一些东西，补到他身上来。不仅在塑造人物的性格时常常有人采用这个方法，甚至在塑造人物的外貌特征时，也常常有人采用这样的方法。

当然，对某个"实在人物"保留什么、抛弃什么和从别人身上"移来"什么，都不是随随便便的，必须符合你心目中所要创造的人物的个性特征，必须把你所概括起来的一切赋予生命，贯以气血和个性。

这种做法的目的，不是为了旁的什么，而是要求把性格创造得更真实、更典型。

一九五八年六月四日于竹园里

四

有火一样的战斗热情，

有火一样的建设热情；

有强烈的社会主义的责任感，

有鲜明的共产主义的理想；

那你的心灵就像感光最良好的感光片，

善于识别，善于理解，也善于感受生活的真实。

一九五八年六月五日于竹园里

五

在创作实践的过程中，我想有不少的写作者都会遇到这样的问题：觉得写得不生动。

是由于对生活不熟悉吗？似乎不是；材料不丰富吗？也似乎不是。

有时候，当你从许许多多富有典型特征的素材当中，经过探索，已发现了这些特征现象所蕴藏的社会意义，照理可以提起笔来，而且照理应该能写出较好的作品。可是，却往往不能从心所欲。写出来的，还是不生动，在写作过程中，感到十分吃力，感到每段每节都进行得十分困难，似乎每个细节或场景，都非经过"硬挤"就写不出来，每个细节几乎都印上"人工"的不自然的痕迹。

说没有情节吗？有的；说这构成情节的人物性格不是来自生活中吗？又不是；说是性格没有典型特征吗？更不是。相反，正是写作者紧紧抓住这些典型特征，经过精心的凑合才构想出这个人来的。

为什么会写得这样困难呢？

我觉得，最主要的，是还没有鲜明的个性，还没有"这个人"独特的个人气质和色调。也就是说，人物的骨架虽然树立起来，他的行动计划也已安排妥当，可是他还没有体温，没有呼吸，他还不能自己站起来行动，也不会说他自己所要说的话。

正因为这样，所以，尽管你善于选择具有典型特征的东西，尽管有极丰富的、具有特征的素材可供你选择；但当你提起笔来写作的时候，却会感到：这些行为或言谈，不一定非出自这个人物身上不可，似乎放到旁的一个人物身上也可以。

特征现象是很珍贵的，但如果不通过独特的个性方式、色调表现出来，就会变成没有生命的东西。

要是能将你所积累的某类特征现象，按照典型化的原则进行艺术构思，又经过感情、想象的培养和补充，把握了人物的社会观点、对人态度、生活作风、脾气、爱好……，并明确了这个人物表现这些观点、态度……的独特方式和色调。那么，当你写作时，许多细节或对话，就会自自然然地跳到纸上：因为你已经熟悉了他的个性，这种人在一个具体环境里会做出什么事，会说什么话，是不需要作者在写到这个场面时才来费心思的。

这样写出来的作品，哪怕你所抓取的特征现象是谁都见闻过的，但由于有活生生的个性，他仍然是新鲜的，当然也是真实的。

一九五八年六月十一日于竹园里

附记：

这本《创作随感录》，是我构思、创作长篇小说《多雨的夏天》时，于每晚就寝前所记下来的灵感，共七十多条，约九万字。

我当时住在家乡，为这部小说，我几乎都得与小说中的人物打交道，不仅要摸索他们在接触各种事象时的各种反应形态及表情，而且还要钻进他们的精神世界去探索他们的心理变化以及他们的喜怒哀乐，总之，每日都积累下不少（自以为）极其新鲜的感想，都是只有在创作中才能碰到、才能发现的艺术创造问题。当时只是随感随记，两年以后我才意识到，这些在实践中探索的片段正是进一步总结创作规律的最扎实、最有用的材料。

这里留下来的五条，是易准同志翻阅那本《随感录》时随手摘录下来，并发表于1963年《作品》上的。这是消耗我大量心血才写成的《创作论》雏形仅剩下的一点碎片而已，其余部分连同我那部未完成的《多雨的夏天》一起，都在"四人帮"暴虐下给毁灭了。想起来，不能不令人痛心。

一九七八年一月记于二沙头

撕下红色的面纱*

有些人说大话，乍一听使人啼笑皆非，虽然谁都猜出这是谎话，而且荒唐得实在太离谱，就连三岁的小娃娃也会刮着脸皮"羞！"将起来，然而他们自己却恬不知耻，说得像煞有其事，神乎其神。你大概听说过白骨精江青胡诌什么"无产阶级从巴黎公社以来，都没有解决自己的文艺方向问题，自从六四年我们搞了样板戏，这个问题才解决了"的胡话吧？只要皮肤还有点反应的人，听了这话大约都会满身鸡皮疙瘩。可是白骨精的同类却互相吹嘘，上下呼应，什么"从《国际歌》到革命样板戏，这中间一百多年是一个空白"呀，什么"江青亲自培育的革命样板戏，开创了无产阶级文艺的新纪元"呀，还有什么"十年来，京剧革命通过激烈的阶级斗争和艰苦的艺术实践，逐步形成了一支无产阶级的文艺队伍"呀，等等。好家伙！真吹得天花乱坠，吹得昏天黑地！不过，肥皂泡总有一天要吹破的。这帮家伙所嚷嚷的"文艺方向""文艺新纪元"以及"文艺队伍"，等等，到底是些什么玩意儿？前一阵，当人们听到这类浑话时，只觉得他们寡廉鲜耻，脸皮太厚，只配嗤之以鼻，不值得去理论它。可是，粗粗观察一下他们的所作所为，浅浅剖析一下他们的动机，人们大概就会大吃一惊，这堆毒虫太阴险！太恶毒了！

暂且不论他们如何剽窃别人的劳动成果，也不论他们使用何等手段把别人的作品攫为己有，然后又如何把这些成品变成"江记"的"呕心沥血""精心培育"的"杰作"等等的恶行和丑态；现在，请大家把视线转到另一个方面，看看他们是如何篡改和抹杀一些作品的。

---

* 载1977年3月《广州文艺》第2期。

我们大概都看过《白毛女》吧，尽管其中某些细节已经朦胧，但杨白劳被逼得服毒自杀的悲惨场面，喜儿一连串惨绝人寰的遭遇，却是忘不了的。谁数得清有多少人为喜儿父女洒了多少热泪？有多少人为痛恨黄世仁一家而咬牙切齿？有多少人为向地主阶级清算这类血债而攥紧了拳头并且咬破了嘴唇？但是，引起了如此强烈阶级仇恨的作品，竟被白骨精之流改得平平淡淡：地主的罪行被缩小了，喜儿也变得能够自行反抗了。这一来，观众仿佛可以不必为喜儿担忧，也似乎不必为那些被踩在地主脚下的阶级兄弟担心了。不错，反抗是有的，但若离开那个吃人的旧社会环境，无视地主阶级的残暴统治，结果，固然能使反抗性格闪出一阵光，但却把观众引进一个地球上从来没有过的宁静的地主阶级统治的王国里。这一来，阶级仇恨淡薄了，清算这种仇恨的决心也淡薄了——这大约正是阴谋家江青之流的居心吧！

我们大概都还没有忘记，江青对吕后、武则天和慈禧太后是五体投地的，她愿意去揭属于这些女皇帝的阶级臭茅坑么？况且他们对反封建的民主革命恨得要命，杜撰过"民主派到走资派是必然规律"的邪说，凡是参加过民主革命的人，都妄图打倒，置之死地。为了否定这些革命的历史功绩，他们蓄意把民主革命的斗争写得轻而易举，把战争写得像捉迷藏那样好玩和有趣。

因此，在他们的指使下，《南征北战》被改得像军事演习，衣服干干净净，整整齐齐；枪弹仿佛只会置敌人于死地，而绝不会对我们造成伤亡。他们这样搞的目的，不外是想造成这样的印象：像这样的战争，有什么了不起！像这样的民主革命，又有什么了不起！

怀着同样的目的，他们把游击战争也写得简单容易：要到哪里就到哪里，要抓谁就抓谁，如入无人之境，胜利不仅用不着多少代价，简直是唾手可得。因之，也没有什么了不起！"四人帮"这样搞，一方面妄想贬低民主革命的伟大意义，一方面也妄想贬低活跃在这场革命斗争中的革命英雄。

于是，《洪湖赤卫队》《万水千山》《东方红》《长征组歌》《八一风暴》《大浪淘沙》《董存瑞》等反映民主革命、歌颂民主革命英雄的戏剧和影片，"四人帮"都视为眼中钉，有的遭到禁映（禁演），有的则遭到恶毒的攻击和侮蔑。

甚至一些在民主革命中为人民利益英勇献身的英雄，白骨精也以各种借口阻止这些英雄出现在舞台上，生怕这些英雄人物与人民群众见面。例如所谓反对"写真人真事"，就是一种毫无道理的借口。江青曾蛮横无理地宣布："唐山的节振国，山西的刘胡兰，都不能写真人真事，或变相的真人真事。"什么叫"变相"的真人真事？是不是连他们的英雄事迹、他们的高贵品质以及他们与群众打成一片的作风都不准写？倘若如此，那就是根本不许写这类人，但人们却要愤怒地质问：江青为什么对这些革命英雄怀着如此深仇大恨？

这个自封的"左派领袖"，如果可以不装门面，当然就用不着耍这么多花招去剽窃人家的果实；也就用不着在所谓"创作原则"上搞那么多的鬼名堂；当然也就用不着在这些"民主派"人物——如李玉和、杨子荣等身上，吹出那么多的肥皂泡。照江青的本意，她从政治上根本不喜欢这些人，相反，在感情上她恨透了这些"民主派"，只是为了打扮成一个"左派领袖"或"文艺革命的旗手"，只好压住真情搬出几个来装装门面。当然，假还是假，不能当真，更不能永久当真。你看这两年来，白骨精及其同类，不但不再喜欢这些"民主派"，而且恨之入骨，恨不得把所有参加过民主革命的人都打成"反革命"；前几年，他们在农村，在卫生院，在小学校里塞进了一些所谓"走资派"，但他们嫌不够。后来他们要求"走资派"写得越大越好，从县以上的党委书记到国务院的部长，甚至中央的领导干部都可以写成"走资派"，而且还要都写成"不肯改悔"的"正在走的走资派"，妄图统统打倒，置之死地，为他们建立一个封建法西斯的帮天下扫清道路——这大约就是"四人帮"所鼓吹的"文艺方向"吧？

但是，历史绝不是按照政治扒手的愿望发展的。江青之流连做梦也没料到，肥皂泡会破得这么快，这么彻底，以至连掩盖罪证也来不及，把长期伪装得很巧妙的一切阴谋诡计全部给败露了，包括所谓的"从巴黎公社以来的文艺方向"也被撕去了红色的面纱，露出了黑色的狰狞的鬼脸。

一九七七年一月于广州

从生活出发[*]
——《创作论》片段

……读来信,你似乎在高兴之余有点彷徨。一开始,你为粉碎"四人帮"而兴高采烈,但过后,你大概因摆不脱他们那套"创作经"的影响,觉得无所适从,因而流露出一种淡淡的惆怅。

这种情形我何尝不知道?这些年来,那个江湖巫婆及其爪牙们所胡诌出来的什么"三突出""三陪衬",什么"三特定""三打破",还有什么"三对头"之类的,全是唯心主义、形而上学的胡言乱语,却被这批文化刽子手自我吹捧为"创作原则",强迫人们非"遵办"不可,否则,就是大逆不道,就是"反党""反革命"。看来不依不行;但要依着他们这套"三字经"去"虚构"情节和"捏造"人物吧,那你就得抛开丰富多彩的现实生活,抛开社会中错综复杂的各种矛盾,并且还要抛开生活中有呼吸、有脉搏的人以及他们之间千头万绪的关系……这能搞出什么名堂来呢?顶多只能编造出一种众所周知的、一见头就知尾的"情节"和一些没有个性、没有体温、只会背诵政治术语、只会扮演政治概念的"人物"。在这样的"作品"里,自然闻不到一点生活气息,也闻不到一点生活着的人的气息。于是有人问:这样的东西有什么感染力和吸引力呢?只有天知道。

"四人帮"搞这一套,是有其阴险的政治目的的,那就是为篡党夺权造舆论。在文艺创作上,他们不惜颠倒黑白,把水搅浑,妄图把好的诬蔑为坏的,把革命的诬蔑为反革命的,为的是把一大批革命干部抹黑。更加无耻的,他们竟用杜撰的方法"捏造"出一些所谓"死不改悔"的"走资派",妄想以此"引起连锁反应",为反革命

---

[*] 载1977年3月《广东文艺》第3期。

政变铺平道路。因此，他们在创作时，所迫切需要的并不是现实生活，而是恶毒的诬蔑和无耻的捏造，他们所狂热追求的，也不是"通过对生活的描写来反映生活本身所固有的本质和规律"，而是妄图通过杜撰达到打击"一大层"，最终达到篡党夺权的目的。对这类"作品"你能奢望它有什么生活气息么？当然不会有；可是它的血腥气味却浓得呛人！

现在"四人帮"虽然已被打翻在地，但他们那套随意胡编、凭空捏造的"创作经"并没有肃清。你的彷徨不安，我看与这问题有着密切的关系。不错，对我们来说，打倒"四人帮"，在政治上没有转弯子的问题；在业务上，在创作思想上，虽然也有不少业余作者保持着清醒的头脑，一直坚持毛泽东同志所指引的文艺方向及"两结合"的创作方法；但有部分青年作者受到"四人帮"的影响，也是事实。我知道你学写作是近六七年的事。从一开始，你就接触这套玄之又玄的"创作经"，它使你吃了不少苦头，也糟蹋了你的不少稿纸，你毕竟为此花费了大量心血；虽然没有写出一篇像样的东西，可是也已习惯了这一套。现在虽则知道"四人帮"这一套行不通了，可是正确的方法又是什么呢？一时也弄不清楚。其实，你和许多文艺青年一样，都在为解脱这苦恼而严肃地思考，并心急地希望尽快求得答案。

毛泽东同志早就指出：人民生活是创作的源泉，"人民生活中本来存在着文学艺术原料的矿藏……是最生动、最丰富、最基本的东西"。只要我们从生活出发，从生活中去发掘题材，提炼主题，"把这种日常的现象集中起来，把其中的矛盾和斗争典型化"，就可以进行创作，就可以创造出各种各样的人物形象来。

别迟疑了，回到毛泽东同志所指引的创作道路上来吧！生活是创作的源泉，文学创作的基础是生活。反映现实生活是文学的起码的素质。没有生活的真实，就没有真正的艺术。一旦离开了生活，艺术就脱离了对象，不但脱离了描写对象，也脱离了服务的对象，因为我们反映现实是为了反过来作用于现实，即为现实服务，为社会主义事业服务。因此，第一，我们的文学应当帮助人们认识生活——认识现实社会的面貌以及它内在矛盾的发展趋向；第二，我们的文学应当通过形象的力量推动人们去改造生活，改造社会。这两者相辅相成，互为因果：一方面应按照生活本身的面貌去描写生活；另一方面又必须怀着革命理想，以努力改造主客观世界的胸怀去观察、判断和描写生活。使被描写的生活能反映本质，同时又能激励人们为建设更美好的生活去奋斗。

单就艺术形象来考虑，也必须从生活出发。虽然文学与社会学都同样是探明生活的本质和规律，但文学必须以形象来体现本质和规律，换句话说，也就是要通过个别形态来反映一般，通过事物的特殊形态来反映事物的普遍的或共同的特征。只有这样，作品中的人物才可能栩栩如生地活起来，场景才可能使读者感到有一种如同亲临其境的生活气氛。

　　现实生活中各类人和各类事虽然有共同特征，但各类人（事）中的各个个别成员（单元、部分）却以独特的形态来表现其共同特征。这种融化在个别形态（或个性）中的共同特征，就不再是一般的抽象的属性（或特征），而是一种既有共同的特征，又是具体的、有独立生命的、有个别色彩的人物（或事物）了。而这种个别形态的人物（或事物）在社会生活中比比皆是，只要你深入其中，细心观察，反复体验，久而久之，这种富有特征（在个别形态下内含着普遍特征）的素材必定越积越多，这叫生活积累。这种积累越丰富，进入创作的时机就越成熟……

　　这时候，只有在这时候，你才不会离开生活而依靠概念去"虚构"情节了。丰富的生活印象——一些惊心动魄的斗争场面，各种表情的脸孔，许多耐人寻味的话语——仿佛都想从脑际挤出来。这时候，如果某一类印象的特征在你意识里鲜明起来，突显出来，而且被你认为很有意义，又有一种宣扬出去的欲望，那么，一个主题思想就在这里萌芽了。

　　关于这，我打算在下一封信里继续谈。

　　很替你焦急，匆促写了这封信。我知道其中许多道理都没有说清楚，一时也很难说清楚，只作为一点意见供你考虑吧。有疑问或有不同意见，欢迎你提出来，希望以后有机会能进一步进行探索。……

一九七七年一月二十五日于广州

人物·情节·主题*
——《创作论》片段

来信摘要："……'四人帮'反对根据实际生活来创造人物，只根据他们篡党夺权的需要，凭空编撰情节，先规定中心事件是什么，人物的特点是什么，第一号人物表现什么，反面人物如何表现，什么时间、什么地点都先主观规定，叫作者只依样画葫芦，这哪里是创作？是彻头彻尾的捏造，连半点生活真实感也没有的。对这套，我们极端厌恶，坚决抵制！……但正确的方法是什么？应当怎样在生活实践中摄取素材和提炼题材？主题又如何结合？我们感到最困难的是，如何在叙写情节时同时把人物表现得活灵活现……"

……"四人帮"那套玄之又玄的"三字经"，完全是他们为了篡党夺权而胡编出来的，与艺术创造规律风马牛不相及，报上已有人驳斥过，今后，还要彻底肃清它的流毒。现在，我只谈谈你在来信后半截中所提出的问题……

当我们在劳动中、斗争中或者在其他社会活动场合，与周围的人们相接触、相互交往的时候，总是有许许多多的感觉，脑海里总是留下很多很多的印象，我们不要轻视这些印象，因为所谓内心世界或精神面貌，是看不见、摸不着的，只有通过人的言谈和行动，你才知道他内心有什么活动，思想感情上有什么反应。譬如有个人说了句什么，脸立即绯红，接着又吐了吐舌头，你便看出这个人发觉自己说错了话，羞臊得不行；另一个人脸部露出怒不可遏的表情，同时还做出狠狠一劈的手势，你便猜出这个人有一股怒火正在内心燃烧；又譬如一个人独自边走边微笑，你便猜想这个人也许想起一件很滑稽的旧事，要不然，他也许在想着刚才遇到的人所说的可笑的话语……

---
* 载1977年4月《广东文艺》第4期。

这些通过言谈举止透露出来的内心活动或思想感情的印象，在社会生活中是到处都能接触到、感觉到的，只要你不是离群索居，这类印象便会不间断地映入你的脑海。其中有一些，由于它特别突出，或者特别触动你的情绪，因而引起了你的注意。譬如一些"为公忘私"的现象，乍一见并不觉得奇特，可是接触多了，触动你感情的次数也多了，就引起你的关心，引起你的思索；你不仅注意到个别人在流露这种品德时的独特形态，而且进而体认出这类现象的普遍特征。这样注意久了，思索多了，你头脑里不仅时常浮现着体现这品德的栩栩如生的言谈和举止，细节和片段，而且认识到这品德对人民群众事业的巨大意义。这时候，留在你头脑里的，绝不是一种抽象的德性，而是一个具体的、具有感性形态的性格了。

"感觉到了的东西，我们不能立刻理解它，只有理解了的东西才更深刻地感觉它。"对于上述现象经过再三的比较和反复的思考，又经过由表及里、由片面到全面的深化过程，已经有了一定的本质的理解。到这时候，一些平日不太注意或被认为无足轻重的现象，也引起了注意，并且还找到它们之间的联系，因而掌握能体现某种性格特征的现象，就更加丰富了：除了直接表现性格特征的言行之外，还有间接表现性格的其他许多细节。表现某种性格的细节越丰富，你头脑里对某种性格就越清晰，越鲜明，对该性格的爱憎之情就越强烈。到这时候，某种人物的形象实际上已在你的脑际形成，有时你仿佛还感到这个形象在脑际活动。这对一个文学写作者来说，是有巨大意义的。因为所谓生活积累，严格地说，应该是对人物性格的积累，只有性格积累得极其丰富，对各种人物及其活动环境都有较深刻的了解，并带着丰富的血肉内容，创作才算有坚实的基础；否则，即使你掌握了十分动人的事迹，你也无法把它写得合情合理和激动人心。但是请注意，我这里所指的人物性格，其本身就内含着矛盾、斗争或事件的细节或片段的。虽然如此，但仅仅依靠人物性格的描写，还不能深刻地反映现实生活的真实面貌，只有通过事件——通过人与人之间的关系、矛盾和斗争的描绘，现实生活的阶级内容，才能被揭示出来。

事件如何与性格糅合在一起？这里没有固定的公式；但在人物性格积累得相当丰富的情况下，而且你对某类性格既很熟悉又有较强烈的爱憎之情，并且正在考虑通过什么事件去"惩办"或者"颂扬"某类性格的时候，往往一宗很平常的传闻、一件很奇特的案情或者你曾经历过的一次战斗，会引起你的兴趣；经过你的取舍，又经过你的强调或删除，最后这个"传闻"（或"案情"或"战斗"）竟被你确定为表现你的人物、考验你的人物性格的中心事件——中心矛盾的主线。

就这样，一篇作品的情节梗概便有眉目了，但这样的情节至多只能说明发生了什么事情，这显然是不够的，还应该表现出事情为什么会发生和怎样发生的。恩格斯曾说过："一个人物的性格不仅表现在他做什么，而且表现在他怎样做。"就反映生活来说，"做什么"只表现了发生了什么事，"怎样做"才能表现出事件发生的根源；只有把促成事件发生的历史根源及社会根源揭露出来，隐藏在复杂现象背后的本质，才能显露出来；只有这样，作品才有较深的社会意义和发人深省的思想内容。

但如果不深入去刻画性格，不把性格的集团特征以及这性格的社会根源或历史根源充分地揭示出来，你还是无法表现出事件为什么发生和怎样发生的。因为所谓事件或社会冲突的产生，总离不开人与人的矛盾；所谓人与人的矛盾，就表面来看，就是性格不同的人的矛盾，也就是对立的思想、观点、作风的矛盾。这是具体的、具有感性形态的矛盾。但在这些观点、作风的后面，必然还有一种处于支配地位的东西，那就是世界观或社会意识。这是集团的共同的特征，是摸不着、看不见的，因此希图拿这抽象的社会意识或世界观直接说明具体事件的产生，是困难的，甚至是办不到的；在社会学上这种做法是可取的，可是在文学上则必须通过形象，通过性格的刻画，通过对性格的社会根源的揭示，然后通过具体的性格冲突，才能栩栩如生地把两种世界观的对立或两种社会意识的对立表现出来；也只有这样，社会关系的实质，才能通过艺术形象在文学作品中体现出来。

冲突（矛盾、事件）的发生、发展和结局，就是情节的始终；从性格方面来看，两种不同的性格之间的关系、矛盾和斗争的连续，就构成情节；可以说：情节由性格而生，性格靠情节而显现，而主题思想，则是渗透在性格和情节水乳交融的关系之中。

因此所谓主题思想——作者对所描写的生活的态度和判断，包括作者的政治倾向在内，绝不应当直接说出来，也不应当用论证性的辩论形式说出来，而应当渗透在形象之中，并依靠形象体现出来，也就是恩格斯所教导的那样："倾向应当从场面和情节中自然而然地流露出来，而不应当特别把它指点出来。"也就是说，你的见解应当渗透到对现实生活的真实描绘和情节发展所引出的合乎逻辑的结论中去，应当把你的政治主张同艺术创造规律和对生活的真实描绘结合起来；只有如此，作品的思想性与真实性、政治倾向与生活真实才能统一起来。这样，你想表达的、希图影响读者的思想（观点或见解），由于融合在艺术形象中，因而作品的思想内容就更有感染力和说服力。

最后，我要引用恩格斯的一句名言："作者的见解愈隐蔽，对艺术作品来说就愈好。"这话是意味深长的，值得我们再三深思和认真学习……

一九七七年二月二十四日于广州

关于散文的立意[*]
——《创作论》片段

……你的散文我接触不多,但有个印象:你所写的,确是一种具有散文特点的作品,而不是那种"既非小说又非杂感"的文字;尤其可喜的是,我发现你在散文写作时努力用抒情的笔墨来叙事,在叙事时又力求有意有境,并力求情景交融。当然,在你的散文中也存在着缺点,还有应当努力改进的地方,譬如在散文的立意以及如何开拓意境方面,似乎还没有引起你足够的重视。

"意犹帅也。"在写作之前,总得先确定表达什么和抒发什么,也就是说,在深入生活又有了感受之后,你想通过生活情景(艺术形象)表达什么思想,抒发什么感情,这叫"立意"。当然"意"不能随意确立,而应当是集中生活斗争中的同类感受,经过反复思考与判断,又经过形象构思和精工提炼。它不是一个抽象的概念,而是既有思想又有形象,既有意又有境的主题思想,因而它是一篇作品的灵魂,是统率全篇的主脑,是决定全体气血的心脏。在动笔之前,有它或者没有它,是完全不同的,这不仅会影响你的运思和结构,而且直接影响你的作品主题的高低。

对于你那三篇散文,我没有更多新鲜的意见,现只将读后的一点印象告诉你,目的仍然是想进一步探讨立意的问题。因为通过具体作品的分析,总比抽象的议论更容易理解。这三篇散文,在立意上虽然各篇所存在的问题不一样,但从写作散文的角度来看,这些问题是相互关联、相互影响的,而且带着一定的普遍性。

《灯》中的不少段落,如像一些零散的闪光的珠子,可惜你没有用一根线把它们串起来。你笔下的一些回忆、联想以及一些带哲理性的抒情,等等,都写得颇有深

---

[*] 载1977年9月《广州文艺》第5期。

意，且耐人寻味；但是这些富有想象力的抒写，却被你漫不经心地堆放在一起，变成了一堆既驳杂又臃肿的东西，实在可惜！为什么会出现这种情况？你可能还未意识到，但你不妨回忆一下，当你动笔之初，你可能只抓住"灯火"二字去运思和结构，你虽然曾经发掘了各种灯火所内含的意义，但却没有进一步从这些意义中提炼出一个共同的、带有普遍意义的实质来作为中心，作为主题思想。既如此，那就难怪你把大量有关灯火的见闻、感受和联想都一股脑儿倾泻出来。结果，内容是够"丰富"的了，可是全文驳杂臃肿，杂乱无章；主题不但不高，而且还很模糊。为什么？关键就在于缺了一个统帅全局的灵魂。

《……赋》是一篇十多年前的旧作，它以抒发乡土感情为主旨，并以此统帅全文；所以行文时，感情充沛，左右逢源。从表面看，你注意了立意，似乎比《灯》稍胜一筹。但是你用来抒发这乡土感情的联想和叙事，虽则大部分是无可厚非的，可也有些地方掺杂着一些很不健康的东西（譬如你把一般妇女挑担时换肩的动作，说成是你们家乡的妇女所特有的等）和一些同现实斗争联系不大的穿插（例如陈三五娘的恋爱故事等）。这大概正是由于这种狭隘的乡土感情所主宰、所孕育出来的恶果吧？其实这恰恰可以反转来证明：对乡土的爱如果不经过分析和判别，它可能把最陈旧的、与时代格格不入的意识夹带出来。这情况之所以发生，是不是可以归咎于你在酝酿这篇散文的"立意"时，放松了马列主义、毛泽东思想的指导，纯由狭隘的乡土感情所支配呢？立意既不正，那么由此而生发出来的联想和抒情等，当然就不可能是健康的。因此，想在这样（狭隘的乡土感情）的心境支配下抒发无产阶级革命时代的革命感情，自然就无从谈起了。

《竹……》是以"竹棚"这个具有特异色彩的意象作为这篇散文的主线的。在立意上，你不满足于一般的概念，而是从生活感受中概括出一个富有感性意味的意象来做主脑，这本来是不错的；可惜你选来体现这个立意的场景和人物素描……却极一般，而且又极抽象，换句话说，你没有通过特殊性来表现普遍性，没有通过个别来反映一般。结果，全篇影影绰绰，飘飘忽忽，不仅缺乏艺术感染力，而且也损害了主题的战斗力和说服力。当然更根本的原因是：生活不足和感受不深。

在这篇散文中，我注意到一节颇有深意的文字：

"它"（指竹棚——引用者注）走了，就像它的主人——成千成万的水电工程建设者一样,为了早日改变我们一穷二白的面貌,他们转战青山办水电,多少回蓝图在胸进竹棚,多少回电站落成打起背包又出发,身后明珠万斛机轮转,前面战斗途程更灿烂,从一个工程走向一个工程,从一个胜利走向一个胜利。

气象多么壮阔,时代感多么浓烈!要是你以这种豪情和气魄作为主脑,作为统帅全文的灵魂,并由此生发开去,展开你的联想和抒情,定可以把水电工程建设者的革命气概、无产阶级的高贵品质和负责精神表现出来。这不就是极其动人的英雄人物的素描和激动人心的英雄赞歌么?

这类人物形象,虽不像在戏剧、小说中的人物那样细致地刻画性格,但他们却与抒情诗中的"抒情人物"十分近似,是通过感情、情绪来体现人物性格和塑造形象的。而"四人帮"的爪牙却胡说什么散文必须遵照"三突出创作原则",强调散文必须以写人物为主,否则"就不能在散文中贯彻'三突出创作原则'……"云云,妄图以此来排斥抒情散文和记事散文……,这种胡言乱语,同那种强调在抒情诗中贯彻"三突出"的论调,是同样荒谬透顶,不堪一驳的。

提到抒情散文或记事散文,我立即联想到一些饱含着诗情画意的散文作品。在前面,我曾提到意境,提到情景交融,其用意,无非是希望在散文中有一种耐人寻味的隽永的诗意。有一位我所十分尊重的散文作家,曾经在信中向我讲过这样的一段话(后来他编散文集时将这段话放在《后记》里),他说:"我在写每篇散文时,总是拿着当诗一样写,我向来爱诗,特别是那些久经岁月磨炼的古典诗章。这些诗差不多每篇都有自己新鲜的意境、思想和情感,耐人寻味,而结构严密,选词用字的精练也不容忽视。我就想:写散文不也能这样么?于是就往这方面学,常常在寻求诗的意境……杏花春雨,固然有诗,铁马金戈的英雄气概,更富有鼓舞人心的诗力。你在斗争中,劳动中,生活中,时常会有些东西触动你的心,使你激昂,使你欢乐,使你忧愁,使你深思,这不是诗又是什么?凡是遇到这样动情的事,我就要反复思索,到后来往往形成我散文里的思想意境。动笔写时,我也不以为自己是写散文,就可以放肆笔墨,总要像写诗那样,再三剪裁材料,安排布局,推敲字句,然后写成文章……"这段话,说明了这位作家的散文的特点,也道出了他写作散文时的美学理想及严肃态度,这是值得我们认真学习的……

扯远了,还是回到立意的问题上来吧。从上面的分析看来,要写好一篇散文,立意是首要的,不仅立意要明确,而且还要紧扣时代的脉搏;当然,所谓立意不能凭空臆造,应当在实践中经过再三感受,反复思考,又经过形象构思而逐步形成。其次,对于开拓和体现立意的叙事和联想,场景和抒情,等等,也不宜忽视,倘选择不当,或满足于皮毛,不仅不能深刻生动地体现主题思想——不能使你所想表达的思想感情在富有感染力的生活图画中浮现出来,而且可能相反,会严重损害你的立意,这两者恰似心灵与皮肉,是相互作用,相辅相成的……

一九七七年四月二十二日于广州

人物和故事*
——《创作论》片段

来信摘要："……我写作时，觉得情节很曲折，故事很有趣；可是写出来之后，人家说我的故事没有说服力，说是只见一些人吵吵闹闹，却不明白这些人为什么吵吵闹闹。另一些同志，则说我的作品写得很浅，很表面，认为主要原因是没有写出人物，没有写出人物性格。我也闹不清是什么原因。……为了使你更具体地了解我的情况，现将一篇习作也一起寄去，供你分析问题时做参考……"

"四人帮"长期在文艺领域里横行霸道，胡作非为，把极其普通的创作法则也破坏殆尽，代之以一套以篡党夺权为目的、以唯心主义和形而上学为思想基础的"创作经"，其中最主要的一条，就是先根据他们的政治阴谋确定一个主题思想，再按照这个主题思想去编造情节；只要符合他们反革命的需要，情节可以任意胡编。在这种"主题先行"论的棍棒下，什么生活真实，什么人物性格，什么人物和情节的合理关系，等等，统统被弃置一边。这种种情况，也可能影响了你，你所提的问题，似乎与这种影响有直接关系。此外，在写作时只注意叙写情节，忽视刻画人物，也是一般初学写作者普遍存在的通病。为什么？主要原因是作者不懂得（或不明确地懂得）情节是由人物造成的。情节是什么？那是人与人之间的关系、矛盾或冲突（斗争）的演变过程。有人叫它情节，也有人叫它故事。

人与人之间为什么会发生矛盾或斗争呢？从表面看，是双方的脾气不相投，彼此的性格合不来，因而常闹别扭，常抬杠，甚至发展到动手动脚，冲突起来。为什么会这样？倘若仔细地想一想，你便会发现：这种"合不来"，是由于双方的观点不同或

---

* 载1977年8月《广东文艺》第8期。

态度不同所造成的。如果我们再进一步追问：为什么双方对一件事物会存在着两种对立的观点和态度呢？那就不能不归根到各人所站的立场不同和所代表的集团利益不同了。即使同是站在无产阶级立场，同是代表无产阶级利益的双方，有时，也可能由于其他原因而"合不来"和发生矛盾的。个人之间的矛盾冲突是这样，两组人之间的矛盾冲突也是这样。有人说，这叫作性格冲突。

人们在社会上听到发生某种事件时，往往只注意事件的性质、事件的规模、事件的过程以及事件的结果；最后，至多了解一下事件发生的大致原因，这是通常的情况。一个初学写作者，开始搜集写作素材时，也总是把注意力放到这类事件上。在他们的记事本里，尽是些街坊的新闻、乡村的纠纷和离奇的案情，再就是一些助人为乐、公而忘私的小故事，等等。对于这些事，作者都记得有头有尾，过程都记得很详尽；可是对事件的当事人——人物，以及他们的性格特征、心理状态之类，却极少注意。因此，当这些初学写作者进行构思时，脑子里只有事件的轮廓或事件的过程，一旦当他们拿起笔来，他们就自自然然把全副精力都倾注到事件的过程上，反而把酿成事件的主要因素——人物性格撇到一边，结果，见事不见人。既然抛开了性格冲突的描写，那么情节中的矛盾冲突的发生，发展的脉络，又如何能清楚地表现出来呢？这是一种情况。

还有一种情况，也是只注意事件过程的叙述，对于酿成事件的社会原因，反而轻轻掠过；即使提到，也很一般，而且用一种社会学或新闻报道所惯用的方式和术语来表达。最常见的方式是"由于……"或"原因是……"。这一来，尽管事件叙写得很生动，其中还可能有些动人的场面和一些富有生活气息的对话；但在这样的事件叙写中，能透露出富有血肉的社会内容（或历史内容）吗？这样的作品，能有深刻的又有感染力的社会意义吗？

以上两种情况，都是忽视了对人物性格的刻画。在文学作品中的所谓性格，不仅指人的脾气、爱好、欲望、习惯，也包括思想、观点、感情、态度、作风，而且还包括世界观和阶级意识。几乎可以说，人的整个精神世界，都包括在性格之中。从艺术形象来要求，性格不仅要反映这个人所属的社会集团的共同特征，同时也要反映这个人区别于他人的个别特征。"共性，即包含于一切个性之中，无个性即无共性。假如除去一切个性，还有什么共性呢？"因此，文学中的人物性格，严格要求通过鲜明个性来反映其集团的共性，即通过带有特殊色调或形态的个人特征来反映其共同的集团意识和集团感情。也就是：通过个别反映一般，通过特殊性反映普遍性，并且要求两者水乳交融地融为一体，使之成为一个既有高度概括又有个人鲜明特征的人物形象。

可是在你的习作中，你似乎倾注了全力去编排情节，却完全抛开了人物，更谈不到对人物性格的刻画。在你笔下的所谓"人物"，只有一般的共同的特征，却没有区别于他人的个性，他们除了说些作者需要他说的话，做些作者需要他做的事之外，他们几乎完全没有自己的见解，也没有自己的观点和感情，甚至没有自己的生命和独立的人格。他们的一言一行都由作者操纵着，他们所以说话和行动，并不是由他们的观点和感情所驱使，而完全是出于情节的需要（也就是出于主题的需要），由作者随意派遣的。

人物既然没有自己行动的能力，那么你作品中的情节（矛盾冲突）当然就不可能是性格之间矛盾冲突的自自然然的连续，只是你根据一般事物发展的一般规律所编造出来的；因而它的发生、发展和结局，是众所周知的，人们一见头就能猜到它如何结尾。其次，你选来体现你的英雄人物优秀品质的"英雄壮举"，也是一般的，超不出现在一般作品一再出现的那种场景和细节，譬如遇到山洪暴发，洪水冲毁了堤坝，总是让人物用身体去堵塞缺口；譬如发生了工伤事故，主人公受了重伤（尽管条件允许他离开现场），总是让人物坚持工作，叫他忍受难堪的痛苦，仿佛只有这样才能表现人物性格的英雄气魄……其实，用这种千篇一律的场景和细节"堆砌"起来的英雄，由于缺乏个性，因此还是抽象的，没有生命的。

既然离开性格和性格冲突的刻画，孤立地去编造情节（包括从概念出发或按照概念需要编造情节），其结果只能有两个：其一，所谓人物（不！严格地说不能叫作人物，只能称它为"情节的扮演者"！）都必然成为没有生命、没有个性、没有独立思考能力、没有自己的见解和没有知觉的概念化的"人物"。反过来看，由这类概念化的"人物"所扮演的矛盾冲突，绝不会入情入理，也不可能有什么真实感；连起码的现实主义都没有，哪里还谈得上什么生活典型化呢？这样的作品，除了使人读后觉得"很热闹"之外，读者大概什么也不会得到。其二，因为只顾编造情节，自然就把性格的特征及性格的形成撇到一边，这样，形成性格的社会根源，就不能像生活那样有血有肉地被揭示出来；于是作品中的矛盾冲突，便成了无源之水、无本之木；不仅不能从矛盾冲突中透视到壁垒森严的社会深处，连一般的社会意义，也不能得到应有的形象的体现。这不但影响了作品的感染力，更主要的，是削弱了作品的思想性和战斗力。

这些问题之所以发生，与作者对艺术形象创造的认识不足固然有关，但更主要的是，由于作者在生活斗争实践中没有认真"观察、体验、研究、分析一切人，一切阶级、一切群众……"，因而没能积累能体现性格特征的素材——场景或细节。而这类体现性格特征或内心活动的场景和细节，却是突出性格、塑造形象的不可缺少的材料。没有它，就像石膏塑像作者没有石膏一样，虽然有很好的设想，但什么形象也塑造不成。你看：

例一： ……刚进村口，行李还没解下，一听到叮叮当当的铁锤声，杨志刚就心驰神往了。当年老房东张铁匠抡锤打铁的矫健姿态，仿佛就在眼前。因此，他特意绕到火花飞溅的打铁坊来了。

久别重逢，没握手，彼此喜形于色而又带点惊奇地打量了对方一阵。杨志刚脱去上衣，把草席围在腰间，抡起十二磅的铁锤，扎紧马步，对准老铁匠从红炉里夹出来的一块通红锻件，准确地落下第一锤。随着铁砧上锻件的翻动，便是一阵节奏鲜明的铁锤声……（见程贤章《樟田河》第一页）

例二： 老张正在打电话，虽则室内没有第二个人，可是他一边讲话，一边还做手势："什么？"他突然瞪大眼睛，合拢嘴，屏住气，仿佛一个极其可怕的新闻将要从传声器里传出来。接着他伸出右手，撒开五指，大幅度地摆动起来："不！不！你不要去！千万不要去！"当他听清对方的反应时，他脸部顿时开朗起来，高兴地笑了，还起劲地点头："对！对！对！""什么？李聪的住所……"他张开大嘴，把耳朵紧靠听筒，同时伸出手向右边指了指："从仓库旁边向西一拐，就看见了。"……（摘自笔者的"手记"）

例三： 周细莲带着一张自己设计的钻头改革的草图，从工厂急急忙忙回到家里，就坐在矮桌边给一岁半的娟娟喂粥。她一边小心地给孩子喂粥，一边却不由自主地想着那项设计。开始时，还全神贯注地一口一口把粥送进小嘴里，可是设计的关键问题却紧紧地吸引着她，她索性把草图摊在桌面上，她一面看，一边给娟娟送粥，有时妈妈送的不是地方，娟娟就伸长脖子来接。可是慢慢地，妈妈只盯着桌面，却顾不得娟娟，勺子竟捅到鼻子尖，有时还擂到下巴颏，于是娟娟"妈妈！妈妈！"地叫起来。听到叫唤，细莲才意识到自己在喂孩子，急忙转过脸来，只见娟娟一脸都是粥花……

（摘自笔者的"手记"）

例四：崔小峰一向努力上进；对自己也要求严格。在一个半夜里，忽然像给人拧了一下，惊醒了。他翻了翻身，想起刚才的梦境，感到像忽然吞了一只死苍蝇那样，又恶心，又难过："嗐！脏东西藏得好深呀！"原来他梦见在一处荒漠的地方，发现地下、水边尽是银元，他顺手捡了几块，可是越捡越多，越捡越高兴，口袋都装满了，却还是一片银光闪闪，他正想再捡几块，却不知什么人在脖子上拧了他一把……想到这里，他使劲地摇头，好像要把那种令人作呕的腐朽思想从意识里赶出去："可怕！居然还这么有兴致！灵魂深处还这样不干净！改造，决不能放松！"……（摘自笔者的"手记"）

这些例子是临时集起来的，很不理想，也不尽恰当；但可以借此说明：凡是能体现性格特征和内心活动的现象——场景或细节，都有助于塑造形象或突出性格。例一所描写的场景，深刻地透露出游击队老骨干与老房东亲如兄弟的关系——军民的鱼水关系和军民之间在生活中、在劳动中亲密无间的传统作风。在例二中，通过打电话，我们清楚地看到一个喜欢做手势、说话有声有色的干部。在例三中，通过周细莲给孩子喂粥，透视出一个女工热衷于技术革新的主人翁心情。在例四中，通过对梦境的厌恶情绪，看出一个严格要求自己，连一刹那的杂念或在梦中冒出来的旧思想残余也不放松的青年人。这些场景或细节，都是通过某些现象反映一定的本质——有的体现了人物的特征，有的则透视出人物的内心活动或精神面貌。

如果我们在生活斗争中，除认真研究大局之外，能勤于观察和积累这类素材，那么，我们对性格的掌握，对性格冲突的掌握，随着时间的推移，定会有愈来愈深厚的基础；积累愈丰富，进入创作的条件，也就愈来愈成熟。

我们的创作劳动，其最大的特点，就是把分散在各处的、零零碎碎的具有特征的生活现象，把到处存在着，人们也看得很平淡的事实，经过形象思维，通过感情和想象的融化和提炼、集中和概括，创造出既有高度概括性又有鲜明个性的艺术形象。我们应当努力创造这样的作品，只有这样的作品，才能"使人民群众惊醒起来，感奋起来，推动人民群众走向团结和斗争，实行改造自己的环境"。

一九七七年五月二十四日于广州

写什么，怎么写*

一、写什么？这是个题材问题

百花齐放，首先应题材多样化，打破"四人帮"的框框，凡是对社会主义有意义、有积极作用的都可以写。欧阳山同志提出要人物多样化、题材多样化，提得好。人物不多样化，题材如何多样化？各种各样的题材都可以探索，都可以表现。不过应以当代的题材为主，以当代的革命、建设、实现四个现代化等为主，这是重点，是我们创作的重点，中央也是这样讲的。但反映现实生活不能割断历史。十七年是很重要的，有很大的成绩，只有"四人帮"才说瞎话，因此十七年也要写。旧民主主义革命时期、新民主主义时期，甚至古代历史，也都要写。但比例要少些。

写这些题材，第一，应该有自己的生活积累，要从自己所熟悉的生活出发，去选择题材。毫无积累，自然只有凭空捏造了。姚雪垠写《李自成》，积累了近三十年，1963年我看见他的时候，他已写出了第一部，现在全部写完。他准备再写太平天国、辛亥革命，也积累了几十年的资料。他是河南人，《李自成》中有几次大战斗都发生在河南，他写得很生动，很精彩。他还在补充生活，写到山海关，最近到山海关去看，一点也不放松，不马虎。要有丰富的生活阅历和知识才能想象出生活的场景、细节和人物。第二，要考虑所选的题材对革命是否有利，对推动人民前进是否有利，不能我想写什么就写什么。每个作者选择题材时都要注意这两点。

写什么的问题，目前的分歧和争论集中到了写"文化大革命"的问题。我们都刚

---

* 载1985年1月版《创作随谈录》。

刚从这段历史走过来，都刚刚痛苦过来，都目睹"四人帮"横行霸道，祸国殃民。"四人帮"打倒两年了，余党、死党还未清查彻底，"左"的影响、流毒还很严重，中央许多政策的贯彻还碰到重重阻力。因此，把"四人帮"对各方面的破坏揭露出来，把"四人帮"的流毒影响揭示出来，以此提醒和教育人民，推动大家继续斗争，这很需要。否则就会有复辟的危险。现在这类作品还是太少了，而不是像有些人说的太多了。如对风派人物，写些讽刺小说我看很应该，现在写得还不够深刻、生动，还不够理想。这些风派人物虽然还不能划到"四人帮"一伙中去，还是属于人民内部的，但发展下去是个祸害，从团结的愿望出发，要刺一刺，不能过火，但要尖锐。写"文化大革命"，必须和现在新时期总任务的目标结合起来，不能光是为了出气。写过去，是为了现在，为了将来。这点一定要明确。

暴露和歌颂的问题。有人问，"只写'三'成不成？'七'又怎么写？"毛主席说："一切危害革命事业的敌人必须暴露之，一切人民群众的革命斗争必须歌颂之。"又说，暴露的对象应该是侵略者、剥削者、压迫者及其在人民群众中遗留下来的恶劣影响。我们对"四人帮"应该揭露，"四人帮"的各种影响、各种流毒都应该揭露。揭露与歌颂，二者都是革命文艺家的基本任务，不能把它们对立起来，割裂开来。揭露中有歌颂，歌颂中有揭露，这样才能全面地正确地反映生活。如《丹心谱》在揭露的同时不也歌颂了一些正面人物吗？有人发了几篇讽刺作品后，就天天在写讽刺。不要这样，专门的讽刺文学家现在是极少的。

暴露和歌颂不可偏废，但可以有所侧重。有时以暴露为主，有时以歌颂为主；有时以写敌人为主，有时以写我们为主，都可以的，不能像"四人帮"那样搞"三突出"。生活是丰富多彩、复杂多变的，因此作品中的人物及人物关系，也应该是丰富复杂的。硬性规定，强求一律，那是荒谬绝伦的，怎么可能用形式去规定内容呢？生活多种多样，怎能规定一个死公式呢？暴露与歌颂，侧重何者，也不能做规定。

又有人问"怎样才是正确的暴露而不过线"？我说，一定要写出特定环境的特定人物。如你写"文革"中一个坏蛋，迫害死了人，就一定要写出这个坏蛋是什么人，他的后台是什么，是什么思想在支配他？显然绝不会是正确的思想在支配他，不是真正的共产党员在支配他，一定是坏蛋，是"四人帮"的一套在支配他。这就是特定环境，这个一定要写清楚。这样读者就会明白这是受林彪、"四人帮"支配干的坏事，不致怀疑到党，就不会有副作用。

不要把暴露看得那么可怕。有暴露就说是暴露文学，有批判就说是批判现实主义，这是不对的，是没有立场的说法。站在无产阶级立场对敌人进行无情的暴露怎么能叫暴露文学呢？批判"四人帮"怎么能叫批判现实主义呢？暴露文学本来是指作者不是社会主义社会的主人公，他看到社会的缺点错误，就幸灾乐祸地暴露，揭露阴暗面，希望把事情搞得更坏。批判现实主义也并不是坏的，欧美比较好的名著大部分是批判现实主义的。如巴尔扎克，他揭露了资产阶级和资本主义社会的丑恶；揭露之后他的任务就完成了，如何解决他不管，因为他是在野派。现在我们不同，我们虽然不当官，但是国家的主人翁，创作不仅要表现生活、说明生活，更重要的是要改造生活，推动生活。这与批判现实主义有根本的不同。我们的暴露、批判不是消极被动的，而是积极主动的，是为了改造，为了前进。

有人说现在眼泪文学是不是太多了，是不是该收了？过去广州有过这种情况，放了《甲午风云》，演了《山乡风云》，就有人说，这个风云那个风云，太多了。才一两个风云他就说太多了。我说是太少了，而不是太多了，现在还未好好写，怎么就会太多了呢？"四人帮"作恶十多年，全国哪个角落都受害，家家都有或大或小的伤害，写多少年都写不完，特别是现在写出的典型还很少，怎么就能收呢？像《伤痕》这样的题材很好。最近我收到一篇作品，跟它有点类似，但题材不一样，也很感人。它是写爱情的，最后爱情破裂了，有生活基础，可惜技巧还不行。《伤痕》这样的作品，能引起人们对"四人帮"的仇恨，有什么不好？解放（新中国成立）前演《白毛女》就起过很大的战斗作用，有的战士带着枪看戏，看到激动的时候，忘了这是在看戏，竟拔出枪来。后来还因此规定了看戏不准带枪。这比上一堂政治大课的力量还大得多，目前还没有哪个作品能达到这样。才暴露了一点点，就说多了，这是不对的，这只能对"四人帮"有利。

中间人物问题。有人问，群众中处于中间状态的人占很大一部分，写他们的转变，像李双双丈夫那样的人，行不行？当然可以。现实生活中大量存在的人，当然应该写。从前"四人帮"鼓吹写高大完美的人物，其他的人只能作为铺垫，这是荒谬的。人的思想总是从低到高，从浅到深，从不明确到明确，总是在不断地转变和进步中，哪有生来就"起点高""高大完美"的人呢？无论是干部还是群众都如此。因此，转变、发展的人物自然可以写。毛主席《讲话》里从未说过不能写，而且有几段就讲到要帮助落后人物搬掉身上的包袱，有个地方还说这是文艺最重要的任务之一，用了个"最"字。只有从广大普普通通的人民群众中间去发现、选择并描写出一些有缺点有优点的英雄,才是有血有肉,真实可信的。像喜旺这样的人不但可以当配角,还可以当主角。有人问落后人物可不可以写。这要看你怎样写。所谓落后人物就是群众中落后的人,不是坏人,你如果去批评他,团结改造他,当然可以写。人民内部先进对落后的斗争,可以写,目的是团结、教育,而不是打击,要注意别把群众中落后的东西讽刺得过分了。

有人问,科学无禁区,文艺有没有禁区?如偷渡、妓女能不能写?题材上有什么是不能写的?我们是反对偷渡的,写的时候当然要考虑影响和后果。偷渡的确很难写。如果被"四人帮"逼得走投无路,经正式手续批准出国,这可以写,还能写得很生动、感人。我听廖承志同志说,有的归侨被迫重新出国,走到罗湖桥上,回头一看到五星红旗,就忍不住伤心落泪。人家本来满怀热情回国服务,结果说他里通外国、特务关系、资产阶级等等,多可恶。这样写是有积极意义的,能引起人们痛恨"四人帮"。如果写有个青年,受"四人帮"迫害,迫不得已偷渡,但他并没有反对祖国,能使人恨"四人帮",也是可以写的。

有人提出,作者思想解放,敢想、敢写,但出版社、刊物敢不敢发表?敢想、敢写看你站在什么立场,敢到什么程度。我们的刊物、出版社希望有题材多样,风格多样的作品。但如果你把社会写成一片黑暗,甚至美化"四人帮"爪牙,当然不会发表。要考虑对社会主义、对人民有没有利,对革命有没有利,有没有推动作用,这样子来敢想敢干,并且在形式风格上有所创新,才是对的,肯定会受到刊物、出版社的欢迎。

有人对什么叫题材不清楚。我有个学生在深圳工作,看到同学不断有作品发表,他很难过,说他那个地方怎么没东西好写。其实,他那里有很多矛盾、斗争,怎么不可以写小说呢?这学生的问题不是个别的。1953年我到鞍钢十多天,找孟泰这个老英雄。我到他家跟他家人谈,跟周围工人谈,跟党委书记谈,他的脾气爱好、精神面貌很快就摸到了。回到北京本来想写一篇小说,后来写了一篇散文。我和孟泰在厂里一面走一面谈,谈着谈着,忽然见他弯下腰捡什么,后来看清是块焦炭。分手后,我回头一看,他正把焦炭放在料车上,任何一点东西他都不让浪费。我把这细节写到散文中发表后,一些文艺青年写信给我,说我们在这里生活了十几年都没有碰到这样的题材,你才到这里十几天就遇上了这么完整的题材,你真幸运啊。我回信说,不是幸运,我和你们一样,我知道的东西你们也知道的,我不过把它们集中起来而已。他们又问孟泰:"萧殷和你谈话时,你是不是拾了一块焦炭?"孟泰回答:"我也不记得了。反正天天捡,谁记得那么多。"如果不把素材集中起来,零零碎碎,就没法写。题材不是现成的,是根据生活素材进行提炼加工的。

二、怎么写

首先是作者的思想水平、主观世界的问题,是作者认识生活、反映生活的能力问题。有些作品对生活的表现很肤浅,或者把生活写成一片黑暗,使读者失去信心,这都是作者思想水平、精神境界方面的原因造成的。在创作中,世界观对作者的作用是直接的,这与科学研究不同。科学家的世界观可能是资产阶级的,但不会直接影响研究成果的质量。而在创作中,生活就好比花粉,花粉一定要经过酿制才能变成蜜;蜜蜂身上有一种蚁酸和花粉融合,结果酿成了蜂蜜,这就好比作者的主观和客观生活的统一,经过主观方面的提炼、加工,才创造出形象。

搞创作一定要用形象思维。说满嘴的漂亮话,读很多社会科学的书,引经据典,头头是道,用来辩论可以,骗人也可以,但用来搞形象思维就不行。嘴上的东西不能代替心灵去感受、去选择、去概括生活。作者对生活的感受就像五彩感光片,如果你对生活无感觉,无爱憎,不感兴趣,或者有偏见、偏爱,比如说对红色的敏感,对绿色的不敏感,把片子晒出来就不能正确地反映生活;本来是绿色的树,结果就成了灰色的;本来是五彩缤纷的生活,结果成了灰蒙蒙的一片。这就是说,将零碎、散乱的生活提炼成活生生的艺术形象,作者的主观因素起关键作用。生活素材的熔炉就是作者的主观世界。用什么世界观去支配创作,创造出来的艺术就为什么阶级服务。如果用的是资产阶级世界观,塑造出来的人物就会充满资产阶级血液,作品的思想就会充满资产阶级偏见,只能为资产阶级所利用。如果有动人的素材都写不出动人的作品,这也是因为作者对这素材并不动心,不动情。自己不感动,如何感动别人?有的人,别人出于爱国,积极参军,他却说是送死。他自己自私、怕死,如何能理解战士的精神境界呢?如何能写出战士的内心世界呢?对生活冷冰冰的旁观者,是写不出真实感人的作品的。

真实性问题。有人提问,"有些作品真实地再现了生活,为什么反而被指责歪曲了生活"。问题在于，再现有各种各样的，把生活依样画葫芦地摹写出来，不等于真实地反映生活。

无疑，文艺作品首先要真实，包括本质的真实和细节的真实。不真实人家就不相信，就不想看。高尔基有一次这样给一篇小说提意见，一个工人站在火炉前，火光照在他身上，高尔基说，从光线看，这个工人站错了位置，他不是站在火炉前面，而是站在火炉的后面。稍不真实，就会有破绽，就会破坏读者的真实感，失去令人信服的力量。

但这绝不是说原原本本地把生活现象反映出来就叫真实，这是把社会上实有的现象看成了生活的真实。这种反映是机械的，表面的，把现象当成了本质，就像照相机一样的反映。其实，摄影也还有个角度选择的问题，对焦的问题。

生活的真实除了指现象、细节的真实外，还包括生活的本质、生活的规律性的真实。写了生活现象不等于反映了生活的本质。创作不仅要真实地描写生活现象，还要通过现象描写揭示生活的本质。如此反映生活真实才是艺术的真实。

有人说："有些事情看起来很先进，其实是很落后的，如大庆的材料保管，按四化的标准来看是很落后的。那么该如何反映？"现在我们中国是个又穷又落后的国家，不能离开这个现实的具体条件去看问题，去反映。不要认为中国什么都不行，这就连起码的爱国主义也没有了，也缺少历史唯物主义的态度。就像爬山，没爬的时候觉得山上的人很高，爬到半山腰，往下一看，又觉得下面的人很渺小。他不想想他也是刚从下面爬上来的。四个现代化还没实现，就把我们自己否定掉了；因为落后，就把历史否定掉了，这怎么成？这就成了历史虚无主义。过去的历史往往是幼稚可笑的。所谓的生活真实，决不能离开历史的社会的具体条件去反映，否则很难写得准确。我们可以写在中国现实条件下人物的性格，精神状态，人们的斗争和发展。

还有人问："作品的真和假，有什么标准？有的事在生活中确实有，如干部有车不坐坚持走路，连公共汽车也不乘。可是写出来却没人相信，怎么回事？"这看你怎么写。如干部不乘车，情愿走路，把他的传统，一贯的思想作风写出来，人家怎会不相信呢？如果孤立地写不乘车，人家就不相信，无源之水嘛。要写出所以然。我知道有个部长天天骑车，回到家还得把车扛到四楼，一天三次，就是不要汽车。他一贯如此，不愿花费国家的汽油，自己骑车也很好嘛。同时，"文革"的大字报也确使他感到有些害怕。写清楚了这些，人家就相信了。反映生活的真实，不把人物性格写出来，确难于令人信服。

"从生活出发还是从政治任务出发？从生活出发，往往写得生动，有生活气息，但与当前的任务好像配合不上；如果从政治任务出发，可以配合得很紧，但写出来不真实，没有感染力。"还是要从生活出发。有时我们也要写一些赶任务的东西，但也应从过去的生活积累中提取素材，看有哪些符合今天的任务，可以采用的。配合任务如果离开生活的真实，即使发表了，也没有生命力。

"两结合的创作方法与'四人帮'鼓吹的写高、大、全的理想人物有何区别？"二者是有根本区别的。所谓高、大、全是凭空捏造出来的，是唯心的，形而上学的，与唯物辩证法根本对立。所谓革命现实主义是以现实生活为基础，抓住它的本质，对生活进行概括、深化，革命浪漫主义是革命的理想，两者相结合，就是用这种理想去观察、概括、表现生活，不是相加，而是化合，融为一体。如"文革"中很多问题，太阴暗了，那么是不是就这样把阴暗反映出来呢？不成。我们是革命作家，要引导全国人民前进，因此要用革命理想去驾驭、指导我们描写现实，不能写成一团漆黑一团糟，叫人悲观失望。但如果没有现实生活基础，浪漫主义也就成了假的、空的；空想的"浪漫主义"是毫无价值的。因此，一方面要忠于生活，一方面要有革命理想，两者缺一不可地结合起来，这跟"三突出"是根本不同的。

题材问题。有些人以为题材是现成的，所以为了寻找题材，曾出现过抢题材的现象。从前在北京，有个女兵，是女扮男装参军、打仗的，复员时才知道是女的。一时很轰动，北京有一批作家就争着去抢这个传奇性的题材，似乎谁采访到手谁就能成为伟大的作家。鞍山也有过这种情况，有几个作者为了抢题材，都跑到劳动模范家里；有的抢还不够，还要垄断，不让别人去采访。后来我写了两篇文章，一篇叫《英雄事迹的垄断》，另一篇叫《仿佛是个录音机》，批评这种现象，纠正这种错误看法。其实同一题材不同作家可以有不同写法，因为作家各人的生活经历、思想感情和美学观点不同，个性风格不同，写出来也不会相同。一件事很感人，同去采访，各人的感受和认识也会不同，写在作品里的重点、主题也不可能相同，我们嘲笑抢题材，是因为那些人认为题材和主题都是现成的，以为抢到手就是自己的，抢不到就完了，没得写了。像这样何必要作家呢？只要有录音机和电视机不就行了？

常常还出现题材雷同的现象。原因大约有三种：一是把规律性的东西当题材。如五十年代写中农一开始不相信农业社，总是犹豫，后来经过事实的教育，转变过来。

写工厂则是，工程师提出方案，有人不支持，后来党委支持，就搞上去了。规律是不能当题材的，要通过个别、通过特殊来表现规律。二是写了事情的一般过程，而没写出这事情为什么发生，为什么发展，为什么有这样的结果。如果把具体条件、具体过程写出来了，自然不会雷同。三是不通过自己的感情、经验去融化素材，只用一般规律去处理素材。五十年代有这样一件事，有两篇雷同的作品，一篇发表在河北，另一篇发表在上海，到底是谁抄谁呢？河北先发表，上海迟一个月，就以为是上海那篇抄袭。写信问上海《文艺月报》，原来上海发的那篇半年前早寄去了。谁也没抄谁，但都把一般规律当作了题材，这就很容易雷同了。

主题问题。"主题思想和主题先行有什么不同？"主题先行是"四人帮"搞的，是为适应篡党夺权的需要而凭空捏造生活中没有的东西，是从抽象的概念出发来编故事、造人物，这是主观唯心主义的。我们坚决反对主题先行。但一篇作品，总还是要告诉读者一点什么，作品要感动人，影响人，作者总有一个目的，一个意图，这就是主题。它来自作者对生活的研究，取自生活本身的意义，并把这意义告诉读者，这和主题先行是完全不同的。

有人认为小说无须提出和帮助解决社会问题，这是错误的。看小说不仅仅是为了消遣，小说是上层建筑，上层建筑不为社会主义的经济基础服务，就是多余的。小说要引导人们去推动社会发展、前进，就必须揭示社会矛盾，提出社会问题，以引起人们的注意和思考从而有助于矛盾和问题的解决。

人性、人情问题。有人把表现无产阶级感情也说成人性论。过去有个报纸编辑说稿子到了他手上，凡是写到感情的地方他都给删掉，免得被人说是人性论。结果稿子到他手中人物都没有了血肉，只剩骨头。我们要大胆写人的感情。当然，人性是有阶级性的，资产阶级把它们的人性说成是普遍的人性，这是骗人的，假的。人性论就是抹杀了人的阶级性，鼓吹普遍的人性。但也应看到，人性论，人道主义也有过进步意义。我们在三十年代看了不少电影，现在想起来都是人性论的，但当时我们看后是为它流了眼泪的。我们参加革命、参加共产党，也是有它的影响的。人性论、人道主义在当时是进步的，因为它比国民党的兽性好多了，国民党连一点人道也没有。所以不能离开时代看问题。"文革"期间有些学生问我，你那时写的是什么玩意儿？我说是革命的，他们说是人性论。我说人性论那时也是进步的，时代不同嘛，那时还没有马列主义嘛。我们现在应该大胆表现无产阶级的人性、人情。资产阶级人性以个人主义为核心，无产阶级人性以集体主义为核心，是合情合理的，伟大的，为什么不该写？

人物性格问题。性格的共性个性要统一。每个人都在一定的阶级中生活，因此每个人都有阶级的、社会集团的特征；同时每个人也都有自己独特的个性。共性个性都要经过集中概括，有人说要写身边熟悉的人，这也只是说以熟悉的人为原型，并不是照抄真人真事。一定要集中概括，人物才能比原型更有代表性，个性也更鲜明突出。

语言问题。这对人物性格的塑造很重要。文学是语言的艺术。画画用色彩表现人物，文学用语言，这是高难度的艺术。不要尽在知识分子圈子里你学我的腔调，我抄你的语言。要走出知识分子圈子，到人民群众中学习，吸取生动的、富有表现力的语言。对此我很有体会。比如人物的外号吧。我曾经采访过一位模范，我问他："人家叫你什么？"他说叫"土地爷"。"是什么意思？""就是什么都管。"这么一说，他前面讲的好多我都理解了，他的确什么都管，高度的责任感。从前我构思的长篇小说，几乎每个人物都有个外号，这外号就是他的性格特征。有个女的，外号叫"无底箩"，装什么东西都漏，意思是你告诉她什么东西她都会泄露出去，你越叫她别讲，她越讲得快。我在农村收集了几百个外号，很生动的。有时一个人物形象模模糊糊，一想起他的外号，性格就鲜明起来，群众的语言总是很新鲜活泼的，远远不只表现在给人取的外号上。

写作"秘诀"问题。常常有青年要求我告诉他们写作的秘诀。最近我接到一个青年的信，他从报上知道我很忙，身体也不好，希望我只写几行字给他，告诉他秘诀，好让他一写就可达到发表水平。世界上没有这么便宜的事。常有青年说"你指点指点我"，他就坐在那里等我指点了。他问了许多问题：小说怎么写，评论怎么写，长篇怎么写，如何塑造人物，如何编排情节，等等。我说，这就好像前面有个很美的地方，你要我指点怎么走去，但你自己起码要先走起来，你不走我怎么指点？你光问创作问题，自己没有创作实践，我怎么指导？我说了也是白搭，你没实践就听不明白。

一九七八年九月十四日在广州市文学创作座谈会上的讲话

枕边随想录[*]

一

当你对现实生活中某方面（某些事、某些人……）十分熟悉，而且又有强烈的爱憎感情时，这时候，也许由于某一事象的偶然触动，突然在脑际闪现出一种似"意境"、似"情趣"、似"影像"、似"情景"又似"新意"的混合着的、升华了的形态。从这朦胧的形态中，你仿佛看到了以前看不见（看不清）的、又比生活原型更高级的、更集中、更强烈和更接近本质的东西。

在形象思维活动中，这种现象是常常出现的，是来去无常地出现在作家脑海里的。不管你承认它还是不承认它，它还是不时出现。正如契诃夫说的那样，忽然"咔"的一响，一个题材（或一个性格、一种冲突或者是一种新的想法……）的雏形、契机或轮廓在作家脑海里闪烁了一下。这是什么呢？也许正是人们通常所说的"灵感"吧。

（一九七九年三月廿五日晚，枕边）

在艺术形象塑造过程中，概括的活动，不能仅仅理解为特征的集合过程，更重要的是个性化的探索过程。否则，所谓艺术形象，只会成为生理学、心理学或伦理学特征的聚积。只有将这些特征溶解于一种个性之中，并通过"这一种"个性方式表现出来，这些特征才可能成为有气血和有生命，才可能塑造出既有典型意义、又是活生生的艺术形象。

（一九七九年三月廿六日晨，枕边）

---

[*] 载1985年1月版《创作随谈录》。

艺术创造的方式，为什么不强调集体经营，而强调通过个人创造呢？因为，事物反映为"灵感"，只能在头脑中反映一次，不可能重复第二次；两个人同时面对着一件事物，如果两人都有灵感的话，绝不可能是相同的灵感。这是由于各人经历不同，兴趣不同，对事物的了解程度不同，感情（情绪）不同，因此反映到头脑里的影像、情趣或意境也就不同。因而，即使两人以上的作者共同商量过创作提纲（商量人物的性格、脾气、态度，经过什么矛盾，通过什么情节，等等），但写出来也不会是一个样子，因为出现在每人头脑中的形象不可能是相同的。

（一九七九年三月廿六日晨，枕边）

二

诗味、诗意、诗的境界……其实都是指意境。

意境又是什么？当一种感情与一种景物水乳相融，当一种思想与一种景物完全融合，当一种思想或一种感情同景色完全融合……而升华为一种新的境界。这个境界能够把某种思想或某种感情通过（或融化在）某种事象动人地体现出来，有时又像是景色或事物由于感情或思想的渲染（或渗透）而变得有生命、有心灵……使情通过景物而体现，景物因情而获得生命，达到物我一体。

诗，所以要借赋、比、兴，是为了托物寓情。但满足于比拟是不够的，重要的，是使之达到情景交融，达到物我一体，而成为既有哲理，又是可见、可感、可触的意象和意境。

意境之对于诗，就像形象之对于小说和戏剧。诗可以抒发哲理，但如果不和感情或景物相交融，它只是谚语的排列，绝不是诗，也没有诗的感染力。诗当然要抒发感情，但如果不和景物、景色相交融，相渗透，相赋予生命和皮肉，它只是空洞的浩叹或抽象的赞颂，绝不是诗，自然也就谈不上诗的感染力了。

（一九七九年三月廿九日晨，枕边）

激情与景物的融合，热情与景物的融为一体，物我一体，情景交融，就是意境，就能给人美感，引起联想，引起共鸣，并令人反复回味。

（一九七九年三月廿九日午）

"咔"的一响！

平时积累丰富，了解许多人的性格特征，以及体现这些特征的细节、场景、对话、动作等等，特别当其中某些人物的性格引起你的注意，引起你的兴趣，你正想表现他，但又苦于不知如何表现，不知通过什么形式，通过什么事件来表现（来贯穿、来概括、来集中、来突出……）的时候，很可能在这时候一件很小的见闻（很平常的或很奇特的见闻）给你看中了，成了你作品的主题，你可能通过这个见闻把你的平常积累的细节、场景、对话贯穿起来，使这些细节、场景和对话……成为情节的有机部分。当你把这些都用文学语言表现出来，不仅情节显得相当完整，而且主题也很明确。

这豁然开朗的偶然机遇，绝不是偶然的，是建立在长期的观察体验、思考、构思的艰苦劳动基础上的。没有深厚的积累，只靠偶然的见闻，这"咔"的一声，是永远不会自己来到的。

（一九七九年三月廿六日晨）

某种事，变换个环境，就可突出其社会制度的优劣，突出其典型环境的特点，整个作品就会改观。

另一种情形，一件事，如果将其矛盾的主次颠倒过来，或者改换一种事件，其社会意义就会变得强烈起来，引起人们的爱憎也会强烈起来，当然，这种变换不能不顾环境，而是为了更突出社会环境，突出典型环境的特征。

（一九七九年三月廿七日晨）

三

政治动荡时期，会出现一些新的社会现象，有时以非凡的形式出现，有时以奇特的形式出现，总之，它的出现总是令人不安，令人震动，令人瞩目。

当你观察久了，慢慢摸清了它的性质（它与人民的利害关系），摸清了产生它的社会根源，并且摸清了这类现象的种种特征，进而积累了体现其特征的许多细节和场景。

到了这个时候，你无疑对这类现象已产生了爱憎，有了一定的看法，有时很想把自己的感受抒发出来，让别人也有同样的爱憎……

但怎么表现呢？通过什么事件表现呢？通过一个什么矛盾把这种细节和场景（那类人的性格特征行动）贯穿起来呢？

只要你平日为这类事物留心，经常为这类事物思考，很可能有一天，你在街市上偶尔听到个新奇的人命案子，或在报纸的一角看到一条社会新闻……只要这些"新闻""案子"有助于你暴露这类现象的根源，而又便于将你的积累（体现人物性格的场景与细节）贯穿起来——如像气血、脉络那样贯穿起来……那么，一篇作品的构思就有眉目了。不仅情节有了轮廓，人物也在情节中显露出他们的脾气、爱好、品质和思想，更重要的，这类人物的所作所为以及促成这行动的特定社会环境，都一目了然了。

（一九七九年三月三十日晨）

人物性格，人物的命运，人们彼此的关系，虽然在头脑里构成了，也即在题材方面已有了雏形，有了轮廓，有了粗线条；但还不很鲜明，人物还不能独立自主，还没有自己行动的意志和爱憎的情绪。总之，他们还缺少贯通事件、性格，他们之间关系的脉络和气血，迫切需要有连贯和推动这一切的"心脏"。

这"心脏"，就是能使这一切零碎的生活细节和场景活起来，使之获得气血，获得生命，而且还使性格、矛盾、命运……血肉相连……

其实，这个"心脏"就是人物的生命和"个性化"。

（一九七九年四月一日晨）

四

作品中的社会意义，绝不是作者硬塞进去的，它是情节的发生、发展过程本身所固有的东西。

一切情节都离不开人，离开了人的情节是不存在的，也是无法理解的。社会矛盾的发生，来自人们之间思想和感情，愿望和作风等的不同。简言之，是由于彼此性格的不同，不协调，以至于对立，所以在社会关系中就出现了矛盾冲突。

而人的性格的形成，不是由娘胎里带出来的，而是在社会生活、社会实践的影响下，逐步形成的。例如一个好打抱不平的性格，不仅由于他自己的经历，也由于他所处的历史社会的条件。至于这个性格如何发展，向哪方面发展，也是由社会环境与他的关系如何来决定的。

这说明人物性格的形成，性格的发展，都与他所处的社会的特定环境和特定条件有密切的关系。祥林嫂性格的形成及其变成癫狂，惨死街头，难道不正是由于她所处的吃人的旧礼教社会所逼成的吗？孔乙己的性格之形成及其最后的悲惨下场，难道不正是那个害人的科举制度所促成的吗？

很清楚，这两篇小说的深刻意义，一是揭露了旧礼教杀害了无数的祥林嫂这类善良的劳动妇女，一是暴露了科举制缓慢地毒害了孔乙己这类的"读书人"。两者都从情节的发生和发展中，将促成性格的形成及其发展的社会制度、风气、社会倾向……清楚地通过形象暴露在读者面前。

至此，我们已经很了然，所谓作品的社会意义，所谓深刻的主题思想，正是这样通过性格与环境的互相关系、互相矛盾或冲击，最后还通过人物的命运所揭示出来的特定社会意义。

（一九七九年四月一日午）

有些事件（比如爱情遭到破坏，或一家人悲惨地被迫离散甚至家破人亡），并不是放在任何一个社会环境里，都能达到惊心动魄、引起轩然大波的效果。

自然，我们对于这些人（爱情中人或家庭成员）都赋予善良的品格、可爱的天性和美好的愿望，但是如果这些人的不幸遭遇，仅仅是来自一次自然的灾害，或者仅仅是来自一次纯由个人错误所招致的灾难，除了使人们感到惋惜，感到同情之外，不可能引起社会普遍的震惊和愤慨，也就是说，这样的作品不可能在社会上激起强烈的反应。

只有当某种腐朽的反动的势力或某些政治阴谋集团的代表人物以及他们的舆论，成为这类悲惨事件的祸根，成为悲剧的指使者和压力时，怀着巨大的愤怒去揭露这类事件，并把酿成这种悲剧的特定环境以及其中有关的人物（直接间接促成悲剧发生的人物）通过活生生的形象表现出来，不仅揭示出他们祸害社会的政治野心，而且也要撕破他们借以骗人的假面具；只有把这个腐朽成风的特定环境（及其代表人物和受其蒙蔽，暂时为其所利用的人物）同在这环境支配下与之对立的人物的关系、矛盾和冲突充分地描写出来，努力使典型环境支配下的人物活动的局限性以及被支配的人物被逼向悲剧的必然性充分地表现出来；那么，不仅典型环境中的典型人物表现出来了，悲剧的社会根源也揭示出来了，因而，作品就获得了较大的社会意义和历史意义。

（一九七九年四月三日晨）

  一个人生活在社会中，总是与各种各样的人相交往，有些人与你很亲密，很协调，很合作；但另一些人却与你相互看不惯，不但顶牛，还常常闹对立，甚至冲突起来。

  在这样的环境中，你会遇到各种各样的人，发生各种各样的关系，甚至会发生各种各样的矛盾和冲突。总之一句话，你会碰到各种遭遇，有时是顺利的，使人高兴的遭遇；而有时却是不顺利的，甚至是使人悲伤的，使人十分痛苦的遭遇。

  这种种社会关系，甚至会影响你的前途，决定你最后的命运。

  这种种决定你命运的社会关系，正反映这个社会制度和意识形态对你的利害关系；反映出你与这个制度是相向关系还是相背关系。如果是相向的关系，必然处处合拍，事事协调。要是相背的关系，当然就处处矛盾，时时冲突。一个人与一种制度对抗，总是敌不过制度的。因为其所以成为社会制度，当然是拥有一定的政治和经济条件，而且占着统治的地位，因之，一个与制度对立的人，其处境总是很困难，其遭遇总是很悲惨的。

  你要描写一个善良的劳动人民，他勤劳、纯朴、正直，但他总是不顺心，不得意。他想用劳动来争得一家的安康，但总遭到破坏。社会的各种规章似乎对某些人有利，却总是不利于自己。你以勤俭为美德，别一些却总是以掠夺、霸占为"权利"，到最后，可能在一次冲突中或其他遭遇中不幸死去。

  这一连串的关系和纠葛，就是在某种特定（反动势力居于统治地位的）社会环境下的人与人的关系，由这种关系所构成的遭遇中甚至最后的命运中，就自自然然表现出个人与特定环境的利害冲突，以至决定了个人的命运，这就是许多发生在旧社会悲剧的前因后果，也是大部分悲剧作品的前因后果……

（一九七九年四月四日晨）

五

  那些把创作看得很容易，而瞧不起从事文学创作的人，主要是由于他们对这门劳动完全无知，或一知半解。

创作，不是生活事件的机械抄录；

不是用生活的现象去图解某种概念，也不是以现象去图解政策。

更不是把听来的奇闻怪事，原本原样地记录下来；

当然更不是离开社会生活，只靠胡思乱想编凑一些极其怪诞的"故事"；

创作任务，并不是传授工作方法或工作经验；

也不是传授科技知识或描写生产过程；

创作，主要是创造艺术形象，通过形象反映生活和各种各样的社会矛盾，从而使读者得到审美的满足，同时得到启发与教育。

因此，它首先必须从生活中去汲取原料。

创作中最复杂、最微妙、也是最艰巨的，是要求作者把生活中一些分散在各处的、十分凌乱的，甚至东一鳞西一爪的生活细节和场景，塑造成为一个或几个活生生的、有气血、有血肉、有生命的形象；不仅要有性格，而且还要有鲜明个性；不仅人物独立自主，能按照自己的意志和感情去行事，而且还要有他自己的脉搏和体温，有他自己的感觉和情绪。

这样的劳动当然并不神秘，但把它看得十分简单，十分容易，却是错误的。

（一九七九年四月五日晨）

创作随谈录之一*
（谢望新整理）

中学时代，远在江南，就知道萧老的名字，就读中山大学，因喜好文艺理论，更是注意他的文章。很想登门拜访，但未敢贸然行之。"文化大革命"期间，虽在报纸编文艺评论稿，但一直不能见到他。一九七七年十月十三日晴朗的下午，我第一次来到梅花村萧老家。门开处，面前站着的就是这位"熟悉的陌生人"。我没想到他的身体如此孱弱，似乎一阵轻风，就可以把他吹倒。但是，我很快就发现，他是一位精神世界十分坚强的人。此后，一方面是由于工作上的某些关系，更主要的是为了向他请教，我常有机会接触他。萧老在与我的交谈中，涉及面很广，政治、哲学、经济学、历史、美学、伦理学、社会、人生、现实等，而更多的是谈关于文学创作的规律，使我获益不浅。萧老本打算撰写一部一二十万字专门谈艺术创作规律的著作《创作论》（主要是给文学青年看的），因老病日趋沉重，终未能执笔。萧老知道我用日记的形式，记录了他的每次谈话，便鼓励我将有关谈文学创作规律的内容整理出来，这就是现在的《文学随谈录——萧殷论创作》。萧老说，这个《随谈录》，基本上包容了他拟写的《创作论》的思想。

谢望新　一九八〇年七月三十一日于广州

谈话时间、地点：
一九七七年十月十三日　广州梅花村

不理解人物，不表现人物，情节便成了无源之水。就是说，离开了对人物的探索

---

* 载1985年1月版《创作随谈录》。

和理解，专去冥思苦想和编造情节，即使编造出来，也是不自然、不合理和不可信的。如果对人物的性格、爱好，以及他与周围人的关系（具体社会环境）甚至他情绪的变化，因什么而苦恼，又因什么而兴奋都十分熟悉的话，人物将如何行动，情节将如何开展，就比较容易掌握，写起来会得心应手。有时候，还会出现这样的现象，写到人物的行动时，人物自己会根据他的意志、观点和感情，去做他应该做的事、说他要说的话，去爱憎他该爱憎的人，他与周围的人物产生合乎情理、符合逻辑的关系和纠葛，以至人物如何待人接物都不用作者特意去编排。

我自己就有这方面的创作实践体会。一九五六年，我写了一篇儿童文学《天旱的时候》。动笔前，大体有个提纲，但是，在情节发展过程中，人物将会说些什么，如何行动，人物之间将会发生怎样的纠葛，提纲中是没有的。在写作过程中，逐渐熟悉了主人公及其周围的人：有一次，陈小培看见山坡有人推车推不上时，他迅速地去帮别人推独轮车，结果弄脏了衣服，引起母亲十分不满，骂他"多管闲事"。小培经常受到类似的责骂，但不服，又不敢反抗，思想很不通，内心十分压抑。另外，陈小培有个小伙伴阿娥，这个小朋友却为人泼辣，两条辫子两边甩，学着大人说话，有时得罪人。写到大江边抗旱那天，只知道陈小培、谢老师和阿娥要碰面，但在情节的发展中他们要发生什么事却不知道。由于对人物的性格、为人及当时的心理活动摸得比较透，人物该有什么行动，该说什么话就自然而然地流露出来。不仅他们之间的关系用不着去编排，连文字也几乎用不着去考虑。只把人物要表达的行动和要说的话表现出来就是了，根本用不着考虑修辞和辞藻。放暑假快一个月，陈小培受的压抑是很久了，他对谢老师的尊敬感情是知道的，因此，他想问什么是很自然的，谢老师为人慎重，他如何答话，也容易猜到的；阿娥的性格使她不可能有太多的耐心，当陈小培与谢老师谈话时，她的老脾气准要发作，由于阿娥的催促，谢老师的慎重，陈小培得不到明确的答案，其当时的情绪如何，其对阿娥的态度如何，不是都明明白白吗？哪里用得着作者去编造呢？这说明人物性格熟悉了，人物的环境也摸熟了，情节是不难的。

在北京东总布胡同二十二号后院时，我和张天翼同志住在一起。我住楼下，他住楼上，我们常在小院里间聊天。每谈到创作时，天翼同志总是强调写人物，他甚至说："只要熟悉人物，情节就好办。"他主张：为了摸清人物的性格以及人物在各种场合的心理、状态和情绪等，要为人物写日记。据说屠格涅夫在写《父与子》时，曾为主人公巴扎洛夫写过日记。屠格涅夫说："巴扎洛夫这个人折磨我到了极点：就是当我坐下来用餐时,他往往在我面前出现,我在和人谈话时也想,要是我的巴扎洛夫在,我会讲些什么呢?因此,我有一个大笔记簿,记录着我所想象的巴扎洛夫的谈话。"著名作家的东西为什么能保存下来,就因为写了有感觉、有情绪、有生命的人物,这点很值得青年作者学习。这样说,并非说作家在构思过程中,无须主观计划,不要安排情节,而是说,只有在熟悉人物的基础上,对情节加以精心安排,才具有真实性。所谓真实性,就是指人物的行动、思想、感情、语言及其与周围环境的关系,必须符合人物的性格。现在,我们还经常从作品中可以看到这种人工编排的痕迹,不考虑人物,只追求情节,这样,不是歪曲了人物,就是歪曲了环境。我们常说情节要合理。所谓"合理",就是说人物的行动、思想、感情、语言等,在特定的人物性格与社会环境下,有没有发生或出现的可能,有没有必然性。

十月十四日　同上

如何把零碎的生活创造成为形象?这是一个基本功的问题。不会写小说的人,就只注意在生活中搜寻和收集故事、奇闻趣闻、离奇古怪的事情;会写小说的人,则着力观察和记录生活中那些有特征性的细节、场景、动作、对话等。对话既要思想性高,又要趣味性强。"文化大革命"前,我有一个专门做这方面记录的本子。可惜在"文化大革命"期间散失了。现在,我还清晰地记得其中一则题为《亭子》的手记的内容。有一次在乡下,刚好碰上暴雨,人们都赶忙拥挤到路边的一个小亭子里避雨。我观察到当时每个人的神情、姿态,都完全不一样。回来后,我逐一做了速写。如:一位农村妇女,四十岁左右,身背小孩,头戴竹帽。她目不转睛地注视着如泻的大雨,显得焦躁、忧虑。竹笠上的雨水洒在小孩的脸上,也全然不觉。后面这个细节,很有特征性,能反衬出小孩母亲的心情,引起读者的联想和思考。类似这些东西,说不定哪一天写小说,就是从这一个具体的场景、细节开始的,而不是从概念出发。这里面有许多风俗画、生活情趣、人的精神风貌的东西。还可以举两个例子,来说明这个问题。解放区土改时,一个地主被"扫地出门",正当几个民兵将他押送出来,离开大门洞时,地主向民兵小声说了几句什么,这情况被丁玲同志看见,等民兵把地主安置后,丁玲同志便问他们:"刚才地主跟你们说什么来?"民兵说:"地主希望我们送他在街上走时,最好装作不是押送的样子。"事后,丁玲对我说:地主极其简单的一句话，却很能反映他当时特殊的心情，他要面子，不想在过去被他管过的穷人面前失去身份。在解放区时，我还听说这样一件事。有一位游击队员，平时很直，很讲英雄气概，最不乐意人家说他窝囊、胆小。有一次，日本军队上山搜捕他，汉奸中有人知道他这个脾性，就故意边搜边嚷嚷："某某最怕死。"这下，他可气坏了，就自己站了出来，结果被抓了。这个行动，人物的性格一下子就出来了。契诃夫小说集第十八卷，载有《契诃夫生活手记》，是契诃夫随时记下的速写、勾勒等等。《历代笑话集》中，也有很多精彩的细节。一个作家，就是要善于从生活中找到这些有鲜明特征性的东西。所谓"特征性"，就是能显示出人物性格的某一特点，能反映出生活的某些本质方面。这是创作的第一步。现在，有的作品，是连这一步也不大注意的。创作的第二步，也是最困难的，就是如何把零碎的生活细节、场景、动作、对话等结合起来，统一起来，变成有个性、有气血、有生命的人物形象。巴尔扎克说过：塑造人物形象是用绘画的办法。为了画一个很美的形象，借用这个模特儿的手，另一个模特儿的肩膀。画家的责任，就是赋予这个选择的四肢以生命，使它成为可能。这是很有道理的。作家从零碎的生活中获得了很多有特征性的东西，通过艺术想象和艺术构思，把它们结合、统一在一起，贯以个性、气血、生命，使之成为可能，成为完整的有灵魂的人物形象。要"成为可能"，就要取舍。取舍，又必须以人物的个性为中心，把合适的东西集中起来，不合适的则抛弃。有的也可以改造，使其符合人物性格的需要。如果不可能不合适的东西硬要凑在一起，就显得勉强，不统一，不真实，人物也活不起来，没有生命。

十月十五日　同上

一九五三年十二月，我从北京来到海南岛，一边养病，一边接触生活。在榆林港住的时候，我第一次拾捡贝壳，兴奋极了。回京后，邵荃麟对我说："有几个同志——戈扬、冯至、黄药眠、吴组缃等，马上要出发到东北鞍山去参观，你是否也去看看，你到了海南岛，也到东北看看，到了最南方，也到最北方去看看，有好处。"我在鞍山住了半个多月，访问了孟泰，并通过孟泰的家人、邻居、上级、厂党委以及鞍山的文艺青年了解他的生活、为人和事迹等。回到北京之后，本来打算以孟泰为模特儿，写一篇小说，已有个较完整的构思。不久，《新观察》要求先写篇散文，因之我把次要的素材加以集中、概括，写了一篇《孟泰仓库》的散文。发表后，我接到鞍山文艺青年的来信，说我真幸运，才来十几天就碰上这么完整的题材。而他们在鞍山生活了十几年，却从来没有遇到过这么好的题材。我回信说："我与你们一样既幸运又不幸运。散文中关于孟泰的材料，大部分都是你们提供的。我所见所闻与你们没有多少不同。只不过，我把大家告诉的事件、细节和场景集中在一个时间地点之内；有些事情相隔好几年，有些事情很分散，写作时我不能不作必要的集中和剪裁而已。"这些文艺青年为什么会这样提出问题呢？因为散文中所出现的事情，在他们看来太神奇了，不仅发生在一个短时间内，而且发生在一个房间里，他们十多年也未遇到这么完整集中的事，怎么让我几天之内却碰上呢？不是太幸运了嘛！在他们看来，以为写作只是将原样的生活搬到纸上，好作品只是好素材的复写。因此，我在散文末尾写到孟泰在路上捡到一块焦煤，他们更奇怪了："怎么在一个早晨，什么都让你碰上了？"为此，他们还专门去找过孟泰，问他当时是否发生这回事。孟泰说记不起来了。其实这类事正是鞍山文艺青年告诉我的。这无论在孟泰，就是文艺青年方面，都是习以为常的事情，怎么出现在作品上反而觉得奇怪呢？我只是将这个能体现孟泰性格的特征细节，不再用别人谈话来讲述，而改用由他自己的具体行动来表现，不是更有感染力吗？于是人们也许会发出疑问："那天在路上，孟泰并没有捡焦煤，而你在散文上却写了，这算不算'无中生有'，算不算'捏造'？……"孟泰是十分爱惜国家财产的，每天他都在路上，在室外，捡回无数被人丢掉的公物，哪一天或哪小时他捡回什么，连他自己也记不住，这是他高尚品质最好的证明，也是体现他优异性格最鲜明的特征。此时此地没有发生，不等于彼时彼地常常发生的事也不存在。在创作上，集中、概括是合理的，也是允许的。

这里说明一个什么问题呢？很多青年把创作当作是生活的照搬。你写出了好作品，就以为是碰到了一个好题材。这显然是不了解创作规律所产生的一种误解。创作既不是原始生活的照搬，更不是自然主义的一次再显现，而应该是一次有计划有目的的艺术再创造。在创作中，要做到时间、地点的集中，是容易的；但更重要更需要的是艺术概括，这就得花气力，费心血。艺术概括得如何，直接关系典型化的程度。艺术要做到"以一当十"，要通过个性表现共性，通过现象表现本质，要达到这一步，就不能不经过概括。不仅要进行广度的概括，还要进行深度的开掘。只有这样，才能比较接近生活的本质，符合事物发展的规律或趋势，才有典型意义。只有在这种时候，作品中所反映的生活，才不是只有在原来意义上的生活，而是经过作家头脑的过滤，经过提炼、发过酵的形象。不是生活中的一切都是形象。越是具有广度和深度的概括，越是典型化，就越具有真实性。达到生活真实和艺术真实的高度统一。可以说，艺术是生活的客观存在和作家的主观意识相结合、融合的产物。这二者之间的桥梁和纽带，就是艺术的想象和概括。

十月十六日　梅花村

我们再从认识生活的角度来探讨：为什么要对社会生活进行艺术的概括和深化？

一个人在社会上的关系或遭遇，就反映出他所处的社会（制度、意识、风尚、道德……）对他的利益关系，这可能是爱护、扶植他，也可能是摧残、毁灭他；可能是好的，也可能是坏的。而通过各种人的命运和遭遇，即该社会环境和条件对这性格的冲击，就反映出这种制度或意识是先进的，还是腐朽的；是可以经过改造使之完善起来，还是需要加以彻底的摧毁。

作品中人物的这种命运和遭遇，都必须经过作家的高度集中、概括，还必须是符合人物个性的集中、概括和艺术想象。因为生活中大量存在这种零碎、分散、偶然、个别的现象，有的是与一定的本质和规律相联系的，带着一定的代表性、典型性；有的则否，甚至是假象。作家的任务，就是将其中具有突出特征，能反映、显示一定的本质和规律的生活现象（关系、矛盾、冲突……）集中、概括到一个人物身上，使之成为这个人的命运和遭遇（情节），才有可能创造出艺术典型，才能给读者留下更突出、更强烈、更鲜明的印象，其内在的意义才能更使人震动，激动人心。

这说明，拿自然主义的态度去对待生活，是无济于事的。

十一月二十日　同上

艺术创造，主要是靠想象。构思、形象思维离开了想象，是不可思议的。把零碎的生活变成形象，除作家的直接经验起作用之外，主要是靠想象。所谓给人物贯以个性、气血、生命，也主要是凭借想象，否则就没有一切。但想象不是抽象的，凭空的，是建立在作家对生活和人物的深厚认识的基础上；想象也不是随便的，任意的，作家主要想塑造一个什么样的形象，总会有目标，有所考虑的。当他对某些生活或人物形成了倾向性的看法，赞成什么、反对什么、褒什么、贬什么，便会以此为中心进行想象，并根据人物个性的需要会有所取舍。一个作家，如果失去了想象的能力，或想象力不丰富，就无法进行艺术创造。有的创作是不能凭直接经验进行的，如历史题材。当你拿到了一堆历史资料，并要据此创造出新的艺术形象，没有想象，可能吗？姚雪垠如果只是对李自成的史料烂熟，而无深刻的理解，不能从整体上来掌握李自成的性格，缺乏想象力，能有现在的《李自成》吗？他本人能成为著名的历史小说家而不是历史家吗？一九六三年，《李自成》第一卷刚出来，在姚雪垠的家里，他对我说，有一次他看了一本关于太平天国的书，其中一条注释，引起了他的想象，后来便据此写成了小说的一章。《李自成》的巨大成功，主要就是靠了作家的想象，而且想象得那么真切、动人，"神似"的程度似乎给人以这样的感觉：历史上的李自成及其周围的人，不这样生活、行动、说话就不真实可信。这是想象在艺术创造中达到了一种完美的境界。胡思乱想不是想象。想象要符合生活的真实（包括历史生活的真实），符合人物的性格逻辑。

高尔基说过：一个作家当他开始进行艺术创造活动时，就与想象结合在一起。酝酿、构思都是想象的过程。作家观察生活（人物、人物关系、事件等）时，一方面是生活本身的所有方面不会都显露出来，另一方面是作家本人由于各种主观条件的限制，也不可能对生活中几部分连接的地方都了解，或了解得很不够。因此，创造形象时，作家一定会发现生活中许多没有发现的东西，和生活中彼此脱节的部分需要补充，才能真实地确切地创造艺术形象。补充凭什么？凭想象。不是在生活中补充，而是在想象中补充。正如高尔基所说：作家"要在充沛的强烈感情支配下，凭借想象去补充事实的链条中不足的和还没有发现的环节……"这就是说，要用生活中这个完整的部分来补充那个不足的部分，用这个人物所具有的东西来补充那个人物所缺乏的部分，利用作家一切直接的、间接的生活经验，通过发挥创造性想象，创造出众多的各色人物，并使人物性格完整和鲜明起来。

十一月二十七日　同上

有些人一提笔就感到困难重重，即使勉强写下去，也觉得处处是拦路虎，不但人物没有个性,连起码的生活气息也没有。你能说他们没有生活吗?他们就天天在生活中,甚至他们就是生活在农村或工厂里的业余作者。说他们对生活毫无认识吗?他们也有表达生活中某些意义的愿望。但是,为什么又会出现上述这种情况?关键在于构思得不够,酝酿得不成熟。这时候,出现在作品中的人物,就像是木偶一样,完全被作者所操纵,说什么和干什么都听命于作者,人物本身没有感觉,没有呼吸,没有气血。因此,人物的行动和说话都不自然,也不真实。至于那些图解政治概念,不是从生活出发的,就根本谈不上酝酿,更谈不到创造形象了!相反,如果从生活出发,而且酝酿成熟了,人物有了呼吸,有了气血,并有灵魂和生命的时候,他们会根据他们的意志和感情去说他该说的话和去做他该做的事。

  大艺术家在创造形象时,不酝酿到成熟的程度,是不会下笔的;而且,酝酿的过程十分艰苦。屠格涅夫为了熟悉自己的人物,不辞辛劳地为人物写日记。有时候,作家一头埋进人物行动的环境里,与人物打交道或钻进人物的心灵世界里,以致很难钻出来。贝多芬有一次进咖啡馆,一坐就是老半天,最后准备离去,便叫服务员来算账。服务员很奇怪,对贝多芬说:你还没有吃东西,怎么算账呢?原来,贝多芬在那里酝酿音乐形象,以至于忘却了吃东西。又有时候,作家与所创造的人物完全融为一体,把现实中碰到的事情,与作品中描写的人物搅混在一起。一九六二年,周扬同志在作协广东分会客厅谈话时说:有一次一个单位来信向梁斌同志了解他的一位战友的历史情况,梁斌同志竟把自己所创造的人物的一段历史情况写成材料,作为回答。还有时候,作家会与人物形成这样一种特殊的关系,作家的强烈感情全部投进了人物的生命之中,成为难舍难分的关系。陀思妥耶夫斯基说,他最难过的日子,总是与他所创造的人物一起过来的。有时与人物面对面谈话,诉说苦衷;有时相对微笑,有时又相对流泪。人物酝酿到这种程度,不仅有了外貌,有了气血,而且有了丰富的感情和情绪。巴尔扎克写到高老头快死的时候,全身感到很难受,在别人看来,还以为他生病了,要给他请医生来。福楼拜写到包法利夫人吞砒霜自杀时,也感到他自己的嘴里有一股砒霜味。可惜,《红楼梦》的作者曹雪芹创造了这么伟大的艺术形象,却没能将极其丰富的创作经验与创作体会留给后世!我想,曹雪芹写《红楼梦》时,一定会碰到许多类似的情况。如写到林黛玉之死,作者会有一种什么心情?写到贾宝玉出走时,又会是怎样一种情绪?可以肯定,曹雪芹的内心绝不会平静。他自己不是说了吗,"满纸荒唐言,一把辛酸泪"。

今天的青年作者，有广阔的生活，有丰富的感情，只要刻苦努力，大艺术家的这些宝贵创作经验是完全可以学到手的。

十一月二十八日　同上

作家的主要任务，就是把零碎的生活变成完整的、能打动人心的艺术形象。这就一方面要不断地丰富生活，另一方面又要不断地改造和提高作家自己的主观世界——世界观和审美观。一个是客观生活，一个是主观意识，塑造形象离不开这二者的结合，离开任何一方面都是不行的。零碎的生活必须经过选择，经过集中、概括，经过主观意识的融化，才能变成完整的有生命的形象。正如蚁酸与花粉相融合之后，才能变成蜂蜜一样。集中、概括不仅到构思时才开始运用，实际上在积累生活时早在进行了。

我从前有一个关于生活的《记事本》，有些没有意思的东西，记录时就舍弃；有些细节、场景、动作、对话明明是在别处发现的，记录时联想到了也写进去。这说明，作家当他一开始接触生活时，就在进行典型化活动。因此，记录生活不能停留在生活的简单的原始形态上，一定要通过想象、联想、比较和综合，才能把观察到的生活加深加浓。就是说，作家在进行艺术构思和酝酿形象的过程，也就是对生活进行浓缩、凝聚、发酵和发掘的过程。而浓缩、凝聚、发酵和发掘，都得借助于想象。有一晚，我做了一个梦，自己独自在一片白茫茫的雪地里奔跑，边跑边发现地上有一把把雪花花的银子，而且越拾越多，全部口袋装满了还装不完。第二天一早醒来，我像发现了自己肮脏的灵魂似的，心里很不舒坦，同时把它记在《记事本》上。后来我在创作长篇小说《多雨的夏天》（十多万字的手稿，在"文化大革命"中被洗劫了）时，便将这个素材放在其中一个正面人物的身上，并由此集中、概括地展开人物内心的剧烈冲突。往常，这个人物清晨起来，总流露出一种清爽、轻松的情绪。做了这个梦的第二天早上，他好像吞了一只苍蝇一样，心里怎么也不舒坦，感到恶心。以前，他还以为自己的感情相当高尚，但没想到心灵深处竟埋藏着如此肮脏的东西，心情很沉重。

一方面要注意和细心观察生活中有特征性的东西，另一方面又要顽强地进行艺术集中、概括。青年作者应该努力在这两个方面锻炼自己的能力。

十一月二十九日　南方日报社

　　作家对生活的认识，应该是从个别到一般；表现生活，也应该是从个别到一般。所以，文学作品反映生活，强调以偶然的、个别的形态来反映。如果死抱着就一般反映一般，就普遍反映普遍的做法，绝不可能创造出个性，创造出形象。托尔斯泰说：写一般的现象和事情，大家容易模仿；写偶然，没有经历过的人就写不出。这是很有道理的。艺术的形象，是以偶然的、个别的感性形式表现出来，但作家在生活中却不能满足于偶然的、个别的现象，这是一个矛盾的统一。生活的本来样子是可感的、具体的。作家不仅要写出生活本来的样子，还要写出生活应有的样子。如果不能通过偶然、个别的现象，透露出生活的内涵，写出来的作品必然肤浅，它的形象一定没有深度。

　　凡是艺术的典型都反映了生活的本质或某些本质的方面，总是符合事物发展的规律或趋势的；但是，并不是凡是本质、规律性的东西，都是艺术典型。

　　典型除了其他条件之外，还应该是对生活真理的新发现。现在新创作的一些作品，如短篇小说《班主任》等，为什么会受到那么多读者的欢迎，原因即在于此。有些事情，当大家在认识上还比较模糊、朦胧的时候，而作家借助艺术形象的创造表达出来，就会理所当然地引起强烈的震动并受到感染。《班主任》中谢惠敏这个形象，在文学作品中就是第一次出现。这是刘心武的新贡献。如果今后的创作，都来模仿它，还会引起读者的兴趣么？由此可知，文学作品通过个性表现典型是重要的，但更重要的，还得对生活真理有新发现。有人问托尔斯泰：你认为什么时候可以开始写作？托尔斯泰回答："只有当你感到心中有一种完全新的重要的，自己明白而人们还不理解它的内容的时候，当必须表现这一内容的要求不能使你安静的时候，那时你才能写作。"托尔斯泰说的也就是这个道理。

　　评论家认为刘心武善于思考，敢于提出问题，这是对的，应该得到鼓励；但是，不能由此而造成一种误解：以为文学作品能提出问题就行了。其实，只提出问题，是不够的。《班主任》中提出"救救被林彪、'四人帮'扭曲了的孩子的灵魂"的问题，如果不是借助谢惠敏、宋宝琦的形象来表达，能这么深刻、动人吗？能提出问题的，不一定是作家；但作家一定要提出问题，而且是通过艺术形象提出的。

一九七八年一月十六日　广州梅花村

车尔尼雪夫斯基在谈到环境和人物的关系时说过：环境如何影响人，人如何影响环境。这两句话虽不是在同一处讲的，但形成了一个完整的意思。我这里着重讲讲环境如何影响人。

一定的典型性格只能产生于一定的典型环境中，典型性格的产生和发展，离不开典型环境的影响与作用，因此，某种性格只能产生于某种环境之中，超越了这个环境就不真实。在这个特定的环境里，人物与环境的关系如果是融洽的，人物就顺应这个环境顺利发展，两者的关系互为渗透，互为因果，并将有个圆满的结局；人物与环境如果是不融洽的，则充满着矛盾冲突，两者的关系互相排斥，互相对立，人物命运随着环境的发展不断趋于恶化，最后走向悲剧。人物与环境的关系的好坏，反映出这个社会制度的实质。典型环境是什么？就是一群人，是由这群人所组成的具体的社会关系。《祝福》中的祥林嫂，离开了赵大爷一家及她婆婆的一家，是根本不可能存在的。这就是祥林嫂生活的社会环境和条件，也是祥林嫂性格的产生与发展的客观根据与动力。

中外许多著名的小说，就是通过揭示典型环境，来表现作者对生活的态度和判断，显示其社会意义，表达其主题的。为什么许多人喜欢读小说，尤其是悲剧作品？就因它通过人物命运和遭遇的描绘，人物性格的展示，真切地深刻地揭示了典型环境。读者越是同情悲剧主人公，就越是痛恨制造悲剧的典型环境，从而推动他们实行改造环境的斗争。这时候，是人在影响环境了。

但这也不是唯一的揭示生活意义的方法，有些小说不是通过揭示典型环境，而主要是通过展示事件的过程，用事件的后果来提出某种告诫，从而达到教育人的目的。莫泊桑的短篇小说《项链》，就是这样。当然，并不是说《项链》中完全没有写到环境（写舞会就显示了当时社会的风尚），而是说主要不是依靠揭示环境。小说写女主人公玛蒂尔德因要参加一个舞会，便向别人借了一副项链。玛蒂尔德正处在青春年华，又十分美丽，这在当时社会里是很可炫耀的两样东西，再加上有一副项链的装饰，就更显得仪容华美，感到无比骄傲和光荣。不幸项链恰恰在这次舞会上丢失了。此后，为赔偿这副项链，玛蒂尔德和她的丈夫罗瓦赛尔竟辛勤劳动了整整十年。这篇小说的深刻意义在于：为了满足一个晚上的虚荣，竟要付出十年的劳累代价，当玛蒂尔德知道这副项链原来是假的的时候，她的青春和美丽已在劳累中消失，而且是一去不复返了。这篇小说只写了女主人公的简单经历，却十分深刻地告诫了一切好虚荣的人。

一月二十六日　同上

我们常说要站在真理一边，要为真理而奋斗。简言之，就是要站在人民一边，一切从广大人民的利益出发，为人民现实的和长远的利益而斗争。倘若离开了人民，不可能发现和认识真理，更不能代表真理。因此，作家应该始终站在人民一边，替人民说话。忠实地反映人民的痛苦和困难，热情地歌颂他们的创造和胜利，为改善他们的生活条件和获得幸福而创造精神力量。总之，有益于人民的，就应赞颂；有害于人民的，就要反对。

这里，首先有一个爱憎问题。作家的爱憎，与人民的爱憎是分不开的。凡是忠于人民的作家，首先要忠于自己，忠于自己的思想感情，要敢于说真话，抒真情。这种思想感情，不是一般的，它已经与作家的社会理想、道德观念和审美要求等血肉相连在一起，汇融于心灵之中。作家只有用这种"心灵"——主观意识去结合去融化客观事物，才可能创造出有利于人民，又有生命的艺术形象。只停留在作家嘴边的语言、理论，以及一切他所宣称的抽象道理……绝不能产生艺术形象的，正如假蚁酸不能制造蜂蜜，低温不能使铁矿石变成钢水一样。生活的素材只有经过作家真正感情的融化，心灵的感应，才可能在创造形象的过程中升华和浓缩，达到典型化，如果一个作家的观点经常摇摆不定，忽"左"忽右，或者企图把自己的真实感情，真实观点隐藏起来，甚至违背自己的良知，用虚假的感情，用空话、大话来歪曲生活，可以肯定，这样"塑造"出来的"人物"，是不真实的、不可信的，由此也暴露出作家自己心灵世界的肮脏。

托尔斯泰说："最令人满意的作品是这样：作者好像竭力要隐藏自己的观点，但同时却尽可能随时随地忠实于自己。平庸不过的是这样的作品：由于作者的观点变化无常，作品中甚至连观点都没有了。"一八五五年，他为《现代人》杂志写了一个短篇小说，为了对付当时沙俄的审查机关，他写信告诉编辑部，小说可以删节，但看在上帝面上，决不要增添什么，这会令他非常伤心的，因为"他希望在文学里永远忠实于一个倾向和观点"。作家要忠于自己，忠于自己的感情，在爱什么和恨什么的问题上，观点清晰，态度明朗。但这又必须是通过形象自然而然地表现出来，艺术地"体现"在情节和场面之中，而不是赤裸裸地说出来，变成一种精神和倾向的简单符号，也不是模棱两可，捉摸不定，暧昧莫测的。一个正直、坦荡、有责任感的作家，他绝不会把他十分讨厌的事情，写得很可爱；他也不可能把他所十分喜爱的事情，写得令人讨厌。如果叫一个杀人凶手来主持被他杀害者的追悼会，你能在这凶手的言辞中找到丝毫的真情实感吗？

我曾对"情景"的含义做过这样的解释："情"是感情，"景"是事物；作家的感情一旦投进去与事物融化起来，事物就有了生命，形象就会活起来，并出现情景交融的动人景象。但这里有个最重要的条件，作家必须带着自己的感情钻到事物中间、钻到人物的心灵世界里去。

一月三十日　同上

党中央提出：要在20世纪末，把我国建设成为一个社会主义的现代化强国。这样，文学就自然面临一个与四化的关系问题。文学要为四化服务，这一点也许不会也不应该有太多的分歧。但如何服务，恐怕意见就不一致了。

一讲到四化，大家首先就想到提高生产力，改善人们的生活，这种心情是很自然的，这个要求也是很合理的。林彪、"四人帮"横行了十年，把我们的国家弄到了如此贫穷的境地，难道现在还有谁认为社会主义是肚皮饿得越扁越好吗？但是，只考虑提高生产力，而完全不顾及生产关系的调整和改善，是不实际的。尤其是目前这样一个特定时期，一方面要大力建设我们的社会主义，另一方面长期滋长起来的各种消极因素，又显出了其巨大的阻力。极左的余毒和影响，十分顽固，其潜力也很大。如果不消除这种种恶疾，并不断克服新的矛盾和障碍，还奢谈什么四化的实现？可是现在有人还认为：当前作家的首要和主要的任务，是学习科学技术知识，用科学技术知识武装头脑。并认为只有这样，才可能写出适应四化建设的作品。这样提问题的同志，其出发点也许是好的，但这种提法容易产生误解，甚至引起混乱。作家当然需要熟悉一点科学技术方面的事情，文学也应该反映科学战线上的斗争生活，但不能忘记，着眼点始终是人，而不是物，不是生产过程的描绘，更不是科学技术知识本身。否则，你勉强去写，也只会吃力不讨好，因为不懂科学技术的人看了不知所云，懂科学技术的人又觉得你很浅薄，甚至在闹常识性的笑话。怎么能要求作家来指导生产力的发展呢？又怎么能用科学来代替文学呢？文学不是工作指南，也不是生产技术的教科书。四十年代，斯大林曾批评过一个剧本，这个剧本写的一个工厂厂长，他的行动，不是根据人物之间的关系来决定，而是按照其工作的日程表（实则是剧作家自己拟定的日程表）来决定的，这就违背了人物本身的意志、观点，及其性格发展的逻辑。当时读者写信给编辑部，形象地说：这个厂长"好像几个月没吃过一顿饭"。斯大林支持了这些意见。我国五十年代初，也出现过类似的情况。一些作品，把描绘的着重点放在生产过程上，放在生产方式方法和工作的方式方法上，还妄图用这种描写来代替人与人之间关系的描写。后来，在"配合中心"的号召下，这类问题的发生就更严重。如果现在不提起注意，不警惕，只会使文学创作走更长更曲折的道路。

发展生产力，还得首先调整生产关系，如果不解决生产关系的问题，从而充分发挥人的主观能动作用，最终还是无法提高生产力的。十年灾难，冤、假、错案遍于中国，人与人之间互相猜忌、互不信任、互不尊重，你揭我，我防你，家庭、亲友之间的关系也蒙上了一层浓重的阴影。当此满目疮痍、满心惊悸的景况下，如果不首先平反冤、假、错案，落实人的政策，改变人与人之间这种极不正常的关系，人们能集中精力、全心全意地去提高生产力吗？能抛开伤痕和精神创伤不管去建设四化吗？能叫人忘掉昨日的惨痛遭遇，半信半疑、提心吊胆地去干社会主义吗？我们的作家，不应该在"劫后"灾情面前闭上眼睛。有些作家、剧作家和艺术家们，早已注意到这个问题。对十年悲剧中一切正直的、善良的人们总是热情讴歌；对一切丑恶的、卑污的灵魂总是无情鞭挞。要使活着的人们，一看到现实中仍有后者的表演，就反感、恶心，群起而攻之。只有大家都形成了这样一种共同的精神和心理的状态时，时代的错误、悲剧才不会重演，我们的民族才有希望。希望迷信、蒙昧将成为过去，将一去不复返。

写科学幻想小说，写科学家的传记、报告文学等，我完全拥护。这些形式的文学作品，对广大青少年曾经和正在起着很大的推动作用。徐迟同志的报告文学《哥德巴赫猜想》，是近年第一个写科学家的文学作品，作者写得很动情，读者读了也很感动，我闭卷凝思，总觉得中华民族是大有人才，问题是，许多人才在过去非但没有得到发掘、培养和重视，反而被禁锢、扼杀和埋没了不少。如果这些作品只是停留在对科学技术知识的重复叙述上，而缺乏对人的生动、真切、深刻的描绘，怎么可能产生如此巨大的艺术魅力呢？文学不能代替科学，文学有文学的特点，在社会分工及其职能上各不相同，各有各的作用，谁也不能代替谁。文学能打动人、教育人、起潜移默化的作用，不仅供人从中汲取精神力量，而且提高和改造人的道德品质，提高人的情操、精神境界，总之，提高人的灵魂，这是始终不移的，是作家责无旁贷的任务。从这个意义上来说，作家要完成这项任务，比科学家推进科学、发展生产力并不会更容易。那么，这里究竟写什么呢？仍然是写人与人之间的关系，主要还是写性格及其冲突。应该取材于社会，取材于人与人之间的关系，这中间因为观点、思想作风、感情的不同，就产生矛盾斗争，从中体现出真、善、美与假、恶、丑。虽然环境、时代的不同，会有不同的特点，但仍然离不开人学，离不开斯大林讲的作家是"人类灵魂的工程师"。离开了就不是文学。

"文化大革命"前，有个刊物编辑写信问我：你最喜欢哪类作家？我答复说：我最喜欢写性格冲突、写人物的遭遇与命运的作家。为什么呢？因为只有这类作家，才真正描绘了人生图画，反映了生活真实；也只有这类作品，才具有艺术感染力和激动人心的力量。

文学是人学，有永存价值的是人，作家的最高理想和追求，应该是创造形象，创造性格，创造典型，以利于改造社会，以利于社会不断前进。

一月三十一日　梅花村

文学的一个特点，是通过个别反映一般，不是从个别反映个别，也不是从一般反映一般。而要从个别中看到一般，通过活生生的个别的形态、个别的形式来表现典型。作为典型，其内涵，存在着共同性、普遍性、社会性，但又具有鲜明的个性。这个"个性"，不是代表社会生活中某一个具体的单个人，它或深或浅地总是表现着一定人群的一定本质。

有些人把个别形态、个别形式所表现的典型，当作社会上某一个具体的"个别"，这种看法是不正确的。有些人对于那些揭露林彪、"四人帮"在十年动乱中造成灾难和罪恶的作品，加以指责，批评这些作品"斤斤计较个人得失和个人恩怨"。说这种话的人，我不明白他们抱着一种什么样的态度？！在"文化大革命"期间，被迫害、摧残和毁灭了的家庭和个人，何止万千！作家写某一个社会悲剧，是概括和集中了生活中许多人的悲惨遭遇和命运，使之典型化，并不是写生活中某一个具体的人。作品中被揭露的某一个悲剧的制造者、助虐者、胁从者，也明明不是写生活中某一个具体的人，可有的人总是要往自己身上挂，甚至追问作者："你写的某某指的是谁，是不是我？"你说怪不怪！这倒也从反面说明，文学名副其实不愧为一面镜子，从中可以照出各种人的灵魂和嘴脸。

个性化的典型人物，并不是生活中某一个具体的"个别"，这一点一定要反复讲清楚。否则，今后干涉和压制文学创作的现象还会不断发生。随着揭批林彪、"四人帮"斗争的深入和"四化"建设的开始，多少年来积聚和繁殖起来的细菌，会在新的事业开拓过程中表现得更突出，它的危害也更猛烈。到那时，也许又会出现一批反映新的历史时期中矛盾斗争的作品，触及官僚主义、特殊化、家长制，以及种种封建意识和资产阶级、小资产阶级思想。持上述观点的人，可不可能再冲出来横加干涉，任意指责呢？我看完全可能。

把个性与单个人混为一谈，把个别与具体的人混为一谈，以至把典型以个别形态，个别形式出现，当作是离开了社会的个人，这就从根本上把文学的特点，文学所代表的社会意义，文学影响和教育人的作用等统统抹杀掉，最终可能导致取消文学本身。文学反映社会，反映人的心灵，并影响人，影响人的心灵世界，经过潜移默化，使人向往和追求崇高的理想，并为之奋斗不息。现在揭批林彪、"四人帮"的作品，目的就是要唤起人们的警惕，防止和杜绝极左路线和极左思潮的重新出现和泛滥，共同进行抵制和斗争。要知道，历史悲剧的重演，是更可悲的。

把具有普遍意义的典型化的个别，当作生活中某一个具体的"个别"，这种观念，并非我们这里所特有，也不是自今日始。在外国的文学史上，就有过这方面的典型事例。托尔斯泰的长篇小说《战争与和平》（当时还叫《一九〇五年》），刚在《俄罗斯通报》上刊登出头几章时，托尔斯泰的一位远亲，名叫鲁·依·伏尔康斯卡雅的公爵小姐，便写信追问他：小说中写的安德烈·保尔康斯基是谁。托尔斯泰为此专门给她写了封信，答复说："回答您的问题，本来是件'不可能的事情'"，因为"安德烈·保尔康斯基正如小说家所写的任何一个人物那样，不是哪一个人，不是作家本人，也不是他的回忆录。如果我的整个作品就在于为了描摹肖像，让人去打听，让人去追想，那我是羞于出版的"。接着，托尔斯泰扼要地介绍了他创造安德烈·保尔康斯基这个艺术形象的过程，最后说：这里所做的是"完全真实的解释，尽管由此仍不能得出保尔康斯基到底是谁的模糊的解释"。在更晚些的时候，托尔斯泰在谈到这个问题时，说得更明晰。他说：当你阅读果戈理、莫泊桑等人的作品时，"你会被人物的现实性、真实性所震惊。显然，许多人物都是有模特儿的"。托尔斯泰也承认自己"常常按照模特儿描绘人物。起先甚至人物的名字在底稿上都是用的真名，以便比较明确地想象我要描绘的原型。只是在小说修改完成的时候才改换名字……"但我想，如果只是以一个人为模特儿，那么写出来的人物就会不典型，而只是某种个别的、特别的和不会引起注意的东西。创作需要的是从某个人身上取得其主要的特征，再补充所看到的其他人物的特征，这样就会典型了。要塑造一个具体的典型，需要观察综合许多同一类型的人。

二月二日　同上

事件的偶然性、个别性、特殊性，甚至奇特性，不仅允许，而且是应该提倡的。这一点，早已为古今中外的许多名著所证明。《死魂灵》《十五贯》中所发生的事件，难道是很普遍、到处都出现的吗？《一个官员的死》《变色龙》《第六病室》《羊脂球》《项链》《阿Q正传》《祥林嫂》《白毛女》等，写的都不是普遍的事件。如果认为只有到处出现的、普遍的事件，才能作为创作题材，那就只有把规律，把一般事物发展法则当作题材。其结果，读者必然一看开头就能猜到结尾，导致作品的公式化、概念化和雷同化，这样，哪有文学可言？当然，我们要求事件具有偶然性、个别性、特殊性，并不是要妨碍创造典型环境中的典型性格，恰恰相反，它要有助于创造典型环境中的典型性格。

《死魂灵》写乞乞科夫专靠买死了的奴隶的名单来积累财富，这件事是十分离奇、十分个别的。但在特殊中又有规律可循，它深刻地揭示了当时俄罗斯农村中地主阶级的典型性格。果戈理通过乞乞科夫等一系列形象的创造，企图告诉人们：你看，他那个地主阶级已经坏到不能再坏的程度。历史上曾经有过关于果戈理烧毁《死魂灵》第二部的原因之争论，一般的说法，都认为是写得不如第一部理想，果戈理才在一时冲动之下烧毁的。我倒是同意《果戈理怎样写作的》一文的作者万垒赛耶夫的意见：《死魂灵》第二部是写乞乞科夫改恶从善，如何变好起来的。但这既违背了人物性格发展的逻辑，也不符合当时俄罗斯地主阶级的生活真实。果戈理也许模模糊糊地意识到了这一点，但又无法解脱世界观中这个极其深刻的矛盾和痛苦，所以才有了付之一炬的行动。这是果戈理的一个悲剧。《十五贯》写的事件，从发端、发展到矛盾解决的整个过程，处处充满着偶然性。但又是合理的。这是其内在逻辑力量所产生的巨大作用。正是在这个典型的环境中，产生了官僚主义和反官僚主义的尖锐斗争，使之具有超越历史剧本身的巨大现实意义。一九七四年，我在从化温泉看了一部日本故事片《暗无天日》，所写的事件也是很特殊的。一个好人被杀后，侦缉和破案的过程中，不但凶手逃之夭夭，反而株连了一批好人，一个个被投进监狱，甚至被枪杀，真是暗无天日！但对于警察局的黑暗以及他们的独断独行，却暴露得淋漓尽致。正是这，显示了现实主义强大的艺术威力。

为什么事件偶然性、个别性、特殊性，是合理的呢？这主要是因为存在着环境的多样化和人物个性的多样化。环境除了自然环境外，还包括民族的、地方的（风尚、风俗……）环境，也包括每一个特定的生活环境，及与阶级、阶层、家庭、亲友、师徒、工作关系等的作用与影响，因此环境就显得千差万别。生活在社会上的人们，也由于各人出身、家庭环境、教养、生活经历、思想作风、脾气、爱好、习惯等的不同，从而形成了千差万别的个性。正因为有人物个性的不同，再加上环境的特殊性，即人物的个性与特殊性的环境相结合，意外的事件就可能出现，奇特的、意料不到的事件就可能发生。因此，作家在进行典型环境的描写时，应该具体化、个别化，多样复杂，而不要简单化；同样，环境对人物的影响和作用的描写，也应该具体化、个别化、多样复杂，而不要简单化。这样，环境与人物的关系就不是抽象的，其发展必然不是直线的、简单的；相反，可能是曲折的、离奇的、富有魅力的。

情节一律化、模式化，固然不可取；但当我们强调事件的偶然性、个别性和特殊性时，并不容许事件离开人物，离开环境，我们坚决反对那种孤立地去追求离奇情节的倾向。只有从生活出发，从个别的具体的生活出发，深挖下去，探求它的本质特征或规律性，这样提炼出来的作品，不但有丰满的血肉，而且它的主题再不会是抽象、概念的了。环境、性格一定要体现出它一定本质的特征，具有一定的典型意义，但事件却可以特殊，甚至很离奇。也就是说，生活描写、人与人之间关系的描写，都在情理之中，而情节的发生、发展却在意料之外。事件只要符合典型环境中的条件，又符合人物的性格及其发展逻辑，就可以创造，同样是真实可信的。总之，典型环境中的典型性格，其表现形态必须是个别的，特殊的，但性格的内涵却必须是经过概括的，具有典型意义的。这就是事件的特殊性与性格的典型性的统一。只有这样，作品通过个别才能反映生活的本质，反映事物的客观规律，进而达到认识生活和推动改造生活的目的，发挥审美教育的作用。

三月十五日　广东省中医院

一九七四年夏，有一天我问关山月同志："你近年画的梅花为什么尽是直立的？倾斜的或倒垂的不是更多姿？更富于表现力吗？"他笑了笑："画倒梅（倒霉）？还得了！除非准备倒霉，谁敢冒犯他们的戒律？"是的，在当时，什么都不准写，反面人物、中间人物、转变人物不许写，困难、失败和低潮也不许写，国画着墨多些被诬为"黑画"，抒情音乐被斥为"靡靡之音"。关山月画的虽是直梅，但画面上的花却画得鲜艳而兴旺，仿佛从繁花中能听见蜜蜂在嗡嗡地飞鸣，这象征着事物的生命力。可见，画家即使在那些框框的束缚之下，仍然千方百计，曲曲折折地表现了自己的某些美学主张。

"四人帮"的种种文艺主张，不过是想强迫文艺服从他们的政治阴谋，以达到篡党夺权的目的。可是他们太愚蠢了，连起码的创作规律也茫然无知，结果读者观众愈来愈少，最后落得个骂声四起，众叛亲离。他们不知道，作家创造形象时，必须以自己的感情经验为基础的，当形象一经形成，是不能随意变换和更改的。这使我想起一些相反的事实：不是有些"美术作品"，原来明明是"批邓"的，现在虽然抹去这个标题，但画面与人物形象，却完全不变，竟还冒充是新创作了，岂不可笑？在小说、电影、戏剧创作中也有这种情况：它们的素材是"文化大革命"期间积累的，甚至构思也是那时候形成的，有的已写出初稿。有些作品本来是以反"走资派"为主题的，现在，竟一下子变成揭批林彪、"四人帮"的作品了，但其主要人物及主要情节却原封不动。题目虽然换了，但形象却露出了它们的尾巴。这难道不是绝大的讽刺吗？

长期以来，有些人把文艺创作简单地看作图解概念，这是艺术上教条主义最突出的表现。那时所谓为政治服务，实质上，就是服务于某个时期的某种具体政策。这种做法，把文学创作引到一条远离现实主义轨道的死胡同里。如果让这一套继续下去，文学是没有出路，没有希望的。

图解政策是极端荒谬的。其一,为开展政治运动或群众运动,领导机关颁布一些政策;为协助宣传这一中心任务,惯于要文艺工作者按政策条文编造文艺作品(当时叫作文娱材料)。但是政策本身并未经过实践的检验,是否正确,是否行得通,还是一个问题。"大跃进"时的许多规定和说法,经过实践检验,现在看来,显然是不正确的,主观意志代替了客观规律;可当时"'大跃进'文艺"却很时髦,把脱离事物特征的无限夸张,把离开客观规律的胡思乱想当成浪漫主义,把浮夸作风和无边无际的幻想加以赞扬。实践已经证明,按当时政策"图解"出来的东西,有哪几篇能留存下来?实际上,这类作品,在人们心目中不留任何痕迹,早被人们忘得干干净净了。真正有生命力,能流传下来的作品,还是从生活出发,从作家自己的感受、自己的真情实感出发,创造了艺术形象的作品。那种拿生活去迁就政策、拿政策去"扭曲"生活面貌,而且还把政策条文当作作品的灵魂,是可笑的,其结果只会扼杀文学,扼杀艺术创作。其二,图解政策就是主题先行,排斥生活,违背艺术创作规律。前面说过,作家的艺术感觉和艺术构思,是在生活中逐渐形成的,而不是随心所欲或任意改变的。图解政策,就不需要这种唯物主义的反映论,政策就是出发点,作品中对立的人物,只是两种对立的政策的化身,而且往往取正面辩论的方式。如果这之间有什么冲突的话,也只是为了"主题"(政策)的需要而人为地编造出来,绝不是来自生活的矛盾和性格的冲突。现在有些作者仍然习惯于这一套,好像没有一个概念,不依靠某一种政策条文,构思就无所依据,就无法开始似的。这种想法和做法,只会把自己引入概念化的深渊。除此之外,不可能得到别的什么。

还有一点需要说清楚,创作不能从政策出发,不等于说作家对生活不能有自己的观点和倾向。尤其是在这斗争激烈的时代,作家的观点和倾向,又总是曲曲折折、或明或暗、直接或间接地与政治态度联系在一起的。一个革命的作家,对社会生活的态度绝不会是盲目的。他总是力求运用先进的,发展的,辩证唯物主义的观点,从一定的高度,全局的范围,联系的角度来考察和判断生活,写什么,不写什么,歌颂什么,反对什么,一定会有所取舍,并据此创造出符合生活辩证法的有血有肉的艺术形象来。

白桦的话剧《曙光》,虽然写的是三十年代王明"左"倾路线给革命事业带来的巨大灾难,但作者显然是吸取了自1957年以后,尤其是十年"文化大革命"的惨痛教训,站在今天时代的高度,来认识和概括那个特定时代的矛盾和斗争的。作者的创作倾向和创作目的，是显而易见的。他希图通过对三十年代这一特定时期的生活画卷的再现，让人们从历史的教训中，激起对林彪、"四人帮"极左路线危害的联想、思考和认识，并告诫人们：不彻底清除极左路线，将贻害无穷。如果按照当时的政策来要求，这部作品虽然写的不是现实生活，但主题显然与现行政策精神相违背。因为打倒"四人帮"初期，还在强调"继续批邓，深入反击右倾翻案风"；不久，又说林彪、"四人帮"路线的实质是"极右"；以后，又有了一种新提法，说什么林彪、"四人帮"的路线是形"左"实右。林彪、"四人帮"的路线究竟是"左"还是右？在这个根本问题上，白桦通过《曙光》的创作，给予人们以珍贵而有益的启示：是"左"而不是右。这也同时有力地说明，作家是忠实于自己的认识和感情的，是与广大人民群众的认识和感受一致的，而不是从政策出发、服务和屈从于政策，表现出了一个"艺术家的真正勇气"。从《曙光》饱融着的诗情描写中，我们仿佛触摸到了作家赤诚的火热的心。

三月二十七日　广东省中医院

现在全国报刊都在讨论形象思维的问题，这是一件有理论和实践意义的事情，是文艺领域里拨乱反正的根本问题之一。从三十年代开始就已存在的艺术上"左"的教条主义，公式化、概念化的倾向，一直没有得到根治，而是日渐盛行起来。十年浩劫中，"四人帮"搞的那一套"主题先行""从路线出发""三突出"等创作模式，几乎葬送了我们的整个文艺。可以断言，文艺创作如果离开了生活，离开了形象思维，就等于自取灭亡。尤其是在现在，在我们的创作还远没有从教条主义、公式化、概念化的束缚中解放出来的情况下，更要强调从生活出发，从个别出发，从形象出发，从真实出发，重视和掌握形象思维的规律和特点。

目前的讨论，意见基本上是一致的，就是承认有形象思维这种思维形式的存在，并认为它是整个艺术创造过程中主要起作用的思维形式。至于一九六六年发表的《文艺领域里必须坚持马克思主义的认识论》那篇文章中的观点，现在虽没人站出来坚持，但并不等于说它不存在。其实，还是有人认为根本就不存在一种所谓形象思维的形式，提出形象思维就是否定马克思主义的认识论。前一种意见的主要方面我赞同，但并不认为它是完全的；后一种意见则是不正确的。我现在在思考这样一个问题：在承认整个艺术创造的过程中，形象思维起主导的、决定的作用的前提下，逻辑思维在某种特定的情况下，是否对艺术创造也起着一定的作用？

没有形象思维，就不可能进行形象创造，也就否定了进行形象创造的形象思维本身。难道能用概念进行艺术创造吗？如果用逻辑思维来构思作品，必然把规律、原则、观念、结论当作题材，当作创作的出发点，其结果必然是简单化，坏人就是坏人，好人就是好人，不会有复杂性。艺术的一切部类，文学、戏剧、电影、音乐、舞蹈、美术、摄影、曲艺等，都离不开形象思维。在延安的时候，有一次当我要到黄河边时，冼星海同志问我：能不能帮他买到驼、牛、羊、马四种铃子？我当时感到莫名其妙，他要这些东西干吗？星海同志对我说："我们搞音乐创作的与你们搞文学创作的一样，也要联想，要形象构思。只有一种声音触发时才会引起联想。只要当我听到这类牲口的叫唤或铃声时，我马上就联想到了沙漠，或想到了草原，想到沙漠无际，草原连成一片。我要通过声音来抓形象，借用联想，引起灵感，一下子仿佛被带进了诗情画意之中，然后把这些诗情画意用音符表达出来……"你看，仅仅是铃声，就能引起星海同志如此广阔、深远的艺术想象，这不是形象思维的作用又是什么？作家在进行形象创造时，一旦钻进了人物及其所处的环境中，钻到了人物的内心世界去探索时，即当作家的整个精神状态都沉浸在人物的遭遇里面时，作家与人物就会处于完全相同的悲欢离合、喜怒哀乐之中，只有这样，作家才能写出震撼人们心灵的佳篇来。这时候，形象思维的作用是绝对的，是排他的。当然，这种情景的出现有个前提，就是作家对人物的酝酿和整个艺术构思必须十分成熟，到了呼之欲出，立于纸上的地步。别林斯基称赞果戈理写人物时，说他熟悉到连人物衣服上的褶皱，也都清清楚楚地出现在他眼前。果戈理的一位朋友在回忆他写《死魂灵》时，也说到过类似的情况：有许多次经过果戈理的房门前时，只听见果戈理一个人，在锁着的房间里，好像正在同什么人谈话，而有时还用各种不同的声音说着。

但是，艺术创造并不像直线或平地那样单一，而是一种极其复杂的精神活动。当作家进入形象创造的阶段，可能出现各种情况，或修正原来的创作计划，或改变人物之间的位置及其相互关系，甚或改变事件的发展和结局。有的主要人物降低为次要人物，次要人物升格为重要人物或主要人物，有些原来构思中没有的人物又闯了进来；随之而来的，是性格冲突发展的某种变化，有些原来设计好的情节被摈弃了，有些原来没有的情节又出现了，或是原有情节的社会"面积"得到扩大，性格冲突的个别原因变为结果，等等。法捷耶夫在谈到他写《毁灭》过程中，美谛克的结局由自杀变为叛变，美迭里扎由次要角色变成重要角色时，曾形象地说："这是主人公改正了我。"这说明，作品中的人物性格一经形成、确立，就会顽强地按照自己的意志、思想和性格的逻辑去行动和说话，作家只有忠实地沿着人物在典型环境中性格发展的线索去进行艺术创造，而不是用自己的主观随意性去左右人物或与人物对抗，强制他改变性格发展的逻辑，才不会招致作品的失败。高尔基为什么说他的小说提纲，"是在写作过程中自动产生的，是由主人公自己制定的"呢？道理就在这里。

有时候，作家所创造出来的艺术形象，它所提供的社会价值和美学价值，超出了作家的预料，比其原来所认识的一般生活哲理还要深刻得多。这就是通常所说的"形象大于思想"。据说，果戈理就曾被自己小说中所揭示的真理吓得近乎发狂。

上述创作情况，起作用的就是形象思维。这时候，作家如果过多地考虑原则、框框，必然会限制甚至歪曲、破坏形象的创造，肢解它的完整性。

那么，在艺术创造的过程中，究竟存不存在逻辑思维，它是否起过作用？我想，不应简单地否定这一点。因为许多艺术大师丰富的创作实践及其理论已经做出了回答。作家在接触和认识生活时，对人物、事件、场景、语言、动作、细节等有所选择，有所取舍，为什么呢？无非是要衡量一下，这是不是有助于形象的创造，有助于表达和深化生活。这个衡量的尺码往往就是逻辑思维。即使作家在进入形象创造时，逻辑思维也并不是完全不起作用的。有的作家写着写着，突然发生"卡壳""急刹车"的现象，写不下去了。可能是碰到难点，思路不畅通；也可能是感到广度和深度不够而不满足。往往在这种时候，作家就会停下笔来，对创作过程做一番检查，分析一下问题到底出在哪个环节。乃至提出各种各样的假设：性格真实不真实？情节合理不合理？在这个环境下发生的事情可能不可能？细节的分量够不够？等等。当作家在进行这种"检查"，拿起尺码去衡量时，能说逻辑思维没有起任何作用吗？一般原则、规律，只要不把它当作一种框框来限制、妨碍形象的创造，使生活去迁就和适应它，而是有助于作家更准确、更深刻地去把握和认识生活，去创造艺术形象，起着一种协助形象思维的作用，那么，逻辑思维的存在不仅是允许的，也是可能的。五十年代中期，我国曾翻译过多宾的一个小册子《论情节的典型化与提炼》，以及他的一些别的论文，这些文章，详尽地论述了俄罗斯批判现实主义的大师托尔斯泰、契诃夫、果戈理、屠格涅夫以及福楼拜、司汤达等的一些名篇，是如何经过反复的认识和"改造",终至成为伟大作品的。这些文章对当时我国文艺理论批评界产生过有益的影响。它并没有一概排斥和否定逻辑思维在艺术创造中的作用。当作家一旦明白了他笔下的人物和事件内在的因果关系时,这个作品的社会意义就会更鲜明。思想的闪光将一切生活事实(场景、情节、细节等)通通照亮,作品的意义也从形象的内部生发出来。托尔斯泰从一位当检察官的朋友那里,听到了一个贵族青年向进了监狱的年轻妓女求婚的故事后,马上产生了创作的冲动,但当提笔写《复活》的开头时,写了几次又放弃了,有时一隔就是几年。为什么像托尔斯泰这样的大作家,连写一个开头都会时断时续?这里,除了作家苦于找不到一个理想的艺术形式把他对社会的见解血肉相连地,充分、明晰地表现出来外;同时,还在于他对这个听来的故事本身,也还有一个不断加深认识的过程,使这个个别事件与典型概括能极其精确、融洽、艺术地再现出来。小说中的人物的生活道路应该通过什么样的环境来表现?他们处在这样的环境中应该怎么办?他们的命运该怎样安排?这一切使托尔斯泰焦躁不安和感到痛苦。后来,当他"根据作品的思想"进行了"对小说的开端的检查"之后,他认识到小说"应该从法庭的审判写起",才能将玛丝洛娃的悲剧一开始就深入道德和社会问题方面。小说这个开头的改变,不仅使整个小说一下子活起来,提起来了,而且具有思想的深度。显然,托尔斯泰在对这个听来的故事(生活)进行再认识和深入开掘其内在意义时,是始终以玛丝洛娃及其周围的人物(形象)为依据的;而在进行具体的形象创造时,又是以逻辑的力量和思想性为其烛光的。歌德说:"感觉给它以刻画清楚的、确定的形象;理解对它的创造力加以节制;理性使它获得完全保障,在思想观念上立下基础而不致成为梦境幻象的游戏。想象超出感觉之上而又为感觉所吸引。但是想象一发觉向上还有理性,就牢牢地依贴着这个最高领导者。……投入一切的、妆饰一切的想象不断地愈吸收感觉里的养料,就愈有吸引力;它愈和理性结合,就愈高贵。到了极境,就出现了真正的诗,也就是真正的哲学。"杜勃罗留波夫也说过:"把最高尚的思维自由地转化为生动的形象,同时,在人生的一切最特殊、最偶然的事实中,完全认识它的崇高而普遍的意义——这就是一种到现在为止,还没有什么人能够达到的、使科学和诗完全融合在一起的理想。然而一个在自己的普遍的概念中,有正确原则指导的艺术家,终究要比那些没有发展的或不正确地发展的作家来得有利,因为他可以比较自由地省察他的艺术感情的暗示。"高尔基则说:"艺术家是善于赋给语言、声音和色调以形式和形象的人,艺术家应该努力使自己的想象力和逻辑、直觉要素、理性的力量相称。"记得茅盾好像也说过类似的话。伟大的作家会是伟大的思想家，这并不是偶然的。

上述这种创作情况，是客观存在的，许多创作经验丰富的作家都会有这个体会。有时甚至会出现更为复杂的情况，作家在酝酿和构思过程中，有时形象思维与逻辑思维互相结合、穿插、交叉在一起，以至很难分开来。这样讲，并不是说逻辑思维可以代替形象思维，更不是万能的。作家在创作过程中碰到疑难之处，需要停下来思考一下，对某些生活现象很熟悉，但认识还不深刻，有时逻辑思维也不一定能解决这些问题。至于涉及作品的各个主要方面（倾向、思想、感情、环境、人物关系、性格冲突、情节等），更需要通过补充生活，依靠形象思维来解决。

四月一日　广东省中医院

一九五六年，我在上海与一些文学青年座谈，据一个工厂的业余作者反映：他曾先后给一个刊物的编辑部投去几篇小说，结果都被退回来，编辑部每次给他写退稿信，都指出他的作品写得太浅，生活气息淡薄，恳切地希望他深入了解生活。可他每次接到信都感到很难理解，认为自己天天都在工厂里，哪里还有什么生活问题呢？这位青年作者反映的情况，引起了我的注意。究竟哪一方的判断是正确的呢？为慎重起见，会后，我向这位青年索取了编辑部给他的退稿，经过仔细阅读，发现作品的生活气息淡薄，人物只有朦胧的影子，既不生动，也不深刻，似乎都有一点意义，但都不是来自生活。看来编辑部的意见是中肯的。

直到现在，这类问题在创作中并没有完全解决。有些作者看生活，总觉得它是一览无余，一目了然，一平如水，没有蕴藉，没有诗情，也没有波澜。因此，写出来的作品，既很平淡，也很呆板，经不起咀嚼，也没有回味余地。写的只是过程，只是情节，常常是见事不见人。即使接触到生活中的某些矛盾斗争，也十分表面，而且常常把它孤立起来，知其然而不知其所以然。生活里发生了什么事情，他兴许知道得一清二楚；但为什么会发生，却茫然无知或一知半解。这个问题如果不解决，作品的社会意义、作品的思想性就不可能有深度和令人信服。一些作者看生活只满足于现象，满足于事情发生、发展及其结局的过程，满足于有头有尾，但却忽视从认识生活的具体形态中，进一步洞察它的底蕴，它的症结，它的内在规律及其特点。说实话，这怎么能算是真正认识了生活，更哪里谈得上独具慧眼地发现生活的真理呢？

如何解决这个问题呢？这里，至少要抓住认识生活的两个基本环节：第一，要注意性格。由于彼此性格的不同，才产生了摩擦、对立以至冲突。第二，要找出性格为什么各异的根源，即写出支配性格产生、发展的特定条件和环境。恩格斯教导作家不仅要解决人物"做什么"，还要进一步解决"怎样做"的问题，也就是说的这个意思。事件的进程必须从环境的变化，从性格的发展来表现，而不是用社会学、政治学的概念来印证，也不是生活现象的简单重复、叙述和模拟。不要以为这道理很简单，但好些青年作者却常常忽略这个问题。

作家应有对生活和艺术的孜孜不倦的探求和创新精神，不是任意编造，也不是想当然地杜撰，而是要深入地找出生活本身所固有的矛盾及其本质特征。不仅要写出性格，写出感情，而且要给人以生活哲理的启示，不然，就不能在读者中引起共鸣共感。所以，作家的人生经验越丰富越好。过去有人说：诗人越不懂人情世故，越单纯越好，这种观点是不正确的。前些日子，一位在香港从事文化工作的朋友曾寄来一副对联："阅透人情知纸厚，踏遍世路觉山平。"你即使不认识这对联的作者，也可想象到他所经历的生活多么坎坷，遇到多少波折。我国不少古典诗词，都是富于哲理的。孟郊的诗句中有："失名谁肯访，得意争相亲""山中人自正，路险心亦平""苍鹰独立时，恶鸟不敢飞"。这些诗句，都是作者在人生遭际中，经过反复探索、发掘，并用心血凝聚、浓缩成的思想结晶和生活真谛。

就表面写表面，就现象写现象，肯定写不出深刻动人的作品。必须让生活的素材，经过反复的提炼、深化、酝酿和发酵。

四月二日　广东省中医院

在进行艺术创造时，要特别注意差别性与独特性这个问题。要把零零碎碎的生活印象创造成为完整的、有生命的艺术形象，就要善于发现各种事物的独特性和事物之间的差别性。不仅要看到形态上的差别性、独特性，而且还要看到这种差别性、独特性所产生的原因。在自然界，万物各呈姿态，各具色彩。在社会上，各种事物也是千差万别，千姿百态的。作家在深入生活时，应该着力寻找和研究各种生活现象之间的差别性、独特性，只有注意、了解和掌握了这些，在创造人物时才能得心应手。高尔基曾惊叹:"当我在巴尔扎克的长篇小说《驴皮记》里,读到描写银行家举行盛宴,二十来个人同时讲话因而造成一片喧声的篇章时,我简直惊愕万分,各种不同的声音我仿佛现在还听见。然而主要之点在于,我不仅听见,而且还看见谁在怎样讲话,看见这些人的眼睛、微笑和姿势,虽然巴尔扎克并没有描写出这位银行家的客人们的脸孔和体态。"试想一下,巴尔扎克倘若没有极其精确地找到每个人物表达思想、见解的特殊语言方式,即他们的差别性、独特性,他的作品能收到如此的奇功异效吗?

在艺术创造中,没有具体就没有独特,没有独特就没有个性,没有个性就没有独立的生命。一切场景、事件、对话、细节,都非依靠独特性不可,否则,就没有真实。文学作品一旦失去了真实,也就没有了艺术的魅力。总之,要想把所接触到和感受到的生活,经过浓缩、深化、概括成为有生命的艺术形象,首先就要作者掌握事物的个别性、独特性,掌握事物之间的差别性的。那种只看到一点或只得到一点启发,就急急忙忙贴上政治思想标签,并以此来确定作品主题的做法,只会造成作品的公式化,或使作品的思想意义陷入漂浮肤浅的泥塘中。

一九七八年四月六日　广东省中医院

一九五七年"反右"时,陆定一同志曾说过一句名言:"文学是危险的事业。"许多搞文学创作的人都深切领教过其精神实质,并尝过它的苦味。然而,好些作家尽管在生活航程中发生过波折,遭受过屈辱,但他们始终没有与文学绝缘,他们的创作情绪和热力并没有完全被历史尘封起来。这种创作中的甘与苦,也许只有艺术家自己才能领会,才会从"苦中寻乐",才会理解"尽凄凉,决不抛弃"的复杂心情。也可以说,这是艺术家的一种特质。

要知道,作家在创造艺术形象的过程中,整天都徜徉于生活情景里面,在灵魂深处探索,在事物之间探求,从无到有,从零碎到整体,把全身心都倾注到艺术形象里面。真是呕心沥血,吃尽苦头,然而也"乐在其中"。歌德在谈到他创造维特这个形象时,曾动情地说:"这是我如鹈鹕般用自己的心血饲成的一个生物。"在《少年维特之烦恼》出版以后,他只读过一遍,尔后,一直再没有读过它。为什么呢?歌德说他"怕再体味这本书所由来的病态的心境"。要创造一个崭新的、成功的形象,生产优质的艺术产品,是非常非常困难的。从接触生活、认识生活到构思情节,一直到形象栩栩如生地站立在作家面前，其中经历的困难是很多很多的：有时感到人物的性格，还不够或不完整；有时觉得情节联结得不自然或不够合情理；也有时是受到外界的刺激；作家的创作情绪时高时低，一阵高兴一阵忧愁。但是，作家在创作时，每突破一点或每前进一步，都会感到无比的喜悦和愉快。托尔斯泰的《复活》前后写了十年，其中不知被苦恼反复折磨过多少回，但当他终于解决了整个作品的艺术构思问题时，他多么高兴呵！他感受到自《战争与和平》以来，久未遇过的一种创作上的愉快。凡是创作入了门，有了一定创造形象经验的人，就能尝到这种苦味和甜头，虽然尝到千辛万苦，但却扔不掉这一行，想离开它也离不开。这种"苦中寻乐"，也许正是艺术家一种特有的创造心情吧。

一九七八年四月十六日　同上

近日，有位朋友给我寄来五幅花卉国画，当我满怀着期待的心情拆开画幅后，一种失望之感不禁油然而生。整整二十年了，我未看到过这位朋友的画，而摆在面前的五幅画，除了还清晰可辨其中熟练的功底外，整个画面看不出有丝毫生命的气息，一株竹子就是一株竹子，一棵芒草就是一棵芒草，连太阳的阴影，微风的摇曳都没有。你说它像不像竹子，像不像芒草呢？像。但是极其表面，没有生机，没有灵魂，没有生命。什么原因呢？因为作者不敢把自己的爱憎或喜怒哀乐放进去，既然如此，事物自然不会自己活起来。

上述这种创作情况并不是个别的。有的人，经过十几年、二十几年的折磨后，担惊受怕，惶恐不安，对生活和艺术都缺乏勇气，不但不敢在作品里表现自己对生活的见解，不敢通过鲜明的艺术形象抒发自己的爱憎或喜怒哀乐，甚至连自己心灵深处的创痛和哀伤也不敢流露。这样，艺术的生命哪能不终结！高尔基认为："艺术家必须在自己的思想和感情上是自由的，必须仅仅是代表自己、为了自己、关于自己才说话的。"我们常常称之为作品灵魂的，说到底就是作家自己的灵魂。只有把自己真实的思想和感情投进艺术创造中，被反映的对象才可能有生命，它才能"言志"。如果作者的思想和感情不敢投进去，即使生活（事物）被写得再形似也不可能有生命。这里讲的思想和感情，也就是作品的倾向性。

现在大多数人都认识到，文艺创作中的拨乱反正，首先是要恢复革命现实主义的传统，要恢复这个传统，首先又是一个真实性问题。对艺术创作来说，所谓真实，主要是要求作品描写生活时必须合情合理地反映客观实际。艺术的社会价值和美学价值，都不能离开艺术的真实而存在。但是，也不能由此而得出结论，真实性是唯一的，是可以脱离倾向性，或是与倾向性对立的。其实，文艺作品不能没有真实性，也不能没有倾向性，而应该是二者完美的结合。倾向要寓于鲜明、生动、真实的艺术形象之中。离开了真实性的倾向性，只能是一种原则、观念的符号；而没有正确倾向的所谓真实，顶好也只是一种表面的真实，起码它不是我们所说的生活真实与艺术真实的统一。如果一个作家不问自己的作品是否对人产生有益的影响，能说他的作品是真实的吗？如果排斥了作家的观点和爱憎，即使这种生活（现象）被写得很逼真，也不可能感染人和打动人心。

著名心理学家弗洛伊德说：梦是一种欲望的升华。意思是说，一个人有某种期待、向往、希望，而在现实生活中不能实现时，会到梦里去求得。这里，梦者显然有一个主观愿望，这是对梦的内容、结构……起着主导作用的东西。也就是说，梦是根据欲望来进行的，可见，没有倾向性是不行的。而这种欲望，又不是无中生有的，它确实在梦者的生活中存在过或可能存在过。在梦中所出现的生活情景，都与梦者听闻过、看见过、遇到过或愿望过的情景有关，有的甚至是孩童时代的印象。从前，我有一个习惯，如果一个梦做得很精彩，有情趣，又很完整，我就愿意把它记录下来。一九四一年冬在延安，我患了一场伤寒病。这种病最忌吃东西，弄得不好，随便一点硬东西，便可能把肠子刺破。得了这种病，常常一二十天烧得迷迷糊糊。什么东西也不能吃，等高烧退了，病人想吃东西时，这并不是病情好转的征候。那时，护士得特别注意，虽然病人饿得很凶，一个馒头，也得切成五六片，而且还要用炭火烤干，虽然病人一再要求，但护士只能给你一小片。那时，我已饿了十几二十天了，身体很瘦弱，肚子空空的，总渴望能填饱，连遐想也想到馒头，想到膳堂。果然，有一回，我真的做了一个梦，梦见自己回到中央研究院，正碰上吃早饭，便赶忙去提了一瓦罐豆浆，又从窗口领了两个馒头，便独自钻到火炉跟前狼吞虎咽地吃了一顿。可一醒来，却更饿了。这个梦虽已过去近四十年，现在回忆起来，依然记忆犹新。这个在梦里起主导作用的是什么呢？就是由于饿极而产生想吃东西的一种强烈欲望，于是梦就根据这欲望来展现我所见的或所听到或所想到的生活情景。有的梦，也可能很离奇，很滑稽，很荒诞，甚至会把时间、地点也弄乱了，一下子在城市，一下子又到乡间，一忽儿在现在，一忽儿又回到了儿时。但不管怎么混乱，总是要表现心灵想要表现的东西，是想实现一种欲望，为了达到一种目的。

艺术创造中的真实性与倾向性的问题，与人做梦有某些共同之处，就是都有主观的因素，并起着主导的作用。当然梦是不由意识来转移的，而且是很不完全的。艺术创造要远为复杂，它不仅需要经过爱憎的筛选，还需要经过美学的过滤。贺拉斯说过："一首诗仅仅具有美是不够的，还必须有魅力，必须按作者的愿望左右读者的心灵，你自己先要笑，才能引起别人脸上的笑；同样，你自己的哭，才能在别人脸上引起哭的反应。"梦是这样，是一种欲望的延续、形象化。作家反映生活，也是围绕心灵的需要来加工和创造的，经过心灵的感应来集中概括生活的。比起梦来，当然更有结构，有意境，有起伏有高潮……

我以为，在艺术创造中排斥倾向性，排斥作家的主观影响和心灵作用，是不正确的，也是不可能的。

一九七八年四月十五日　广东省中医院

最近接到杨朔弟弟杨玉玮同志的来信，勾起了我对杨朔的无限怀念之情。进入老年后，我很少哭泣，这一回，我再也无法控制自己的感情而失声恸哭。十年浩劫，夺去了中国现代最优秀的作家之一杨朔的宝贵生命。杨朔死得很惨，他是在被连续批斗后，送进医院的第二天，发高烧转肺炎，遽然与世长辞的。他没有妻子，没有儿女，但给后代留下了一笔宝贵的精神财产。他的散文独树一帜。他的写作态度十分严谨，慎重，一天只写很少的几页。我与他一九三九年在太行山八路军总部就相识，一直过从甚密，友谊也极深厚。记得一九六七年初，北京有人来向我"调查"杨朔的为人，我坦率地谈了他的诚恳真挚和治学精神，并洋溢着赞叹之词。来人听了竟骂我："你这人真胆大，竟想替杨朔涂脂抹粉。"我说："你们是来了解我对杨朔的印象的，我忠实地谈了杨朔与我在交往中所留下的主要印象，怎么是涂脂抹粉？"来人不仅不愿听下去，反而大骂我不老实。当时我也火了，很激动，说："你们听就听，不听就算了！我不能讲些适合你们需要的话。"那时候，当然还不可能预料到局势会发展到后来那样严重。但我始终认为：诚恳，说真话，却是做人的第一条。

杨玉玮同志在来信中说："《三千里江山》一书，三月下旬已正式发稿，仍由人民文学出版社出版。"他还顺便提及当年讨论《三千里江山》的事。《三千里江山》的原稿,是杨朔一九五二年七八月间从朝鲜战场直接寄给我的。当时我与陈涌同志在《人民文学》编辑部轮流值班。我是这部长篇小说稿的国内的第一个读者。我看后,觉得从第十一段到小说结尾部分写得好,前面却嫌松散,但仍决定连载,分两期登完。当时,陈涌同志针对这部长篇写了一篇评论,给予高度评价,称赞这部小说是社会主义现实主义的典范作品。而文艺界却有些人否定它,甚至说得它一钱不值。我既不认为它是典范作品,但也不同意把它贬得一钱不值。这时《文艺报》也发表了一篇批评《三千里江山》的文章,这篇文章开始并没有引起我的注意,一九五三年,有一天我到王府井新华书店去,见一位青年正在索买《三千里江山》,店员却对他说:《文艺报》已批评了这本书,你不要买了。我听后,感到很不是滋味,于是便搭腔:"一个刊物批评了一本书,并不等于做了结论。现在尚未下禁令,怎么不能出售?"事后,我想了许多。是呵,文艺批评一定要慎重,要实事求是,如批评不当,就会在社会上造成很恶劣的影响,会把一部好作品或有缺点的作品当作毒草看待。

因为对这本书有争论,因之中国作协创作委员会决定召开讨论会。沙汀同志几次要我出席会议,但我当时住在颐和园云松巢养病,医生也禁止我外出活动,故无法出席会议。创委会秘书室派了一位同志来征求我的意见,我欣然谈了一个下午。谈话记录稿以后由陈淼同志在讨论会上代读。听说陈淼当时念得很大声,连情绪也带出来,有的同志还以为我火气很大。这个谈话记录稿登在当时中国作协编的《作家通讯》第四期上。

附:萧殷一九五三年九月二日关于《三千里江山》的谈话(摘要)

......

我不同意一切有意无意地完全否定《三千里江山》的意见。我认为《三千里江山》是一九五二年文学创作中较好的作品之一,特别在描写朝鲜战争的长篇或中篇小说中是比较好的作品。因此我不同意这样一种说法:《三千里江山》只是杨朔本人创作的新收获,不是整个创作界的新收获。一九五二年的创作上描写表面现象、缺乏思想内容、公式化、概念化严重到了什么程度?大家想来还记得吧。在这种情况下,《三千里江山》能通过战斗的生活体现出积极的、健康的、引导青年们向上的思想感情,为什么不应该加以鼓励呢?同时,这种思想感情,是体现在生活的描写之中,因而它不是毫无艺术力量的。这部作品中的斗争与人物,既然是从生活中汲取来的,只是写得不够深刻,或者不够亲切,那么从这些生活描写所体现出来的健康的思想感情,为什么在评论这部作品时不应该首先加以肯定呢?

其次,我们也不应该忽视如下的事实:广大的青年读者热烈地欢迎这部作品,并且从中得到教育,并被它的人物所感动。这些事实也说明《三千里江山》的思想感情并不是坏的,也不是毫无艺术力量的。这应该是这部作品的主要方面的成就,我认为如果谁不肯承认这主要方面的成就,他的批评就不可能是中肯的,因而也就是不公平的。这样的批评也就不能起推进创作的作用。

……

我说这部作品"较好",并不是说好到可以做典范,而是从相对的意义上说的,即它在新文学创作的前进道路上突破了一点什么,或者创造了一点什么。这一点成就即使还仅仅是一种萌芽状态的东西,只要这萌芽是正常的、健康的、能够引向正确方向的,就应该指出来加以鼓励。这样指出来,能使作者知道应该发扬什么和克服什么。

可是,现在有一部分同志对《三千里江山》的批评却不是这样。他们把作品的主要方面抹杀了,把它的缺点孤立地集中起来,就像把一块豆腐上的黑点集中起来,说这是豆腐的全貌一样。……我认为这样的批评对于我们的创作事业是有害的。

除非有人能指出《三千里江山》的主题思想是错误的,或者指出它毫无艺术感染力的。如果不能从这主要方面去否定它,我仍然认为《三千里江山》是一部较好的作品。现在,一部分同志对《三千里江山》不正确的批判,却在一部分读者和一部分作家中产生了一种不好的印象:他们认为一年之内才产生了一两部较好的作品,可是大家都揿住它,说这里不好,那里也不好;至于那些同时存在的公式化、概念化、毫无思想内容的作品,却无人过问。较好的作品反而遭到毁灭性的批判,这难道是一种正常的现象吗?

……

这些批评所以使人不能满意,我认为最主要的原因,是不从中国目前实际的创作情况出发,因而,原则的运用就会变成"硬套",也就不可能对作者有什么真正的帮助。

因此，我不同意……尽拿苏联的作品来比《三千里江山》，为什么不同时用一些目前的中国创作来比较呢？既然说《三千里江山》仅仅是杨朔个人的新收获，为什么不拿出中国目前文学创作中的其他"新收获"来对比呢？这样，不是更实际、更有力量吗？……

我并不一般地反对"比较"，但我反对那种不切实际的、离开了具体历史阶段的实际状况来"比较"，因为这样一比，我们的创作都会被比得一文不值了。中国新文学的成长绝不是一下子就成熟的，它是脚踏实地一步一步成长起来的。像上楼梯一样，不能从第一级就跨到第十级。正常的情况应该是从第一级跨到第二级。我们文学发展的道路，大致也是如此。不切切实实地承认第一步的主要成就，就不可能有意识地去争取第二步的成就，当然也就不可能有第三、第四步更高的成就。如果谁忘记了这一点，谁的批评就会不切合实际。……虽然《三千里江山》有它的成就，但在创作方法上也存在着缺点。……

但是我们却不能因为他在这部长篇中还存在着这样的缺点，就完全抹杀了他所已经达到的成就，更不可以抹杀他在读者中间所起的作用，特别是在反对公式化、概念化的时候，尤其不应该抹杀了他所做的努力以及他所获得的初步成果。

一九七八年四月十六日　同上

杨朔是散文名家。从他，我联系到散文的一些特点，想谈谈他的散文。

散文是文学，文学是人学。如果散文对人们的感情、精神、心灵不能起感染、影响、激发和潜移默化的作用，它就不是散文，或者说不是好的散文。即使是以动、植物形态或山山水水为描写对象的散文，它仍然是表现人的意志、品格、心灵，以影响人、提高人为自己的职责。散文与小说、戏剧的区别在于：一个作家从生活中接触到一系列纠葛或矛盾冲突，且发现有一条线索贯穿其间，还可以通过其中人物的遭遇来揭示某种生活意义；毫无疑问，这是小说、戏剧的题材。散文也是以情动人的，但它不必有一个完整的矛盾冲突的线索贯连下去，它可以写一个或几个人，可以写一件事或几件事；可以是一大片，也可以是零碎的；可以是连续的，也可以是片段的。一般说，散文的题材大都通过比较零碎的场景和细节描写，来表达一种观点、倾向、感情或境界的。这些生活尽管是零碎的，但又绝不是鸡毛蒜皮，而是经过选择，具有某些特征，跟人的生活密切关联，又能打动人心的。

好的散文会引起人的感情波澜，能激发起追求和创造美好生活的热情和向往，经过潜移默化，从而达到陶冶人的心灵的作用。魏巍的《谁是最可爱的人》，就是把几个战士的生活断片串在一起，从而体现出革命战士一种特有的精神素质，激励人们奋发向上。读巴金、丁玲的散文都有这样的感觉，波澜起伏，字里行间燃烧着炽热的诗情。散文要动人，作家首先要动情。不动情，就不能感染人，也就谈不上打动人心。谢德林说："我发誓，只要我一旦感到我的内心不再颤抖，即使我会像乞丐一般地死去，我也不再动笔。"应该说，散文比起小说，感情更重要。一个人物，你如果想把他写得很可爱，除非你真心地热爱他，否则你就很难写出你的感情来。我自己就有这方面的体验。我写《桃子又熟了……》和《严寒的夜晚》时，是动了情的；常常是在写着写着，便情不自禁地淌下眼泪来。当然，有时候，作家虽然动了情，但由于艺术功力不够，只能反映出这种感情的百分之三四十，而这表现在纸上的百分之三四十的感情，也是动人的。我最不喜欢那种纯事务性的记述，没有感情贯通的散文，它没有散文美的特点，同时也不能满足于知识性。不经过主观融化过的，只传达知识的小品文不能代替散文。

散文的感情必须来自生活，来自作家亲身感受或作家能够体会的，而且通过形象或意境表现出来。不然的话，所谓感情，就不自然，也不能动人。托尔斯泰对什么是作家的"艺术活动"，曾做过极其精确的表述。他说："在自己心里唤起曾经一度体验过的感情，在唤起这种感情之后，用动作、线条、色彩、声音，以及言辞所表达的形象来传达出这种感情，使别人也能体验到同样的感情——这就是艺术活动。艺术是这样的一项人类的活动：一个人用某种外在的标志有意识地把自己体验过的感情传达给别人，而别人为这些感情所感染，也体验到这些感情。""感染越深，艺术则越优秀"。而这种感染力的深浅、强弱又主要取决于作家感情的"独特性""明晰性"和"真挚性"。托尔斯泰的这些见解，是独到的，也是极其深刻的。当我们读他的小说时，我们的心扉不是时时被他贯注于笔下的强烈感情所掀动吗？

我们也常常看到一些散文，从表面看，似乎也有些感情和激情，但它是叫喊出来的，或是硬塞进去，甚至是矫饰出来的。虽然堆砌了一大堆华丽的辞藻，并大声呼唤"我多么爱你呵"，但读者读了，却怎么也爱不起来。什么原因呢？这是由于对生活、斗争没有实感，没有热情，因而无法用形象、用动人的意境来传达。可见，如果仅仅只有所谓空洞的感情、思想，而没有活生生的生活血肉，这种感情还是表现不出来，也是不能感染人的。

散文作家有时也可能出来说话，直抒胸臆，但常常是通过一些陪衬描写来表现的。《红楼梦》写林黛玉凄惨地死去，是用贾宝玉和薛宝钗结婚的喜庆音乐来陪衬，艺术效果就很强烈。散文也重视这种手法。通过这类陪衬，作者可以避免直接出来表态；善于用陪衬手法，常常能够获致更强烈的艺术效果。

诗情画意、意境、美的境界的创造，确是散文作家所普遍追求的艺术境界。我国的古典文学，除唐诗、宋词、元曲、明清小说之外，还有大量的散文，这个传统极为丰富，非常深厚。如《吊古战场》《桃花源记》《滕王阁序》《岳阳楼记》《祭十二郎文》及前后《赤壁赋》等，都是很好的散文，都是意境清新，文采奕奕。我觉得，今天的散文创作，不能无视这个传统。

凡是好的散文，作家都把它当作诗来构思。首先，作家把看中的生活，通过自己感情的融化，达到情景交融，创造出一种散文的意境，不仅有感染力，而且还表现得很深沉。那就是文字不长，但意思却很深，言有尽而意无穷，有回味的余地。因此，我认为这种散文是最有吸引力，最经得起时间的考验。只有当主观感情与客观景物相融化，当作家的感情与描写事物相融合的时候，意境才会出现。王夫之说："景以情合，情以景生，……截为两橛，则情不足兴，而景非其景。"通过景来表达情，通过情赋予景物以生命。如果作家不把自己的真情实感投进构思中去，描写对象就不会获得生命；被描绘的事物仍然是僵死的。只有注入了感情，景物才能活起来，意境才会产生。所谓托物寓情，借景抒情，就是这个意思。

写散文，好像是从生活中采撷来一些花瓣，置于一个精致的花篮中，令人闻到一股清香或馥郁的芬芳；又好像是把生活中的珠玑集中起来、串在一起，它面向读者，仿佛在向人们散发光彩。要达到这种境界，非认真酝酿不可，非让描写对象与真情实感交融不可。散文作家应该确立这样的信念，不到情景交融的地步，绝不下笔。

散文的题材是多种多样的。梅特林克的《蜜蜂的发怒》，通过蜜蜂一些生活习性的描写，反映了这种小动物的特异性格。在"史无前例"期间，因有感于坏人的称王称霸，争权夺利，互相倾轧，我很想写一篇《斗鱼》，来表达自己对这种人物的憎恨。"斗鱼"斗赢了的时候，全身都得意忘形，闪闪发光，接着就占领了大片水域称王称霸。我还想写一篇关于蜜蜂的散文，来歌颂大公无私的品格。动、植物，山水，花草都可以进入散文的领域，或者选取它们的特点来歌颂它们的美德，或谴责它们的恶习，也可以表现某种人生意义，或某种哲理。散文是不用诗的形式的诗，即除了不必要有韵律、格律、音节之外，其他都要求像诗一样，从构思到境界，都力求达到诗情和哲理的融合。

这次杨朔弟弟来信，希望我"写一篇评论杨朔散文的文章"，我也早有此心意，无奈近来身体日渐衰弱，心有余而力不足，无法从命。他来信还提到："《杨朔散文选》在北京市场上销售极快，这一版共出了十五万册，现在已售罄。"足见杨朔的散文，是深受广大读者欢迎的。杨朔的散文，总是追求一种隽永、深邃的意境，通过广阔、高远的想象，透出时代的光泽，使作品具有灼人的思想力量和耐人寻味的哲理。当然，他的散文并不是每篇都表现得那么完美和那么理想，但应该承认，杨朔的散文，在这一代是受人欢迎并独具特色和风格的。

一九七八年十月二十二日　广州梅花村

粉碎"四人帮"后，我一直在打听王蒙的下落。四月底，我终于读到了他从乌鲁木齐寄来的信。诚如他在信中所描述的心情那样，我也是"肝肠顿热"。一晃就是二十几年了。我和当年许多熟悉王蒙的老同志一样，常常想念他，惦记他。令人欣慰的是，他终于没有被厄运所压垮，又重拿起被极左路线剥夺的笔，才华依然横溢，熠熠生光。这在他那一代遭受到不公正的政治判决的年轻人中，是难能可贵的。王蒙二十余年是怎样走过来的？他在信中有一段描述："我今年四十三岁，自觉年富力强，虽然外观瘦弱，倒还顽强，去年我还从五米高的悬崖上跳到水库里去游泳呢。这十几年的考验的日子，虽然也时有苦恼和迷惘，但我并没有消沉，没有虚度年华，没有走上邪路。按照《讲话》的教导，我倒是在与工农兵相结合、改造世界观的道路上迈出了微小的，却是实在的一步。特别是在伊犁农村的那六七年，去的时候言语不通，举目无亲，临别的时候，推开每个贫下中农的家门，就像推开自家的门一样了。在掌握维吾尔语言上的收获，也是特别珍贵的。总的来说，我还算幸运的。粉碎'四人帮'后，立即投入了创作实践，我希望能以新的习作向关心自己的老前辈们汇报。记得一九六五年，我去伊犁前夕，胡乱写过一首七绝：'死死生生血未吟，风风雨雨志弥坚，春光唱彻方无恨，犹有微躯献塞边。'这是我当时的心情，也是我现在的心情。"王蒙的生活道路,他的坎坷经历,尤其是处逆不馁,仍然保持高尚的精神情操的品格,很值得今天的年青一代思考和学习。

　　王蒙在四月的来信中,还谈到我们的初次交往,这是在他写长篇小说《青春万岁》,"才满二十岁"的时候。往后的几封来信中,他又说"和君宜同志商量,想请我给《青春万岁》写个序","分析一下不足之处和可取之处",并希望"多分析一下不足之处",因为文艺界的许多同志,也知道我"对这部习作的关心和帮助"。事情是这样的。一九五五年夏天,我刚从广东回到北京,中国青年出版社就将王蒙的《青春万岁》手稿交给我,并要我阅后提出处理意见。我最初的印象,感到作者不会编故事,小说的情节只是节日的排列,没有人物之间的内在矛盾冲突作为依据,也不是一条线贯穿始终,由发端、开展、变化到结束,有些景物描写,也没有与人物内心活动有机地联系起来,不能反映人物的性格和心灵。总之,整个作品平铺直叙,很难联结起来,但从一些孤立的场景、个别的情节去看,人物写得很活,有时闪闪发光,生活气息也从作品中浓烈地生发出来。这一点也许连作者自己也不自觉。既然作者不仅对其所描写的生活和周围活动的人物十分熟悉、了解,而且能抓住足以表现人物的某些特点,这对一个青年作者来说是很宝贵的,也使作品改好具备了最重要的基础。于是,我与王蒙相约:每个星期天下午来家里交谈。他每次都依约准时前来。我记得当时对他讲了作品的长处和缺点,艺术表现上的客观主义及环境与人物的关系等问题;还引了许多中外名著的例子来说明:节日排列为什么不好?一部小说为何要沿着一条情节(矛盾冲突)的线索,让人物的命运贯穿到底?由于小说所描写的主要角色是一群女学生,她们出身于各种家庭,有高干、有教授、有工农,还有资本家等,涉及的社会面很广,因此我建议:作品应该深入各个家庭中去,深入去揭示她们特定的家庭环境,但又不要因此搞乱了情节,而要使这些描写成为整个情节的一个组成部分。在与王蒙的交谈中,我发现他确实聪颖,思路敏捷。最后,我问他:"这样改,有没有生活基础?"他回答说:"有。"八个月后,即一九五六年夏,王蒙又将改稿送来。我一看,又惊又喜,比我原来预想的改得还要好。我很满意,什么也没有改动,就交给中国青年出版社了。事后我想,如果我当时只注意情节,而把人物丢在一边不管,这部不成熟的作品可能被埋没,这根茁壮的但是幼嫩的新苗可能被闷死。

　　(整理者注:香港《开卷》杂志一九七九年第四期刊登的作家访问记《王蒙谈反

对官僚主义》一文中,王蒙在回答记者的提问时,也专门谈到了这件事。他说:

"五十年代作家协会有个萧殷,他对我帮助很大。那时我的草稿写得很乱,如果放在一个比较平庸一点的编辑手里,不一定被看中,因为它写得实在是乱,最大的困难是不会结构,不会编故事,尽是些零零碎碎的画面,自己实有所感的一些东西。这些画面掺和在一起,在一些编辑看来,会认为是乱成一团,可是萧殷看了,给予了相当的重视,肯定它有较好的基础,做了大量的工作,还给了我创作假,让我能比较专心地去进行修改。任何人都是离不开老一代的培养的啊!……

那时他在作协青年作家工作委员会担任副主任,对青年很是关心爱护。")

一九五七年,我在广东家乡搞专业创作,到下半年,中国作协要我回北京参加"反右"运动。回去不久,就得知王蒙被划为"右派";而他的长篇小说《青春万岁》虽已排印出来,还来不及装订封面,就夭折了。我当时的心情是沉痛的,痛惜一个刚刚闪出光芒的人才被摧残、被毁灭。我曾接触过无数的文学青年,但从没有这次那样难过。那年十一月,我调到广东,还把《青春万岁》排印样书带在身边,虽然王蒙已是"右派",但仍忍不住对他发出赞赏。我竟忘记了目前的处境,不时揭开《青春万岁》样书的某一段,对业余作者大加赞扬;果然,到"文化大革命"期间,就有人骂我"为右派分子涂脂抹粉",当时我没有反驳,因为我认为这总比那些无中生有的捏造要高明一些。以后一直毫无讯息,到一九六二年夏天,我忽然接到王蒙从青海寄来的一封信,他似乎想探听我的意见,他说:邵荃麟同志认为《青春万岁》还是可以出,不知出版社的意见如何?我回信说:书能不能出,现在还很难知道。因为据我所知,凡"右派"的作品,当时都不打算出版,因此我无法由衷地表明自己的态度,只好劝他耐心等着。

前些日子,收到他的第一封来信后,我即刻写信请他为《作品》写小说,他很快就寄来了短篇小说《最宝贵的》。我看了很满意,即马上安排在最近一期发表。(笔者注:《最宝贵的》发《作品》一九七八年第七期,并获一九七八年全国优秀短篇小说奖。)看来,这十几年中,王蒙在短篇小说上有了提高,主要表现在写得更精粹、更简练、更深刻了。《最宝贵的》只三千字,人物思想和心灵上的冲突,都集中在一个极其短暂的时间和特定的场景之中。如果用长篇回忆或倒叙的方法来交代事情的过程,就不可能写得现在这么短了。而且,这篇小说的可贵之处还在于,它通过艺术形象的创造，提出了人生的价值问题。当然，这个作品也有不足之处，正如他后来在来信中说的："可能我过于追求短了，我老是想着压缩，压缩，许多东西没法表达出来。"短篇小说既要写得短，又要深刻，这就不容易了。萧伯纳有一次给他的一位朋友写信，一口气就写了一万多字，写得痛快淋漓。在签名之后，萧伯纳在信的一角还写了一句话："很对不起，由于没有时间，我无法写得更精短些。"可见，要达到精短得下功夫，要舍得把时间和精力都投进去。契诃夫也说过："写得有才力，也就是写得短。"所谓写得短，就是要把作品中最主要、最深刻的部分突出出来，而不是模模糊糊，这也就是一个结构和剪裁的问题，选择什么角度的问题。过去有人否定《三千里江山》，其中一个理由是说它没有从下面战士的生活角度写上去。我当时曾打过一个比方：一个火柴盒有六面，作家从哪一面写都行，只要真实地反映出这个"火柴盒"的本来面貌。规定一个角度，指定一种题材叫作家去写，是毫无道理的。这样，作家连艺术构思的自由都没有了。作家从哪一个角度写，这取决于作家的生活。而生活，又是作家进行艺术构思的条件和基础。每个作家都有生活的局限性，不能强求一律。角度选得不好，就会带来一系列毛病，如情节的拖沓，生活场景不集中，人物性格最有光彩的部分显现不出来等。短篇小说的短，还要与深刻性问题统一起来。这就需要经过选择和提炼，把无助于表现人物的芜杂东西去掉。凡是构思酝酿不成熟，角度选得不对，只是满足于某些现象的过程，没有深入下去，没有找到底蕴，这样，不仅作品的思想不深，不精，形象也不能打动人心。

创作随谈录之二[*]

关于新诗

我们的新诗，若干年来，一直存在问题。不是说完全没有好诗，而是说有些带根本性的问题，始终没有得到解决。"四人帮"时期的诗歌，"假、大、空"是其突出的特点。豪言壮语、标语口号很多，真情实感、形象思维却很少。不少诗，一看就知道是假的、虚伪的。记得一九七六年春，《人民日报》发了一首题为《××之歌》的所谓政治抒情诗，还加了编者按语。这首诗的致命缺点，就是感情不真实，用政治概念来代替艺术形象。周总理逝世时和"四五"运动前后，曾出现了一些好诗；后来，做作、矫饰的东西又渐渐多了起来，文艺园地又长满了杂草。因此，文艺界的当务之急，是必须拨乱反正。改造和繁荣新诗，首先不是一个形式问题，而是内容问题。诗歌的内容，又主要是真情实感的问题。真情实感，是诗歌的生命。诗有没有生命，关键在于有没有真情实感。诗要感动人，首先要感动诗人自己。诗人自己都不感动，又想要写出打动别人的诗，是完全不可能的。没有真挚强烈的感情，没有充分的酝酿，没有丰满的形象，没有独特的构思，甚至爱什么、恨什么都不明确，这样的诗歌怎么能感动人呢？

诗人的真情实感，要能反映出时代的精神，历史的变迁，以及人民群众的情绪与愿望；而不应该只是一己的悲欢，只是一种狭隘的、纯粹个人的东西；不要以为只要将自己的喜怒哀乐诉说出来就行了。高尔基要求作家和诗人，"不要把自己集中在自

---

[*] 载1985年1月版《创作随谈录》。

己身上,而要把全世界集中在自己身上",要从生活中"取得一切",又把这一切"交还给生活,交还给人们"。还说"诗人是世界的回声,而不仅是自己灵魂的保姆"。用我们现在的话来说,就是要使"小我"与"大我"在诗的形象创造上统一起来。

其次,新诗还要解决如何传达这种真情实感的问题。这里,最关键的就是要创造出诗的境界——意境,也即是要情景交融,浑然一体。"酒醒人散山寂寂,惟有落蕊黏空樽""涧草谁复识,闻香杳难寻""春色满园关不住,一枝红杏出墙来""花影压重门,疏帘铺淡月,好黄昏"这些诗句,就达到了情景交融的境界,像是一幅幅图画。

要达到情景交融的境界,常用的手法是托物抒情,把人的主观感情融进客观事物之中,使事物活起来,有感情,有生命。过去的民歌和古典诗词在这方面都有优良传统。有一首民歌,写情侣相约:"约郎约在月上时,等郎等到月偏西,不知妹住山高月上早,还是郎住山低月上迟。"女主人公隐隐有一种埋怨的情绪,但表达得很含蓄、很有诗意。古典诗词中,也常是通过一个具体的景和物,来寄寓某一种感情。如"蜡烛有心还惜别,替人垂泪到天明""孤帆远影碧空尽,唯见长江天际流""感时花溅泪,恨别鸟惊心",这些都看似写景写物,实则饱含着人间的生离死别之情。打倒"四人帮"后的第一个春天,纪念周总理逝世一周年,出了一些好诗,如《一月的哀思》《周总理,你在哪里?》等。这些诗,都是通过当时长安街上的景物描写,如天气寒冷,人们伫立,灵柩慢慢驶过……将深切的哀思抒发出来。这种真情实感,不是靠喊叫,而是靠形象体现出来的。

诗歌中更高一级的,是诗情与哲理融为一体。这是很困难的。"春蚕到死丝方尽,蜡炬成灰泪始干""野火烧不尽,春风吹又生""荣华今异路,风雨昔同舟"这些诗句,写出了真情实态,又富有哲理。还有的诗有哲理,但没有鲜明丰满的形象,只是被一种饱满的情绪包围着,这也是允许的。像"不识庐山真面目,只缘身在此山中""花如解笑还多事,石不能言知事人""松柏本孤直,难为桃李羡""日月终销毁,天地同枯槁""月色不可扫,哀愁不可道",等等,就是这样的好诗。

新诗不要向谜语发展,要让人读懂,这是最起码的要求。有时候,民歌中有些谜语,比那些晦涩的诗还好懂。抗日战争期间,我做宣传工作,曾为行军的队伍朗读过一首民歌:"想当初,丝鬓婆娑,自归郎手,青少黄多;经过多少挫折,阅尽几多风波，莫提起，提起来，清泪滴江河。"这是一个谜语，谜底是撑船用的竹篙，但又像在诉说一个妇女的不幸遭遇。写得很巧妙，很生动，很有情趣，一点也不晦涩。

民歌、古典诗词的艺术遗产是很丰富的，新诗可以并应该好好学习和借鉴，采取排斥的态度，是愚蠢的、极不妥的。"五四"以来的新诗传统，既继承了我国民歌和古典诗词的长处，也吸收了外国诗歌的长处，其效果是好的。各种形式、手法都可以进行试验，不应强求用一种统一的格式去写。但目的是读得吸引人，让人爱读，既要耐人寻味，又要读得懂。

我们不应排斥外来的东西，但也不要照抄照搬，生吞活剥。所谓自由诗，它的自由，并不是漫无节制的、随心所欲的。它应该是适应表现社会和时代的需要的自由。我们借鉴外国诗歌，不要陷入盲目性，首先得真正弄懂弄通，分清其所长所短。"马（马雅可夫斯基）体诗"，在我国最早是一位同志于一九三八年翻译的。但他本人并不懂俄文，"马体诗"为什么会跳来跳去，他并不明白。五十年代初，我在《人民文学》工作，曾专门花了一段时间来研究"马体诗"，隐隐约约感到"马体诗"的阶梯式是有其奥妙的。当时每次南下到广州，因为是旅行社帮助买的票，所以我常有机会接触到外国人。有一回，我向同车的俄国人请教"马体诗"，他们每人都能背几首。他们朗读时，像打拍子一样，每读到一个音节就顿一下，同时也就换一行，很动听。普希金早期写诗，用了大量的民间语言，常常是选择重音在后的音节，读起来一顿一顿，一行一行。这次我才认识到"马体诗"其实是很整齐的、严格的格律诗。当时我们有些学"马体诗"的同志，就误以为写诗可以完全不讲究音韵、节奏，可以随心所欲地分行、分段，像"楼梯"那样乱蹦乱跳。这说明当时学"马体诗"是带有盲目性的。目前有些青年热衷于学外国诗，其中不少也是带有盲目性的，应当引起注意。

在当代诗人中，艾青的抒情诗是独具一格，十分出色的。我是一九四三年在延安中央党校马列研究院认识他的。艾青为人正直诚实，最厌恶说假话。他主张诗人要忠于自己的感受，要抒发真情实感，要用自己的心去写诗，用自己的由衷之言去震撼人们的心灵。今年五月初，我写信请他为《作品》写稿。他在接到我的信的第二天，就回信说："你要我的稿子，我一定写，不过你要的是精短的、富有意境的，可把我难住了。多少年了，我是在用自己的嘴梳理受伤了的羽毛。好像捡起瓦砾重新垒起窝棚——的确像地震之后的人。当然，要是'四人帮'不垮台，像我这样的一株小草，就不会有重见天日之时了。我正在忙于整理稿子，如有合适的，一定给《作品》。看看月底之前能赶出来就好。"果然，五月下旬，他又来了一封信，说："我是一直在考虑给你寄什么东西，而我的稿子几乎没有一篇不需要整理——再三地推敲与修改。好像是患了神经衰弱。"并决定从他在垦区的存稿中，抄出几首给《作品》。他为什么要寄来这方面的诗呢？他在信中说，因为"我在垦区足足生活了将近二十年！人生有几个二十年"？垦区生活，给了他最深切、最复杂、最难忘的感受。他附来的《向荒原进军》诗二首，刊于《作品》今年第七期。在七月中旬的来信中，他谈及美籍华裔女作家聂华苓偕其丈夫、美国诗人安格尔将翻译出版他的诗的英译本，也谈到人民文学出版社正式通知请他自己编选《艾青诗选》的事。艾青的诗，在国内外，都有广泛的、重大的影响。他在打倒"四人帮"后写的诗，表明他在政治上更加成熟，艺术上也更加成熟。有人认为，他的诗完全是象征主义的。其实不然，他的诗是现实主义的，只不过是运用了一点象征的手法。他写的是自由诗，但又很讲究音节、韵律，常常是很严谨的。他的诗，继承了我国诗歌的优良传统，又受了法国现代派诗歌尤其是凡尔哈仑诗歌很深的影响。艾青的诗，学了很多东西，吸收了很多东西，但绝无硬抄硬搬的痕迹。他能注意剔除人家的短处，吸收人家的长处，化为己有，形成自己的独特风格和个性，这是很可贵的。艾青诗歌的特点，我看主要是感情炽热，意境高远，哲理深邃，富有美感。他尤其善于将一切难于捕捉、一切飘忽不定的抽象的东西，如光、电、声、时间等等，运用形象思维，诉诸感性，变成具体的、可感可触的形象，从而达到思想与形象、哲理与诗情的高度统一。艾青的诗作，是值得新诗爱好者、写作者好好读一读的。

（一九七八年七月二十九日于广东省人民医院）

关于叙事诗[*]

为什么叙事诗越来越少，停滞不前？其中一个重要原因，就是因为抒情诗的内容和形式问题，都还没有得到很好解决，所以也影响到叙事诗。如果只是单纯地写出一点感情、意境，还是比较容易的。但是，一遇到较为复杂的矛盾冲突和曲折的情节，有的诗作者就感到很难办，视之为畏途，不愿也不敢去碰它了。

写叙事诗不能像写小说、剧本那样，把人与人之间的关系，放在一个典型环境下

---

[*] 本篇由谢望新同志记录整理。——编者注

来表现，从而完整地揭示出人物的性格和心灵。古今中外的叙事诗，大都不像小说、戏剧那样，沿着一条贯穿的矛盾冲突线索一层一层地写下去（当然，外国诗歌中，如普希金的《叶甫盖尼·奥涅金》等，也有这种写法）；而是有一个着重点，着重在时间、环境、过程的如何表现上，着重写出主人公的某种气质、气概、性格、心怀、喜怒哀乐，或悲剧的遭际。看起来是叙事，实则只是叙述其中的一个部分，写得很概括、集中，甚至不像生活本身那么复杂。而这个部分，又关联到主人公的气质、气概、性格、心怀、喜怒哀乐，或悲剧的遭际，等等。拆开来看，每节又都是抒情诗。写叙事诗，一定要选择最突出的部分，通过类比、联想、对话等形式，真正创造出一种情景交融的境界。如果写重点部分写得枯燥无味，就根本不是叙事诗了。写叙事诗，不能写成小故事。用韵文来写故事，写矛盾冲突，严格地讲，也是不及格的叙事诗。叙事诗除了用主人公的某种气质、气概、性格、心怀、喜怒哀乐，或悲剧的遭际来打动人心之外，每节每行都应有诗的吸引力量。我们小时候听过很多山歌，其中不少就是叙事诗。虽然也有开头结尾，但更着重表现人的心灵的部分，感情的部分，打动人心的部分。可以这样讲，抒情诗也好，叙事诗也好，如果离开了感情就没有抒情诗，也没有叙事诗。叙事诗中的重点，中心的部分，就是很好的抒情诗。

叙事诗很注重人物的心理的描写。白居易的《上阳白发人》，整首诗都是写人物的精神状态，这种精神状态正是人物心理活动的一种反映，是通过人物对周围环境的感觉表现出来的。诗歌写宫女十六岁进宫，到六十岁白了头发，时间很长。但写得很简练、概括。上阳人四十几年是怎么度过的？上阳人为什么痛苦，怎么苦法？不是没饭吃，没衣穿，而是心灵上的痛苦。这长时间的痛苦，诗人用简练的手法，用一种感觉，融化到提炼过的东西中来表现。主要是通过春夏秋冬四季的变化，写出宫女所遭受的非人性的痛苦。非常形象化，又很有诗意，读来沉抑、悲怆。"来时十六今六十""一生遂向空房宿"，诗一开头，就点明宫女进宫的时间及处境。"宿空房，秋夜长，夜长无寐天不明。耿耿残灯背壁影，萧萧暗雨打窗声。春日迟，日迟独坐天难暮。宫莺不啭愁厌闻，梁燕双栖老休妒。莺归燕去长悄然，春往秋来不记年。唯向深宫望明月，东西四五百回圆。"这一段，是全诗的核心，生动、形象地概括了宫女悲惨的一生。最后，作者由此而生发出"上阳人，苦最多"的慨叹，就不再是空泛之词了。白居易的另一首叙事诗《长恨歌》，写杨贵妃死后，唐玄宗所感受到的凄凉情景，也是通过人物的心理和感觉再现出来的，与小说、散文的叙事不一样，不是直接的描写。

叙事诗还十分讲究对话。叙事诗中的对话，不是简单的那种你说我说之类的东西，而往往是用一种比喻，或隐喻、借喻，来突出人物，把人物的感情充分流泻出来。叙事诗中写人物的心理活动、喜悲哀乐，写一种景色，讲明一个道理，都应该是这样。"树死藤生缠到死，藤死树生死也缠。"如果不用比喻，就很难将这种天长日久的相爱之情表达得如此真切。我国古典诗歌中的叙事诗，对话很少。现代诗歌中，主要是根据少数民族口头民间文学整理出来的长篇叙事诗，对话较多，也很精彩。如《百鸟衣》《阿诗玛》里的很多对话，就是很好的抒情诗。

抒情诗有一个形象的问题，叙事诗也有一个形象的问题。但不能笼统地把诗的形象与小说、戏剧中的形象做同样理解。诗歌中的形象，主要表现在一种情绪、感情、心理、气质上，也可能有行动；但不像小说、戏剧那样直接，那样性格化、典型化。诗的形象，一般称为意境。如果用小说、戏剧对形象的要求来要求诗，这是不妥当的。即使像普希金的《叶甫盖尼·奥涅金》这样以写人物为主的诗，在表现手法上与小说、戏剧也不完全一样，它的环境和性格都写得比较概括，有时在时、空上也都是很超越的。

（一九七八年七月某日于广东省人民医院）

要从生活中去发掘题材

在我平时接触到的许多青年写作者中间，他们在题材问题上，确是存在着不少思想问题。他们虽然身处沸腾的现实生活中，却苦于抓不到题材，常常因为没有什么东西可写而苦恼。有些同志看见一点东西就想写，但看到的只是一点皮毛，一种现象，由于感受不深，理解不透，又不知道怎样写，也感到苦恼。还有些同志，总以为自己的生活环境太平凡，太单调，希望换个环境生活。有些农村的业余作者，以为到了工厂或部队，戏剧性的题材就会扑面而来，大量的矛盾冲突可以任你选择任你写作了；有些工人业余作者，则羡慕农村，以为农村生活丰富多彩，现在实行了生产责任制，群众的积极性很高，生产搞得热气腾腾，矛盾斗争一定很复杂，也很生动，加上多彩的山光水色，要比工厂有趣得多，可写的题材也比工厂多得多。总之，好多人都在生活中间，但在自己生活的环境中却抓不到可以写作的题材，埋怨自己生活环境不如人家，希望到别的地方去找题材。有些青年习作者，甚至来信要求我给予启发；尤其令人啼笑皆非的是，甚至希望我指定一些题材让他们去写。

上面提到的这些情况和问题，固然包含着各种不同的因素，但我以为这些问题的中心还是思想问题。从生活的角度来说，是对于生活的认识问题，而从文学的角度来说，则是对文学的一种错误的理解。他们以为文学的题材是现成的，以为作品的情节是实有的；把写作方法看成是一种固定的模子，或者是一种秘传的诀窍；以为有了这种诀窍就可以写出作品来，甚至可以写出成功的作品来。抱着这种错误观点的人，无论他们到了什么地方，甚至是到了矛盾激烈、斗争尖锐的地方，他们也会视而不见、听而不闻，仍然会为找不到题材而埋怨，而苦恼的。倘若这样来理解文学创作，他们怎么能从生活中发掘到创作的题材呢？

和题材相联系的，还有一种错误的倾向，就是不从实际生活中去发现题材和发掘题材，而是离开生活，从概念出发去胡编乱造，用臆造的情节去串演自己要表达的概念。这当然算不上什么文学创作了。

发掘题材，一定要到生活中去。在社会生活中，可以接触到各种现象和各种人物。生活是很复杂的，既有和平的气氛，欢乐的景象；有令人鼓舞的先进人物和先进事迹；也有口角，有摩擦，甚至有不幸的遭遇和悲剧……这些生活现象，我们平时都会接触到，但看到了这些生活现象，并不等于就获得了题材。作为文学写作者，不能停留在表面的现象上，而要透过现象看到本质，看到事物互相之间的内在联系，才能发掘到可以写、值得写的题材。比如，透过人们口角的现象，就要探索人们的利害关系，也即人们的相互矛盾，而人们的利害关系和相互矛盾，又同人物的命运、遭遇及其思想性格的差异分不开。有些现象，外表看起来好像很平静，好像大家相安无事，实际上却在背后钩心斗角，剑拔弩张，甚至正在酝酿着一场恶斗。或者是，经常出现在你眼前的某些人，他们惯于沉默寡言，不声不响，他周围似乎也很平静，但当你仔细观察了他的活动，并了解他的动机和效果之后，你才发现这是一个心灵高尚、闪耀着理想光辉的人物。所以，不要被表面上的平静现象所迷惑。有些事情，你在表面上看到的是欢声笑语，实际上背后却在冒烟，在冒火。要通过人们之间的一些小纠纷，透视到背后蕴藏着的尖锐冲突。有时，甚至在刀光剑影的厮杀中，透视到光明灿烂的前景。只有抓住了反映人们的思想性格及其相互关系的某些本质的东西，才能发掘到具有鼓舞作用和某种社会意义的题材。

生活中的矛盾斗争，是同人们的爱憎感情分不开的。人们的爱憎感情不是无缘无故产生的，而是由于不同的立场，代表不同的阶级利益，对事物就会有不同的理解和态度，于是形成人们之间的各种纠葛和矛盾。这些纷纭复杂的社会现象，只要善于发掘，就可以从中获得各种不同的题材——只要作者选择感受最深、感动最烈的一方面（一个侧面或一部分或一个横断面），它可以从矛盾中暴露腐朽势力的丑恶，也可以从矛盾中发现富有革命正气的、一贯忠于人民利益的高贵性格。总之，其中有歌颂性的，有揭露性的，也有歌颂与揭露相结合的。因为，即使是对待同一类的题材，由于各个作者的观点不同，彼此的感受和理解也不同，因此在如何选择和如何处理这些题材时，就必然出现各不相同的观点和态度，各不相同的感情和情绪。但不管怎样，文学艺术在革命艺术家的心目中，它在总的社会效果上，应该鼓舞人心，激励人们把社会推向前进，而不是相反。因而，不管是暴露性的或歌颂性的，当作者处理和表现这些题材时，千万不能忘记这个前提，千万不要违背人民殷切的愿望。

（一九八二年八月十八日于石牌）

创新、新意和深化

文学创作，重在创新。在一个新的历史时期内，除了需要突破一些旧框框，打开一些题材上的禁区之外，最重要的是要真实热情地反映新时期人民的斗争生活，给人以鼓舞的力量，帮助群众把社会主义事业推向前进。这就要求在内容方面的创新。所谓新，千万不要理解为新奇，更不是什么"现代派，新奇怪"。凡是追求离奇古怪，脱离了典型环境与人物的合理关系而编造出来的情节，不管如何新奇，都是不真实的、毫无意义的东西。

文学的创新，从艺术形象方面来说，它应该是独一无二的，不能重复的，应该不断地突破，不断地在社会生活中发现新的题材，创造新的意境，发掘那些能令人耳目一新的、能开阔眼界的、富于启发意味而又能反映本质或规律性的东西。在当前新的历史转折时期，生活正处于新旧交替的演变过程。按照社会发展的客观规律，一切阻碍生活前进的旧的腐朽的事物，都必将走向灭亡，而代表社会发展方向的新生事物，则带着蓬勃的生命登上舞台。因此，在这个时期内，必然会出现各种各样的新矛盾、新问题、新阻力、新障碍、新苗头、新作风、新人物、新楷模、新榜样和新品质。如果谁能够把握住这些新的生活内容和新的矛盾斗争形式，并真实地、艺术地表现出来，谁就会给读者带来新鲜的、令人兴奋的艺术形象和新的思想启迪，给人以振聋发聩的鼓舞力量，从而把社会推向前进。

在文学创作上，思想内容的深化或新意，并不总是采取一种方式或者一种手法来体现，而应该从实际生活出发，因材施用，因地制宜，由于题材不同，取材的角度不同，深化的方面也不一样。

有些是从性格方面去深化，或者从性格上发掘出新意来。鲁迅笔下的阿Q、契诃夫笔下的普里希别叶夫、塞万提斯创造的堂吉诃德，还有哈孟莱特和奥勃洛摩夫都是这方面成功的例证。

有些是从事件与典型环境的关系中深化，深化到社会的根源，使人惊异地从中看到社会的实质。如鲁迅的《祝福》、茅盾的《子夜》、巴金的《寒夜》，还有昆曲《十五贯》，等等。这方面的例子，在批判现实主义的作品中更是大量的。

有些是从事件的始末中显示因果关系，揭示特定环境中人物思想性格的悲剧，借以警告人们，促人醒悟，或引起警惕。如莫泊桑的《项链》《三言》中的《杜十娘怒沉百宝箱》和京剧《鸿鸾禧》等，都属于这一类。

有些则是在斗争中发掘人物性格的崭新品质，显示人物的共产主义理想，使人看见人物崇高的心灵美，并乐于作为自己学习的榜样。如《乔厂长上任记》中的乔光朴，就是一个具有新人特质的鲜明形象。这类社会主义新人的形象，在打倒"四人帮"以后出现了不少。

当然，对新意的发掘并不是随手可得的。如果作家、艺术家对人生、对社会没有共产主义的崇高理想，没有明确的奋斗目标和方向，对题材就谈不上突破与深化，就无法发现新的矛盾，新的动向，新的苗头，也无法发现它们的对立面。如果习惯于反面的、守旧的、消极的现象，对这类现象"习以为常"，也无法发现新的矛盾和新的斗争，对新生事物就会丧失敏锐的感受力。

马克思指出："新思潮的优点恰恰在于我们不想教条地预料未来，而只是希望在批判旧世界中发现新世界。"（《马克思恩格斯全集》第1卷第416页）我们如果能够在批判腐朽事物的斗争中，在反面事物的对立面中发现新的人物，新的思想，新的品质，就将会更加具体真实，更富于生命力；对于广大读者，不仅显得更实际，而且也更有说服力。

作家、艺术家应该与人民同呼吸，共患难，应该是最富于革命正气的人。否则，他对于人民的根本利益，对于广大人民的遭遇和命运，便会麻木不仁、漠不关心以至于无动于衷，于是他对人民便会感到无话可说，无愤怒要发泄，无怨气要倾吐，也没有快乐要欢呼。在这种心境下，他的作品，自然就无法获得新的突破，也谈不上什么深化和新意了。

（一九八二年八月二十日于石牌）

艺术的感染力

　　文学作品要有艺术感染力，才能感动人，教育人，并给人以美的艺术享受，这已经是常识了。但艺术感染力从何而来，作家在创作时怎样才能使文学作品获得艺术感染力，为什么有的作品的感染力比较强烈，而有的作品却缺乏感染力？这些问题，倒是应该探讨的。

　　列夫·托尔斯泰在《艺术论》中曾说："艺术的感染力的深浅取决于下列三个条件：一、所传达的感情具有多大的独特性；二、这种感情的传达有多么清晰；三、艺术家真挚程度如何，换言之，艺术家自己体验他所传达的那种感情的力量如何。"在这里，托尔斯泰强调的是作家本人独特的感受、真挚的感情，和这种感情在作品中表达的清晰程度。这无疑是使文学作品获得艺术感染力的很重要的因素。但同时又要看到，文学作品是社会生活的反映，作家的思想感情同他对社会生活的感受、体验分不开，文学作品的艺术感染力是同作家如何认识和反映社会生活血肉相连，不可分割的。因此，作家在创作时，首先要看他是否按照生活的本来面貌来表现生活，是否像生活那样丰富多彩、瞬息万变地反映生活；其次要看他是否能够写出人物的个性与事物或事件的特殊性；最后还要看他是否用自己在生活中的深切感受和理解，即用作家自己的真情实感来概括生活和创造形象。这些都是决定作品的艺术感染力的基本条件；否则，就不能算是艺术品。为什么我们竭力反对文学创作脱离生活、脱离社会呢？为什么我们竭力反对从概念出发，图解概念的做法呢？主要原因就在这里。

　　记得五十年代初期，曾经有人提出过一种"三出"的意见，即所谓"群众出生活，领导出政治，作家出技巧"。持这种意见的人认为，不仅领导上应当这样去指导创作，作家、艺术家也应该这样去实践。这样一来，搞创作的人就无须去接触生活和理解生活，也无须去端正或改进自己的思想感情了。这就等于把作家看成一个纯粹是使用技艺的匠人，甚至还有人干脆把"作家"改称为"写家"。很显然，这是一种缺乏艺术常识的、违反艺术创作规律的做法，是肯定行不通的。只要稍微了解中外文学史的人都会知道，从古到今，从中国到外国，从来没有一部真正的艺术品是靠这种荒唐的做法造出来的。离开了实际生活和作家的真情实感去胡乱编造，就只有伪造，只能作假，即靠谎言来胡编乱造。对于艺术创造，谎言意味着什么呢？托尔斯泰说："在艺术中，谎言会消灭现象之间的任何联系，使一切都蒙上一层尘灰。"即是说，任何谎言都不可能真正反映人物与人物之间的真实关系，也不可能反映事件与事件之间的真实关系，这样，真实性也就没有了。

社会生活、人生阅历是艺术创作的源泉；但是，吸收、融化和升华生活真实和人生阅历的是作家的思想感情，是作家在感受生活时所孕育的爱憎感情。离开了这两者，便没有创造，更没有真正的艺术创造。

凭着作家的生活经验和感受，又凭着他们对生活经验和感受的融化与创造，于是作品中就出现了生动活泼的生活图景和真实感人的艺术形象，从而产生了强烈的艺术感染力，这是一种使人"如见其人，如闻其声，如临其境"的感染力量。这种感染力量能长久地萦绕在读者的脑际，不仅使读者留下了逼真传神的印象，而且还会产生摇晃心情、震撼感情、影响精神的作用。所谓"潜移默化"，大概就是指这种反应吧？

人们都知道，社会生活是比之艺术更为丰富多彩的，但为什么人们对此却感到不满足，而喜欢来源于生活、经过作家的再创造的艺术呢？原因可能很多，但其中最主要的、起决定作用的因素，就是那种艺术所特有的如酒似蜜的感染力。正是这种真实地再现生活的艺术感染力，不仅如醉如痴地吸引着人们，还能帮助人们理解社会，识别是非，陶冶性情，洗涤灵魂，把人们的精神、情操提升到更高的境界。

正是由于文学的这个艺术特点，所以社会上的伦理教育、治安教育和道德教育等，都不能代替文学教育。我们要真正发挥文学教育的社会功能，使文学充分地起到激励人心的作用，就不能忽视作品的艺术感染力，更不能使作品丧失艺术感染力。为此，就必须按照艺术规律进行创作，绝不能抛开创作的艺术规律，因为艺术规律是一种客观法则，我们只能尊重它、利用它、驾驭它，而绝对不能改变它或者抛弃它。我们现在有些作品之所以显得苍白干瘪，缺乏艺术应有的感染力，根本原因正是在于离开了艺术创造的法则,在创作上走了弯路。这是值得引起我们重视的。

一九八二年八月二十二日于石牌

想象

有些人,以为文学题材是现成的,情节(故事)是实有的。于是他们认为,文学创作并没有什么了不起,仅仅是作者把这些现成的、实有的生活事件收拾起来,加以拼凑,耍耍笔杆,把它们写在纸上罢了。

其实,这种看法,是极大的误解,不仅会把你引向错误,而且还会把你自己的或别人的创作道路完全堵死。

文学创作所创造的艺术形象,既忠于生活,又高于生活。所谓忠于生活,是说它来源于现实生活,依照生活原有的样子去反映现实,只要写得逼真传神,有浓郁的感染力,却不一定实有其人其事。所谓高于生活,是说它对生活真实进行了艺术改造和加工,创造出具有典型意义的艺术形象,能够真实而深刻地反映生活的某些方面的普遍特征及其规律性,从而能够帮助人们认识生活和推动生活前进。

这里,从凌乱的庞杂的原始形态的生活现象到创造一个或一批艺术形象,并不是轻而易举的,绝不像某些人所想的那么简单。所谓创作,就是创造性的劳作,这是一种日新月异的、不可重复的创新活动。它的最大特点,就是把人们经常接触的生活现象,通过形象的创造,使之成为活生生的人生画卷;把人们时常遇见的人的表现,通过个性创造,使之成为有呼吸有血肉、有自己独特脾气和爱好,还有自己的意志、思想和感情的人物形象;还把一些被作家所关注的事实和现象,构成情节,使它的发生、发展和结局符合环境与性格的相互关系的必然性……创造这一切,都需要经过艰苦复杂的劳动和呕心沥血的过程。在这个过程中,起重要作用的,便是想象。凡是从事过创作实践的人,大概都知道,从素材的取舍,题材的构思,一直到安排情节和塑造人物,整个创作过程,自始至终,一刻也离不开想象的积极帮助。正是靠着丰富的想象和合理的虚构,才能对一大堆庞杂琐碎的生活现象或印象进行筛选、提炼、并重新搭配、糅合;才能把未经发现的环节或短缺的部分弥补、充实起来,使之接通、胶合;只有这样,才能从表面上各不相干的生活现象发现它们的内在联系,进而将它们联结、集中、熔铸成一体;这样,才能对现有的生活素材进行夸张、强化、升华;

才能突破时间和空间的限制,"思接千载""视通万里",闯出个艺术创造的广阔天地;才能对自然界灌注生气,将非人的动植物赋予人格;才能活灵活现地描绘出实际上并不存在的奇妙的童话和神话世界……要之,只有这样,才能摆脱实有事实的束缚和局限,创造成崭新的艺术形象,并通过艺术形象生动、全面、深刻地反映现实,因而也就更鲜明、更充分地表达作家的思想感情,和更完美地寄托人民的理想和愿望。

可以说,想象是艺术家的法宝。别林斯基说过:"在艺术中,起着最积极和主导作用的是想象。"这句话说得完全正确。我们近年来经常提到的形象思维,其实质,也就是艺术想象的作用。人们所常说的艺术气质,艺术才能等,其中一个重要的方面,就是指善于运用想象进行糅合、构思、创造的习惯和功力。可以说,凡是缺乏想象,或想象力不丰富的人,便跳不出事实的圈子,其结果,只能刻板地摹写和照搬生活现象,这种做法充其量只能叫作"照相术",根本谈不上创作,更谈不上"艺术创作"。至此可以肯定,一个想象力贫乏的人,是不能创造艺术形象,也成不了艺术家的。所以,对于有志于文学创作的人,努力培养、锻炼丰富的想象力和健全的构思能力是一件至关重要的事。

当然,我们也不应孤立地强调想象在创作过程中的地位和作用。事实上,在创作过程中,想象并不是孤立存在和独立发挥作用的。它总是与情感、理智相互渗透、相互制约;从而相辅相成地进行创造性的思维活动。艺术创作,总是萌发于对生活的真情实感。正是作家这种真挚而强烈的感情要宣泄、要抒发,急于借助形象来表现,才推动起自己(作家)展开想象;并继续靠着无形的感情之线的牵动,朝着一定的方向(情感倾向)飞翔,直到足以表达作家的情感为止。没有情感的发动,想象的翅膀是飞不起来的;没有饱满的情感,想象的翅膀是飞不远、飞不高的;而想象一旦展开,也会反过来激发情绪的反应,并加深和增强情感的体验。作家在进行小说创作时,不是常常写着写着,却不由自主地与他笔下的人物同哭同笑吗?为什么?就是这个道理。另一方面,艺术创作,又是一种有目的的、自觉的创造活动。作家总是按照他对生活的理解而展开想象和进行虚构的;也只有在作家真诚的思想指引下的想象和虚构,才会引导作家合情合理去反映生活,才能真实而深刻反映现实的本质和规律。歌德指出:"想象愈和理性结合,就愈高贵。"我们过去有很长时期只强调理性,贬斥情感和想象,以致抹杀了艺术创作的特殊性,产生了不少概念化公式化的"作品"。近年来,又有些人反过来,只强调情感,强调空想,却力图排斥生活和理性,于是又走向另一个极端，产生了某些肤浅的甚至是十分荒唐的"作品"。经验告诉我们，想象只有饱含着真情实感，贯穿着理性，才能结出丰硕的艺术之果。

此外，艺术想象还与作家的兴趣、知识、能力、气质等个性特点有密切关联，这就决定了不同的作家的艺术想象具有各自不同的特点，只要细心观察，我们便能从他们创造的艺术形象中看到这一点。

最后，我想特别强调指出，艺术想象必须以生活积累为基础，也就是说，艺术想象是以作家过去体验过的，并且作为表象在记忆中保存下来的东西为基本材料，然后加以调动、生发而进行的。要是脑子里空空如也，凭什么展开想象呢？要是脱离生活实际，单凭个人主观痴想和空想，其结果，只能是荒诞不经的胡思乱想和胡编乱造而已，这与艺术想象和艺术虚构是风马牛不相及的。因此，我们说，作家的生活库存愈丰厚，想象也就会愈丰富、愈自由、愈奔放。歌德就这样说过："想象不断地吸收感觉的材料，就愈加有吸引力。"这样，要培养想象力，看来也还是要从深入生活、丰富阅历、提高生活观察能力和感受能力入手。先当生活的有心人，艺术的想象才可能在头脑里逐渐盛旺起来。

一九八二年九月于暨南园

创作随谈录之三*

一九八一年六七月间，萧殷同志应邀来湘，曾在《芙蓉》文学丛刊举办的"青年文学讲习班"上作了几次讲话。内容包括小说创作中的人物与情节、生活真实与艺术真实、思想倾向性与艺术感染力、创作与生活的关系等许多重要问题。娓娓而谈，深入浅出，对文学青年们极有教益。本篇是当时的讲话稿，由弘征整理，并经萧殷同志亲自修订补充。

——编者

一九八一年六月二十四日

一

有些文学青年，曾试写过几篇小说，结果未被报刊或杂志所采用，因而觉得写小说很难，首先不知写什么，其次也不知怎么写才好，于是对写作产生了一种神秘感。

其实，小说和文学的其他样式一样，它的反映对象，是人与人的关系，是千变万化的社会生活。可以说，文学就是"人学"，是以人为对象，是为完善人的精神、品德和情操服务的。

从广义来说，文学作品都是要创造形象的。具体来说，诗要创造情景交融的境界；小说和戏剧则要创造有生命的人物和合情合理的情节。

那么，人物和情节又是什么呢？人物——指的是外貌和性格，包括思想、感情、品格、倾向、个人爱好、习惯、脾气以及人生观、世界观……这些都不是天生的，都

---

* 载1985年1月版《创作随谈录》。

是由各种各样的原因和环境所形成的。有社会原因，有历史原因，也有时代风尚等众多的因素。

情节——指人与人的关系、矛盾或冲突的连续，有人叫它为故事，是由细节、场景、对话和叙述……所构成的。

在一篇小说中，不管是短篇、中篇或长篇，主要是要求把人物写活。如果光写情节，而不注意创造有典型意义又有鲜明个性的人物，再曲折离奇的情节，也不可能有什么说服力。

现在有些人写小说，往往只追求离奇的情节，一些初学写作者更是如此。他们编排的情节，离奇是够离奇，古怪也够古怪了，但读者却不相信。这一来，作品的感染力势必受到巨大的损害。因此，在写作小说时，必须在注意情节的同时，一定要把人物性格写好，必须写出人与人之间的合理关系，写出人物性格和情节之间的互相因果。用两句话来归纳就是：情节由人物而产生，性格由情节而体现。

一篇优秀的小说，应该在曲折的情节中，让人物具有鲜明的性格，给人留下难以忘却的印象。如《红楼梦》中，曹雪芹就紧紧抓住了每个人物的性格特征。凡能体现他们的品德、思想、态度的细节，或能表明人物内心活动的细节，从不轻易放过；所以出现在小说中的主要人物和次要人物，都栩栩如生，各有独特的个性。

在刻画每个人物性格的时候，作者必须特别注意，性格的发展、矛盾的发展和变化，都不是无缘无故的，而是由独特的、具体的社会环境与条件所促成的。比如鲁迅笔下的祥林嫂，她的遭遇愈来愈不幸，彼此之间的冲突越来越剧烈，都不是无缘无故的。由于在环境与性格的互相冲击中，个人总是敌不过环境（社会风尚与社会制度），最后使祥林嫂陷入悲剧，这正是封建礼教所造成的必然结果。

恩格斯说："除细节真实之外，要写出典型环境中的典型人物。"他这句话的意思，就是强调一定的性格，一定产生在一种特定的环境之中。人物性格不是凭空产生的，而是在一定的环境条件下，受到某种影响或某些冲击而形成的，于是情节就跟着环境的变化而发展……至此，文学作品如何反映生活以及它如何反作用于社会，就一清二楚了。

凡是不朽的文学作品，人物总是给人留下深刻的、鲜明的印象。情节可能忘记了，但人物却长久留在脑海里栩栩如生。如《红楼梦》《水浒传》《堂吉诃德》《奥勃洛摩夫》《欧也妮·葛朗台》《安娜·卡列尼娜》……以及其他一些名著，莫不如此。

因此，凡属人物不能给人留下深刻印象的"名著"，肯定是没有的。当然"传奇"例外，因为这类故事是以情节取胜，它主要不是突出人物的性格，而是着重在英雄事迹、行为上的渲染。但是，它的情节也不能与人物性格相矛盾，因为不合性格的情节，无论在什么场合下，它也是站不住脚的。

弄清了小说中的人物和情节之间的关系，那么，我们平日观察生活时，就知道应注意些什么问题。一般来说，只注意搜集故事、奇闻是远远不够的，更重要的是要观察人，观察人与人的关系，观察社会发展的趋势，体察时代的思潮、社会的风气，等等。特别要注意观察和搜集一些能够体现人物性格特征的细节、场景和对话。例如，下面几个很有特征的细节，对体现人物的性格就有立竿见影的效果：

解放战争时期，华北某地有一个对敌斗争很坚决、很勇敢的民兵。但他最听不得人家用反话来激他。有一次，敌人正在山里搜捕他，但不知道他藏在什么地方。其中，有个伪军知道他怕激的脾气，于是便故意大声骂起来："平常装腔作势，却原来是个脓包！有种的就站出来嘛！"他一听敌人骂他"脓包"，便火起来，马上从灌木丛跳出来，大声说："出来就出来，我难道还怕你们！"结果，给敌人抓走了。

在《太平广记》里有这么一个故事：一个农民，因为天气热，半天没喝水，口渴极了。恰在这时，他正走过一间店铺，店前招牌上写着"清水浴塘"四个字，但他只认识一个"水"字，便走进去，果然在柜台后面有一池水正出现眼前，他向老板点了点头，指着浴池说："老板，请给碗水喝！"那个老板一看这个乡巴佬，以为是个傻瓜，便顺手掬了一碗递给他，农民两口就喝了，一面连声道谢，一面走向街口。当他往身上一摸，发现烟袋不见了，便赶忙回到店中，请问老板他的烟袋是不是留在这里。老板一听，立刻从柜下把烟袋递给他。那个农民接过烟袋，内心却非常感激，于是他向老板说了一句出自肺腑的话："老板，这水要快些卖掉，已经馊了！"作者原本想奚落那个农民，但从行动上却反映了农民纯朴而忠厚，而老板却是一个奸猾的商人。

一个看守西瓜的老农，从来没有人能偷到他的西瓜；但他为人善良，逢别人有灾难时，他总是设法去援救。有一晚，他正守着西瓜地，在离他不远的河里，两个鬼你叫他应，声色俱厉。到了河口，一个鬼说："唉，我在这里泡了几十年了，还没有人来替身！"另一个却说："嘻嘻！明天有个撑雨伞的人就要在这河口渡河，他是来替我的。"老农听了很是不安，一直记在心里。到第二天中午，果然有个撑着雨伞在河口过河的人，老人连忙大声叫喊，请那人千万别在这里过河，这里水深，愿亲自带领他在一浅处蹚过。那人最后听从他的指点，平安地过了河。老人心里很高兴，因为又救了一条人命。就在这天晚上，那两个鬼叫得更凶恶了，并说："那个老头把来替身的人带走了！"说着不胜气愤。于是两个鬼越走越近，最后绕着草棚打转，并且从草棚外伸进爪子去抓人，摸来摸去，把老头吓跑了。老头慌张地往村里跑，边跑边叫喊家人，一踏入家门，便晕倒在地上。家里人忙用冷水把他救醒，问他是怎么回事。这时，他已醒悟过来，连忙叫孩子快去看看西瓜地里的动静；结果，发现西瓜都给人偷光了。

从以上几个例子中，我们可以看到，情节的发生、发展，跟人物的性格都有密切的关联；若离开了性格，情节的发生、发展就会使人莫名其妙。

由此可知：离开了性格，情节就会变成无源之水或毫无意义。如果情节能恰到好处地体现了人物的性格，不多不少，不浓不淡，那么这篇作品的结构、布局、叙述与描写就显得紧凑和精练。

二

有些自命清高的人说，创作是纯艺术的活动，既没有目的，更不能追求什么社会效果，否则就是功利主义。这些话，听起来似很冠冕堂皇，其实都是假话，连一点起码的诚实感也没有；实际上，这些言论本身，就有它们的目的，企图引导人们脱离政治，脱离革命轨道。

不仅文学创作是有目的的，即使在日常生活中，人们的言谈也不是毫无目的。譬如，有人传述某些社会新闻（新鲜事或古怪传说），不管他如何传述，总带有他的态度。为了突出或渲染自己的爱憎，或某些观点，总是加油添醋，添枝减叶，或强调些什么，或减去些什么，从而表达自己的观点和倾向，以取得听者的同情、支持或憎恶。

创作就更是如此了。因此，每个作家总离不开自己的态度。可能是憎恨，同情，也可能是向往或号召。总之，在创作时离不开世界观的支配，或明或暗地表达出某种社会倾向或政治倾向。

从古到今，凡是流传下来的好作品，都带有一定的倾向性。什么倾向、什么态度都不流露的作品，肯定是不存在的。

但是，在艺术作品中的所谓倾向性，是通过形象，通过人物与情节，通过人们的遭遇与命运体现出来，而不是直接呼喊出来，或者由作者用抽象的语言直接说出来的。恩格斯说："倾向越隐藏，对艺术作品来说就越好。"

可是，目前在文学创作中，这种由议论来代替作品思想性的倾向，由概念出发去编造情节，由情节来演绎概念、图解主题的现象依然存在，这不能不引起创作界的注意和警惕。

在"十年浩劫"结束之后，压在人们心头的怨恨已经冲开了闸门，大家都急于把积怨倾泻出来，把社会上普遍存在的障碍揭露出来，以引起疗救的注意。尤其是革命青年，他们迫切希望把这些问题尽快解决，因此，在这个时候出现了以抽象思考代替形象思维，以理性活动代替艺术创作的倾向。应该肯定，他们的动机是好的，所产生的后果，有部分也是可取的；但作为创作倾向来说，却需要加以澄清，因为这不是一条文学创作的正道。如果长此下去，毫无疑问，形象的创造会受到严重的损害。

正确的道路，应该从生活出发，从人物出发，把人与人之间的关系、矛盾或冲突深刻地反映出来，深入社会根源，深挖其酿成这事件的社会基础。只有这样的作品，才能帮助读者认识生活，认识社会，进而推进社会，改革社会。这样的作品，才有鲜明的倾向性和明确的目标感。

我之所以这样说，并不是强调从倾向出发，从目标出发，更不是从某一政策出发。而恰恰相反，所有的文学作品，都必须从生活出发，去反映人与人的关系、矛盾或冲突，只有用这样的方法去写人们的遭遇和命运，才能从人们的命运中去判定某种社会制度或社会风气（影响着他们生活的具体环境）对于人们的利害关系，从而明确地表现我们是爱它或者是恨它，从而引导我们去扶植它，或者去破坏它！

有人说，文学纯粹是反映真实的，它的最高目的从来都是描绘真实面貌，不含有其他的目的。这是骗人的胡说。事实上，从事文学创作的人，总是怀着崇高的目的，怀着高尚的情操去进行创作的。糊里糊涂的人，精神失常的人，或者是毫无理想、毫无追求的人，绝不会去从事创作活动。

托尔斯泰说："要我为证明某种正确的观点去写作，只花两小时也不干。如未来的孩子会为我的作品去痛哭，值得我去花费毕生的精力。"这句话道出了真理，值得我们反复去咀嚼。

世界上多少伟大的作家，给我们留下了不朽的精神财富：它们鼓励人们要正直地做人，激励人们要为消灭不合理的社会而斗争……

一九八一年六月二十六日

一

生活和创作的关系怎么样？根据文学的产生和发展的历史来看，文学从来就是反映生活，反映社会关系和斗争的一门语言艺术。

我们翻开世界的文学史来看看，从古到今，从中到外，所有伟大的文学作品，无不是反映社会生活和斗争的；作者的观点和态度无不是受时代的影响和限制的；作者的立场和倾向无不是受阶级利益所局限的。因此，文学的素材必定是来源于生活，来源于社会，来源于现实的矛盾和冲突（包括历史的）；否则，文学就会变成无源之水，无本之木，就不能日新月异地创新。生活是不断前进发展的，就好像河流的水日夜不停地流向大海一样；生活是不断变化发展的，就好像四季的花木不断地开花结果一样。各个历史时期的生活，有各个历史时期的特点；各个地区的生活，有各个地区不同的特征；生活在各社会的人，又有各自不同的性格和个性。因此，它们给文学创作提供了无穷无尽的素材，给文学创作不断创新提供了无限丰富的源泉。

从文学本身的特点来看，它要求作品要日新月异地创新，要求作家所创造的艺术形象不要雷同。如果每篇作品都以相同的面貌出现，那文学还有什么价值？如果每篇作品的风格、语言，甚至连表现形式都一样，那文学还能发展下去吗？肯定是不成的。人们对这样的作品，不仅不会发生兴趣，反过来它对广大人民也不会起什么作用。

文学离开了现实生活，离开了社会矛盾和冲突，那怎么能替人民说话？不能替人民说话的文学，又怎能反转来影响人民和教育人民？如果文学离开了它本身的特点，

世界上还需要作家干什么呢？

现实主义的作品，当然来源于现实，或来源于历史的现实，这是毫无疑义的。但浪漫主义的作品，又何尝不要生活的基础？我们看看一些浪漫主义大师们的作品，有哪一篇能完全脱离生活，或没有生活基础的呢？没有，也不可能有。因为浪漫主义的作品，如果它没有深厚的生活基础，也是"浪漫"不起来的。《西游记》是我国一部有名的浪漫主义作品，假如没有历史上的唐僧千辛万苦、惊险曲折到印度去取经的生活经历，作者吴承恩能完全凭空虚构出一部这样既合乎人情又洋溢着幻想的作品吗？

二

生活是创作的源泉，也就是说，生活中存在着大量的素材，等待作者去收集和积累；再加上作者爱憎情感的发酵和艺术概括，使之成为有声有色，有血有肉的艺术形象。

人类生活之所以区别于动物，是因为人是生活在有组织的、关系复杂的社会中，有爱憎感情，有矛盾冲突。作者带着这种爱憎情感，去接触生活，审视生活和判断生活。在这过程中，凡是作者认为有意义的，或能体现爱憎感情的生活场景、细节以及对话，等等，总之，凡是能表现爱憎或是非的人物或事件，都必然引起作者的注意，甚至被记录下来。这些积累起来的素材，无疑对于将来的创作是珍贵的材料，至少是一种能引起发酵的酵母。

在这里需要强调一下的是，在记录过程中，由于作者爱憎感情的引申或联想，往往不仅把所见所闻的记录下来，而且把所联想到的，所认识到的都记录下来。因此，在积累素材的过程中，就包含着取舍（强调什么，忽视什么）、集中、概括的过程。

作为创作，这仅仅是一些素材（自然，这类素材越来越好），当然不一定马上就能写出作品；但是，作者却可以从这些生活素材中，引起各种联想，触发自己的构思，从而对创造人物和事件，提供出许多线索和联想。

三

一篇作品的形成，有各种各样的因素，它没有一定的格式，没有一定的起因，也没有一定的程序。可以说，每一篇作品，都是作家在不同的时间，不同的地点，不同的因素激发下酝酿而成的。但有许多刚刚开始学习写作的青年却不懂得这些复杂情况，他们总以为在作家的头脑里秘藏有一套固定的模式，只要作家将人物和事件套进去，就可以写出一篇好作品来。因此他们很想获得一个简单的答案，最好能从作家手上取得那个万能的写作模式。对抱着这种想法的青年同志，我可以老老实实地告诉你们：这样的答案和模式，任何作家都没有，也不可能有。

创作就是创新，就是在一个高尚的目标下标新立异。因此，它不可能有固定的程式，否则，就只能得出千篇一律，僵死而无生命力的东西。

创作一篇面目全新的作品，可能起因于各种因素：比如在街上偶然听到一件新闻，于是联想到一桩悲剧；或者无意中听到一次对话，于是勾起你塑造一个令人可爱的或讨厌的人物的想法；也可能在某种情况下，你见到一个特定的场景，于是使你联想起在生活舞台上两种不同作风的矛盾……总之，由一点勾想起的联想，进而开拓了自己的"生活仓库"，借助自己的爱憎，把你要创造的人物概括、集中地表现出来，并赋予他们以个性和气血，使之成为有生命的形象。

作家在构思一篇作品的过程中，由某一人物或细节所唤起的联想，对整篇作品的形成常常能起到很重要的开拓和引申的作用。

作品中有了人物，我们就要严格按照人物固有的思想观点去行动和说话，让他们去接触四周的人和事，让他们去接触他所喜欢的人，或者让他去跟他们容易发生摩擦的人，发生顶牛或吵架，甚至彼此动刀动枪，这样人物的性格和事件就容易展开。在这个过程中，有一点作者是必须特别注意的，就是要根据作者的倾向，把事件引导到应有的场合中去。当然，这种行动不应该是人为的，它首先应符合人物性格发展的逻辑，也应符合环境的具体条件，这样，作品才可能给读者以真实的印象。

四

文学作品是要塑造形象的，所以在构思过程中，总离不开想象。但这种想象，必须以生活为依据，绝不能凭空杜撰。

既然离不开想象，又不能凭空杜撰，那怎样去创造形象呢？巴尔扎克曾经说过，塑造形象，要采用绘画的方法，即从这个模特儿取个手臂，从那个模特儿取个胸脯，作者的任务就是给它们以生命，使之成为活生生的人。这种通过想象，使人物赋予生命的工作，并不是物理上的凑合，也不是数学上的累积，而是一种以想象为黏合剂的艰苦的创作活动。

所以，想象是构思作品的主要手段，作家正是依靠这种想象活动，再调动自己平日的生活积累，又以某些实有性格（好的、坏的）为引子，把一些零碎的、分散的、有特征的细节、场景、形态和对话等凝聚起来，使他们成为一个或几个有完整生命的、有气血、有呼吸的人物。

有了人物，作家便按照自己的观点与倾向，把这些人物放在一个具体的环境里，让人物根据他们自己的观点、性格去活动。……总之，作家应该在现实生活的基础上，充分展开想象，但又应该严格地让人物按照他们的思想性格去行动，去说话，去做他们可能做的各种事情，并让他们碰到可能碰到的遭遇，而不能随意编造，有损人物性格的统一和完整。

经过作家的艺术加工，作品中出现的人物和情节，虽然不是真人真事，但它们必须来源于现实生活，来源于社会生活中出现过的或可能出现的人和事；不然的话，出现在作品中的人物和情节，就是空想，就是杜撰。这样的作品，既不可能有什么真实感，读者也不会觉得它有什么现实意义。

相反，如果作家写出了典型环境中的典型性格，即使时间已经过去，甚至过去了很久很久，还能引起人们的共鸣，还能引起读者的激动。如《十五贯》《祝福》《万卡》《一个公务员之死》《普里希别叶夫》等。此外，还有许多古典作品和外国名著，如《红楼梦》《堂吉诃德》《奥勃洛摩夫》《欧也妮·葛朗台》等。这些呕心沥血的巨著，虽然经历了几十年和几百年，但至今仍然使人感到它的生命力和巨大的思想力量，作为艺术珍品，它们将继续闪耀着艺术光彩并永远留在后世人的心中。

一九八一年七月五日

一

前面已经提到，在文学作品中，所出现的事件以及所刻画的人物，虽然来源于生活，但又并不是写真人真事，是不是就不真实呢？反之，凡是生活中出现过的，是否就是真实的呢？对这个问题，还有不少文学青年和读者仍然弄不清楚。

那么作品中的真实是什么？生活中的真实又是什么呢？

所谓作品中的真实，就是指经过作家对现实生活的概括、提炼，从而创造出来的"艺术的真实"。因此，作品中的真实，并不都是生活中实有事物的刻板摹写。因为社会的生活，从表面上看，是杂乱无章的。如果我们只是机械地描摹生活中实有的现象，是很难准确地反映生活的真实面貌的，当然，就更谈不上创造栩栩如生的艺术形象了。所以，生活外表上实有的东西，未必就是艺术上真实的东西。艺术的真实应该比生活现象的实有状态更有组织、更集中、更深刻和更典型。

生活只是艺术的源泉，但它本身并不等于艺术。艺术的真实，是指在一定环境下必然产生的性格和事件。艺术上所追求的真实，是逻辑的真实，它不仅是量的集中，更重要的是质的必然性。

譬如在报纸上曾经出现过一条新闻：父母在艰难中把儿女抚养成人，不仅供他们读了书，为他们找到了工作，还帮他们成了家。儿女们虽然有了不低的收入，但他们自私自利，只顾小家庭，却把失去劳动力的年老父母撇在一边，使他们无法生活，最后被逼得一起上吊自杀。这事发生在近一两年，又是发生在社会主义社会的环境中，像这样的事实能不能在文学作品中，如实地写出来？显然是不成的。因为如果经过深入的了解和分析，发掘了性格，探索到形成性格的根源：有资产阶级的自私自利思想，也有尔虞我诈，互相推卸责任的忘本思想，便明白这些思想是旧社会的残余，是与社会主义制度水火不相容的，不揭示这一层就不能反映出我们今天的社会主义制度的真实面貌。所以，不能认为把"生活中实有的现象如实地描绘出来"，就是反映了生活的真实。

所谓生活的真实，应该是指生活现象与本质的辩证统一。但是，各种不同的现象在揭示生活本质规律时，它的程度和方式又是各有差别。那么，是不是作品中的每个细节、每个场景、每次对话，都要切合生活发展规律才能描写呢？不，不是的。如果在作品中都是集团特征的集合，这个所谓"人物"就很少人的气味了，因为人除了集团特征之外，还有其他人们所共有的东西和他们独特的东西。既有共性，也有个性。我们千万要记住，要通过个别来反映普遍，通过特殊来反映一般。毛泽东同志曾经说过，没有个别，就没有普遍；没有特殊，就没有一般。普遍的或一般的规律、法则和情况，是总结了许多个别、特殊事物的特征而成的。而文学又是通过具体感性的生活来体现一般的本质和规律的。凡是成功的作品，都是通过个别的有限的艺术形象，来显示无限的社会意义。它们为什么能给读者以一种常新的感觉，理由就在这里。

在这里，我想着重强调一下，文学的特点之一是写具体的人，可感可触的感性的人，有血有肉、有生命的人。作家通过这类活生生的人们的关系、矛盾或冲突，通过他们的遭遇和命运，来揭示他们所处的社会——主宰他们命运的社会集团（或阶级）的优劣。文学就是通过这样的形象，这样的人物和事件，来揭示主宰他们的社会本质，激励人们去热爱它或者去憎恨它。

艺术真实，具体一点来说，一是指人物，二是指事件。在作品中，人物是否真实，不在于他是否实有其人，而在于他的性格——思想、道德、作风、爱憎……，是否会在这个社会条件下必然产生，是否曾在这个时代发生过作用和产生过影响（好的或坏的）？是否直接间接地在这个时代的前进或倒退中有过影响和作用？杜勃罗留波夫说过："艺术家所创造出来的形象，是实际人生中各种事实的集中表现。"因此，作品中的人物，绝不是生活中某个人的具体描摹，而是经过作家对现实中许多同类人物加以概括、提炼和创造的结果。

至于事件的真实与否，不在于它是否"如实地"描写了事实或现象，关键在于它是否通过事物的现象看到事物的本质。事件的真实，还要看它们的发生、发展和结局在当时的环境条件下是否可能，是否一定会出现，是否写出了它们的必然性。如果不是这样，尽管你所描写的事实或现象十分逼真，读者仍然会认为你所反映的生活是不真实的。

总括一句来说，生活外表上实有的东西，未必就是艺术上真实的东西。艺术的真实应该比生活现象的实有状态更有组织、更集中、更深刻和更典型。

二

文学作品既然是反映生活，就应该像生活本来的样子那样去描写生活和概括生活；既要使作品丰富多彩，变化万端；又要按照生活的辩证法，写出生活的发展、变化及其逻辑性，非如此，就不能把生活的真实面貌反映出来。

但不能因此得出这样的结论：生活本身是多么丑恶，就写它多么丑恶，而且还美其名叫作"写真实"。

对这个问题，由于认识上的错误，出现两种不正确的态度。一种是出于无知，认为生活原来是什么样子，在作品中就如实地写它什么样子，这是机械地摄影，够不上称为能动性的创作。另一种却是在"写真实"的幌子下，专门去揭露黑暗面。有些人甚至提出"只写真实，不管其他"，认为"文学的任务从来就是写真实，不附带任何其他条件"云云。这是一种闭着眼睛故意不看文学史实的瞎话。

谁也不能否认，文学从来就是反映生活，反映时代的；而文学又反作用于生活，反作用于时代。所以，人民对那些不起作用的文学，对那些大众都不喜闻乐见的文学，肯定是不欢迎的。这样的文学只会使自己走向绝路。

凡是能够流传下来、脍炙人口的文学，绝不是这样的货色。

过去许多伟大的文学作品，不管这个作家的文学主张如何，但他之所以被认为是伟大的作家，那是因为他写出了不朽的作品！在这些作品里，不仅写出了生活和社会的情状，而且写出了生活和社会的逻辑与发展的规律；不仅艺术上为人民所喜闻乐见，百读不厌，而且因为它反映生活的深刻，栩栩如生地塑造了典型环境中的典型人物，给一代人以至好几代人以深远的影响，经过潜移默化在完善人的心灵方面不断地起着作用。

无数事实都证明：如果只局限于"写真实"，有很多题材和人物的处理就非常困难。因为现实生活中的人和事，并不像文学作品中的人和事那样完全和突出。有了"写真实"的局限，无疑是限制了更多生活经验的纳入，限制了人物性格更全面的表现和发展，结果，很容易使作品陷于表面和狭窄的小圈套里。其次，强调"写真实"，实际上就是强调"客观主义"地描写实有的人物和事件，从根本上抹杀了作家的独创性。结果，很可能陷入庸俗的"照相主义"或爬行的自然主义的陷阱里。

从事创作的人，都应当怀着高尚情操，抱着远大理想的。我们还没有发现神经错乱、精神失常的人去从事创作，更没有看到过他们写出为人民欢迎的作品。

每个正常的人，都有他自己的喜怒哀乐，有他的爱憎感情，而这种爱憎绝不是他个人所特有，而是许多人所共有的。因此，当他把这种感情通过某种方式表现出来，成为小说、戏剧、诗歌等文艺作品时，读者看了，就会产生同感或共鸣，甚至引起激动，激起感情上、思想上的波浪，进而引起行动……由精神力量产生物质力量。

所以，那些否定文学的社会效果，不承认文学在社会上的影响，是不符合历史事实的，也曲解了文学的社会功能。

一九八一年七月六日

一

关于文学的倾向性问题，前一次已经谈过。文学要表达一种态度或倾向，绝不是只许采用一种形式或一种形态，它可以从正面揭露，也可以从背面反衬；可以写矛盾的过程，也可以从一点去透视一般；既可以从各个侧面取材，也可以从各种人物性格中深入发掘矛盾的根源……总之，现实生活是丰富多彩的，矛盾是复杂多变的，这就给文学作品提供了无限广阔的题材，也提供了多种多样的表现形式。

有人曾经向我提过这样的问题：反映现实生活中的矛盾，是否一定要在作品中直接地、正面地提出尖锐的问题？我的回答是，不，不一定。因为文学不是新闻报道，不是政治评论，文学有它自己的任务和特点。当然，在某些特定的条件下，也可以在作品中直接地、正面地提出尖锐的问题，如粉碎"四人帮"以后，刘心武同志所写的《班主任》就属于这一类，在当时的环境之下，像这样的作品，也确实起过一些良好的作用。但是，如果因此而肯定"问题小说"，并认为这是文学创作的正道，那就与文学本身的特点背道而驰了。

在这里，问题的关键是作者对题材要深入发掘，不要满足于一知半解，满足于接触到一点表面现象，或抓住一点情节的轮廓，或几个人物的面影就匆忙下笔，就直截了当地在作品中提出社会问题。假如你了解到，或者亲眼见到这样一件事实：一个老老实实的看门人，本来很受大家的尊敬，但当儿子的却觉得父亲的工作很低贱，有失自己的面子，于是想方设法去虐待他，使他终于一怒而死。如果你对这件事不作深入的了解，不加客观的分析，就武断地认为这是社会主义制度下所造成的悲剧，这不仅歪曲了现实面貌，也曲解了社会主义制度！

其实，只要我们忠于自己的思想感情，忠于自己的生活感受，如果在这两结合的基础上，由于作者触动了感情，要急于表现出来，遂构思出一个题材，这个题材只要接触到生活中的具体矛盾，在揭示矛盾过程中便自自然然地把一些亟待解决的问题显示出来。如《第六病室》《羊脂球》《十五贯》《阿Q正传》等，它们都从不同的角度，不同的侧面，提出了各种社会问题。

长篇的不去说它，即使从一个侧面，从一个人物的速写，从生活的一角，也是可以把生活中人们所关心的问题提出来的。

我们现在应该努力做到的，正是要从侧面去抓取本质的东西。过去若干年以来，好些人只是会从正面去写斗争过程，结果，除过程之外，就几乎看不到生活，看不到具体的人的生活细节，这教训应该好好总结了。如果刻板地要求每个作品（特别是短篇）都提出尖锐问题，其结果，将只能导致作品的概念化和公式化，使文学创作误入歧途。

二

最近几年来，文坛上出现的一种所谓"问题小说"，也正是当年恩格斯指出的所谓"倾向小说"。它们的共同特点，都是从问题出发，从抽象概念出发，企图通过作品来替代社会学或政治学，把社会问题提出来，借以引起疗救的注意。

像这样的"问题小说"，由于它提出了迫切的、大众所关心的社会问题，所以受到不少读者的重视与赞赏。应当说，作者把眼光转移到社会，而且进行深入的思考，把思考的结果通过文艺的形式提出来，其用心是良好的，其效果也不能一概否定。但作为一种创作倾向来看，却不值得提倡。

为什么呢？因为这种从概念、从问题出发的做法，是与创作规律背道而驰的。他们抛弃了生活，不以生活作为出发点，不从现实矛盾中去抓取题材，提炼主题，而是直接从问题出发，以问题作为主题，然后围绕主题的需要去编造情节，再根据情节的需要去杜撰人物。这样的人物，当然不可能有他本身的意志与生命；他们的言行举止，无不直接受到作者的调遣或支配，这样的人物顶多只是一些扮演情节的木偶。这类人物也不可能具有独立的人格，独立的思考和自己的爱憎，他们将随着"问题"的过时而死亡。

我再强调一次，文学与政治存在着紧密的关系，古今中外的不朽杰作，莫能例外。一部优秀的文学著作公诸社会，一定在社会上发生影响，引起共鸣，引起激动。慢则发生潜移默化，快则引起巨大的波动。那些有意与社会、与人群离得远远的，除了关心个人（所谓"个人心灵秘密"）之外，抱着鄙视社会、鄙视众人福利的人；那些叫喊什么"不屑于做时代传声筒"的人，不管他们如何自命清高，到最后，人民不仅唾弃他们，并且将把他们忘得干干净净。

至于文学中的倾向，甚至是政治倾向，并不是直接由作者指点出来，也不是由人物对话中说出来，而是通过像生活本身那样丰富多彩的描写中体现出来，是通过活生生的形象，通过合情合理的人物之间的关系、矛盾和冲突表现出来，通过人物的遭遇与命运表现出来。这一切，都不是人为的、强制的、勉强的，而是在一定环境条件下，合情合理地，合乎常情、合乎生活逻辑地发生和发展的。

223~334

文体论

关于诗的情绪[*]

一

　　一首诗必须有饱满的情绪，否则，便会失去诗的生命。因为诗的最大特点，并不是"以理服人"，而是"以情感人"的。如果诗没有饱满的情绪（没有热烈的爱与憎），它便不可能打动读者的心灵，它便不会收到一首诗应收到的效果。

　　所谓诗，自然不是韵文，更不是散文一行行的排列；它应该是现实生活所激发起来的强烈情感的高度凝结。那就是说，当诗作者对某种事物或生活发生了真正的热烈情感（爱或憎），而这种情感又"如鲠在喉"不能不倾吐的时候，才借用凝练的语言（不是抽象的术语，而是饱含着思想和形象的语言）把它表达出来。在这种心情下写出来的诗，不管语言本身还存在着多少缺点，但情绪总会比较饱满。这样的诗，不管是悲哀的或是亢奋的，多少还是一朵斗争火花的闪烁，多少还有些感人的力量。

　　不错，我曾再三强调了情感，但并不是说不要理性。情感与理性应该完全和谐，完全合拍。只有诗人有很高的政治修养与思想修养，对现实的认识才会真实和深刻；因而由现实所激发出来的情感也就越有积极意义。有人说过："要做一个革命诗人，必须先做一个革命战士。"又有人说："只有忠于生活的，才谈得上忠于艺术。"那意思就是：如果你要做一个能代表劳动人民"心声"的革命诗人，首先你要确定为劳动人民服务的人生观，并切切实实地为大众的事业去奋斗。只有如此，你才可能真正领会与体验劳动人民的思想、情感、情绪与要求；只有如此，你的情绪才可能打动劳动人民的情绪。

---

[*]　载1959年9月版《与习作者谈写作》。

但是，还有不少人，在情感上仍旧没有离开小资产阶级或其他没落阶级的圈子，只把头伸出棚栏来向别人干叫："为人民战斗吧！像海燕搏击暴风雨那样勇敢地战斗吧！"或者是："亲爱的工人同志呵！我真想吻你那肮脏的手哟！"——很明显，这种情感不是真实的，是矫饰出来的。

还有一些人却总是这样：明明他自己对某种轰轰烈烈的运动或可歌可泣的事迹缺乏热情，明明他的情感与大众不相一致，他却偏偏去写诗，对于自己所歌唱的事物已不了解，也无热情，硬用许多空洞的辞藻和抽象的形容词"去矫饰"。请问这样"矫饰"出来的"诗"，怎么能有饱满的情绪和感人的力量呢？

不论是诗或散文，其情绪之所以不饱满，主要是因为作者本人对于社会，对于人民事业实质上还在旁观；在情感上还没有与广大人民打成一片。

但是也有许许多多的人，认真地献身于人民事业，他们不仅流着汗，他们也流过血，他们的意志、希望与情感和广大人民完全一致。如果他们也有"诗的表现"的能力，哪怕是偶尔歌唱，也很可能是极好的诗篇。无怪有人说"革命领袖的论文和演说，往往是极好的诗篇"了。

二

一首诗或一篇散文的情绪是否饱满，与作者的艺术表现能力固然有关系，但最主要的条件，是取决于作者的情感是否真实。

一个诗作者对某种生活是否发生真实情感，要看那生活是否与他有息息相关的关系。因为不同的生活实际会产生不同的思想；各种不同的思想，又产生各种不同的态度与情感。剥削人的生活实际产生了剥削人的思想与情感，被剥削者的生活实际，则又决定了另一种思想与情感。

只有理性与情感，理论与实践完全一致的时候，世界观与情感才能达到无间融合的境界；只有理性与情感完全和谐合拍的时候，情感才是最真实的。

写诗也是这样：当你流露的是自己真实的情感时，每一字每一句话都可能饱含着思想和热烈的情感。小资产阶级知识分子为什么善于歌唱自己的恋爱与感伤心理，而且有时还写得很"出色"呢？不仅因为这是真实情感的自然流露，同时也由于熟悉那种生活，意象与情景都容易捕捉；这正是理性与情感，理论与实践完全一致的时候，也是情感最真实的时候。可是当他们勉强地歌唱劳动人民的时候，就显得异常生硬而拙劣了。为什么呢？就因为他们对于要歌唱的人物或生活还很生疏，还缺乏认识，还缺乏热情。纵然作者在理论上已认识到劳动人民应该被歌颂，但在情感上却还没有这种要求的时候，即使勉强"矫饰"成"诗"，也不过是几个无血无肉的概念和几句缺乏热情的空喊而已。

不仅是新解放区的文艺朋友有此情形，就是在老解放区工作多年的同志，甚至生长在解放区农村的某些同志，也不一定就能写出打动劳动人民心弦的诗来。因为他们在生活实践上还没有真正与劳动人民打成一片，思想情绪之间还存在着或大或小的隔阂。记得在延安时，那正是六月久旱，麦苗快要枯死，农民天天盼雨，焦急万状的时候，忽一日，天边涌来黑云，农民正满怀希望；然而一个知识分子，因怕泥泞不便走路，却说："讨厌！要下雨了！"旁边一位农民听了这话，便气愤地反问："讨厌？你不想吃饭么？"

这是两种情绪，一种是庄稼人从生产观点出发的情绪，另一种却是生产线外脱离了实际的情绪。如果一个作者把后一种情绪硬"贴"到农民身上，显然是"牛头不对马嘴"。

还有一些人，只满足于旁观，满足于表面现象的捕捉，满足于一个大运动所总结出来的几个抽象概念，他们根据这些就歌唱起来，结果怎样呢？有的是干巴巴的说教，有的是没有情感的"干叫"，还有以几句政治术语做掩护，趁机发泄小资产阶级个人主义的情感，他们原来的目的是想替人民战士写情诗，无奈因不了解战士的生活与情感，结果，除了生硬地垒砌了几句政治术语之外，全篇充塞着作者本人轻浮的肉麻的情感。

一切有志于革命文艺事业的朋友们，都投身到战斗中，投身到新社会的建设中去吧！只有这样，你才可能了解劳动人民，同时你的思想情感才可能得到改造。只有你真正成了一个革命战士之后，你才有条件做一个革命诗人；只有当你的思想情绪与劳动人民的思想情绪达到无间融合的时候，伟大的诗篇才可能产生。

一九四七年三月于冀中

诗人·理性·情感[*]

一

新中国的人民，只需要健康的富有生命力的诗。凡能够引导人民去生活，引导人民去为合理的生活而战斗的诗，都将受到人民大众的欢迎；这样的诗人，一定将受到人民大众的热爱和尊敬，因而，他们也将得到人民所给予的最高的荣誉。

但是，只有心灵健康的诗人，才能唱出健康的诗。一个充满了个人主义情绪的诗人，绝对歌唱不出大众所共鸣的诗；一个在思想感情上还没有与劳动人民结合的诗人，也绝对不能唱出劳动人民的"心声"。本来，如果劳动人民能自己歌唱自己，那是最理想的，可是由于中国劳动人民长期受着帝国主义与封建势力的压迫，他们连挣碗饭吃还顾不上，哪里有机会学习文化？更哪里谈得上培养自己的诗人？解放了的劳动人民，虽然开始学习歌唱自己，而且已冒出许多鲜嫩的幼芽，但数量太少，毕竟还不能满足广大劳动人民的需要。另一方面，我们现有的诗人，绝大部分是出身于其他阶级，除了一部分开始在思想情感上与劳动人民相结合，并创造了一些成绩之外，大部分的诗人在思想情感上还与劳动人民隔着一道墙。虽然他们很愿意歌唱劳动人民，愿为劳动人民效劳，但他们却唱不出能引起劳动人民共鸣的诗。

也许有人问我："现在，我们有如此众多的艺术家、诗人、作家，他们在政治上都是进步的，而且他们都衷心地愿为劳动人民服务，你为什么说他们的思想情感与劳动人民隔着一道墙呢？"是的，许多艺术家、诗人、作家在政治上确是进步的，革命的，他们有为劳动人民服务的决心，但是这些都仅仅是理性的认识而已。我们必须明

---

[*] 载1951年版《论文学与现实》。

白：理性上认识了，并不等于思想、感情、情绪、兴味、习惯等都改变了。因为理性的认识与思想感情等的变化是有距离的，而且还可能是一个较长的距离。这时候，他们一般内心活动的规律，是"理性倾向未来，情绪倾向过去"（高尔基），正因为如此，所以诗人在情绪上就很难与革命现实合拍，与劳动人民的革命运动合拍。既然感情情绪不一样，那么，诗人对于革命就不可能有多少感动，而歌唱的冲动就更加谈不到了。

我不否认一个革命的小资产阶级知识分子对某些革命的新鲜事物，也有感动的时候，但那仅仅是从他原有的思想、趣味、审美观出发的，如果仅仅靠这点来歌唱，其结果，只能适于革命小资产阶级的口味，对于劳动人民仍然不会有多大的好处。

那么一切非劳动阶级出身，而又愿意献身劳动人民革命事业的诗人，有没有前途呢？我以为有前途的，而且有灿烂的前途。问题在于他们是否愿意在群众中真正地改造自己的思想与情感。

二

一个革命的小资产阶级知识分子，当他歌唱他本阶级、本集团，或者歌唱他的朋友、爱人或是他自己的时候，因为他的理性认识与情感完全一致，所以虽然偶尔歌唱，也很真实。这样的诗，不仅情绪饱满，而且饱含着思想（哪怕是一种不健康的思想）。这种诗不仅流露了他个人的人生观与情绪，同时也代表了大多数的革命小资产阶级知识分子的人生观与情绪，因此，他的歌声能唤起共鸣，能被广大革命小资产阶级读者所接受。这种诗在一定的历史条件下，是有某种积极的作用的。但是时代变了，仅仅为小资产阶级显然已经不够，伟大的时代要求诗人们更多地去歌唱劳动人民了。

可是，现在有些诗人只用政治概念"写诗"，在诗里，除了热烈的词句之外，读者感觉不到多少真实的东西，既没有生活实感，又缺乏饱满的情绪。另外一些诗人，却用原有的思想情感在"歌唱"，硬把一些新名词术语"填塞"在一起，弄得扭扭捏捏，使人不知它到底要歌唱什么。这些事实说明一个什么问题呢？说明我们好些诗人的理性与感情还存在着矛盾。因此，这些诗只可说是用"理性"的概念硬"作"出来的，而不是诗人感情的自然流露。

然而诗，却应该是诗人感情的自然流露。

三

劳动人民歌唱自己的诗，却是另外一种情绪了。如《咱们就是钢铁》：

打铁，打铁，真热烈！
大榔头上，小榔头下，
叮叮当当合成"胜利大合唱"。
流汗一把那算啥？洗个脸来就干净。
火星跳到衣服上，烧个窟窿更光荣！
如今是人民的政府了，
有多少力气出多少，
制出来东西，好去打敌人。
嘿，我们来炼钢，你烧火，我司炉，
要把铁烧化，要把钢炼成！
每一次炉里要出几炉钢！
我们身上出了汗，我们还要加油干！
咱们就是钢铁，钢铁不会有疲倦！

这是唐山机车厂里一个铁匠写的诗，不管他的诗在表现方法上还有多少缺点，但是他的情感与思想却是真实的。像这样刚健的劳动情感，我们出身于其他阶级的诗人，是不会有的。如果从陈腐的美学观点出发，也许还有人认为这种情绪"缺乏诗意"，加以讥笑，但是劳动人民却不会理睬这些，而一直用这样的情感歌唱下去。

又如门头沟煤矿工人王景椿的《采煤歌》：

你打锤，我把钎，
叮当叮当，一锤一钎往里钻！
钎把稳，锤打准，

哪怕煤墙硬又坚。
装火药，点引线，
轰！当！哗啦……满洞尽是烟。
冒着烟，往里钻，
一筐一筐背入罐，
呼噜，呼噜，推到下把钩，
当当，电铃响，镐车滚滚转。
摘钩挂钩不迟延，
装罐笼更不慢，
一班出他二百四十罐。

这是一首歌颂劳动的杰出的好诗。这完全是作者热爱劳动的情绪之自然流露，而这种感情又恰恰与他的理性认识相一致，这正是这首好诗产生的基本原因。

因此我得到一个结论：只有当诗人的理性认识与思想感情完全一致的时候，当人生观真正确定了的时候，伟大的诗篇才能产生。

四

有人说：要做个革命的诗人，必须首先是个革命的战士。这话是正确的。但如果一个诗人连革命战士所应有的思想情绪，趣味都没有的话，他如何能歌唱革命呢？

正因为如此，所以我们强调自我改造，强调在思想情感上与劳动人民相结合。只有这样，我们才能够把握革命大众思想情绪，只有这样，我们写诗才能引起革命大众的共鸣，进而引导他们去生活，去战斗。

我们认为，现在我们的诗人不能写出较好的诗和写不出诗，其中原因当然很多，但最主要的原因却是因为理性的认识与思想感情还有距离。我们必须正视这个事实，躲避它或掩盖它，都只会削弱我们自我改造的决心。

一九四九年七月七日于北京

论工人诗的写作及其他[*]

一

工人阶级的诗正在新中国的土壤上萌芽、发叶，它必然将继续壮大，直至开花、结子，这是毫无疑问的。但是在解放（新中国成立）以前，劳动人民文艺的壮大是不可能的。那时候，他们受着重重压迫与剥削，连挣糊口之粮还顾不上，哪里有时间和心情去歌唱？虽然在反抗情绪不能不倾吐的时候偶尔歌唱几声，但那是不自由的，为剥削阶级所不容许的。这样的诗，只能暗中传诵，得不到任何帮助与培育，因而不能得到应有的发展。可是现在的情形变了，中国广大土地与劳动人民解放了，他们不仅在政治上翻了身，同时在文化上也翻身了，他们放开被压抑了几千年的歌喉，开始尽情地歌唱自己的生活和劳动了。北平、天津、石家庄等城市解放后，工人群众的文艺创作，特别是诗的创作，有如雨后春笋，报纸上处处可以看见工人的诗作，而且有了不少优秀的诗作。这种气象在中国的历史上不曾有过，只有当劳动人民真正当了主人翁的时候才会出现。现在，他们用自己的活泼的、多种多样的形式与风格歌唱着劳动者的伟大品质与伟大创造。这不是一件很简单的事情，这是经过长期奋斗所挣得的成果之一。因此我们不能单纯地理解为"今日的工人诗也能上报了"而已，更重要的，是新中国的工人群众从此以后将有自己的艺术和诗了。

但是，至今仍有人鄙视工人群众的诗，认为这是一种很粗糙的、未加工的东西，根本不能称为诗。在目前，工人的诗，的确在表现方法上存在着若干缺点还需要逐步提高，需要更多的帮助。如果问题是这样提出来，倒是对的。但如果以资产阶级或小

---

[*] 载1949年8月15日《文艺劳动》第3期。

资产阶级的审美标准去衡量工人的诗,而且认为凡不合这个标准的,都不能称为诗,那就完全错了。

工人阶级的诗是新生的,现在刚在萌芽发叶的时期,因此,虽然它很茁壮,富有生命力,但它难免有些稚气,难免在艺术表现上有使人觉得"粗糙"的地方,其实,这也没有什么奇怪。中国工人阶级长期受着帝国主义与官僚资产阶级的压榨,不可能有自己独立的文化艺术,也没有什么本阶级的艺术遗产可以接受,他们只能在农民的歌谣、快板和"五四"以来的"自由诗"的影响下,来歌唱自己伙伴和自己的劳动。很显然,农民的快板、歌谣和"自由诗"的形式都不适于表现这个新生阶级的生活与性格,因此,就不能不自己去摸索。在摸索开始之后,已出现了不少优秀的作品,但大部分却仍然带着稚气。资产阶级的文艺也是经过长时间的摸索之后逐渐成熟的,因此我们不能得出结论说:资产阶级的诗比工人的诗好,或者甚至说比工人的诗"优秀",而其实,这两者是不能相提并论的。世界资本主义已走向没落,它的艺术也已经坠入腐朽的泥淖,现在,资产阶级的艺术已没有什么内容,只留下一个"美丽"的躯壳了。像这样的艺术,怎能与我们新兴的朝气磅礴的劳动人民的艺术相比较呢?因此,不管工人群众的诗还存在多少艺术表现方法上的缺点,但它是茁壮的,富有生命的幼芽,现在虽然还显得幼稚,那是因为它是新生的,但它是向前发展的,有着灿烂的前途。这一点如果我们看不见,那么,我们就会迷失前进的道路。

另外,有一种人对待工人诗的态度,则与上面那种人完全相反,那就是一味叫好,只要是工人的诗都是好的。很显然,这种态度是不够正确的。我们必须认识现在工人的诗,还是幼芽,有的虽然已经发叶,结子,但还没有成熟。如果不加分析,"瞎捧""乱捧"一场,结果只会减低工人群众对作品的艺术性与思想性进一步提高的努力。

工人诗歌的壮大与发展,主要依靠工人群众自己的努力,但文艺工作者的热心帮助也是很重要的。但是所谓帮助与培育,并不是从资产阶级或小资产阶级的文艺标准出发,而应该从现有工人的诗的基础出发,帮助它逐步提高。如果我们离开了现有的基础,而空谈什么提高,都是有害的,因为这只会吓得工人们不敢动笔,更何况这样的"提高",事实上也是提不高的。

二

最近我读了近百首工人的诗,它们给我一个总的印象,是:工人的诗在思想感情上是向前的，乐观的，雄浑的，它们充沛着倔强的生命力与奋斗的意志。如："你出力，我用脑，工厂才能搞得好。干累了，抽袋烟，休息片刻继续干。"又如："争模范，我和你，满头大汗往下滴，计划提早来完成，四月二十车出齐。人民看了都赞颂，匪特看了心中忌，黑夜狂风施奸计，放火烧车五十余，职工愤恨在心头，大骂匪特该杀的。烧了电车来破坏，和咱人民来为敌，全体工友把牙咬，团结起来更努力，要把愤恨变力量，烧了车辆再制造，百辆再修虽不易，但是我们有气力。工人面前没有难，百辆运动又一次，不是我们吹牛皮，为了光荣争口气，百辆电车定修好，工作比前更积极，无产阶级创世界，胜利属于我们的。"你看多么朝气蓬勃，多么气势雄浑！他们的诗里洋溢着勇往直前的气概，对阶级事业抱着无限的信心，这些正表现出这个新生阶级的优异的品质。

有人问：工人的诗为什么大部分都充沛着强烈的生命力呢？其实这不是偶然的。首先因为工人们过去受压迫，所受到不合理的待遇最多，因而，只要一经组织，他们的斗争性与组织性最强，再加上他们本来就一无所有，不怕丧失什么，所以革命性就更彻底。解放（新中国成立）之后，他们认清了自己是国家的主人，认清了劳动是为了自己（也为了国家和人民），因而改变了劳动态度。由这些看法、想法，所流露出来的思想感情，自然是向上的、乐观的了。

他们不像小资产阶级那样，虽然人身已参加了革命，但还留恋着过去的生活方式，还舍不得过去某些爱好与趣味，而工人阶级却没有什么（或很少）值得留恋的或舍不得的东西，因而，他们快意地与痛苦的过去告别，把一切希望都寄托在现在的努力上，寄托在理想实现上。而革命的小资产阶级本身的诗歌工作者，在情绪与趣味上总是或多或少地留恋着过去的，这就使得他们"往回想"多于"向前看"，因而也就削弱了他们对革命事物的热爱和敏锐的感觉，也即减低了他歌唱革命的"诗兴"。记得有人曾说："工人的诗没有什么可学习的！"那么，这种朝气蓬勃的思想工人，不正是我们难以企及的吗？

如果对工人的诗连这点最基本的特性也不予重视，那么，我们还追求什么呢？

三

一般说来，工人的诗的思想内容是较健康的，但并不是说，工人的诗已具有了高度的思想性。可是比起它的艺术性来，思想内容有更多值得我们学习的地方，比起一般小资产阶级的形式主义的诗来，工人诗歌还是较有朝气的，它的主题是较积极而富有现实意义的。

可是工人的诗在表现主题的方法上还有缺点，为方便说明起见，不妨抄一首为例：

组织纠察队，
日夜巡逻，
我们的任务，
是防止特务分子的阴谋破坏：
不让他们放心抢劫，
不让他们乘机捣乱，
空袭的时候，
要维持秩序，
如今工厂属于我们，
我们决严厉制裁！
起来！保卫自己的工厂，
就是保卫自己的家，
保卫人民的财产。
我们工人有力量，
团结成钢铁，
谁破坏就铲除谁！
组织纠察队，
起来，保卫自己的工厂！

这篇作品的主题虽然很积极，可惜太概念了。几乎全文都是用口号堆砌起来，作者赤裸裸地向读者（听众）说教，赤裸裸地把思想倾吐到纸面上，因而，它缺乏艺术的说服力量。

在工人的诗中，像这样概念堆积的现象是相当多的，这原因，可能是受了坏作品的影响（特别是受了现在流行的歌词的影响）而来的，但也不是说，工人的诗中就没有较有艺术性的作品，如果这样说，那是抹杀了事实。如《采煤歌》：

你打锤，我把钎，
叮当叮当，一锤一钎往里钻！
钎把稳，锤打准，
哪怕煤墙硬又坚。
装火药，点引线，
轰！当！哗啦……满洞尽是烟。
冒着烟，往里钻，
一筐一筐背入罐，
呼噜，呼噜，推到下把钩，
当当，电铃响，镐车滚滚转。
摘钩挂钩不迟延，
装罐笼更不慢，
一班出他二百四十罐。

又如：

史师傅，真能干，
十七日，这一天，
锅炉上的拉杆断，
急忙跳上干汽管。
干汽管，热似火，
烫得两脚上下跺，
平常时候要坏了，
修好就得半点多，
现如今，为支前，
保证车队吃上面，

水烫火热都不管。
不怕热，不怕烫，
十五分钟就换上，
全厂职工说他好，
大家要学他的样。

这两首诗在表现方法上，与上面那首诗是完全不同的，它不是把思想直接倾诉给听众，而是通过血肉生活来表达作者的思想，使听众从艺术形象的感受中来接受作者所欲表达的主题——思想和感情。只有这样，听众从作品中所感受到的，才不会是抽象的概念，而是饱含着血肉的思想了。只有这样的作品，才可能有艺术的感染力。否则，如果尽是"区政府，办事好，同志们，待人强，共产党，领导好，增加生产大家忙"这一套，那么写论文就得了，何必硬把句子分行，一排一排地排成诗呢？

工人跟所有劳动人民一样，是很善于捕捉意象，善于通过意象和生活细节来表达思想感情的，因此他的语言最新鲜、最活泼，最能生动地表现他们的生活与性格，也最富于形象性。在工人的诗中，较好的形象是常常可以看见的，如：

……红炉冒火光，
打铁像战场，
重的赛大炮，
轻的赛机枪，
红铁锤捶打，
一火一火强。
自来风，吹火旺，
都怕活儿不漂亮。……

又如：

……车厢里抓洋灰，

满脑袋冒大汗,

个个脸上都是灰,

人人喉咙都冒烟。

再往机器上看一眼,

吓,吹上机,刷刷转,

吹得洋灰进大罐,

灰斗活像老虎嘴,

一口一口往下咽。……

像这样生动地表现生活的方法,是应该继续发扬的。但是我这里所举的两个例子,只是诗的片段,并非全诗,因此,从这两段摘录中,看不出全诗的主题,千万不要以为:凡形象地描写了生活的,就是好诗,如果形象不是为了表现积极的主题,那么,不管形象如何出色,也不会有什么意义。

在一般文艺工作者的作品中,常常给人这样的印象,那就是:掌握新的人物的形象总不如旧的人物深刻生动。可是根据我读过近百首的工人诗歌中也发现了同样的问题。在这么多的工人的诗里面,能被生动地表现新的生活的却不多,大部分都写得较概念,较枯涩,可是,凡表现过去生活的却都比较深刻而生动。就是在一首诗里面,也常常存在着这样的现象:写过去受压迫时,比较生动活泼,如:"……一年三百六十日,起早到晚受磨折,一家大小受饥饿,小米稀粥穷凑合,十冬腊月好冷天,没有冬衣身上寒。……六月三伏好热天,一家仍是喝稀饭,天又热,心又惨,头晕眼花腰发酸,吸血鬼们指挥咱,把眼一瞪'干,干,干!'一时慢了发了言,回去给你去报告,就说你把蘑菇泡,这家伙厉害点,一句通八路,就算现了眼……"可是写到解放(新中国成立)以后的生活却显得很概念,你看:"共产党为人民,领导工人闹革命,又给米来又给钱,家家吃穿不困难,叫工人,掌政权,国家主人就是咱。各位工友努力干,积极修好平汉线……工友们,要坚苦,早点起,晚点睡,政治文化多学习,工友们,多用功,咱们的政策要学通,这才能当主人翁……"

产生这种现象的原因在哪里呢?这是值得大家来研究的问题。

四

我不否认，在工人自己的努力中，较好的诗也已逐渐产生，但根据现在报上发表的诗来看，仍然存在着一种较普遍的缺点，那就是：许多诗还缺乏较明确的主题——缺乏心中思想与感情，那些诗还停留在写表面的生产过程的阶段，有的则是平铺直叙一天的生活，如：

公鸡喔喔啼，光明照大地，
好日自今始，嘻嘻！嘻嘻！
我们都解放，铁路自己的，
工作为第一，快起，快起！
飞跑上工场，许早不许迟，
大家齐来干，哼唷！哼唷！
汗珠还未干，学习要积极！
工人要进步，学习！学习！
个十百千万，专心写念练，
耍字写成要，糟糕！糟糕！
天黑回家转，媳妇倚门盼，
盼得丈夫回，快了！快了！
东方太阳红，出了毛泽东，
工人齐欢喜，做个主人翁。

像这样单纯地叙写过程的诗，本来在初学写作的工人同志中是难免的，但是这种写法不应该继续发展下去，道理很简单：因为平铺直叙地罗列生活现象，只会削弱作品的思想内容和减低作品的教育作用。

其次工人诗中的音节问题，也是值得提一提的。劳动人民的诗歌，大概因为以口传诵居多，所以很注意音节的美，他们很善于用语言的音节去表现生活的音节，在他们的诗里，音节的高低、强弱、抑扬、快慢是值得我们学习的。如：

钟声响,上战场,
同志们赶快进工房,
端手盘,挥臂膀,
拿起稿子排得忙,
架子上铅字万万变,
眼瞅准,不发慌,
头一低,手儿扬,
只听铅字砰砰响。

又如:

小丰满,水电站,
洋灰工友干得欢,
火车头上一冒烟,
一下就来好几罐。
工友见洋灰,
好像见白面,
车厢里抓洋灰,
满脑袋冒大汗,
个个脸上都是灰,
人人喉咙都冒烟,
再往机器上看一眼,
吓,
吹上机,
刷刷转,
吹得洋灰进大罐,
灰斗活像老虎嘴,
一口一口往下咽!

读这两首诗时，使人不仅听到劳动者欢快而紧张的劳动音响，也听到劳动工具转动的音响。如果说这是推敲文字的结果，毋宁说是习惯于劳动音节的工人作者的脉搏跳动的表现。

但也并不是凡习惯了劳动音节的工人作者，都能在诗里表现出生活的节拍来，像"错锯的锤子叮当响，接锯屈锯一齐忙。错锯机的火星，像花炮一样"，这样的诗就没有什么劳动的音响和节拍，读起来觉得枯涩和缺乏力量。如果能够用短句去表现紧张的急促的劳动（如"头一低，手儿扬""装火药，点引线""冒着烟，往里钻"……），用一顿一顿的语气去表现有规则的劳动（"一口一口往下咽"，"一筐一筐背入罐"），用长句去表现平静的或延长的劳动，也许会铿锵得多，在生活音节的表现上也许会真实得多。

五

虽然工人的诗歌还存在着一些缺点，但是只要文艺工作者能够经常关心工人的习作，经常热心地给以具体的帮助，我相信，这些缺点是可以逐步克服的。

轻视工人的创作，只站在一旁说怪话的态度是不对的。但是不加分析，不实事求是地"乱捧"，也是不好的，甚至有害的。年轻的工人诗歌，还只是一株幼芽，它正欣欣向荣，还要发叶开花。如果"乱捧"得连工人自己也不知其"所以然"时，反而会妨害这新生幼芽的正常发展。但如果能经常地分析工人诗歌，发扬其优异处，说明好在哪里，为什么好，倒是很需要，且很有益的。

一九四九年八月五日于北京

论小说中的故事和人物*

一

最近在兰州《新民主报》的《新文艺》周刊上，展开了关于人物与故事问题的争论。争论的焦点是：在小说中人物重要呢，还是故事重要？

有一种意见，认为："人物是主，故事是副，就它们的相互关系来说，故事是因人物而展开，并不是为故事而塑造人物。"

另一种意见，则认为："在今天应注重故事性，不应偏重人物刻画，'英雄造时势'正是唯心论者"，说"最好的作品是人物服从故事"。

读了他们的争论之后，我认为有几个问题值得讨论一下：

（一）文学作品里为什么要写人物？

（二）人物与故事的关系怎样？

（三）强调人物在作品中的作用是否就是"英雄造时势"的唯心论者？

二

小说不是写社会生活、写事件吗？为什么要写人呢？有许多人，不都是从事件或故事感动（爱或憎）开始，才去写作吗？

这一连串的质疑，从表面上看来，好像都是事实；但如果深入地思索一下，你就知道这些质疑还有值得商讨的地方。

---

* 载1984年4月版《萧殷自选集》。

我们可以先这样肯定地说：小说的描写对象，是社会现象，是人的活动——人与人（主要是阶级与阶级）的关系，人与事物相接触所发生的现象——是错综复杂的矛盾与斗争，是故事。但是所谓故事，决不能离开人的活动，因为一切的所谓故事，都是由人的思想所支配的行动，以及由这种行动（人与人间的关系、矛盾或斗争）的连续所构成。因而，离开人的性格——思想、感情等人物内在精神的描写，所谓故事或事件，就将成为不可理解的东西。

我们绝找不到专门描写植物萌芽、发叶、开花过程的文学作品，也没有专门去描写煤的变化过程的文学作品，但我们却可以找到描写人如何从事改变植物（动物或矿物）的文学作品。

这说明了一个什么问题呢？那就是：如果离开人的作用，单纯去解释自然现象，顶多只能成为自然教科书，绝不能成为文学作品。

那么，有人也许会拿某些动人（能引起爱憎）的神话或童话来反驳我，说："希腊神话以及像萨尔蒂科夫那样描写鱼呀兔呀的寓言、童话等，为什么又那么亲切动人呢？"我认为：虽然它们的外表是神或兔儿，而其实，它们的性格特征却是人的。作者是从社会生活中抽出了某些人的特征，通过神或动物来表现的。读者之所以感到亲切、真实，就是因为它们的基本特征是人，是人的活动，是社会（或阶级）关系的真实反映。

在我们的书刊中，像下列的现象并不是没有。譬如有些作品连篇累牍地描写生产的技术经验或工作的方式方法，完全不去注意描写人的活动和人与人（主要是阶级与阶级）的关系，更不注意去描写人的精神面貌。试问，这样的"创作"，还能有什么鼓动人心的力量？

也许有人会这样说："我并不是说故事里没有一个人，我只是说，应着重故事的描写，而不应偏重人物的刻画。"但是，如果照这样的说法，那就等于说：故事中可以不要深刻地描写人物，人物在小说中只担任扮演"故事"的角色而已。如果是这样，那么，所谓"故事"中的人物，顶多只是个傀儡，哪里还谈得上有血肉、有个性的生命呢？这种不受人物的思想支配的"故事"不是成了无源之水？它又怎么能够使人信服呢？

三

一个作者可以被某种社会现象或事迹（社会斗争或与自然斗争的现象或事迹）所

吸引，所感动，进而引起要艺术地表现它的欲望，这完全是可以理解的，而且是合理的。但不能以单纯的记录故事梗概或现象为满足，而应该通过人物的活动、通过人物与人物之间的关系来表现。就是说，作品要把某种社会现象或事迹生动地真实地表现出来，又要使事件（故事）表现得合情合理，且具有感染读者的力量，就一定要使故事的发展和结局，成为人物性格与环境的关系、性格与性格互相关系的合乎逻辑的结果。我们倘要把小说的情节（故事）的发生、发展、结局说出一个"所以然"的原因，就非深入地描写人物的性格不可，非深入地描写故事主人翁的性格与社会环境的关系不可。如果忽视了性格与性格，或性格与环境的关系的描写，读者就无从知道故事"为什么"要这么发展，更不知道故事"为什么"一定要这样结局。这几个"为什么"如果不能从人物性格得到解释，那么，这个故事不管怎样曲折离奇，它仍然不会有使人信服的力量，因而，也就不会有感动读者的力量。

为什么说故事应该是性格与环境（主要是指主人翁周围的人物）互相关系的合乎逻辑的结果呢？举阿Q为例来说明吧。阿Q的最后的结局，正是他的性格和他所处的具体环境相互关系、相互冲击的必然结果。阿Q所处的经济地位，使他对地主阶级有些不满；但他很无知，有一种毫无根据的自负心理和一种精神胜利法，常常用来哄骗或麻痹自己；在平时，遇到比他强的人，就吃些苦头；遇到比他弱的人，就占点小便宜；但不管胜利或失败，最后他总是在精神上取得了胜利的。这性格发展到辛亥革命时，看到革命党"使百里闻名的举人老爷有这样怕"，阿Q不免有些"神往"；但想起"白盔白甲的人明明到了，并不来打招呼，搬了许多好东西，又没有自己的份"，阿Q又"满心痛恨"。在这无知的思想支配下，他的周围又是一个"只改名称，官还是照样"的地主土豪与军阀统治的社会环境，这种环境与这样的性格互相矛盾、冲激；结果，阿Q的"大团圆"是必然的。试设想一下，如果这社会真正变革了，地主与土豪的势力彻底扫清了，阿Q的结局一定又是另一个样子。但是如果只写出当时的历史社会环境，而不深刻地写出这人物的性格，读者还是不知道故事为什么要这么终结。

为了把问题说得明白起见，不妨再举《死魂灵》中乞乞科夫与玛尼罗夫进客厅的一节为例子：

……他们都站在客厅的门口，彼此互相谦逊，要别人先进门去，已经有好几分钟了。

"请呀,您不要这么客气,请呀,您先请。"乞乞科夫说。

"不能的,请罢,保甫尔·伊凡诺维支,您是我的客人呀。"玛尼罗夫回答道,用手指着门。

"可是我请您不要这么费神,不行的,请请,您不要这么费神;请请,请您先一步。"乞乞科夫说。

"那可不能,请您原谅,我是不能使我的客人,一位这样体面的,有教养的绅士,走在我的后面的。"

"哪里有什么教养呢!请罢请罢,还是请您先一步。"

"不成不成,请您赏光,请您先一步。"

"那又为什么呢?"

"哦哦,就是这样子!"玛尼罗夫带着和气的微笑地说。这两位朋友终于并排走进门去了,大家略略挤了一下。

这个情节的发生,不是作者为了"写得有趣"而随意编造出来的,这是乞乞科夫与玛尼罗夫两种性格相遇在一起时一定会发生的。因为乞乞科夫是个虚伪的,对谁都恭维的人物;而玛尼罗夫呢,却是个"在应酬和态度上,总显出些竭力收揽着对手的欢心模样来"的人物。具有这两种性格的人物碰在一块,彼此互相"谦逊"至好几分钟之久,最后相持不下,只好并排挤进客厅,是当然的事。我曾这样设想过:如果其中一人的个性比较纯朴些,那么,这个近乎滑稽的情节,就不会发生;如果这个门宽一点,就不至于"略略挤了一下"。但我也曾设想过:万一这个门再小一点,这个情节也许比现在还逗人发笑。但果戈理没有把这情景写得更滑稽些,因为如果把地主客厅的门写得再小些,就有些不真实了。

从这里,我们得到一点认识:作品中的故事,不是作者主观的产物,它应该是根据人物性格与性格、性格与环境的关系之逻辑的发展。因此,故事不能随着作者的"意欲"而随便"编造",作者必须尊重人物的性格与环境的条件,要尊重这两者互相关系的逻辑的发展;只有这样来处理故事的发生、发展和结局,故事才可能是合理的、真实的和可信的。

有些伟大的作家,常常在腹稿时打算把一个人物写得活下去,但在写作过程中,作家发现人物周围的环境，却很难让人物活下去，最后作家不能不让他的人物死去。鲁迅先生在《〈阿Q正传〉的成因》一文中说过：

《阿Q正传》大约做了两个月，我实在很想收束了，但我已经记不大清楚，似乎伏园不赞成，或者是我疑心倘一收束，他会来抗议，所以将"大团圆"藏在心里，而阿Q却已经渐渐向死路上走。到最末的一章，伏园倘在，也许会压下，而要求放阿Q多活几星期的罢。但是"会逢其适"，他回去了，代庖的是何作霖君，于阿Q素无爱憎，我便将"大团圆"送去，他便登出来。待到伏园回京，阿Q已经枪毙了一个多月了。

"其实'大团圆'倒不是'随意'给他的。"这是说：根据阿Q的性格与客观环境的关系发展下去，阿Q走向死路已一天比一天接近，虽然孙伏园先生想要求让阿Q多活几个星期（意思是把情节拉长些——引用者）也不可能了。

然而，有些作者却忽略了这些，常常凭主观臆想"随意"去虚构故事，他们不是让人物按照他们的性格去行动，而是牵着人物的耳朵强迫他们去行动。这些作者在作品中所述说的故事，往往不是人物性格与环境互相关系的必然发展，而是作者先凭空捏造故事，然后强迫人物去扮演故事。结果，使读了这类故事的读者，不能不产生这样的怀疑："按照作品中人物的性格与环境条件，故事并不一定非这样发展下去不可呀？"一个故事如果使读者发生了这样的怀疑，那么，作者企图通过故事显示给读者的教育意义，其效果就可以想象了。

像这样的故事，不仅不可能写得合情合理，就是人物本身也只会变成无血无肉的木偶。有时为了迁就故事（指凭空捏造出来的故事），甚至把一个原来有点性格的人物弄得越来越模糊，越概念化，有的甚至把性格弄得前后相矛盾。

我案头上有一篇这样的小说，故事是这样：

在游击区里，有一对农民青年男女，男的是民兵，他父亲被匪军杀死，他很仇恨敌人，一向勇敢作战，即在最艰苦的环境，也经常和一群青年小伙子向敌人做顽强的斗争。女的是村妇女会主任，很爱他的勇敢、顽强、有骨气的性格，于是彼此有了爱情。但有一天，男的去赶集，忽然在半路上被蒋匪抓去，强迫他当了匪军，在匪军中，他情绪低落，常常想起妇女会主任。男的被抓之后，妇女会主任很伤心，但努力工作，不幸某夜敌人来围村，女的又被俘去，因匪军内有同村人，知道她与那个民兵的关系，匪军一再强逼她悔过，无效，最后匪军命令她的爱人把她枪毙了。

这个故事显然是作者在追求离奇情节的心情下凭空捏造出来的。作者在写作过程中，可能已经发现了这样的结局，有点不符合人物性格；可是，又觉得"由'她的爱人'亲自把她枪毙"这结局，太富有戏剧性，太富有悲剧效果了，舍不得！于是作者不管民兵的性格如何顽强、有骨气，作者硬强迫他亲自把爱人枪毙了。不仅这样，作者为了创造这结局的条件，也不管那个民兵的顽强、勇敢、有骨气的性格，硬叫他服服帖帖地当了匪军。这样描写的结果，那个有血有肉的民兵性格，完全被破坏了：一个对敌人如此顽强，如此有骨气，而且曾经勇敢地向敌人作战的民兵，他难道可能服服帖帖地去当匪军？难道他可能执行匪军的命令亲自枪毙自己的同志与爱人吗？说这个民兵在匪军中已经变坏了吧，但在作品中并无交代；更何况这个民兵性格的形成，首先是因为对敌人仇恨。难道这种仇恨，在被抓之后，反而能够消除吗？显然是不可能的。像这样的故事，大概是够曲折了吧？但即使是最天真的读者，也会怀疑它的这种发展与结局的可能性吧。这样的"故事"，不仅不能真实地反映现实生活，而且也不能给读者以任何有益的启发。

说到这里，问题已经很清楚了，最好的作品，绝不是人物服从故事。凡是较成功的作品（主要指小说），都是由于作者深刻地理解了并描写了人物的性格特征，同时深刻地理解了并描写了人物所处的历史社会环境的特征，并且按照这两者的关系的发展法则去处理事件的发展。在文学作品中，我们固然不能离开一定的历史社会的特征来理解一定的人物；但同样，离开了形成一定人物性格的时代特征来反映一定的历史社会，也是困难的。离开了阿Q所处的历史社会的特征的描写，我们固然无法理解阿Q的性格，但是离开了阿Q性格的描写，我们也很难理解阿Q所处的历史社会。这两者是互相影响、互相关系、互相作用的。缺少了任何一方面的正确描写，都不可能正确地反映社会的真实面貌。

四

就算你的故事是符合人物性格与环境条件的发展法则吧，就算你的作品情节的梗概很有教育意义吧，但是如果仅仅写出故事的梗概，还是不能入情入理地吸引读者和感动读者的，当然更谈不上激起读者的爱憎了。必须深入去写人，必须展开人物性格与精神面貌的描写，去说明故事发生、发展与结局的内在因素。这样，作品才可能具有感染力和说服力。

许多艺术巨匠为什么敢于把故事的梗概写在序言里，其理由就在这里。譬如荷马吧，他的史诗的《序诗》常常就是整个故事的梗概；虽然如此，他的作品仍然有力地吸引着读者。因为读者所要求的，绝不是简单的故事梗概或简单的故事结局；读者所要了解的是：事件为什么会这样发生，而不是那样发生；为什么会产生这样的结果，而不是那样的结果。

请设想一下吧，如果人物不为读者所了解，如果在事件结束以前，作品中的人物只表面地与读者见见面，读者对人物的欲望、感情、品质、观点、爱好、脾气、为人、作风……并不能从事件发展的过程中得到较深的理解；那么，不管那个人物在结局中发生如何"不平凡"的事故，读者也不会在情感上被打动的。

在解释之前，请允许我提出一个简单的问题："当你听了某工厂发生了火灾，在火灾中两个你不认识的工人被烧死了，这消息，会不会使你非常难过？"你一定会说："若从理性上去考虑，觉得工人死了是损失，是一桩不幸的事；但在感情上却没有什么波动。"

又比方说，有一个你很熟悉的善良农民，通过你与他平时的接触，你了解他的性格——为人、作风，你对他有了一定的感情；但忽然听说这人被敌人杀害了，你在情感上就不免要发生很大的波动，甚至非常难过。

从这两个例子中，我们可以想到这么一个道理，那就是：只有你对某人的性格有了感性的认识，只有他的思想、作风以至行动曾深刻地给你留下印象，并判明了这些思想、作风等与你的利害关系，你才会在感情上去爱他或者去恨他。这样的人，在平时你已对他有了爱或恨，而当他忽然遇到大变故时，你在感情上就一定会引起波动。

但也有一些革命者，我们并没有机会与他接触过，也没有和他谈过话，可是当我们知道他不幸牺牲了，却不免要难过，这又是为什么呢？

这和上节的理由一样。虽然你没有直接接触过他，但他的伟大的革命品质，他在革命事业中的为人与作风……通过他的事业的社会影响，以及关于他的种种传说，再通过他的言论，你已直接间接地接触到他的思想感情和他心灵的深处。这样，你对于这人的理解，已不再是抽象的；实际上，你的思想感情已与他发生了联系，你对他早已发生了敬仰与热爱。

作品也是这样：不管故事的结局如何"不平凡"，不管故事的主人翁在结局中发生怎样"不平凡"的事件；但如果在这以前，读者不能从形象的感受中去认识主人翁，那么，小说作者所企图在故事结局时产生读者感情上的效果，是不可能达到的。

也许有人会质问："在结局之前，读者怎么会不认识主人翁呢？难道有小说在故事结局之前，主人翁完全不登场的吗？"可是，人物登场，并不等于读者就能理解他；譬如他只拿面孔、姿态，或者一些极表面的动作给你看，你能了解他的为人吗？你能因为看过他的面孔、姿态，就了解他的内心面貌吗？你能因为看了这些表面的相貌、姿态，就爱他或者恨他吗？

我曾看到一篇这样的作品，作者企图以一个纯朴的农民因被地主欺压而自杀的悲剧来激起读者去反对地主阶级。意图是很积极的，作品中对于"欺压"场面的描写，也很生动；但作者对那个纯朴农民性格的描写却很表面：只写他与他儿子一同锄草，写他在灾荒中吃糠咽菜，反而让主要的篇幅去描写地主如何压榨他的儿子。这样一来，作为这篇作品的主人翁的那个农民，以及他的性格特征，反而模糊了。作者既然没有很好地去描写这位农民的纯朴性格，也没有通过他的纯朴的行动让读者去认识他，也就是没有让读者在感情上和他发生联系；那么，读者怎么可能去爱这个人物呢？等到那个农民自杀时，读者怎么会感动呢？正因为读者不能从形象的感受中去爱那个农民，所以也不会因为他的自杀而去憎恨那个地主。因为对一方面没有强烈的爱，哪里能对另一方面有刻骨的恨？

读者对文学作品中的人物之爱或憎，反对或者拥护，是直接从艺术形象直观之下所引起，而不借助作者言辞的解释。就是说，作者要在作品中反对什么或拥护什么，不是直接用言辞去告诉读者，而是通过艺术形象来体现，让读者在形象的感受中去接受作品所企图表达的思想。有人认为："观众看了戏不恨戏里的地主，是因为观众的立场有问题。"我以为问题不能看得那么简单，观众的阶级立场的不同，固然会使他们对作品产生不同的看法；但有些读者（或观众）在认识上的确认为地主阶级可恨，但当他们看了某些描写农民反抗地主压迫的作品时，却不感动，这是什么道理呢？我以为主要的原因是：作品没有从人物与环境关系的内在因素中去说明故事为什么要这样结局（而不是那样结局）；同时作者没有能够通过艺术形象直接激起读者的爱憎。

我可以举出一个另一方面的例子，在《平原烈火》中，描写一个游击队的中队长

周铁汉,曾这么处理了一个变节分子尹增禄:

周铁汉一步跨出,抓住尹增禄的脖领,死猫一样拖进门来,通地摔在地上:"我叫你投降!……"周铁汉嘴唇哆嗦着,气梗在嗓子上,肺也快憋炸了。他右手一甩,盒子枪响了一声,尹增禄的半个后脑被掀了下去,花红脑子喷出去溅满门槛和墙壁。周铁汉又把他翻个身,照胸上肚上又一连两枪,见那尸上各处都冒着血,才插了盒子,捧起一把土,狠狠地搓着手上的血污。(见十六页)

为什么这样结束了尹增禄呢?为什么周铁汉这样狠狠地对付他呢?如果在处理这人物的结局之前,不把尹增禄这人物的自私、怕死的可憎的性格活生生地表现出来,如果不把当时残酷的环境描写出来,读者就会觉得这样的结局太悲惨,周铁汉太残酷了;周铁汉的做法就不可能获得读者的同意,作者对于尹增禄这人物的憎恨,就不可能引起读者的共鸣。

事实上,作者不仅描写了环境,也描写了尹增禄的性格。当时的环境是在敌人的重重包围中,敌人以优势兵力,在追击这支游击队;在突围的战斗中,许多同志做了壮烈的牺牲;当大家正同仇敌忾,奋勇杀敌,拼命突围的时候,尹增禄却慌张地从战场上往回跑;"左手拖着枪苗子在地上拉,右手只管一揿一揿摘掉身上的东西,米袋子、背包早扔光了,正往下摘手榴弹",准备临阵脱逃。周铁汉严厉地阻止了他,并问了他大队在什么地方,接着直跟着他的脊梁,把他带进村去;目的是与大队会合,共同打击敌人。但他怕死,他怕经过大街碰上敌人,企图绕过刚才大队与敌人相遇的十字街,"迷迷瞪瞪把队伍引进了一条死胡同;当发觉房上鬼子正架着'歪把子'等在那里的时候,一、三班已经卡在里头。敌人的机枪夹带着轰隆爆炸的手榴弹,蒙头盖顶直浇下来,许多战士还没有弄清楚子弹从哪里来的,便倒在血里了。五尺宽的过道,登时染满鲜血"。许多战士都把愤怒的眼光射到尹增禄脸上来,但敌人就在眼前,先对付敌人要紧,战士们正在跟敌人拼命,有的正冒着鲜血,这时,一颗手榴弹在墙角爆炸了,尹增禄竟撒手扔掉手中的枪,扑身倒下去,"一个苍白的面孔,绝望地看着天上,双手作揖似的向上伸去,狗一样跪卧在门外的墙角下"。尖叫着:"不要打啦,我,我投降!……"

尹增禄是个贪生怕死、毫无民族气节的家伙。正当周围的战士与敌人展开你死我

活的战斗，许多人正在为民族解放而倒在血泊里的紧张情况下，他反而自私地想临阵脱逃，甚至无耻地向敌人投降。对这样的人物，你能不恨之入骨吗？周铁汉不正跟你一样地恨透了他吗？作者没有求助于言辞的解释，只通过人物的行动去暴露他的为人和卑鄙的精神面貌，让读者在形象的感受中去认识，去憎恨他，然后才"狠狠地"打死了他。这样，不仅情节发展得入情入理，而且也能唤起读者感情上的共鸣。

只简单地叙述故事梗概，而不深刻描写人物性格的作品，就不可能表现得那么真实，那么入情入理和那么动人。

就是民间口头文学创作吧，凡是能够深深地感动听众，能激起爱憎，而且能使这爱憎的对象深刻地印在听众记忆里的作品，没有不是深刻地描写了人物的。譬如《梁山伯与祝英台》吧，就是通过人物精神面貌的描写来展开故事的；否则，这两个人物，无论如何也不能这样长久地这样深刻地印在人们的记忆里。

情节由人物而产生，人物由情节而表现。

只有情节而无人物，而又能深刻地感动读者的作品，现在还找不到恰当的例子；只有人物而完全没有情节的作品，也不易找到。不过，艺术性较高的小说故事性有强有弱，有的容易讲得动人，有的却不易，也是事实。

五

最后，附带谈到"强调人物在作品中的作用是否就是'英雄造时势'的唯心论"的问题。

我以为把"英雄造时势"和"强调人物在作品里的作用"这两个观念连在一起当问题来提出，就不很妥当。

的确，从前曾有些唯心论者认为：世界的面貌是按照几个"英雄"的主观愿望而随意改变的，认为可以不受历史的客观条件的限制，要怎么改变就怎么改变。这就是所谓"英雄造时势"的含义。这种谬论早已被历史事实所粉碎，也为历史唯物论的学说所驳倒。这不过是反人民的统治者及其御用学者们杜撰出来的花招，企图以此证明：只有他们几个人才是"英雄"，至于千千万万的劳动人民只是奴隶而已。

但我们却不能因此得出结论，说根本就无所谓英雄，或一概地否定了英雄的作用。

英雄还是存在的,英雄的作用也是不容否定的。但人民的英雄,与唯心论者口中的所谓"英雄",是根本不同的。真正的英雄,不是自封的,而是人民公认的。这种英雄不是凭主观愿望去行事,而是根据事物发展的法则,按照客观规律有计划有步骤地去改变社会或改变自然。单凭主观愿望去改造世界,是行不通的;只有根据实际情况,遵循客观法则,有计划有步骤地去解决矛盾,才能逐步地改变世界面貌,使社会不断地向前推进。

一定的英雄是从一定的时代与一定的条件下产生的。斯达汉诺夫式的英雄不能在资本主义国家里产生;魏来国式的战斗英雄不能产生于帝国主义国家的军队中。因为那样性质的时代和那样性质的国家,还没有条件产生这样性质的英雄。我们从这样的观点出发,所以我们认为英雄是由"时势"所造成,也即是"时势造英雄"。

但是仅仅理解"时势造英雄"这一面,还是不够的。凡是善于掌握事物发展规律,善于运用这规律去解决矛盾,使运动不断前进的英雄,事实上,都是反转来作用于社会,也作用于世界。谁能掌握事物发展法则,谁是真正的英雄,谁就一定属于人民。

我们为什么要反对唯心论者的所谓"英雄造时势"呢?主要是反对他们"不按照事物发展法则,只凭几个'英雄'的主观愿望就可以改变世界面貌"的谬误观点。也就是反对他们的所谓"主观意识决定客观存在"的谬论。

那么,在文学艺术的创作上,我们强调人物在作品中的作用,是否就是唯心论呢?是否就是等于强调"主观意识决定客观存在"的作用呢?不是,绝对不是。

我不打算再重复我对人物与故事的关系的话。前面已经反复说过,文学艺术作品中的情节(或叫作故事),是由人物的性格与性格之间,或人物性格与客观环境之间互相关系、互相发展的逻辑的结果。如果作家不根据人物性格,不根据人物所处的历史社会条件,不根据它们之间的内在的关系去处理作品情节(故事);反而只凭作者自己的主观愿望去"捏造"故事;那么,很显然,这样的故事是作家头脑里空想出来的产物,它不可能是人与人的关系的真实反映。这种做法,恰恰是违反了历史唯物论的基本精神,不知不觉地掉进"主观意识决定客观存在"的泥坑。

一九五〇年八月八日于北京

关于诗的形式[*]

我以为今天诗歌中所存在的问题,主要的还是内容问题,不管是自由诗、格律诗、民歌体还是鼓词……虽然其中也不乏较好的作品,但也有不少诗作还缺乏诗的感染力。在不少的诗作中,不是口号堆砌,就是表面现象的平铺直叙。这些作品在读者看来如同读了一篇杂文或一篇论文的零碎片段那样,既感觉不到诗歌的诗味,也没有诗的意境,好像作者对于所要歌唱的东西,已没有什么实感,也不曾有过感动。在这些诗作中,我们的革命精神,几乎都被套在一个刻板的模式里……来表现。

这种情况是应当改变了。这个根本问题如果不解决,不管采用什么形式,都不能赋予新诗以生命。

当然,更根本的问题,还是思想感情的问题……

其次,才是形式问题。

也许我的看法是片面的,但我总认为诗歌的形式,应当从广大人民的喜爱与接受的习惯去考虑取舍,而不应当只从少数人的爱好去考虑取舍。很多人都认为应当尊重中国诗的传统,并发扬这个传统,这是对的;可是其中有一部分人,只承认"五四"以来的自由诗是传统,只主张发扬自由诗的传统。不错,自由诗也是传统;但自由诗不是从中国传统诗歌的基础上发展起来的,它与中国劳动人民的歌唱习惯多少还有些距离;虽然它们也曾被人喜爱过,但那仅仅局限于知识分子的小圈子里;它们还没有、也很难为广大劳动人民所接受和乐于传诵。因而我以为,自由诗可以写,也可以发展,但应向易记、能唱的方向发展。

只要注意一下中国古典诗歌和劳动人民的歌谣,我们就不难发现这两者都有一个

---

[*] 载1984年4月版《萧殷自选集》。

共同的东西,那就是:都以五七言为基础。所谓"为基础",不一定都死板地限于五个字或七个字;譬如其中以七言为基础的,就有七字句、八字句、九字句以至于更多的;但基本上仍然不离七言的音节和格调。以五言为基础的也一样。

有人借口五个字或七个字的限制,来反对"以五七言为基础"的格律诗;实际上,我前面已经说过,"为基础"并不一定死板地限于五个字或七个字,问题的实质是在音节上和格调上。

要不要我们民族歌唱的格调和气派才是我们之间分歧的焦点。要是排斥这种为人民所喜闻乐见的格调和气派,又如何能创立富有民族风格的诗歌?

所以我个人认为,以五七言为基础有点格律的形式,是有发展可能和发展前途的。一方面它与我们民族的诗歌传统,在格调和形式上是相衔接的(其实古典诗歌也是从当时的民间歌谣脱胎出来和发展起来的);一方面又符合广大劳动人民的歌唱习惯,容易为群众所接受并乐于传诵。

但是,有人拿田间同志最近的新作来作为反对"以五七言为基础"的诗体,其实这是没有道理的。田间同志所尝试的格律体的诗作,的确还存在着一些缺点,它的语言锤炼得不够,节奏还不悦耳,甚至在一些诗句中还存在着不太自然的字句;但这是在摸索过程一时很难避免的现象,绝不能由此就得出结论,说"以五七言为基础的"诗体没有发展的前途。

……在摸索过程中,应当向民歌学习,应当向古典诗歌学习,应当大量吸收群众的口语,并给以适当的加工和提炼;但对于民歌中那些陈词滥调,例如"地流平"之类,应当毫不犹豫地把它们丢掉。……诗既然是语言的艺术,如果语言不凝练,又缺乏情景交融的意境,只一味追求诗的形式,也是无补于诗歌的发展的。

一九五〇年八月于北京

歌颂、悲剧及其他[*]

一

……在《关于歌颂的两点意见》一文中,你反复强调"歌颂"与"揭露缺点"应同时进行,认为揭露错误去教育读者,也就是"歌颂",而且认为"才是真正负责的歌颂"。我们以为这种说法是很错误的。在你这篇文章中,所反复说明的好像只有揭露错误,才能教育读者,但你却忽视了歌颂英雄、歌颂新人物新品质,更能起教育读者的作用。当然,歌颂新人物新事物不是抽象的,而应该通过斗争来歌颂。即通过对腐朽现象的斗争,新的人物才能显示出来。至于《新儿女英雄传》其所以不能令人十分满意,其原因不是像你所说的:因为它"是赞美式的英雄传记";而是由于没有通过活生生的个性去体现这英雄的斗争。

你说:"我们的文学应该在一般的肯定之后,再进一步检查这里面是否有毛病,指出他纠正和改造的过程,目的是在教育正在犯了这样错误的人们,然而这样的描写就不算歌颂了吗?相反的,唯有如此才真正是作者负责的歌颂。"你为什么一定要在"歌颂"中强调同时指出"毛病"呢?为什么一定要指出错误,才算是"真正的负责的歌颂"呢?难道正面的歌颂就不是"真正的负责的歌颂"吗?难道只有"光明"与"黑暗""一半对一半"的作品才有教育意义吗?你说到英雄成长过程时,特别强调"英雄们犯过的错误"的描写,难道一切英雄都必须从犯错误中产生出来吗?否则,你为什么一定要强调英雄的错误呢?难道英雄在新社会培养成长的过程以及他们为人民、为工人阶级事业的高尚品德及其表现的描写,不是有更大的教育意义吗?毛主席

---
[*] 载1953年4月版《与习作者谈写作》。

说："苏联在社会主义建设时期的文学就是以写光明为主。他们也写些工作中的缺点，也写反面的人物，但是这种描写只能成为整个光明的陪衬，并不是所谓'一半对一半'。"既然这样，我们的文学为什么要"一半对一半"呢？现在新中国正在成长壮大，新的人物和新的道德品质，正在萌芽成长；在这样的情况下，我们为什么要强调"一半对一半"呢？

当然，在作品里应该有斗争，即光明与黑暗的斗争——我们与敌人的斗争，或者是人物的思想里面的阶级斗争；但不管是外部或是内部的斗争，我们的主要敌人都不是我们自己的人民和自己的英雄，而是帝国主义和封建势力以及它们的残余意识。但你却认为，"现在有人感觉到好的作品真搞不出来了，故事的描写只是一面倒的歌颂，不会写出惊人的作品"。人民在进步，这是谁也否认不了的事实，而我们多数的作品都是歌颂人民的进步，扶植先进的事物，使之成长得更快，这完全是必要的而且也是应该的。这种"一面倒的歌颂"有什么不好呢？难道故事的发展应该与此相反，才能写出惊人的作品吗？

你又说："如果说文学是为政治服务的话，不用说在刘少奇讲出（指党内偏向的斗争）之前应预见地写出来，不然至少在刘少奇报告了这许多现象之后，就应该马上写出来，不能全盘地抓到这些斗争的偏向的材料去描写，那么写几点片段，也是文艺工作者应尽的责任。"我们不了解你所以要强调揭露党内偏向的意义在哪里？据我们所知，刘少奇同志做报告的时候，正是抗日战争转入艰苦阶段的时候，这时党内的组织工作者，及时指出党内斗争的某些偏向是完全应该的，目的是更好地进行党内教育，壮大党的力量，团结广大人民，以打击民族的敌人和阶级的敌人。这时候，文艺工作者的首要任务是歌颂抗日英雄，歌颂英雄事迹以鼓舞士气，以便更好地组织力量去打击日本侵略者；而不是首先以艺术形象来揭露党内斗争的偏向，这理由是很明显的。你不是也说："要对歌颂现实的作品去估价，先是取决于他在新民主主义建设中所起的作用如何，它给予人民的利益如何"吗？请试想一下，在这样的残酷斗争的情况下，作家如果放弃歌颂，放弃鼓舞人民的战斗情绪，反而首先用主要的力量去揭露工人阶级政党内部的缺点，这在当时将起一种什么作用呢？

当然，在残酷的斗争时期，适当地描写一些革命阵营内的某些不健康的现象，是容许的，也是有意义的；但你在这篇文章中反复地强调作家的首要任务是揭发"毛病"和"错误"，并且还认为揭发毛病才是"真正的负责的歌颂"，而完全忽视正面歌颂的积极意义，却是错误的。

二

在第二个问题中，你所反复强调的，是悲剧给人民的教育效果；但你却完全忽视了英雄的胜利结局所带来的巨大的教育意义。这是跟你在第一个问题中强调的"歌颂"与"揭露错误"的观点是相关联的。

我在《谈人物与作者的爱憎》一文中，为什么强调小二黑与小芹圆满结果的意义呢？那是为了要求作家更明确地去拥护什么和反对什么。小二黑与小芹是在新社会里生长的性格，他们有与封建势力斗争的认识与决心。为了鼓舞读者去斗争，给小芹和小二黑一个胜利的结局，比起悲剧的结局来，其意义是更积极的；就反映生活来看，也是更加真实的。因为只有把他们的圆满结果表现出来，读者才能更明确地认识到小二黑和小芹的美满结果是新社会支持他们斗争所获得的，这样才可能引导读者更加拥护新社会。

在新的社会环境中，过分强调悲剧的作用是不适当的，因为制造人民悲剧的旧势力已基本消灭了；虽然在这环境中还残留着反动势力所造成的某些悲剧现象，但到底不是最普遍的现象，也不是新社会制度所酿成的现象。在新社会里最特征的情况与最特征的规律，是人民斗争的胜利，建设的胜利，是人民摆脱旧意识（资本主义意识和封建主义意识等）的束缚，走向自由解放，给开辟美好的未来，创造着最好的条件。因此，在新社会里与其强调悲剧的意义，不如强调人民新的斗争的胜利。因为后者代表着时代的主流和时代的本质，更能反映这个社会的真实面貌，更能给人民展示美丽的远景，更能巩固并加强人民走向远景和缔造远景的信心。

但是在新社会里是不是应该使一切"可爱的人物"都引向"美满的结果呢"？不一定。的确有些具有新社会品质的人物被杀死了。但是我们要追问，是谁杀死他的呢？是帝国主义和封建势力，是它们的意识与影响。作品如果不写出这个悲剧的社会根源，它就没有把生活真实反映出来，也就不可能有什么积极的教育意义。

至于你所举的鲁迅先生的《药》中的人物，法捷耶夫《青年近卫军》中的英雄，《新儿女英雄传》中的英雄等的悲剧，那是在另一个黑暗的、反动势力统治着或占着优势的环境里发生的，他们的死之所以具有积极意义，是因为他们在重重的黑暗势力之中，被迫得不得已而死去。在这样的环境里，许多可敬可爱的人，常常被逼到悲剧的深渊里，这是反动社会的典型现象。因而那些作品能引起读者去仇恨那个造成悲剧的社会和阶级，并滋生了消灭那个社会或阶级的意志。

你说："世界上，人是必须有死的，革命的人物何尝不可以死。"一般地说，你的说法是对的；但是倘具体地分析一下，你的话却有语病。因为革命的目的是要活下去，并不是要死才参加革命的。因此，一个作家不应该在作品里随随便便地、轻易地让一个革命者或具有新社会品质的人物死去；只有在不得不死的情况下，人物的死才有积极意义。但是，在新社会的环境里，是人民占着统治地位，作家不能让具有新品质的人物随便死去，否则，作品就不能从现实深处去反映生活的真实面貌。

中华人民共和国的成立，就是人民大团圆的社会基础。这是生活发展的逻辑。目前许多作品中所反映的生活是符合这条规律的；但其中的确也有些"千篇一律"的"公式化"的作品，然而这"千篇一律"或"公式化"不是因为他们写了大团圆，而是由于作者没有深入生活，没有深刻地认识生活和真实地表现生活。

一九五一年五月十一日

谈写诗[*]

好些文艺刊物的编辑，只要一碰面，总爱交谈些关于如何处理诗稿的意见。据他们反映：各文学刊物的编辑部，每日都收到大量的诗稿，如果以篇数计，它的比例占了来稿总数的百分之九十以上，但是能发表的却非常之少，至多只能占诗的来稿的百分之一，有时甚至连百分之一也还不到。在这种情况下，编辑部的全部人员需要用百分之七八十的时间去审阅、处理这些诗稿，虽然紧张地工作，但仍无法及时处理，由于诗稿大量地源源而来，因此稿件的积压现象就愈来愈严重。

写诗的人多，本来是一种好现象，文学刊物编辑部每日能收到大量的诗稿，本来也是一种好现象。但是，现在为什么好些文学刊物的编者，反而因为诗稿多觉得是"问题"呢？其实，问题不在诗的产量的增多，问题是许多诗作者用一种极草率的态度来写诗，他们常常"为写诗而写诗"，或者为投稿而写诗，有的甚至是为"成名"而写诗。在这种种不正确的态度支配下所写出来的诗，的确存在着一些值得注意的问题。

一

那么，在目前一般的来稿中，诗歌创作（特别是抒情诗创作）所普遍存在的，到底是些什么问题呢？我不想一般地来论述它，为了使初学写诗的同志易于理解，举出具体的作品来分析，也许更容易把问题说得明白些。

在一首叫作《万岁！我们伟大的祖国》的诗里，这样写着：

---

[*] 载1984年4月版《萧殷自选集》。

我们打败了黑暗的反动势力，
打败了帝国主义的侵略，
摧毁了历史上最残酷的
最野蛮的反动统治，
解放了全国，
把卖国贼，帝国主义，
从我们的土地上滚出去。

在这首诗里全是这样的语言，其中还有最突出的一段，是这样的：

我们进行了伟大的，新民主主义建设。
财政，经济迅速恢复、发展了。
我们在短促的时间里，
消灭了历史性的，财政收支不平衡的赤字，
挽回了金融波动，物价暴涨的狂澜，
全国的财政统一了，
崩溃的经济复兴了。

现在，我们姑且不谈这首诗中某些语法不通的现象，但是作者既然把它称为诗，而且据作者来信说，还是在"希望能激动起人民对祖国的爱护，更坚决地在党的领导下把革命进行到底"的心情下写出来的诗，那么，我们就应该考察它能不能"激动"读者，能不能在情绪上激起读者"对祖国的爱"。

用不着我来逐句加以分析，这首"诗"从头到尾都是用政治术语或社会科学的术语堆砌起来的。这些诗句到底给读者传达了些什么生活实感和生活情绪呢？没有，一点也没有。这些诗句除了重复着一些"谁都知道"的政治概念之外，什么也没有传达给读者。既然它是抽象的概念，读者既不能从这里感受到什么生活气息，也不能从这里联想起什么生活情绪，那么，这样的作品能在情绪上感染读者，进而感动读者么？

一首诗既然不能在情绪上去感染读者和感动读者，那么，这样的"诗"又怎么能够产生诗的效果呢？

这些惯于用政治术语或社会科学术语来写诗的同志，他们大概都把诗理解为"分句排列"的东西，以为把句子拆开，一句一句地并排起来就是诗。其实，这种理解是完全错了。

所谓诗，它的特点并不是仅仅表现在形式上，更重要的是表现在它的内容上。诗是心的歌，是客观事物运动激起诗人内心沸腾的共鸣和体验，经过感情和想象的培养和独创的构思，把诗人内心孕育的诗的情绪和境界融入形象的语言表现出来的东西。一首好诗，即使把句子连接起来，它仍然具有诗的感染力量，读者仍然把这种"不分句排列"的作品叫作诗。理由就是因为这些作品在内容上有着诗的情绪和诗的境界。相反，如果在内容上没有诗的情绪与诗的境界，无论你把"我们打败了黑暗的反动势力，打败了帝国主义的侵略，摧毁了历史上最残酷的最野蛮的反动统治，……"等句子怎样排列，它仍然不会有诗的感染力量，也不能产生诗的效果。

二

是的，诗也需要有说服力，但是所谓"诗的说服力"，并不是直接用概念去说服读者，而是让诗人的体验、情绪融入富有联想的、和谐的诗的意境之中；然后通过这意境去激起读者的共鸣。但有些诗作者却完全不理会这一特点。例如：

无耻！
最无耻！
完全丧失人性的美国战争贩子！
你梦想用细菌、毒虫
来挽救你必然死亡的命运，
告诉你：
不可能！
你的"空中堡垒"，
被我们摔成残骸碎片；
你的坦克、大炮，
被我们捣成废钢顽铁；

同样的,你的细菌、毒虫,
我们一定把它送进那
埋葬你自己的坟墓里!
强盗!
流氓!
最野蛮的刽子手!
你妄想用细菌、毒虫
来屈服不可屈服的中朝人民!
告诉你:
不可能!
日本法西斯的毒焰
被我们鄙夷地踏熄了;
一切狂妄的暴力,
从来没有阻碍了人类历史前进;
同样的,你和你血腥的细菌,
我们一定亲手来
收拾干净!

现在,我们不去讨论这种"忽高忽低"的诗的排列形式,但我们却应该分析一下这首诗的"说服力"。毫无疑问,作者写这首诗的目的,一方面是想讽刺美帝国主义,一方面也想启发我们的人民。但是,结果怎样呢?任何一方面的效果也没有达到。第一,作者没有捉住美帝国主义最具有特征的东西,不能抓住他们的痛处,狠狠地加以打击,因此不能有力地讽刺敌人。第二,由于作者没有通过自己的生活体验,也没有经过感情和想象的孕育,即没有经过诗的构思,因此,读者只能从诗句中看见一些抽象的概念,却不能从诗句中感受到什么真情实感。因而,也就不能在情绪上打动读者的心弦。

但,是否作者捉住了事物的特征,就能够说服读者呢?不一定。如果作者仍然用概念来写诗,不管理由如何充足,也仍然不会有诗的说服力,即不会有诗的感染力量和感动力量。

有些诗歌写作者,反复地写着这样的诗句:

时代的巨轮永远不会倒转,
人类的理想必须交由工人阶级领导去实现,
这是铁的规律,
谁做别的梦想,道路只有一条——黑暗。

也许作者以为这样的诗句是很有力量的,实际上,读者除了接触一些政治概念之外,丝毫生活实感也感觉不到。像上述诗句中所说的理由,应该说是充足的,但由于是纯理念的,它也不能在情绪上打动读者,它所起的作用,与一篇蹩脚的论文差不多,如果与一篇出色的论文相比较,它就益发显得空洞而无力了。

我所以拿这样的诗与论文来比较,并不是要求诗要跟论文一样地推理和判断,而是说,如果一个诗作者企图直接以理念来说服读者,那么他的"诗",顶多只能与最蹩脚的论文所起的作用差不多,就退一步说,我们先不谈诗的效果,即从理念的说服性来要求,它也是空洞而无力的。

这样的诗之所以不好,首先是因为作者不是从真情实感出发,即不是"先乎情,始乎言",而是在内心并无激情和并无诗的冲动的情况下"写"出来的;这样的诗,自然无法和诗作者自己的血液融化起来,无法在诗歌的每一行每一句中渗透着作者的意识和感情,结果,当然只会成为冷冰冰的缺乏热情的东西了。

三

类似的缺点,同样出现在一些结合政治运动的诗作上,如:

美国杀人犯们违反了日内瓦公约,
不顾国际公法和人民的制裁,
释放了沾满中国人民血迹的——
日本细菌犯石井,若松,
在南朝鲜的巨济岛

用战俘做世界上最残忍的,
灭绝人性的细菌实验,
并且在北朝鲜和中国的东北大量撒布细菌毒虫!
美国杀人犯的滔天罪行,
激起了全中国人民的愤恨!
激起了全世界人民的声讨!

又如:

他们是人民的仇敌,
他们是祖国的叛逆。
是他们,
这些利欲熏心的家伙们,
侵蚀我们的党,
腐蚀我们的革命干部。
是他们,
组织了"糖衣军",
使用了糖衣炮弹,
把革命干部拉下水。
是他们,
这些祸国殃民的败类,
欺骗政府偷工减料,
偷窃盗卖不上税。
是他们,
混进革命阵营,
刺探国家经济情报,
破坏新民主主义的经济建设。

这样生吞活剥地把新闻报道或报纸社论支离破碎地重复一遍,到底有什么意义呢？老实说，这样的重复还是残缺不全的。这些诗作者将动人的新闻报道抽象得只剩下几个概念，把思想内容极其深刻的政治论文弄得只剩下几个名词术语。作者不仅没有通过自己的体验和感情深入地去理解这些政治事件，赋予它更动人的内容；反而把本来充满着生动内容的事件抽象化了，表面化了。一个诗作者的这种做法，不正是一种反常的现象吗？

既然为结合政治运动而写诗，诗作者当然希望他的诗能在运动中起积极的作用，协助和推动政治运动往前发展。要达到这样的目的，显然不是把新闻报道加以分句排列就能办到，也不是排列几句口号就能办到。文学写作者在政治运动中的任务，不是抽象地宣传一般的政治观念或政策，不是用直接说理的方式去教育人民，而应该是通过形象去打动读者的心弦，激发读者情绪上的爱憎，进而启发他们去思考，引导他们去行动。当然诗人所企图激起的思想情绪，应该与政策的精神相一致，正如《古诗源》例言中所说："诗非谈理，亦乌（也不）可悖（违背）理（真理）也？"否则，诗就不能在政治运动中起积极作用。

但为什么许多诗歌写作者把饱含着生活内容的政治事件抽象化了，表面化了呢？第一，这说明那些诗作者还没有明确地认识诗的特有的效能，以及如何在政治运动中去发挥它的鼓动人心的威力。以为写了运动中的事象，就是配合了运动；但是否真正起了配合作用呢？是否能在读者和听众中间激起或加深他们的爱憎情绪呢？却很少考虑，或根本不考虑。第二，说明那些诗作者的感情还没有与歌唱对象相融合，作者只是"为写诗而写诗"地把"人皆周知"的事件抽象地重复一遍。对于歌唱对象，没有真情实感，也没有经过热情和想象的培养。既然如此，诗怎么能有真情实感？又怎么能够在情绪上感染读者，进而激起读者的爱憎呢？

四

诗是否有生命，首先要看它是否有强烈的生活激情。

但是有些诗作者，把诗的激情表面化了。他们把激情理解为表现在字面上的东西，因此他们以大量形容词或形动词来"装饰"激情，并以这"装饰"出来的激情来代替真正的生活激情。

曾经有一位诗作者写过一篇叫作《欢迎我们最可爱的人》的诗，在这首诗里，作者为表示他的热情，曾选用了大量的形容词和形动词来装饰他的诗篇："热烈地欢迎"呀，"激动振奋"呀，"要拥抱得更紧"呀，"热爱地关心你们"呀，"尽情地歌唱你们"呀，"做着无上光荣的事情"呀，"你们英勇顽强的辉煌战绩"呀，"你们艰苦奋斗的精神"呀，"你们是祖国优秀的好儿女"呀，"战斗在最前线的英雄"呀，"你们肩负崇高的荣誉"呀，"英勇机智地冲锋陷阵"呀，"顽强地与敌搏斗"呀，等等。值得注意的是，这一大串为形容词与形动词所装饰起来的诗句，仅仅为了说明"欢迎""抗击""保卫"三个动词。这就是全诗的内容。

既然所有的热烈的词句都只是为了装饰那三个动词，那么诗的内容就可以猜想到是多么贫乏了。作者如果没有从现实生活中汲取灵感和真情实感的话，即使在纸面上再增加几倍形容词和形动词，它仍然是空洞无物的。

五

但是，另一方面，有些同志虽然写了生活现象，但也仍然不能很好地表现诗的情绪，如一首题叫《春耕》的诗：

公鸡啼了，
天还没有大亮，
王老汉开了房门，
走到院中，
尝尝春晨新鲜的空气，
深深地打了一个呵欠，
抬头望望天，
星儿尚挂在高空，
眨着眼睛。
槽上的黄牛，
哞！哞！叫了两声，
像在问主人早安；
他拿了草料，

走到槽前，倒在槽里边，
牛儿低头吃着。
儿媳听见公公的咳声，
急忙起来烧火做饭。
全家都起来了，
打扫打扫院中，
吃过早饭，
王老汉扛着七寸步犁，
儿媳赶着牛，
拉着拖床和耙，
儿子拿着三齿镐，
出村奔正东。
星儿已落，
刚冒嘴的红太阳真耀眼，
四外一望，
啊！真清！
……

抄起来太长，就抄到这里为止吧。诗作者像记账似的，把王老汉从早一直写到傍晚，不仅写他耕地，甚至连王老汉所见所闻的微末细节都写到了，譬如王老汉耕地时偶尔见到的情景，作者也不遗漏地写着：

阳光照在新的波纹上，
红润得可爱。
偶尔飞过一两只鸟儿，
唧喳！唧喳！
远了，变成了小黑点。

虽然几乎什么都写到了，但什么也写得不深刻。全诗既无中心，也不知作者到底要表现什么思想情绪。

这样的诗,比起前面所指出的那几类来,还算有一点生活气息,但仍然没有什么动人的地方,它除了使读者知道王老汉这一天的劳动情况与所见所闻之外,不能给读者任何激发与启示。

这样的诗之所以使人感到索然无味,首先是作者对歌唱对象并没有感动过,既无感动,当然就没有需要抒发的情绪。作者也许以为把生活现象搬到纸上就算表现了生活,但是生活如果没有与作者的感情相融合,没有经过诗的构思,绝不可能把作者的感情通过情景交融的意境表达出来的。如果我们原原本本地把感官所接触到的现象都一起写下来(如像《春耕》那样),就正如高尔基所指责的,是"鸡肉和鸡毛一起炒"。结果,当然不可能是"有诗的感动力"的东西。

总之,以上所论列的各种写诗倾向——用概念来代替生活实感;用大量形容词形动词来"装饰"情绪;用说理去代替形象的感染;把动人的事件抽象化和表面化;用旁观态度去罗列生活现象等倾向,都是一些不好的倾向,都是离开了形象思维过程,这种种做法,只会妨害诗的正常发展。

六

诗是什么?

诗,不是把作品的句子拆散分开,加以排列。如果它没有诗的情绪和诗的境界,即使在形式上排列得很好看,也仍然不是诗。如:

挺起我们的胸,
为改造社会风气,
努力求成功!
树立起革命工作传统,
廉洁奉公!
切莫要辜负人民,
党和毛主席,
——毛泽东。

虽然作者在形式上排列得很认真，而且费尽心机押了韵脚，但它仍然不是诗。

诗的特征，除了它特殊的形式与语言之外，还有一种更重要的东西，就是诗的内涵的境界。

但是，所谓诗的境界，并不是诗人凭空"制造"出来，也不是来自外在的修饰；而是现实斗争映入诗人内心所激发出来、经过感情和想象的活动所构成的一种"意""境"凝练、情景交融、易于引起共鸣的、富有魅力的境界。

因此，只强调热烈的情绪，是不够的；譬如下面那首诗，论其情绪，不能说不热烈，但有热烈的情绪是否就等于有了诗呢？不一定。为什么呢？你看：

中国人民志愿军，
机智，沉着，拼命地战斗，
歼灭几十万凶残的敌人。
光辉地战斗，
光辉地前进！
没有把野蛮的敌人
消灭在朝鲜阵地上，
战斗决不停息！
前进决不停息！

像这样的诗，能说作者毫无热情吗？能说他没有一点热烈情绪吗？不能。从字面上来看这首诗，诗作者确是有一点热烈情绪的，但这点情绪是否能感染给读者呢？不能。因为这首诗的"情绪"完全是抽象的，由形容词和形动词装饰的"情绪"，是感官无法触及的东西。这种表现在纸上的"情绪"，既不能让读者（听众）感觉到，也不能让读者（听众）体验到，那么它怎么能够感染读者呢？

与上述的情形完全相反，在民歌中却有情绪饱满而且极动人的诗篇，如：

小妮子，泪交流，
想起爹娘整日愁，
爹娘吃了东庄酒，

把俺卖到山后头。
成天听见老虎叫，
隔窗看见山水流，
有心跟着山水走，
又怕山水不到头。

这首诗，把封建社会里被压迫的女子悲愤与绝望的情绪，充分地表现出来了，这种情绪使读者都感觉到，而且被感动了。

读者在读了这首诗后，产生了这样沉痛与愤慨的感情，是极其自然的。作者虽然没有在字面上去号召这种感情，但通过诗的意境，读者的的确确地感受到抒情人物悲愤与绝望的心情，感受到那个社会中许多被压迫的女子的心情，因此读者在同情之余，产生了一种仇恨旧社会的情绪，也是很自然的。

那么问题的关键在哪里呢？为什么前面那首诗毫无感染力量，而后面这一首却有感染力呢？关键就在于前者是用概念、用形容词与形动词来表达它的情绪，因此，它的"情绪"只是停留在纸上的、变成不能感染人的空话。而后者，却是通过作者的感受与体验、通过感情和想象的活动构成了动人的意境和独创性的境界，因此，情绪就能打动读者的心灵。

谁都知道，所谓情绪，并不是表现在外面的、可以看见和可以听到的东西，它是蕴藏在具体的生活里面。因此，企图不借助于比拟和想象，反而企图用概念来传达情绪，是徒劳的。

越是诗人熟悉的生活，情绪就越饱满；越是经过诗人深思熟虑和再三感动过的生活，诗人对它的情绪就越强烈。因而，诗人就越能通过具体的印象、联想和夸张所构成的优美的诗的意境来表达这种情绪和加深这种情绪。

这里用不着很多说明，因为经过诗人感情的酝酿和再三感动过的生活，是有真情实感的。诗人既然是被这生活所感动，既然是以诗的方式接受了生活的印象，那么，当诗人要表现这种激情和境界的时候，首先使他想起的，并不是什么抽象的形容词或抽象的概念，而是由诗人内心滋长起来的意象和情景。

七

这是一方面。但另一方面,对于没有亲自经验过的重大的政治事件,是否不要歌唱呢?我以为要歌唱的,而且应该努力去歌唱。现在,摆在我们面前的主要问题,不是要不要歌唱重大政治事件,而是如何去歌唱它,要怎样才能歌唱得动人的问题。

如果像本文前几节所论述的那样去歌唱政治事件,那一定是徒劳无益的。因为这些诗作者不是在抒发现实斗争映入自己内心的思想感情,那里没有诗的构思,也缺少对生活的真情实感;而是像魔术师那样,只把新闻报道中或报纸社论中的词句,用诗的格式排列了一番罢了。这样说还不完全,实际上,这种"排列"出来的"诗",远不如新闻报道那样生动有力,也远不如一篇论文那样有逻辑力量与说服性。原因是那些诗作者把新闻报道生动的内容抽象化了,表面化了,把完整的思想割裂得支离破碎,残缺不全了。

正如一些读者所说的:"与其读(听)这样的'诗',真不如去读一篇新闻报道或一篇社论。"

那么问题的关键在哪里呢?关键就在于作者没有通过自己的体验、自己的心灵和自己的感情去理解这些事件,去融化这些事件,没有给这些事件灌注更饱满的情绪,也没有通过感情和想象的活动构思出动人的意境和清新的境界。

石方禹同志的《和平的最强音》(见《人民文学》三卷一期),是一首较好的诗,这首诗也是歌唱重大政治事件的,但该诗作者没有在新闻报道的概念里去兜圈子,他通过自己的体验、自己的感情,通过自己整个的心灵去把握世界和平运动的意义,并用比拟和联想加浓了和加深了诗的情绪,创造了诗的意境,你听:

可是,美利坚
当我把好莱坞的大腿画
和《草叶集》放在一起
当我把《权利宣言书》
和杜鲁门的演讲词放在一起
我听见你的先人
在地下哭泣

又如：

美利坚呵

你不能这样

保罗·罗伯逊的歌沉重地唱着

你的人民向你警告

在银行的柜台前面

家庭主妇抱着

营养不足的婴孩

她们没有钞票

一叠叠交进去的

是血泪写成的标语

她们不能为原子弹和警犬

纳税

她们的儿子

不能死在异国的山野

我看见码头工人爬在电灯杆上

向纽约的市街高举和平的旗帜

我的耳朵里还响着那个女人的号哭

当她听见军队开到朝鲜去

她用头撞着白宫的圆柱

要杜鲁门交回

她的独生子

这首诗之所以比较动人，并不仅仅是因为它有了生动的比拟和联想，更重要的，是全诗都贯注着饱满的真情实感，而且全部的真情实感都融化在动人的意象、联想和比拟的中间。

这里，一方面说明诗作者要有丰富的生活经验与社会知识，一方面也要求诗作者对这些生活要有正确的理解和热烈的感情。否则，你就无法进入诗的构思。

是的，《和平的最强音》也有类似标语口号的词句，不过这些词句，是在诗的意境与强烈情绪的包围之中，与生命的脉络连贯着，因此，它不再是抽象的概念，而变成有生命的和谐的诗句了。

八

最后，我还要说到一点，所谓诗，并不是任何生活现象的抒写，也不是把一件事情从头到尾地写一遍。前面已经说过，诗，主要是抒发现实斗争映入诗人内心所激发的思想情绪和诗人的体验。

> 大户人家吃顿饭，
> 前门关，后门关，
> 只有窗户未曾关；
> 苍蝇衔去一颗米，
> 一直赶到太阳山。
> 不是桥神菩萨去拦路，
> 险些要到鬼门关！

这首诗，让诗人的感情和体验，融入联想和比拟里边，构成了完整的意象，因而，它是动人的。那种毫无重心地随便抒写些生活现象，那种看见有十样事象，就把十样事象都原原本本地写下来的做法，是非诗的。诗，应该在诸种事象中捉住其中最能表现特征的、最动人的一片段或一侧面来进行构思。

在本文前几段，我曾说过，一首诗是否有生命，首先取决于诗作者对于歌唱对象是否有生活实感与强烈的情绪；但现在我必须强调地补充一句：并不是什么样的生活实感与强烈情绪，都能够获得诗的生命；只有与广大人民群众利害相关联的思想情绪，并且是向上的、清新的、健康的思想情绪，经过感情和想象的活动，经过"独出心裁"的诗的构思，才可能创造出动人的有生命的诗的境界。

诗的形成的过程，不要理解为机械的凑合的过程，也不是外在修饰的过程。如果现实生活不能引起诗人的感动并激起他想象的活动，无论怎么样的外部修饰，也不能"修饰"出诗来。没有一点诗的感觉，现实生活的印象，就不可能以诗的方式映入你的脑际；即使你费尽心机，联想和夸张也不能帮助你把印象造成诗的形象。别林斯基说过："诗中的力量、弹性、柔韧、魅力、优美、丰满、嘹亮、和谐、绘画性与造型性不是来自外在的修饰，而是从他内在的生命发出的，这生命即在诗人的创造力的主宰下灌注到全篇诗作里。"（见《爱德华·左贝尔的诗》）

以上反反复复所说的都是常识，但许多初学写作者还不十分懂得它。当然，只依靠这点点常识就想写出诗来，还是妄想；更重要的，是深入生活，深入火热的斗争中去锻炼，去体验，去感受；否则，你什么也写不出来。

一九五二年四月二十七日于北京

民歌应当是新诗发展的基础[*]

在新诗发展的道路上，新民歌无疑地应当成为新诗发展的基础。

民歌，既然是广大劳动人民所熟悉的和喜闻乐见的艺术形式，又与我们古典诗歌的表现方式相衔接；因此，不谈民族形式则已，要想建立具有民族气派又为广大人民所喜爱的新诗，就一定要重视民歌，发展民歌，向民歌汲取养分，并且应当把民歌作为新诗发展的基础。

抛开劳动人民所喜闻乐见的民歌，妄图创立什么"新格律诗"，或者"现代格律诗"，是办不到的。近年来，我们曾拜读过一些毫无民族气味的"格律诗"。在这些"格律诗"里，不仅在思想感情上同劳动人民格格不入，同时在语言风格上或说话的腔调上，也同劳动人民是格格不入的。这也许正是某些人心目中的所谓"新格律诗"吧，实际上这里并没有什么"新"的格律，只不过是从欧洲的"十四行诗"中或者从"高蹈派"诗歌中剽窃了一点皮毛的形式；要不然，那就是从其他国家的诗歌中生吞活剥地抄袭了一些其他的形式而已。对于这种诗，尽管他们自己和类似他们的一群人赞赏不绝，可是劳动人民却从来就不欣赏这类洋腔洋调的"诗歌"。

在这里，我丝毫没有排斥向外国优秀诗歌学习的意思。但是向外国学习的目的，绝不是拿外国的诗歌来代替自己民族的诗歌，而应当是汲取外国诗歌的某些长处，更好地来发扬自己民族的诗歌，使诗歌的民族特点更发展、更突出和更完美。

同样，也不应当排斥向古典诗歌学习，但学习的目的，不是别的，主要是更好地来发扬自己民族的诗歌，使诗歌的民族特点更发展、更突出和更完美，能更深地和更

---

[*] 载1958年11月25日《诗刊》11月号。

动人地表现英雄时代的英雄气魄和精神。

谁忘记了这个目的，谁就难免要误入一条死胡同里。

新民歌，需要突破现有的水平继续提高，是谁也不否认的；但是这与那些瞧不起新民歌、拿资产阶级艺术趣味来抹杀新民歌的人，是不同的。前一种人，是首先看见了民歌的许多优点，肯定它是有发展前途的；然而后一种人，却完全不是从广大劳动人民的需要来考虑问题，死抱着个人习惯了的那一套，费尽心机地从民歌身上去寻找弱点，例如所谓"局限性"……

实际上，民歌无论在内容上或表现方法上，都给新诗歌的发展，提供了异常可贵的基础。可是"局限性论者"却不愿看见民歌的主要方面，反而吹毛求疵地把次要的、可以克服的某些弱点，加以夸大，加以渲染，并拿来作为民歌"不能发展"的理由。其实这理由是站不住脚的。

民歌有多种多样，各地的民歌都有各不相同的形式，有句子较整齐的，也有长短句的，不管形式如何不同，但它们都是音韵铿锵，节奏分明；念起来，平易清晰，朗朗上口的。这给新诗歌提供了极其丰富的形式和多方面表现生活的可能性。

我们大概都还没有忘记，秧歌剧初在陕北被采用的时候，也有人说它只适于表现调情或生活片段，不能表现重大的题材和伟大的场面；可是不久之后，以秧歌剧的手法为基础的、加以发展的《周子山》一剧，却结结实实地堵住了这些"局限性论者"的嘴巴，秧歌剧《周子山》不但表现了轰轰烈烈的革命斗争的题材，同时也表现了宏伟而又壮丽的场面。

民歌也一样，它不是固定不变的；只要不抛开劳动人民所喜闻乐见的风格和气派，是可以逐步加以发展的。我们不应该以静止的观点去对待民歌。如果以为旧民歌既然只表现了爱情和苦难，就一口咬定新民歌不能表现伟大的革命感情和雄伟的生活场景，这论点至少是不充分的。

我们认为，随着生活内容的发展，民歌的形式也应当相应地随着发展。

形式如何发展？关键仍然是毛主席所指出来的：提高，是人民的提高，不是从空中提高，不是关门提高，而是在普及基础上的提高。很显然，诗歌形式的发展如果完全抛开了人民的普及基础，完全抛开了人民自己所喜闻乐见的艺术形式的基本特点，也即是抛开了劳动人民歌唱的气派和格调，反而企图凭借外国诗的形式来建立我们的什么"新格律诗"，结果，都只会把我们的诗歌引到衰退的道路上。这样建立起来的诗歌,绝不能指望它会有什么民族风格和民族气派。

我们已经从新民歌光彩夺目的光辉中,望见了我们新诗歌的前景,应当坚定地认定新民歌是新诗歌发展的基础。对于那些妨害新诗歌发展的资产阶级的艺术趣味与脱离群众的个人主义倾向,应当加以批评。

一九五八年十一月十一日于北京

关于传奇与小说[*]

……来信问到《青年近卫军》的写作问题，这的确是一个不易解答的问题。你说："法捷耶夫自己曾说过：'写这书时最初感到最大的困难是人物太多，本想写成传奇，但其中主要人物的名字又不能改换，同时要加以想象的描写是不容易的，于是就写成了小说。'……"（见《文艺报》一卷三期《法捷耶夫与中国作家交换文学上的意见》一文）因而你提出两个疑问：（一）为什么加以想象来写传奇，会感到不容易，是不是怕想象会影响真人真事的真实性呢？（二）小说也是包含着想象部分的，既然如此，但为什么可以加以想象地写成小说，而不能加以想象地写成"传奇"呢？

要回答这两个问题，首先必须弄清"传奇"是什么。关于"传奇"，有各种各样的说法，我们不想在这个名词上去引经据典，多费笔墨。根据法捷耶夫那篇谈话的上下文语气，可以猜想到：他所说的"传奇"是指英雄故事，就是指描写伟大的历史事件，以及那类事件的英雄们的事迹等。在描写这类事迹时，作者所着重渲染的不是人物，而是使事迹理想化，这就是"传奇"。

那么很显然，在"人物太多"，而"其中主要人物的名字又不能改换"的情形下，写"传奇"是困难的。因为既然用实在人物的名字，作者就很难凭想象去使英雄事迹理想化。如果作者的想象越出了实在人物的行动，使事迹过于夸大，反而可能给人一种不真实的感觉。

但在同样的情形下，用小说形式来完成这个史诗般的题材，却方便得多。一方面可以保留那些英雄的实在名字，一方面可以根据英雄的性格加以想象的补充，使英雄性格表现得更突出、更完全、更理想、更典型。

---

[*] 载1959年9月版《与习作者谈写作》。

由此，我们可以知道："传奇"中对英雄事迹的想象的描写与小说中对实在人物的想象的描写，是不同的：前者是追求事迹的理想化，后者是追求人物性格的理想化。

小说是容许想象，容许概括更多生活的。所谓写真人真事，真人，只能当作"模特儿"，作家有权利也有义务使这个当作"模特儿"的真人性格变成更高级的、更理想的、更真实的典型性格。为此，就必须用作家的想象（这想象是以丰富的生活为基础的，不是凭空捏造的）去丰富这个性格，培养这个性格。只有这样培养出来的人物，才能有典型意义，才可能有巨大的社会意义。

而"传奇"呢，则是以描写英雄事迹为主的，对事迹的描写，通常都是带着夸张的性质，如果加以比较，"传奇"中的人物性格远不如事迹夸张得突出。

最后，你问"用概括写的小说与把真人、真事，用小说体裁写出的小说，是否是一回事？"这问题我只能这样简单地回答你：如果真人真事的题材处理得很好，它的效果与概括方法写出来的小说是一样的，但在创作方法上，却不是完全一样。

这是我的粗浅的意见，不一定全对，仅供你参考。

诗品录*

简妙

僧处默《胜果寺》诗："到江吴地尽，隔岸越山多。"陈后山炼成一句："吴越到江分。"或谓简妙胜默作。此"到"字未稳，若更为"吴越一江分"天然之句也。

——谢榛：《四溟诗话》

不然。倘把简妙与简单或简陋视同一物，而抛却意境的创造与传神，只求减字减句，非简妙也。

简妙者，应以最精练的语言表达最丰富、最有特征的生活。只求简，不能达到简妙的境界。妙者，妙于传神地表现生活情景，妙于把生活表现得情味隽永，令人百读不厌是也。

爆竹与撞钟

凡起句当如爆竹，骤响易彻；结句当如撞钟，清音有余。郑谷《淮上别友》诗："君向潇湘我向秦"，此结如爆竹而无余音。予易为起句，足成一首，曰："君向潇湘我向秦，杨花愁煞渡江人；数声长笛离亭外，落日空山不见春。"

——谢榛：《四溟诗话》

---

* 载1985年1月版《创作随谈录》。

说得好！诗词富于缠绵悱恻的余味，多系结句"如撞钟，清音有余"；此处所指，应当不仅是音节，更主要的应当是情意。如李白诗："故人西辞黄鹤楼，烟花三月下扬州；孤帆远影碧空尽，惟见长江天际流。"又如孙文簏诗："野水空山拜墓堂，松风湿翠洒衣裳；行人欲问前朝事，翁仲无言对夕阳。"都是情意绵绵，有无限余味。

就音节言，不可能每诗都"起句如爆竹""结句如撞钟"。要紧处，当以内容为准，切忌以生活迁就诗句，尤忌以生活的音响屈就于诗句的音响。

关于戏剧创作的几点感想*

一、阶级斗争与敌我矛盾

阶级斗争是客观存在，文学艺术绝不能忽视这方面的题材；否则，不但不能真实地反映我们社会的面貌，而且也无法深刻地反映我们时代的精神。但是现在却有人把阶级斗争片面地理解为敌我斗争，把这两个概念混同起来；甚至在一些戏剧作品中，还把阶级斗争理解为我们与地主、富农之间的斗争，并认为离开了与地富的斗争，就谈不上反映阶级斗争。

从这个观点出发，于是有人认为重大题材在农村；并认为那里有地主富农，所以那里就有阶级斗争。根据这样的理由，于是有人认为国营工厂里和部队中都没有阶级斗争的题材可写。

这种看法对不对呢？当然是不对的。阶级斗争不仅指敌我矛盾，也包括人民内部矛盾在内。

被推翻的剥削阶级还存在，旧的习惯势力还存在，小生产者的自发倾向还存在，因而阶级矛盾就存在。我们要建设社会主义，被推翻的剥削阶级却不甘心，他们总是不放弃任何一个可乘之机来破坏我们的事业，妄图恢复他们失去的"天堂"。

阶级敌人在政治战线上或经济战线上，采用较露骨的方式或较直接的手段来进行破坏，我们都容易看透他们。但是，他们如果在意识形态方面向我们进攻，而这种进攻有时由他们亲自发动，但更多的场合，却是通过我们内部的人来进行的，后一种进攻，却不是一眼就能看清楚的。

---

* 载1983年8月版《萧殷文学评论选》。

我们不能低估这种进攻,因为反动阶级的思想毒素,在社会上还有市场;因为小生产者的自发倾向与资本主义是一脉相通的;那些醉心追求资产阶级生活方式、欣赏资产阶级趣味或情调的人,是最容易与资产阶级一拍即合、同流合污的。

因此,在我们的社会里不仅存在着被推翻的阶级分子,同时也存在着不少受到资产阶级思想腐蚀的人。不但有直接的破坏活动,同时在思想战线上,资产阶级的思想毒雾还不断地向我们飘散过来;这种腐蚀的活动是无孔不入的,它通过各种各样的空隙,侵入我们的革命队伍,侵入社会生活的各个角落。

我们要前进,有些人却要后退;我们要他们摆脱那一套反动思想和世界观,他们却恋恋不舍,甚至坚守堡垒,固执顽抗;于是矛盾斗争不但难以避免,而且是尖锐、复杂和曲折的。

这种矛盾斗争,不但会在资产阶级分子、地主分子同我们之间直接展开,同时也会表现在我们与朋友之间,与同学或同事之间,甚至还会表现在与家属之间。

这种矛盾,不但表现在政治性的问题上,而且也表现在一些"生活小事"上。虽然看起来很平常,但在实质上,却是两种世界观的矛盾,或者是两条道路之间的矛盾;其实这就是阶级矛盾在日常生活中的反映。

那些在"生活小事"上所表现的资产阶级观点与世界观,如果任它自由发展下去,将来就会变成社会主义事业的障碍。它会由小变大,由思想活动发展成为政治行为,它会由小小的不满变成政治上的对立。"千里之堤,溃于蝼蚁之穴。"对于这种矛盾,我们不能等闲视之。应当在发现它时,就克服它。

因此我们反映阶级斗争,不仅要反映敌我矛盾,也要很好地反映人民内部矛盾,即反映在人民内部的两条道路、两条路线、两种世界观之间的矛盾。

这种矛盾在社会主义社会中是普遍的,大量存在的。反映这类矛盾的目的,同反映敌我矛盾一样,都是要达到清除资产阶级世界观,用无产阶级世界观来武装人民头脑的目的。

二、题材和主题

上面已说过,不能把阶级斗争片面地理解为敌我斗争,这本来是常识,可是在创作实践中,人们却往往有意无意地让阶级斗争与敌我矛盾混同起来。一提到阶级斗争就自自然然想到敌我斗争，仿佛不反映敌我斗争，就够不上称作阶级斗争似的。由于这类片面理解的影响，所以在创作上就出现了一些问题：

（1）视野缩小，题材狭窄

除了看见被推翻的阶级分子在政治上或经济上的直接破坏活动之外，再看不到旁的什么。这一来，在国营工矿中和部队中的阶级斗争被蒙住了，思想领域中的阶级矛盾，被轻轻放过了。

有一个小戏生动地反映了共产主义风格和小生产者自私自利作风的斗争，这明明是反映两种世界观的斗争，但却被人"判"为"一出没有反映阶级斗争的小戏"。

类似这样的矛盾，看起来很平常，但却属于两个敌对阶级之间的矛盾。反映这类矛盾的意义，能触着更多人的痒处或痛处。如果把一些存在着的、但却没有被他们自己所认识的缺点，通过艺术形象，像一面镜子那样反映出来，能帮助人们识别是非，提高警觉。

当然我们不能放松反映敌我矛盾，但不应当把它当作唯一的矛盾来反映；在现实生活中，更大量存在的，是愿意走社会主义道路但又保留一些旧思想的人，这里所指的是资产阶级的影响、旧的习惯势力以及小生产者的自发倾向。这类人在主观上并不反对社会主义，但在生活上却常常表现出一种与社会主义制度不相适应的观点与习惯。对于这种消极现象，应通过艺术形象揭示出来，帮助他们从旧习惯、旧思想中解放出来，"帮助他们摆脱背上的包袱，同自己的缺点错误做斗争"，如果他们提高了觉悟，"惊醒起来，感奋起来"，那么，我们就能更顺利地进行社会主义革命和社会主义建设。

问题要看我们是不是用阶级分析的方法和阶级斗争的观点去观察事物和处理题材；否则就很可能陷入身边琐事，写成与人民群众没有什么痛痒的作品。

（2）事件的严重性与主题的深刻性

由于把阶级斗争与敌我矛盾混同起来，所以在处理题材时就常常有意无意地在事件的严重性上打圈子；仿佛事件不严重，不是血淋淋的，就不足以反映阶级斗争，主题思想就不能深刻似的。

而所谓严重性，又常常在敌我矛盾中去打主意。这一来，有些戏，本来是写人民内部矛盾的,而且是思想问题的戏,可是作者写着写着,就把矛盾的焦点,由人民内部转到敌我之间去,由思想矛盾转到政治斗争或经济斗争方面去。以为这样一来,事件就有严重意义,题材就变得"重大"了,可是思想斗争却被轻轻掠过,反而让敌我矛盾把思想斗争掩盖起来。结果,敌我矛盾似乎解决了,可是人民内部的思想矛盾却被"悬"在一边。

抱着这种观点的作者,总是把"严重性"看作万能:他们写落后的贫农,总是把他与投机倒把联系起来;写中农落后,一定把他与地富勾搭起来;有人写上中农与写富农没有区别;或者把上中农与自发势力等同起来;或者与新生资产阶级分子等同起来。写工人落后,就一定与堕落分子相联系;唯恐不严重,便把堕落分子写成走私犯,甚至还是个暗藏的反革命。

这类戏,看起来很热闹,很曲折,但看完以后,却不能给人留下什么印象,也不能给人什么启发和教育。原因就是放弃了人物性格的发掘,放弃了思想斗争。

超越了思想范围,超越人民内部的界限,只依靠司法机关或公安机关出来解决问题;表面上,好像问题解决了,其实思想的矛盾却原封不动。这是一种偷巧的做法。因为在某些作者看来,处理敌我矛盾比较简单,但处理人民内部矛盾,特别是处理思想斗争,就复杂得多;不认真研究社会、研究人的精神状态,要想把思想内部的互相斗争及其发展,形象地展示出来是不可能的。特别是那些日常生活中大量存在的思想或作风的矛盾,如果不深入性格的解剖,不能从性格深处挖出思想实质(阶级实质),我们如何能把人物变成"镜子",变成足以作为榜样或作为借鉴的形象呢?但这绝不是严重事件所能代替得了的。

我们有些作者,在描写被推翻了的剥削阶级时,总是不忘记严重事件。

是的,敌人到处阴谋破坏我们的事业,有烧仓库的,有毒死牲口的,甚至有杀人的,对于这种破坏行径,文学应当很好加以反映;但如果把这类严重事件当作敌人经常的普遍的活动来表现,那就值得考虑了。

被推翻的阶级确实是不死心的,但是也不要低估了我们十四年来无产阶级专政的威力和影响。虽然阶级敌人时时刻刻都妄想破坏我们的革命事业,可是他们不能不考虑后果;极顽固的反动分子也可能拿命来拼一场,但那不是普遍现象;更多的情况表明:被推翻的剥削阶级在无产阶级专政的威力下,心里虽然怀恨,可也不敢轻举妄动。但在思想战线上就完全不同了,他们无孔不入地向我们进攻,通过各种渠道,采用各种方式宣扬其剥削阶级的生活方式和腐朽的世界观。其中有一些是有明显的政治目的，另外还有一些却是出于阶级本能和阶级偏见，而且常常装出一副伪善的面孔、披着爱护他人的外衣来宣扬那一套的，这就不容易识别其用心。不少中了毒的人不仅不自觉，反而还替敌人辩解。这叫作"阶级渗透"或"和平演变"。把这种不易识别的"阶级渗透"加以解剖，通过形象表现出来，不是更能打开人们的眼界，使人警觉，起到更大的教育作用吗？

疯狂的破坏和制造血淋淋的事件，只是他们活动的一个方面，绝不是唯一的活动方式，而且比较容易看清看透的。可是，装出笑脸来进行阶级渗透的活动方式，则是更大量、更经常的，而且不容易为人所觉察的。反映这种斗争，谁说没有深刻的思想意义？

三、矛盾应当来自生活

这一年多来，不少戏剧作者都注意到反映阶级斗争，并开始努力去写这方面的题材，而且已产生了一些优秀的剧本。但是，还有一些作者，对于阶级斗争还了解得太浅，有的甚至还十分生疏；因此当他们进入创作时，不是从生活出发，不是从斗争中去发现题材，从矛盾中去发掘人物性格，也不是从矛盾斗争中去提炼主题；而是从阶级斗争的一般概念来确定主题，并据此来安排情节。这一来，就出现了如下几个方面的情况：

（1）就事论事，就问题写问题

有一出戏，反对抬花轿，自头至尾，都是花轿问题。实际上，在我们生活中，还有多少人嫁女用花轿的呢？即使有也是极个别的，哪里用得着一出戏来反对花轿呢？我觉得在现实生活中，因嫁娶保留着旧社会的旧风习、旧思想，倒是有的，与其批评抬花轿，就不如批评那套劳民伤财的旧风习、旧习惯，和歌颂新人新事。

在文艺中，应当批评旧风习、旧思想，不是去批评某种只具形式的东西。作者的用意也许是想借花轿来批评旧风习，可是在作品中，却没有概括更多能体现旧风习的特征现象，也没有通过个别去揭露旧礼教、旧观点广泛祸害人民的事实，既然这样，怎么能带出更多的社会内容和更深的教育意义呢？

类似这样的现象，在其他戏剧中还有不少。

这类戏常有片面性：强调学生到农村去参加农村建设，就反对上学，强调农村工作，就反对城市；把具体政策与总方针、总路线对立起来，是不对的。政策是解决矛盾的武器，但我们不理解政策的全面精神，只抓住一面，丢了另一面，于是片面性出现了。

问题在于就表面写表面，未深入挖掘问题的实质，更未把实质通过性格体现出来。文学戏剧应通过具体事件来表现生活，这是不错的，但是问题在于通过个别所反映的还是个别，通过片面所反映的还是片面，而不是通过个别（或侧面）反映一般的特征或本质。当然并不是随便拿任何一件事都能反映一般特征或本质的，而是要选择具有典型特征的"个别"才能反映本质。

（2）抓不住具体矛盾

阶级之间有矛盾，这是大家知道的；地主与贫下中农之间有矛盾，也是大家都清楚的。但是除了普遍性的矛盾之外，还应了解在某个特定环境下的具体矛盾是什么，只有通过具体矛盾来反映普遍存在的共性，共性才能通过具体的个别形态的形象表现出来。

例如小戏《青龙潭》，只从地主的一般本性出发，未抓住"这一个"地主婆对社会主义的具体仇恨，因此，她放毒就显得勉强，不真实。

脱离了特定环境，就抓不住具体的矛盾；脱离了我们十四年来所形成的新条件，矛盾就很难写得真实。任何夸大敌人的力量，从而贬低了我们的正面力量，就必然会歪曲社会主义制度下的典型环境。

在一些反映人民内部矛盾的戏剧中，常常有抓不住具体矛盾的情况。是两条道路的矛盾？还是两种世界观的矛盾？不明确；在特定的具体环境下的具体矛盾是什么，也不明确。一时似乎是思想问题，一时又似乎是法律问题；开头明明是写保守与"突破常规"的斗争，继而又是两条道路的斗争，最后却又是两种作风的斗争，各不相连，没个中心。造成这种现象的原因，主要是作者未抓住活的性格和活的矛盾，只从一般概念出发，用"想当然"的态度，任意安排情节的结果。

具体矛盾，不能以矛盾双方的一般特点来规定，应当看当时的具体条件与具体环境，并要看当时人物处境如何来规定。

如果连具体矛盾都抓不住,情节怎么能合情合理地发展下去?以后又怎能合情合理地解决"矛盾"呢?

有些戏剧作者,当他描写落后时,就倾注全力去抹黑,去丑化,唯恐写得不严重,却不留一点余地;可是到该转变时,就很难转得过弯来。

用"诉"苦或"忆"苦的办法来提高觉悟,促进转变,一般说是容许的;但因没有抓住具体矛盾是什么,因此"苦"也很难对"症",既然这样,人物怎能转变?

例如写个人主义与集体主义的矛盾,只诉旧社会的苦,很难解决集体主义问题。当然,对一个忘本的人,这种忆苦会起到一定的作用。我不反对忆苦诉苦的教育作用,但不能把忆苦诉苦当作唯一的办法来促使人物转变,促进人由落后到进步,除忆苦之外,前途教育和共产主义教育的作用,共产主义的新人新事的影响,社会上新风气的潜移默化的作用,等等,都是极其重要的;尤其是活生生的共产主义新事物的感召力量,更不宜忽视。

转变不应当是突然的,这是一种质变,由量变到质变,总是逐渐的,处理得太突然,反而不自然,而且是违背生活逻辑的。

(3)戏剧冲突应当是性格的冲突

由于题材不是从生活中提炼出来,而是从概念出发,或只了解到一点生活的表面,既未对这类生活进行较深入的观察和分析,也未找到生活本身所固有的意义;只接触到一点皮毛,就贴上标签,定出主题;这么一来,人物哪里能活起来?要想通过人物性格之间的矛盾来安排情节,当然就更无从谈起了。

只是急于表达主题,而不注意人物性格,也不注意特定环境中某些人物的具体处境和心情;只注意一个人物代表一个方面,只把事件当作阐明问题的手段;而完全忽视了人物之间性格的冲突,舞台形象怎么能树立起来?

性格冲突包括了思想的冲突,但思想冲突不等于性格的冲突。

戏剧要回答现实斗争中所提出的问题,但不是直接去回答,而是通过特定环境中特定人物之间的特定关系,即通过活生生的形象去回答问题。

应当深入火热的斗争中去,由情节及其发展和结局来体现主题。这样既可以避免就问题写问题,又可以避免就表面写表面了。

凡是较好的戏,除了内容较好之外,都是展开性格冲突的,都是在性格冲突中展开情节和体现主题的。因此,这类戏的主题比较集中,形象比较丰满,生活气息也比较浓郁。

要做到这一步,首先必须深入生活和参加斗争,只有在斗争中,你才能体会某种感情和心理,也才能领会某种感情心理变化的复杂过程。

只抓事件,而不从事件后面去找人物性格,事件就串不起来。在戏剧中,人物是主要因素,但有人不理解这一点,只知道在"人物"身上堆上很多事,事虽多而且有些还很生动,可是却一点也不动人。要写一个肯于助人、乐于助人的人物,如果你不掌握他的性格,不熟悉他的精神状态,即使你在他身上堆上许许多多的事迹,这些事迹却依然是无源之水,无本之木;"情节由性格而生,性格靠情节而显现",而脱离了人物性格,只在他身上堆砌情节,堆事迹,把人物当作扮演情节的木偶,人物怎么会活起来?他自己连行动也不会,堆在他身上的事迹怎么能打动人心?

(4) 正面人物不突出

在不少反映阶级斗争的作品中,大部分正面人物不鲜明突出,这是个大问题。我们的时代是英雄辈出的时代。经过十四年的革命和实践的影响和教育,新的道德品质已在人民群众中、在干部中普遍形成,今后,共产主义的新风格、新作风将会更广泛地成为社会的新风尚。可是在一些戏剧中,正面人物或英雄人物,常常只有一般的集团特征,却无鲜明的个性;有些正面人物,甚至眉目不清、性格模糊。产生这种现象的主要原因,是作者不理解正面人物,更不理解在斗争中的正面人物;这里有深入生活的问题,也有作者自己的思想感情问题,即世界观问题。

有不少的戏,反面人物被写得惟妙惟肖,活灵活现,可是正面人物却被写得既生硬又抽象。比如写支部书记吧,就常常被写得无事可做,只有问题需要解决时才叫他出来,而且行动少,说话多,有的还把支书写成只会背诵条文或满口政治术语的人。但在现实生活中许许多多支部书记却不是这样,这些支部书记用极其生动的地方语言,把革命道理表达得既深刻,又风趣横生;既透彻,又通俗易懂。这其实不仅是语言问题,而是思想感情问题,也是立场问题。我们怀着什么样的心情去写支部书记的呢?如果对党,对无产阶级事业,对那些以革命为己任、不避艰辛、常冒生命危险的共产党员怀着深厚的感情,我想无论如何,不会把支部书记写得那样枯燥无味,那样令人生畏,甚至在他身上连一点普通人的常情心绪也感觉不到,哪里还能使人感到亲切?

其实,所谓党的领导,就是严格按照党中央的路线和方针政策办事,谁能贯彻这条路线和方针政策,谁就体现了党的领导作用。支书固然能够,一个革命的生产队长,就不能贯彻吗?支部书记是一个人,当他坚持党的立场,贯彻党的方针政策时,他就代表党;否则,他只是代表他自己。一般说,共产党员应当是坚决贯彻党的路线政策的模范,过去无数事实也证明了这一点;当然也不能把事情看得那样绝对,过去陈独秀、张国焘、王明、高岗、饶漱石之流,不是在名义上也是"共产党员"吗?可是他们却是货真价实的共产党的叛徒,是党的路线的破坏者。所谓党的胜利,是党的路线、方针、政策的胜利,并不是某个党员的胜利。体现党的领导,主要表现在党的原则和精神在现实斗争中始终占主导地位,起主导作用,并依靠这些原则和精神使斗争从胜利走向胜利。

有人提出:"当问题发生时应让支部书记回避,否则就没有戏了。"我看不一定,如果以为支书在场,当面说几句话问题马上就解决,那是把事情看简单了。矛盾的发生,不是谁说几句话就能制止的。只要你写的确是性格的冲突,即使支书在场,至多只能改变冲突的方式,却不能阻止冲突的发生和发展。由于支书的威信可能延缓冲突的爆发,但却无法熄灭冲突的火苗;这一来,不是没有戏,而是冲突的形式变得更复杂、更曲折了。其实问题的中心是把支部书记神秘化了,仿佛在他面前一切矛盾都可以轻易解决,这是不可能的,在生活中也是不真实的。

四、关于真实和典型问题

有人说:"典型不能搬上舞台,坏的典型使人生气,好的典型却没有戏。"经过仔细询问,原来他们所说的"典型",是指社会上某种有代表性的人和事。

"搬"自然不行,但这类素材却是可用的。既然是生活中具有代表性的事物,就具有一定的典型意义;问题是,你如何把它创造成为艺术典型,即如何通过个别形态去反映这类事物的普遍特征(共性),并使之成为有鲜明个性的艺术形象。

"照搬"不好,也不可能。把坏的现象,加以集中概括,使人们知道其所以变坏的原因,把他们变坏的思想实质揭示出来,不是可以当作鉴戒,起教育作用吗?对于好的,也同样不能"照搬",譬如写一个很好的党支书,就应当研究他为什么这样

好,他的优秀的政治品质是怎么形成的;然后抓住他最突出、最动人的方面,加以典型化,一定会给人极大的鼓舞和最深的启发。

在现实生活中,绝大部分基层干部是很好的,他们的革命精神和一心为人民的高尚品质,值得文学很好地去表现。这样的人,可供我们塑造许许多多先进人物形象。这样的典型人物,一定会产生巨大的教育效果。

另外,也还有少数干部,作风上还存在不少问题,做了一些与党的方针政策背道而驰的事,使群众遭到一些损失。这虽然是少数,但在戏剧中加以揭露却是容许的,但要写得有教育意义,就必须掌握一定的分寸。有些戏在描写这种干部的不良作风时,竟越出人民内部矛盾的界限,把他们写得十分恶劣,为了证明他们的错误的严重后果,竟把受损害的群众写得非常悲惨,弄得人人流泪,满台哭声,这就混淆了两类矛盾,不仅不能起"团结人民"的积极作用,反而可能引起极坏的后果。

既然是人民内部的问题,就不应该把这类干部写得像敌人那样。他们大概还是想做好事,只由于作风不好,把事办坏了。按照毛主席的规定,这是教育问题,不该叫群众去痛恨他,更不该叫群众和他结仇。如果是写一个政治品质极端恶劣的人,那当然是另外一回事;但也要挖掘其性格的根源,特别是阶级的根源,才会有积极意义。

"四清"过程、水旱灾……如果写得太严重,就会歪曲社会主义制度下的典型环境。把现实中的某些缺点和困难如实地搬上舞台,并不能算是真实地反映了生活。因为这样做,是反映不出生活的主流和本质的。既不能反映本质,又怎么称得上"真实"?

文学是反映生活的,但这只是手段,而不是目的。它的目的是改造生活,"推动人民群众走向团结和斗争,实行改造自己的环境",不停地把社会推向前进。

因此不能说,生活中的一切现象都可按原样搬上舞台;我们应该按照革命现实主义和革命浪漫主义相结合的观点来取舍生活素材,绝不是为反映而反映,为写现象而写现象。事实上,凡经过作者的头脑提炼过的东西,就不可能不融入主观的观点和感情。那种所谓"客观地""写真实"的论调,是别有用心的,是"暴露生活阴暗面"的借口。

对典型的理解也是这样。典型,一种是概括现实中普遍存在的事物,另一种是概括新生萌芽的、但现在还占少数的事物;但两者都必须有个共同点,都必须反映出社会主义社会的本质或规律性。

在艺术典型的范畴内，只要能正确反映出社会主义社会的本质和规律，又有积极教育意义的，正面人物固然是典型；在新事物、新思想冲击下的某些反面人物，也是典型。前者可以作为榜样，后者可以作为殷鉴。但在反映的分量上，两者不能一律看待，我们坚持以写正面人物和英雄人物为主，反面人物只是作为陪衬。

五、思想感情问题

上述问题中，有一些是属于生活不足的问题，还有一些是属于思想感情的问题，也即是立场的问题。

例如把正面人物或英雄人物写得很生硬，很干枯；例如抓不住现实中阶级斗争在日常生活中的表现；例如抓不住具体矛盾，也不知怎样解决矛盾……都说明有些作者，在反映当前的现实生活的时候，还用民主主义的观点来观察生活和处理题材的。

延安文艺座谈会以来，在很长一段时间内，是以反帝反封建为主，那时候，民主主义的立场观点，还能发挥它的革命作用。但是在社会主义三大改造基本完成之后，政治思想仍停留在民主主义的阶段上，就远远不够了；虽然我们有过政治战线上的社会主义革命，但并不是所有文艺作者都能深刻地领会那次革命的伟大意义。

对封建势力和官僚资产阶级，不少人曾痛切地领教过，有过切肤之痛；但是对于资产阶级的祸害，却还没有刻骨的仇恨；相反，资产阶级的生活方式和某些资产阶级的意识形态，对某些人来说，还有一定的诱惑的力量。这一来，资产阶级思想的毒害、资本主义制度的祸害，还理解得太浅，摸得不透，所以恨得也就不深。还有一些人不仅不痛恨资产阶级及其那一套，反而偷偷摸摸地留着它，舍不得它，而且还偷偷摸摸地欣赏它。

因而在观察事物、感受事物或概括生活的时候，就抓不住社会主义与资本主义之间的矛盾，抓不住无产阶级与资产阶级之间的矛盾；在这方面不敏感，常常让一些具有特征的人和事轻轻滑过，这样，自然就抓不住具体矛盾，更抓不住矛盾的阶级实质，自然也就不能从矛盾的阶级实质中去抓性格了。

由于这问题未解决，因此有些戏在描写地主时，竟像民主革命时期那样，只揭露封建剥削和压迫，而不会把它与资产阶级的复辟活动联系起来，也没有把地主的反扑作为资产阶级复辟活动的一翼来揭露。如果能如此,那么与地富的斗争,就不再是反封建性质,而是反击资产阶级的复辟活动,具有保卫社会主义制度的性质了。

还有一些作者主观上愿意为社会主义服务,也想以社会主义的精神教育人民,但是自己的作品却软弱无力,不仅不能武装人们的头脑,连一般激动人心的力量也没有。为什么?关键还是由于作者的思想感情还没有革命化;而停留在自己嘴边的革命词句,无论如何,也不能在形象创造时起熔炉的作用。

结果,我们的戏剧落后于形势。上层建筑之所以至今还未能与基础相适应,其症结大概就在这里。

要创造社会主义文化,创造社会主义戏剧,其先决的条件,必须在思想感情上来一番真正的改造,必须把立足点从小资产阶级移到无产阶级方面来。

一九六四年四月于洛阳

生活的火花*

《羊城晚报·花地》编者按：这里，我们选编了一组新诗，并请萧殷同志写了评点意见。

这组诗来自农村、工厂、部队、渔区、山区等生活前线，作者多是年轻人。虽然，这些诗还不是十全十美，甚至有几首写得比较差，但大部分都充溢着战斗的豪情，闪射着生活的火花，特别是对他们自己的火热的斗争生活，写得颇为真切。

我们请萧殷同志写评点意见的用意是，希望通过评点，帮助初学作者提高自己的创作，同时引导更多的诗作者联系自己的创作实践，进行有益的思索。萧殷同志在几次来信中提到："这些意见，很不成熟，只能作为一个忠实的读者读了这些诗之后的随感，算不得诗评。"又说："我写这些意见时，更多地从诗的发展方向着眼。无论是内容或形式，认为好的就赞扬；认为不对头的，就不客气地提出意见。因此，对其中某些诗的赞扬或指责很可能超过了分寸。但不要紧，只要读者明白我在拥护什么和反对什么，并因此引起他们去思考，那么，我写这些意见的目的，就算达到了。"

这做法只是一种尝试，希望能得到更多老作家的支持。

练马（外一首）　战士

钟永华

天不怕，地不怕，

悬岩险谷任我跨。

四蹄生风腾空跃，

---

* 载1964年7月29日《羊城晚报》第2版。

　　　　撒落一路马蹄花。

　　　　风不怕，雨不怕，
　　　　狂风暴雨听我话。
　　　　三尺马刀亮如雪，
　　　　全靠暴雨把它擦。

　　　　背起钢枪跨上马，
　　　　追着云霞射飞靶。
　　　　急把子弹推上膛，
　　　　天边靶心开了花。

　　　　晨摘星星晚披霞，
　　　　练成一匹千里马。
　　　　谁敢犯我一寸土，
　　　　叫他死在马蹄下！

　　英雄骑兵的豪情壮志，跃然纸上。"四蹄生风腾空跃""狂风暴雨听我话""追着云霞射飞靶""晨摘星星晚披霞"都是诗的夸张。借用这些夸张，表达了"照实描绘"所不能表达的豪迈气概和高邈境界。短诗容量极小，要在这小小的容量里容纳博大的感情与想象，单靠事实的直叙，很难达到目的。必须虚实结合。但所谓"虚"，并非虚无缥缈地任意杜撰，也不是漫无边际地胡思乱想；而应当是事物特征的高度概括，并通过意境或比拟的形式表达出来。这样才能在短诗中使意境绵远，有反复回味的余地。

　　　　哨所短曲
　　　　我们的哨所最美，
　　　　峭壁当墙草作盖。
　　　　小棚屹立巉岩上，

紧贴蓝天托云彩。

我们的哨所最美,
绿水青山树的海;
满山野花红似火,
刺刀尖上白云飞。

我们的哨所最美,
远眺南海心儿醉;
千里柳林翻细浪,
烟囱林立青山外
……

锦绣河山心中画,
万种豪情扑胸怀。
歌声伴我上岗去,
心贴枪膛跳出来。

革命战士心中的祖国河山,多么美丽!多么朝气磅礴!像幅长画卷,谁看了能不动心?但是,假如作者对社会主义祖国没有真正的爱,没有革命战士的坚贞情操,即使他运用更多更娴熟的技巧,也无法勾勒出这样壮美的画卷。现在诗中有画,画中有情。看了画面,有一种对祖国的自豪感,像一股雪朝的清新空气,荡入胸襟,令人感奋、使人焕发。关键还是战士的感情和情操。有了它,青山绿水,蓝天白云,都能点石成金。否则,即使你刻意雕镂出一幅如画的景色,顶多只能与古人"媲美";可是时代气息和激励人心的力量何在呢?在这首诗里,我把"烟囱林立苍天外"改为"烟囱林立青山外",目的是减少虚幻成分,尽量保持现实感。

深山小店勘探者
铁锤
两间茅屋,一缕炊烟,

在一股淙淙潺潺的小溪畔,
熙熙攘,热闹非凡,
接待天南地北奔来边疆的青年。

这万山丛中的小店啊,
是大山开发者的接待站。
进山的人,在这里报到,谈大山风情,看野花斑斓;
出山的人,饮一杯山溪茶,怀大山豪气,无限留恋。

我常常在这里匆匆地喝过早茶,
背起探矿仪,攀登雾封的大山;
我常常在这里度过春雨淅沥的夜晚,
听小溪叮咚,听主人细语长谈……

深山里,不仅有说不完的神异传说,
深山里,还曾有过更多的苦涩辛酸:
当年土匪半夜袭击小店,山主凶狠地高举皮鞭,
最难忘,当年一场鏖战,红军战士饮马溪边……

如今呵,踏着红军的足迹,开发者蜂拥而来,
把青春的喧闹和明媚的春天一起带去深山。
听钻机隆隆,看帐篷点点,望红旗风中漫卷,
这寂寞的深山啊,瞬息万变!

再不见,昔日的风雨飘摇,冷落凄惨,
小店呵装满歌、装满笑、装满豪壮的心愿;
老红军来,探宝人来,伐木者来……
沸腾的生活啊就从这小店起程扬帆!

年轻的开发者都爱这深山小店,
爱它大山般纯朴含蓄,爱它大山般深远威严。
临窗坐,可以瞭望群山绵亘起伏的雄姿,
篝火边,能听到四方口音的火热语言……

当美丽的新城在这里崛起的时候,
关于这深山小店啊,还应该歌唱千遍万遍。
让人们记住,这里曾洒过红军战士的血汗,
让人们知道,深山里创业开拓的艰难!

诗,把人引入深山,让我们看见雾封的大山,也怀着大山的豪气;听潺潺流泉,看斑斓野花。作者没有炫耀华丽的辞藻,只朴实地抒写下见闻和感受;但联想翩翩,使深山的清新景象突现眼前,历历如画。尤其动人的,是开拓者的胸怀,似绵亘起伏的群山那样豪迈,使人向往。在这英雄的国家,何处无诗?问题要看你有无深入生活,有无在生活斗争中培养出革命和建设的热情。有这热情做引线,"平凡"的事物会闪闪发光;联想的翅膀会腾空飞扬;积存在生活仓库里的零碎印象,会串珠似的织成诗情画境,滔滔涌来。

雨中战士
瞿琮

疾雨,

闪电,

炸天雷,

满天风云来相会!

车队,

炮队,

骡马队,

一路长龙疾如飞!

疾如飞,
谁领队?
踏遍青山人不老,
——我们的老政委!
呵,战情如火烧眼眉,
英雄不减当年威,
一挥鞭,
把马催。

指挥千军万马,
调拨满天风雪,
一声令下万声回,
向前追!

　　肃穆、威严、豪迈。这种境界,借助于急促语言的节拍,更显得雄奇飞动。"疾雨,闪电,炸天雷",都急速进行;"车队,炮队,骡马队",全迅疾地前进;"一挥鞭,把马催",也是瞬息万变;"一声令下万声回,向前追!"更是万马奔腾,迅速如飞。这一切都是音节急促,适于用一顿一挫的短语来表现。从这看到:作者不仅从生活中捕捉了形象,也同时捕捉了生活的音节,因而能以生活的音节来调整诗句的音节。正因此,我们不仅从诗中看到一支英雄部队在大雷雨中飞驰前进的景象,同时也听到他们飞驰前进的声音。有人把短语上诗,统统列入"马体",我以为不尽然。只要运用恰当,能确切地表现生活,像某些短句的民歌那样,仍不失其中国气派。

渔村酒会
林拨

年画、门画、新春联,
红艳艳的霞光罩门首,
热气腾腾一屋里人,
转个身儿要肘碰肘。

一年三百六十日，
迎来春汛呀秋汛走。
一年一度的佳节呀，
咱们举杯同聚首。

天不打雷呀地不抖，
海不起风呀帆不走，
喝酒没有渔歌送呀，
玉液琼浆也难进口。

举杯吧，请干一杯酒，
请听啊，听我唱一首：
杯中酒，酒从何处来？
好兄弟，可曾想得透？

旧社会里咱也喝过酒，
烈酒浇心呀，心更愁；
旧社会里咱也唱过歌，
悲歌解闷呀，更难受！

苦泪溅翻无边的海，
血汗流入财主的手，
月暗天高听风叫，
星昏海沉照影瘦！

蕨草顶破大石头，
茅根能把沙砾穿透。
寒冬过去了，
草尖儿活生生冒出了头！

感激的泪珠闪亮着阳光,
满腔的热情像个喷火口,
渔人同声喊出一句话:
万载千秋跟党走!

举杯吧,再干一杯酒,
请听啊,再唱歌一首:
杯中酒,为何浓又美?
好弟兄,可曾想得透?

去年的今夕也喝过酒,
豪情伴酒呀,酒千斗,
去年的今夕也唱过歌,
心怀开畅呀,歌如流。

南海渺渺浪滔滔,
千帆逐浪出海口,
红旗朝霞并驾飞,
海螺声震海空抖!

耳边风起船头浪花飞,
任风险重重,不值一瞅;
高樯大雾舵杆捏出汗水,
任暗礁阵阵,双眼看透!

祖辈不敢想的我们想,
前人没敢走的我们走,
脚踩万朵浪花,
心牵整个宇宙!

今朝的英雄才敢挺胸阔步，
时代的好汉才敢拨浪驾舟，
在层层险阻的南海上，
大喝一声：让开路，让我走！

流一身汗水换一年丰收，
积一次经历迎一次战斗。
抓来九条"海老鼠"，①
让大伙瞧瞧它们有多丑。

举杯吧，再干一杯酒，
请听啊，再听歌一首：
杯中酒，为何香又醇？
好弟兄，可曾想得透？

旧的一年闪过去了，
似乎不留下半条痕沟，
不啊！看生产进度表上，
红色的箭头高过桅头！

公社的家业越来越大，
南海上更有万帆竞游；
温带海洋出产的鱼鲜，
腾空飞向塞外包头。

举起杯吧，千万个劲头，
为时代的舵公祝寿，
祝英明的毛主席万寿无疆！

---

① 指广东沿海歼灭九股美蒋武装特务。

向锦绣的前程飞舟!

(一九六四年二月一日于汕尾)

由阴郁到欢乐,由欢乐到豪言奔放,情绪丰满地表现了渔人在两种不同社会制度下的不同遭遇和命运。简朴的风习和壮阔的时代感情融在一处,娓娓动听。倘作者能运用群众语言,我想,这种感情定能表达得更加娓娓动人。

巡逻的路

荣誉军人　赵元瑜

纵然云雾飞荡的深谷,
也像呼啸的瀑布俯身冲出;
哪怕云中的危峰飞入天际,
也像飘带把它凌空系住。

纵然寻不见黄羊的脚踪,
也像高悬的天梯越险抢渡;
哪怕怪石上葛藤盘绕,
也像进攻的箭头,前进无阻——

这就是士兵巡逻的路,
跨深涧,攀悬崖,步步艰苦;
这就是通向胜利的路,
踏风雷,穿怒浪,滴滴汗珠。……
有人说,这是士兵的臂膀,
紧紧抱牢祖国每一寸土;
有人说,这是向敌人抛出的绞索,
这里永远没有敌人的通路!

运用想象和概括,把巡逻兵的高度责任感,如画似的描绘出来,并在意境中透出一种强烈的保卫祖国的意志和坚毅精神，十分可贵。可惜"路"与"巡逻兵"在诗中混淆不清。前两节，如果说的是"路"，"也像"就很自然，也承接得下去；可是第三节如果也说的是"路"，就令人不解了："步步艰苦""滴滴汗珠"，似乎都是指巡逻兵。可是，要是反过来，把第一、二节看作是写巡逻兵，也同样令人不解。诗立意新颖，气魄也雄大，但主体不清，使诗境朦胧，是美中不足。

水美水
李英群

　　水美，是潮安县的一个小山村。过去人叫它"水尾"。真是穷山恶水，疟疾为患甚烈。秋风一起，不能出田，都蹲在草堆边晒太阳。近年来，见不到一个这样的病人。水美村成了省、专区的封山治水的先进单位。

问声水美什么美？
社员齐答山和水！
提起过去水美水，
老人一声三碗泪。
水美原来称水尾，
一滴清水比油贵。
三天不雨渴死鸟；
骤雨山洪如奔雷。

国民党，旧社会，
留下白骨一堆堆；
污了山水病魔出，
一阵秋风万户悲。

共产党来改天地，
治疾病，除污水；
山里建起大水库，

旱涝从此听指挥。

　　听指挥，献珍宝，
　　穷山变成千斤队，
　　公社处处喊口号：
　　封山治水赶水美。

　　水美茶，水美水，
　　主人请我喝一杯。
　　一杯一杯又一杯，
　　水不醉人人自醉！

　　反映了水美村的巨大变化，音韵铿锵，念起来十分悦耳。可惜对"白骨一堆堆"一层，未加深入发掘，似有伤诗的深刻意义。

雨后
小学教师　潘公才

　　清早上学校，
　　踏歌出村头；
　　昨夜一场雨，
　　渠水哗哗流。

　　小宝忽然喊：
　　"渠里鲤鱼游！"
　　大宝瞧了瞧：
　　"快呀快动手！"

　　两人跳下水，
　　像场小战斗；

捉起几条鲤,
鸟一样飞走。

飞到鱼塘口,
水面轻放手;
这时两人都瞧见,
社里塘笪穿了口。

小宝脱下蓝布衫,
堵住不让鱼外流;
大宝爬到柳树上,
折来柳枝把笪修。
……

通过两个小学生活动片段的描绘,反映出今天农村儿童新的道德品质;事儿虽不算新鲜,却有新时代的气息。可惜,现在反映农村或工矿区儿童生活的诗,太少了。实际上,在农村和工矿地区里,儿童的活动,处处都与生产活动或实际斗争联结着;时刻都与劳动人民的生活联结着,如果我们能抓住典型特征来抒写,我想,生活在这时代的儿童的精神面貌,定能得到更广泛的表现。

儿童的生活阅历很浅,他们只能根据自己有限的经验来理解生活。那些只有成人才能理解的情绪与生活,不应当硬塞给他们。可是也不要低估了儿童的欣赏能力,只要运用浅近的富有形象意味的语言,抒写他们所能理解的生活;从生活中所体现的新意义或新境界,儿童还是能理解的。像《雨后》那样的直叙事实,儿童固然容易接受,但也不要忘记,儿童是善于幻想的;若能巧妙地运用想象来抒写生活(像长诗《小冬木》那样),不但能把生活渲染得更传神,而且还能勾起儿童的幻想。越能在幻想上造成回味无穷的境界,诗所表达的意义,就越能在儿童心灵里保留得久远。

七月的车间
工人 江夏

七月的夜晚，
七月的清晨，
车间的窗口呵飞笑影，
我的心里涌激情！
那炉群如崇山峻岭；
那管道似蛛网纵横。
闸阀坚守着岗位；
烟囱是不倒的旗柄！
脚手架上金花飞绽开；
夜工棚里重锤飞不停。
往前看啊倾心听，
电动机传下战斗令，石滚入炉，
水、汽来欢迎！
炭在燃烧！
火在升腾！
在这里啊在这里，
孕育着新的生命。

七月的阳光啊，
温暖了我的心，
七月的风啊，
增添了工人的豪情！
伸出千双强劲的大手，
操纵万台机器运行。
运输带旁的小兄弟啊，
手儿快呵脚不停，
让运输带捎去：
千斤燃料，
万吨干劲！

　　　　　锅炉前的先进班，
　　　　　心火旺呵性子猛，
　　　　　把岁月烧得滚滚沸腾！
　　　　　压缩机旁，
　　　　　朝夕聚群英：
　　　　　白发苍苍的专家，
　　　　　朝气勃勃的青年工人，
　　　　　带着红色指标，
　　　　　向云霄飞升！
　　　　　我的兄弟啊我的战友，
　　　　　心胸广阔肩膀硬。
　　　　　去夺取无数丰美的收成！

　　　　　七月的风啊，
　　　　　七月的阳光，
　　　　　请交给明天——
　　　　　这没有写完的车间诗行，
　　　　　因为祖国的明天啊，
　　　　　更是百倍的绚丽动人！

　　这首诗，虽然堆砌了不少工厂的景物（如：炉群、管道、闸阀、烟囱、脚手架、重锤、电动机、锅炉、运输带、压缩机……）和热烈的辞藻（如：飞笑影、涌激情、飞不停、添豪情、如崇山峻岭、似蛛网纵横、金花开绽、火在升腾、朝气勃勃、万吨干劲、滚滚沸腾……）；可是人们反复朗读几遍之后，却仍然不明白作者想歌唱什么。一首诗，如果只有事象和形容词，而没有驾驭和融化它们的思想和感情，没有非吐不可的郁勃之情，事象和形容词只会成为毫无意义的堆积，绝不可能成为有生命的能打动人心的诗篇。

　　然而，现在人们多么渴望读到反映工业建设的好诗！

　　可是有些诗人认为"工厂不像农村那样富有诗意，写起来难免乏味"，实际上，这并不是问题的实质。实质在于：（一）到现在仍然有人醉心追求田园牧歌的情致，并把这情致与诗意等同起来。以这种情致来看工厂，工厂自然不会有诗；但是，用这情致来观察今日的农村，难道就会有诗么？（二）觉得工厂缺乏诗意，还是一个更主要的原因，那就是对工业建设（其实就是对社会主义建设）没有热情。因此，脚手架、运输带和锅炉……在他们眼里，只不过是一些"乏味"的没有生命、没有诗意的机械；那蓬蓬勃勃的生产活动，在他们眼里，也不过是一片乱糟糟的毫无情致的机械的活动。这一来，哪里还有诗？

真正的好诗，将在这样的诗人中间产生：这些人有远大的革命理想，他们不但意识到社会主义革命和建设为把我们从"一穷二白"的处境带进一个工业强国，也意识到这革命和建设的成果对改变人类历史的伟大意义。因此，他们以关切的心情注视着社会主义事业每一寸的进展，并以全部注意力倾听着祖国心脏的搏动；而且他们的喜怒哀乐，总是随着革命事业的顺逆或成败而变化。因而，当他们面向生活时，绝不会在某些个别现象中钻牛角尖，也不会见柳是柳，见槐是槐；而是以革命的理想光辉烛照眼前的生活，从生活现象中看见更晶亮的更阔大的精神和境界。

分配欢
亚青

桂花美，稻香飞，
香呀，香透心和肺。
几多梦里望秋回，
香风送秋归！
家家老少披霞来，
来哟，来分配！

辣椒红，
鲤鱼肥，
瓜果圆又大，
稻谷一堆堆。
——比去年呀，

美几倍！
笑声高，歌声脆，
小伙子姑娘难合嘴。
八十岁爷爷转过脸，
又簌簌流眼泪：
"泪，旧社会，
大旱年头鬼拉腿……"

"喂，大哥分多少？"
"嘿，汗珠会核对！
汗珠洒在'集体'上，
子孙万代
不吃亏！"

  这首诗，虽则写的是分配的欢乐，但并不动人。主要原因，是作者未抓住这种欢乐的典型特征，更看不出与这种欢乐相融合的作者的热情。作者只就生活的表层，漫不经心地抓来一些有关的小节，就牵强凑合。一会是秋色，一会是丰收景象，一会是旱年的联想，一会又是劳动的报酬；义理既然这样杂乱，如何能突出一点，使之透彻晶亮，造成诗境，使人为之感动？抒情短诗，容量极小，只适于抒写一事一物或一情一景。义理庞杂，势必似蜻蜓点水，样样都接触到，但样样都不能抒发得玲珑剔透。不错，诗是借物抒情的，可是如果对咏唱的对象含含糊糊，或抓不住对象的特征，而作者的热情就无从产生；情与物也就无从融合。这时际，任你堆砌多少生活细节，诗境也不会出现。

一九六四年七月于广州

革命的内容和戏曲的特点[*]

运用戏曲的传统艺术形式,表现我们时代的生活,使之成为兴无灭资的有力武器,是社会主义文化革命的一项辉煌战绩!最近我们到上海看了华东现代戏曲汇报演出的一部分剧目,更觉得心情振奋。这些革命现代戏不仅拥有数量上的优势,而且都具有鲜明的革命内容和感人的艺术风采。我们看过江西采茶戏《怎么谈不拢》《小保管上任》《秧》;婺剧《双红莲》;越剧《山花烂漫》《迎新曲》;昆剧《琼花》;京剧《飒爽英姿》等,在主题思想、题材风格、人物形象和表演艺术上,各有独到之处,为戏曲现代戏的进一步发展提供了许多有益的启示。

戏曲艺术要成为社会主义的称职的上层建筑,不但要有革命内容,还要使工农兵喜闻乐见。我们高兴地看到:华东的艺术家们付出了很大力量,严肃认真地探求戏曲的传统艺术形式与革命的生活内容之间的统一,并且取得了不小的成绩。他们以大量的事实证明:革命现代戏曲,既要认真地表现现代生活,又要有戏曲特点。戏曲是反映生活的一种艺术形式,用戏曲形式表现新的生活内容,应当从生活出发,应当服从生活;可是,戏曲的发展却又不能不受戏曲形式的规范和制约。在运用戏曲的艺术形式的时候,还需要采取又继承、又改造、又创新的办法,来正确地处理生活和艺术的关系。我们反对原封不动地搬用传统程式,使戏曲舞台上的现代生活,带上尘封的气味;也反对照相式的"像生活",而不顾戏曲艺术的特点。对传统财富弃置不用,悬空创新,对内容与形式的矛盾采取回避的态度,只会导致戏曲脱离群众。

在当前的艺术实践中,前一种倾向固然需要不断警惕,后一种倾向也值得注意,具体表现是:只唱旋律简单而直率乏味的曲调;动作节奏含糊,舞蹈性很少;舞台画

---

[*] 载1965年3月8日《羊城晚报》第2版,署名萧篪(与郭秉箴合写)。

面的组织松散；服装色彩暗淡；等等。如果以为这样才是从生活出发，才是突破程式，那么，充其量也不过是跛脚的现实主义。把生活的逻辑和戏曲的艺术逻辑对立起来，无异剥夺了戏曲表现现代生活的权利。生活斗争是一片烟波浩瀚的大海，戏曲应当在浪花激荡的地方取材，而且应当按照唱念做打综合发挥的规律，进行集中提炼。绝不能要求各种地方戏曲撤掉原有的风格和特色，只能在充分的生活体验的基础上，对传统表演程式进行认真的选、破、立！不继承，光谈突破、创新是徒劳的。我们理解的创新就是：既有生活依据，又有艺术加工；既根据内容的需要，又突破形式的局限，而且在任何时候都不取消剧种的特点。

凡受观众欢迎，客观效果好的剧目，除了有益于社会主义革命和社会主义建设的思想内容外，在艺术上也必定有独到的创造，即既能恰切地表现现代生活，又能保持戏曲的特点。现在，试就如何发挥戏曲特长和如何发展地方剧种特色，谈几点观摩后的体会。

剧本结构的戏曲化问题

现代戏的剧本结构，要符合唱念做打综合发挥的特有规律，这是能否发挥戏曲特长的重要环节。昆剧《琼花》是从电影脚本改编的，但按戏曲表演的要求重新结构编排，既有所删除，更有所增益、丰富和发展。京剧《飒爽英姿》是根据话剧《海防线上》改编的，结构也做了很大的变动。创作剧本如《怎么谈不拢》《小保管上任》《双红莲》等，更是明确遵循戏曲表现方法的规律。它们的特点是：

一、紧紧围绕一个主要情节，突出中心人物，以少胜多，使戏剧矛盾高度集中，因之，角色成长线索清楚，动作性强，节奏明快。《琼花》就只集中刻画琼花从丫头到战士的成长，一气呵成。《双红莲》写回乡知识青年崔红莲在赵红莲等集体帮助下的成长；以表扬一个红莲始，以表扬一对红莲终，首尾呼应。《怎么谈不拢》，通过借不借布袋给生产队装谷的事，表现两夫妻如何从谈不拢到谈得拢。《小保管上任》写祖父把生产队的仓库钥匙移交给孙女的一场反复考验，事件单一，又深又透。反之，如多线开展，头绪纷繁，就会散漫无力，针缝不密，以致情节交代挤掉了表演。

二、适当放大生活的原型，把内在矛盾伸展为急剧的具体动作，使深刻的思想、广阔的生活表现得单纯明确，意深而形简。如《山花烂漫》写了封山育林和急于伐木盖房的人的冲突，最紧张的纠葛恰恰发生在主人公身上，副支书叶爱群自己家里人带头违反制度，砍了树，看你怎么处理。最有戏剧性，最能展示人物的精神世界，而且也是集中发挥戏曲表演特长的地方，便汇聚成戏的高潮。《怎么谈不拢》中夫妻感情好，但思想有差距，借不借布袋把冲突挑起，却在轻快欢乐的气氛中激化，便又形成了歌舞而不是简单的争吵。

三、场外事件用简练的语言交代，但是，人物在矛盾重重的处境中的内心活动，却要集中地大幅度地抒发，让观众揣摩得透。如《双红莲》中，崔红莲接连犯了两次错误之后，唱道："故乡的水啊静静地流，故乡的山啊青又青，故乡啊，我对你一草一木有深情，你可知我红莲一片心！"由于事先已将情况交代清楚，这种咏叹性的唱词，就更能令人体察这个有抱负又有缺点的年轻人的心情，因而也就更能打动观众。

以上这些，当然未能概括戏曲剧本结构的全部要点，但对戏曲创作和如何移植改编话剧剧本，都有借鉴作用。在现代戏的创作、改编工作中，改编移植工作是更为大量的，如何既能保持原作的思想艺术面貌，又有本剧种的戏曲特点，这是还没有很好解决而又亟须解决的问题。在这方面，话剧和戏曲的要求是不一样的。话剧结构要求在有限的特定环境里，集中地把故事讲完，所以在同一时间空间范围内，许多事件穿插进行，从逐段摆开的几个横断面来展示故事的发展；为保持分幕形式和布景、表演的逼真，不得不把容纳不了的行动改用事后补叙。戏曲为便于发挥唱念做打的表现手段，形成自己的结构特点：采取灵活的分场方法，每场只简练地突出一个中心情节。表现关键性矛盾，集中展示人物性格时，用大场子进行重点刻画；其他次要而又非交代不可的事件，一般是起衔接和铺垫作用。过场戏的形式，在全剧的进行中，既能明场实写，又能虚实照应，构成脉络贯通而又节奏鲜明的故事。为此，就要求人物集中，事件集中，人物的上下场集中，有这三个集中，就可以省略不必要的背景及细节描写，使矛盾冲突迅速开展，有利于扩大表演的容量，歌舞音乐的节奏也因而连贯统一。

可是，用了布景，就有一定的空间规定性，它和灵活分场的传统结构，有一定的矛盾。但是，不能为了迁就布景，而放弃戏曲固有的表现方法（相应的改变是需要的），相反，戏曲中的布景不应照搬话剧的，应当更精练，更典型化，从固定中力避烦琐，以点示面，以简略繁，便于变换，留出更多的空间让表演去充实。在语言运用上，也要求唱词和念白的和谐，唱词有格律，念白也须尽量精练和诗化。

根据戏曲的特点来改编移植话剧，就不能不在场次以至内容上适当浓缩、归并或删节，但在主要环节上又要突出地发挥，因而还得有所丰富、补充或变化。如果仅仅译"话"为"唱"，其后果必然是：看内容是打了折扣的话剧（容量限制，不能不删削一些对话和细节），看表演又缺乏戏曲味，令人觉得许多地方未能畅所欲言，演员有劲使不出，而且节奏很"瘟"，减弱了舞台艺术的美感。至此，不见"突破"旧形式之功，却又制造了新的局限。如果拆了话剧原来的架子，按戏曲表现手段的要求重新构思，不论拆大拆小，都是一种再创造。但如对原作者体验过的生活毫无体验，就很难下手。因此，不论创作或再创作，别人的经验只可以借鉴，现成的方案是没有的，归根到底，需要靠自己去熟悉生活和进行艺术探索。

从生活出发，大胆继承，活用程式

把生活提炼为唱念做打相结合的程式化歌舞，是戏曲艺术的特征。但是，传统程式不能完全适应表现新内容的要求，即使创造了一套完整的新程式，也不能一劳永逸地代替经常的深入生活和不断的艺术探索。因此，从生活出发是对的，但如仅止于抄袭生活的原型，却并不中用。戏曲结构的集中洗练，原是由表演特点造成的。反映现代生活更应注意删枝蔓，抓特征，需要相应的夸张和美化。活用程式而又不做它的俘虏是可能的。如果完全离开程式特征，也就取消了戏曲艺术本身。只有形象内容和表现形式相协调，才能消除旧瓶新酒、貌合神离的弊病。这样，既反映了生活，又比生活更美。

在继承传统表演艺术的基础上，创造新的舞台形象，有几点是颇能引人深思的：

一、敢于大胆地继承，使角色的程式化舞蹈动作连贯统一，始终保持性格要求和表演风格的浑然和谐，在这方面，《怎么谈不拢》是个范例。戏中的年轻夫妻是在欢乐轻快的气氛中展开冲突的，演员的动作和调度，始终运用程式性极强的舞蹈，尤其女角的指法、身段和声调，都近似传统戏中的花旦，终场时还用了像小鸟飞跃一样的强烈动作，表现她思想上的豁然开朗。演员正确理解了"从生活出发"的含义，用真挚而充实的内在体验，赋予程式以活的生命，造成内容与形式十分贴切和谐的美感效果。

二、在传统戏里，生活的静态场面如梳妆、绣花、读信等，也往往用载歌载舞的形式来表现；现代戏也能把"静"夸张为"动"，用歌舞的节奏把生活的原型提炼成堪供欣赏的舞台艺术。如《飒爽英姿》中老渔民龙大与假扮医生的特务坐着喝酒猜拳，没有歌舞，也能使手、足以至全身的形体动作交叉变化，配合锣鼓节奏，组成紧扣人心的场面。《迎新曲》虽然较少程式的因素，但在安排人物上下场时，由于注意感情节奏与音乐节奏的统一，也在一定程度上增强了戏曲味。

三、在传统程式中没有现成招数可用的，也可以借用传统程式中的技术素材，加以变化、组合和补充，创造出既新颖又熟悉的舞蹈。如赣剧《铁肩红心》中的挑塘泥场面，就是从行兵仪仗之类的排场中变化出来的：利用挑担行进中的换肩动作，让人物亮相，又能按照音乐节拍，时而前进，时而以退为进，予人以热火朝天的整体印象，扩展了舞台空间。这种强烈的舞蹈动作，必须和同一剧目的其他场景的表演，取得协调——大动作舞蹈化了，小动作也要相应跟上来，服从于完整的艺术构思，不能把舞蹈仅视作烘托气氛的外加手段。

目前，在现代戏的表演中，还存在不少有待解决或解决得不完满的问题。例如，塑造正面人物问题。反面人物特征明显，容易借用传统程式；相形之下，正面人物往往缺乏应有的艺术夸张，无从体现形象内涵的美，往往因拘谨而没有神采。因此，要讲究造型美，也要讲究表现的美。传统程式中不会没有表现现代正面人物的素材，即使没有完全合适的，也可以综合多种行当的身段动作来加以创造。现代正面人物的思想面貌和感情气质都是全新的，前无古人，如何做到更多地向生活中的英雄人物学习，从生活中去提炼出新的表演程式，使形象的感染力超过反面人物，这确实是个值得认真探求的问题。

又例如，武打的设计。通常的戏曲舞台上，武打场面最容易是技巧的堆砌，现代戏如果将使用刀枪把子，甚至赤手空拳的传统"武档子"，套用在使手枪、步枪、机枪的现代军民身上，就不仅生硬，也很不真实。有些戏里，往往为了施展武技，见了敌人有枪不放，等着冲锋肉搏；有的还故意让敌方踢掉自己手中的武器，以便徒手格斗。这样打得花样越多，越发容易脱离剧情，变成纯技术的表演。如何将现代武器的运用，结合特定的人物、时间、地点、条件、情节，严格按照内容去设计有舞蹈性的战斗场面，还是有待探索的问题。

服装问题，不是色彩暗淡，就是夸张得失去分寸，更多的是风格的不一致。服装和表演一样不能照抄生活，旧戏中媒婆的服装是夸张的，便于从舞蹈中去丑化和揭露她,又有鲜明的倾向性;穷人和乞丐也能穿"富贵衣",更是敢于夸张而又处处为表演设想。现代戏在这方面进行认真探索的还不多。在我们看到的《铁肩红心》中,农民搭在肩膀上的毛巾,长度等于普通毛巾的一倍,印上比普通毛巾更为美化的花边,既有真实感,又有利于动作的舞蹈化。妇女身上系的半截小围裙,也在一些戏里经过改形和美化。看来,如何更好注意虚实结合,加强服装对于现代戏的适应性,需要不断研究,不断总结经验。

音乐唱腔的吸收创造,不离剧种特色

在上海看到的采茶、越剧、婺剧、京剧、昆剧等不同剧种的现代戏,音乐唱腔的固有风格都很鲜明突出。以婺剧为例,它拥有高腔、昆曲、乱弹、徽调、滩簧和时调六大声腔,曲调丰富多彩。《双红莲》一剧的音乐十分悦耳,全剧始终保持乱弹、滩簧等为主的基调,尤其在主要唱段上更是调性明朗,连贯统一。主要人物赵红莲和崔红莲二人的长段独唱或对唱,都在同板类的基调上反复咏叹,有如长江大河,浑浩流转,淋漓痛快。这类唱腔,听时舒畅,过后也便于记忆和传唱。

以有限的板类曲调,表现无限丰富的思想感情,本来是戏曲音乐的独特性能。这些曲调全靠演员根据情节创造性地演唱,来赋予不同的感情色调。有些现代戏不去施展这一特长,不大肯下功夫去研究剧种基调的音乐结构、唱腔特点,然后去揣摩变化;仿佛非另谱新曲就无从表现新内容,结果,反使剧种的鲜明基调被淹没了,成为七拼八凑、杂乱无章的大杂烩。京剧现代戏《黛诺》中,黛诺有一段吸收了景颇族民歌音调的"南梆子",听来新颖悦耳,但毕竟仍然是"南梆子",而没有变成景颇族民歌。相反,有的剧种演《南方来信》,却让演员直接去唱越南歌。这是两种截然相反的做法。我们以为,像《黛诺》那样以我为主、化而用之的吸收创造,才是戏曲音乐所应走的道路。

片面地理解"突破"局限,除了弃置原有声腔曲调不用之外,看来还有两种要克服的不良倾向:一是截头去尾,不敢用长过门,甚至不敢拉腔甩腔,使整个曲调支离破碎,毫无美感。似乎演工农兵就不能抒情,不能用旋律复杂的唱腔,实际上是并未真正理解工农兵的思想感情所致。一是发展了剧种音乐中的糟粕,例如为了在一个唱段中频繁转换曲调,竟搬用一些未经改造的、庸俗的小调旋律,或使用器乐曲去谱成唱词，不惜违反语言音节的自然顿逗，一忽儿板腔体，一忽儿曲牌体，使曲体结构混乱不堪。戏曲板腔曲体的形成，本来是民间艺人按照说唱宝卷、鼓词之类的形式，把唱词编成上句押仄声字，下句押平声字的格式，通俗而易上口，以曲就词，也便于伸缩变化和设计新腔。如果插进过多句格规则繁复的曲牌，既不利于普及传唱，而且以词就曲，还容易造成写曲技术的神秘化，不利于创作的繁荣。

戏曲的歌舞形式，还要求加强念白的音乐性和节奏感，使念白与唱腔、表演之间协调一致。方言剧种比较接近生活，有它好的一面；但念白的音乐性较差，还须多向京、昆等剧种学习他们创造新腔和运用曲牌板腔的经验。

打击乐器的运用也往往不理想，未能恰当处理各个环节之间的节奏衔接，承上启下，不使气氛中断，冷热失调。某些从广场戏传统中形成的、音量过大过重的打击乐器，进入现代剧场之后，如何调整改革，这些过去没有解决的问题，也都要通过具体措施、通过实践认真探讨，逐步解决。

强调要有戏曲特点，保持和发展剧种风格，这和膜拜传统，"这也动不得，那也动不得"的保守主义是两回事。继承传统艺术的表现特长，是为了加强现代戏的表现能力，尊重观众的艺术爱好，更好地为思想内容服务，为工农兵服务。演革命现代戏，戏曲的艺术形式肯定要革新；但是，不要剧种特色的"革新"，却会脱离群众和割断传统，对革命现代戏曲的成长毫无好处。

革命的思想内容与尽可能完美的艺术形式的统一，是我们奋斗的目标。随着戏曲工作者思想感情的革命化，艺术实践经验的不断积累，我们一定能把伟大的现实生活反映得更准确、更深刻和更有光彩！

小说的社会意义从何而来*

××同志：

昨天才读完了你的小说《舞台上下》，这篇作品只表现了现象，没有揭示矛盾的实质。

在这篇小说里，你用了不少笔墨去表现江一帆和玉兰的关系，几乎花了一半的篇幅去描写他们的友谊和纯真的爱情。

小说才写到一半，"四人帮"的罪恶活动就已经出现，而江一帆马上就受到莫须有的诬蔑和迫害，可惜作者只轻轻接触了一下，并没有继续去揭露这种迫害。最使人觉得奇怪的是：这两人的爱情最后不是毁于"四人帮"及其爪牙的毒手，却是毁于玉兰自己的变心。

根据小说的描写，江一帆和玉兰的爱情是有坚实基础的，爱情的产生也是极其自然的，彼此都曾表示过"永远相爱，坚贞不渝"，而且还经过长期的考验。可是，令人无法理解的是，作者突然人为地（违反了人物原有的性格和生活逻辑）叫玉兰接触了一些外国文学名著，让"资产阶级的情趣开始占据了她的心灵"，于是她开始觉得江一帆太古板，太呆气，"缺乏潇洒的风度和多情的魅力"……就这样，便开始对他冷淡了。恰在此时，玉兰却对一个"举止洒脱，风度翩翩"的卢生———一个"油光水滑"的家伙发生了兴趣，由于对方的狡猾和奸诈，她竟轻率地与他结了婚。虽然，她很快发现了这个"风度翩翩"的人是个"傲慢虚伪"、专事谋害革命老干部的政治流氓，是一个追随"四人帮"的野心家，于是离开了他。但这样的结局，能体现出什么

---

* 载1979年5月25日《南方日报》第3版。

社会意义呢？

为什么会把一篇作品写成这样？你可能还未意识到。在创作思想上，你对于文学如何通过形象去反映现实生活，如何去揭示生活本身所内含的意义，似乎还不太明确，甚至还很模糊。

当一个写作者提起笔来写作的时候，大约不会毫无目的吧？至少在他进行构思时，是有一种东西想诉诸别人的：或者是一种感情（欢乐或悲哀……），或者是一种情绪（沉郁或兴奋……），或者是一件震撼人心的事情（人民巨大的胜利或惨绝人寰的悲剧……），而且总是希望通过他的作品使别人能分享（或分担）他的喜悦或悲哀，使别人也像他所希望的那样去热爱这种人物和风尚，去憎恨另一种品质和作风。

为了达到这个目的，写作者总是把他所要称赞的人物写得很可爱，从外貌到心灵，从脾性到品质，总之把他心目中某些美好的，甚至近乎理想的东西附在人物身上。事实上，你不是在《舞台上下》中也把江一帆和玉兰两人的品质、彼此崇高的情谊和爱情，以及他们对祖国的热爱和对事业的信心……都用多彩的笔触去描绘吗？这本来是正常的，在艺术创作上是允许的；可是，费了那么多的笔墨去写这些，是为了什么呢？按照你上半篇的构思，我以为你要写悲剧；可是小说的发展，却使人越看越莫名其妙；既写了他们的爱情，又写了"四人帮"的迫害，最后还写了玉兰的变心。请问：把这三件事凑在一起是为了什么？它们之间的因果关系又是什么？你似乎是漫不经心的。结果，作品不仅不能表达出深刻的社会意义，甚至连你想表达并感染别人的爱憎情绪也不能表现出来。原因是：玉兰虽然最后跌进悲哀的深渊，但这是她自己造成的；由于她变心，几乎使读者失去了对她的同情。她既然变得这样怪，这样不得人心，在前半篇你为什么又拿那么多美丽的油彩把她描绘得那样崇高、那样纯真和那样富有理想呢？这不是矛盾吗？

上面已经说过，按照小说上半篇的构思以及后来"四人帮"爪牙对江一帆的诬陷和迫害，根据当时环境和人物关系的逻辑发展，"四人帮"对江一帆的迫害一定会继续下去；加上那个"风度翩翩"的卢生急于想"挖墙脚"（夺取玉兰），情况只会越来越严重，最后，不但毁了江一帆，也毁灭他们纯真的爱情。而这些，正是促使悲剧发展的社会环境与条件，为什么事件这样发展（而不那样发展）是取决于典型环境的特定条件以及它与人物的因果关系，已经十分清楚。正因为这样，所以小说的社会意义也就将凸显出来。

我们都熟悉恩格斯说过的一句话，"要真实地再现典型环境中的典型人物"。而人的行动及其性格的形成，是离不开历史社会环境的影响的。社会环境不仅影响、制约着人们的思想和感情，而且也影响、制约着人们的活动和斗争。

如果一篇小说只称赞某一个别人的模范事迹，当然也有"榜样"的意义和作用；可是作为文学作品，仅仅能起这点作用，就很不够了。文学不仅鼓舞、诱导人们为某些战术性的目标去进行战斗，而更主要的是鼓舞、诱导人们去改造我们的环境，改造社会，把历史推向前进。而文学的特点是通过个别去反映一般，通过高度概括又个性鲜明的形象去反映现实生活的本质及其发展的规律。因此，我们在选择题材时，乍一看，有些事件好像是个别的，甚至还带着某种偶然性，但不能就此止步；当我们发掘下去，弄清了支配事件发生、发展的，正是这个"环绕着这些人物并促使他们行动"的典型环境时，才明白过来，原来这一切都不是偶然的：这个典型环境代表着一定的社会势力（包括一定的信仰和风尚），代表着一定阶级、阶层的利益，而且还作为这个特定社会的一种支配力量存在着。许许多多矛盾冲突之所以会发生，其根源就是来自这种社会势力。它与人民的关系如何，是好还是坏，在作品中只有通过事件的发展和结局，只有通过它对人民的遭遇、命运所起的作用如何才能判定。也只有在这节骨眼上，人们才能辨认出它与广大人民的利害关系，认清它的本质。在处理人物的遭遇或命运时，作者的政治观点和对环绕着人物的社会环境的态度，才最鲜明。因而可以说，这种体现在处理人物命运时的观点和态度，就是作者对描写对象（人物或事件）的判断，也就是作品里的主题思想。

因此，你小说中玉兰的可悲结局，虽令人难过，但却没有多少社会意义，因为这结局是她自己变心所造成的，不仅不能引起普遍的同情，反而会使一部分读者产生一种"活该，咎由自取"的反感情绪。

如果你想通过小说来批判某种错误的人生观和恋爱观，那你何必把这事件安排在"文化大革命"的背景上？又何必不厌其详地去渲染和刻画江一帆和玉兰的爱情历史和它的纯真无瑕呢？

为什么会造成这样的结果呢？可能还有别的原因，但是根据这篇作品所显露出来的缺点看，我以为最主要的，你只抓住一些情节，还没有抓住矛盾的核心，更没有抓住它们（情节）之间的内在联系（包括人物和社会环境之间的内在联系）。

既然没有从生活中抓住主题，因而，强调什么和放松什么，歌颂谁和批判谁，什

么人物为主和什么人物为次……也就心中无数了。

以后请注意，当题材没有酝酿成熟，当人物还没有酝酿到会自己按照自己的观点去说话和行动时；当你想表达的感情还没有找到相适应的形式时，你千万不要忙于动笔。

盼望继续探索，认真吸取教训，将来写出更好的作品！

多实践！多思考！

一九七九年四月一日于梅花村

戏剧冲突和性格冲突*

××同志：

　　这几天杂事很多，而且心绪也凌乱得很。前几日，已在匆促中读完你的剧本《从头做起》，但考虑得很不够，现只能把一些粗浅的感想告诉你，仅供参考。

　　全剧四万多字，不算短了；但读起来却不费劲，而且读得很顺当，语言也十分流畅。可见你在写作剧本或小说上，是有表现能力和驾驭力量的。可是你似乎对人物注意得不够，只把力量放到情节上面。即是说，你只注意到情节的发展，而对人物的个性与情绪，以及它们对情节发展的影响，似乎很不注意。

　　譬如第三幕开始时，梅芝芬无意中说了"太好了，正是一般人求之不得的，你爸爸可算为你着想"一句话以后，作品中做了这样的描写：

　　想不到这句话竟把莫惠莲的心伤了，惹得她悻悻走开。当时赵向华正从外边回来，见惠莲，他向她热情打招呼，可是她不理睬，这使向华也伤了心，以为他们之间初建立的爱情要"吹"了，几乎到了破裂的边缘……

　　可是到第三幕行将收场，莫惠莲再度出场时，这种曾引起"伤心"的情绪，作者好像给忘记了。这一来，人物的性格和情绪便有意无意地被撇到一边，因而，必然受人物左右的情节就使人觉得"失真"了。值得注意的，不仅你在个别地方出现这种情况，而在好些场合都重复着类似的现象，结果，作品中人物的性格都模模糊糊。如果赵可贤、赵向华还使人感到有点性格的话，那么吴扬中就十分朦胧了。剧中的人物既

---

* 载1984年4月版《萧殷自选集》。

然不能栩栩如生地活起来，就很难说作品有什么坚实的基础。

其次，关于主题，我以为你只提出了问题，但在解决问题上却提供了不实在的、不可信的、缺乏生活基础的想象。对知识分子政策的落实问题，并不可能像剧本末尾那样简单而顺利，它顶多只是一种愿望而已，要它变成现实还有一段距离。这个剧本之所以还缺乏说服力，原因大概就在这里。

下一步该怎么办？作为一个作者，你当然很关心这个问题。从我评价和分析看，你可以看出，我对你写剧本的信心和所选择的题材，是肯定的；但如何提高剧本的质量问题，即如何提高作品的思想力量和艺术力量问题，恐怕还要做一番艰苦的努力。

这几乎是一种通病，不少从事写作的人，一开始总是把注意力放到情节的编排上，努力去追求情节的离奇，力求剧情的刺激性，而对人物性格的塑造以及性格如何左右情节的发展，却不太注意。这些作者只注意到"戏剧冲突"，却忽视了"性格冲突"，只注意到情节的离奇，却不太注意情节是否合乎情理，只把力量放在"出乎意料"的追求上，却不注意"合乎常情"的细节或场景的描写。结果，虽然情节够曲折离奇了，可是观众（或读者）却不信服，不相信这样的事会发生。

高尔基说过："情节是性格发展的历史。"所谓情节，就是人物之间的关系、矛盾或冲突的连续。而人们存在着什么关系、矛盾或冲突，则由人们的性格如何来决定的。如果写作者不注意人物的性格，不注意人物的个性与情绪，如何能真实地、具体生动地把人物之间的某种关系、矛盾或冲突表现出来呢？也就是说，如何能合情合理地表现情节的发生、发展的过程呢？所以只片面地表现情节，而不同时表现性格的作品，不仅不可能合乎情理地体现生活和斗争，而且还可能使一些关系、矛盾或冲突变成无法理解的现象。

同时，主题的提炼也要特别注意。现在不少人都从理性（从观念或概念）出发去构思情节，并企图以胡编情节来串演抽象的观念。这一来，不仅违背形象创造的规律，连起码的反映生活真实面貌的要求也做不到。只有从生活出发，被生活所触动，又引起爱或憎的感情，从而激发起要宣泄，要控诉，或要召唤的冲动……总之，经过这样所形成（所提炼）的主题，才可能有说服力和有感染力。这虽然是老话，但在实践时要处处遵照它，却不容易。你这个剧本在主题的提炼上还不怎么令人满意，与你不从生活出发，不从自己的爱憎出发，大概有很大关系吧？

以上意见，也许不够全面，但请考虑。不妥之处，还望批评！

一九七九年四月二十四日于广州

悲剧、题材及其他[*]

从现实主义的观点来看，不仅光明的、发展着的事物应该热情歌颂，阴暗的、趋向死灭的事物也应该严肃暴露。因为所谓生活本质，就是指生活发展的内部矛盾，也就是内部矛盾发展的规律。要反映这种"规律"，矛盾双方显然都要反映，不仅要反映新的、革命的事物，与新事物处于对立地位的腐朽事物或落后事物也应得到反映。况且矛盾双方并不是固定不变的，有时这边占优势，有时又那边占优势；只有两方面都得到反映时，生活的真实面貌才能得到全面的、实质的反映。因此除了敌我矛盾应充分描绘之外，人民内部的矛盾斗争也不应该有丝毫忽视。那种只把主流（或矛盾的主导方面）视为本质，视为典型的观点，显然是片面的；因此，认为少数不是典型的观点，同样是错误的。我认为反映人民内部矛盾、暴露生活阴暗面的作品，并不是消极的；而是革命事业与建设事业的一部分，是反映革命事业向前发展的不可或缺的一个方面。

但在我们这里，却有人把社会主义时期的悲剧，归咎于社会主义制度。不仅不符合事实，也很不公平。他们认为，什么社会制度开始时都不可能是完美无缺的，这种看法谁也不会有什么异议；但是否可以把发生在社会主义时期的悲剧归咎于社会主义制度呢？显然不能。社会主义制度，是一种美好的理想，是人民奋斗的目标。在新制度建立的过程中，旧制度的残余势力和残余意识绝不会轻易退出舞台，总是或明或暗地出来进行活动、捣乱，妄图复辟；加上我们的法制不够健全和民主不够充分，便给它们以可乘之机，于是官僚主义、封建特权等猖獗起来。只要条件允许，草菅人命、生杀予夺等事情便随之发生。"四人帮"横行时期所出现的形形色色惨绝人寰的

---

[*] 载1984年4月版《萧殷自选集》。

悲剧，不正是这种无法无天的封建特权所造成的吗？难道这祸根不明明显显来自旧制度的余毒？怎么可以说是根源于社会主义制度呢？这些祸害严峻地教训我们：为了防止这类悲剧的重演，绝不能丝毫迁就封建残余和剥削意识的存在；只有不懈地与之斗争，才能逐步取得正常的法治和民主权利；才可能使社会主义制度日趋完善起来，从而杜绝一切人为的社会悲剧。

可是，又有人提出另一个问题：当全国进入四化建设的时候，大家都应该集中精力搞四化建设，而不应该再去揭露"四人帮"的罪恶，去算老账了；提出上述问题的同志大概忘记了：十多年来，破坏我们日常生产、破坏经济基础、破坏生产力的，不正是"四人帮"及其爪牙吗？正是他们把我们国家搞到破产的边缘，使冤案假案错案遍于国中，而且还把人与人的关系搞到互相猜疑、互不信任的境地。在这样满目疮痍、满心惊悸的景况下，人们能集中精力去提高生产力么？能叫大家怀着满腔悲愤、擦着眼泪、带着一身伤痕和精神创伤去建设四化么？能叫人忘了昨天的惨痛遭遇，半信半疑、提心吊胆地为四化出力？只有闭起眼睛，故意不看这"劫后"灾情的人，才会把这类揭露"四人帮"罪恶的作品贬为"伤痕文学"，等等。

有人一提到悲剧就神色惊疑，因为他们把悲剧看成是使人消沉、令人感伤的东西。其实，真是这样可怕么？一次，我和一位六十多岁的同行聊天，回忆起青少年时代读过的书，才清楚地发现：原来我们都是在读悲剧过程中成长起来的。正是这些悲剧，使我们同悲剧中的主角同呼吸、共哀乐；为他们的命运而仰天长叹，为他们的不幸遭遇而悄悄流泪；而对于促使他们走向不幸、走到悲剧的环境——封建制度、封建人物和封建意识，则产生了刻骨的仇恨；正是这些仇恨，把我们引上革命的道路。

鲁迅先生说："悲剧，将人生有价值的东西毁灭给人看。"只要你站在普通人的立场，而且还有点正义感和同情心，你大概对"人生有价值的东西"不会不珍惜，不会不同情；而对于那些"毁灭"他们的制度和意识，必定会引起你的憎恨，进而使你气愤不平；经过潜移默化，久而久之，这种气愤就会变成意志，变成决心，变成物质的力量。

从总的方面看，文学应给读者以鼓舞的力量，而社会主义的文艺，应当着力反映社会主义的新人，但并不能对每篇作品提出同样的要求。有些作品通过反面人物自己的罪恶活动，暴露其卑劣品质和阴谋诡计，使其同类受到警告；使人民从而提高警惕。有些作品，事件发生在黑暗势力暂时占优势的特定环境中，革命者为坚持真理而宁死不屈，于是英雄不得不壮烈地死去。面对这类作品，留在读者心头的，是悲愤，是仇恨；经过一定的沉积时期，无疑它将爆发为对黑暗势力仇恨的烈火。有些作品，受败类迫害的是一些手无寸铁的群众，他们满腔义愤，但暂时无力做有效的反抗，结果，妻离子散，家破人亡，给人留下一幅悲惨的图景。但读者也从这片惨状中认清了制造悲剧的黑暗势力，在心灵上播下了仇恨的种子。还有些作品，让这些败类胡作非为得差不多时，而环境条件又已成熟，也可以忽然剥开他们的假面具，狠狠地惩罚他们，扫尽他们的威风，鼓舞人们乘胜前进。总之，只要作家始终站在社会主义立场，时刻不忘记人民的根本利益，即使面对着极其悲惨的题材，也不会写出只令人消沉、感伤的作品。

当然，并不是什么素材、什么生活现象都可以写成作品。当此强调从"框框"中解脱出来时，千万不要把"思想解放"错误地理解为资产阶级自由化，更不能把"双百"方针错误地理解为放任自流。我们现在对外开放，随着先进技术设备的输入，各种各色的生活方式、观点和情调以及五花八门的文化也会跟着而来。如果我们稍稍放松原则，离开前提和目标，是很容易迷失方向、混淆是非的。所谓思想解放也者，即不要拘泥于书本，不要迷信书本；凡未经实践检验过的，都不要盲目信奉；应从社会实际出发，从革命实践出发去检验它们是否有利于人民，是否能真正指导革命实践，是否是真理。只有代表人民，又经得起革命实践考验的真理，才符合马克思主义的革命精髓。只有用这种经过检验的真理做武器，才能推进革命的实践。可是目前有些现象，却与"思想解放"的目的背道而驰。不错，题材应该多样化，人物也应该多样化；可是并不是什么样的生活素材，什么样的生活细节，都可以写进作品中去，譬如打、砸、抢、奸、淫、烧、杀，连细节都赤裸裸地写在作品上，行吗？这样的作品能给读者（尤其是青年读者）什么教育呢？现在，在一些小说和戏剧中，追求离奇情节和异国情调的现象，似乎越来越"时髦"了；不仅某些青年作者表现出浓厚的兴趣，甚至某些刊物的编辑，也有以情节是否离奇来作为选稿的标准。对于人物是否典型、是否真实、是否能引导读者走向正路，反而弃之不顾。在一些作品中，不仅对题材不加认真选择和提炼，甚至对作品的主题思想，也亦步亦趋，人云亦云。人家从低级趣味、惊险场面出发，大肆鼓吹某种凶杀小说，而我们的一些同志，完全不考虑社会效果，也跟着人家大声呐喊，乃至莫名其妙地跟着人家做廉价的赞颂。甚至有些作品，是用曲曲折折的手法去歌颂过去反动统治的，竟也得到一些人的赞赏。还有一些离奇古怪、猜也猜不懂的"流派"和"风格",却被人当成新"品种"或"新的崛起"加以鼓吹并热情传播。这是正常的现象吗?

离开了中国人民的根本利益,抛弃了社会主义的事业,放弃了四项基本原则,一味追求新奇,追求怪异,结果,不仅迎合了(也宣扬了)某些陈腐的观点、趣味和审美观,而且首先使自己"误"进了一条死胡同。千万不要忘记了我们是从事意识形态活动的人,我们必须坚守这块阵地。千万不要因团结某些人而放弃了意识形态的竞赛和斗争!决不能抛弃原则去赞扬一些不应该赞扬的东西,更不该去提倡一些广大人民所无法接受的东西。

一九八〇年三月于圭峰山下

小说不是生活的任意再现*

××同志：

去年寄来的两篇小说，都收到了，因我长期患病，没有可能给你复信，实在抱歉！今年三月间，你的催促信也收读了。自然，在你看来，事情十分简单，只"寥寥"五万多字的作品，为什么要拖半年之久？其实，事情并不像你想的那么简单：我八个月住院固然是推迟复信的客观原因；此外，你在作品中所流露的诸多问题，也不是三言两语能够说得清楚的。因此当我粗粗读了你的习作后，感到你写作中的问题很严重，如让你这样发展下去，你很可能误入一条与艺术创造背道而驰的岔道上；于是，决定把稿子留下来，准备出院之后向你说说我的读后感。然而，使人感到为难的，是你对自己的作品没有一个较客观的估计，你甚至没有发现自己的作品存在着严重的缺陷；相反，你把它们估计得很高，以为这两篇小说习作都已达到发表的水平，因而你满怀信心地要求我"向报刊推荐"你的作品。你的这种看法和情绪，反而加深了我的顾虑：照直说吧，怕你受不了；不说吧，照你这样走下去，显然只会闯进一条与你的志趣相反的死胡同里。

现在只能从作品的实际出发，是什么就说什么，既不能瞎捧，也不应胡批；至于评论的分寸是否恰如其分，那就很难说了。不过这些出于肺腑的话，也许初听起来很逆耳，但愿加以冷静的考虑！

你也许以为把人们的遭遇（它的过程或轮廓）写下来，就是文学，既不揭示什么真谛，也不体现什么倾向；因此对"过程"毫无选择，也不剪裁，更不讲结构和布局；平铺直叙，漫无中心，既不从这过程中选择一个段落（一方面、某一特征或某种

---

* 载1983年3月《作品》第3期。

意义）进行强调、集中、概括和延伸或发展，而是随写随感（随发议论或随意插入回忆），结果，怪不得你的习作都写得既拖沓又拉杂；既无一线贯串的矛盾冲突，也无完整表现憎恨（或热爱）的情节；人物既无鲜明的性格，也没有促进他们行动的特定环境。读完这样的"作品"之后，首先使人摸不透作者的态度与目的，更弄不清作者打算把读者引向何处。请你想一想，《十年青春付东流》和《父女》两篇习作，是否这样？

你本来很自信，乍一听这些异议，你一时可能不易理解和接受。譬如说，你的作品将把读者引向何处的问题，你可能有自己的解释，但是作为文学，它有它不容含糊的特点，有它特殊的性能。文学是意识形态，是人生社会事实通过作者意识感情的过滤、融化、升华的产物，它与新闻反映社会生活不同，每篇像样的文学作品都有一定的感染力和鲜明的目标感：把可爱的人写得更可爱，把可恨的人写得更可恨。为什么？正像高尔基曾说的："艺术的本质是赞成或反对的斗争，漠不关心的艺术是没有而且是不可能有的，因为人不是照相机，它不是给现实拍照，它或肯定现实，或改变现实，或毁坏现实。"为了这目的，作者必须要有明确的立场和态度，不能对人物模棱两可，不能朝三暮四，否则，你通过人物和事件所要表达的意旨，不仅模糊不清，而且还可能使读者莫名其妙。在你的两篇作品中不都出现了这种不应有的情况吗？

不错，你在《十年青春付东流》中，曾以一大半的篇幅叙写教师詹安、鲁娟、章新和朱雯的不幸遭遇的过程，也叙写了造反派头头老鸦嘴的无知和残暴，甚至叙写了他在不到半个钟头拳打脚踢加上棍棒的折磨中，不仅把詹安老师打晕在地，而且还把他扔进六八河，活活淹死……

按照作品出现的矛盾的性质和规模，情节理应从这里展开，并深掘下去，直至把老鸦嘴这些败类的黑心肠暴露出来，让人们都看个明白，目的是让广大读者从他们的恶毒手段中去吸取教训，提高警惕，以免这类悲剧重演。可惜作者离开了这个方向，反而在作品末尾，忽然给安上一条多余的尾巴："詹安、鲁娟已平反昭雪；章新、朱雯已恢复工作，补发工资；老鸦嘴已由司法机关逮捕法办，立即执行。"

在你的另一篇作品《父女》中，也出现了同样的情况。作品的大部分都是叙写文教局副局长、高从中学校长王色桂的恶劣丑行，从调戏、强奸、陷害到敲诈勒索，简直无恶不作……可是，读者无法理解，作者费了很大气力揭露王色桂之后，还没有引起读者应有的憎恨和提防，却在作品的末尾安上一条多余的尾巴："王色桂逮捕法办了。"

这两个"尾巴"在作品中起什么作用呢?无他,它们只能模糊作者对这类矛盾的态度,冲淡作者对这批败类的憎恶感情。

如果作者认识到:要防止这类悲剧重演,人们必须认真地从这场祸害中吸取教训。要是作品的主旨转到这方面,那么作者在构思题材时,势必侧重反面人物性格的刻画和促使他们进行罪恶活动的特定环境及其恶势力的真实揭露,而绝不会把这类结局当作"尾巴"安在作品上。因为在现实生活中,像这类"逮捕法办"的惩处,并不施及所有参与那场罪恶活动的分子,而相反,这类人中的一部分,现在仍活动在各种岗位上。人们如果不从那场惨剧中吸取教训,对这类既不认错,也不认罪的死硬分子的活动又麻痹大意,任其继续拉帮结派,任其自由发展,那么就可能有一天,这类惨剧在人间重演。这关系广大人民的命运,关系到社会主义事业前途的大事,文学难道可以掉以轻心?这大事,难道不应作为文学作品的主题提出来吗?

其次,你作品中的人物(尤其是反面人物)的性格及其形成,不仅不能使人置信,反而给人一种虚假的印象。譬如你笔下的造反派头头老鸦嘴吧,他变得这样反动和残暴,不仅没有特定环境中——没有从林彪和"四人帮"的影响与诱惑中得到解释,反而把他的残暴以及他的暴行写成纯粹出自个人的怨仇。据作品介绍:老鸦嘴从小不爱读书,经常逃学;其父是生产大队支部书记,他仗势欺人,偷鸡摸狗;因其父与M分校校长相互勾结,老鸦嘴成了M分校的学生。他常偷校园水果,趁电影散场调戏女同学,还混进女生宿舍去摸人家的奶子。语文教师詹安认为他一贯表现极坏,向学校提议把他开除,校长当然不会批准。但从此,老鸦嘴与詹安结下了怨仇。十年浩劫一来,他一当上造反派头头兼三查组长,就肆意诬陷詹安,把詹安打晕在地,接着棍棒交加,并用石块痛击头部,然后扔进河里,直到浸死。正因为这样,作品的矛盾斗争便失去了普遍意义:不仅不能真实地反映十年动乱期间从阴谋出发、拉帮结派的特点,甚至连当时起码的矛盾斗争的特征都被歪曲了。另一篇作品的另一个反面人物——王色桂也是如此。他名义上是县文教局副局长、高从中学的校长和高从公社党委副书记,实质上,他是一个不折不扣的色鬼、流氓兼恶霸。在作者笔下,这个人物竟和老鸦嘴不相上下:他也从小不爱读书,老是留级,连初中也考不上;只是由于他舅舅参加过长征,凭着舅舅的社会地位,介绍他给县委第一书记当勤务员;因他善于察言观色,手脚勤快,很快便取得刘书记的欢心,不仅入了党,还很快上升为文教局副局长；可是，他不务正业，成天在女人中间鬼混，因有靠山，虽屡犯错误都从宽处理；直到调戏了一个军官的妻子，才被调到县委工作组；但"文化大革命"一来，他又升为高从中学校长，而且很快就当上了高从公社的党委副书记……作品不仅肯定在"文革"时期靠裙带关系、靠后门步步上升，而且认为在一九六六年以前也是这样的。人物既然这样架空而不真实，那么，存在于这类人和他们的对立面之间的矛盾和斗争，哪里还有半点真实的影子呢？根源是你对这方面的生活虽不能说一无所知，但至少是相当陌生的；尤其是出现在你作品中的人物，毫无性格特征，除了人所共知的那一套之外，连富有特征的细节描写几乎都找不到；既没有生活气息，也没有合乎生活逻辑的生活场景。反面人物是这样，你笔下的正面人物也是如此。这说明你的作品，除了某些生活轮廓之外，其他部分都是凭空虚构的。

再者，在你的作品中不仅没有在人物行动的背后烘托出特定的社会环境与具体的历史条件，而是相反，把典型的社会环境歪曲了，把原有事件的社会意义缩小了，甚至抹杀了。在《十年青春付东流》中，你这样叙写着：詹安、鲁娟被老鸦嘴等折磨至死后，章新老师被紧急通知，仓皇出走，逃回广东。不久，朱雯也从火坑中被救出，匆忙逃走，从此他们"离开这鬼蜮横行的是非之地"（引自鲁娟的话），回到广东便像到了世外桃源。作品这样描写当时的广东："南方的秋色凉爽宜人，到处是硕果累累，稻香阵阵……与六八河边的恐怖动乱有天壤之别，我们的郁闷心情才逐渐开朗起来。"把十年动乱竟写成个别的、部分地区的事，出现在你作品的惨剧，好像除了六八河边之外，其他地区都没有。好像"四人帮"那套暴行只在个别地区出现，暴徒似乎也只是个别的。作者既然这样随意地"反映"生活，那么叫人如何去判断这段历史呢？读者又从你这作品中接受什么教训呢？类似这样的情况，在《父女》中也出现。为了突出李士良的不幸遭遇，竟不惜把人民医院的面貌任意歪曲，一个医院的出纳员能恶声恶气下令停止发药并驱逐病人离院么？这个出纳员对一个被侮辱与被损害的女青年，不仅失掉了一般的同情，他甚至与恶霸王色桂一鼻孔出气；如果说，出纳员和王色桂有什么特别关系吧，但作品又没有把这两者的特定关系揭示出来。

还须指出一点，你的两篇作品都拉得太长，按照内容并不需要这么大的篇幅，为什么？主要原因是你把文学看得太简单，以为抓住了离奇曲折的情节，写下来就是文学作品，不管这情节周围有多少旁枝蔓叶，既不加修剪，也不讲结构；对情节有关的生活，既不浓缩，也不凝聚，该突出的不突出，该深化的又不深化；结果，把鸡肉同鸡毛一同炒，拖拖沓沓，既臃肿，又拉杂，而对事件的过程，叙述多于描写，抽象的说明多于形象的表现，而且中间又被一些随意的议论或回忆所打断，于是文字跳来跳去，事情忽隐忽现；一下子叙写事件的过程，一下子又回忆往事，一下子又在回忆中加回忆，重重叠叠，简直使读者头晕目眩，无法捉摸。本来，文学作品是要求精练的，但在你的习作中却相反。契诃夫曾说过：精练就是才能。这缺点希望引起你的注意并努力克服。

其次，你的作品拖沓、冗长的另一个原因，是你在下笔之前，没有明确你的写作对象（写一个人或几个人，写一件事，或写一种倾向，或写一种作风……），不管你确定写什么，其中总有一种你要宣扬或倾吐的意旨或感情，可是你在写作时似乎不是这样。比如在《十年青春付东流》中，前面你写老鸦嘴迫害詹安等人；中间又写章新的儿子章瑶从事修理钟表、收音机的生活；以后又写小香（詹安的女儿）的姑妈为她哥哥的婚事发愁，以至劝小香出嫁的一段纠葛；接着，又写小香与章瑶为上大学而闹别扭；最后，两人又前后考进大学，于是皆大欢喜，彼此都洋溢着幸福感。这些事，作为小说来看，中间并没有连贯的内核，但作者为什么把这些拉拉杂杂的现象堆在一起呢？唯一的理由大概是想表现章瑶和小香的爱情，但如果以这个为中心，又何必花费大量笔墨去写其他呢？

在作品中，不仅所叙写的内容与作者所要表达的主旨不一致；就是作品的题目与内容也是风马牛不相及的。作品的开头及收尾，作者都以"心满意足"的心境描述章瑶和小香的爱情，可是为什么冠以一个《十年青春付东流》的题目呢？

以上所谈的，都是作品中显露的主要问题，至于其余的问题，如情节的发生、发展都缺乏性格的基础，在写某人（特别是一些女青年）的某种表现时，常常不顾环境条件如何，因而不仅显得生硬，而且也不真实，等等，都不拟多谈了。

这些意见显得琐碎，在理解上也许会给你增加一些困难；说实在话，这封信是断断续续写成的。我自今年一月离开医院之后，于三月半又病倒了，这一次整日头昏低烧，痰多气促，不仅不能写作，连看报纸也感到吃力。直到四月中，情况才好一些，但现在容易疲劳，工作不到一小时，就无力继续下去；记忆力比前也衰退多了，以致每谈到作品的具体问题时，还得不断翻阅你的原稿；因此，信写得很慢，拖延了不少时间，而且问题还不一定说清楚了，心里实在感到过意不去，请原谅！

像你这样把习作寄来的人，是不少的，因此，把我有限的一点业余时间，都在阅稿和复信中消耗了。而来稿的人是怀着各种各样动机的，有的是怀着虚心听取意见的目的把稿子寄来；有的是盼望介绍发表或接受"捧场"把稿子寄来。后面这种青年虽然为数极少，但在文字交往中，确曾接触过；由于出自责任感，我照直指出他们在写作实践中的缺点和错误，于是招来了不满、积怨或仇恨。这三十多年来，我固然在书信来往中获得许多文学青年的友谊；但无可讳言，我也因此而招来了一些麻烦。一九六四年六月我曾给一个青年复过一封信（一九六四年八月《萌芽》曾发表过我这封复信），在那封信中，曾严肃地指出作品中的错误，并从正面阐述了一些道理。谁料到，这封复信竟令这位作者非常愤怒，在"文革"初期，他为了发泄私愤，居然无中生有，捏造我是"大地主"的谎言，并写成大字报寄到广州来，妄图"落井下石"。我这种遭遇，说明严格地、善意地帮助别人的人，并不都能受到善意的报应；而相反，有时却会尝到意想不到的苦头。现在旧事重提，并没有别的意思，只说明我曾经遇到过这类青年而已；同时也想进一步表明：我有时虽然对作品很严格，并提出一些较尖锐的意见，但对作者原是出自善意并怀着热忱的。这一点希望你也能体谅。

　　谨此布复，顺颂
夏祺！

萧殷

一九八二年五月二十二日于广州

335 ~ 428

写作谈

谈公式主义*

有个读者来信问道："来信说：'每个翻了身的穷人情况都是这样：从前怎样怎样的苦，八路军来后怎样怎样的翻了身，翻身后又怎样怎样的过好光景。如果你只是满足于这个概念，而不深入挖掘各人有血有肉的生活与个性，那就会写成干燥无味的死公式。'为什么？请你再详细地解释一下！"

从许多诗歌、鼓词与秧歌剧中，我们发现一个极其普遍的问题，那就是严重的公式主义。许多初学写作的同志，每一歌颂人民翻身，照例总是那一套：从前喝不上稀米粥，八路军来了帮助穷人翻了身，今年吃上饺子了。临末，照例加上"要是没有共产党，咱们哪里有今天"一类的话。实际情形也确实如此。但不仅只是一个大时代中穷人们共同情景的概括，而是翻身穷人活生生的生活却比这要生动和丰富得多。

实际上，在阶级斗争的社会条件下，人的性格是多样复杂的，有的沉默寡言，有的喋喋不休，有的急躁得像一根"取灯儿"一擦就着火，有的像少女一样说话就脸红。在思想上也有的急进，有的保守……这种种就决定了各人在行动中不同的表现形态，如有的犹豫旁观，迟迟不前，或明里一套，暗里又一套，有的则大刀阔斧，积极斗争。其次，虽则都是穷苦人，但过去各人有各人不同的生活式样，各有各的历史与环境，各有各不同的斗争经过，这也决定了各人对事物不同的见解。这些见解又翻转来决定今天各人对生活的态度。比如有些人因得地容易，喜欢铺张浪费，有些人则因受苦半生，立志努力生产，重建家务，等等。

总之，真正的生活是多样复杂，曲折矛盾的。如果一个作者能掌握了这些丰富的

---

* 载1946—1947年《冀中导报》，来源于河北一位老文艺工作者提供的《冀中导报》副刊剪报资料，具体发表日期待考证。

内容，通过形象从各个侧面反映穷人翻身，那么他不仅能表现出一个大时代人们共同情景的特征，同时也能表现出各个人行动、性格的特征。

公式主义的产生，主要根源是因为作者对生活不熟悉，只能是从概念出发的结果。已然这样，那无疑这些作品只剩下几根无血无肉的骨骼，只剩下几个抽象的概念了。

我们主张深入生活，从生活中去挖掘形象的典型和性格，再从中选择主题。只有如此，才能真正地反映现实和指导现实。

谈现实*

有一个读者写信来问道:"……我的故事,的确是根据××村发生的事实照实写的。你为什么来信说我反映的生活,是歪曲了现实?"

简单地说:表面现象并不就是现实,个别而又偶然的事实,更不能视作现实。因为这些个别的表面现象与现实不相一致,不相和谐。如果把这些个别的表面现象当现实来描写,那无疑的是歪曲了现实。

为什么呢?

因为只有能够代表本质的事物,只有本质与现象相一致的事物,才是现实的;凡普遍存在,或将普遍发生,而又与整个社会风尚相一致的事物,才是现实的。为什么这样说呢?因为人是社会的,因之人的意识与行动不能离开社会脉搏的跳动,也就是说,不能离开社会风尚的影响。

我们解放区的社会风尚是什么呢?是实行民主,提倡平等合理,人人都为大众服务,做人要老老实实等,同时,这也就是解放区社会的本质。至于广大劳动人民、军队以及民主政府的人员、干部……的意识、作风、态度,绝大多数与这风尚相一致。这也是本质。如果有人看到与这相反的表面现象,或个别现象,就一口咬定说:这是现实,甚至在艺术作品上加以夸张和渲染。这样的结果,不但不可能表现现实,反而只会歪曲现实。

我们主张挖掘现实,挖得越深,本质就越暴露。我们也承认解放区还有与风尚不完全一致的事物与人物存在着。但那只能说是表面的现象,这种现象绝对不能代表解放区的本质,可能是旧社会的渣滓,也可能有别的原因。总之,只要你对这种表面现

---

* 载1946—1947年《冀中导报》,来源于河北一位老文艺工作者提供的《冀中导报》副刊剪报资料,具体发表日期待考证。

象加以分析,写出它的来源与发展过程来,那么本质是什么仍然是可以看见的。如果我们能用这样的方法来观察生活和表现生活,那我们就越容易握住现实的本质,就越容易触到真理。

谈形象*

有一个读者写信问道："你说我写的鼓词没有情节，没有故事，也无饱满的情绪，只是一篇押了韵的政治术语的堆积。这并不是鼓词，顶多只能算是一篇有韵的说教。——这段话是什么意思？我不能完全看懂。"

鼓词已然是文艺，那么它必须要有文艺的特质，即是说，它必须要有形象。

形象是什么呢？

简单来说，形象是可见可触的，越是形象的，就越是具体的；至于概念，则和形象相反，它却是抽象的，难见难触的。如：

"加紧工作，努力干，不怕任何艰苦和困难，节约一切支援前线；最后胜利一定属于咱！"

这是政治术语的堆积，是抽象概念的垒砌，已没有故事情节，却是一篇干燥的空喊！因而它不可能有感人的力量。然而下面的例子，却是形象的！

"皇庄了街两头洼，当街中间是田家，黍米饭赛红虾，卤菜条用棍夹，晚饭没有一口饼，稀粥白水煮北瓜，吃也是它，不吃也是它！"

虽然科学与文艺的任务，都是旨在说明世界与指导世界，但是两者的方法却不一样。科学是用概念与数字来说明，文艺却是用形象去表现。一篇文艺作品如果没有形象，那它根本就够不上叫文艺。

鼓词是民间文艺形式之一，流行于民间的原有鼓词（和民间诗歌一样）是有明朗的形象的，它除了原有那套死硬的格式之外，其最大的特点就是通过情节与形象来表

---

* 载1946—1947年《冀中导报》，来源于河北一位老文艺工作者提供的《冀中导报》副刊剪报资料，具体发表日期待考证。

达思想。

但是某些同志只知道它有韵节，反而把它最大的特质忘记了，因而把鼓词误认为韵文，视鼓词可以不通过形象来传达思想的东西，由于这种看法的结果，便产生了一大批不三不四的"鼓词"：那就是"以政治概念代替主要内容"的鼓词。

我们主张鼓词有强烈的政治色彩，想表现的方法应该通过形象和情节。可是许多人却不如此，他们直接把政治概念作内容，又用抽象的政治术语去表达。已然如此，那无怪只能写出"有韵的说教"了。

谈主题*

有一个读者问道:"你来信说:我只把事情从头到尾写一遍,已没有选择,也无中心,因而看不出明确的主题。什么叫主题?文章为什么一定要主题?请你解释一下!"

主题是什么?简单地说,主题就是一篇文章的中心思想。如果一篇文章没有中心思想,那它就白糟蹋了题材,也浪费了笔墨。

说话与作文的目的,都是传达思想和感情。不过作文不像说话那样啰唆,那样拖泥带水罢了。作文应该用最简洁最正确的文字来表达思想和感情。

人们说话都具有一定的目的,为了表达思想,有时采取直接说理,有时又间接通过一个故事、一个笑话或一件新闻来表达他的见解,从来没有人为发音去说话的。作文也是这样,有时以理论直接说理,有时以小说、散文、诗来表达见解。凡有责任心的人,都不会为写美丽的词句去写文章。

有好些初学写作的同志,虽然不是为写美丽词句去写文章,但却是毫无目的地写文章。如果说他们还有目的,那就是"为写事实而写事实""为发表而发表"。他们见了什么就写什么,事情发展到哪里就写到哪里。已不管有没有中心思想,也不选择题材,只从头到尾写一遍,写完了"就给报纸发表去"。可是发表是为了什么?这样的文章给读者什么好处?他们就很难回答了。

也许有人会问:"许多文章不是也写事实吗?"是。但人家写事实是为了表达一种思想,是有主题的。乍一看,虽然好像也是"从头写到尾",其实,人家不知抛弃了多少"与主题无关"的材料。

---

* 载1946—1947年《冀中导报》,来源于河北一位老文艺工作者提供的《冀中导报》副刊剪报资料,具体发表日期待考证。

因此，材料一定要经过选择，凡与中心思想无关的东西都要抛掉，但能加强主题意义的题材，则应该以刻画扩大，使之更尖锐，更明朗。总之，文章中的每一个字，每一情节，都必须是为表现主题而写下，倘不，那就变成废话。

写短文章*

在整风运动中，毛主席曾说一些人"下笔千里，离题万里"。正道出一些惯作长篇大论者的文章的实质。又说某些人的文章又长又臭，恰像小脚妇女的包裹布。文章虽长，但大，已缺乏思想内容，又不能解决任何问题，纯粹是在"为发表而写作"的心情下写出来的"文字游戏"。已浪费篇幅，又消耗读者宝贵的时间；更坏的，是带坏了读者与初学写作者。

乔木同志的《短些，再短些》一文中向《解放日报》所提的几点建议，很值得大家诊视。其实，好些"作者原也爱写X的，现在是地盘（指篇幅）叫少数大地主（指写长文章的人）霸占着罢了"。

有些人以为非写长文章，不足以显示他学问的渊博，殊不知，若原本是一个"草包"，而硬表示渊博，读者易发现其"空城计"。

我们主张有多少思想内容，就写多长的文章。把想表达的思想内容写出之后，就不应多说废话。鲁迅先生说得好："写完后至少看两遍，竭力将可有可无的字、句、段删去，毫不可惜！"

从毛主席提出整顿文风后，不觉已三年多了，但由于一部分同志缺乏群众观点，对读者常常不自觉地采取不负责任的态度，故又长又臭、言之无物的文章，至今仍然遍地皆是。

如果文章是写来给自己看，任你怎样写都可以，但倘若要出版，那就必须以负责的精神来考虑读者的需要、时间与精力了。

---

* 载1946—1947年《冀中导报》，来源于河北一位老文艺工作者提供的《冀中导报》副刊剪报资料，具体发表日期待考证，署名殷。

从几条消息的改作谈到消息的结构*

一

【八分区讯】解放战士王全顺参加我某部三连后,在平时就和别的同志们说:"我在战场上决心为人民先立一功。"四月十五日在安次调河头追击安次敌人的战斗中,冲锋时他在全班最前头,很快地爬上了敌人的房子,并缴获三八大枪一支,子弹五十粒,机枪梭子两个。战斗结束后,经全班一致同意,给他记功一次。(焦廷尧作,见一九四七年五月十一日《冀中导报》。)

这条消息有许多缺点,第一,一开始不能把主要情况写出来……第二,不必要的字句太多,太啰唆,如"冲锋时他在全班最前头""追击安次敌人的战斗""在平时就和别的同志"……都是;第三,很多必要的情况未写出。如王全顺为什么要立功?特点在哪里?为什么别的战士缴获一支三八枪不立功?王全顺是第一次参加呢还是第二次?王全顺什么出身?因为不写出来,其阶级觉悟就使人莫名其妙,什么时候解放?如时间越短,立功的意义就越大。

有人这样改作:

解放战士王全顺在安次调河头战斗中立了功。从参加某部三连后,常说:"在战场上决心为人民立功",四月十五日追击战中,冲锋在全班前头,第一个爬上敌人房子,缴获三八枪一,机枪梭子二,子弹五十发。战斗结束,全班同意给他记功一次。

---

* 载1951年8月版《人间书屋》,署名黎政。

这条改作比原作好的地方是把主要情况放在前头，即是说有了导语，并且把许多啰唆的不经济的字句简练了。但是也有缺点，导语与内容重复了，如"全班同意给他记功一次"与导语重复了。如果把"战斗结束，全班同意给他记功一次"删去，那么谁通过的呢？又不明确了。

又有人改作如下：

四月十五日，我某部三连解放战士王全顺，在安次调河头追击安次敌人的战斗中，英勇立功。因他平时就抱定为人民立功的决心，所以冲锋在前，迅速爬上敌房，缴获三八大枪一支，子弹五十粒，机枪梭子两个。

这条改作的好处，也是能把新闻主要情况写在前面，"开门见山"一下就吸引住读者，而且把军队番号写在前头，但是把王全顺平时对人说的话抽象化了。

又有人改为：

安次调河头追击战中，解放战士王全顺一人当先立了功。四月十五日追击敌人冲锋时，他在全班最前头第一个爬上敌人房子，并缴获三八枪一支，子弹五十粒。机枪梭子两个，战斗结束后，全班认为王全顺平时就有这种决心，一致同意给他记功一次。

这条改作，同上条一样，把决心抽象化了。比原作还不如的，甚至把部队的番号也删去了。

解放战士王全顺，全班同意给他记功一次。四月十五日，在安次调河头，追击敌人时，冲锋他在最前头，很快地爬上了敌人房子，并缴获三八枪一支，子弹五十粒，机枪梭子两个。自他参加我×部三连后在平时就和同志说："我在战场上决心为人民先立一功。"

这几条改作比原作好的地方，是有了导语，但没有写出番号，后面才写出，使人以为他现在不在三连。

我某部三连解放战士王全顺,四月十五日于安次调河头追击敌战斗中,英勇立功。该战士自参加三连后,常和同志说:"我在战场上决心为人民先立一功。"此次战斗中,追击安次敌人,冲锋在全班最前头,很快地爬上敌人的房子,缴获三八枪一支,机枪梭子两个。战斗结束后,全班一致同意给他立功一次。

这条改作,好在连接的地方很自然,连接得很紧凑。但后面总仿佛还缺少一点什么。

我某部三连解放战士王全顺,奋勇当先,为人民立了一功。四月十五日安次调河头战斗中,王全顺冲锋在全班的最前头,很快地爬上敌人房顶,当即缴获三八大枪一支,子弹五十粒,机枪梭子两个,全班一致同意给他记功一次,平时王全顺常向别的同志说:"我在战场上决心为人民先立一功。"果然有志者事竟成。

最后一句补足了不足。比前数条都好些,但仍有重复,不够有力,没有说服性,这主要是原作者写得不完全,没有写出他应立功的所在。
所以还不能算是一条好新闻消息。
如果再深入调查,补充了材料,改成如下两种,也许会完全些:

我某部三连解放战士王全顺于安次战斗后,经全班同意,记功一次。按该战士系×年×月于××被解放,因出身贫农,很快就有了阶级觉悟,他曾于平时表示过:"只要我到了战场,决心为人民先立一功。"上月十五日于安次调河头追击战中,他冲锋在前,迅速爬上敌人房顶,以火力封锁街口,使全排能及时突入村庄,并缴获三八大枪一支,子弹五十粒,机枪梭子两个。这是王全顺首次参加反蒋战斗,颇堪嘉许。

又:

我某部三连解放战士王全顺于上月十五日首次参加安次战斗后,经全班同意记功一次。查他此次安次调河头追击战中,冲锋在前,迅速爬上敌人房顶,以火力封住街口,使全班能及时冲入村庄,并缴获三八大枪一支,子弹五十粒,机枪梭子两个。按王全顺系×年×月被解放，因出身贫农，很快有了阶级觉悟，他常对人表示："我一到战场，决心为人民先立一功。"果然有志者事竟成。

二

【安国讯】安国县平原合作联合社，为了发展生产，大力扶植村社，解决社员生产上的困难，现在确定主要业务，即是大量贷出棉花，组织广大妇女开展纺织，收回布匹。现在为活跃金融，发展经济，经社务委员会研究决定设立信用部，办理存款、放款业务。主要对象是帮助村社，尤其贫苦社员的生产事业，为该社的发展方向。其次在力量许可的条件下，也尽可能帮助城关工商业的发展与繁荣。为了奖励村社或城关有生产价值的手工业，日息三厘，一般的工商户，则日息五厘。该信用部的建立，将对我安国工商业的发展，有很大的帮助。（李子舟。见五月二十五日《冀中导报》。）

这条消息的缺点，就是乱。只用几个"为了"，而不针对具体困难写出设立信用部的原因，因而，这条新闻给读者的印象就浅，甚至模糊。县合作社设立信用部与扶植村庄的巨大意义，在新闻中反而看不出来。因此，指导的价值就说不上了。

有同志改作如下：

本县平原合作联合社，大力扶植村社发展生产，并贷出棉花，组织纺织业，解决贫苦社员问题，并设立信用部等，尽可能协助城关工商业之发展，为本联社之目的。

又：

安国县平原合作联合社，以帮助贫苦社员生产事业为发展方向。设立信用部，办理存款、放款业务，鼓励村社或有关生产价值的手工业，日息三厘，一般工商业，则日息五厘。并贷出大量棉花，组织广大妇女开展纺织，收回布匹。

这样改法，把内容都删去了，新闻消息越具体越简练越好，只求简而无内容，就不能叫"简练"。应该把那些有用的材料，不要随便删掉，应该更好地去组织它。

这条消息的缺点，并不是废话多，而是组织得不好，而是材料不具体，不够，显得支离破碎，中心思想不明确。如果编者把内容删去，就算删得很整齐吧，但叫读者看什么呢？

又如：

安国县平原合作联合社，为了帮助群众生产，活跃金融，发展经济，社务委员会决定设立信用部，它是一个办理存款，放款的组织。主要服务对象：（一）帮助村社，尤其是贫苦会员的生产，并为该社发展方向。（二）在条件许可下，尽可能帮助城关工商业，以达到使工商业进一步发展与繁荣为目的，该部为了奖励村社或城关有生产价值的手工业，月息三厘，一般的工商户则日息五厘。

【又讯】安国县平原联合社为了发展生产，扶植村社，解决社员生产上的困难，现在确定主要任务，就是大量贷出棉花，组织广大妇女纺织，收回布匹。

这条改作比原作较好的地方，就是组织得较整齐，中心意思比较清楚，但却保存了原作的公式。什么都用"为了"，接着就是一个大方针，下面就"特"或"决定"或"设立"等，这公式常常会限制内容。

比如：

为了纠正干部对时事不正确的态度，改进政治教育，此间县委特发出指示，要大家重视时事学习，对报上的社论或重要文章，要及时组织讨论，并和干部思想及当地工作相联系起来，用漫谈结合回忆的学习方法，对各地经验介绍要抓紧研究吸收。县区干部到村，要帮助村干部及各校学习。此指示发出后全县学习顿呈新现象。

这是概念的，为什么要发指示，针对着什么发指示，难道是无的放矢吗？如果县委空空洞洞的仅"为了纠正干部对时事的不正确的态度"，那到底是什么不正确的态度呢？如不写出来，教育意义就很小，指导工作的作用就谈不到。因为读者要求对症下药，如果只写出药方，而不说出病相，谁知道这药方治什么病呢？

所以下面的一条消息就明确很多了：

此间县委发出指示,要大家重视时事学习,对报上的社论或重要文章要及时组织讨论,并和干部思想及当地工作相联系。过去该县干部大部不注意时事学习,看报只看大题,只看胜利消息,或很潦草地看一遍就扔了,因此该指示强调采用漫谈结合回忆方法,指示强调各地经验及时介绍并迅速研究吸收。对县区干部到村时,责成帮助村干部及各校学习,此指示发出后,该县学习顿呈新鲜气象。

改得比较可以的,是以下几条:

【安国讯】经社务委员会研究决定,安国县平原合作社联合社设立信用部,办理存款放款。其目的在于发展生产,大力扶植村社,解决社员生产上的困难,故大量贷出棉花,组织广大妇女开展纺织,其次在力量许可的条件下,也尽可能帮助城关工商业的发展与繁荣,如奖励村社或城关有生产价值的手工业,规定日息三厘,一般的工商户则日息五厘。

又:

安国县平原合作社,于×日召开社务委员会,决定设立信用部,办理存款放款。其目的主要帮助村社及贫农社员的生产事业,同时,该社确定目前主要业务,即大量贷出棉花,组织广大妇女开展纺织,并收回布匹,代为经销。其次当竭力帮助工商户日息五厘,但为了奖励生产事业的开展,村社及机关,生产性质的手工业,即日息三厘。

又:

安国县平原合作联合社,应群众需要,经社务委员会研究决定,设立信用部。现在确定主要业务,是大量贷出棉花,组织广大妇女开展纺织,收回布匹;以及办理存款放款。主要对象是帮助解决村社,尤其是贫苦社员生产事业等困难,也是该社的发展方向。其次在力量许可的条件下,也尽可能帮助机关工商业的发展与繁荣。为了奖励有生产价值的手工业,规定日息三厘,一般工商户则日息五厘。

又：

【安国讯】本县平原合作联合社，设立信用部，其目的在于大力扶植村社生产并办理存款放款。该社经社务委员会研究决定，信用部主要对象是帮助村社发展生产，并解决社员生产上的困难，尤其是帮助贫苦社员为该社发展的方向，拟将大量贷出棉花，组织广大妇女开展纺织，收回布匹。在力量许可条件下，对机关工商业的发展与繁荣，也尽可能予以帮助。为奖励有生产价值的手工业，仅日息三厘，一般工商业，则日息五厘，该信用部的成立对安国工商业的发展，将有莫大帮助。

如果依照原文改作，只能改到这样，要真正把这条新闻写好，除非自己亲自去补充材料，或听记者补充材料。

因此我们得出一个结论：不管写消息的技术如何高明，但如果材料不完全，不充分，也很难写出好的消息来。

怎样才能使材料充分呢？那就要看你写新闻的态度，如果是为新闻而新闻，为报道而报道，而你就永远不会写出一个有价值的消息来。如果你要把消息写得能解决问题，至于能启发读者去思想问题，那么你就先确定：这条消息到底要给读者解决个什么问题，只有这样确定了，你才会知道什么材料要补充，什么材料要删除了。

一个新闻记者必须特别注意这一点。

三

【冀晋讯】应县各村的粮库，历年来没有经过一次的彻底清理，只是马马虎虎地，今年推明年，明年推后年，以致亏空极大，计腐烂小米两万斤，被偷去六百一十斤，老鼠吃了八十五斤，被敌抢去七万多斤，屡年损耗五万多斤，工作人员借用四百二十斤，是区伙房，机关工作人员动用，民兵吃用共亏四万多斤，各种贷粮没着落的八千斤，合计起来共是一十八万九千一百一十五斤（小米）。造成这样一个惊人数字，主要原因是在于领导上对粮食工作不重视，掌握检查，光依靠区村干部，而村粮秣只知从仓库往出取粮，对损折亏欠一概不管，加之保管户不爱护公粮，不负责保管，及部队、地方、机关、干部不遵守制度，故损失了人民财富，增加了人民不必要

的负担。（见十月二十五日《察冀日报》）

　　这条消息的材料很完全，很充实，只是作者组织得不好，从很远的地方写起，谈了很久，才写出主要新闻情况来，很明显地，这条中最应首先让读者知道的，是十八万九千一百一十五斤粮的损失，这应该写在前头。只有这样才能"开门见山"看了主要情况之后，马上就转念想："为什么会损失这么多，粮食损失到哪里去了呀？"本文的材料是能满足读者要求的，而且可以引起读者（特别是地方干部）的注意的。

　　这条消息因结果、原因、现象等都很分明，所以大家改作起来就较容易，大部分同志改得都很好，只有几个同志没有把最主要的新闻情况（你亟须告诉读者的主要情况）写在前头。如：

　　应县领导上对粮食工作不重视，掌握检查差，故损失的人民财富，增加了人民不必要的负担。……

　　应县各村粮库，因领导上对粮食工作不重视，历年来没有经过彻底清理，以致亏空极大。……

　　应县各村粮库，历年来没有一次彻底整理，只是马马虎虎从事，以致亏空极大。……

　　应县粮库，管理不周，亏空极大，造成惊人损失。……

　　应县粮库，因领导上未加重视，村库历年失检，以致损失奇重。……

　　不以最具体的最主要的事实来做导语，反而用些抽象的概念去代替具体的事实，这是一种极不良的倾向。在新闻中有一条戒条，就是"少发空谈，多写事实"，就是作者发表意见也应通过事实，除不得已，千万不要用概念去代替事实。
　　一般消息的缺点，除了用概念之外，就是从原因写起。如果原因很多，需要写得很长，不是只会使读者感到沉闷，很难读下去吗？

这条消息，因有主要的新闻情况，有事情发生的原因，有说明新闻情况的具体内容，有地点，时间，有五个W，所以改作起来比较容易。

现不多举例子，只举两条：

应县各村粮库，最近发觉亏损公粮一十九万斤，主要原因是领导上对粮食工作不重视，掌握检查差，光依靠村区干部，而村粮，只知从粮库取粮，对损折亏欠一概不管，加之保管户不爱护公粮，及部队、地方、机关、干部不遵守制度。计腐烂小米两万斤，被偷走六百一十斤，耗子吃了八十五斤，被敌抢七万多斤，历年损耗五万多斤，工作人员借用四百二十斤，县区伙房，机关工作人员动用、民兵吃用共亏四万多斤，各种贷款没有着落的八千斤。历年来，又没经过一次彻底清理，只是马马虎虎，今年推明年，明年推后年，以使造成这样惊人损失，使人民增加了不必要的负担。

又：

应县各村粮库，历年亏损达一十八万九千一百一十五斤（小米）。造成这样惊人损失的主要原因，是在于领导上对粮食工作不重视，掌握检查差，光靠区村干部，而村粮，只知从粮库往外取粮，对损折亏欠一概不管，加之保管户对公粮不负责爱护，及部队、地方、机关、干部不遵守制度，以致人民财富受到损失，计腐烂小米两万斤，被偷去六百一十斤，老鼠吃了八十五斤，被敌抢去七万多斤，历年损耗五万多斤，工作人员借用四百二十斤，县区伙房、机关工作人员动用，民兵吃用共亏四万多斤，各种贷粮没着落的八千斤，消耗如此巨大，徒增人民一笔不必要的负担。

四

那么，现在我们对于一条新闻消息的构造，就可以理解了。

新闻消息必须具备五个W，即新闻发生的时间（When），发生的地点（Where），发生了什么事情（What），为什么发生（Why），什么人参加其事（Who）。这五个条件如不具备，新闻消息就不完全，就不具体。

第一条消息，就是没有写出立功的充分理由，即没有写出为什么给他立功，这条消息就无什么说服力。

第三条没有具体地说明为什么要建立信用部，即没有写出当时当地的具体条件，那么建立信用部的意义就在读者眼中丧失了重要性。

在五个W中，应该把What放在最前面，即把发生的什么事件放在前面，在这事件中，常常包括了人物、地点、时间的。如：

"应县各村粮库，最近发觉亏损公粮十九万斤。"

"我某部三连解放战士王全顺，于四月十五日在安次追击战斗中，英勇立功。"

在这主要新闻情况中，就包括了什么事（What），什么时间（When），什么地方（Where），什么人（Who）。

至于"什么原因"（Why），最好是放到导语后面，事件（What）的具体内容也应放在导语的后面。

在补充说明，解释中，到底事件的具体内容与事件发生的原因怎样排列呢？这要看你的文气怎么写；主要的一点就是要上下接得自然。

但千万不要顺着事情发生的时间先后来写，小说散文通讯有时可以如此（其实也不好），新闻最好不这样。倘因此，读者很难读下去。事情如先总是由静到动，由远因到近因，到爆发，如按时间先后写，主要的新闻情况就一定在后面。这样不但读者觉得沉闷，不耐烦看，即从消息的完整来说，也会受到很大影响。

为什么说会影响消息结构的完整呢？

因为导语中所传达的主要情况，常常就是一条消息所要表达的中心内容。说明解释和补充，都是围绕着这点中心内容的。如中心内容告诉我们太平洋爆发战争了，那么后面必须补充说明为什么爆发，或在何时何地爆发，及战争的具体内容。这些都是围绕这个中心内容，补充得好，消息结构就完全，就明确；补充得不够或有不必要的东西夹在里面，就会使人觉得不完全，不具体，而且觉得啰唆。

"什么原因"这个W，在导语补充部分中是很重要的。但在连续报道中，却不一定每条消息都有，因有过报道就无必要每次都重复。

简讯，常常着重事件主要情况的报道，实际上，它只是保留着普通新闻消息的导语部分。

一九四七年十月

谈写景[*]

一

在我们的许多作品中，都有这么一种现象，就是不大写景，极少数的人甚至认为：写景就是小资产阶级情调的表现。

为什么产生这样偏激的看法呢？过去有些作品是离开现实生活，专写风花雪月，借自然景物的描写来寄托个人情怀；这些作品除了抒发个人主义的情趣之外，找不到任何积极的意义。相反地，这类作品只能引导读者脱离现实，使人陶醉于田园或园林的兴味之中，完全无视于社会生活或阶级矛盾。

为什么有这样的文学产生呢？那是权贵阶级弄出来的玩意，因为统治者怕人民暴露社会丑恶，怕人民正视现实（社会矛盾），于是就提倡风花雪月，提倡"田园情趣"。它的目的，主要是希望大家把注意力由对社会转向自然界，免得暴露其丑恶的社会本质。于是一些偏激的青年作者，根据上述事实，就主张根本不写景，以为写景毫无意义，毫无作用。

其实，人是不能脱离自然环境的，每时每刻都不免要与自然界接触，或受自然界的影响；而且我们的劳动也不断地支配、改变自然界。虽然，我们主要的应该是写现实社会的生活与斗争，但同时也不能不描写自然界的景物。

不错，我们对自然景物的基本态度与"风花雪月派"有着根本的不同。他们是为写景而写景，为寄托个人主义的情趣而写景；而我们却不是，我们主要的目的是写社会生活和人，通过景物的描写，有助于环境、气氛和性格的鲜明突出。本来，在文学

---

[*] 载1984年4月版《萧殷自选集》。

作品中的所谓"写景",是包含着多方面的,如室内陈设等,也属于写景的范围;不过,我在本文所着重加以说明的,是关于自然景物的描写;而且所谈的又是技术性多于思想性,这是应该向读者抱歉的。

二

那么,要怎样描写自然景物,才能有助于现实生活的表现呢?

我以为最重要的,写景必须与写人物或与作品情节相关联,相结合。就是说,应该把写景与情节有机地结合起来,成为情节的不可缺少的一部分。

怎样解释呢?举个例说明吧:

宝玉到了学房中,做了自己的功课,忽听得纸窗呼喇喇一派风声。代儒道:"天气又发冷了。"把风门推开一看,只见西北上一层层的黑云,渐渐往东南扑上来,焙茗走进来向宝玉道:"二爷,天气冷了,再添些衣服吧!"(《红楼梦》第八十九回)

从这段文字看,就知道景与情节不能分离了。如果把"忽听得纸窗呼喇喇一派风声……只见西北上一层层的黑云,渐渐往东南扑上来"改为"天气忽然刮起西风来",固然可以勉强连下去,但却不会那样生动,那样传神了。景,如果恰当地表现了生活;景,就成为情节的一部分了。

从这个例子看出,其主要目的是在写人物,写生活,并不是为写景而写景,它是在写人物写生活中借写景来烘托,或借写景来说明情节的发生。

可是有些人常常毫无目的地写景,比如有一个同志写一个农村妇女与她娘吵了架,一夜没有好睡,第二天天才亮,她就起来决定找土地改革工作团的同志去,作者这样写人物在路上所看见的景物:

走了半天,地里道上看不见一个过路人,在这一望无际的大平原上静得怕人,耳朵听到的,只是单纯的落雨声,不知不觉中已经到了殿士营,离家八里地啦,但她一点不觉得累,还是默默地前进着,出了殿士营前面就再也看不见村子了,四周是种着的庄稼地，有的已经收割了，只剩下秃秃的黍子根和高粱根了，道的两旁排列着杂树，有的是柳树，有的是枣树，枣儿给孩子们钩着吃光了，剩下稀疏的一些叶子给风刮得乱响。……

显然，这里所写的景与情节没有任何关系，与人物的心情也无什么关系，这不仅不能帮助情节发展，反而是一种累赘了：因为它中断了情节，破坏了作品情绪的一贯性。

凡与情节无关，或与人物行动无关，或与人物心理活动无关的景物描写，都是不必要的，都会成为累赘。有一篇作品写一个糊里糊涂的中农，那中农总怀疑大家要斗争他。有一天，那个中农到地里去，走到街上，作者写道：

西旁墙上戳着高粱个，叶又黄又干巴，地下的乱柴火，风一吹在他脚底下直打旋，他想起了自己的高粱，埋在小东屋，就是诸葛亮也算不出来。

这段景虽然写得有些啰唆，但它却紧密地关联着人物的心理活动，而且很巧妙地把他"埋高粱"的秘密在写景中透露出来。

再举个例子，有一篇习作，写一个无实际工作经验的学生开始建立贫民小组，那学生有些焦急，他自语道："我没做过工作，扎根，怎样去扎呢？"最后他想出一个办法，就是"找着坏房子家就进去，多扯会，定可以扎下根的"。于是他沿着街走过去：

他把全副精神注意到房子上，一排一排地过去了，有黑门，有黄门，隔几家也有梢门，有瓦房，有土房，但都没有他希望的坏房子。他有点失望。快到村头了，他还是继续往前走，他想："万一有呢？"

最后果然在一间瓦房的右边，看见一所小院子，墙头大半塌了，上头长满了青草。院里只有三间矮平房，墙被风吹雨打得像西瓜皮被鸡啄了一样。小破门半掩着，窗户上露着灰色的窗棂，满屋里传出"嗡嗡"的纺车声。

他心想："住在地主侧边的穷人，一定苦得多，我要调查清楚，在这扎根。"于是他推开门走进去。……

这样把人物的心理活动与景物密切联结起来，就使景成为情节的一个构成部分，如果没有这段景的插入，情节的发展就失去线索，作者所表现的事物也不能给读者一个鲜明的印象。

有一个同志这样写：

秀坤开完贫农小组会回来时，天已快黑了。她走到那枣树枝编的隔街门子跟前，往街西头望了望说："怎么还不回来呢？"

这段话并没有毛病，只是不生动。如果恰当地加上一两句景的描写，也许会更生动更传神更真实得多，如：

秀坤开完贫农小组会回来时，天已快黑了。她走到那枣树枝编的隔街门子跟前，往街西头望了望，只见一个老头儿赶着一辆笨重的牛车，"咣当咣当"地走过来，此外再也看不见什么人了。她想："怎么还不回来呢？……"

写景必须有助于作品情节的发展，必须有助于某些细节的突出与鲜明，才有必要。只有这样的景物描写，才是作品内容的一部分。并不是人物走到哪里，就写哪里的景物，倘若这样来写景，只会淹没了社会生活，掩盖了人的活动。

写景必须与出现在作品中的人物的体验相联系，那就是：当人物的行动或心理活动与景物有关系时，或景物影响人物的感情或心理时，写景就非常必要。这样的景不可以随便忽略，因为不写时，情节的发展就不能得到明白的交代，许多生动的可接触可感觉的东西，读者反而感受不到了。

三

写景，还有使情景的色彩加浓的作用，即造出气氛，或以对比手法，把情景烘托得更鲜明，把情景的调子烘托得更浓。

在我们生活中，常常不注意周围的气氛，比如我们送一个战死者入葬时，正吹起西风，纸钱儿随风飘飞，而我们却常常不注意。但在文学作品中，如果能把这景插入进去，色调就更浓，感人就更深。又如：

寂寞天宝后，园庐但蒿藜，我里百余家，世乱各东西，存者无消息，死者为尘泥，贱子因阵败，归来寻旧蹊，久行见空巷，日瘦气惨凄。但对狐与狸，竖毛怒我啼。四邻何所有？一二老寡妻。……（杜甫：《无家别》）

这气氛是一片荒凉，越发反映出人物的心境，虽然作者没有直接去描写人物的心境，但这气氛的描写却已够了。

又比如一个雨夜，一个病人奄奄一息，非常危险的时候，房里没有一点光亮，忽然窗外电光一闪。如写得传神，这情景更能打动读者的心灵。情节如果是悲惨的，以悲惨的声音、颜色、景物插入去，就会使得情节更加动人。武松在景阳冈上遇虎之前，那浓密的林子与狂风，就是先给读者留下一个紧张的印象，使读者先感觉到紧张的气氛。这种气氛对于情节的发展是有很大帮助的。

至于"对比"，那就是以一种相反的情景来烘托另一种情景，其目的在于使情景更突出，更鲜明。比如一个年轻人快死了，而窗外却是灿烂的春光，这会使读者更难过；为了表现一摊血，以雪地来烘托更显得鲜明；把红旗衬托在碧蓝的天空，红旗会在读者脑海里留下更深刻的印象。

林黛玉之死因贾宝玉结婚的音乐之声，愈益显得凄凉：

一时，大家痛哭一阵，只听得远远一阵音乐之声，侧耳一听，却又没有了，探春李纨走出院外再听时，惟有竹梢风动，月影移墙。……（《红楼梦》第九十八回）

这里一面用对比，一面又正面去加浓气氛，林黛玉之死博得许多读者的眼泪，主要是林黛玉的性格被表现得很真实生动，但这种表现手法，也起了一点作用。

其实，对比也是为使读者能获得强烈的感觉。正面描写景物也同样是为了加深读者对情景的印象，如果描写得生动，读者可能对作品中的人物和活动感到更加真实。自然，话又得说回来，单靠气氛与对比还是不够的，只有人物写得真实和深刻，再配上气氛的描写，作品才会有艺术的感染力。

四

人是生活在社会环境中,主要是受社会影响,但有时也不免受自然界的影响,如风、雨、旱、蝗灾等的影响。人们常常受到自然界的影响与作用所支配,人要克服自然界的支配,就要斗争。要写这样的斗争,就必须写出其背景,否则人物就会失去行动的根据。

如韦君宜同志的小说《龙》吧,它是写晋西北某年旱荒,人民渴望下雨的情景。如果作者只着力写人们怎样求雨,怎样热心地派人去找真龙,而不写出当时的背景,那么一切求雨的表现,都会丧失依据。而且所有人物的行动都会令读者莫名其妙:"为什么这样求雨呢?真怪!"

所以作者一开始就写道:

整两个月,天一直是亮青亮青的。连一丝云彩都没有,连纺车上掉下来的棉花毛那么大一点的云彩都没有。青得比村东的溪水更青,比老老山顶龙王庙前那袅袅的青烟还更青得多呢,红太阳天天上山得特别早。而每天晚上,到最后一个顽皮孩子都困得想睡觉的时候,他还迟疑着不肯下山。老老村所有的山地、旱地、川地和水地,都分别不出来了,最初所有的地都成了山地,后来,所有的地上的苗子都变成和山地上的一样矮小,最后,莜麦和谷子就都长得和隔岸的狗尾巴草一样了。土地被长长的坼裂的缝划分成无数大块,那些坼裂的缝是一天比一天更长,更深,以致有一个两岁的孩子失脚掉在坼缝里竟跌死了。……

这段景是非常必需的,而且成为情节的构成部分。如果没有,那么情节的发生、发展就会失去依据,读者也就摸不着头脑了。

其次,地理环境与社会风习也是决定人物性格、气质的因素之一。有时为了说明一个人物由某种地理环境所形成的性格,作者就不能不刻画这地理环境的特点。如海边人民的冒险精神,草原地带人民善于骑射,等等。

潘菲洛夫的《目击记》(有人译为《真人真事》)中的布乍加罗夫是一个身强力壮、勇猛顽强、眼力非常好的男子,这是由于他生长在沙漠地带:

古尔也夫城的周围有沙漠，有高高的碧绿的茂草，有广阔的旷野一望无涯，巴什基尔和卡尔梅光亚的骏马和千千万万的牛群都在这肥甘的茂草中牧放着。

在那沙漠地带的人民，有一种惯例，把孩子放上一匹没有佩鞍子的马上，然后用力一鞭，把马赶向草原去，那马就像疯了一样在凸凹不平的沙地上飞跑，闯进茂草，一颠一仆，总想把那个没有经验的乘客从自己背上摔掉。但是布乍加罗夫却抓住马鬃像扁虱一般，钉住在马背上，一直到那马跑到同样善跑的马群里，这里有一个牧夫才把小孩从马背上接下来。

这个环境与风习造成了布乍加罗夫顽强勇猛的性格，草原锻炼了他的好眼力，因而，这样的写景，也是情节的组成部分。

五

有人认为不用农民的口语来写景，就是小资产阶级情调的表现。其实问题不能看得那么表面，我以为判别写景是否写得恰切，不单是语言问题；最重要的，要看是否忠实人物的体验——人物的感觉、感情和思想。一个作者即使用农民口语去写景，但所写出来的景物却是知识分子的感觉和体验，而非人物（农民）的感觉和体验，仍然是不真实的。

我们写农民时，最主要的要写出农民的感情、思想。写作的对象既然是农民，那么，该作品中与人物（农民）所关联的景物，就应该切合农民的感觉和体验，用农民口语来表现农民所感觉所体验的景物，才可能是最生动、最传神的。

总之，写景，应根据作品中的人物身份，应根据人物的感觉与体验去描写景物，因为是人物与景物发生关联，是人物体验景物，并不是作者体验景物。如果以作者的体验或感觉来代替作品中人物的体验和感觉，那么就可能把景写得牛头不对马嘴。写景，如不合人物身份，那么景就不能写得真实，就不能很好地表现生活。

写什么样的人物，就写什么样人物的体验和感觉。景物，由于各样人物感觉与体验的不同，写出来也就不一样。知识分子有知识分子对景物的感觉与体验，医生与艺术家由于业务习惯不同，对景物的体验和感觉也有差别。

一九四七年十二月于冀中

向群众口语学习*

一

有人认为我们吸收群众口语中的语汇，或在文学作品中采用群众口语中的语汇，仅仅是为了迎合工农兵的文化程度：认为等到工农兵的文化程度提高之后，旧知识分子所惯用的那套华而不实的语言和从外国语言中硬搬来的语法仍然"吃得开"。其实，这种想法是错误的。旧知识分子那套空洞的矫饰出来的语言，因已不适于表现新的现实生活，将一去不返了。我们吸取群众口语中的语汇的目的是具有积极意义的，照顾工农兵文化程度，使他们易于接受文化教养，提高政治觉悟，固然是事实；但更重要的，却是以群众口语中的语汇做材料，给以不断的提炼和改造，使之融入民族语言里面，这样，既可以使民族语言成为一种新的能够更好地表现现实生活的语言，同时也可以使民族语言更加丰富起来。

凡是最出色最有光彩的文学语言，都是从劳动人民群众中来的。普希金的语言之所以有生命，是因为他大量地吸收了群众语汇和语句中的精华；《水浒》中的语言也是自群众中来的，因而它们富有形象的表现力，它朴素，有个性，保有民族语言的本色。但是，这些艺术语言的形成，并不是毫无选择地搬用方言土语，而是将方言土语的语汇或语句经过加工提炼，使之能够更明了更正确地表现人民生活的结果。

文学语言既然原本是从群众中来，但为什么后来的文学语言与群众语言有了那么大的距离呢？为什么反而不能正确地表现群众的生活呢？那是由于历代的反动统治阶级的御用文人为了更适于表现其阶级意识，把他们自己的特别的语汇和同行语硬塞到

---

* 载1949年6月1日《华北文艺》第5期"研究"。本文为1984年4月版《萧殷自选集》收录的版本。

文学语言里，并且又从外国语言中硬搬来一些语法（当然对我们有用的语法不应拒绝吸收）所造成的。可惜得很！一直到今天，仍然有人把那些真正能表现工农兵生活思想的语言看作是简陋与粗俗的，甚至根本不承认群众口语有什么价值。这种看法显然是极端错误。

我们吸收方言土语中的语汇和语句是具有两种根据的。第一个根据是：现在是人民民主的时代，文学艺术应当与政治、经济一样为人民服务，首先应该为工农兵服务。工农兵是民族的主体（不仅因为他们占全人口最大多数，而且他们是创造世界的主力军），故人民民主时代的文学艺术的表现对象，首先应该是工农兵及其干部。只有正确地反映了工农兵的生活、思想与感情，才谈得上反映了时代的真实面貌。然而，要表现工农兵的生活、思想与感情，只有用他们常用的语汇才能表现得正确，只有那些能够把工农兵的生活和性格表现得最正确最明确最生动的语言，才是最美的和最有生命的语言。因为"有力的有作用的语言之真的美，是由于形成作品的思想、情景、性格的语言之正确性和明了性"（高尔基语）。

吸收方言土语的语汇和语句的另一个根据，是因为在方言语汇中埋藏着文学语言的宝藏。在一般群众的口语中包含着很多极有艺术价值的语汇，如能大量搜集，并经一番辛勤的提炼，那么，中国新文学的语言一定会丰富起来。现在，我们的文学语言还相当贫乏，反动统治阶级所惯用的那一套陈旧的语汇已不完全适宜于表现新的现实生活和新的人物了。"奴家""青楼""陛下""薄幸"之类，只适于表现士大夫阶级的"闲情逸致"，只适于表现封建阶级的偏见；它们不能表现新的劳动人民的劳动性格与战斗性格，也绝不能表现伟大的现实斗争。如果要真正地使中国新文学语言丰富起来，并摆脱洋八股与老八股的束缚与影响，我们非认真地吸收群众口语中的语汇不可，非吸收有血有肉的群众语汇和语句的精华不可。只有当我们的语言得到群众的新鲜血液而恢复了生命之后，我们的文学语言才可能有正确地明了地表现人民生活的能力，同时也才可能有表现现实生活与斗争的能力。

然而，一直到如今，仍然有人对吸收方言语汇采取怀疑或消极观望的态度：有一种人以冷淡来对待方言语汇，他们不承认方言语汇有什么"可取之处"；相反，他们认为方言语汇是粗糙的、庸俗的；还有一种人，则是毫不选择地"搬运"着一些并不能正确地表现生活的方言语汇来装饰自己的作品。这两种态度，都是由于他们对方言语汇的表现能力缺乏理解而来的。

二

　　劳动人民的口语是有血有肉的，它能够生动地明了地表现劳动人民的生活、思想和感情。因为劳动人民在劳动实践中理解了生活，所以他们能选择和创造恰当的语汇和语句来说明生活。

　　现在不妨举两个例子来看看：

　　……你肚里长牙心太狠，你笑里藏刀杀穷人，你过河拆桥真绝断，你烂了肠子黑了心，咱逃荒到这三年整，你就没把咱看成人。你的那块老荒地，蒺藜野草半人深，牛拉犁杖翻不动，镐头下去冒火星，虎口震开流鲜血，铁镐磨尽两三层。咱一年到头淋着雨，冒着风，睡半夜，起五更，忍饥挨饿一镐一镐下苦工。唉，到如今落个百吗不落一场空。（录自《永安屯翻身》）

　　……庆昌到俺家来敛差，老鼠窟窿的都给刨出来，俺藏到柴火垛底下的被子都给翻了出来，拿到牌里去，那是人家放到这里的，叫人多淹（？）心啊！你不知道鞋壳篓的套子都得往外翻。从辛集买来三斤棉花，也给搬走啦，……俺欠着命，喝着凉水上栾城去，逼得俺到那儿和俺男人吵包子，俺给他说："俺有来的路没有去的路。"后来把他也气病了……俺一路要着饭回来啦……（农民谈话记录）

　　这里所描写的事物都很鲜明，情绪也丰满；特别是一例中描写开荒的困难情景，是多么生动、突出！它展示给读者的是一连串有色彩、有声音的活生生的情景。二例虽不是细腻地描写（且记录不完全），但从这简短的叙述中，仍能给人留下一个生动的印象。从这两个例子中，我们发现了劳动人民最善于捉住有特征的印象，然后通过这些印象来说明生活（同时传达思想和流露情绪），并且用极生动的语汇所组成的语言去表现这些生活。这样的反映生活的方法，既不空洞，又不矫饰，而且很生动，很真实，很自然。说到这里，我们得到一个简单的理解，就是：群众口语之所以有生命和富有形象，主要原因是它借用具体的生活来说明思想、情景和性格。这一点，很值得我们学习。但是有些人为什么不善于用形象语言来说明（或表现）劳动人民的生活呢？主要原因是这些人不了解劳动人民的生活、思想和情感，没有劳动生活的体验，无法捉住劳动者所常常感受到的印象和感觉；因此，在组织语言时，只好用抽象的空洞的形容词来代替饱含着思想和形象的语言了。

要把一件事物或一种性格明了准确地、生动地表现出来，不是容易的事。有些人为了使事物写得生动，不惜罗列了一长串的形容词或一大堆"美丽"的辞藻，这样描写的结果，"美丽"是够"美丽"了，但却不能准确地明了地表现事物，读者只觉得满篇都是"浮词虚字"。然而劳动人民叙述或描写一件事物（或一种性格）时，却能够用极朴素的语言生动地去表现。《水浒》一书中的许多语言，是保有着我们民族语言的本色的，它能很朴素、很生动地表现生活。例如：

武松道："一不作二不休，杀了一百个也只一死！"提了刀下楼来。夫人问道："楼上怎地大惊小怪？"武松抢到房前，夫人见条大汉入来，兀自问道："是谁？"武松的刀早飞起，劈面门剁着，（夫人）倒在房前声唤，武松按住，将去割头时，刀切不入，武松心疑，就月光下看那刀时，已自都砍缺了。武松道："可知割不下头来！"便抽身去厨房拿取朴刀，丢了缺刀，翻身再入楼下来。

用这么少的语言表现了这么复杂的生活，而且表现得如此传神，真是紧凑极了。这里没有什么润饰，但却写得有声有色，栩栩如生。

有许多初学写作者，只知道去搜集"歇后语"，却不注意搜集那些极平常的、生动的语汇，以及那些由生动的语汇所组成的语句。

据说：有一个地主，一向称王称霸，土地改革时，被几个民兵捆着，从他家里送到外村去，当他走到大门洞时，他想起他向来走到大街上都是满有神气蛮骄傲的，现在被捆着押走，多么丢脸。为了保全他旧日的威风，他低声地向民兵说："放开我吧！放开我吧！到村外再捆好不好？"

这句话是极平常的，但却是富有特征的。至于劳动人民的口中，像这类富有特征的语言就更多了。

再有一个例子，那是记录一位村民谈话的片段：

我这人就是脚踏两只船，哪边来唠随哪边，谁也不得罪他，要不，我亘古没跟别

人抬过杠；你谁怎么着就怎么着。就说那时，还是洋人在的时候，敛粮食，我没在家，把预备过年的点黄米都给倒走了，我见了也没说什么，倒走就倒走啊！要改上别人，不吵起来了？你问我为什么不说？说有什么用！说也是拿走啦。这时闹复查，人家都说让我参加农会了吧，我说自个上了年纪啦，走路坑坑绊绊的，反正你们说怎么着就怎么着。后来人家再三再四地说，咱说在就在吧，怎么着都行，我没意见。（与农民谈话记录）

这段叙述也是很朴素很真实的，它明了地刻画出一个"圆滑家伙"的性格。没有润饰，没有浮词，只用极其朴素的语言，拣几样与性格最有关的事情说说，却使性格表现得如此突出明了。

朴素、生动、有个性——劳动人民的口语的特色，特别值得我们注意。

在劳动人民口语中值得我们学习的东西是很多的，可惜我手边没有更多的材料，不能深一步地分析出更多的道理来。

三

现在，人们怎样对待方言土语中的语汇与语句呢？除有些人能够正确地对待这些语汇之外，另外还有一部分人的态度是不完全正确的，或完全不正确的。他们的态度是盲目的，表现在语汇的运用上，是毫无选择、毫不加工地搬用一切方言的语汇；表现得更严重的，竟把一些不正确的、不明了的、含混不清的、模棱两可的方言语汇也搬来运用了。有些人选择语汇的标准，常常不是按照语汇表现生活的能力，而是按照语汇本身是否新奇。比如有人不用"现在"而用"尔格"，不用"还有"而用"偕有"，不用"太好"而用"忒好"，不用"说话"而用"唠嗑"，等等，都是一种追求离奇心理的表现。难道"尔格"真能比"现在"多表现一点生活吗？不能。既然两者的含义完全一样，又何必用这样"偏僻"的语汇去代替大家熟悉的语汇，给外地的读者平添些麻烦呢？我们吸收群众语汇的目的不是为追求新奇，不是为时髦，而是要在群众口语的基础上提炼出一种新的能够正确地表现人民生活的语言。其次，在群众口语的宝藏中固然蕴藏着极珍贵的矿藏，但同时也夹杂着沙砾和泥土；如果我们在运用时不经过一番选择和洗练，而盲目地搬用群众所有的口语，结果就会使语言减低表现生活的能力，就会损害思想、情景和性格的表现之正确性和明了性。

例如农民口语中，有"把锅盖盖着点"，一类含义模糊、意思不明确的语句，如果我们对这类语句不加改造，原封不动地搬到作品上，就会弄得"词不达意"。"把锅盖盖着点"这句话的原来意思是"把锅盖盖着"，如果不顾当时说话的语调，而把"点"字随便搬用，结果，记录出来的文字就会与原话的意思大相径庭。像这类含义不明但群众习以为常的语句，在群众口语中也是不少的，只有加工改造之后，才能正确地表达其原来的含义。还有一种不正常的现象，就是把劳动人民误用了的新名词和新语汇，也原封不动地搬用起来，如："他一边抽烟，一边讲究着小朱跟他媳妇吵架的新闻""今天会开得真热潮"，以及"工作岗位来到了""我们住的女房东"，等等，都是不妥当的。工农群众或工农干部有时误用了新语汇是难免的，但有些文学工作者偏偏拿这些被误用的语汇或由错误语汇所组成的语句原封不动地搬出来现丑，那是不应该，而且也是没有意义的。

文学必须真实地反映生活，而且要通过生活的描写明了地表明一种思想及形成这种思想的原因。因此，作为文学工具的语言，必须要有精确地、生动地、简练地表现各种生活与性格的能力；必须要有精确地、生动地、简练地表现各种动作、心理、情绪、声音、颜色、光亮的能力；否则，所谓"艺术地真实地反映生活"，所谓"典型的创造"，等等，都是不可能的。

因此，我们对待群众口语的态度，必须是严肃认真的：对于那些含义不明了的语汇或语句，应该抛弃或修改，修改的目的不是其他，而是使语言更能准确地表现生活。对于那些啰唆的，不干净的，或音节不响亮的，应该加以改造，力求文字简练明了，尽量使声音铿锵。总之，我们对待群众的口语应该是有原则的，而不应该盲目地搬用。凡是能够准确明了地表现生活的语汇或语句，应该大量吸收，不能生动表现生活的则应大胆地抛弃；一句中有部分不正确的，应当加工洗练；一定要使每个字都能恰当地表现生活。譬如："刚走进大门，大娘见了我，笑得嘴唇动了几下，咿呀咿呀地扔下纺车，爬下炕来，把我按在一个没有椅圈的破椅上。"这里"扔下纺车"的"扔"字是不恰当的，应加以修改；但"把我按在……"的"按"字，却大大增加了这情景描写的明了性与生动性。类似这样的语汇在群众口语中是很多的，它们常常比知识分子所惯用的语汇能够更恰当地表现生活，而且能够表现更多的生活。如"蓝晶晶"（陕北语汇）比"蔚蓝"更能够表现天空的色彩，因为它不但表现了颜色，而且表现了光。又如"火燎燎"（陕北语汇）比"火热"更能表现夏天的太阳，因为"火热"是静的，"火燎燎"却是动的，连颤动的太阳的光波也表现出来了。

好些人看见"蓝晶晶""火燎燎"一类语汇之后，都大加赞美；但却认为群众口语中像这样出色的语汇并不多。为什么这样"认为"呢？原因是他们习惯了享受现成品，自己却不去劳动，不去创造，也不知道如何去创造。当别人辛辛苦苦地经过一番加工，把成品创造出来之后，他们又觉得很美很有用；但对于那些未加工的原料，他们却完全看不见，甚至完全抹杀。在语言问题上也是这样。

有很大的一部分群众口语，一直到现在都还只有声音，只可以会意，但没有成文（还没有用文字记录出来）。如"嘎咕"（记音），这个语汇的含义除"坏"的意思外，还含有"不管用"等的意思，拿来形容人的时候，还包含着刁顽等意思。对于这类含义丰富但无成文的群众语汇，如果只求准确的记音，是没有多少意义的。譬如把"火燎燎"记成"火寥寥"，或把"蓝晶晶"记成"蓝津津"，那还有什么意义呢？所以我以为：群众口语中一切不成文的但含义丰富的部分，应该找寻最恰当的文字去记录，但不要只顾记音，更重要的，要能够恰当地表达出原话的含义来，使它成为新的语汇。只要文字能正确地表达出意思，即使音记得不十分准确（注意：我是说不十分准确）也不要紧。当然，这是一桩非常艰苦的工作，不仅要勤于搜集，要了解原话的含义，还要费很多思索找寻最适当的文字去记录。只有在不得已的情况下才"纯粹记音"，但必须注解。

北方平原上的居民，常说"一川正南"（记音），但"川"不能正确表达情景，因为两边没有山，在群众口中这"川"音的原意是又直又平的意思，因而倘将"一川正南"记录成"一铲正南"恐怕要正确一些。可是，如果在两边有山的平川，则"一川正南"却又比"一铲正南"更正确些。

这些都说明文学语言的创造不是容易的，只有经过文学工作者一番辛勤的劳作之后，经过一番提炼与加工之后，新的文学语言才能被创造出来。但是所谓文学语言的创造，并不能从主观空想出发，不能凭空臆造，而应该以群众的口语为基础，根据"正确地、明了地、简练地表现生活"的原则，来进行提炼和加工。

总之，我们反对毫无原则地搬用一切方言，因为这不是正确的学习群众口语的方法。我们认为最重要的，应该研究群众口语用什么方法正确地生动地表现生活（特别应该研究它们怎样表现新的生活）；同时，也应该研究它们的句子怎样构造，以及句与句中衔接的规律。我们的民族语言,本来是有共同的语法构造和共同的基本语汇的。但由于有过一个时期,有人无条件地、盲目地搬运外国语言的语法,致使一部分表现在文字上的语言,成为不中不西的、"洋八股"式的东西。这种"语言"的风格与我们民族语言的风格,就显得格格不入。为了发展我们的民族语言和恢复它原来的风格,就必须研究劳动人民的口语的构造规律,只有熟悉了这些规律并掌握了这些规律之后,我们在造句时才会"运用自如",才不会盲目地抄袭或模仿。只有这样提炼出来的语言,才具有民族语言的风格;既大众化,也艺术化;既容易为劳动群众所接受,而且也善于正确地表现群众的生活和性格。

一九四九年三月五日于北京

关于真实性*

××同志：

……我在前信中曾对你的作品提出如下的意见："《吵架》中所反映的尽是现象，缺乏真实性。"但你认为我的意见不中肯，你仍然认为《吵架》中所反映的生活"是真实的"。你的唯一的理由是："我所写的都是根据这里的实际情况，都是实在的事情，而且都是我亲眼看见的。"

但是，描写了"亲眼看见"的事实，不等于正确地反映了生活的真实。

在文学作品中的所谓真实，是指"艺术的真实"而言。凡真实地反映了生活，而这被反映的生活又能揭示客观现实的典型特征和发展趋势的，人们就称它是具有艺术真实性的作品，这作品不仅表现出生活既有的样子，也表现出它应有的样子。

但是，你所看见的仅仅是一些表面的现象，你没有把握住现象背后的实质。作品是否有真实性，即是否具有艺术的真实性，不是由现象实在与否来决定，而是由生活本质与生活发展趋势是否得到艺术的表现来决定的。

而你这篇《吵架》，实际上是没有多少真实性的。你选择一个解放军战士与一个居民吵架的现象当作题材，而且仅仅停留在表面现象的描写上，已经很不妥当；最糟糕的，是你特别着力地刻画了战士对居民"不友好"的态度、表情与言谈上。既然这样，那么这篇作品将给读者显示一种什么意思（主题）呢？根据作品本身的情节与人物来看，意思是很明显的，即解放军也是不讲理的。试问这样的结论（主题思想）与人民解放军原有的风貌有什么共同之处呢？

个别解放军战士与居民吵架的现象是否会发生呢？我看是会发生的。但从整个人

---

* 载1949年6月12日《人民日报》。本文为1984年4月版《萧殷自选集》收录的版本。

民解放军来说，它显然不是典型的特征，也不能代表人民解放军的作风。你也许会问："这种现象难道不能写吗？"我以为可以写，不过，不能满足这点点表面现象，必须探求这现象发生的原因及其结果。只要深入发掘下去，你就知道问题的实质不像表面现象那样简单：也许那是一个才解放不久的敌军士兵，因受革命教育时间不长，还保留着军阀主义的残余作风；也许因为双方都意识落后……如果这样深入一步地去描写，其意义也就不同了。

人民解放军是人民的子弟兵，他的一切政策、行动，甚至工作作风与待人接物的态度，等等，都是以人民的长远利益为出发点的，这就是人民解放军最主要的特点。如果在文学作品中用简单的方法去"再现"偶然的现象或假象，就不可能反映生活的真实，因此，也谈不上艺术的真实。

我再一次告诉你：在艺术的范畴里，实有的事实不一定都具有真实性。在事实里面虽然含有真理，但事实不等于真理。事实（或现象）只有经过分析，并把握了其本质之后，真理才会被发现。否则，如果你把感官所经验的散乱、混杂的现象，原原本本地反映出来，也不过是表面现象的机械地"再现"而已。比如写工厂里的生产竞赛的场面吧，如果你不深入去发掘特征的东西，任你怎样描写，结果，顶多把这竞赛情景写得"逼真传神"；此外，还能给读者什么有益的启发呢？像这样表面化的作品，你说它歪曲了现实吧，没有；说它反映了现实吧，也没有。既然这样，那么这类作品到底有什么意义？可惜的，现在仍然有人这样写着，而且还被人盲目地赞扬着。我认为，仅仅描写现象是无意义的。单纯地"再现"生活，是客观主义在文学写作上的反映。它不能满足人民的需要；机械地罗列生活现象，是琐碎的经验主义在写作上的反映。凡是起过积极作用的古典作品，都不是现象的堆积，它总是通过有血有肉的生活（通过个性化的人物）来体现隐藏在生活背后的真理。就拿《阿Q正传》来说吧，从表面看，好像是写一个滑稽人物的故事；实际上，是鲁迅先生借这人物与事件来揭示隐藏在这人物悲剧背后的社会实质。

强调揭示社会现象的实质，强调说明事物的发展趋势，是现实主义的特点之一。只有如此，作品才可能帮助人们理解生活，才能获得深厚的社会内容与发人深省的思想意义。

当然，要认识和表现现实的实质与现实发展的趋势，不能像社会科学那样，从各种现象中抽出几条原则之后，就把血肉生活抛到一边去；艺术的认识与表现方法，应该是思想与血肉生活一同进行。所谓现实的本质或现实的发展规律，不是从外部拿来硬贴到作品上去，而应该融合在血肉生活里，也即是融合在作品的形象里。作家"所描写的生活，对于他并非作为一种抽象的哲学手段，而是它本身的直接目的"（杜勃罗留波夫：《什么是奥勃洛莫夫性格？》）。这样由生活描绘中所显示出来的主题思想才不会是"说教"，才有艺术的感染力；只有这样，读者才能在艺术的感受中自自然然地接受主题思想，深一步地认识生活，认识社会。

以上意见都是属于常识范围内的话，只供你参考。

一九四九年六月一日于北京

多描写新的人物*

新的时代要求艺术作品反映新的人物以及他们高尚的道德品质，这是大家在理论上所一致承认了的。可是在创作实践上，我们却还做得很不够：许多作品仍然停留在旧事物与旧人物的描写上；而新生的或正在萌芽的新事物与新品质，却没有得到充分的表现。

有人说：新的人物少，接触的机会也少，因而在艺术作品上自然就表现得少。实际上新的人物少么？不是！我们生活在这伟大的革命时代，新人物的品质，在新的现实中，随时随地都在萌芽、成长。只要我们自己也具有高尚的革命品质，而且对于新鲜事物也有较敏锐的感觉的话，那么我们就会随时随地接触到这类新生的现象。所谓新人物，不是从天上掉下来的神秘的人物，他们是生活在我们中间，时刻与我们接触的。具有高度革命品质的老战士，固然是新性格表现得比较完整比较集中的人；但谁能否认，在我们的周围，不是也不断地产生着新人物吗？

而我们为什么偏偏对这些新事物与新人物熟视无睹呢？为什么我们反映这类新事物与新品质的作品这样少呢？如果要追寻原因，我以为作家的共产主义的品质修养不高和对革命斗争缺乏热情，才是最根本的原因。如果一个作家把全部热情都融合到革命斗争中间，以最大的热情与注意力去关怀革命事业的进展并参加到革命的实践中去；那么，这类新生的事物与新的人物就会吸引着我们，感动我们，以致使我们非写他们不可。如果是这样，那么我们自然就不会再这样津津有味地去咀嚼那些快死亡的人物了。

鲁迅先生曾经哀叹过的人物，已经觉醒或正在觉醒中；鲁迅先生所咒诅的"吃人"时代，已经过去，代之而起的是崭新的一代，是具有崇高道德品质的一代。一个

---

* 载1949年《文艺报》第6期，署名何远。本文为1953年4月版《与习作者谈写作》收录的版本。

作家如果对这些新生事物毫无兴趣或感觉迟钝,就不可能成为一个好的作家。其实,不能把握时代中最积极的人物,对反面人物的批判也不可能深刻。

也许有人会提出异议说:"描写否定人物,揭露他们的罪恶,也可以教育人民呀!"我不否定批判落后与落后人物的作品的教育作用,但在今天应该肯定地说,表现新生的比揭露没落的更重要,更有教育意义,更有鼓舞人民的力量。

如果一个作家放弃这些英雄人物与英雄事迹不写,那么还奢谈什么"反映时代的真实面貌"呢?

有人说,作家在主观动机上都想写新人物,但总感到很难下笔。为什么呢?有人托词说:"现实中还没有伟大艺术中伟大性格所具有的完整的品质,我们不能向壁虚构。"真没有"完整的品质"么?这显然是不符合客观事实的。具有"完整品质"的新人物是有的,问题只是那些作者没有去亲近他们和认识他们。在新社会里,萌芽状态的新品质到处都有。作家在感受这些新品质时可能是零碎的、片段的、断断续续的、这人身上一些、那人身上一些的……但如果作家对这些现象都曾感动过或者曾强烈地印在脑子里;而作家对这些又用了很大的热情去体会和培养;那么,它们就可能逐渐加深,加浓,而且可能被培养成有生命的有个性的形象。

但是,为什么有些人对新事物会感动,而且善于感受新事物,有些人又不呢?前面已说过,这是取决于你自己的品质的高低和对革命现实抱着什么态度。但是,有些人为什么能够很真实地把握新事物与新人物,有些人又不呢?这要取决于你是否能理解新事物与新人物。波列伏依的作品中有许多出色的积极的人物,作者凭什么去理解这些人物呢?这是由于作者自己与他的人物都有着一样的品质,一样的思想感情。如果一个作家的情绪、思想或道德品质赶不上他的人物;那他就无法理解这种人物的品质,也就无法真实地表现这种品质。

因此,作家自己如果不具备高尚的新社会的与新道德的品质,他就无法理解具有这样品质的新性格;因而,由这种新性格所表现出来的行动,就不一定能引起哪个作家的兴趣,当然也就不能引起作家内心的感动。然而,主题的"孕育"常常是从感动开始。既然对这样的新事物与新品质没有感动(或很少感动),当然就更谈不到有歌颂它们的欲望了。

时代太伟大了,新的人物与新的事物迫切地要求得到艺术的表现。我们的作家应该责无旁贷地担起这个光荣的任务,因而也要求作家们更好地改造自己。

一九四九年十月于北京

泛论写真人真事*

一

真人真事的写作方法，近几年来曾被倡导过，而且产生了不少写真人真事的作品。前几年晋察冀边区所提倡的"穷人乐方向"，也是主张写真人真事的。现在在部队中仍然普遍地风行着这样的写作方法，不仅人物故事要求符合真人真事，就是细节也要求符合真人真事。有些人还拿实在的人和事来衡量作品，认为写得一点"不走样"的，就是好作品；否则就被讥为"客里空"。

写真人真事的作品，的确曾起过它教育群众的作用。譬如在游击战争的环境下，在连队或区村等小圈子里，借真人真事来做示范，传播经验教训，鼓舞战斗或生产情绪，都有它的积极意义。因为第一，这些作品都是写他们附近发生的事情，所以感到亲切；第二，群众不会怀疑作品中人物与事件的真实性，因而，只要具有积极意义的作品，群众都容易受到教育。

在这样的情况下来写真人真事，是必要的。但如果把写真人真事当作"独一无二"的创作方法来提倡，而排斥任何想象和任何艺术加工，甚至排斥一切艺术概括的方法，却是有害的倾向。因为"真人真事"的写作方法只局限于某个具体对象的生活或性格的刻板描写，限制了更多生活经验的纳入，限制了人物性格更全面的表现与发展；结果很容易使作品流入狭隘经验的圈套。其次，这样的写作方法无异提倡"纯客观"地描写实有的人物和事件，抹杀了作家创造性的劳动；结果，很可能陷入庸俗的

---

* 载1949年11月15日《文艺劳动》第六期。

"照相主义"或爬行的自然主义的陷阱里。

而事实上，已发生过这样的情况：据说有一个作者看见战士们听了一个老乡诉苦之后，群情愤激，要求上级马上下令进攻×城"活捉×老财，为老乡报仇！"这情景使这位作者十分感动，他马上就想写；可是因为拘泥于真人真事，认为仇还未报，写出来不是有头无尾吗？于是他把希望寄托在进攻×城的战斗上，准备活捉了×老财之后再写；可是事情的结局往往不能与作者的预想完全一样，等攻占×城时，×老财早已逃跑了。作者当然很失望，但也想不出别的补救的办法，只好把他曾经感动过又经验过的题材扔到一边去。

另外还有一种情况：一个青年写作者曾经与一位农会主任接触过多次，他觉得这人的性格很突出，每次接触都给他留下一个鲜明的印象，如果概括起来，真比得上某些小说里的典型性格。虽然如此，但由于作者拘泥于真人真事的写作方法，却无法下笔。因为作者认为：虽有鲜明的实有的人物性格，但无实有的情节。那么怎么办呢？虚构情节吧？却又不是真人真事了。

也有动人的实在故事，但无突出的实在性格的情形。

许多事实都证明：完全局限于真人真事的描写，题材的处理是非常困难的。因为实在的人和事，并不能像文学作品中的人物那样完全和那样集中突出。一个人也许今天在这里，明天又到那里，在这里也许易于表现他性格的正面，到那里也许又表现他的性格的另一面；而这些表现又无实有的情节相贯通，这是使写真事的作者感到苦闷的问题。遇到这样的情形（这种情形一定是常常遇到的）就觉得无从下笔；不写吧，又无什么更完整的题材可写。

二

赵树理对于《小二黑结婚》的题材的处理，是值得谈一谈的。据说作者用来当小二黑模特儿的那个实在人物，最后并没有得到像小说中那样美满的结局；那实在的人不但没有恋爱胜利，而且据说最后还被人打死了的。如果作者当时也拘泥于写真人真事的话，那么，这个题材就无法处理；即使硬写出来，也绝不可能像《小二黑结婚》那样具有积极意义；小二黑与小芹的性格也不可能像现在那样完全、理想和真实了。现在的《小二黑结婚》不是原原本本的实在事实的复写，而是经过想象的补充，概括了许许多多同类的生活细节和场景之后才创造出来的。这样，不仅更真实地表现了生活，而且按照生活的法则给以逻辑的发展，使之比现实站得更高、更远、更有现实意义。

"也许有人要问：能不能依照'一个人原有的'那样写出活的人的性格，同时又写出'他应当有的'性格呢？当然可以。这不唯不会减少现实主义的力量，而且这才是真正的现实主义。应当从生活的革命发展中去看生活。我现在从自然界中举一个例子。譬如栽在园子里的苹果，尤其是栽在俄国著名园艺家米丘林的园子里的苹果，这种苹果便是'它原有的'那样，同时又是'它应当有的'那样。这种苹果比起野生的苹果更能表现苹果的本质。"（见法捷耶夫：《论文学批评的任务》）

文学艺术也应该如此。

但，这是刻板地写真人真事的作品所无法达到的境地。正因为如此，所以刻板地摹写真人真事的写作方法，只能永远跟随在现实后面，永远在历史发展的后面爬行。

三

一个初学绘画的人，由于对生活不熟悉，先练习写生是必要的。因为这可以给他将来的创作打下基础。同样，一个文学的初学写作者，先学写真人真事，也是必要的；特别是非工农出身而又对工农及其生活还不十分熟悉的作者，先多写些真人真事，也是非常必要的。因为第一，不管你对工农兵的生活如何不熟悉，只要你有一股为工农兵服务的热情，而又能忠实地描写他们，总会描写得像个样子。如果提倡写真人真事是从这样的意义上提出，那是正确的，而且是必要的。第二，这样写久了，理解得多了，你就对这方面的人物与生活会逐渐地熟悉起来，这就会给你以后创造更真实的形象打下坚实的基础。因此，我们得到一个粗浅的理解：写真人真事，如果是当作作家熟悉生活的一种手段，是非常正确的；但如果把写真人真事当作一种创作方法来提倡，那就值得考虑了。

近年来，某些写真人的作品所以受到群众的普遍欢迎，主要原因并不是作品写得跟实有的人物完全一样；更重要的，是因为更真实更完全更理想地表现了这个性格和事迹。这就是说：作者虽然拿某个实有的真人当"原型"，但在创作过程中作者已经把这真人与更多的生活相融化，而且经过作者主观意识的"过滤"之后，已不再是实有人物的复写，而是比原来的人物更高、更理想、更真实了。这样的作品，实质上已与那些刻板地描写真人真事的作品不同。

有人说：这样做法是"客里空"，是不真实的。但我要反问一句，写实在人物与事件的作品是否就真实呢？不一定。我以为真实与不真实，倒不在于是否完全符合实有的生活现象，而在于作品中所表现的是否能够真实地概括了生活中的典型现象。实有的生活现象的如实描写，不一定就能造成艺术的真实。艺术的真实之形成，在于艺术地真实地反映生活，在于通过富有个性的形象真实地反映生活的本质和生活的规律性。

四

鲁迅先生所创造的典型形象——阿Q，能说他是某个实在人物的写生吗？在世界上恐怕没有一个完全像阿Q那样的人。说他不真实吗？我们不是常常还遇见与阿Q很相像的人物？有些人"很像他，但又不完全像他"。其实，这正是典型现象的高度概括的结果。倘若当时鲁迅先生也拘泥于真人真事刻板的描写，他无论如何也不能创造出如此典型的艺术形象来。

有人也许会问："法捷耶夫的《青年近卫军》不是也写真人真事吗？为什么能创造了乌利雅娜、奥列格、赛尔该等巨大的形象呢？"不错，法捷耶夫写的是真人真事，是根据一个委员会所记录的材料加以研究，然后又到那个地方去住了一个月，亲自访问了他们，和他们谈话，最后才写成这部巨著的。但是千万不要忘记了法捷耶夫也说过这样的话："由于我自己于1925年到1926年间曾在这个矿山的邻区（也是一个矿山）生活过，对这一带地区的生活和人物性格比较熟悉。再加上我十六岁起就参加了反对反革命武装和日本帝国主义的斗争，对于在斗争中的青年矿工的性格和生活有了进一步的了解……"（见《法捷耶夫与中国作家交换文学工作的意见》）。这说明法捷耶夫并不刻板地拘泥于实在的人物性格和事迹的描写，而是根据他自己丰富的生活经验加以酝酿、创造之后，才创造出这样卓越而又理想的艺术形象。

现在，我们不妨再设想一下：如果有个实在的性格，它具有英雄人物所必须具有的特性和品质，能不能不借助于想象和作者的生活经验，而单独依靠这真人真事造成伟大的典型呢？我以为是可能的。但必须把他的性格发掘得很深，而且作者自己也必要具有理解这个性格的能力。只有当作者真实地把握了他的最特征的性格与品质时，只有当作者感性地认识了这性格在一切方面的特征时，典型的创造才有可能。但是作品的情节，仍然需要靠作者自己去构思。因为人的活动是社会性的，很广泛也很凌乱，也许非常琐碎，也许还夹杂着一些偶然的现象；人们的一天接一天的生活细节不可能自自然然地构成作品的情节。如果作者把"写真事"误认为"现成生活刻板的复写"，而不把偶然现象与琐碎现象删除，又不把这人物在这方面的性格特征组织在一定的时间之内去表现，情节仍然不会有，那你仍然会感到无从下笔。

一九四九年十一月一日于北京

关于写新人物*

……你对于《多描写新的人物》一文所提出的意见,我已仔细地考虑过,现在简单地回答如下:

来信说:"我们的文艺工作者,对新人物的描写不是太少,而是太草率,太不典型化了。"这是事实。但为什么"太草率,太不典型化"呢?我们认为最根本的原因是对新人物理解得不够和熟悉得不够;而你,却说是:"他们对新人物熟悉得太多了。"这是不正确的。你大概把认识新人物理解得太表面了吧?如果一个作者的理解力不能理解他的人物的新品质,他如何能够真实地表现这个新人物呢?你自己也承认:"许多作家对马克思列宁主义的学习不够"是不能塑造新人物的原因之一,那么,问题就很清楚了:一个对马克思列宁主义还不能切实领会的作家,他能够体会和理解一个具有马克思列宁主义世界观的新人物么?显然是不可能的。其次,你拿作家"没有好多时间"与"艺术修养不够"来作为不能写好新人物的唯一理由,也是不正确的。如果真如你所说,那么一个有充裕时间而又有些所谓"艺术修养"的旧作家(指那些一向不为劳动人民服务的作家),也能够写出新人物的典型了。事实早已粉碎了这种理论。现在有一部分旧作家也已明确地认识到:如果不改造自己(思想、感情……)就很难写出新人物的典型来。这难道还有什么可怀疑的地方吗?如果你硬把"不能写好新人物"的原因,推到"时间不够"和"艺术修养不够"上面,那么,是不是作家只学些"表现方法"或"处理题材方法",再加上较充裕的时间,就能写出新人物的典型呢?结果当然不会像你所预想的那样。但是,如果把你的观点发展一下,就会得到这样的结论:"作家不需要改造,只要努力学习艺术的表现方法就

---

* 载1953年4月版《与习作者谈写作》。

够了。"

你又说:"他们对新人物熟悉得太多了,因此在许多作品中表现出自然主义的倾向。"

你所说的"自然主义倾向"是指什么呢?是不是指那些罗列现象,机械地冷漠地描写现象的倾向呢?如果是指这些,那么,可以断言:这种倾向的造成,绝不是因为"他们对新人物熟悉得太多";恰恰相反,而是由于作者对新人物了解得太少,和对新人物缺乏强烈的爱。谁都知道,如果你能把握住一个新人物的典型特征,而你又有一股强烈表现它的热情,那你就不会漫无目的地去罗列现象,也不会去罗列一些偶然的现象了。当然,罗列现象,有时也因表现方法差而来,但绝不是因为对新人物太熟悉,却是可以断言的。

我们却看见一种相反的情形:有好些企图描写新人物的作品,常常因为不能很好地把握住新人物的特征,而流于琐碎的、表面现象的描写;因而写出来的新人物,除了一些极表面的外貌与动作之外,再也看不到更深一点的东西,自然,也就没有什么思想内容可言。

你认为我指责某些作家"还停留在旧事物与旧人物的描写上"是应该的;但你认为"暴露旧社会的罪恶,描写旧事物与旧人物的改造过程,也是同样有教育意义的"。关于这点,我在《多描写新的人物》一文中已经说过:"我不否定批判落后现象与落后人物的作品的教育作用,但在今天应该肯定地说,表现新生的比揭露没落的更重要,更有教育意义,更有鼓舞人民的力量。"

至于描写旧人物的改造过程,应该同时是描写新人物的萌芽、生长的过程。如果我们能很真实地把握住人物思想变化的规律,并揭示出造成这变化的社会(或阶级)原因,是很有意义的。其实,所谓描写新人物,当然不是从静止中去表现他们。而一切走向进步的人,都有"新"的因素,只要我们能抓住这些因素,加以概括,那么,这种人物的改造或转变过程的描写,就再不是"旧人物的描写",而应该是"萌芽、生长"中的新人物的创造了。

一九四九年十二月二十二日于北京

关于主题思想*

（来信摘要）"人们每一谈到文学作品的时候，总是常常提到作品的主题思想。主题思想到底包含着什么样的意思？怎样理解主题思想才算正确？它与生活真实的描写又有什么关系？……"

在生活中，我们常常会遇见一些讲述民间传说或社会新闻的人；只要稍微留意一下，你准会发现这些讲述者总是直接间接地表露着他们自己的观点和感情的；这些传说或新闻总是经过他们自己的选择；在讲述时，总是强调了一些什么和省略了一些什么；总之，讲述者在讲述时总是自觉或不自觉地、直接或间接地将自己的观点和感情灌注到故事或新闻里面去。

这是生活中的平常现象，是容易理解的。其实，那些向群众做政治讲演的人，又何尝不是如此？他们总是积极地、热烈地宣传着自己的（或者是他们所属的集团的）主张。他们不仅希望听众接受他们的主张，还希望听众按照他们的主张去行动、去思想、去爱憎。

这是为什么？为的是争取更多人来拥护他们的主张，以便积聚更大的力量来实现他们的理想。

文学也是这样。革命作家从事创作，并不是因为他觉得写着好玩，而是把文学作为摧毁敌对阶级意识、培植革命心灵的手段来使用的。

文学既然担着摧毁敌对意识的责任，所以文学是战斗武器。

一个战士拿着武器，总是拿它来打击敌人的。只有毫无敌情观念或思想麻痹的

---

* 载1984年4月版《萧殷自选集》。

人，才会拿武器当玩具来摆弄。作为"阶级的眼睛、耳朵和声音"的作家，他不应当拿文学作为个人的玩意儿。

不管作家是否意识到，只要他去接触生活和去参加生活，他就总是带有某种倾向；也不管他愿意与否，只要他出来讲话或发表作品，他就总是在代表着一个阶级或一个集团的利益说话。无论是人民的文学或者是反人民的文学，它们都代表着一定的阶级或集团的利益；这些作品的作者，不可能超脱阶级的（或集团的）观点和阶级的（或集团的）感情。

既然作家是"阶级的眼睛、耳朵和声音"，那么，当他进行创作的时候，自然不可能对斗争的双方采取"一视同仁"的态度。他们总是爱一方面，恨另一方面；拥护一方面，反对另一方面。当他们对这些斗争的生活进行观察、思索、构思以至于描写的时候，不可能没有选择，也不可能不表示态度，甚至不可能不流露憎爱的情绪。

譬如契诃夫的小说《万卡》吧，作者就站在被压迫者的方面，用极大的激情，揭露了封建制度的罪恶，并为孤苦无援的儿童提出了有力的控诉。再譬如民间传说《孟姜女》吧，作者也是站在被奴役者的方面，对人民的高尚品质以及他们善良的愿望，加以热情的歌颂；并用鞭笞似的词句揭露了封建统治者的残暴。

这两篇作品告诉我们：作家不是毫不动情地去描写生活，他们是站在一定的阶级立场，并带着巨大的激情，去选择、深化、构思以至于描写他所接触到和思索过的生活的。也只有经过这样的一番选择、深化和概括之后，作者对于生活所抱的态度、看法和希望，等等，才能明确地在作品的形象里面体现出来。

这种体现在形象里面的态度、看法或判断，等等，我们就管它叫"主题思想"。

但是，所谓"主题思想"，并不是在生活描写之外，附加上一些可以表明作者态度或观点的话语。不是的！作品的主题思想，应当是"水乳相融"地体现在生活——人物、事件——的描写之中，即体现在栩栩如生的形象之中。

例如上面提到的《万卡》吧，作者直接让读者接触的，是万卡的不幸遭遇以及他回想中的生活片段。读着这篇小说，有时我们也跟着小万卡一同沉入回想里，享受着刹那间乡间的乐趣；但可惜，只一转眼工夫，作品又把我们带回他所处的悲惨的环境里。这简陋而又阴暗的鞋铺竟这样使人心情沉重：因为更可怕的折磨，还在后头等着小万卡去忍受……

　　作者是通过对环境，对人物的遭遇、心情等的描写，也就是通过真实生活的描写，体现出作品的主题思想，体现出作者对于被压迫者以及他们所处的社会所抱的态度、观点和倾向。同时，因为作者的态度、观点等同作品里的人物事件像乳和水一样地融在一起，所以作品的主题思想能有感染力和打动人心的力量。

　　那么，诗有没有主题思想呢？请看看希克梅特的《没有点着的烟卷》吧：

在那天的夜晚，
他很可能死了，
一颗子弹穿透他的心。
但他毫无畏惧地走去，
露出了笑容，
迎着死亡走去。
他问我："有烟卷吗？"
"有。"我说。
"洋火呢？"
"没有，"像往常开玩笑一样，
"你用子弹点它吧！"
他拿起烟卷，走了……
现在，天已破晓，清晨，
也许，他正带着血淋淋的伤，
躺在地上，
惨白的脸色象征着死亡，——
这一切是多么痛苦，又多么平常，——
冰冷的嘴角，还含着
那支没有点着的烟卷。

　　抒情人物通过对"赴刑"者的视死如归的神情的抒写，歌颂了革命战士的豪迈心境，也表现了抒情人物的革命的乐观主义精神。

这种饱含在形象里面的思想和态度,正是诗人所要求抒发出来的;这种思想和态度,也就是诗的主题思想。

但是,也还有这样的主题思想,它并不在作者所要求表达的观点和态度之内。这是什么意思呢?那就是,由于作者深入了生活,洞察了生活的奥秘,并真实地表现了这生活的奥秘,因而不自觉地反映了生活的真理;但这真理却远远超过了作者的认识,甚至连作者自己也还不明白他反映了这真理。例如有些古典现实主义作家的作品就出现过这种现象。

不管作品的主题思想如何形成,如果离开了生活真实,离开了艺术形象或意境,所谓文学作品的主题思想,不仅不可能表现得深刻,也不可能有感染力。

一九五六年二月于北京

关于形象*

《哈尔滨文艺》编辑部：

　　大约在一个月以前，曾接到你们一封热情的来信，感谢你们的信赖，要我在一九五七年为《哈尔滨文艺》撰写一些有关写作问题的短文。可是，我还来不及想一想，也还来不及给你们写回信，就因事匆匆忙忙地离开了北京，到南方去了。……

　　今天收到一月号《哈尔滨文艺》，并且读了××同志所写的文艺知识讲话《文学——艺术的一种》。

　　读了这篇文章之后，我想到一些问题，现在写给你们；一方面当作对你们来信的回答，同时，如果你们认为还有意义的话，我想，这封信就作为我第一次向《哈尔滨文艺》投稿吧。

　　××同志在这篇文章里，涉及许多问题，现在我不想一一去论述它们；只就他所着重阐述过的有关形象的概念，提出我的一点粗浅的意见。

　　我以为把形象仅仅看作是"对人和事物的具体描写"或"通过对具体事件的描写"，是不够的。如果仅仅为了说明文学与科学在表现形态上的不同，这样的解释，自然是可以的；但是如果认为"正由于文学是通过形象来具体地反映生活，所以，文学在社会生活里对人们就有巨大的教育意义并起帮助人认识和改造生活的作用"，却就很不完全了。

　　文学，它之所以能帮助人们认识生活和教育人民，绝不仅仅因为它"具体地"反映了生活，如果作者所反映的，仅仅是一些皮毛的现象或偶然的现象，即使写得再具体，它也不能起到帮助人民认识生活和教育人民的作用。

---

* 载1984年4月版《萧殷自选集》。

因此，对于艺术形象的理解，我们绝不应当把它看作只有"具体"和感性形式的特性。

如果以为"通过形象来具体地反映生活"就是文学的特性；如果以为凡是"通过对人和事物的具体描写"来反映生活的，都是文学；那么，一切忠实地（机械地）摹写了生活现象的"作品"，一切按照生活表面的样子摹写下来的"作品"，是否就具有文学的特性呢？大概不能这样说吧？这样摹写出来的具体的、感性形式的事物，是否就具有艺术形象的"属性"呢？大概也不能这样说吧？

譬如说，一个农民站在一个绘画人的面前，那个绘画人只冷漠地面对着那个农民，只冷漠地一笔笔地描绘着；最后，虽然把他所看见的，全都具体地、细致地描绘出来了，连农民手上的所有青筋也没遗漏地描绘出来了，也具有感性形式了；但是，请问，这张画像是否就一定具备了艺术形象的"属性"呢？我想：不一定吧？

又譬如说，某个写作者面对着一处生活场景，用细致的（也可以说是机械的）笔触，细心地去描摹他所见到的一切；描摹得既具体又细致；但是请问：这样具体、细致（烦琐）的描写，是否就一定具有艺术形象的"属性"呢？我想：也不一定吧？

道理是很明显的。艺术形象的特性，除了具体性、感性形式之外，它还必须有概括性，也即是，要求艺术形象概括典型事物的特征，突出和鲜明典型事物的特征。

如果形象不概括事物的特征，它怎么能揭示事物的本质或事物的意义呢？它又拿什么去说明生活，并帮助人去认识生活呢？

一个美术家和一个绘动物挂图的人，同时站在一匹战马的跟前，同样拿这匹马作为自己描绘的对象；但是他们描绘的结果，一幅是艺术品，另一幅却是动物挂图。虽然两者都是具体的、具有感性形式的，但却不能都取得艺术形象的"属性"。为什么？那是因为：一个是冷漠地、机械地按照这匹马的形状、毛色、姿态等描摹下来；另一个则按照他自己的美学观点和社会理想，把这匹马身上原有的某些精神特征，加以突出的描写，为了把这种精神特征凸显出来，作者还常常把他平日所观察到的某些战马的特征现象，概括（而不是简单的综合）在这匹马的身上。

这种概括的劳动，对于任何一个艺术家都是极其重要的。可以说，凡是优秀的艺术形象，都是经过巨大的艺术概括劳动之后才完成的。

我们暂且不去分析作者在塑造人物形象时，因进行概括所遇到的复杂情况以及他所付出的巨大的劳动吧；就是对作品里的任何一个场景的描写或一个生活细节的描写,又何尝能够抛开概括的劳动呢?

鲁迅先生作品里的阿Q、闰土等人物,固然显示了作者巨大的概括才能;而《社戏》里的景色描写以至于偷罗汉豆的一些细节的描写,又何尝不是同样地显示着作者纯熟的概括才能呢?

因此,我们认为,仅仅"对人和事物"做了"具体的描写",并不一定就能造成艺术形象,也不一定就能取得艺术的"属性";艺术形象的概念,不仅是具体的,感性形式的,而且是经过作者社会观点和美学观点过滤过和概括过的、集中了的人生图画,并且以完整的个性化形式表现出来。

××同志在回答"文学到底是什么"的问题时,认为"反映生活的不仅是文学、绘画、电影、舞蹈……,所有的科学,如历史、生物、化学等也都是反映生活的"。"然而,文学和科学在反映生活上却是不同的。"不同在什么地方呢?说一是抽象的,一是具体的。这样的回答,显然是很不恰当的。根据这样的回答,好像文学的实质,仅仅因为它(文学)和科学在反映生活的方式上有所不同而已。

实际的情形是不是这么简单呢?当然不是。

文学的特征,绝不仅仅是因为它的具体性和感性的形式;更主要的,是因为它是通过个别的完整形象来对生活进行最广泛的概括。这种不同,显然不仅限于"反映生活的方式上",而是从一接触生活开始一直到构思完成,两者在思维方法上就有区别的。

如果只强调两者在反映生活方式上的不同,而不同时指出它们之间在思维方法上的差异,就很可能使人产生错觉,以为"文学和科学所反映的内容是一样的,只有反映生活的方式不同罢了"。

文学和科学,都要求自己反映出事物的本质的属性,这是大家都知道的,也是大家一致公认的真理;但是如何去反映呢?却不是每一个青年作者都已解决了的问题。

我现在提起这问题,并不是毫无根据的。在好些青年作者中间,不是有人不从生活出发、只根据几条抽象的"本质属性"虚构情节,进行"创作"吗?这种做法,实际上就是通过所谓"具体形象"来图解抽象的"本质属性"。结果,所谓"本质属性",的确赤裸裸地被传达出来;但是艺术的真实却也无影无踪了。读者对于这样的作品,能够被感染、被激动、被说服吗?

我想,是不可能的。

这种"图解式"的做法，论其根源，也许有多种多样；但是，把文学的特征做了简单化的理解，例如把文学的特征仅仅看作是"具体的描写"等，也是一种造成"图解"做法的重要根据。

文学艺术必须揭示事物的本质和事物本身固有的意义，这是毋庸置疑的；问题是，用"形象"来图解事物的本质或意义呢？还是从生活出发，通过自己的美学观点和政治理想的熔炉，通过热情的培育和想象的补充，把自己所感受的丰富的事实和印象加以提炼、融化、概括，构成个性化的完整的艺术形象，从形象（艺术的真实）中间显露出事物的本质或意义呢？

我以为，后一种才是正常的方法。只有经由这种思维过程所创造的艺术形象，才可能有艺术感染力，才可能给读者以美的感受。由这样的形象中所揭示出来的事物的本质或意义，才可能是深刻的、意味深长的和有说服力的。

问题已经非常明白：文学和科学之间的不同，不仅仅限于表现方式上的不同；在思维方法上，两者也存在着差异的（虽然有时候两种思维互相作用）。从表面看来，思维方法是否相同的问题，似乎微不足道；实际上，这是关系着艺术真实，关系着真实形象的创造。

我的粗浅的意见，就写到这里为止吧。问题也许还没有说清楚，而且还可能有错误的地方，希望给以批评。

由于读了××同志的文章，才引起了我以上的想法。这些想法也许是不正确的；像这样的一些意见，××同志也许早已成竹在胸，其所以没有很好地在第一篇文章谈清楚，也许是准备让这些意见留给《文艺知识讲话》的另一章吧。

匆此，祝你们都好！

一九五七年一月于北京

关于作品的积极意义*

（来信摘要）"……我常常在刊物上看到，说文学作品应当以社会主义的精神来教育人民；可是现在出版的一些小说（长篇和短篇），我看就没有什么社会主义的精神。……在这些作品里，常常描写着一些道德败坏的、缺乏共产主义品质的人物。从这些人物身上，读者只闻到一股臭气，他们哪里有半点社会主义精神呢？作者为什么要写这样的人物？难道作者忘记了文学应当以社会主义精神教育人民吗？……"

……来信中洋溢着对社会主义精神的热情追求，是令人感动的。这不能不使我联想到，有些作者以"百花齐放，百家争鸣"为借口，企图在文学作品中抛弃社会主义精神的事实。如果这些人读到你的信，我想他们也许会感到惭愧。

不过，你把作品中的人物是否具有共产主义道德品质与作品是否有社会主义精神混为一谈了。这是两个不同的概念。如果混淆起来，反而容易使我们闹不清什么样的作品才有社会主义的精神了。

一篇文学作品是否有社会主义的精神，主要不是由作者所选择的描写对象来决定的。问题在于作者站在什么立场来处理他所感受的人物和事件：是以社会主义事业的利益作为构思的出发点呢？还是以其他非工人阶级的利益作为构思的出发点？如果作者是从社会主义利益出发，又有充沛的社会主义的热情，那么，不管他所选择的，是具有共产主义道德品质的人物也罢，道德败坏的堕落分子也罢；只要作者能较深刻地理解他的描写对象，而且又能真实生动地表现出这描写对象，我想，作品都可能充溢着社会主义的精神。

---

* 载1957年3月22日《教师报》第94号。

当我们读作品时，我们首先不是去关心作者从什么立足点出发，更直接的，是要看作品引导我们去爱什么和去恨什么，是引导我们走一条什么样的道路：是走社会主义的道路呢？还是其他非社会主义的或反社会主义的道路？也就是说，作品所描写的生活（人物和事件），体现着一种什么样的精神，它带给读者的是一种什么样的精神力量。这股精神力量，如果能鼓舞我们去建设社会主义事业，能激起我们对社会主义的建设热情，又能增强我们跟那些破坏或损害社会主义利益的现象做斗争的意志和毅力的；毫无疑问，便是一种我们所需要的革命的精神力量，也即是建设社会主义事业所极其需要的精神力量。

因此，要在作品里体现这股精神力量，不完全取决于题材，这是很明显的。作者如果以主要力量去描写斗争中的具有共产主义品质的人物，固然可以体现出社会主义的精神，不过这不是唯一的；如果作者从保卫社会主义事业出发，满腔热情地去揭露那些不利于社会主义事业的腐朽现象，而揭露的结果，并不是使读者悲观失望，丧失信心，而是激起读者更昂扬的保卫社会主义事业的热情，我看，这也是社会主义的精神。

可是，一直到现在，还有些同志对作品的"精神倾向"或"思想意义"存在着不正确的理解。这些同志常常孤立地去评论作品中的某个人物或某件行为，而不是从一系列的人物的互相关系中去判断作品的倾向或思想意义的。譬如说，他们要求某一个人物要毫无缺点（连人物因年龄与经验的局限所可能产生的缺点，也加以责备）；又譬如说，他们要求作品中某个青年团员必须从工作到生活作风，以至待人接物……都必须符合团章的规定；认为只有这样，作品才有积极意义与良好的倾向。但是，他们却偏偏不去注意这个人物在一系列的事件中给读者带来了一种什么样的影响和情绪。

写品德高尚的人物是完全可能的，也是应当的；但如果把人物的品德高尚与作品的积极意义等同起来，就不妥当了。

一篇文学作品是否有积极意义，不取决于作品中的主人翁是否每一言行都正确，而在于作者怎样来评价人物这一系列的活动和关系。只要看看一些优秀作品里面的人物，我们就会明白，虽然人物身上还残留着一些缺点，但在一系列的活动与关系的描写中，我们却不能不被他的英雄性格和高贵品质所感动（如牛虻，如夏伯阳，如电影中的董存瑞，等等），从这一系列的活动与关系中体现出来的倾向和意义，难道不是很积极吗？

自然，这种活动或人与人的关系，不是由作者任意处理的。读者在阅读作品时，应注意到这些活动和关系的真实性，也即是应注意到人物与环境互相关系的真实性。只有真实地描写出这种关系时，从中所体现出来的积极意义才能是动人的，才能真正激发起读者的精神力量。

最后，我想附带地提一下，对于作品的意义，也不要看得过于狭窄。并不是一切文学艺术作品的意义都是具有鲜明的政治色彩的；譬如某些儿童文学作品，某些抒情诗以及美术作品中的风景画和花卉等，显然很难以政治观点来解释它们所显示的意义，可是我们却不能因此就说它们毫无意义。例如不少优秀画家所作的优秀的花鸟虫鱼和风景画，又有什么政治色彩呢？可是它们却诱导你去爱富有生命力的东西和激起你对祖国山河无限热爱的情绪。这情绪，能说是消极的吗？显然不能，这样的情绪对于建设社会主义来说，虽不是那么直接，但却不能说它们毫无意义。……

以上所谈，仅仅是由你所提出的问题所联想起来的一些感想，并不是探讨作品意义的全部问题，不知对否，供你参考。

一九五七年二月于北京

素材、灵感和干劲*

前几天，有个老朋友问我："整整有八九年没见你写诗了，为什么现在又写起诗来？"

这一问，可把我问住了，只简单地回答了一句："因为对生活有激动嘛。"

后来，我仔细想了想，才恍然大悟。原来在这八九年间，我很少有机会与群众生活在一起，即使有时也到群众中去，但只是去观察而已，也就是仅仅用"搜集写作材料"的眼光去观察而已，因此对于群众的思想感情理解得太少，情绪上的共鸣共感就更少了。情况既然是这样，还有什么"情"可"抒"呢？抒情诗，是抒写人民的感情；既然缺乏情绪上的共鸣共感，又如何能抒写他们的思想感情？

这一年多来，大部分时间，我都生活在农村里，生活在农民群众和基层干部中间，慢慢地跟他们熟悉了，不仅知道他们怎样生活，也慢慢地知道他们在想些什么；他们在为着什么而高兴，又为着什么而焦虑。当这种高兴或焦虑打动了我的心弦，引起我的共鸣共感的时候，我就想把这种心情抒发出来。这正是我近来也偶尔写一点小诗的原因。

这些小诗是不足道的，无论在感情的深度上或者在诗的构思上或意境的提炼上，都还存在着许许多多的缺点；但这种诗的冲动的产生，却使我联想到一些别的问题。

首先，是所谓创作灵感的问题。谁也不会怀疑，艺术创作是需要灵感的；如果没有灵感，作者的艺术构思就很难展开，想象和艺术概括就很难顺利进行。但是，我们反对那种把"灵感"神秘化的看法，也反对那种认为"灵感是由作者气质所决定"的说法。灵感的产生，主要是取决于作者对生活理解的广度和深度。越熟悉生活，对生

---

* 载1958年4月1日《作品》4月号。

活的激情越饱满，表现这种激情的欲望越强烈，创作的灵感才会越旺盛。

如果对现实生活采取旁观态度，如果仅仅为了写作才去接触生活，那么可以断言，即使这位作者记录了几十本的生活素材，这些素材也仅仅是素材而已；由于作者缺乏主人公的态度和饱满的革命激情以及高度的社会主义的责任感，因而，不仅他无法深一步地去认识这些素材的意义和它们之间的联系，同时（那是当然的）也就很难依靠这些素材创造出既有高度思想性又有艺术魅力的形象。

在生活中，在创作过程中，我深深地感到这一点。由于对生活理解得太表面，在创作长篇的过程中，常常使自己弄得焦头烂额；虽绞尽脑汁，但毫无用处。关键的问题还是在于熟悉生活和理解生活。要真正理解生活，只站在一边去观察，显然是无法解决的；只有钻到生活的旋涡里去，钻到矛盾的中间去，站在先进的一面，以社会主义创造者的主人公的态度去接触生活、参与斗争和建设，才可能真正认识生活的真实面貌。

只有这样来对待生活，我们对于生活中的是非才易于分辨，我们的爱憎情绪才会分明，对生活的激情才会经常饱满，创作的灵感才会长久地保持旺盛。

从这里我又联想到创造新人物的问题。要是我们坚定地站在社会主义的立场，时刻都为争取社会主义的胜利着想，而且对社会主义事业又有高度的责任感，那么对于生活中的谁是谁非、谁好谁坏，不仅不会迷失方向，不会错认好的为坏的、坏的为好的；更重要的，使我们能敏感地摄取大量对社会主义有利的事物和现象。这种事物和现象也许很微小，甚至是刚刚冒芽，但无疑它们是新生的社会主义的新事物。而这种新事物在我们的社会里，却是天天都在产生着和成长着的。作者如果能够敏感地随时随地地发现这种事物和现象，那我相信，现实生活所提供出来的众多的新事物和新品质，就再也不会在我们眼前轻轻溜过去了。

我曾经接触过不少的基层党委的领导者，由于他们社会主义的觉悟和肩负着建设社会主义事业的具体工作，承担着胜利或失败的责任，因此他们就有鲜明的感觉：什么是推进社会主义向前发展的，什么是妨害社会主义向前发展的；哪种现象是能激发群众生产的热情和干劲的，哪种现象是妨碍或破坏群众向前跃进的；什么事物有助于又好又快又多又省地建设社会主义，什么现象是迟缓或妨碍又好又快又多又省的……他们都能灵敏地感到，而且时刻对这种种现象考虑着各种措施，其目的，不过是设法消灭各种消极现象，期望社会主义能飞快地向前发展。

如果我们的文学作者都能像这些优秀的基层党委的领导者那样具有对社会主义事业高度的责任感，那样鲜明的社会主义觉悟，那么我相信，许多艺术创造上的基本问题，就可迎刃而解了；至少，能把艺术创造的问题解决了一大半。

这个基本问题如果解决了，那么，如何描写生活中的缺点和困难的问题，如何真实地描写新人物的问题，等等，就不难解决了。到这时候，我们对于现实生活中消极因素和积极因素就必然会敏感起来；应当扶植什么和反对什么也就更加清楚了；到这时，如果我们有什么生活激情的话，那么这种激情就必然与社会主义的利益相一致；如果要把这种激情抒发为诗，为散文，那么，这种诗和散文，定必能够切合人民群众的需要，切合社会主义建设的需要。

因而，创作的素材和创作的灵感，就再不会枯竭；艺术的想象力和艺术的概括力，也就会不断地提高。

其次，我又联想到作者的干劲和及时地反映群众的创造和干劲的问题。要是社会主义的觉悟和对建设社会主义的责任感的问题在我们头脑里解决了，干劲的问题，跟着也就解决了。既然我们跟一切建设者一样，都是想在建设社会主义中贡献出自己的一份力量，那么，我们文学写作者，难道可以对社会主义每一个前进阶段放弃自己的责任吗？群众与基层干部在社会主义建设中既然表现出这么高的热情和这么大的干劲，而通过文学反映了这些热情和干劲又可以激发起更大的热情和干劲，可以更有力地促进社会主义事业，那我们有什么理由放弃我们的神圣职责，有什么理由不去反映这沸腾的生活呢？除非自甘落后，否则，我想每个稍有社会主义责任感的人，都不会袖手旁观的。我们都应当拿出干劲来！努力写出更多更好的作品。

一九五八年三月于广州

求实精神与革命热情相结合*

一

马克思主义要求革命作家在创作中既要忠实地反映时代的真实面貌，又要饱含着丰满的共产主义的理想和热情。

马克思主义的创作原则，本来就包含着这两方面的因素。只是有些人在创作实践中，放弃了或者忘记了"求实精神"和"革命热情"相结合的原则，而偏到一边去。有的侧重冷漠地机械地记录事实，有的则脱离了生活凭空去臆想，这两种态度与做法，都是不正确的。这种做法，只会伤害马克思主义创作原则的生命力以及它的朝气蓬勃的革命精神。

毛泽东同志及时地提出革命现实主义和革命浪漫主义相结合的方法，使我们对于马克思主义的创作原则有了更深刻、更清醒的认识：只有把革命现实主义和革命浪漫主义结合起来，只有把求实精神和革命热情结合起来，才能保证这个创作原则的顺利发展，从而才可能真正在实践中发挥它的指导作用。

二

批判现实主义与毛泽东同志提出的"两结合"的创作方法之间，不管还存在着多少相通的东西，我们还是必须看到它们之间最重大的区别。一般地说来，批判现实主

---

* 载1959年1月8日《人民文学》1月号，署名肖殷，以又名《既忠于生活，又高于生活》发表。本文为1984年4月版《萧殷自选集》收录的版本。

义仅仅尽了它认识现实生活的责任；然而"两结合"的创作方法则不同，它除了认识现实生活之外，同时还担负着协助最革命的政党——共产党改造现实的任务。

因此，我们的作家，一方面要遵循现实主义的原则，严格地按照现实中既有的事实特征去反映现实的典型状态；一方面又不为既定的事实所束缚，能从错综复杂的社会关系中看到事物发展的趋向，透视出发展的前景，并以"发展前景"作为制高点，来判断和概括现实中既存的事实。

革命现实主义者正像革命政治家一样，从来不回避现实；他们面对着现实，细心地去解剖现实。即使是碰着现实中的困难或消极现象，他们也从不表示灰心丧气，更不会拿困难或消极现象来吓唬别人。面对现实和解剖现实，只为了一个目的：克服矛盾，把现实推向前进。

现在，摆在我们眼前的现实，是社会主义的制度和生活。革命现实主义作家有责任把这制度下的现实生活的真实状态具体地历史地反映出来。这"真实状态"既有别于民主革命时期的现实，也有别于将来共产主义时期的现实。在这社会中，参加建设社会主义的人们，是来自旧社会、走向共产主义社会的；他们的思想状态既与过去旧社会的人们不完全相同，也与将来共产主义社会的人们不完全相同，是处在一个由旧到新的过渡时期，是处在一个思想剧烈变化和激烈斗争的过渡时期。因而新与旧的斗争，社会主义思想与资本主义思想之间的斗争以及由这两种思想所派生出来的工作作风、思想作风等的斗争，是必然的；但新的不断克服旧的，社会主义思想不断地战胜资本主义思想，先进的力量不断地克服腐朽的力量并取而代之，却是斗争发展的规律。

反映这些斗争和这些斗争的规律，是革命现实主义者不可推卸的责任。否则，这个历史时代的生活特征和精神特征，就不能在作品中充分地反映出来。不描写这些斗争和这些斗争的规律，宏伟的社会主义的建设，也就可能被描绘得轻而易举；在斗争中（对自然界、对敌人、对资产阶级思想和作风斗争中）成长起来的新人物，也就会变得苍白无力。

既然现实中存在着斗争，就说明存在着需要斗争的对象——落后事物或消极现象。问题是：当你去正视和反映这些消极或落后现象的时候，是被它所吓倒，以至于对社会主义的建设丧失了信心？还是满怀信心地对一切不利于社会主义的现象进行坚决的斗争，从而鼓舞人们更加信心百倍地去建设社会主义呢？

我们坚持后一种立场，反对前一种立场。

三

高尔基说过：现实主义是描写既定的事实，浪漫主义则是在既定事实的基础上加上所愿望的和所可能的东西。

从反映生活来说，现实主义是按照生活的本来面貌去描写生活的；生活的本来面目是什么样子，就反映它是什么样子。过去一些批判现实主义作家，大都是按照这创作原则进行写作的。

但是，请千万不要忘记，我们是生活在社会主义革命与建设的时代，我们的文学不仅应当担负起反映时代的责任，同时更要担负起建设社会主义——共产主义的光荣任务。要更好地完成人民所给予我们的责任，只冷漠地按照生活的本来面目去描写生活，显然是不够了。别说我们是抱着共产主义理想、又把实现这理想作为我们天职的人，就是过去伟大的民主主义作家，也不能完全依靠这条写作原则写出伟大的作品来。如果没有更高的理想和远大的目标，只以自然主义的态度去描写生活，这样写出来的作品，则无论如何不能帮助读者清醒地去认识生活。譬如契诃夫吧，他何尝仅仅依靠这条写作原则呢？虽然他生活在"警察恐怖统治"的黑暗年代，可是他仍然对未来怀着热切的愿望和理想，主张艺术家必须带着明确的目的和任务去真实地描写现实。一方面他认为无条件的、直率的真实能够影响生活，唤醒人们，改变人们；但同时，他提醒作家：为了要做到这一点，作家在描写现实中最可怕的一面的时候，必须为将来着想。

他说过：

优秀的作家都是现实主义的，按照生活的本来面目描写生活，不过每一行（文字）都像浸透汁水似的浸透了目标感，你除了看见目前生活的本来面目之外，还感觉到生活应当是什么样子。

这就明确地告诉我们：伟大的现实主义作家，也不是只机械地去反映现实中既定的事实。如果他们不站得比生活更高，他们又怎么能"概括"出比生活更高的形象？凡是创造了不朽的有高度人民性的艺术形象的作家，不管他自己是否已经意识到，实质上他们都怀着比生活更高的理想；他们的作品一方面有着理想的成分，一方面又忠实地概括了当时现实生活中的典型现象。

所以有人认为：伟大的现实主义作品总有浪漫主义的成分；优秀的浪漫主义的作品也总是建立在深刻的现实基础之上，是颇有道理的。

可惜到现在仍然有些人不理解马克思主义世界观对创作的重大意义，只强调生活，以为有了生活素材就有了一切。不错，生活是创作的源泉，没有丰富的生活知识和生活经验，艺术创造就无从谈起；但是如果只片面地强调生活素材的作用，而完全忽视了融化素材的思想感情，忽视思想感情的改造和革命世界观的建立，那么，他们至多也不过只能机械地描摹生活现象而已。既然如此，那么我们在写作实践中又怎么能协助党来改造现实和缔造未来呢？

文学艺术作品应该是具有共产主义的思想，用共产主义精神来教育人民群众。我们现在正在进行建设社会主义的工作，但是我们的更高目标是要达到共产主义社会。而过渡到共产主义社会的重要条件之一，就是全体人民的共产主义的思想觉悟和道德品质的极大提高，帮助全体人民提高共产主义的思想觉悟和道德品质，正是我们的文学艺术的最基本的任务。（见一九五八年九月三十日《人民日报》社论：《争取文学艺术的更大跃进》）

社论接着又说："工人阶级的革命文艺就是要热情地真实地反映生活中的新事物新品质，反映我们时代的精神，用最先进的思想来教育人民，引导人民不断地前进。"但是请问：如果作家自己没有共产主义的远大理想与为实现这理想的决心和热情，他又怎么能"引导人民不断地前进"呢？如果作家自己没有共产主义的思想觉悟和道德品质，他又如何能"帮助全体人民提高共产主义的思想觉悟和道德品质"呢？因此，革命的作家，不应当只满足于看到社会主义和忠实地反映社会主义的现实生活；同时也要想到共产主义，要为建设共产主义社会准备条件。

针对这种种情况和面对我们伟大的建设任务，我以为毛泽东同志提出革命现实主义和革命浪漫主义相结合的方法，不仅是一服及时的切合症状的良药，同时也是一块最明晰的指路碑。

据我个人粗浅的理解，我认为毛泽东同志提出的两种方法的结合，其主要含义有三：（一）必须以革命的观点去判断和概括现实中既定的事实，并使之典型化；（二）必须借革命的热情和理想的帮助，大胆展开想象，写出革命发展中所愿望的和所可能的人和事；（三）为写出既反映现实生活的特征，又比现实生活更理想和更典型的作品，写出既有求实精神又饱含着革命理想的作品，上述二者必须结合起来。当然，所谓"结合"，不应当理解为物理学上的"结合"或数学上的"凑合"；而应当是化学上的"化合"（或者叫作"融合"）。

我的理解自然还很肤浅，但这点理解，已在创作的道路上给我们展示出无限广阔的前景。

四

从创作与生活的关系来看，创作总是落在生活的后头，但是作为思想战线上的一种手段来看，文学创作却应当永远站在生活的前边。

但是，什么是"文学站在前边"的保证呢？一句话：坚定的无产阶级革命的立场、对社会主义事业高度的责任感，以及洞察生活的本质和它的发展的趋势。

有了这些，我们才会热情地去追求人民所愿望的一切；才可能预见到将要出现的崭新的人和事。——只有如此，革命的浪漫主义才会在我们的心灵里发芽生根。

可是有人说：多读十九世纪的伟大浪漫主义作家的作品，就能产生革命的浪漫主义的作品。实际上，这是舍本求末的想法，是不正确的。伟大的浪漫主义作品，可能会对我们有些启发，但如果不从现实生活中去寻找浪漫主义的根和叶，不建立起共产主义的理想、热情，和没有为这理想去奋斗的坚强的信念；反而把希望寄托在浪漫主义作家的作品上面；结果，他们顶多只能学到一点皮毛的浪漫主义的表现手法，绝不能创造出有鼓舞人心的、富有理想光辉的艺术形象。

另外还有一些人，以为"结合"就是把两种创作方法的表现手法加起来；认为前面写现实中既定的事实，就是革命现实主义；末尾写未来的可能产生的或所愿望的事实，就是革命浪漫主义。这种表现手法如果偶尔出现，并不足以引起非难；但如果把它理解为"革命现实主义和革命浪漫主义的结合"，就很值得讨论了。

值得注意的，是那种用加法"结合"起来的作品中那条"浪漫主义的尾巴"。作品的作者们，大概都以最大的努力发挥了共产主义的狂放的热情与想象力，大概以为加上了那样的一条想象的尾巴，就有了革命浪漫主义，也就"结合"了共产主义的精神和理想。可是事实上，某些作品在"尾巴"上所显示出来的，却不是共产主义的精神。如果从思想实质上去探索一下，人们就会发觉其中夹杂着不少的享乐思想、不劳而获的思想以及小资产阶级的不切实际的虚妄的幻想，等等，既然在"想象的尾巴"上塞满了庸俗化的、小资产阶级化的，甚至资产阶级化的"共产主义"，那么，又如何能以共产主义的精神来教育人民？

我们提倡的革命浪漫主义，不应当片面地从表现手法上去理解它；更重要的是生活内容，是艺术概括上的思想解放。

我以为，革命现实主义与革命浪漫主义相结合的作品，并不一定都要有个"想象的尾巴"；更主要的，应当体现在：用共产主义的思想来概括社会主义的现实。如果作者热衷于社会主义的建设，善于发现现实生活发展的轨迹，有诱导人们向往未来、创造未来的热情；我想，当他处理和概括他所感受的生活素材的时候，必然会以共产主义的高瞻远瞩的眼光和心情来塑造他的人物和处理作品中的事件的。在这种高瞻远瞩的精神状态下，作者笔下的人物和社会关系，都将闪耀着共产主义的光辉。

在这种高瞻远瞩的精神状态下，作者不仅不易为某些暂时的、但显得强大的消极现象所迷惑，而且能清楚地看到，什么因素在发展，什么因素在衰退；什么是发展中的主流，什么是暂时的现象。因此，作者虽面对错综复杂的矛盾和斗争，但他知道如何去处理它们和概括它们。

在这种高瞻远瞩的精神状态下，作者对于新生的萌芽状态的人物和事物也最敏感。由于他热切地期待着共产主义，怀着满腔热情去追求共产主义的新事物和新品质，因而，他就能灵敏地发现萌芽状态的共产主义的因素；而且，他热爱它们并用热情去哺养它们；最后他用典型化的方法把这个属于未来的性格加以肯定，并赋予血肉和心灵。——这就是我们的理想人物。创造这种人物，难道不是"革命现实主义和革命浪漫主义相结合"的最高的发挥吗？

其次，社会中所存在的某些消极现象，在这种共产主义的高瞻远瞩的精神状态下，也能了如指掌地看到，它们必然不能长期地存在下去，将来一定会在先进力量的包围之下逐渐敛迹，以至于消灭。既然作者在生活发展的轨迹中预见到这种消极现象正向"下坡路"走去，预见到它们"衰落"的前景，他当然知道如何在作品中来处理它们。

这就清楚地表明，预见到的或所愿望的人和事，不一定都以"想象的尾巴"的方式来表现。根据上面所谈的理想人物的创造和消极现象的处理，就已经说明革命浪漫主义的概括方法，给我们提供了多方面的可能性。

五

只有把求实的精神和共产主义的理想结合起来,把写实的原则和革命的热情结合起来,才可能在作品中把现实的境界和理想的境界糅合为一体。

问题还是要看我们自己是否具有丰富的共产主义的理想、又洞悉现实生活的来龙去脉;否则,所谓"预见未来",所谓"比生活站得更高",是绝对不可能的。

只有解决了这个基本问题,革命浪漫主义才有了根基;然后,革命现实主义与革命浪漫主义的结合,才有坚实的基础。

这个问题解决了,从前在创作中那种脱离生活实际、凭空虚构的倾向,也就克服了;那种机械地照搬生活现象、冷漠地描摹生活表皮的倾向将随之消失。

总而言之,两种创作方法的结合,主要应当体现在作者概括生活和对生活现象进行典型化的活动时所站的立场上和所采取的态度上。其次才是表现手法的问题。这两种方法在创作实践中是否结合了?是否结合得好?要看你从现实生活中所概括出来的形象是否有求实的精神和革命的理想;在效果上是否使人感到既反映了现实生活的特征,又比现实生活更理想和更典型;既真实动人又能激励人们满怀信心地去缔造共产主义社会。

六

我们很高兴,正当我们在创作实践的问题上产生了一些糊涂思想的时候,我们伟大的领袖又一次给我们指出一条光明大道。

如果我们能从实质上去理解这两种方法相结合的深刻意义,进而促进我们在共产主义道德品质的锻炼上,在对生活的理解上有所提高和有所深入的话,我敢说,我们在创作上一定会出现更多、更真实、更动人和革命热情更加丰满的作品。

一九五八年十二月三日于北京

谈谈人物的个性化[*]

一

如何把你所感受的、又经过细心选择的生活印象构成作品的题材,是每个文学作者都要遇到的问题。

譬如说,你曾积累了大量的生活印象和感受,而且从大量印象中体认出某种思想意义(例如一种值得歌颂的品质、一种良好的作风或者某种妨碍前进的阻力);由于有了这种新的"体认",使得你对这类生活印象更加有兴趣;对它们的特征更加敏感;于是你所"体认"的思想意义愈来愈丰富、深刻;与这"体认"有关的生活印象和感受愈来愈浓、深;它们的特征愈来愈突出、鲜明;于是爱憎之情也就愈来愈强烈。

到这时候,从对生活的真情实感来说,从对素材的积累和对素材的认识程度来说,已经到了可能写出一篇作品的时候;但,这还不是全部,而仅仅是一篇文学作品"孕育"的开始。

可是,有些人在这不该提笔的时候,性急地提起笔来。他们只是围绕着他所体认出来的思想意义,把与这思想意义有关的印象和感受机械地聚拢起来,也即是用数学方法把它们硬加起来;仿佛这一来,生活与思想就"糅合"了,"作品"似乎也"完成"了;但是,艺术的生命在哪里呢?

其实,素材(我说的是从生活观察和感受中所汲取的素材)和思想(我说的是从生活素材中所体认出来的思想意义),只是文学作品的基础,也就是构成题材的最初

---

[*] 载1984年4月版《萧殷自选集》。

步的材料，要把这两者揉搓成艺术形象，只依靠算术加法是不行的，还需要花费巨大的心血，和经过艰苦的艺术构思过程。有了素材和有了对素材的认识，并不等于就有艺术形象；只有经过对这两者的艺术"糅合"，经过个性化的创造，才能塑造出能呼吸、有感觉、有它自己的脾气和爱好并且有它独立人格的艺术形象。

凡有独立人格的和独特个性的艺术形象，总是同生活在现实中的人们一样，是各人按各人不同的观点和方式去行动的。"人各不同，有如其面"，甲就是甲，他不可能同时又是乙；林黛玉就是林黛玉，她有她自己不同的看法和情绪，有她自己不同的脾气和爱好，不管从外貌到内心，从对社会的观点以及对周围人的态度，她都有自己的一套，这一套显然与薛宝钗的那一套完全不同，与其他姑娘们也不一样。即令有谁的观点或态度跟林黛玉相类似，但由于彼此阅历不同、精神状态各异，故表现这观点或态度的方式，也不可能不带着各自不同的色彩和姿态。也正是如此，所以林黛玉才成为林黛玉，"林黛玉"才成为一个独立的、不易与别的性格混淆的艺术形象。

因此，所谓"艺术糅合"或"艺术创造"的过程，实质上，就是个性化的过程。光靠"素材"和"思想"机械地"聚拢"，不可能造成有生命的形象；唯有经过个性化的创造，富有特征的素材才能获得生命，人物才能按照他自己的个性去行事。只有如此，人物才会有感觉、能呼吸。如果是一个易怒的人物形象，你要是挨近他，你能感到他粗重的呼吸；他一跺脚，地上会扬起尘土；他气愤时，你不但能瞧见他颤抖的嘴唇，也能瞧见他额角边抖动的青筋……

到这时候，你拿起笔来吧！

到这时候，艺术形象才算有了生命；也只有到这时候，你的素材，经过你的世界观的融化，经过你的感情和想象的加深加浓，便不再是冷冰冰的材料，而变成呼之欲出、虎虎有生气的艺术形象了。

一九六二年三月九日

二

每一提起"个性化"，总有人把它跟"共性加个性"联系起来理解。这种理解之所以不妥当，是把共有特征（集团特征）作为形象的主要内容，"个性"只是当作润色、装饰的手段。他们的公式是：用集团特征搭成形象的架子，然后在这架子上配搭些个人的色调。这过程，被错误地理解为"个性化"的过程。在这种思想支配下，人物的集团特征是够充分的了，但"形象"却不能活起来：在表面上，这些人物都有一对眼睛，可是眼睛没有表情；虽然作者没有忘记给人物配搭上一种特异的爱好或古怪的脾气，可是这些跟他的谈吐和活动却没有什么关系。总之，"人物"变成了集团特征的图解。这些所谓"人物"，既不会按照自己独有的见解和脾气去行事，也不会按照自己特有的心理状态去喜、怒、哀、乐；该笑的时候他不会笑，该哭的时候他也不会哭。你看，这样的"形象"，还有什么独立的行动能力？又有什么独立的心灵世界呢？

真正的艺术形象，要求个性与集团特征水乳交融地凝合在一起，要求广泛的概括和鲜明的性格浑然一体，成为一个具有独立生命的、独立心灵的个人。这个人，既有集团的一般特征，但又完全不同于具有同样集团特征的任何一个人。这个人，"一方面成为特殊世界的人们的代表，同时又是一个完整的、个别的人"。

真正的艺术家，在创造艺术形象时，绝不是用表面的生活印象去图解集团特征，也不会妄想把一些本来没有生命的东西硬拿来塑造有生命的形象。而是从生活出发，从活生生的具体的人物出发；他们不是以抽象去"约束"具体，而是通过特殊去发掘一般，由个别去透视全体。换言之，就是通过特定的性格和他所处的特定环境的互相关系，来揭示其本身内含的集团特征，以具有个性特征的活动和关系来概括社会的（集团的）共有的特征。

凡是有力量的艺术形象，都首先要有生命，就像我们的艺术大师所创造的武松、李逵、林黛玉、阿Q……那样。这些形象，既有他们自己独特的心理状态，也有他们自己特有的脾气和外貌特征。我们不仅听到他们对事物的见解，也熟悉他们的一举一动或一颦一笑；甚至林黛玉在什么场合会悄悄淌泪，我们也能猜想得到。为什么这个形象有如此之大的魅力，人们对她的脾性如此熟悉呢？无他，就因为作者把这形象写活了，她活得就像在你身边。这样的人物，再不像那些淡淡的影子，也不是那些概念的化身，而是具有强大感染力的艺术形象了。而阿Q，也同样是被写活了的形象，但他凭什么魅力吸引着我们的呢？无他，是因为作者把大家见惯了的现象集中起来，运用典型化的方法，创造出一个"独一无二"的阿Q。在阿Q身上，虽然可以发现许多常见的东西，但阿Q到底只有这一个阿Q；虽然他是阿Q们的代表，可他又不是阿Q们的替身;即使你在许多人身上闻到阿Q的气味,但是你一定不会把阿Q同他们混淆起来。这是因为阿Q有他本人特异的心理和习惯,有他自己独特的一整套与阿Q们不同的生活方式和心理特征。就因这,所以阿Q才成为别人不能代替的、完整的、个性独特的形象。

可以说,凡是真正的艺术形象,都有强大的魅力。不仅仅因为它们被描绘得像生活中的人那样栩栩如生,更重要的是,这些艺术形象既是一个人,又是很多人的代表。既是活生生的"这一个",又在"这一个"身上体现了同一类人的共有的特征。

显然,这一切都不是靠"图解"得来,更非"用个性作为装饰"所能为力的。如果能注意研究人,研究人的心理活动和他们之间的关系,并把全心灵攒进去;我想,攒得愈深,个性特征就愈鲜明,愈突出;攒得愈深愈广,集团特征就会在鲜明个性中愈来愈深刻。到这时候,你写吧!你笔下的人物一定会活起来。

一九六二年三月二十二日

谈谈写孩子*

来信摘要："……我很喜欢写些供儿童阅读的文艺作品，写的都是孩子们自己的事，而且是怀着教育下一代的纯正心情去写作的；可是，每当我写完之后念给孩子们听，他们却像听我讲算术课那样，脸部没有一点表情；甚至当我念到自己认为最生动的地方，他们的脸部也仍然没有什么反应。……真扫兴！每次都得到孩子们这样冷淡的反应，连我自己也鼓不起劲来了……你说为什么？以后该怎么办……"

……没有读过你的作品，很难猜想你的作品的具体内容；因而你的作品为什么引不起孩子们的兴趣，也就很难判断。不过，我曾读过别人的作品，也曾拿这类作品念过给孩子们听，我所遇到的情况，比你所遇到的更坏，孩子们不是没有表情，也不是冷淡的反应，而是："爸爸，别念了吧！我们听不懂。"起初我吃了一惊，细细一想才明白过来：原来这类作品里的"小人"都是穿着孩子衣服的大人，无论做事说话，全是大人的；外表上，这些人都有一张苹果般的脸庞，可是没有孩子的心灵；他们无论对人对事，也没有一点孩子气。从生活特征和心理特征看，都远远超过了儿童的经验和年龄。

举例说吧：有一次，我的女孩子扭开收音机，听说有几个"红领巾"要去见陶承妈妈，她高兴地叫："弟弟！快来听！红领巾看陶妈妈哩！"姐弟俩屏住气静听着——一阵脚步声之后，一个领头的小朋友说话了："陶妈妈，你好！你是伟大的母亲！你是中华民族优秀的女儿！你把所有的儿女都献给革命……"听到这儿，我的女儿有点忍不住了，问我："爸爸，这个小朋友为什么向陶妈妈说这样的话呢？"还未等我回答，她忽然醒悟过来："呵，我知道了，这个小朋友不是说给陶妈妈听，是说给听广播的人听的。"

---

* 载1962年4月《作品》新一卷四期。本文为1984年4月版《萧殷自选集》收录的版本。

孩子的批评，真是一针见血。我们不否定这些作者"怀着教育下一代的纯正心情"，可是他们急于"说教"，抛开了孩子的生活经验和心理特征，怎么能叫孩子们听得下去？

谈到"说教"，我自己也有一次难忘的教训。那时，我的女孩子才三岁，很淘气，姥姥费了许多唇舌，都毫无用处；我想，教孩子不能光靠"训诫"，应采用讲故事的方式。吃罢晚饭，我把孩子拉到身边，说："给你讲一个故事吧？"她高兴得连声说："好呀，好呀！"便坐在我的膝盖上。因为我急于达到教育的目的，便这样开头的："有一个孩子，很淘气，大人说话，他不听……"我正往下说，她好像意识到什么，忽然从膝盖上溜下去，朝门外跑了："爸爸，我不听，不好听！"

你的情况是不是这样，我不知道。但我从这次"教训"之后，开始注意孩子们的心理特征和生活特征，从这时候起，我才发现了孩子们有他们自己一套不同的心理和表达方式。也即是，孩子们是按照他们自己短浅的经验来理解事物和对待事物的。

为明白起见，不妨再举例：我的另一个孩子，叫柯柯，那时刚两周岁，一天我带他到朋友家去串门子，一进院子，他看见大水缸里，有几条金鱼游来游去，就扶着缸边，一直不肯离开。我的朋友正闹脾气，我不能不进屋里去，谈了大约半点钟，柯柯忽然神色不安地跑进来："爸爸，快下雨啦！"我说："那你就别到外面去吧。"他仍然惴惴不安说："金鱼谁管呢？"我说："就让它们在缸里游嘛。"他连忙摇摇脑袋："不，一下雨，金鱼湿了怎么办？"

另一次，我正坐在窗边赶写一篇短文，柯柯忽然跑进来："爸爸，你别再抽烟啦！"我问："为什么？"他拿小手指着窗外："你瞅，太阳都给黑云挡住哪！你再抽，太阳就不出来哪。"

孩子们的这种看法，你也许觉得可笑，也很幼稚；但这恰恰反映了他们的经验，也反映了他们对事物的理解方式。

我曾读过一篇小说，情节忘记了，但其中有个三岁的孩子，却始终印在我的脑际。那个孩子一直在幼儿园里生活，一天，他背着阿姨溜出了栅门，走到一处山坡上；在那里，他看见一只青蛙，在草丛里一跳一跳的；他追上去，青蛙给逮住了；他想让青蛙再跳几下，便翻转来上发条，可是，一翻转来，却是白脯脯的肚皮，他奇怪了："咦！发条哪里去了？"

在这个孩子的经验里，他只看见过"玩具青蛙"；现在忽然看见没有发条的活青蛙，他怎么能不奇怪呢？

有些孩子从小吃牛奶，当他们看见小狗叼着母狗的奶头吸奶时，他们说："看！小狗吃它妈妈的牛奶哩。"还有，一个父亲指着远处的一幢大学建筑物对孩子说："等你长大了，也到那里去念书好不好？"孩子说："好！"但他想了一下问："爸爸，在大学里念书的小朋友也骑木马么？"

他们年纪小，阅历浅，理解一切事物，都只凭他们一点点短浅的经验。其实这点经验就是他们观察一切事物的资本，也是理解一切事物的基础。孩子们的有些话之所以使人发笑，就因为他们拿自己最简单的经验去理解最复杂的东西，拿自己所知道的东西去理解他所不知道的东西。乍一听，令人不无滑稽之感，可是，却纯真得可爱。

不仅在理解事物上是如此；在表达感情时，孩子们也因其年龄和经验的不同，表现出不同的内容与方式。我看见过一个四岁的孩子和他相别了三个月的妈妈重逢的情形。当孩子看见妈妈，就热情地靠近去，用臂膀搂住妈妈的腿，然后左右望了一下，小心翼翼地从口袋里抓出一大把大大小小的、五颜六色的小石片，伸到妈妈面前，悄声说："妈妈，你要几个？拣吧！"在孩子看来，这是最珍贵的宝物，更何况又是刚刚经过精心挑选的最新鲜的宝物哩。从他的表情看来，这无疑是至高至深的感情的表现，也是一个四岁孩子洁白无瑕的赤心的流露。要是你不顾他的年龄特征，不顾孩子表露感情的这种特有的内容和方式，而完全用成年人的眼光来对待这孩子的"赠物"，当然这些从垃圾堆上拣来的破石片和玻璃碴儿，就算不得什么。但是，这一来，只会伤孩子的心，也说明你对孩子的心理特征完全不了解。

得！我说得太多了。现在简单再归纳一下：第一，要写出符合生活真实的作品，你首先要了解儿童的生活特征与心理特征。不要拿"大人"才能理解的事硬塞给孩子，更不要拿大人才说得出的话，硬叫孩子说出来。第二，要写出适合孩子胃口的作品，固然要注意教育意义；但在描写细节和处理儿童之间的关系时，千万不要以大人的兴趣去代替孩子的趣味，也不要以大人的感觉和理解去代替孩子的感觉和理解。正如前面所说的，应当以他们简单的经验来看待复杂的事物，以他们知道的东西来理解他们所不知道的东西。这一来，孩子的生活就复杂多彩，不仅能引起他们的兴趣，而且也能真实地反映他们的生活和思想。如果能这样来描写孩子，孩子们也许乐意听下去，我们想向孩子们施加的影响——社会主义的道德和精神，才可能真正在他们的心灵发生作用。你说对么？……

一九六二年三月十二日于广州

素材·题材·积累*

……你开始对生活中一些有特征的人和事留意观察，这是很好的，这对你将来塑造工农兵形象会有很大的帮助。好些爱好文艺的青年都知道，文艺创作要注意塑造人物形象，但是他们中的不少人却不知道用什么材料去塑造。只注意搜集事件的轮廓，只注意搜集矛盾斗争的过程，是不够的。要把人物形象塑造得栩栩如生，活灵活现，就得在动笔写作之前，经常在三大革命运动中注意观察、搜集现实生活中一些能体现各种人物性格特征的细节或场景。所谓人物性格，指的是人物的思想、感情、愿望、政治倾向以及个人的爱好、习惯、脾气等等。凡是能体现其思想、品质、感情的细节或言谈，应该毫不放松地记录下来。因为所谓思想、感情、品质等等，都是精神方面的内在东西。这些内在的东西，只有通过听得到、看得见的人的行动和言谈，才能表现出来。比如你在来信所谈的、一次在路上遇见的那个"矮胖的头戴白旅行帽的人"，当你看见他那富有特征的行动时，你才能断定他是一个熟练的办事员。当然，我们不能只满足于职业特征的记录，更重要的还是性格的特征。只有以许许多多具有性格特征的细节、场景和对话作为素材，才可能塑造出既有阶级特征（或集团特征）又有鲜明的个人特点的人物形象。

集团特征（阶级特征）只有通过个人独特的形态来表现，才能栩栩如生，有血有肉；也就是说，共性只有通过个性才能具体生动地表现出来。因为集团特征是抽象的、一般的，譬如勇敢、无私、热爱毛主席等，是革命群众的共有特征，或叫集团的特征，但如何表现这集团特征呢？不通过个人的个别形态，就无法生动具体地表现出来，也就无法感染读者，因而也就不能教育读者。

---

* 载1978年3月版《习艺录》。

凡是好的作品，都是通过个别反映一般，通过个性反映共性的。所谓个别的表现形态，是指各人不同的气质、脾气，各人不同的爱好和习惯，甚至包括各人不同的说话的语气、腔调、常用的语汇以及说话时所带的情绪，等等，这一来，就显出个人说话的特征，再加上行动、细节（做事和待人接物）的个人特征，这个人物自然就活起来了。这统统叫"个性"。这个"个性"，也是由于各人的社会环境不同，生活经历不同，遭遇不同所形成的，不是天生的。但有些人在这个共性和个性的问题上，出现过不正确的理解，以为只要先抓住集团特征，然后再通过一些有怪脾气、怪习惯或怪作风的人来表演，就能达到共性和个性的统一，就能塑造出既有高度概括性又有鲜明个性的人物形象。其实，这种做法是一种变相的"从概念出发"的方法，不可能写出个性鲜明的典型性格，也不可能真实地本质地反映生活。

在矛盾斗争中，人们的一言一行，总离不开阶级观点、阶级感情的支配，因而在矛盾斗争中必然要流露出他们所属的阶级的观点和政治倾向。但因各人的个性不同，因而表现这种阶级观点或政治倾向的方式、色调、程度、形态也就各不相同。这种情况，只要你加以留心，在现实生活中都可以看见的。对于这种既有共性、又有个性的细节和言谈，应该随时把它们记录下来。这种从生活中来的素材，不但能显示出独特个性中的共性，而且也能带出矛盾冲突的内容。

一九七三年《解放军文艺》第七期有篇短篇小说《头一课》，其主要人物高俊连长，是一个有性格的人物，而且写得相当生动突出。他的思想感情，不是由作者来说明，而是通过人物的行动——细节和言谈来表现的。他的思想是忠于毛主席的练兵指示：仗怎么打，兵就怎么练，从实战需要出发，对训练对象负有高度责任感。他的感情，当然与他的思想紧密相连，十分诚挚，十分坦荡。表现在小说中，这种思想感情是通过人物之间的关系、言谈和行动表现出来的。这样的思想感情，在指战员中本是相当普遍的，可以说是一般的，但这个连长却有开门见山的直爽和细心周到的个人特点。小说就是通过他个人的特点来表现他的思想感情，因之他的思想感情具有他个人的特异色调，独特的表现形式，显得栩栩如生，具有感染力。

在深入生活过程中，要多注意先进的事物与人物，努力汲取、搜集能体现先进思想感情的细节。积累这类素材丰富了，某些人物的形象就会在你头脑里逐步形成。再在其中选择一两个较熟悉的，较有教育意义的，加以深入构思，把同类性格的素材集中概括，用感情加以培育，人物形象就会进一步鲜明起来，甚至连人物的哭相笑貌也仿佛能够看见。到这时候，你提起笔来就不会感到无题材了。

当然，在性格逐步在头脑里形成的过程中，不会完全没有情节的，因为当你观察、感受时，不可能离开行动、言谈来感受人物，而是同时感受的。只是在感受时可能很零碎，很杂乱。因此，当你构思时，需要从人物出发，认真构思情节——事情怎么发生？怎么发展？怎么收场的？要特别注意，事情的发生、发展和结局，一定不要离开人物性格去安排，不要脱离具体环境（典型环境）去安排，否则，情节就会不合情理，不合事物本身的辩证法。

你两封信都说"等灵感"，虽然这是说着玩的，但千万不要相信什么"灵感"。没有丰富的生活积累，没有对积累的生活素材深入地理解，什么"灵感"也不会自动到来。按照你现在的工作环境，你一方面可多多接触小学生，一方面又可深入他们的家庭，通过这两方面的观察、体会和感受，便可以较深刻地了解在学校的儿童，又可较深刻地了解他们的家长——老工人以及他们的家庭，在深入他们的家庭时，不仅与他们谈话，也应当适当地参加他们的生活和劳动，通过他们的工作、生活以及他们与社会的关系，去了解他们的思想感情。

当你与他们接触多了，你一定会发现许多极有意义的场景和细节、表情和生动的语言，应当随时记录下来。其中有些细节、场景，不一定现在就有用，但这是一种积累生活、积累形象材料的好方法。这样做久了，你在这方面的感觉就会敏锐起来，你的概括素材和安排情节的能力也会逐渐熟练起来。积累了相当可观的塑造形象的素材后，不要束之高阁，而要不时翻阅这些素材，深化这些素材，把同类性格的加以集中概括，并努力使之个性化。说不定就在这种思索、联想、提炼中，忽然闪出很有意义的题材。总之，积累是很重要的，无积累，什么曲折的故事也无法写得真实和合乎生活逻辑。

创作不容易，但也并不难，不要把它看得很神秘。只要切切实实去做，一定可以写出为工农兵所利用、为工农兵服务的作品。光有决心还不够，还要刻苦努力，要深入火热的斗争生活，向工农兵学习，在三大革命运动中不断地改造自己的世界观，紧紧跟上时代。

一九七四年于广州

关于生活细节的描写*

文学是通过生活来说明生活;文学作品的意义,是通过生活的真实面貌来感染读者和打动读者的心灵,而不是用概念、道理向读者说教来达到的。

生活本身是丰富多彩的,即使在同一条件下的生活,也存在着千差万别,各具特异色彩。如果不把这种丰富多彩的差别性和特殊性表现出来,作品所反映的生活必然千篇一律;生活中事件的发生、发展和结局也必然一般化。一般化的作品是不能感染人的,如"四人帮"时期的那些所谓"作品",一看头就知道尾,人物一出场就知道他是什么人;这样的"作品"还有什么看头,有什么意义呢?更哪里还谈得上真实地反映生活?

要反映丰富多彩的生活,就要重视对生活细节的描写。因为文学作品是通过生活细节的描写来表现生活和矛盾斗争的。所谓细节,包括人物性格,事件发生、发展,特定环境等在内。描写这些细节,必须跟生活本身那样千变万化,那样特异,那样丰富多彩。只有这样,才能把社会纠纷或生活矛盾的发生、发展和收场有血有肉地表现出来,才能达到使读者如见其人,如入其境,如听其声,如闻其味那样地受到作品的感染。

其次,短篇小说总是截取生活的一段横断面,或生活的一个角落,要不然,就选择一个人物或某一情节为题材,也就是通常所谓的"通过一粒沙子反映一个世界",如果连生活细节也不真实,事件的因果关系不清楚,怎么能从一粒沙子看到一个世界呢?

可见在文学作品里,细节是否真实关系到作品的成败。细节如果不真实,整个作

---

* 载1980年4月1日《作品》4月号。

品就很难谈得上真实了。细节不真实，不合乎情理，不但影响到人物性格，而且也直接影响到事件的发生、发展和结局；不仅人物很难表现得活灵活现，栩栩如生；而且情节发展的逻辑，也不可能表现得合情合理；那么蕴藏在这人物和情节中的社会意义，也就必然为之削弱。

有些作品在情节上虽然编得很离奇，实际上，是经不起推敲，其可信性也是极有限的，主要原因是细节描写得很不真实。既然读者对人物性格、人物言行、人与人间的关系都产生了怀疑，都不相信，那么再曲折离奇的情节又有什么用？所以写作者在写作时必须十分重视细节的描写：细节写得越朴素、越自然，就越真实有力。越是这样的细节描写，越说明作者在观察时的细致和描写时所付出的艰巨劳动。

社会事件要写得真实、生动，就必须注意生活场景和细节的个别性、偶然性、特殊性等的特征；只有这样，对某些具体事件的描写，才能逼真地、具体地表现出来。但是在描写生活细节时，必须注意把产生这些细节的差别性、特殊性的特定环境表现出来；否则，事件的发生、发展的原因，就会令人莫名其妙；所谓典型环境，即促成事件产生的社会根源，也就会模糊起来。若这样，不仅整个作品的真实性和可信性受到损害，而作者意图体现在作品中的意义，也就会变得苍白无力。

一九八〇年一月二十六日于广州

关于想象*

××同志：

　　来信及来稿已收到一个多月，之所以迟迟未复，主要原因是疾病纠缠，请原谅！自去年冬到北京参加文代会不久，我就病倒了，不仅在北京没有治好，回到广州也一直卧病；不但不见好转，到年底反而愈来愈恶化，不得已，又被送入医院。在医院住了两个月，高烧虽被压退了，但痰喘与胃口一直很坏。每餐连一两食物也咽不下去，体重始终停留在三十八公斤，体质之虚弱使人吃惊。最近我准备到一个县的中医院去治疗，才要求出院。当我回到我的住所，才看见成堆的来稿及来信，其中也包括你的信稿，这就是迟迟复信的原因。我几乎常年都是如此，主要的时间被来稿来信占去了，我自己写作的时间，反而抽不出来。在这忙乱中（也是病痛中），我自然不可能每信必复、每稿必提意见；在时间上，在精力上都无法做到的。特别是那些只提出无边无际的抽象问题的来信，不可能都回答：一方面固然无时间，另一方面我也感到，即使勉强回答了，对那些读者也未必会有什么帮助。凡是不从实践中提出问题，你的回答怎么能回到他实践中去起作用呢？他既不实践，你如何能指导他去实践呢？他既不从实践中把具体矛盾提出来，你怎么能针对他的具体问题给以具体解答呢？可是对那些从实践出发，把创作实践中所遇到的疑难、矛盾等具体地提出来，从创作实践问题出发，经过考虑所提出来的问题，则是应尽可能地写复信。虽然我自己也说不出什么新鲜的见解，但尽自己所能贡献的一份力量而已。

　　你这次寄来的《谈想象与艺术》一文，我已粗粗地读了一遍，由于时间太少，没有经过仔细考虑，就匆忙给你写信，因为好些类似的青年读者也在期待着我的回信。

---

* 载1981年12月版《给文学青年》。

因此，对你这篇文章，只能简略地说说我一点粗浅的看法，仅供参考，请原谅！

在论文中，你对于想象在创造形象中的作用，做了充分的说明；在整个形象酝酿过程中，想象在其中的作用，也做了符合规律、符合事实的说明，而且其中还有不少精辟的阐述，这是主导方面，恕我不在这里啰唆了。

不够的地方，是有些概念似嫌混乱，譬如"形象"一词，你似无固定的含义，对它的使用，有时出现含混不清，把"记忆形象""事物形象""形象感觉"和"生活原型"等混淆起来，不仅把艺术上通常的所谓"形象"模糊了，甚至把一些使想象发生作用的因素，如生活原型、有特征的生活细节和情景等也搞混乱了。

从全文来看，想象在艺术构思中的作用，是说清了，也强调得差不多了；但作为想象基础的现实生活；引起想象，引起艺术构思的生活基础，却强调得不够。它们之间的必然关系也没有讲清楚。这样就可能使人误解：以为艺术形象的创造或高低，全靠所谓"艺术家的想象力"，以为有了想象力就有艺术形象。至于想象从何而来，艺术家生活经验的深浅对想象力的影响如何，虽然接触了一些，但显然是太不够了。

再次，"创造艺术形象"与"创造角色"，两者虽有相同的地方，但也有不同的地方。如把两者混合起来谈，形象创造的复杂性可能因此而被模糊、被简单化。而艺术形象的创造，比之进入角色，比之根据剧本形象之再创造，使之丰富地、完整地、栩栩如生地再现于舞台之上，要复杂得多和困难得多。这一点，你只借助于斯坦尼斯拉夫斯基（因他只讨论表演艺术）的说法，显然是不够的。要是你把某些表演艺术与创造形象中有关构思、想象及其某些集中、概括等，互补长短地、互相引证地结合起来，集中地去阐明构思形象的复杂过程，也许会讲得更清楚和更有力量。因而，你这篇论文的中心也就更鲜明突出，其指导实践的意义也就更强烈。不知你以为然否？

这是读了你的论文后一点零碎的感想，仅供参考。匆匆祝春节好！

一九八〇年二月二十五日于广州

关于人物个性*

要提倡作品的题材多样化，首先就要使作品的人物多样化——人物性格多样化。要做到这一点，就要努力去反映人物个性的复杂性和多样性。

恩格斯曾说过，每个人是典型。就因为每个人都有自己的个性。个性就像"人同其脸"一样，不可能相同的。世界上的事物是极少相同的；如果有的话，只是大致相同，但还有不同程度的差异。

一个社会集团或一个阶层的人们，是存在着共同特征的，那是类型性或共性；但由于每个人的个性不同，即使在一个集团里，性格也是各种各样的。

在果戈理的《死魂灵》里，他写了很多地主形象。作为一个阶级，他们的集团特征是相同的，都凝聚着其阶级的共性。但是，出现在果戈理笔下的地主，却各有不同的个性：有的很吝啬，有的表面上很大方；有的很胆小，有的却好打架……各种个性都有，给人一种非常复杂、丰富而又深刻的印象。从《死魂灵》里可以看出，因性格不一样，他们所造成的事件也各不相同，并像生活中那样丰富多彩，五花八门。

由于人的气质、爱好、教养、生活道路的不同，所处的生活环境、具体的社会条件的差异以及历史、社会、阶级等复杂因素的影响，而形成各个特殊、丰富多样的个性。譬如在草原上生活的人为什么总比较骁勇善骑，这与他们的生活环境是分不开的。有的人善于点头哈腰、溜须拍马；有的人却很有原则，十分倔强。这都是由于他们的个人经历、具体环境、生活方式等复杂因素所形成的。因此，不能简单地从人的脾气、爱好等表面现象来理解人物的个性。

但凡成功的作品，都写出复杂、多样的人物性格。如果作品只追求离奇的情节，

---

* 载1980年5月1日《作品》5月号。

即使十分奇特，也容易被人忘掉；但个性鲜明而又深刻的人物，却有长久的生命力。我们曾浏览过不少古今中外的文学作品，其中的情节大部分都记不清楚了，而好些典型人物却永远活在脑海里。比如《红楼梦》，反映了荣、宁两府的生活，情节故事并不复杂，可是不容易记住；但那许许多多的人物，如宝玉、黛玉、宝钗、凤姐等等，却永远鲜明地印在记忆里。《水浒》，为什么上半部比下半部更生动，而且读了印象深刻呢？恐怕是由于上半部刻画了一些性格鲜明的人物，而下半部只偏重叙述事件。契诃夫、鲁迅等短篇小说中的人物，都给人留下了很深的印象。小说、戏剧如果不把性格写出来，那么，人物肯定像个木偶，不仅人物没有活生生的"人味"，而作品的生命，也会跟这类人物一样，很快就被人忘掉。

文学的真实性，首先取决于人物性格的真实性，取决于人物性格描写的具体性和生动性。所谓具体性和生动性，主要表现在人物的个性及个别事件上面。如果人物不是写得极其具体、生动，不能把人物个性描绘出来，只留下集团的特征，只剩下阶级的共性，这样的人物顶多只够得上称为类型人物，绝不可能称为艺术形象。这样的人物肯定活不起来，他不仅没有脉搏，没有呼吸，没有自己的意志和感情，而且也没有自己独立自主的行动和能力。他之所以有时还能说话和行动，只是由于作家还操纵着他的喉舌和牵动着他行动的线索。与其说这是人物，不如说是作者的木偶更恰当些。只有那些有生命的，按照自己的思想去说话的，按照自己的意志去行动的，按照自己的感情去喜怒哀乐的人物，才可能是打动心弦的艺术形象，他的遭遇和他的命运，才可能引起读者的深思和共鸣。

不写出个性，就没法把人物写活；人物不写活，就会直接损害作品的真实性和感染力。

作者笔下的人物，是来自概念？还是来自生活？是把表面的脾气、爱好、习惯等当作"共性"的外壳或"生动"的装饰呢？还是直接来自活生生的，有血有肉的感受和印象？这是描绘人物个性成败的关键。

如果性格是来自个别，然后作者根据许多个别，经过集中概括，创造成个性鲜明的性格，那么，这样的形象必然带着生活中间应有的"人味"——带着其所固有的脾气、爱好、习惯等等；而且在这些个性鲜明的人物背后，还渗透着集团的共同特征和一定时代的气息。

一九八〇年三月三日夜于广州

谈谈写人物*

一

文学是反映社会生活的,其中最主要的是写人,写人的思想、感情、要求和愿望等。这里所说的人,不是指单个的生物的人,而是指活动在社会中的人。马克思在《资本论》中说过:"不管个人在主观上怎样超脱各种关系,他在社会意义上,总是这些关系的产物。"这里面有两层意思:人总是生活在一定的社会之中,这种人与人的关系、矛盾、斗争和变化,就构成了文学作品中人物生存、活动的主要环境;另一方面,离开了人,任何的"各种关系"、矛盾纠葛便不复存在了。

不少初学写作的青年,总是喜欢在情节上刻意追求,精心编排,却不注意在人物上、在人物性格上下功夫;因而他们笔下的人物常常"立"不起来,无气血,无个性;既不感人,也没有令人神往的力量,总之不能感染人。因此尽管场面轰轰烈烈,情节离奇曲折,甚至还有点刺激,但人们看过之后转瞬即逝,很快就忘记了。自然更谈不到它有什么艺术的生命。

人世间任何事件(在作品中叫情节或故事),都是人做出来的,是人与人的关系组合起来的,是人们之间的关系、矛盾和冲突凝聚起来的。就是在这种关系、矛盾、冲突的纠葛中,反映出人们的喜怒、哀乐、痛苦、不平、愿望和要求。而作品中的情节,就是这种人们之间性格纠葛或性格冲突的连续,由人物性格与特定环境相互关系或相互冲击所引起的。因此,离开人物,离开了人物性格,所谓情节,就将变成无源之水,无本之木,成为不可理解了。人物性格不但不能离开矛盾纠葛,也不能离开环

---

* 载1983年8月版《萧殷文学评论选》。

境的变化和发展，否则，它就失去赖以存在和发展的土壤和条件，变成空洞的不可捉摸的东西。

从文学的社会作用来看，也应该首先着眼于人。当读者读了一篇文学作品之后，不管是受到英雄人物精神品质的熏陶，道德情操的感染，或者从反面人物身上吸取了教训，引为鉴戒，都不是死板地去模仿某一现象、某一行动，或机械地吸取某一具体错误的具体教训。作品的社会作用、认识和美感作用，主要是通过事件中人物的精神，人物的性格来体现。读者随着形形色色的人物命运，或在爱悦，或在厌恶，或在同情，或在怜悯中受到感染和影响，并在潜移默化的过程中得到教育。如果忽视了人物，仅在情节上刻意追求，反而把人物性格推到次要的地位，就不能产生栩栩如生的艺术生命和揭示出深刻的思想意义或社会意义。

总之，不把人物写好，情节的前因后果就交代不清。这是关系到一篇作品的成败，关系到它所反映的生活深刻与否的关键。我在文学工作中，一直把它作为一条不可移易的规律；即不管在从事编辑或在辅导工作中，都用这规律来严格要求文学青年和初学写作者的。

二

写人的性格，只孤立地去注意人物的主观世界显然行不通，还必须十分注意典型环境与人物性格的关系。因为性格的存在和发展，是离不开社会环境的制约和影响的。离开了特定的环境，离开了促使或影响人物去行动的客观条件或依据，所谓人物性格将变成空中楼阁、变成任意捏造的东西；所以，凡是真实的性格，凡是有典型意义的性格，它一定发生在一定条件的环境之中，也在一定环境条件的影响下发展变化；否则，不仅情节的发生、发展不合情理，首先人物本身就"立"不起来。

许多作品之所以流于公式化和概念化，在思想上流于表面和一般，其中可能还有别的原因，但最主要的，都是没有把情节写得合情合理，没有写出特定性格与特定环境相互关系的必然性。

人物性格只有通过和环境的互相影响、冲突，才有可能反映出社会的实质——反映出这个社会制度和广大人民的利害关系，从而揭示出作品的社会意义，进一步帮助读者去认识环境和认识社会。

通过人物性格和环境的矛盾来塑造人物形象，就是通过人物的遭遇、命运来阐明人物的生活道路，以及人物为达到某种愿望所经历的过程。作家的理想和倾向，正是从激动人心的矛盾冲突中，从人物命运的经历中，从对人物不幸遭遇的同情中，从对英雄行为和高尚品质的歌颂中，或者从对腐朽丑恶事物的揶揄中体现出来；如贾宝玉的出家当和尚，阿Q的被枪杀，林黛玉的吐血身亡，罗密欧与朱丽叶的殉情，都是在特定的环境下，人物性格之间互相关系的必然逻辑，也体现了作者的态度和观点。从人们的关系和冲突当中，读者清楚地看见社会的实质是什么，并告诉读者什么是美，什么是丑；什么势力代表进步，什么势力代表倒退；从而认识生活，认识社会。

鲁迅笔下的祥林嫂，处于没有同情，没有怜悯的气氛中，冷酷、嘲笑、愚昧、麻木的人们直接或者间接在折磨、迫害她。她爱劳动，但没有劳动的出路；她要求最低的做人的权利，而不可得；当她起码的幸福破灭后，遂将希望寄托于地狱，寄托于来世。从祥林嫂的遭遇、命运中，从她对环境的直接或间接反抗的过程中，暴露了封建婚姻制度、封建礼教制度和封建迷信的罪恶本质。从她的发疯的结局中，更无情地暴露出旧礼教的狰狞嘴脸和封建道德的吃人本质。

三

创造性格与创造环境，都必须从生活出发，从个别出发；而不是从本质出发，从概念出发。只能通过个别去发现整体，通过特殊去发现一般；而不是颠倒过来。那种从共性出发，用表面的脾气、怪癖去装饰共性，用人的皮毛去图解本质或规律，这种做法，叫作"蹩脚的个性化"，其结果只能写成为没有感觉、没有呼吸、没有气血贯通的木偶。

性格和环境，都蕴藏在生活之中，它是作家对生活认识、思考、评价的结果，是作家在生活的喜怒哀乐感受中经过浓缩、发酵，并经过审美的编排，然后才得出来的表现形式。如果作家没有丰富的生活积累，没有对生活的理解、分析和研究，只满足于对生活肤浅的认识，是不可能获得个性化的人物性格，也不可能获得独特的典型化的环境。

性格和环境，应该都是个性与共性的统一，都是单个与一般、感性与概括的统一。在这问题上，在塑造人物性格时，写作者还比较重视，注意到人物性格的个性化；但在环境描写上，却常常被忽略了：只注意特定环境的共同性和一般性，而忽视了它的具体性和特殊性，忽视了环境的千差万别。为什么有些作品的情节，常常出现不真实，不合情理，又千篇一律呢？这是一个主要的原因。

四

　　塑造人物，塑造艺术形象靠什么呢？当然是依靠生活素材，依靠来自生活中千变万化、丰富多彩的生活素材。

　　作家在生活实践中，固然以极大兴趣去探索社会动向、社会面貌，并努力了解矛盾各方的基础和力量，以及其中所发生的事件的轮廓，等等。但作家根据他艺术创造的需要，却把更多的精力放在生活细节与场景的观察和积累上。

　　形象——人物性格以及人和人的关系，是由许多细节、场景构成的，就像人的肌体之于细胞一样，离开细胞，肌体便不复存在。作家在社会生活中，随时都接触大量的生活细节和场景，所谓积累生活素材，主要是积累这些带着生活血肉的、活生生的、可触可感、可闻可见的东西。当然，不是什么样的细节都受重视，都被积累，比如有些极其皮毛的、不能体现任何内在特征的现象，对塑造艺术形象来说，是毫无价值的。那些能体现其内心世界、精神面貌或其本质特征的细节或场景，才是塑造形象最有用的素材。就是对某些个人的观察和了解，也不能离开其特征，因为离开了特征，就离开了本质的探求。只有通过那些独特的、个性化的特征，才能栩栩如生地透视出他的集团特征来，才能把这人物的典型意义体现出来。

　　作家观察、积累生活细节、生活场景的过程，其实就是广泛地、深入地理解生活的过程。因为作家不仅接触、观察这类细节和场景，并且还记录它们；不仅记录它们的现有样子，还把它应有的样子也记录下来；作家不仅把他所见所闻的形态记下来，还把他所考虑到、所认识到的样子也记下来。就是说，作家在积累生活过程中，不仅进行如实的记录，而且还进行了必要的集中和概括；不仅机械地记下了现有的样子，也把联想到的、预感到的凝聚起来，概括起来。由此可见，作家在积累生活时，对生活特征的浓缩、凝聚和提炼的活动就已经开始了。

　　当作家对生活的积累日益增加，到了一个由数量上升到质的飞跃时，即由数量的不断刺激或由爆发性的突然刺激升华为一种强烈的爱憎，或由某一偶然事件的触发而把平日观察、积累的许多特征性的东西调动起来，凝聚起来，而成一种急切要求表现的强烈欲望时，照理，应该是下笔的时候了。

但是且慢！从创作欲望来说，是到了该下笔的时候，但这只是在主题方面着眼。从对生活接触、感受以至于产生了爱憎，一直到要求表现，诉诸人，都是很自然的。从头到尾都没有离开生活，连创作冲动都是由生活本身所激发，作者所急于抒发的爱憎感情，也是由生活所引起；与那种从概念出发的"主题先行"或图解某种政治意图的做法，是截然两样的。但从丰富生活中提炼了主题，有了艺术创作的欲望，并不等于什么障碍都解决了。好些人不是经历过这样的情况吗？开始写作时，似乎很有把握，作品中矛盾冲突的始末，事件纠葛中的参与者都好像清清楚楚；可是提起笔来，却感到非常吃力；虽然苦苦思索，还是写得很不顺当，人物只会死板地说话，矛盾冲突却没有一点生活气息。为什么？

原来人物还未酝酿成熟。他们不但没有自己独特的个性，也没有自己独立的意志和自己的感情，更没有他们自己的爱憎；因此，在写作提纲中所安排的他们之间的矛盾和冲突，便无法按生活的样子去展开；相反，只能按照计划叫他们去行动和去说话。既然处处都不是根据人物自己的意志去行动，写起来怎能不显得处处生硬，处处别扭呢？

大家都知道，创造艺术形象，并不像照搬生活那样便当，它不但不能须臾脱离生活，还要与作家的思想感情相结合。对生活中有特征的现象，既要经过选择和集中，还要经过审美观的概括和编排。对于人物性格，不仅要求有典型意义，还要求它具有独特的个性特征，否则，所谓人物便很难活起来，更难有自己行动的能力。

我们曾讲到吸收生活中具有特征的细节和场景，但如何使这类细节赋予个性色彩呢？如何使这类富有个性色彩的细节与人物性格融合起来呢？

这就像巴尔扎克所说："拿几个近似的性格构成一个性格。……文学用的是绘画的方法，为了画一个美丽的形象，借用这个模特儿的手，另一个模特儿的脚，又一个模特儿的胸脯，再一个模特儿的肩膀。画家的责任是赋予这些被选择的四肢以生命，使它成为可能。"

作家的任务正是把他所选择、吸收来的细节和场景赋予鲜明的个性，把各色人物分别赋予生命、气血、情绪和脾气，使一些行为和言谈同某个性格统一起来，这一切既要可能，又要合理，不能有一点勉强；总之，通过作家的想象和虚构，充分地酝酿，使之天衣无缝。这是艺术形象创造过程中的关键阶段，人物能不能有生命和个性，就看你在这时刻付出了多少心血。

如果人物形象获得了个性的贯串，获得了气血、感情和气质的贯通，因此而有了生命，人物就必然有行动的意志和有爱憎的情绪，因而他就会因高兴而欢笑，或因悲伤而暗泣。……

由这样的人物之间，人物与环境之间的关系、矛盾或冲突所构成的情节，不仅具有艺术生命，而且也必然带着深厚的思想内容和社会意义。

一九八〇年九月于广州

多练习素描[*]

在我所接触过的青年中，不少人都表示愿意以文学作为手段，为社会主义祖国贡献力量。这愿望自然是好的，但光有愿望还不行，要使这愿望成为现实，在中学时代就应该在这方面把基础打好，具体地说，就是除注意文字通顺，注意学习语法修辞之外，如何观察生活和表现生活，也是我们需要奠定的基础，也是文学创作所不宜忽视的基本功。

对文艺来说，最起码的基本功是素描，这是描绘人生图画的基础。如果过不了素描这道关，反而想深一层地去表现社会生活，不仅不能描绘得生动真实，甚至连这个想法，也是一种狂妄。

什么叫作素描？它只要求你勾勒出某个人或某事物的面貌或轮廓，但首先要求你绘得像，不但要绘得逼肖传神，而且要绘出它们的精神状态，即我们的古典理论所要求的"形似"与"神似"。

我们知道，凡绘画的人，差不多都是先学素描的。只有这个基本功练好了，才可能去表现复杂的生活画面或历史的画卷。但有没有过不了素描这道关口的人呢？有的，不是有人面对着一只猫，结果被胡画成一只不像狗又不像虎的怪物吗？不是有人面对一位满面络胡须的老人，结果出现在纸面上的，却是一个非洲大猿似的动物吗？这种现象如何解释呢？虽然不能说是"天才"，但至少总可以说是一种素质吧。事实上，确有这么一种人，他们各方面都很能干，可是你如果硬要他拿起画笔来，他却像举起千钧棒，无能为力。这种情况，在文艺领域里并不是奇特的现象。

文学也是如此，要表现人生社会，首先必须学好基本功，在形象创造方面要认真

---

[*] 载1984年4月版《萧殷自选集》。

奠定基础。如像绘画一样，它的基础就是素描。如果你不善于通过文字逼真地写出你所看见的或所接触到的人和事，便谈不上动人地表达出你感受到、体会到和认识到的思想和感情。如果出现了这种情况，正说明你的素描基础还没有"过硬"，迫切需要继续努力。但不要净写静止的事物（风景、外貌、环境等），更要努力写动态，写行动着的人，写人的活动以及人与人的关系。这正是反映生活、反映社会的基础。如果离开人的活动，离开人们的社会关系，怎么能真实地反映社会生活？

此外，在练习素描的时候，还必须注意掌握并描写人物个性的特征。所谓个性是离不开具体性和独特性的，否则，人物不仅没有气血、没有呼吸，还将丧失掉独立的生命，变成一个任凭作者随意摆弄的木偶。而文学是写人的活动，人们的关系、矛盾冲突以及他们的遭遇和命运的。如果在开始练习写作时，连一个人物也写得不像或写得不逼真传神，如何能把读者诱入人物的处境，进而与人物共呼吸、同喜怒呢？又怎能使读者产生与人物的命运共鸣共感呢？这是文学作品最低的要求，也是文学之所以具有艺术感染力的一种特色。

当然只注意个性特征的描写还不够，还必须概括、凝聚、浓缩人物所属的集团（阶级、阶层、职业……）特征。个性只能鲜明地突出人物的性格，只能解决人物是否能站立起来或能否活动起来的关键；作品是否有鼓舞力量和社会意义，还得依靠集团特征的概括及其所揭示的典型性、深度和新意。别林斯基说过："典型的本质在于：例如，即使在描写一个挑水的人的时候，也不要只描写某一个挑水的人，而是要借一个人写出一切挑水的人。"也就是说，要通过个性来体现共性，通过个别来表现同类，通过特殊来显示一般。因为只描写某个人的独特性格、行动和情绪，这个人当然会被写得栩栩如生、活灵活现。但他还缺少普遍性，还缺乏一种能唤起共鸣共感的东西——典型性，即使人们感到既陌生又熟悉，既有浓郁的感染力又有经得起反复咀嚼的深意。

如果在中学时代就怀着明确的目的去练习素描，将来就会少走许多弯路。这样做，不仅为文学创作的表现能力打下基础，而且从很年轻的时候起就锻炼观察生活、判断生活和筛选现象，这对一个人将来走上文学的道路，对于如何发掘题材、如何提炼主题、如何创造人物……都是一种极其有益的锻炼。

我为什么向青年朋友们提出这个要求呢？为什么希望大家多练习文学素描呢？并不是平白无故地空想出来的。三十多年来，我不知读了多少青年人的来信，也数不清读了他们多少来稿。除了少数来稿尚勉勉强强之外，绝大部分都写得很差。其中最突出的缺点是缺乏形象，没有艺术感染力。然而这恰恰是文学创作的重要特点。请设想一下吧，在一篇"作品"中，假如你写不出活灵活现的形象，所写的人物和事件又缺少浓郁的艺术感染力，那么，这还算什么文学呢？而青年朋友们却把一些作文当"文学作品"寄来，要求"指点"；把堆积着一大堆华而不实形容词的作文寄来，要求我向国内文学杂志推荐。还有些青年脱离了他们眼前的所能看到和所接触到的现实生活，空喊找不到写作的题材；还有些青年，对他周围的生活毫无兴趣也毫无感受，却一个劲地向别人要"写作秘诀"，甚至把自己"写不出"或"写不好"的主要原因，都归咎于别人"不肯传授秘诀"……说明不少人对文学还缺乏应有的认识，对创作劳动也存在着错误的理解：以为题材是现成的，人物或事件是实有的。正是这些原因，使一些青年人陷入混乱的泥潭里，找不出正道的方向。

如果青年人在中学时代就得到正确的引导，不仅使他们了解艺术形象的创造既来自生活，又不局限于实事；同时又利用素描的方法引导他们为创造形象打下基础；这样，青年的习作就会与现实生活息息相关，就会有强烈的生活气息。这种勤于观察，勤于写作实践，又善于在不断总结中不断克服自己的缺点和不断提高的人，渐渐地，以后他们很可能走上文学的正道。

一九八二年八月二十三日于石牌